KB034625

인간인 1

이청준 전집 24 장편소설

인간인 1

초판 1쇄 2015년 5월 7일

지은이 이청준
펴낸이 주일우
펴낸곳 ㈜**문학과지성사**
등록번호 제1993-000098호
주소 121-894 서울 마포구 잔다리로7길 18(서교동 377-20)
전화 02)338-7224
팩스 02)323-4180(편집) 02)338-7221(영업)
전자우편 moonji@moonji.com
홈페이지 www.moonji.com

ⓒ 이청준, 2015. Printed in Seoul, Korea

ISBN 978-89-320-2104-1
ISBN 978-89-320-2080-8(세트)

이 책의 판권은 지은이와 ㈜문학과지성사에 있습니다.
양측의 서면 동의 없는 무단 전재 및 복제를 금합니다.

이 도서의 국립중앙도서관 출판예정도서목록(CIP)은 서지정보유통지원시스템 홈페이지(http://seoji.nl.go.kr)와
국가자료공동목록시스템(http://www.nl.go.kr/kolisnet)에서 이용하실 수 있습니다.
(CIP제어번호: CIP2015011946)

이청준 전집 24

인간인 1

문학과지성사
2015

일러두기

1. 문학과지성사판 『이청준 전집』에는 장편소설, 중단편소설, 그리고 작가가 연재를 마쳤으나 단행본으로 발간되지 않은 작품과 미완성작 등을 모두 수록했다.

2. 전집의 권별 번호는 개별 작품이 발표된 순서를 따르되, 장편소설의 경우 연재 종료 시점을, 중단편소설의 경우 게재지에 처음 발표된 시점을 기준으로 삼았다. 단, 연재 미완결작의 경우 최초 단행본 출간 시점을 그 기준으로 삼았다. 중단편집에 묶인 작품들 역시 발표된 순서대로 수록하였으며, 각 작품 말미에 발표 연도를 밝혀놓았다.

3. 전집의 본문은 『이청준 문학전집』(열림원) 발간 이후 작가가 새롭게 교정, 보완한 내용을 충실히 반영하여 확정하였다. 특히 미발표작의 경우 작가가 남긴 관련 자료에 근거하여 수록하였음을 밝힌다.

4. 전집의 각 권에는 작품들을 수록하고 새롭게 씌어진 해설을 붙였으며 여기에 각 작품 텍스트의 변모 과정과 이청준 작품들의 상호 관계를 밝히는 글을 실었다. 이 글은 현재의 문학과지성사판 전집의 확정 텍스트에 이르기까지 주요한 특징적 변모를 잘 보여준다.

5. 이 책의 맞춤법은 국립국어연구원의 '한글 맞춤법'에 따르는 것을 원칙으로 하되, 띄어쓰기의 경우 본사의 내부 규정을 따랐다. 단, 작품의 분위기에 영향을 준다고 판단되는 방언이나 구어체 표현·의성어·의태어 등은 작가의 집필 의도를 살려 그대로 두었다 (괄호 안: 현행 맞춤법 표기).
   예) ① 방언 및 의성어·의태어: 밴밴하다(반반하다) 희멀끄럼하다(희멀겋다) 달겨들다(달려들다) 드키(듯이) 뚤레뚤레(둘레둘레) 뎅강(뎅궁) 까장까장(꼬장꼬장)
      ② 작가의 고유한 표현:
      -그닥(그다지) 범상찮다(범상치 않다) 들춰업다(둘러업다)
      -입물개 개얹고 아심찮게도 목짓 펀뜻 사양기
      ③ 기타: 앞엣사람 옆엣녀석 먼젓사람 천릿길 뱃손님 뒷번
         그리고 나서(그러고 나서) 그리고는(그러고는)

6. 이 책의 외래어 표기는 국립국어연구원의 '외래어 표기법'에 따라 바꾸었다. 단, 작품의 제목이나 중요한 어휘로 등장하는 경우에는 원본을 그대로 살렸다.
   예) ① 맘모스(매머드) 세느(센) 뎃쌍(데생) ② 레지('종업원'으로 순화)

7. 이 책에 쓰인 문장부호의 경우 단편, 논문, 예술 작품(영화, 그림, 음악)은 「 」으로, 단행본 및 잡지, 시리즈 명 등은 『 』으로 표시하였다. 대화나 직접 인용은 큰따옴표 (" ")와 줄표(—)로, 강조나 간접 인용의 경우 작은따옴표(' ')로 묶었다.

차례

인간인 1

은자(隱者)의 숲

1

산문(山門) 안은 밤예불 목탁 소리가 끊어지고, 본전(本殿) 쪽에선 취침을 알리는 삼경 종소리가 울린 지 오래였다. 도량(道場)은 물론 골짜기 전체가 밤정적 속으로 깊이 가라앉고 있었다. 닝닝닝—뒷 두륜산(頭輪山) 구곡(九曲) 골숲을 흘러내린 밤바람 줄기가 이따금 당우(堂宇)들의 처마 끝을 스치면서 가냘픈 방울 소리를 흩날리고 갈 뿐이었다.

정잿간(淨齋所) 일을 끝내고 광명전(光明殿) 쪽으로 올라간 윤 처사(尹處士)는 그러고도 한 식경이 더 지난 다음에야 발소리를 조심조심 골방으로 돌아왔다. 손에는 정잿간에 아직 그대로 남아 있던 작은 호롱불을 켜 들고서였다.

윤 처사가 들어서자 그때까지 어둠 속에 그를 기다리고 앉아 있

던 도섭〔南度涉〕이 희미한 불빛 속으로 몸을 조금 움직여 드러내
며 자신이 아직 자지 않고 있음을 기척해 보였다.

윤 처사는 방을 들어서고도 그런 도섭의 기다림 따위는 알은척
을 하지 않았다.

"왜…… 먼저 주무시지 않고요……"

호롱불빛 아래 아직 책상다리를 하고 앉아 있는 도섭의 모습에
간단히 한마디를 건네고는 그대로 곧장 윗목으로 비켜깄다. 늘 하
던 대로 먼저 잠자리를 잡아 누우라는 신호였다. 별달리 할 말이
없다는 뜻이었다.

하지만 도섭은 윤 처사가 밤늦게 혼자 다녀온 곳을 알고 있었다.
뿐더러 여태 그가 어둠 속에서 이 절의 어른 격인 우봉(雨峰) 스
님의 하회를 기다리고 있다는 걸 윤 처사가 모르고 있었을 리도 없
었다.

"큰스님께선 오늘도 아무 말씀이 없으십디까?"

서탁(書卓) 한쪽에 조심조심 호롱불을 앉히고 지금 막 불서(佛
書) 앞으로 다가앉고 있는 윤 처사에게 그가 할 수 없이 먼저 운
을 떼고 나섰다. 궁금증을 그냥 넘기기도 뭣했지만, 윤 처사가 스
님을 만나고 온 이 당장이 아니고선 그걸 물을 틈이 쉽지 않기 때
문이었다.

"집허당(集虛堂)에서 아무도 다녀가지 않았습니까?"

윤 처사는 계속 딴전이었다.

벼룩 똥만큼 한 피마자 기름 불꽃 아래 『천수경(天手經)』인가
뭔가 하는 불서의 갈피를 막 들춰대다 말고 윤 처사는 마지못해 등

뒷웅대로 거꾸로 물어왔다. 큰스님으로부터 자신은 아무 하회도 가져오지 않았다는 소리였다. 커녕은 스님을 만나고 온 일조차 없노라는 투였다. 광명전 쪽 사람들의 요사(寮舍)로 쓰이고 있는 집 허당은 이 절의 조실(祖室) 격인 우봉 스님의 선실 겸 거처가 있는 곳이었다. 스님 자신이든 시봉 상좌든 거기서 사람이 다녀가지 않은 것은 윤 처사 자신이 더 잘 알고 있을 일이었다.

"오늘로 벌써 닷새째가 되는디, 그냥 이러고 기다리고만 있어도 되는 일인지 모르겄구먼요."

도섭은 문득 짜증기가 돋는 목소리로 윤 처사를 은근히 채근하고 나섰다. 윤 처사는 그 소리에도 그저 언제나처럼 귓등흘림식 대꾸뿐이었다.

"기다릴밖에요. 이런 일에 아래서 자꾸 보채고 들 수도 없고요. 사정을 여쭀으니 잊어버리지 않으셨다면 윗분들도 무슨 요량이 계시겠지요."

도섭의 심사 따윈 도대체 아랑곳이 없다는 듯 염불 투의 태평스런 몇 마디를 흘리고는 눈길을 서탁 위로 깊이 파묻어버렸다. 이렇게 되면 위인하곤 더 이상 말이 되지 않았다. 물론 할 말이 없어서가 아니라, 위인이 그걸 허용치 않기 때문이었다.

나름대로 이런저런 계산속은 있었지만 그가 애초에 북록(北麓) 본당이나 종무소(宗務所) 쪽을 찾지 않고 광명전에 가까운 표충사(表忠祠) 쪽을 택해 온 것은 그런대로 시작이 좋았던 편이었다. 거기다 바로 윗스님들을 찾지 않고 시장기를 핑계로 먼저 어둑한 정잿간을 찾아든 일 역시도 작지 않은 행운에 속할 일이었다. 산으로 올라오기 전 화정옥 논다니 소연(素妍)에게 파묻고 온 사흘간의 질퍽한 정분의 덕이었다. 그 정분의 밑갈이로 털어 바친 소홀찮은 화대에 대한 자기 믿음의 덕이었다.

　—절엘 가시거든 큰 법당이 있는 본원으로 가지 말고, 건너편 맨 뒤쪽 숲 속에 들어앉은 광명전 쪽으로 가보셔요. 댁에같이 대원사(大願寺)로 피신 들어가는 사람들 대개 다 그쪽에서 의지를 얻는다니께요. 우봉 스님이라고…… 지금 대원사에선 제일 웃어른이신디, 그 어른이 그쪽 집허당인가 뭣인가 하는 곳에 기시면서 그리 자비를 베푸시는가 보데요.

　소영각(消影閣)—그 심상찮은 수수께끼의 당우가 그쪽에 자리하고 있어 도섭으로서도 미리 작정이 있던 터에, 연사흘간의 그윽한 정분 나눔에 겨운 소연이 저 혼자 나른한 소릿가락에 젖다 말고 제물에 넌지시 귀띔을 해온 소리였다.

　—하긴 대원사로 병 요양을 가거나 큰 공부 들어가는 사람들이 많아서 절에선 아예 하숙 동네를 차렸다는 소리들도 있지만, 그 사람들이 어디 다 수양하고 공부하는 사람들뿐이었어요? 차라리 댁에같이 죄짓고 몸 숨기러 간다는 쪽이 더 솔직하제.

　그런 소연의 귀띔에 의지해 우봉 스님의 자비심과 속인 객사[俗人客舍]를 겨냥하고 본전·천불전(종무소 간판이 거기 있었다) 다 비키고 광명전 길을 곧장 찾아오느라 중도에 나타난 이 표충사 정잿간을 먼저 찾아들게 되었다. 그랬던 게 다행히 광명전이 바로 표충사의 뒤꽁지를 타고 앉아 있었고, 그곳 당우 중에 소연이 일러준바 이 절의 조실이신 우봉 스님의 거처가 자리해 있었다.

도섭에게 무엇보다 다행인 것은 바로 이곳에서 윤 처사를 만나게 된 일이었다. 윤 처사는 머리를 깎고 먹물옷을 입었지만, 그 부름에서 알 수 있듯이 계(戒)를 받은 진짜 중이 아니었다. 굳이 말하자면 중질에 뜻을 두고 절공부를 갓 시작한 초발심자(初發心者)격이었다. 이곳 표충사에서 그가 맡아 하는 정잿간 일도 진짜 절 일과는 상관이 없었다. 표충사는 원래 불전도 아니려니와, 법당의 마지(摩旨, 부처님께 올리는 밥)나 스님들의 조석 공양은 본전 공양간에서 따로 처결해나가고 있었다. 공양 시간을 알리는 운판(雲板) 소리가 울리면 큰스님을 비롯한 광명전 스님들은 모두 방을 나와 본전의 큰방으로 내려갔다. 표충사에서의 윤 처사의 부엌일은 그러고 빠져 남은 중 아닌 사람들과 광명전 뒤켠 숲 속에 자리한 외사 속인(外舍俗人)들을 위한 것이었다. 이를테면 그건 일종의 별간(別間)인 셈으로, 본원 공양간 원주 스님의 형식적인 관리를 받고 있을 뿐, 윤 처사는 자기보다 나이가 훨씬 아래인 행자승(곽 행자라 하였다) 하나를 데리고 객방 중생들의 조석 끼니를 독자적으로 꾸려가고 있었다.

　그만큼 윤 처사는 아직 절간 물이 덜 든 위인이었다. 그래 세속사에도 그처럼 이해가 빨랐던 것일까. 위인은 무엇보다 쫓기는 몸이라는 도섭의 처지를 쉽게 헤아려주었다. 쫓기는 사연을 묻지도 않았고, 곧바로 표충사 정잿간까지 찾아든 깊숙한 발길을 수상쩍어하지도 않았다.

　──알겠소. 들어오시오. 자비문중이라고, 절간이란 원래 중생의 집인데, 깃들일 곳을 찾는다면 힘이 되어드리지요.

준비해온 사연도 채 다 늘어놓기 전에 으레 짐작이 가는 일이라는 듯 무턱대고 그를 받아들여주기부터 했다. 그리고 그를 대신하여 큰스님을 찾아 올라가 그의 사정을 은밀히 고해 올려주고 거기다 나중엔 자신의 거처로 써오던 정잿간 옆 골방(일종의 객방이었다)에 잠자리를 마련해준 것이었다.

시초는 어쨌거나 그쯤 순조로운 편이었다. 그러나 일이 순조로운 건 거기까지뿐이었다. 골방에 들어박힌 지 닷새째가 지나도록 위에서는 도대체 이렇다 저렇다 말이 없었다. 그렇다고 섣불리 제 발로 큰스님을 찾아 나설 수도 없는 처지. 애초엔 물론 자신이 직접 스님을 찾아가 어려운 사정을 청원드리려던 그였다. 한데 윤 처사가 그걸 처음부터 가로막고 나섰다. 그것은 반드시 도섭에 대한 윤 처사의 친절에서만은 아니었다. 절간 일에도 절차가 있게 마련이요, 이런 일은 더군다나 그 절차가 은밀해야 합니다— 그러니 대신 자기가 조용히 윗분들께 사정을 귀띔하여 적당한 처결을 받아 오겠노라, 윤 처사가 그러고 앞장을 서고 나선 것이었다. 그리고 그 윤 처사가 즉시 광명전 큰스님의 처소로 올라가 얻어 돌아온 처결인즉, 얼굴 보는 일이나 사정을 듣는 건 급할 바가 없으니, 우선에 윤 처사가 숙식이나 돌봐주며 기다리고 있게 하라시더라는 거였다.

——그러니 당분간은 불편스런 대로 여기서 저와 함께 지내면서 다음 처분을 기다릴밖에요.

한마디로 자기 혼자 앞뒷일을 모두 결정해버린 꼴이었다. 그리고 이 적막스런 기다림. 일이 예상외로 시간을 끌고 있었다. 그동안 집허당이나 종무소 쪽에선 사람이고 전갈이고 오가는 기미가 거의 없었다. 도섭이 인적을 접할 수 있는 것은 골방 잠자리를 함께하는 윤 처사와 그 윤 처사와 함께 정잿간 일을 돌보는 곽 행자, 그리고 하루 두 끼의 공양을 위해서 정잿간을 드나드는 일대의 기식인들뿐이었다. 그 밖에 그를 스쳐간 인적이라곤 어느 날 웬 젊은 중(나중에 들으니 위인이 집허당에서 우봉 스님을 시봉하는 상좌승으로 말을 못하는 반벙어리랬다) 하나가 실수인 양 불쑥 방문을 열어젖히고 도섭을 유심히 훑어보고 간 일과, 하루 저녁 본전 쪽 원주 스님이 윤 처사와 채전(菜田) 일로 잠시 문밖 의논을 나누고 간 것뿐이었다. 하지만 그나마도 기미를 삼가라는 윤 처사의 당부가 있어 직접 면대나 말거래 같은 것은 엄두조차 못 냈다. 윤 처사의 은밀스런 당부가 아니더라도 도섭은 자신의 신변을 위해 스스로 기척을 삼가야 하였다. 낮에는 절간 안팎 사람들의 눈길을 피하느라, 밤에는 밤대로 절간 제절(制節)에 얽매여(절에선 밤시간도 그리 출입이 자유롭지가 못했다) 방문 한 번 맘대로 뻥긋해볼 수 없는 적막강산의 면벽거사 처지였다. 그래 그렇듯 뜸뜸한 인적조차 문밖 기척으로나 느껴올 뿐이었다. 공양 시를 알리는 운판 소리를 좇아 광명전 스님들이 본전으로 내려가는 것도 다만 윤 처사의 설명뿐 자신의 눈으론 직접 본 일이 없었으니까. 도섭으로선 집허당과 윤 처사 간에 정작 어떤 전갈이 오간다 하더라도 그것을 제대로 알아차릴 처지도 못 되었다. 틈틈이 이런저런 사연을 캐묻곤 하는 눈치로 보아 윤 처사만은 그간 몇 차례 윗동네 출입이 있어온 듯하였지만, 때가 아직 안 돼선지 일이 어려워선지, 그에게서도 좀처럼 어떤 처결의 기미가 안 보이긴 마찬가지.

지루하고 답답한 기다림이 아닐 수 없었다. 그것도 그가 만나야 할 사람을 바로 지척에 둔 채 코빼기도 못 보고 기다리고만 있자니 하루하루 마음이 더 조급해질 수밖에 없었다. 때로는 그러고 무작정 기다리고 있기보다 이제라도 자신이 집허당으로 올라가 스님과 직접 한번 맞닥뜨려보는 게 어떨까 싶은 생각이 들기도 하였다.

— 우봉이 도대체 어떤 인물이길래. 이만큼 기다렸으면 일의 가부는 둘째치고 제 코빼기라도 한 번쯤 구경시켜줘얄 거 아닌가 말여……

하지만 윤 처사는 그만 눈치만으로도 도섭 앞에 슬그머니 선수를 치고 나섰다.

— 쫓아내지는 않고 있는데 무얼…… 남 선생 처지에 이렇게 기다리고 지내게 되는 것만도 그리 상관이 없는 일 아닙니까……?

싱겁게 태평스런 말투 속에서도 스님을 직접 만나려는 생각은 싹부터 단호하게 잘랐다.

그 윤 처사와는 이도 저도 더 이상 의논이 될 수가 없었다. 첫날의 선선한 태도와는 딴판으로 그 앞에선 그저 기다림뿐이었다. 그 기다림이 어언 닷새째를 헤아리고 있었다.

지금도 사정이 마찬가지였다. 절간은 이미 하안거(夏安居) 철이 끝나고 스님들이 대개는 만행(萬行)을 떠나고 없었다. 하지만 표충사의 정갯간 일은 철따라 떠남이 있을 수 없는 중생들에 얽매여 언제나 그대로 늘고 줆이 없었다. 윤 처사는 그래 늘 마음을 풀고 쉴 만한 여가가 없었다. 낮은 낮대로 정갯간 일에 쫓기고, 이때처럼 겨우 바깥일을 마감하고 돌아온 이후에는 새판잡이 밤공부가 시작되는 것이었다. 어떻게 보면 이때처럼 바깥일에서 풀려난 늦은 밤시간이야말로 윤 처사에겐 자신의 불법 수련을 위한 가장 소중스런 때인 듯싶어 보이기도 하였다.

다름 아니라 도섭은 그 윤 처사와의 첫날 밤 이후로 그가 사지를 펴고 잠자리로 드는 것을 본 일이 없었다. 취침 종소리를 전후해서야 겨우 바깥일을 끝내고 호롱불빛을 앞세워 골방으로 들어서면 그는 비로소 자기 시간대로 돌아온 듯 새판으로 밤공부를 시작했다. 그는 매번 방문을 들어서는 길로 도섭에게(도섭은 늘 그때까지 혼자 어둠 속에 그를 기다리고 있었으므로) 한두 마디 알은체를 건네고는 곧바로 윗목의 서탁 앞으로 다가갔다. 널빤지를 적당히 짜맞춘 앉은뱅이 서탁. 그 위에 콩알만큼 한 희미한 호롱불을 조심스럽게 앉혀두곤 등을 동그랗게 구부리고 붙어 앉아 무한정 불서들을 뒤적이고 있었다. 밤이 늦으면 위인의 둥그런 영자(影姿) 위로 졸음기가 더덕더덕 내려앉고, 어쩌면 그 무거운 졸음기에 짓눌려 위인의 몸뚱이가 그대로 잠 속으로 가라앉아버릴 것 같기도 했다. 그것이 그간 도섭이 잠자리에서 보아온 윤 처사의 전부였다. 위인의 육신이 그 졸음기에 무너져 내린 일은 한 번도 없었다. 어쩌다 새벽에 눈이 뜨여 둘러봐도 위인의 모습은 늘 그 자세 그대로였다. 심지어는 깜박 졸음기에 빠져들어 책장 넘기는 소리가 멎고 있을 때마저도 위인의 자세가 함께 허물어지는 일은 결코 없었다.

그런 깐에 위인은 머리를 깎고 먹물옷만 걸쳐입었을 뿐 절밥이 그다지 오랜 것 같지도 않았다. 내놓고 신상사를 캐물을 수는 없었지만, 처사로 불리는(위인은 도섭에게 그렇게 불러주길 자청했고, 곽 행자를 비롯한 다른 객방이나 외사의 기식객들도 그렇게들 불렀다) 위인의 호칭이나 그가 절간에서 맡고 있는 일(정식 공양간도 아닌 별간 공양주라니)도 그랬다. 나이 어린 곽 행자가 그를 별반 대수롭잖게 대하는 언동까지도 그랬다. 한 번은 위인이 없는 사이 쓸데없는 호기심으로 그가 늘 읽고 있는 불서들을 들춰보니 그것도 그저 초발심자들의 기초 수련서로 알려진 『천수경』이나 『승가경(僧伽經)』 따위였다.

— 아직은 진짜 중이 못 되었으니까요. 머리 깎고 먹물옷까지 얻어 입었으니 평생 중질을 해볼 생각이야 간절하지만, 세간 나이 이미 서른을 넘어선 늦깎이 입문에 머리통까지 볼품없는 황골(黃骨, 득도 해탈하기 어려운 골품)이라서요. 이 머리도 실은 조급한 마음에 제 손으로 미리 깎은 거랍니다.

언젠가 도섭이 지나가는 소리처럼 복색에 걸맞잖은 그의 처사 호칭의 사연을 물었을 때 위인이 무심히 실토해온 소리였다.

그 늦깎이 — 늦깎이 입문 역시 위인의 나이에 비해 절밥이 그리 오래지 않았음을 말해주고 있었다. 그런 만큼 하루빨리 계를 받아 진짜 중이 되고 싶은 늦깎이의 용맹발심이랄까. 위인의 낮일손과 밤불경 공부는 이만저만 열심이고 정성스런 게 아니었다. 광명전 경내의 집허당에는 우봉 스님의 거처에 연이어 다른 스님이나 시자들을 위한 선방 숙사가 여럿이라 하였다. 한데도 윤 처사는 같은 정잿간의 곽 행자만 그곳으로 잠자리를 보내고(곽 행자는 실상 그곳도 마다하고 천불전 행자실을 찾는다지만) 자신은 이 정잿간에

곁딸린 골방을 혼자서 숙사로 쓰고 있었다. 그것도 다 그의 밤공
부를 위한 방편임이 분명했다. 그가 정잿간의 호롱불을 챙겨 들고
들어와 서탁 앞에 앉는 것은 으레 취침 종소리가 울리기 전후였고,
그러니 이 방은 다른 곳의 불빛이 모두 꺼질 때 거꾸로 그것이 켜
지는 격이었다. 외벽 창문이 없는 골방이라 불빛이 밖으로 새어
나가는 건 아니었지만, 그것이 도량의 계율을 어기고 있음은 분명
했다. 그것을 알면서도 밤새 호롱불을 끄지 않는 그였다. 늦깎이
입문에다 하찮은 별간 일에 의탁해 지낼망정 함부로 범접하긴 어
려운 정진경이었다.

이래저래 위인에겐 언제 한번 차분히 이야기를 붙여볼 틈이 없
었다. 이날 밤도 이미 서탁을 마주해 있는 그에게 새삼스레 신상
담을 늘어놓을 수가 없었다. 게다가 그것이 어느 쪽 이야기건 애
초에 누구의 신상담 같은 걸 좋아할 위인도 아니었다.

— 말없이 행하는 것이 불법 수행의 길이라 남의 일을 묻거나
함부로 간섭하지 않는 것이 절간 사람들의 법도이자 예의랍니다.
더욱이 속세간의 사연에 대해서는……

위인의 때늦은 절밥 이야기 끝에 섣불리 속세간 내력을 물었을
때 그가 은근히 힐책해온 소리였다.

위인을 상대로 해서는 더 이상 의논이고 채근이고 집적이고 나
서볼 틈서리가 없었다.

— 하긴 당장 내쫓기는 건 아니니 며칠 더 얌전히 기다려보는
수밖에.

도섭은 마침내 윤 처사에 대한 기대를 스스로 거두었다. 집허당

이나 종무소의 처결에 대한 기대는 밝은 날로 미뤄두고 오늘은 이
쯤에서 잠이나 자두는 게 나을 것 같았기 때문이다.

2

　도섭은 그러나 이날 밤 거기서 바로 잠자리를 잡아들지 못했다.
심사가 조급해지면 늘 해오던 버릇대로 자리에 들기 전에 용변소
엘 한차례 다녀와야 하였다. 그는 모처럼 바깥바람도 쐴 겸 마음
을 작정하고 방문을 나섰다. 그리고 조심조심 표충사 경내를 빠져
나가 왼쪽으로 다시 외원길을 타고 올라갔다. 거기 광명전으로 올
라가는 중간쯤에 해우소(解憂所)라는 이름의 용변소가 있었기 때
문이다.
　한데 실없는 조홧속이었다. 변의는 실상 그리 편치 못한 심사의
장난기에 불과했던 모양. 어둠 속을 조심조심 더듬어 올라가 정작
해우소 앞까지 당도하고 나니, 어느새 변의는 말끔히 사라지고 대
신 이상스런 밤의 음기(陰氣)가 장막처럼 서늘하게 온몸을 휩싸왔
다. 산 아래론 그저 고즈넉한 정적 속에 집허당을 비롯한 광명전
당우들이 시커먼 그림자를 짓고 서 있을 뿐이었다. 그 집허당의
담벼락까지 덮어 내린 외원의 숲 속엔 속인 기식객들을 위한 외사
(外舍: 전외의 숙사란 뜻도 있었지만, 보다는 불가와 상관없는 속인
들의 숙사란 뜻에선지, 토굴이니 전내의 요사들과 구분하여 윤 처사
들은 그곳을 외사라 일컬었다)들이 옹기종기 서너 칸이나 들어앉아

있었지만, 그쪽 사람들도 이미 잠이 깊어져선지 인적기를 전혀 느낄 수 없었다. 한데도 근자 신경이 너무 예민해 있었던 탓인가. 도섭은 그 정적과 어둠 속 어디에선가로부터 자꾸 어떤 음습한 영기(靈氣) 같은 것이 그에게로 뻗쳐오고 있는 기분이었다. 그 정적과 어둠 속 한구석에 아직 잠이 들지 않고 있는 어떤 은밀스런 숨결, 혹은 그 숨결로 어두운 장막의 한 자락이 조용히 흔들리고 있는 듯한 위태로운 심영(心影). 더욱이 도섭은 그 보이지 않는 마음속 손길을 좇아 자신도 모르게 어디론지 발길을 서서히 움직여가고 있었다.

오래지 않아 도섭은 그를 부르고 있는 그 영기의 진원을 깨달았다. 그는 어느새 광명전 문간 아래 돌계단 앞까지 올라와 있었다. 그를 부른 것은 광명전 불당과 집허당 중간쯤에 시커멓게 솟아오른 소영각의 암자(暗姿)였다.

소영각— 그곳은 도섭이 산을 오기 전부터 자주 심상찮은 냄새를 느껴오던 곳이었다. 북쪽 본전이나 천불전 쪽보다 이쪽 광명전 근처를 마음에 둔 것도 실은 그 우봉 스님의 집허당 거처를 일러준 화정옥 소연의 귀띔 이전부터였다. 소영각에 대한 기이한 이야기는 도섭이 산 아래 화정옥까지 오기 전 읍내에서 떠돌아다닌 이틀간의 사전 탐사 행각 때부터였다. 거기다 우봉의 집허당 거처까지 광명전 내원에 함께 있어준 것은 그야말로 행운이 겹쳐든 격이었다.

그런저런 연유로 그곳은 도섭이 첫날부터 기미를 한번 살펴두고 싶던 곳이었다. 윤 처사가 웬만큼만 단속을 덜 했어도 그새 어떻게든 발길이 한 번쯤 미쳤을 곳이었다. 당장 어떤 조짐을 알아내기보다 그쯤 헐거운 호기심만으로도 그랬다. 하지만 도대체 마땅한 기회가 없었다. 밤으론 전혀 기회가 없는 것도 아니었지만, 밤잠이 없는 윤 처사의 눈길이 그때마다 마음에 걸리곤 했다. 은신처를 구걸하러 들어온 위인이 섣불리 눈에 나는 짓을 할 수가 없었다. 밤용변길에 기껏 올라가본 것이 동쪽 외원의 속인 숙사까지뿐이었다. 그때 도섭은 집허당 뒷벽 한 곳에 광명전으로 통하는 작은 출입문이 뚫려 있는 것을 발견했지만, 그걸 본 것만으로도 공연히 가슴의 박동이 거칠어져 그대로 발길을 돌이켜 오고 말았었다. 그러곤 윤 처사의 말 흘림을 근거 삼아 혼자서 이리저리 전내의 위치도를 그려보며 문밖출입이라도 자유로워질 때를 기다려온 처지였다.

그런데 갑자기 변의가 사라지고 나니 그곳의 음기가 그를 불러낸 것이다. 아니 애초에 별 욕기를 품음이 없이 그를 밖으로 불러낸 그 허망스런 변의 자체가 그의 숨은 소망의 조화였을 수 있었다. 괴괴한 정적과 음습한 어둠 속에 도섭은 비로소 그것을 깨달았다.

—— 변이 마려운 건 소영각을 용변소로 삼아보고 싶어서였던 게로구만. 그렇다면 좋지. 오늘 밤엔 한번……

도섭은 속으로 작심을 하고 나서 천천히 계단을 오르기 시작했다. 마음을 작정하고 나서니 발길을 별로 더듬거릴 게 없었다. 윤 처사는 이제 자리에 눕지만 않았을 뿐 그가 들고나는 것조차 염두에 없을 사람이니 시간을 서둘러야 할 것도 없었다. 뿐더러, 경내가 온통 깊은 잠에 빠져든 한밤중이라 그의 잠입을 알아차릴 사람은 아무도 없었다. 그는 그러나 발소리를 조심조심 문간을 지나 내원으로 들어섰다. 머릿속 탐사가 많았던 탓으로 내원 배치가 한눈에 들어왔다. 오른쪽으로 비로자나불(毘盧遮那佛)을 모셨다는 대광명전 불당이 자리해 있고, 왼쪽 담벼락을 따라 ㄱ자형으로 길게 이어선 건물은 그 안쪽 끝에 우봉 스님의 거처가 있는 집허당일 터였다. 그리고 문간의 정면 중앙에 뒷산을 등진 채 높다랗게 솟은 것이 문제의 소영각일 것. 불빛 하나 없는 어둠 속이라 그런지 밖에서 듣거나 먼발치로 스쳐보고 생각해온 것보다 규모가 훨씬 크고 높은 당우였다. 처마 밑까지 가까이 다가가보니 내실 문턱이 아직 몇 개의 계단을 더 올라가 있을 만큼 대를 높이 쌓아 올려 앉힌 전각이었다.

도섭은 거기서 심호흡을 한번 크게 하고는 재차 어둠 속으로 건물의 규모를 훑어갔다. 벼르고 별러온 수수께끼의 문을 바야흐로 눈앞에 하고 서게 된 성취감 때문이었다. 그는 그것으로 그 건물이 숨기고 있는 수수께끼의 비밀을 반쯤은 이미 손에 넣은 기분이었다. 원한다면 지금 당장이라도 그 비밀의 문을 여는 일을 시작할 수 있었다.

하지만 그것은 도섭의 조급스런 자기 믿음일 뿐이었다. 도섭은 금세 그걸 깨닫지 않을 수 없었다. 어둠 속으로 희미하게 드러난 머리 위의 현판이 '消影閣'이 아니었다. 寶蓮閣. 판액의 글씨는 분명 그렇게 되어 있었다.

보련각? 도섭은 차츰 이상한 생각이 들기 시작했다. 그렇다면 이 건물이 소영각이 아니란 말인가. 내가 건물을 잘못 짚은 건가?

하고 보니 그가 듣고 짐작해온 것보다 건물의 규모가 너무 큰 것도 어딘지 어색했고, 그 건물이 사람들의 내왕이 빈번한 내원 정중앙을 차지하고 앉은 것도 앞뒤가 잘 맞지 않는 느낌이었다. 이런 건물이 백여 년 동안이나 줄곧 문이 닫혀 있어? 수상쩍은 일은 그뿐만이 아니었다. 도섭은 곧 사실을 확인하기 위해 발소리를 죽여 돌계단을 올라갔다. 투박한 빗살 창문의 중앙 출입문이 이내 앞을 가로막았다. 손을 들어 더듬어보니 쇠돌쩌귀가 만져졌다. 그는 내심 아니리라 여기면서도 천천히 돌쩌귀를 잡아당겨보았다. 그런데 문틀이 예상과는 달리 그대로 부드럽게 열려버리는 게 아닌가. 도섭은 오히려 당황했다. 이곳이 소영각이라면 그럴 리가 없었다. 한 줄기 향연처럼 스님의 자취가 사라져버린 뒤 백여 년 동안 내내 사람의 출입이 끊겨져온 방이 아니라던가. 그가 건물을 옳게 짚었다면 문이 그토록 쉽게 열리긴커녕 돌쩌귀 따위가 매달려 있을 필요도 없었다. 필시 소영각이 아닌 듯했다. 그리고 그것은 도섭이 거기서 발길을 돌이키기 전에 다시 한 번 분명히 확인이 됐다.

문이 열린 김에 도섭은 대체 그곳이 어떤 곳인지나 알고 싶었다. 하지만 방 안은 어둠이 깊어 아무것도 형체를 분간할 수가 없었다. 그는 어차피 내친김이다 싶어 깊은 속주머니의 성냥을 꺼냈다. 산을 올라올 때 비상용으로 지녔다가 이제 몇 개비도 남지 않은 물건이었다. 한데 성냥불을 켜 들이밀다 말고 도섭은 하마터면 비명을 지를 뻔하였다. 불빛에 떠오른 전실 내부는 양쪽으로 길게 뻗은 맨마룻바닥에, 그 마룻방의 정면 벽면을 수많은 초상들이 가득 채우고 있었다. 그 초상들이 불빛을 받자마자 도섭을 향해 일제히 눈길을 쏟아왔다. 도섭은 마치 그 초상들이 방금 몸을 움직여 순식간에 자신을 덮치려 들고 있는 듯한 착각을 일으켰다.

그는 재빨리 다시 불빛을 죽이고 쫓기듯 문 앞을 물러 내려왔다. 그리고 계단을 내려서고 나서야 싱거운 안도의 한숨을 내쉬었다. 잠시 잠깐 불빛 속에 떠오른 광경이었지만, 그것은 마치 살아 있는 군상의 어둠 속 집처럼 기분이 몹시 섬뜩한 곳이었다. 도대체 그곳이 어떤 곳인지는 아직도 알 수가 없었다. 그러나 그것이 소영각이 아닌 것은 거의 확실해 보였다. 소영각이라면 모습이 지워지는 집이라는 뜻이 아닌가. 그가 여태까지 들어온 것도 그랬었다. 그런데 그 수많은 스님들의 영정이라니. 보련각이 무엇을 하는 곳인지는 모르지만, 그것은 오히려 소영각과는 반대로 쓰이는 집이어야 할 것이었다. 그렇다면 진짜 소영각은 어디에 있단 말인가. 도섭은 내심 당황스런 중에도 한편으론 새 의혹이 들솟았다. —분명히 소영각이 있어야 할 자리에 보련각이라는 전각이 들어앉아 있으니, 내가 무얼 잘못 알아온 것 아닌가. 아니면 그새 소영각이 어디로 자리를 옮겨 앉기라도 했단 말인가⋯⋯

잠시 뒤에 수수께끼가 풀렸다. 소영각은 사라진 것도, 자리를 옮겨간 것도 아니었다. 도섭이 건물을 잘못 짚은 것도 아니었다. 도섭이 건물의 뒤쪽을 살피러 서쪽 벽면을 타고 돌 때였다. 그 옆 벽면 한 귀퉁이에 작은 출입문이 하나 틀어박혀 있었다. 역시 몇 층의 돌계단이 마련된 마루청 높이의 옆 출입문이었다. 하지만 도섭이 계단을 올라가 살펴보니 실제 사람의 출입이 불가능한 문이었다. 벽 속에 문틀이 틀어박힌 채 모양만 남아 있는 벙어리 문이

었다. 어둠 속에서도 여기저기 주변 회벽이 떨어져나가고 목질부
가 푸석푸석 거칠어진 걸로 보아도 사람의 출입이 까마득해 보였
다. 설사 문틀이 열린다 하더라도 그 문을 통해 들어갈 다른 방은
없었다. 위치로 보아 보련각 옆벽의 영정들을 뚫고 곧바로 내실로
들어서게 될 판이었다. 아니나 다를까. 자세히 살펴보니 그 문틀
바로 위쪽에 '消影閣'이라는 작은 편액이 걸려 있었다. 건물을 잘
못 찾은 게 아니었다. 소영문을 통해서 보련각 내실을 들어가게
되어 있었다. 소영문은 보련각의 옆문 이름이었다. 그래 사람 따
라 보련각을 소영각으로(문의 내력이 더 기이했을 터이므로) 불러
온 게 분명했다. 다만 소영문은 듣던 바대로 출입이 폐쇄되어 그
흔적과 문호(門號)의 편액만을 남기고 있을 뿐이었다.

  보련각과 소영각은 같은 건물이었다. 당우의 수수께끼는 풀린
셈이었다. 하지만 그 같은 수수께끼의 해답은 도섭에게 또 다른
의문을 낳게 했다. 문이 폐쇄된 것은 그도 내력을 들어 이미 알고
있는 일이었다. 따라서 그 내력 깊은 문호를 편액으로 계속 남겨
두고 있는 것까지도 이해할 수 있었다. 하지만 소영문이 보련각의
옆 출입문이었다는 점에는 납득이 잘 가지 않았다. 소영문이 닫히
면서 출입이 끊어진 방이 없었기 때문이다. 그게 보련각의 옆 출
입문이었다면 그 문이 폐쇄된 오늘에 와서도 보련각의 내실 출입
은 앞문을 통해서 자유롭게 되어 있었다. 하지만 산 아래서들은
아직도 소영각의 내부가 사람의 출입이 불가능한 비밀의 밀실로
말해지고 있었다. 그 밀실이 그가 방금 본 보련각의 영정실을 말
하는 것일 수는 없다. 아니라면 사람들은 어째서 아직도 그것을

그렇게 믿고 말하고 있는 것인가. 한 기승(奇僧)의 선실로 쓰이던 소영각의 내실이 따로 있었다면 그새 그 실재는 보련각의 기다란 마루청으로 합해지고 이제는 그저 이야기로만 남게 된 것이 아닐까. 아니면 혹시 그 문과 편액만을 그 자리에 남겨둔 채 본실은 어딘지 다른 데로 자리를 옮겨가 있는 것이 아닌지.

도섭은 그 껌껌한 어둠밖에 들여다볼 것이 없는 문짝을 기웃거리며 점점 더 깊은 의혹의 수렁 속으로 빠져 들어갔다.

하지만 다음 순간 도섭은 더 이상 소영각의 수수께끼를 좇고 있을 수가 없었다.

후두둑.

울울한 뒷산 숲 어디쯤에선지 잠을 깬 밤새 한 마리가 갑자기 어둠을 가르며 허공을 지나갔다. 소리는 그뿐만이 아니었다. 도섭을 이곳까지 불러들인 그 은밀스런 숨결의 예감. 정적과 어둠의 한구석에 아직 잠이 들지 않고 있는 어떤 역력한 생령의 움직임. 그것은 아마 보련각의 음습한 영기 때문만이 아니었는지 모른다. 날갯짓 소리에 이어 느닷없이 그의 뒤통수를 후려치는 질타가 뒤따랐다.

"웬 중생인고!"

어조는 높지 않았으나 어디선지 그의 밀행을 지켜보고 있었음에 분명한 나이 든 사람의 질책이었다. 도섭은 그 불의의 일갈에 소스라치듯 그 자리에 사지가 굳어졌다. 상대쪽은 그를 계속 지켜보고 있음이 분명한데, 당황결이라 이쪽에선 미처 소리의 방향조차 얼른 가늠할 수가 없었다.

하지만 그는 이내 다시 침착을 되찾았다. 이런 때일수록 여유를 갖는 것이 '쫓기는 자'의 지혜였다. 따지고 보면 무슨 큰 허물을 지은 것도 아니었다. 무엇보다 의심을 사지 않아야 했다. 그는 천천히 마음을 가다듬고 앞뜰께로 나서며 어둠 속을 살폈다.

"웬 중생이 아직 밤잠도 자지 않고 어둠 속을 떠돌아!"

때마침 한 번 더 힐책의 소리가 날아왔다.

"보이히니 아직 머리빡이 검은 중생 같은데, 발길 디밀 데 못 디밀 데 분간을 못하고 밤괭이모양으로 어디나 함부로……"

이번에는 소리의 주인공을 알아볼 수 있었다. 불당 앞쪽 뜰 건너 담 그림자 속에 희미한 사람의 형체가 서 있었다.

── 절간에도 무슨 밤순찰꾼이 있었던가. 웬 늙은이가 하필 이런 때 나타나가지고……

하지만 도섭은 소리의 정체를 찾아내고 나서도 거기 응대할 말이 냉큼 떠오르지를 않았다. 상대 쪽은 그간 이편의 동태를 속속들이 모두 지켜보고 있었을 것임에 반해 자신은 아직도 그쪽이 어떤 위인인지를 알 수 없기 때문이었다. 거침없이 내뱉는 질책 투로 보아서 그쪽은 필시 집허당에 거처를 둔 어느 지체 있는 스님의 신분일시 분명했다. 혹시는 그게 바로 우봉 스님일 수도 있었다. 하지만 도섭은 집허당에 그런 중이 몇이나 머무는질 알지 못했다. 그리고 그게 만약 우봉 스님이라면 기숙 여부가 아직 결정 나지 않은 임시 은거의 도섭의 처지로선 더욱 언행을 조심해야 했다. 뿐더러 이제는 들을 만한 질책은 거의 들어버린 터, 큰 허물을 짓지 않은 바에야 뒤늦은 변명이 그리 필요한 것도 아니었다. 그는 잠잠히 입을 다문 채 저쪽의 처분만 기다리고 있었다. 상대 쪽도 필경엔 그쯤 치부를 한 모양이었다.

"그래 밤새도록 거기서 그 문짝만 지키고 서 있을 참인고!"

한마디 대꾸도 없이 어둠 속에 죽은 듯 잠잠해 있는 도섭을 향해 소리가 다시 채근을 해왔다. 그리고는 그의 퇴로를 열어주듯, 아니면 내친김에 경내를 한 바퀴 둘러볼 심산인 듯 불당 쪽으로 스적스적 발길을 옮겨가며 경고조의 힐난을 덧붙이고 있었다.

"그 문은 누구도 못 열어. 제깐 놈 힘으로 열 재간도 없겠지만, 문이 열린대도 제놈이 필경 그 안으로 제 색신(色身)을 잃게 될 꼴일 터. 그래 그 문호가 소영문이라는 게야. 허긴 이미 제놈의 속맘이 그 안을 엿보고 싶어 한 게라면 언젠가는 제놈도 그 문을 들어설 업보를 짊어져버린 격일러니……"

도섭의 속을 이미 다 꿰뚫고 있는 사람처럼, 더욱이 그 문이 아직 어디에 밀실을 숨긴 채 사람의 출입을 막고 있는 것처럼, 그래서 사람 따라 문을 열고 안으로 들어간 자까지 있어온 듯 심상찮은 저주기를 담은 소리였다. 그런데 중 처지에 결코 걸맞을 리가 없는 위인의 소리는 그의 그림자가 불전 뒤켠으로 사라져간 다음에도 까닭 모를 탄식을 여운처럼 등뒤로 남기고 있었다.

"어허, 어리석고 깜깜한 중생들……!"

3

이튿날 아침, 윤 처사는 전에 없이 도섭의 곤한 새벽잠을 깨웠다.

"아침 공양 짓는데 아궁이 불 좀 보아주시겠소?"

잠을 깨워놓고 그가 부탁을 해왔다. 전에 없던 일이었다. 도섭도 이미 스님들의 기침을 알리는 본당 쪽 종소리를 듣고 있었다. 스님들이라면 벌써 새벽 예불이나 선공부에 들어 있을 시각이었다. 하지만 도섭은 날이 샐 때까지 기침을 서둘러야 할 이유가 없었다. 문밖 지척에서 조석 공양을 서두르는 윤 처사들조차 모른 척 방 안에만 숨어 박혀 지내온 그였다. 그게 윤 처사 자신의 당부였다. 그런데 오늘은 웬 변괴인가 싶어 자리를 일어나 어리둥절해 있으려니, 윤 처사도 그의 그런 심중을 읽은 듯,

"아, 산 아래 볼일이 좀 생겨서 곽 행자가 아침 일찍 정쟷간을 비웠어요."

아궁이 불을 때고 나물거릴 손질하는 곽 행자의 일손이 비었음을 알렸다. 아침 일찍 무슨 일로 산을 내려갔는지 윤 처사는 더 이상 설명이 없었지만, 사정이 그렇다면 열 명도 더 되는 객식구들 끼니에 그의 손을 빌리려 든 건 무리가 아니었다. 윗사람들 허락도 없이 무작정 며칠씩 숙식을 신세 지고 있는 판국에 도섭은 오히려 반가운 부탁이었다. 그는 서둘러 옷가지를 꿰어입고 정쟷간으로 나갔다. 윤 처사는 이미 두 곳이나 되는 커다란 가마솥 아궁이에 불을 지펴놓고 한편에서 서벅서벅 무채질을 하고 있었다. 객방

(동문 밖 숲 속의 외사까지 포함하여) 사람들에게 차려낼 아침 공양
거리론 한쪽 가마솥에 수수죽이 끓여지고 있었다. 무채질은 말하
자면 저녁 공양거릴 위해서였다. 시국 형편이 형편인지라 절간 스
님들은 말할 것도 없었고, 근자엔 제 재물 지니고 들어온 객방이
나 외사 사람들까지도 하루 두 끼 공양이 상례로 되어 있었다. 그
것도 아침 녘엔 수수나 호박죽 따위가 고작이었고, 저녁 공양은
알수수나 보리쌀에 산채말림이나 무채 따위를 섞어 삶은 개범벅
잡곡밥 정도가 예사로 되어 있었다. 거기에 생배춧국이나 산나물
절임이 부식으로 오르는 게 도섭이 보아온 그간의 끼니 차림이었
다. 부처님께 올리는 예식은 혹 모르지만, 절간 스님들의 조석 공
양은 그보다도 형편이 더 험할 게 분명했다. 윤 처사의 무채질은
그러니까 이날의 저녁 공양거리를 위한 예비 작업인 셈이었다. 보
리쌀에 섞어넣을 무는 그렇게 미리 채를 썰어 물기를 빼놓아야 하
기 때문이랬다. 그 무채와 버무려질 보리쌀도 수수죽과 이웃한 쌍
둥이 가마에서 지금 함께 끓여지고 있을 것이었다.

도섭은 이내 자기 몫의 일을 알아차리고 불길이 한창인 그 쌍아
궁이 앞으로 자리를 잡아 앉았다. 그리고 윤 처사가 미리 옮겨다
놓은 부나뭇가지들을 골라 불길을 계속 부추기기 시작했다.

그런데 윤 처사는 그런 따위 일손 도움이 애초 목적이 아니었는
지 모른다. 정잿간이 혼자 무료해져서거나, 아니면 이 기회에 따
로 하고 싶은 말이 있었는지도 모른다. 도섭이 한동안 침묵 속에
아궁이만 지키고 있으려니, 윤 처사가 잠시 칼질을 멈추더니 전에
없이 허물없는 소리를 해왔다.

"이른 잠을 깨어 정신이 아직도 멍멍하신가 본데, 내 한마디 물어봐도 되겠소?"

새벽잠을 깨운 허물을 빌고 있는 투였으나, 눈가에 짓궂은 웃음기까지 어린 것이 뭔가 엉뚱한 소리를 담고 있는 표정이었다. 절간 일은 매사 몸으로 행할 뿐 말을 삼가는 것이 저간의 법도랬다. 거기 버릇이 된 듯 말수가 없던 윤 처사였다. 그런 윤 처사가 그러고 나서는 데엔 뭔가 곡절이 있음 직했다. 이 위인이 이른 아침부터 무슨 소릴 하려고…… 도섭은 미상불 궁금 쩍은 눈길로 말없이 그의 물음을 재촉했다. 하지만 윤 처사의 다음 한마디는 도섭의 예상보다도 훨씬 엉뚱스러웠다.

"그래, 그 내지(內地) 여인네의 미색이 얼마나 출중했길래 하룻밤 인연에 순진한 남 형이 이런 고생길을 사 들었단 말이오?"

내친걸음이라는 듯 윤 처사가 도섭에게 서슴없이 물었다. 그간 '처사님'에서 '노형'으로, '남 선생'으로 자주 바뀌어온 호칭까지 이날은 다시 '남 형'으로 가깝게 다가들고 있었다. 도섭은 잠시 어이가 없었다. 격의가 덜해진 그의 말투하며 이날 아침 윤 처사는 어딘지 사람이 좀 달라진 것 같았다. 이자가 그 일에 호기심을 느껴왔다니…… 윤 처사가 물은 건 물론 그 일의 시말이 아니었다. 일의 시말은 그도 이미 알고 있을 터였다. 그는 도섭과 한 여자와의 육신의 감응을 알고 싶은 것이리라. 하지만 그런 호기심은 윤 처사에겐 아무래도 어울려 보일 수가 없는 것이었다.

다름 아니라 그것은 도섭이 처음부터 자신의 도피행의 구실로 삼고 있는 한 일녀(日女)와의 추행 사건에 관한 이야기였다. 도섭은 애초 우봉 스님을 직접 만나 그의 도피행의 사연을 고할 계획이었다. 허물이 몹시 무거워 보일 것임에 틀림없는 그런 이야기를 아무에게나 함부로 발설할 수도 없었지만, 무엇보다 거기엔 불덕 높은 웃스님의 은사(恩赦)가 먼저 앞서야겠기 때문이었다. 하지만 윤 처사가 그걸 허락하지 않았다. 사정이 딱하여 도와주긴 하겠지만, 거기엔 절차와 조심스런 말가림이 요한다는 것이었다. 더욱이 도섭을 도와주고 싶은 건 자기 혼자의 생각일 뿐으로 웃스님들의 생각은 아직 아니라는 점을 상기시켰다. 듣던 바와는 반대로 우봉 스님은 특히 속인들의 절간 은신을 못마땅해한다는 거였다.

— 절간이 무슨 죄 짓고 쫓겨온 속인들의 은신처로 그 허물이나 감싸주는 곳인 줄 아느냐. 언젠간 스님한테 그런 질책을 당한 일도 있었지요. 스님은 결국 모른 척 일을 넘어가주셨지만, 그런 분께 불쑥 당사자가 나섰다간 일을 그르치기가 쉬워요. 설사 스님의 마음을 얻어낸다 해도 당신 혼자 처결을 내리실 일도 아니고. 그러니 제가 이런저런 사정 알아서……

일의 은밀성과 절간의 법도 따위를 내세워 결국은 윤 처사가 모든 걸 대신하고 나서게 된 것이다. 도섭은 그런 윤 처사를 위해 스님 대신 위인에게 대충 도피의 사연을 귀띔해주게 되었고, 처음엔 그다지 내키지가 않은 일이었지만, 그날 밤 위인이 집허당을 다녀오고 나서도 별반 확실한 말이 없는 걸 보고, 그 윤 처사를 비롯한 절간 사람들의 눈길이 어딘지 찜찜하게 느껴져왔기 때문이었다.

그게 도섭이 윤 처사에게 털어놓은 일녀 추행 사건이었다. 위인이 그걸 어떤 식으로 스님께 고했는지, 스님이 그걸 어떻게 들었는지, 이후의 경위나 결과는 알 수가 없었다. 그러고도 아무런 하회가 없는 걸로 보아 윤 처사는 그걸 아예 고하지조차 않았거나, 고했대도 별반 효과가 없었던 것 같아 보였을 뿐이었다.

그래저래 도섭은 기분이 계속 찜찜해 있던 참이었다. 우봉 스님이 뒤에서 미적미적 일을 미루고 있는 것은 웃어른의 책임 문제로 그럴 수도 있겠다 싶었지만, 윤 처사의 침묵이나 작정 없는 기다림은 그에 대한 믿음이 아직 모자란 닷일 수도 있었기 때문이다. 한마디로 도섭은 윤 처사가 아직도 자신을 의혹의 눈초리로 바라보며 나름대로 어떤 믿음의 근거를 찾고 있는 중이거니 생각하고 있었다. 그런데 과연 윤 처사는 자신부터 전후사를 곧이곧대로 받아들이지 않고 있는 기미가 역력했다. 위인은 그 도섭의 도피행을 억울한 사람의 의기(義氣)에서가 아니라 서투른 호색한의 꼴사나운 응보쯤으로 말하고 있는 게 아닌가.

"미색 때문이라니…… 처사님은 그럼 지 허물이 여색이나 탐해 덤벼든 못된 추행쯤으로 아셨단 말씀인가요? 처사님은 지 말씀을 그러크럼 들으셨어요?"

도섭은 그나저나 상관이 있으랴 싶으면서도 짐짓 한번 어이없어하는 어조로 윤 처사를 공박했다. 그런 이야기라면 이쪽 사람됨이 좀 무지하고 조악스러워 보여도 손해가 될 것이 없겠기 때문이었다.

그런데 윤 처사는 이날따라 왠지 그런 일에 자꾸 점잖지 못한 호기심을 드러내고 있었다.

"그래, 그게 여색을 탐해서가 아니라면, 정말로 그 서방 놈에 대한 남 형의 복수심 때문이었단 말씀이오?"

도섭에게 무얼 다시 한 번 확인해보고 싶기라도 한 듯 그를 짓궂게 부추겨댔다. 손으론 쉬임없이 채칼질을 계속하면서도 눈길은 그를 향해 실없는 웃음기까지 띄워 보내고 있었다. 스님들의 아침 도량석(道場釋)도 시작되기 전인 이른 시각부터 정잿간에서 함부로 입에 올릴 화제는 못 되지만, 배코 친 중머리가 그걸 허물하지 않는 마당에 이쪽에서 군이 말길을 피할 건 없었다. 윤 처사가 그걸로 도섭에게서 무언가를 탐색해내고 싶은 거라도 있다면 그로선 더욱이 그걸 피해서는 안 되었다. 어쩌면 그게 더 잘된 일인지도 몰랐다.

"야마구치라는 놈, 그 쪽발이 사내놈 때문이지 않구요. 글씨, 그놈이 이만저만 독종이었어야지요. 왜놈들이 못됐다, 표독스럽다 한들 내 생전 그런 놈은 첨이었다니께요. 공사판엔 대개 그리 설쳐대는 쪽발이가 몇 놈씩은 끼어 있게 마련이지만, 그놈은 아예 종자가 달랐어요. 대관절 그날 낮에 지가 당헌 일만 해도……"

도섭은 연신 불더미 속으로 나뭇가지를 꺾어 던지며, 자신이 말한 대로 한 10년 공사판을 떠돌아다닌 간척장 노가다의 이력이 되살아나듯 입심이 거칠 대로 거칠어지고 있었다.

"글씨, 공사판에서 막일하는 사람이 점심 먹고 풀밭에 오줌 줄기 좀 깔겨댄 게 무슨 큰 잘못이란 말요. 잘못된 게 있었다면 그저 우연히 제 놈 쪽으로 물건을 꺼내 쳐들어댄 것밖이는. 허지만 그도 무슨 고의에서였겠어요. 애초에 난 그쪽 풀밭 속에 하필이면 작자의 패거리들이 점심을 처묵고 있는 걸 몰랐으니께요. 사람이 몇 들앉아 있는 기색은 알았지만, 우리 쪽 노가다 패거리거니 했지요. 했는디, 재수가 없으려다 보니 졸지에 작자의 가재미눈깔 상판이 발딱 솟아오르더니, 오오이 고기, 꼴같잖은 조선말로 날 부르는 거 아니겠어요. 그렇게 한번 놈에게 걸려들고 보면 어쩔 수가 없었지요⋯⋯ 언젠가 놈이 흙차 선로 위를 걸어 올라오는 걸 보고도 거리가 안즉 한참이나 떨어져 있으니 그새 지 알아서 몸을 비켜내려니 하고 구루마를 내처 몰아 내려간 친구가 나중에 놈에 게 칼집매를 얻어맞고 허리 병신이 되고 만 일까지 있었다니께요. 놈이 절 죽이고 싶어 하는 사람이 많은 중은 알았던지, 아 글씨, 그때도 백줴 절 죽이려고 일부러 흙차를 그렇게 내달렸다는 거였 지요⋯⋯"

입이 한번 열리고 보니 도섭은 차츰 제 흥에 제가 빠져 들어가는 기분이었다. 그는 이미 한차례 윤 처사 앞에서 구연(口演)을 한 바가 있었으므로 이야기가 한결 더 수월했다. 그저 쉬운 것만이 아니라 사건의 윤곽까지 갈수록 선명해지고 있었다.

"날더러도 한사코 일부러 그랬다는 거였지요. 그러니 그 벌로다 가 바지를 벗으라는 겁니다. 죄를 지은 놈은 네놈의 물건이니 그 놈을 직접 다스려야겠다고요."

도섭은 엉뚱스런 감회마저 실감하며 혼자서 구연을 계속해나갔 다. 윤 처사도 새삼 흥미가 더해가는 듯 무채 일을 대강 끝내고 나 서는 다시 나무새 바구니를 끌어안고 이번엔 아예 도섭의 곁으로 자리를 잡아 앉았다.

"내 참 더러워서⋯⋯ 허지만 힘 약한 놈이 헐 수 있드라고요. 바지를 벗었지요. 그 자리에서 바로 중인환시리에⋯⋯ 놈은 어차피 못 당해낼 테니 직성을 일찍 풀어주는 게 상책이었으니께요. 헌디, 웬걸. 바지를 내리고 나니 놈이 이번에는 지팡이 끝으로 양물을 깐작깐작 건드리는 거예요. 내가 고분고분 순종해오는 걸 보고 이번엔 놈의 못된 장난기가 발동한 거지요. 네가 요노옴! 버르장머리가 없는 놈. 그래 어떤 어른이 점심을 잡수시는디 그런 못돼먹은 실례노(를) 했소까. 좋은 말할 때 네놈 잘못으노(을) 당장 사과해라. 끄덕끄덕 대가리노(를) 조아려 사과 절이노(절을) 하란 말이다…… 아시겠어요? 놈은 내 양물을 일으켜 세우려는 수작이었지요. 기가 찰 노릇이었어요. 작자의 눈살에 히죽히죽 웃음기까지 번지는 꼴을 보니 정말 환장을 하겠습디다. 그나마 작자의 흉물스런 웃음기가 언제 독사 꼴로 표변할지 모르니 섣불리 안심을 할 수도 없고요. 녀석의 지팡이는 뱃속에 기다란 칼날을 숨기고 있었거든요. 그 칼끝으로 제 걸 함부로 쪼아대지 않는 것만도 다행스런 판이었지요. 아니면 자칫 잘못 언제 허리께가 지팡이 찜질을 당하게 될지도 몰랐고요……"

"……"

"헌디 이거, 그보다 더욱 환장을 헐 일은 물색 모르는 고놈의 살집이었어요. 장난기가 뻗친 작자의 수작에 그나마 불안기가 좀 누그러들었든지, 아니면 위인의 집요헌 채근에 염치없이 회가 동하고 말았든지, 고놈이 아 끝내는 슬슬 기동을 시작하지 뭡니까. 그리곤 오래잖아 작자를 향해서 끄덕끄덕 방아질을 보내는 거예요. 아무리 뼈대가 없는 물건이기로서니! 난 차라리 어이가 없더구먼요. 그래 나도 모르게 히죽 허니 실없는 웃음기를 흘린 모양입디

다. 그런 판국에 웬놈의 웃음이라니. 허지만 그게 사실이었던 것
이, 그때쯤엔 벌써 조선인 품꾼들이 여기저기서 숨을 죽인 채 일
의 추이를 지켜보고 있었다는 것인디, 그중의 한 동료가 뒤에 말
한 걸로도 그때 내가 분명히 그리 웃더라는 겁니다. 허지만 난 그
때로선 당최 자신이 웃은 걸 알 수가 없었지요. 지금도 물론 그런
기억이 없구요. 내가 알기로 웃음을 웃은 건 나보다 그놈의 감독
놈 쪽이었지요. 호오, 요거 봐라. 호호, 요놈이 절을 하다 말고 왜
나를 노려보고 있소까……! 어쩌고 하는 씨부렁거림과 함께 녀석
의 얼굴에 그 흉물스런 웃음기가 활짝 번지고 있더라고요. 그 웃
음기가 실룩실룩 그대로 칼날 같은 경련기로 굳어지는 순간이었어
요. 고랏……! 놈의 벽력같은 고함 소리와 함께 나는 아랫도리에
뜨거운 불덩이가 스쳐가는 둔중한 느낌 속에 그대로 정신을 잃고
말았어요. 녀석이 결국엔 내 하초를 표적으로 격검 연습을 감행한
거지요. 그놈의 저주받을 칼지팡이로 말요. 뭐 아프고 자시고 할
건덕지도 없는 일이었지요. 그저 한 대에 나가떨어지고 말았으니
께……"

"그래서 그 앙갚음으로 그날 밤 그 왜인의 여편네 잠자리로 숨
어 들어갔더란 말이오?"

도섭이 잠시 숨을 돌리느라 입을 다문 사이에 그동안 잠잠히 듣
고만 있던 윤 처사가 비로소 한마디 끼어들었다. 그도 이미 뒷일
을 알고 있는 터였지만 점잖지 못한 호기심이 자꾸 더 깊어지고 있
는 기색이었다. 하긴 이자도 사내임엔 분명하니까. 그리고 전번엔
이야기가 이번처럼 자상하지가 못했으니까.

"어디가요. 그러쿰 심하게 상한 물건을 달아 매고 무얼 어쩌자고 그날 밤에 갑니까."

도섭은 의기양양 윤 처사의 참견을 밀쳐버리고 나서 소상한 뒷사연을 마저 엮어나가기 시작했다.

"한 이틀 동안은 옴짝달싹도 못하고 숙사에서 찜질로 놈의 회복만을 기다렸어요. 놈의 목검이 그래도 천운으로 정통을 비켰던지 한 며칠 지나니 그렁저렁 다시 기력을 회복하고 일어서더구만요. 헌디 그놈의 기력을 어디다 시험해볼 데가 있어야지요. 궁리궁리하다 보니 절묘한 생각 한 가지가 떠오르지 뭡니까. 그래 좋다! 네놈이 정말 다시 구실을 할 수 있는지 그놈의 여편네헌티 시험을 해보자…… 놈헌티 당한 일이니 그게 당연한 인과응보라는 생각이었지요. 놈은 바로 공사장 근처에다 간이 주택을 지어 내지에서 제 여편넬 데려다 살림을 차리고 있었거든요. 더러 지나다 보면 제 사내놈하곤 달리 눈꼬리에 늘상 웃음기를 달고 다니는 족제비 같은 계집이었어요. 그래 작심을 하고 기다렸지요. 그러던 중에 하루는 마침 놈이 주막에서 밤늦도록 술타령을 하고 있는 기미더구만요. 더 기다리고 자시고 할 건덕지가 없었지요. 그길로 곧장 놈의 여편네한테로 갔어요……"

"그래 그 왜녀가 남편의 죗값으로 요구에 순순히 응해줍디까?"

윤 처사가 다시 도섭의 말거릴 부추기고 나섰다. 가마솥은 이제 죽거리 쪽부터 쉭쉭 더운 김을 뿜어내기 시작했다. 도섭은 이제 그만 남은 화목을 치우면서 서서히 이야기의 마무리를 지어갔다.

"순순히 응해올 리가 있었겠어요? 하지만 뭐 지년 쪽에선 버팅기고 어쩌고 할 틈도 없었지요. 일격에 문을 박차고 들어가 년의 아가리부터 틀어막고는 살곡괭이질로 사정없이 찍어눌러버렸지요…… 사내놈의 죗값을 제 계집이 대신 치른 거였지요. 하지만 그것도 싼 편이었어요. 놈에 대한 그때의 내 울분에 비긴다면. 그 땐 그 녀석 한 놈만이 아니라 쪽발이 왜인들에 대한 평소의 울분이 년에게 한꺼번에 폭발한 격이었으니께…… 여자를 덮친 건 그러니께 순전히 그런 울분이나 복수심 때문이었다구요."

도섭은 이윽고 이날 아침 이야기의 핵심으로 돌아가, 일녀에 대한 추행의 동기를 그녀의 일인 사내놈에 대한 반도인의 울분과 의기 탓으로 자신 있게 결론지었다. 그리고는 마치 윤 처사의 이해나 공감을 갈구하듯 한동안 조용히 반응을 기다리고 있었다.

"하긴 그런 일을 당하게 되고 보면, 그만 복수심이 생길 수도 있겠지요."

윤 처사도 일단은 도섭의 그런 동기를 이해한 듯 천천히 고개를 끄덕였다. 하지만 그는 거기서도 아직 미심쩍은 것이 남은 듯 조심스럽게 다시 말꼬리를 이었다.

"하지만 그 복수심이 여자를 아예 죽여 없애고 싶을 정도였던가요? 아니면 애초엔 그런 생각까지는……"

이번엔 도섭이 막판에 여자의 목줄기를 눌러댄 걸 두고 한 말이었다. 그의 복수심의 깊이까지 재고 싶어서인 모양이었다. 호기심이라기엔 아무래도 정도가 지나치고 있었다. 도섭은 그럴수록 당시의 정황에 허심탄회한 어조가 되지 않을 수 없었다.

"솔직히 말해서 년을 죽일 생각까진 하지 않았지요. 나중에 년의 목을 눌러댄 것도 정작에 죽이려 그랬던 건 아니었구. 년이 소리만 질러대지 않았다면 말씀예요…… 헌디, 아 글씨 여자란 모를 것이, 첨엔 그토록 사지를 죽어라 버둥거리고 나대던 년이 나중엔 거꾸로 거머리처럼 달라붙어 마구 괴성을 떠질러대질 않았어요. 소리를 못 지르게 하려다가 보니께 급한 김에 목줄길 눌러댔뱄이요…… 일판이 끝나고 보니 년의 사지가 축 늘어져버리더라구요. 그래 그길로 그냥 삼십육계, 이날까지 쫓기는 신세가 된 거지요…… 일의 시말이 그렇게 된 거였어요. 첨부터 년을 죽이려던 게 아니었어요. 헌디도 년이 그 꼴까지 당한 건 순전히 제 년의 색정 탓이었지요. 하지만 그날 밤으로 바로 도망을 치고 말았으니 경찰에선 아예 첨서부터 년을 죽일 작정이었던 걸로 단정을 했다더구만요. 뒤에 어디서 그런 소식을 전해 듣고는 좀 억울한 생각이 들기도 했지만, 자수를 하기 전엔 해명할 길이 있어야지요. 굳이 해명을 하고 싶지도 않았구요. 동기나 경위야 어떻게 되었든 일이 거기까지 이르게 된 것을 나 자신 후회한 일이 없으니께요. 난 어채피 왜놈들의 씨라면 사내고 계집이고를 가리지 않고 그저 한입에 갈아마시고 싶었거든요. 이것도 훨씬 나중에야 전해 들은 소리지만, 알고 보니 년은 용케 다시 숨길이 되살아나 목심을 건졌다더구먼요. 헌디 어느 편이냐면 그 소리를 듣고 나니 다행스럽기보다는 아섭고 억울한 생각부터 앞을 서더라니께요……”

말을 끝내고 나서 도섭은 다시 윤 처사의 기색을 조심스럽게 살폈다. 하지만 윤 처사는 이번에도 역시 본심을 쉽게 드러내 보이지 않았다.

"허허, 이거 참, 오늘 아침 내가 괜한 말을 꺼냈다가 외려 엉뚱한 곤욕을 당하는구만요. 남 형의 처지나 심사는 알겠지만, 이래 봬도 난 머리까지 깎은 절 사람 아니오. 남 형을 도와주고 싶어 처음 이야길 꺼냈지만, 내가 도우려는 건 그런 남 형을 편들어 일인들을 함께 미워하고 저주하려서가 아니라, 거꾸로 그 미움과 복수심을 씻어내드리려는 데서였으니까요, 허허……"

여태까지 그런 점잖지 못한 이야기에 끌려온 자기변명을 검해 새삼스레 도섭의 말투를 나무라고는, 가볍게 한마딜 덧붙여 물어왔을 뿐이었다.

"그런데 그런 소동이 어디서였다고 하셨지요?"

그것은 그저 세상사와 오랜 세월 담을 쌓고 지내온 윤 처사 같은 산사람들의 도섭 부류 시정인들에 대한 본능적인 불안과 경계의 버릇 탓일 수도 있었다.

하지만 도섭은 어딘지 좀 방심스러워 보이기까지 한 윤 처사의 태도가 아무래도 마음에 꺼림칙하게 걸렸다. 이야기 중의 흥이 식다 보니 그에 대한 의구심이 새삼 머리를 쳐들기 시작한 것이다. 지나가는 소리처럼 흘려 묻고 있었지만, 사건의 장소를 다시 들춘 것도 그저 단순한 호기심 탓만이 아닌 것 같았다. 호기심을 가장한 어떤 추궁과 탐색의 기미가 완연해 보였다. 사건의 장소는 그가 전에도 말한 일이 있었으므로 위인의 기억력이 그리 나쁘지가 않다면, 그걸 다시 묻는 건 다른 뜻이 있음이었다. 그것은 먼젓번의 도섭의 진술에 대한 진위와 일관성의 확인이 목적일 수도 있었다. 도섭은 어쩌면 윤 처사의 덫에 자신이 거꾸로 걸려들고 있을

지 모른다는 위험기마저 느꼈다.

하지만 도섭은 그런 기미를 내색해 보일 수는 없었다.

"장흥이었어요. 장흥 해변 쪽 대덕이라는 곳……"

"거긴 그러니까 고향 동넨 아니고…… 남 형 고향은 여천 쪽 어디랬던가요?"

"대충 그 근방 어디쯤 되지요. 전번에도 말씀드렸듯이 이런 식으로 쫓기는 처지가 되다 보니 주변을 의심하는 버릇이 몸에 배어 자세한 고을 구석까진 대어드릴 수가 없고요, 허허."

도섭은 계속 심문이라도 당하고 있는 기분으로, 그러나 그럴수록 대범스런 어조로 윤 처사의 물음에 선선히 응해나갔다. 하다 보니 이젠 윤 처사도 둘 사이의 그런 식의 문답이 어딘지 어색하게 느껴진 모양이었다. 아니면 그도 나름대론 직성이 어지간히 풀려서였는지 모른다.

"그렇겠지요. 그런 걸 제가 뭐 알아야 할 일도 아니겠고. 이야기가 재미있다 보니 괜한 데까지 쓸데없이…… 허허. 자, 그럼 이젠 슬슬 아침상이나 준비할까요?"

그간의 말거래를 모두 실없는 호기심 탓쯤으로 돌리고 나서 윤 처사는 마침내 자신이 맡아온 외방 사람들의 아침상을 보기 위해 나물 광주리에서 불끈 손을 털고 일어섰다. 이미 아궁이의 불기가 꺼지고 더운 김질까지 사그라들고 있는 가마솥들에서는 곡물 익는 냄새가 제법 구수하게 스며 나왔다. 외원 숲에선 어느새 아침 산새들의 울음소리가 낭자하고, 천불전과 광명전의 내원 쪽에선 스님들의 예불과 아침 공양이 끝났는지, 스르륵스르륵 뜰바닥을 쓸어대는 빗자루질 소리가 들려오고 있었다.

4

객방과 외사 사람들의 아침 시중이 끝나고 한동안 정잿간을 비
웠다 돌아온 윤 처사기 뜻밖의 말을 했다.
"옷을 이걸로 갈아입어보시겠소?"
그리고는 어디서 구해 들고 왔는지 회색물을 들인 헌 바지저고
리 한 벌을 도섭 앞에 내밀었다.
"아니 이건 스님들이 입는 중옷 아닙니까?"
요즘 세상에 머리 깎고 먹물옷 걸쳐입은 사람이라고 모두가 중
이 아니라는 사실쯤 도섭도 물론 모르는 바 아니었다. 윤 처사가
그에게 먹물옷을 건넨 것도 진짜 중 노릇을 하라는 뜻은 아닐 터였
다. 보다도 거기엔 도섭에게 당분간 절간 은신을 허락하는 뜻이
있었다. 안팎 눈길로부터 그를 보호하려는 말 없는 배려가 담긴
조처였다. 그렇다면 이제 웃스님들의 허락이 떨어진 것인가……
간밤 광명전에서의 유쾌하지 못한 일과 아침 녘 윤 처사의 아리송
한 호기심으로 기분이 찜찜해 있던 도섭은 표정이 일순에 환하게
밝아졌다. 하지만 윤 처사 쪽은 이번 일에도 분명한 사유를 밝히
지 않았다.
"아, 이건 내가 종무소 쪽엘 갔다가 재무 스님께 제 소용으로 특
별히 부탁해서 헌것을 한 벌 얻어온 것이니 그냥 갈아입고 지내도

상관없어요. 바깥사람들 눈길을 피하자면 속진 냄새가 나는 평상복보다는 아무래도 나을 테니까요. 이걸 입었다고 무슨 중이 되는 것도 아니고……".

종무소나 집허당 웃스님들의 허락에 의해서가 아니라, 자기 단독의 요량으로 한 일이라는 대범스런 대꾸였다. 그래 도섭은 짐짓 한 번 더 의뭉을 떨었다.

"그래도 아직 웃스님들의 확실한 처결도 없는 터에…… 무신 뒤탈이 없을께라요? 나는 둘째치고 윤 처사님꺼정 공연한 질책을 들으시면……"

옷을 사양하기보다 일의 앞뒤를 떠보기 위해서였다. 하지만 윤처사는 그보다 한술을 더 뜨는 격이었다.

"쫓겨 숨어 다니는 사람 처질 두고 어디 꼭 웃어른들의 허락만 기다리고 있어야겠습디까? 쫓아내려고 않으면 그럭저럭 눌러붙어 지내는 거지요. 웃분들이 때로는 부러 모른 척하고 계실 수도 있겠구요."

웃분들의 허락이 있었든 말았든 그런 걸 굳이 가리고 나설 처지냐, 답잖은 걱정은 접어두시라는 투였다. 듣고 보니 사실 그럴 법도 한 일이었다. 그것이 정작 웃분들의 허락과 처결에 따른 일이더라도 그것을 사실대로 말해줄 필요는 없는 것이었다. 혹은 분명한 처결을 미룬 채 아는 척 모르는 척 그를 언제까지나 윤 처사의 밀손(密客) 상태로 놓아둘 수도 있었다. 숨고 숨겨주는 일이란 워낙에 그편이 편할 수가 있었다.

도섭은 비로소 사정을 어슴푸레 짐작할 수 있었다. 하여 그쯤에서 그만 입을 다문 채 윤 처사가 건네준 옷을 갈아입기 시작했다.

그런데 도섭의 그런 짐작은 크게 빗나가지 않았다.

"그러니까 오늘부터 절옷을 갈아입게 되면 웬만한 문밖출입도 자유로워지는 것이지요."

옷을 건네주고 나서 계속 골방 문턱께서 도섭의 옷매무새를 살피고 있던 윤 처사가 그 새 옷에 따른 특혜 조치를 뒤늦게 알려왔다.

"이제부턴 어차피 정재소 일에도 남 형의 도움이 필요하게 될 테니까요. 절간에서 절 사람 옷을 걸쳐입었으니 웬만한 거동은 잘 눈에 띄지 않겠지요."

정잿간 일에 그의 일손이 필요하여 바깥사람들의 눈길을 피할 복색으로 그걸 구해오게 되었노라는 소리였다. 역시 윗사람들의 처결에 따른 일임이 분명했다. 먹물옷의 목적이 어디에 있었든, 그런 옷을 입혀 정잿간 일을 맡기려는 것은 그에게 한동안 은거를 허락한 것 한가지였다. 이날 아침 정잿간으로 그를 불러낸 것도 그런 조처가 이미 시행되고 있는 증거였다. 게다가 아침상 준비가 끝나갈 즈음 끼니를 찾아 내려오는 외사 사람들을 피해 골방으로 들어가는 그를 잡아놓고 위인들과 모처럼 면대를 시킨 것도 같은 줄거리로 이해할 수 있었다. 그것은 윤 처사 단독의 재량에 속할 일이 아니었다. 일개 정잿간 공양주 처지에 절옷을 아무에게나 구해 입힐 수도 없으려니와, 제멋대로 혼자 도섭을 숨겨두고 일손까지 부려먹을 사정도 아니었다. 아무래도 윗사람의 내락이 있고서야 가능한 일이었다. 도섭은 더한층 가슴속이 환히 밝아오는 느낌이었다. 아침 한동안 윤 처사를 찜찜하게 의심했던 일마저 공연한 기우로 여겨지기 시작했다. 그것은 이미 은거 허락의 선물을 예정한 윤 처사의 신뢰의 표시가 아니었을까. 그것도 바로 윗분들과 이날로 일을 결판 지으려는 고마운 결의와 확신 속에서의…… 윤 처사는 과연 거기 대한 기미를 끝내 숨기지 못했다.

"대신 한 가지, 거기 따른 남 형의 노력도 있어야겠지요. 절옷으로 거동이 자유로워지려면 그 옷에 걸맞은 몸가짐이 익어야하니까요."

그가 다시 절옷의 수혜에 치러야 할 이런저런 주문을 늘어놓기 시작했다.

"말하는 것, 밥 먹는 것, 걸음 걷는 것…… 진짜 중이 되라는 건 아니지만, 그 옷을 일단 몸에 걸친 이상엔 그게 오히려 이상해 보이지 않도록 생활 습관에서부터 절간 예절에 이르기까지 한 가지 한 가지씩 익혀나가야 합니다. 무엇보다도 스님들의 수행에 방해가 안 되도록, 때 없이 이곳저곳 넘보고 다니는 일이 없어야겠고…… 그간에 보았듯이 절간 생활이란 원체 깨어 잠들 때까지 모든 일에 규범이 정해져 있으니까요. 그러니까 어떻게 보면 그 옷은 잠시 잠깐씩의 문밖출입을 허락해주는 대신 더 많은 곳에서 남 형의 발길을 묶는 불편스런 굴레에 다름 아닌 셈이지요. 하지만 남 형은 그런 불편을 견뎌내야만 그 옷의 보호를 받을 수 있으니까요."

다름 아니라 윤 처사는 간밤의 일을 속속들이 모두 알고 있음에 분명해 보인 것이었다. 때 없이 이곳저곳 넘보고 다니는 일이 없어야겠다니. 간밤의 일이 아니면 누가 언제 문밖이나 함부로 나간 일이 있었던가. 우연히 지나쳐간 소리라기에는 그 어조에 너무 나무람기가 두드러졌다. 그새 어디서 누구에게 들었던지, 간밤의 행적을 알고 하는 단속의 소리임이 분명했다. 그리고 그래 우선 허튼 발길이라도 묶어두자는 밀의(密議) 끝에 윤 처사에게 옷가질 건네 보낸 건지 몰랐다.

도섭은 이제 더 윤 처사의 긴 말을 듣고 있을 필요가 없었다.

"간밤의 일을 알고 계셨구먼요?"

그는 모든 걸 승복하겠다는 어조로 간단히 물었다. 윤 처사도 이미 도섭의 내심을 헤아린 탓인지 굳이 사실을 부인하려지 않았다. 그가 빙긋이 미소를 지으며 두어 번 천천히 고개를 끄덕였다.

하지만 도섭은 이때까지도 아직 그 미소의 진의를 모르고 있었다.

"실은 아까 아침에 남 형을 불러내기 전에 집허당엘 잠시 올라갔었지요. 종무소는 방금사 다녀오는 길이구요."

웃음 끝에 그가 한마딜 덧붙었다. 역시 도섭이 짐작한 대로였다. 집허당엘 올라갔다면 우봉 스님을 만나봤다는 소리였다. 그런 후에 다시 종무소를 다녀왔다는 소리였다. 도섭에 대한 먹물옷 선물은 그런 과정에서 마련된 것이었다. 윤 처사의 호의가 혼자 결정이 아니라는 사실이 확인된 셈이었다.

그런데 옷에 대한 앞뒤 사정이 밝혀지다 보니 도섭은 또 하나 거북하고 불안스런 마음의 짐이 생기고 있었다. 윤 처사가 집허당에서 간밤의 일을 알았다면, 그 어둠 속 질타의 주인공이 바로 우봉 스님 그 노인인 것이었다. 당시에도 잠깐 스쳐간 예감이 그대로 정확히 적중한 셈이었다. 간밤의 일을 이미 알고 있느냐고 물었을 때, 윤 처사가 말없이 흘려 보인 그 웃음기의 참뜻도 바로 그것이 었을 터. 그분이 정말로 우봉 스님이었다니…… 그렇다면 나는 이미 그 노인을 만나본 셈이 아닌가.

도섭은 자연히 간밤의 일들이 새삼스럽게 마음에 걸려오기 시작했다. 스님이 자기 행실을 어떻게 보았을지, 뿐더러 윤 처사가 그걸 어떻게 듣고 어떻게 생각하고 있는지, 그런저런 궁금증들이 그의 기분을 갈수록 찜찜하게 했다. 그야 간밤에 그를 호되게 질타해오던 어조로도 그에 대한 스님의 심기가 어떠하리라는 것은 짐작하고 남았다. 윤 처사가 갑자기 먹물옷을 구해오고, 그에 따른 주문들을 줄줄이 늘어놓고 있는 데서도 저간의 사정을 대강 짐작할 수 있었다. 도섭 자신도 거기엔 별반 내세우고 나설 말이 없었다. 하지만 그런 점을 스스로 인정한다 치더라도 거기엔 일방적인 오해가 끼어들 여지가 있었다.

평결이 끝난 스님의 이야기만 일방적으로 듣고 온 윤 처사에겐 더욱 도섭이 원치 않는 오해가 빚어질 가능성이 많았다. 당사자인 도섭에겐 아무것도 묻지 않는 윤 처사의 태도부터가 바로 그 증거인 셈이었다. 윤 처사는 실상 집허당과 종무소엘 다녀왔다는 한마디밖에는, 그리고 그걸로 간밤의 일을 알고 있노라는 의뭉스런 암시밖에는 아무것도 더 확실한 것을 말하지 않고 있었다. 뿐더러 당사자인 도섭을 상대로 해서는 아무것도 더 다른 걸 알려고 하지 않고 있었다.

"간밤에 변소길을 나갔다였지요."

할 수 없는 일이었다. 워낙 오해의 소지가 많은 데다 윤 처사가 아무것도 물어오질 않으니 도섭은 제 편에서 자초지종을 모두 털어놓는 수밖에 없었다. 윤 처사가 듣기를 원하든 않든 도섭으로선 오밤중에 광명전까지 올라가 이곳저곳을 기웃거리고 다닌 일에 대해 나름대로의 해명이 있어야 했기 때문이다. 노인이 어디까지 그를 엿보았는진 알 수가 없었지만, 무엇보다도 그 소영문 근처를 배회한 일에 대해선 의심을 받아서는 안 되기 때문이었다. 그는 거침없는 어조로 말을 이어나갔다.

"하루 죙일 방구석에만 들어박혀 지낸 디다 잠도 쉬 올 것 같지 않고 해서 외원을 좀 어정댔어요. 헌디 어쩌다 보니 광명전 안까지 들어서 있더구만요. 사람들이 모두 잠들었을 시각이라 별반 방해가 될 게 없을 것 같데요. 그래 집허당이랑 보련각이랑 차근히 구경을 하고 돌아오던 참이었어요. 그 소영문이라는, 보련각 건물의 옆 통문 위에 써붙인 문호의 글씨를 들여다보고 있는디, 느닷없이 뒤에서 호통 소리가 날아오지 않겠어요…… 헌디 이제 보니 그 어른이 바로 큰스님이셨던 모양이구만요. 그때는 워낙 창졸간의 일이라 감히 상상조차도 못했지만 말입니다."

부러 모른 척한 대목도 있었지만, 대개는 사실에 가까운 고백이었다. 그런데 도섭이 그 윤 처사 앞에 경위를 한 번 더 털어놓은 건 어쨌든 잘한 일 같았다.

"큰스님께서 그래 뭐라고 호통을 치십디까?"

한동안 아예 문지방에 주저앉아 듣고만 있던 윤 처사가 거기서 문득 한마디 물어왔다. 단순한 호기심에서든 숨긴 생각이 있어서든 도섭의 토설을 웬만큼 곧이들은 증거였다. 도섭은 다시 설명을 이어갔다.

"워낙 졸지에 당한 일이라, 처음에 다른 말씀이 있었는진 모르지만, 웬 중생이냐, 웬 중생이 밤중에 아무 데나 발을 들여놓느냐……내가 들은 건 그런 말씀이었어요. 그러고 또 뭐라시더라, 그래요. 그 보련각 옆벽 소영문을 두고 지한테 무슨 오해가 계셨던지, 그 문은 아무도 못 연다, 만약에 그걸 여는 사람이 있으면 제 몸을 그 안으로 잃게 될 것이다, 뭐 그런 비슷한 질책도 계셨어요. 난 아직도 영문을 알 수 없지만, 보통 언짢은 어조가 아니셨지요."

스님이 거기까진 말을 하지 않았을 듯싶어 도섭은 부러 더 자상한 대목까지 길게 늘어놓았다. 그리고선 자신의 변명을 겸하여 소영문에 대한(실은 소영각으로 불리고 있는 보련각에 대한) 윤 처사의 내심을 슬그머니 짚어 들어갔다.

"그래 언짢은 질책을 듣고 보니 까닭은 알 수 없지만 못 갈 데를 들어간 건 분명한 것 같더만요. 보통 잘못을 저지른 것 같지가 않았어요. 그래 어젯밤이나 아침까지도 윤 처사님헌티 쉽사리 입을 뗄 수가 없었지요. 헌디 그곳이 어떤 데길래 그러지요?"

소영문이나 보련각에 대한 절 사람들의 관심이 어느 정도인가를 알기 위해서였다.

하지만 거기 대한 윤 처사의 반응은 예상대로였다. 윤 처사는 역시 그쪽 이야기는 길게 끌고 싶지가 않은 눈치였다.

"뭐 별로…… 하긴 절간의 당우나 선방치고 내력 안 지닌 곳이 없긴 하지요. 그런 뜻에선 보련각이나 소영문도 특별한 곳이라 할 수 있고요. 보련각은 이 절에서 대중들을 가르치고 이끌어오신 분들, 대종사(大宗師) 열세 분과 대강사(大講師) 열세 분의 영정을 모신 곳이지요. 하지만 그 이상 특별할 것은 없어요. 큰스님께서 나무라신 건 그곳이 유독 특별한 곳이래서가 아니라, 밤이 너무 늦어서였겠지요. 아까도 말했지만, 절간에서들은 자고 이는 일까지도 모두 정해진 법도를 따라야 하니까요…… 그나저나 이젠 그런 식으로나마 큰스님을 만나뵌 셈이니 남 형의 소망 한 가시는 이룬 셈 아닌가요?"

보련각 쪽 이야기는 대충 가볍게 얼버무려 넘기고는 도섭의 주의를 슬그머니 스님 쪽으로 끌고 넘어갔다. 하지만 도섭은 그것으로 만족이었다. 모든 일을 한꺼번에 풀어갈 수는 없었다. 무엇보다 아직은 지나치게 서두르고 나설 계제가 아니었다. 그쯤 윤 처사의 반응으로 충분했다.

"그야 큰스님께서 절 누군 줄이나 알아보셨을 때라지요."

그는 이제 제법 여유를 가지고 스님 쪽 일부터 마무리 확인을 해나갔다. 하니까 윤 처사도 그쪽 일은 별로 마음이 쓰이지 않는 모양이었다.

"아까 집허당으로 큰스님을 뵈러 간 건 스님께서 올라오라는 전갈이 계셔서였어요. 어젯밤 나도 좀 이상한 소리를 들은 것 같았지만, 아침엔 깜박 잊고 있었거든요."

이젠 웬만큼 믿음이 생긴 듯 대답이 한결 솔직해지고 있었다.

"남 형이 어떤 사람인진 모르고 계시더라도, 그것이 누군지는 아셨을 겁니다."

누군질 알았길래 그를 불러올려 간밤의 일에 대한 말씀이 오갔다는 뜻이었다. 도섭은 더더욱 만족이었다. 불러서 갔건 제 발로 올라갔건 그런 건 도섭에게 별 차이가 없었다. 분명한 건 윤 처사와 큰스님이 만나 그에 대한 이야기가 오갔다는 사실이었다. 그리고 당분간은 그의 은거가 절 안의 비밀로 묵인되리라는 사실이었다. 도섭은 이제 그걸로 큰일을 한 고비 넘어선 느낌이었다.

"그럼 오늘부턴 이 옷을 입고 큰스님한테 들켜도 처사님이나 내가 다시 경을 치는 일은 없겠구만요."

모처럼 도섭의 여유 있는 농기에 윤 처사도 이젠 뜻 깊은 선물을 건네고 난 사려 깊은 후견인답게 조심스러운 동의를 보내왔다.

"아마 그렇게 되겠지요."

"그리고 아까 옷에 따른 처사님의 당부의 말씀들도 큰스님 당신의 경계 말씀으로 지녀 무방하겠고요."

"그런 건 그냥 남 형 편하실 대로…… 하지만 그건 누구 한 분의 말씀보다도 이 절의 모든 어른들의 경계로 보셔야겠지요."

그런데 알고 보니, 윤 처사는 이날 도섭의 유폐를 풀어주는 그 착복 행사로 또 다른 선물 한 가지를 준비해두고 있었다. 그런저런 문답 중에 도섭의 옷갈이가 다 끝났을 때였다.

"자, 그럼 이제 옷을 갈아입으셨으니 오늘은 모처럼 산행이나 한 번 나갈까요."

실은 여태까지 그걸 기다리고 있었던 듯 윤 처사가 불쑥 몸을 떨쳐 일어서며 도섭에게 뜻밖의 제의를 해왔다.

"아시는지 모르지만, 절간엔 원래 하루 일하지 않으면 먹지도 말라는 계율이 있답니다. 남 형도 이젠 중옷을 입었으니 그 옷의 계율대로 제 밥값을 해야니까요. 나하고 산에 가서 나무도 하고 나물도 캐 오고……"

5

도섭으로선 산행을 사양할 이유가 없었다. 모처럼 콧구멍에 바람기도 쐴 겸 주변 사정을 살펴둘 좋은 기회였다. 더욱이 그것은 묵시적으로나마 도섭이 한동안 절식구로 받아들여진 첫 시험 나들이기도 하였다.

하여 잠시 뒤 도섭과 윤 처사는 경내를 벗어져 나와 뒷산 봉우리 쪽을 향해 숲길을 들어서고 있었다. 윤 처사는 지게를 지고 도섭은 새끼줄로 얽어 만든 망태기를 메고서였다. 본전 공양간에는 부엌살림을 맡은 원주 스님 이외에도 부목이니 채공이니 나무하고 불 때는 일과 채소 나물거리 마련하는 일들을 따로 맡아 하는 사람들이 있는 모양이었으나, 외방 군식구들의 별도 취사를 맡고 있는 표충사 정잿간은 사람도 보급도 넉넉지가 못하여 틈이 날 때면 누구나 네 일 내 일 가리지 않고 손을 모아 살림을 꾸려가는 식이었다. 이를테면 부엌살림거리의 자체 조달을 위한 그 같은 산행에서는 땔감 등짐질이나, 도라지·버섯·더덕 같은 산채류의 채취는 물론 약용 식물이나 산나무 열매 따위, 소용에 닿는 것이면 무엇이든지 손 닿는 대로 거둬온다는 거였다. 그러나 이날 도섭을 달고 나선 윤 처사의 산나들이는 그런 데만 목적이 있었던 게 아니었다. 그것은 우선 도섭의 출방(出房) 자체에 더 큰 목적이 있었던 것 같았다. 땔나무는 군이 산을 깊이 들어가지 않아도 지천으로 흔했고, 더욱이 아직은 구들을 덥힐 일도 많지 않은 초가을 녘이었다. 뿐더러 그간에도 틈틈이 윤 처사들의 산행이 있어온 탓으로 정잿간 뒤뜰에는 마른 통나무들이 제법 더미를 이루고 있었다. 나물거리에 대해서도 군이 산행까진 필요가 없었다. 본전 쪽에 비해서넓지는 못했지만 광명전 주위에도 제법 쓸 만한 채원이 가꿔지고 있었다. 무 배추 갈이에 고구마를 따로 심고, 오이·호박·가지 들이 그런대로 쓸 만큼 매달린댔다. 거기 비해 숲 속은 철이 이미 기울어 고사리나 취 같은 봄나무새는 말할 것도 없고, 대개의 산채류가 잎이 다 쇠어버린 다음이었다. 게다가 도섭은 도대체 잡초와 식용채류를 구분할 줄조차 몰랐고, 더욱이 약초나 나무 열매에 관해서는 아는 바가 아무것도 없는 장님 처지였다. 땔나무나 나물거리 채취를 위해서는 산을 군이 높이 오를 필요가 없었다. 그건 차라리 도섭의 출방을 위한 구실에 불과했다.

"오늘 나하고 길을 익혔다가 앞으로 틈 있으면 이런 산행을 혼자라도 자주 하시는 게 좋을 겁니다. 남 처사같이 남의 눈길을 피해 사는 처지에선 도량을 떠나 지내는 시간이 많을수록 좋으니까요."

먹물옷 얻어 입은 사람의 값을 지우기 위해서였을까. 잠시 전둘이서 도량을 나설 때 윤 처사가 슬쩍 호칭까지 바꿔 부르면서(처사 호칭에 먹물옷 입은 사람 이상의 다른 뜻이 있을 수는 없었지만) 농기 어린 어조로 건네온 말이었다.

"솔직히 말해서 이런 절간에도 불시에 기미를 살피러 오는 위인들이 가끔 있거든요. 남 처살 위해선지 한동안은 다행히 그런 일이 없었지만."

농기가 섞인 말투긴 했지만, 그도 산을 찾아가는 목적의 하나임을 내비친 소리였다. 오늘 당장 무슨 일이 있어서보다 도섭에게 중옷을 얻어 걸처 입힌 김에 주변 길속과 지형까시 함께 익혀주자는……

도섭은 그런저런 생각에도 굳이 알은척을 하고 나서지 않았다. 산행으로 자주 몸을 피해 지내는 일을 익혀두라는 윤 처사의 사려 깊은 충고에 새삼 감사하려지도 않았고, 산나물이나 약초를 알아볼 눈이 없음을 내세우려지도 않았다. 이심전심, 서로 말을 하지 않아도 둘 사이엔 이미 그런 게 문제가 될 수 없었기 때문이다.

하다 보니 두 사람은 말이 없는 가운데 나무나 나물거리보다 산행 그 자체가 목적인 듯이 무작정 발길들만 재촉해 가고 있었다. 산문 밖에서부터 구불구불 이어져온 오르막길이 차츰 좁다란 오솔길로 변해가는 것이 그새 산중턱 가까이나 올라온 듯싶었다. 한데도 윤 처사는 숨 한 번 돌리지 않고 내처 발길만 재촉해대고 있었다. 할 일들은 제쳐두고 단숨에 봉우리부터 올라채버릴 기세였다.

도섭은 어쨌거나 상관없는 일이었다. 나무고 나물이고 그가 상관할 일이 아니었다. 한동안은 어차피 윤 처사에게 모든 걸 맡겨두고 그를 얌전히 따라 지내야 하였다. 목표지를 전혀 짐작할 수 없는 것도 아니었다. 만일암(挽日庵) 길 안내 표지를 지나온 걸로 보아서 구름다리[雲橋] 봉우리를 향하고 있음이 분명했다. 두륜산 돌구름다리는 예부터 그 성가가 널리 알려져온 곳으로, 봉우리 꼭대기의 그 구름다리엘 올라서면 눈 아래로 바로 다도해의 절경이 내려다보여, 대원사를 찾는 사람들은 대개 다 한 번씩 찾아 올라가본다고 하였다. 읍내서부터 몇 번이나 들어온 소리였다. 모처럼 시원한 경관도 경관이지만, 인근 지세를 한눈에 살펴둘 수 있는 것도 도섭으로선 전혀 해롭지 않을 일이었다.

그의 예상은 빗나가지 않았다. 도섭은 결국 윤 처사를 뒤쫓아 그 구름다리께까지 단숨에 올라섰다. 도량을 나선 지 한 시간여 만이었다. 먹물옷 등짝이 땀으로 후줄근해질 정도로 숨가쁜 등정이었다. 저고리 팔소매엔 노변 덩굴 풀잎들이 여기저기 너저분하게 달라붙어 있었다. 하지만 일단 산마루엘 올라서니 경관이 기대했던 것 이상으로 빼어났다. 눈 아래로 바로 남해의 푸른 바다가 비단결처럼 펼쳐지고, 거기 점점이 멀고 가까운 섬들이 무늬처럼 창해를 수놓고 있었다. 왼쪽으로는 강진만이 대안(對岸)의 나지막한 산줄기를 따라 길게 뻗어들고, 그 북쪽으로는 영암의 월출산이 이내 속에 아득히 멀어져가고 있었다. 가까이론 두륜산 구곡의 골짜기들이 철 이른 추색을 띠기 시작했고, 그 산자락들이 한데로 흘러 모여 넓고 아늑한 분지를 이룬 곳에 가람의 건물들이 초가을 한낮의 투명한 양광 속에 옹기종기 정답게 모여 앉아 있었다. 구름다리는 바로 눈앞에 있었으나 그것은 오히려 관심 밖이었다.

"어어 시원하다!"

도섭은 한동안 넋을 잃은 채 경관에 취해 있다가 시원한 바람기에 차갑게 섬뜩거리는 등솟기의 한기를 의식하며 모처럼 상쾌한 탄성을 내질렀다. 산이 높고 눈길이 멀다 보니, 오랫동안 잠재워온 가슴속 야망도 한껏 드높고 넓어지는 것 같았다. 속에서 불끈불끈 알 수 없는 용력이 솟구쳐 올랐다. 오냐, 사내가 한번 세상에 태어나서……! 그는 마음껏 심호흡을 한차례 토하고 나서 비로소 윤 처사 쪽의 기색을 살폈다.

윤 처사 쪽은 거기서도 도섭처럼 기분이 들뜨는 빛이 전혀 안 보였다. 지게를 벗어 거기 비스듬히 상체를 기대고 서서 묵묵히 앞바다만 내려다보고 있었다. 그러다 이윽고 도섭의 시선이 자신에게로 옮겨지는 것을 의식하곤 기다리고 있었던 듯 담담한 어조로 말해왔다.

"여기 올라서니 인근의 지세가 한눈에 다 들어오지요? 그러니까 저것이 바로 두류산 명소 격인 구름다리 바위고, 이쪽으로 흐른 것이 가련봉(迦蓮峯)과 노승봉(老僧峯)……"

턱짓으로 이쪽저쪽 도섭의 눈길을 새삼 번거롭게 하고 드는 지세의 설명이었다. 설명을 이어가는 그의 눈길에도 나름대로 어떤 심회가 발동하는 기미가 전혀 안 보였다. 하긴 이곳이 처음 길이 아닐 윤 처사로서는 그게 오히려 당연할 수도 있었다. 경관 탐승보다 도섭에게 주변의 지세를 익혀주려는 의도에서 나선 산행일진대, 그에겐 새삼스레 흥분을 하거나 탄성을 발할 건덕지가 없는 것이었다.

하지만 도섭은 다를 수밖에 없었다. 모처럼 심량(心量)이 시원히 트인 탓에 그는 그런 윤 처사가 외려 더 미덥고 고마웠다. 아침

녘 일로 인한 그에 대한 경계심도 그림자까지 말끔히 가신 느낌이
었다.

　──이 사내는 이제 나를 통째로 믿고 있구나. 그렇다면 나도……

　도섭은 스스로 허심탄회한 기분이 되었다. 그래 윤 처사가 주변
지세의 설명을 대충 끝냈을 때 그를 격의 없이 치하하고 나섰다.

　"전 이제사 윤 처사님의 속뜻을 알 수 있을 것 같구만요. 처사님
이 지를 위해 이토록 마음을 써주시는 걸 말씀입니다. 그래 그만
큼 깊은 배려에 감사하고 있기도 하고요. 한 가지 아직도 섭섭한
점은…… 그 뭐랄까, 입이 너무 무거워 의뭉스레 보일 때가 있지
만 말입니다."

　치하를 겸하여 내친김에 본심의 일단까지를 솔직히 털어놓았다.
그러자 윤 처사도 거기까진 대강 생각이 같았던 모양.

　"감사는 무슨…… 제가 무슨 마음을 써드린 게 있다구요……"

　너그러운 웃음기 속에 겸양을 표하고 나서는,

　"한데 입이 무겁다니, 내가 무얼 숨기고 말씀드리지 않은 일이
라도 있었단 말입니까?"

　우정 섭섭하다는 투의 어조로 반문을 해왔다. 그런 일이 있을
리 없다는 뜻이었다. 윤 처사로선 어쩌면 그렇게 생각될 수도 있
었다. 도섭도 이젠 그걸 믿고 싶었다. 하지만 윤 처사는 도섭에게
아직도 입을 다물고 있는 일이 있었다. 그가 간밤에 숨어들어 기
웃거린 보련각(실은 이름으로만 남은 소영각과 그 벙어리 소영문)
일에 대해선 왠지 그리 석연한 말을 들을 수가 없었다. 도섭이 그
걸 궁금해하고 있다는 걸 알고 있었을 텐데도 이날 아침 윤 처사는

도섭의 물음 앞에 말길을 슬그머니 돌려버리고 만 것이다. 사실상 별로 이야깃거리가 없어서거나, 그리 염두에 두고 있지 않았던 탓일 수도 있었다. 아니면 정말로 말을 삼갈 대목이 있어서일 수도 있었다. 도섭은 차제에 거기까지 윤 처사를 좀 가늠해보고 싶었다.

"말씀하시지 않은 일이 있고말고요."

도섭은 여전히 허물없는 말투로, 그러나 제법 노골적으로 윤 처사를 추궁하고 들었다.

"아까 아침에 처사님은 집허당엘 다녀오시고서도 지헌틴 내내 시치밀 떼고 계시지 않았습니까. 그땐 벌써 어젯밤 제 일을 죄 들어 알고 계셨을 텐디도 말입니다."

"하지만 결국은 다 말씀드린 턱 아니던가요. 그리고 그때 시치밀 떼고 있었던 건 나보다도 외려 남 처사님 쪽이 더한 편이었구요."

윤 처사는 여전히 웃음기를 머금은 채 숨김 없는 어조로 말을 받았다. 그리고 그런 중에도 어느새 추궁의 칼자루를 제 쪽으로 바꿔 쥐곤 은근히 반격을 가해왔다.

"남 처산 우연히 거기까지 발길을 들여놓게 되었을 뿐, 그곳이 정작 어떤 곳인진 몰랐다면서 말입니다."

당신도 이미 그곳이 어떤 곳인지 낌새를 알고 있었던 게 아니냐는, 반어조의 힐난기가 숨겨진 소리였다. 그게 도섭에겐 오히려 호기였다.

"아까도 잠깐 말씀디렸지만, 지야 그땐 아직 영문을 몰랐으니께요. 사정이 깜깜한 건 지금도 마찬가지지만서도, 스님의 호통이 이만저만 했어야지요. 난 공연히 멋도 모르고 오금팍이 다 저릴 지경이었다니께요…… 분명코 내가 못 갈 델 갔나 보다. 그런디 아침까지도 그 사연을 알 수가 없으니 처사님에겐들 함부로 입을 열 수가 있어야지요……"

피장파장 식 변명을 방패 삼아 도섭은 재빨리 그 추궁의 칼자루부터 되찾아 쥐었다. 그리고는 짐짓 더 궁금스런 어조로 보련각의 그 비밀스런 장막 자락을 거칠게 들추고 나섰다.

"그런디 거긴 대체 어떤 곳입니까. 지가 정말로 큰 허물을 짓긴 한 건가요. 보련각이 대체 무엇하는 곳이길래 질책이 그토록 대단하냐고요. 거기 어디 혹시 금부처님이라도 모셔둔 거 아닙니까?"

비로소 그의 궁금증의 핵심으로 다가선 것이었다. 한데 보련각은 애초에 별반 숨겨야 할 구석이 없는 곳이었을까. 아니면 그새 도섭에 대한 윤 처사의 미더움이 그만큼 깊어진 때문이었는지 모른다. 그것도 아니라면 도섭에 대해 이미 그만한 대비가 마련되어 있는 때문일 수도 있었다. 아침엔 분명 말꼬리를 어물어물 흐리고 지나갔던 윤 처사가 이번엔 전혀 망설이는 기색이 없었다.

"허물이라면 허물이랄 수도 있겠지요. 보련각은 실상 금부처님 못지않게 귀한 어른들의 영정들을 모신 곳이니까요. 그런 델 오밤중에 기웃거리고 다닌 건…… 하지만 큰스님이 꾸중을 하신 건 아마 보련각 때문이 아니라 소영문이라고…… 문호의 편액을 알아보셨는지 모르지만, 건물 옆에 붙은 폐문 때문이었을 겁니다. 큰스님께서 말씀하셨듯이 그 문은 원래 사람이 드나들 수 없는 폐장된 문이거든요. 열려고 해도 열리지가 않고, 아무나 함부로 열어서도 안 되는……"

아침에 대강 들은 바가 있어서였겠지만, 간밤의 도섭의 행적을 눈에 본 듯 허물의 핵심을 짚어냈다. 네가 필시 그 문을 기웃거리지 않았더냐, 그리고 무단히 안을 엿보고자 헛손질을 하지 않았더냐…… 그것도 종당엔 그의 궁금증의 뿌리를 드러내게 될 그 소영문의 이야기를 자신이 앞장서 끌어내는 식이었다. 도섭은 내심 얼씨구나 싶었다. 보련각이 밖에선 소영각으로 불리고 있는 섯이나 그 소영각에 대해 그가 듣고 온 수상한 이야기들, 그러저러한 궁금증들에 대한 해답은 어차피 소영문쯤에서 구해져야 할 것 같았고, 그래 그도 결국엔 질문의 방향을 그쪽으로 끌어갈 참이었기 때문이다. 게다가 윤 처사의 어조는 그 문이 그냥 쓸모없이 폐장되어 있는 것이 아니라 부러 그래 놓은 것 같은 느낌을 주고 있었다. 문이 열리지 않을 뿐 아니라 아무도 열어선 안 된다는 소리는 더러는 열리기도 할 뿐 아니라 그걸 통해 출입할 곳이 있다는 뜻일 수도 있었다. 소영문은 바로 그가 밖에서 듣고 온 그 비밀의 선실 소영각의 잠긴 문 그것임이 분명했다. 뿐더러 윤 처사가 그 사연을 알고 있음도 분명했다. 이야기가 아무래도 좀 길어질 수밖에 없었다.

"그 소영문이라는 게 어째서요. 그 문은 보련각 내청을 드나드는 옆문이 아닙니까?"

도섭은 아예 길쭉한 열매들이 거물거물 익어가는 도토리나무 아래로 몸을 비스듬히 기대앉으며 영문을 모르겠다는 듯 윤 처사를 건너다보았다. 소영문에 대해서는 그도 이미 들어 짐작되는 바가 있었지만 윤 처사의 입에서 색다른 이야기나 확실한 사연을 듣고 싶어서였다. 그는 윤 처사가 뭔가 잠시 뜸을 들이고 있는 동안 입산 이후로 혼자 틈틈이 숨어 피워오던 담배 한 개비를 고줌말에서 꺼내 물고 천천히 성냥불을 켜 붙였다. 그러나저러나 윤 처사는 이제 도섭의 속내 따윈 아랑곳을 않는 어조로, 그 역시 천천히 도섭 곁으로 가까이 지게를 받쳐 앉으며 물음에 차근차근 응대해나갔다.

"지금은 그 문이 그렇게 되어 있지요. 폐문이 되어 있어 출입은 못하지만. 한데 원래는 그렇지가 않았답니다. 그건 보련각의 영정실이 아니라 또 하나 다른 선실을 드나드는 문이었다고요. 그 문에 사람의 출입이 끊긴 것도 그 선실 때부터였구요."

"그 선실이 어떤 곳이었는데요? 그게 어떤 곳이길래 사람의 출입을 금했답니까?"

"사람의 출입을 금한 것이 아니라 출입을 할 수가 없어졌지요. 밖에서 문을 열 수가 없었으니까. 문이 안에서 걸어 잠겼거든요."

"문이 안에서 걸어 잠겨요? 그렇담 그 안에 들어가 있는 사람이 있었다는 얘기 아니겠어요?"

그 선실이 이젠 실재하고 있지 않다는 점과, 바깥사람들이 아직도 보련각을 소영각으로 부르고 있다는 점 외엔 대개 다 밖에서 듣고 온 이야기 그대로였다. 하지만 윤 처사의 입에서 다시 흘러나온 사연 속엔 어딘지 더 새롭고 은밀스런 비밀이 담겨 있는 것 같았다. 그는 도섭의 의뭉스런 호기심보다 자신의 이야기를 즐기고 있는 사람처럼 목소리까지 차츰 유현(幽玄)해지고 있었다.

"이를테면 그런 셈이었지요. 그것도 내리 몇십 년 동안이나……"

"몇십 년 동안 밖엘 나오지도 않고요? 무신 그런 전설 같은 일이 정말로 있었을라구요?"

"글쎄, 전설이라면 전설이겠구…… 하지만 사람들은 대개 그렇게들 믿어온 일이니까요…… 백 수십 년 전 일이었답니다. 그러니까 그땐 이 절의 중흥조 격인 초의(草衣) 대사께서 광명전과 보련각을 건립하시고 얼마 뒤였는데, 그때 이 대원사에 조씨(趙氏) 속성을 가진 학승 한 분이 계셨더랍니다. 그런데 그분 일불개설(日不開舌)로 좌선정진이 대단했던 모양입디다. 그땐 아직 초의 대사께서도 입적 전이시라 보련각 영정실에 모실 분도 그리 많지 않아서 서편 끝 쪽에 재물(齋物)을 보관하는 지대방이 따로 한 칸 붙어 있었는데, 그 학승이 어느 여름 혼자 옆통문을 통해 그 골방으로 들어가 용맹참선을 시작했더랍니다. 음식은 물 한 방울도 입에 대지 않은 채 선실 문을 안에서 걸어 잠그구요. 이를테면 무공방참선(無孔房參禪)이라는 걸 시작하신 것이지요. 들고날 구멍이 없는 선방에서 6년간의 정진으로 도를 깨치고서야 문을 나온다는 그 지독한 참선을 말입니다. 하지만 말이 6년이고 무공방이지, 실제로 6년을 굶고 견딜 수 있는 사람이 있습니까…… 그런데 그 스님, 그렇게 한번 참선을 시작한 뒤로 몇 날 몇 달이 되도록 정말로 문밖출입이 한 번도 없더랍니다. 그래 나중엔 다른 도반들이 걱정이 되어서 스님을 방에서 모셔내려 했지만, 문이 안에서 걸어 잠긴 데다가 그땐 이미 문틀까지 벽 속에 단단히 틀어박혀 옴짝달싹을 않더라구요. 안에선 전혀 사람의 기척도 들려오질 않구요……

온갖 방책을 다 써봤지만 문을 부수지 않고는 다른 길이 없었어요. 그러는 동안에도 시일은 계속 흘러 어느덧 절기는 가을로 접어들고 있었구요. 사람들은 이제 결국 문을 부수고 들어갈 수밖에 없었는데, 그때 한 스님이 그걸 말렸답니다…… 그가 아직 도를 이루지 못한 까닭이라, 육신이 부서지더라도 깨치지 못하면 문을 나서지 않으리라, 그의 서원(誓願)이 문에 사무쳐 열리지 않음이라…… 그러니 그냥 문이 열릴 때까지 기다림이 옳으리라, 육신은 스러지더라도 마음이 깨치면 문이 열리게 될 날이 있으리라, 그때까지는 그의 서원이 문밖으로 새어 흩어지게 해서는 안 된다…… 그래 절에선 문을 부수지 않고 저절로 열리게 될 날을 기다리게 되었다구요."

"그래, 뒷날 스님은 도를 깨치고 문을 나왔나요? 아니면 아직도 그걸 기다리고 있는 중인가요?"

"문을 나왔지요. 하지만 그 방법이 참 기이했어요……"

윤 처사는 도섭의 담뱃짓을 모른 척 바다 쪽으로 내내 눈길을 외면한 채 그 기이한 후일담을 소상하게 설명해나갔다.

"그 50년쯤 지난 뒤였어요. 어느 해 4월, 고을의 원이 이 절로 파일재 구경을 나왔더랍니다. 그래 절에서들은 원을 맞아 이곳저곳을 모두 구경시켜주는데, 유독 한 곳만은 빼놓고 지나더라구요. 물론 그 선실 문이었지요. 원이 괴이하게 여겨 까닭을 물으니, 그 선방은 한 학승이 선공부를 들어간 뒤 몇십 년째로 문이 열리지 않는다는 설명이었지요. 원은 왠지 그런 이야기를 듣고도 그쪽으로 자꾸 더 마음이 끌리더랍니다. 괴이한 느낌 속에서도 자기가 열면

문이 쉬 열릴 것 같은 손 익은 느낌까지 들구요. 그냥 지나쳐 갈 수가 없게 된 거죠. 그래 원은, 그럴 리가 있느냐, 어디 그렇다면 내가 한번 열어보자…… 그러고 시험 삼아 문고리를 당겨보니 생각대로 과연 문이 스르륵 열리는 겁니다. 안에서 문고리가 걸어 잠긴 채 수십 년을 달싹도 안 해온 문짝이 말입니다…… 그런데 거기 더욱 놀라운 것은 그 선실 벽 안쪽에 쓰인 글이었어요. 뭐냐 하면 개문인시폐문자(開門人是閉門者)니라…… 문을 여는 사람이 닫은 사람이라, 그런 글귀가 써 붙어 있는 겁니다. 사람의 형체는 백골의 흔적도 찾아볼 수 없는 마당에…… 거꾸로 말하면 문을 걸어 잠근 사람이 그걸 다시 열 거란 소리였지요…… 바로 그 원이 옛 학승이 환생을 해서 다시 찾아온 것이지요……"

"허허, 그거 참 신기하네요. 그거 뭐 그동안 문짝이나 문고리가 삭아내려서 그리된 거 아닙니까. 글귀는 누가 부러 장난으로 그랬을 수도 있겠고. 어쨌든 그걸로 문은 이미 열린 셈이 됐는디, 지금까지 그걸 왜 다시 걸어 잠가놓고 사람의 손길을 금하고 있다지요? 이제는 그 선실도 다 없어져버린 마당에?"

그런 이야기는 절간들에 흔히 전해져 내려오는 속설의 한 종류일뿐더러 도섭도 이미 이야기를 들어 알고 있던 내용이었다. 하여 굳이 곧이들어 믿을 필요도 없었고, 그렇다고 헛소리로 비웃을 필요도 없었다. 그보다 도섭에겐 바깥사람들에게 소영각으로 불리어온 지금의 보련각의 사정이 더 큰 관심사였다. 그에 대한 절간 사람들의 생각이나 동태가 문제였다. 윤 처사는 거기 대해서도 대답에 그리 인색지를 않았다.

"선실이 없어진 건 사실이지요. 나중에 영정실로 합해졌다니까요. 하지만 문은 선가에서 말하는 수행의 방편으로 삼게 된 걸 겝니다."

윤 처사가 다시 그럴듯한 내력을 더듬어나갔다.

"스님들의 수행의 방편으로는 이야기가 아주 안성맞춤이거든요. 안에서 걸어 잠근 문고리를 그 안으로 들어간 사람이 밖에서 풀어 열었다든지, 견성(見性) 때까지는 색신(色身)이 부서져도 문을 열고 그걸 드러내 나오지 않는다든지, 불도 수행엔 여러 가지 가르침이 담긴 얘기니까요. 그래 그곳은 선실이 영정실로 합해지고 나서도 그 문을 표상으로 수행의 숨은 도량이 되어온 것 같아요. 나중엔 도량의 신성도를 높이기 위해 이런저런 금기까지 생기게 됐구요. 원래는 문을 연 사람이 닫은 사람이라는 서명(書明)이었다는데, 언제부턴간 그것이 거꾸로 바뀌어 요즈막엔 아예 문을 열려고 하거나 안을 엿보는 사람은 언젠가 자신이 그 안으로 들어가 거기서 색신을 잃게 된다고까지 말하고들 있거든요. 어젯밤 큰스님의 질책도 바로 그런 식이었다지만, 지금 그 소영문이란 문호도 바로 그런 뜻으로들 읽고 있으니까요. 사단 당시엔 물론 없었던 것을 나중에 한 조실께서 대중을 훈계하기 위해 써 붙인 편액이라니까, 그 뜻은 원래 제 색신을 지워 도를 얻은 도량이라는 뜻이었겠는데, 지금은 색신이 모습을 지워 잃는 곳, 바로 육신의 죽음을 부르는 곳으로 여겨지고 있거든요. 그런 엉뚱한 두려움 때문에 바깥사람들 간에는 거길 본래의 보련각보다도 소영각으로 부르는 사람들이 많을 지경이니까요."

사람들이 보련각을 소영각으로 불러온 내력, 소영각은 결국 보련각과 같은 건물이라는 사실이 윤 처사에게서 직접 확인된 셈이었다. 뿐더러 소영문은 이젠 없어진 선방을 상징하기 위한 가상의 선실의 문이라는 사실도 확연해지고 있었다. 문을 가까이하거나 들여다보지 못하게 하는 것도 이를테면 그 안의 비밀 때문이 아니라, 거기에 아무것도 안이 없기 때문인 셈이었다. 이야기 속의 방을 지키기 위함이었다. 그런데 도섭 자신도 이야기에 제법 머리가 젖어든 탓인가. 이젠 그도 어딘지 보이지 않는 곳에 그런 방이 한 곳쯤 숨어 있는 것 같은 수상쩍은 느낌이 들고 있었다. 그것도 그저 마음속뿐 아니라 보련각 어느 구석엔가 그런 어떤 공간이 은밀하게 숨겨져 있는 듯한 석연찮은 느낌— 어쩌면 그의 몸에 밴 습관 때문이었는지도 모른다. 윤 처사의 허심탄회한 설명에도 불구하고, 아니 오히려 그의 그런 선선한 태도 때문에 마음속 한구석이 아직도 그처럼 개운치가 못했다. 그래 도섭은 마지막으로 한 번 더 윤 처사를 걸어 눙을 치고 들었다.

"어떻게 보면 그 안에 아주 완벽한 밀실이 숨겨져 있는 심이구만요. 그런 곳이 지금도 실제로 남아 있다면 나 같은 도망꾼한텐 아주 안성맞춤이겠어요. 헌디 사람이란 못 보게 하면 더 호기심이 솟는 법 아닙니까? 처사님은 한 번도 거길 들여다본 일이 없었어요? 그 안에 정말 어떤 밀실이 보일지도 모르는디 말입니다."

윤 처사도 그쯤 농기엔 이미 귀와 입이 모두 익숙해져 있었다.

"왜, 남 처사도 한번 들여다보고 싶어서요?"

농기가 섞인 말투와는 달리 얼굴엔 어느새 웃음기가 사라진 윤 처사가 위압적인 눈길로 도섭을 향해왔다.

"그야 들여다보고 안 보고는 남 처사 맘이겠지만…… 조심해야 할걸요. 그 문이 사람의 모습을 지워 삼키는 소영문이라는 걸 명심하구요. 내가 아직 이렇게 남 처사한테 이야길 해줄 수 있는 것도 그 문을 들여다보지 않은 덕인지 모르니까요. 그래 그 안이 어떻게 생겼는질 자세히 말해주지 못한 것은 유감이지만, 누가 설사 그것을 들여다보았대도 그는 이미 그걸로 아무한테도 귀띔을 해줄 수가 없게 됐을 테니 어쩔 수 없구요. ……호기심이 일어도 그걸 참는 걸로 수련을 삼는 수밖에요."

밀선실 이야기가 사실이든 아니든 자신은 그걸 믿고 삼가겠다는 소리였다. 도섭에게도 쓸데없는 호기심으로 눈에 날 짓을 삼가고 그의 충고를 따르라는 소리였다. 도섭은 이제 더 그런 윤 처사를 채근댈 수가 없었다. 더 이상 그럴 필요도 없었다. 그는 윤 처사처럼 마음의 선실을 마련할 필요도 없었고, 그걸 믿을 수도 없기 때문이었다. 도섭은 일단 그것으로 충분했다. 그만만 해도 이제는 소영각과 소영문에 대한 궁금증들이 어느 정도 해답을 얻고 있었다. 게다가 이젠 그 윤 처사의 표정까지 왠지 자꾸 더 진지하고 위압적이 되어가고 있었다.

두 사람은 이윽고 다시 산을 내려오기 시작했다. 올라올 때와 달리 하산길은 길눈을 하나 더 익혀주기 위해선 듯 서쪽 능선을 타고 넘어 진불암(眞佛庵) 쪽 산허리를 돌아서였다. 이번에는 그저 길목을 따라 내려가는 것이 아니라, 오솔길을 중심으로 부근 숲 속을 이리저리 누벼대면서였다.

　윤 처사는 이때까지도 나뭇지게는 그저 모양으로만 지고 다녔다.

　"아래 골짜기에 베어 말려둔 게 잔뜩 있어요. 이따가 거기서 한 짐 꾸려 지고 내려가면 됩니다."

　산행은 역시 도섭의 길눈을 틔어주려는 데 있었음이 분명했다. 화목일은 제쳐두고 윤 처사는 이것저것 푸나무 열매나 산채잎을 찾아서 도섭에게 용처를 설명해주는 것으로 제 일을 대신했다. 그것도 그저 이런저런 설명을 남기고 지나칠 뿐 정작에 망태기에 채취해 담는 일이 드물었다. 절반 가까이 산을 내려왔을 때까지도 도섭의 망태기엔 도라지 몇 뿌리와 쇠어버린 표고버섯 몇 꼭지, 그리고 이름이나 용처가 아리송한 약용 열매 한 송이가 고작이었다.

　"고사리나 고비 같은 엽채거리는 철이 아니어서……"

　오늘은 길눈을 트기 위한 첫 나들이인 만큼 굳이 망태길 채워갈 생각일랑은 말라는 것이었다.

　그래저래 두 사람은 어느새 진불암 근방까지 산을 내려와 있었다. 그 진불암을 내려서자 골짜기 쪽 길목께에 고사목들을 잘라 차곡차곡 쌓아놓은 화목가리가 나타났다. 윤 처사는 거기서 힘에 겨울 만큼 통나무 동가리를 한 짐 가득 짊어졌다. 그리고 거기서부터는 도섭 쪽엔 더 이상 관심을 안 둔 채 묵묵히 절길만 따라 내려가고 있었다.

　도섭도 이제는 별 소득이 없는 가벼운 망태기를 걸머메고 그 윤 처사의 나뭇짐 뒤를 어정어정 말없이 뒤따르는 수밖에 없었다. 그런데 그렇게 광명전 근처까지 길을 내려오는 동안 도섭은 이날 절간에서의 산행이 자기들 두 사람만이 아님을 깨닫게 되었다. 어느 대목쯤에선가 앞서가던 나뭇짐이 잠시 길을 비켜서는 듯하더니 반대쪽에서 먹물옷을 입은 젊은 중 두 사람이 역시 어깨에 망태기를 걸머멘 행장으로 윤 처사를 옆으로 비켜 지나갔다. 뿐만이 아니었다. 거기서 다시 몇 참을 내려오자 이번에는 중옷도 입지 않은 세간 복색의 속인배 서너 명이 길가 숲 속에 할 일 없이 모여 앉아 도란도란 이야기들을 나누고 있었다. 지게도 망태기도 지녀오지 않은 채 한가로이 잡담들을 나누고 있는 모습이 마치 인근에서 산놀이라도 올라온 위인들 같았다. 이런 시국에 그런 태평스런 행락이 있을 리는 없었고, 그것은 십중팔구 절간 객방이나 외사들에 묵고 있는 장기 기숙객들의 일부일시 분명했다. 그런데 이상한 건 윤 처사와 위인들 간에 전혀 길인사를 건네는 기미가 없는 점이었다. 그간 줄곧 골방에만 들어박혀 지내온 도섭으로선 위인들과 얼굴이 익을 수도 없었고, 그래 알은체를 해야 할 필요도 없었다. 하지만 윤 처사와 위인들 사이는 그간 한 절밥을 먹어왔을 처지인데도 이상스레 거의 알은체들이 없었다. 짐 뒤를 따라가느라 도섭은 혹여 윤 처사가 위인들과 눈인사를 나누는 걸 못 보았을 수도 있었다. 하지만 세간 복색의 외사 사람들과는 분명히 인사다운 알은체가 없었다. 끼니를 돌봐주는 윤 처사를 보고도 눈길 한 번 제대로 건네온 일이 없었다.

"이 절 사람들은 원래 저렇습니까?"

도섭은 결국 참지를 못하고 짐에 가려 얼굴도 볼 수 없는 윤 처사에게 부러 좀 조심성이 없는 말투로 물었다.

"무어…… 뭐가 말입니까?"

얼굴이 보이지 않는 윤 처사의 되물음이 이내 나뭇짐을 넘어왔다. 짐 무게에 짓눌린 듯 힘겨운 어조였다. 도섭은 그러나 그걸 알은척할 순 없었다.

"신분의 높낮이가 어떤 식인진 모르겠지만, 한솥 절간밥을 먹고들 지내면서 서로간에 인사들도 없는 것 같아서요. 아까 지나간 스님들도 그렇고, 지금 저치들도 처사님께 숙식을 의지하고 지내는 처지들일 턴디……"

나뭇짐에 오히려 무게를 더 얹어주듯 위인들을 짐짓 심하게 나무랐다. 굳이 무엇을 캐어보재서가 아니었다. 그런데 알고 보니, 윤 처사는 아직도 이날의 산행에서 아직 말을 하지 않은 또 다른 목적이 있었던 모양이었다. 더욱이 그는 이제 이날의 산행을 마무리 지어야 할 마지막 길목에 이르고 있었다.

"경우에 따라선 보고도 못 본 척 지나치는 것이 서로 좋을 때가 있으니까요. 안 본 척해두면 본 일이 없는 걸로 되기 쉽거든요."

나뭇짐이 힘에 겨워선지 단도직입 식으로 그가 불쑥 말해왔다. 표현은 좀 알쏭달쏭했지만 어떤 분명한 암시가 담긴 소리였다. 잠시 힘겨운 침묵이 흐른 뒤 윤 처사가 그걸 다시 도섭에게 확인해 왔다.

"그거 남 처사한텐 더욱 그렇지요. 모두가 남 처살 알은척하고 지나간다면 불편해질 사람은 남 처사가 아니겠소…… 그러니 그 사람들 오늘 아무도 남 처살 본 일이 없었다는 것이지요. 남 처사님 쪽도 물론 저 사람들을 아무도 본 일이 없구요."

윤 처사의 말뜻은 분명했다. 사람들의 눈길을 피해 사는 사람들의 지혜, 그리고 이날의 집단 도피 산행…… 이날의 산행은 다만 도섭의 길눈을 틔어주기 위한 것만이 아니었다. 절에서 몸을 비켜나 있게 할 보다 실제적인 목적이 있었음에 분명했다. 절간에 그가 알지 못한 어떤 일이 벌어지고 있음에 분명했다.

도섭은 그만 입을 다물 수밖에 없었다. 이날의 산행이, 거기서 일어난 일들의 뒷사연이, 그리고 윤 처사의 그에 대한 배려와 충고의 동기가 이제는 너무도 분명해진 때문이었다. 그리 보아 그런지 도섭은 주위가 아까보다도 훨씬 더 어수선해진 느낌이었다. 숲속뿐 아니라 두류산 절골 전체에 눈에 보이지 않는 어떤 은밀스런 동요가 일고 있었다. 한편으론 궁금하고 한편으론 불안스럽고 위태로운 호기심이 다시 고개를 쳐들었다. 그렇담 절간에선 오늘 도대체 무슨 일이 있었단 말인가. 무슨 일이길래 사람들이 모두 이 소동들인가……

하지만 도섭은 이내 그런 일엔 크게 괘념을 하지 않아도 좋으리라 생각했다. 윤 처사나 다른 사람들까지 모두 함께 움직인 것으로 보아 절간에 무슨 일이 있었다 하더라도 그것이 반드시 도섭 한 사람에게만 상관될 사단은 아닐 터이기 때문이었다. 혹은 반대로 윤 처사가 그 일에서 도섭의 눈을 떼어놓고 싶어 했을 수도 있었지만, 그것도 잠시 후 산을 내려가 보면 어느 정도 기미를 알아챌 수 있을 일이었다. 아니 그보다도 산을 내려가는 윤 처사의 발길에 눈에 띌 만한 변화를 엿볼 수가 없었다. 절간에 무슨 위태로운 일이 생겼다면, 그 일을 피해 윤 처사가 산행으로 그를 이끌었다면,

그 위험이 아직 가시지도 않은 마당에(해가 겨우 정오를 넘어선 벌건 대낮에) 그를 다시 절간으로 데리고 내려가기도 어려웠다. 절간엔 어쩌면 아무 일도 일어나지 않았을 수 있었다. 그의 공연한 지레짐작이거나, 혹여 무슨 일이 있었더라도 이미 지나간 일이기 십상이었다…… 그는 묵묵히 입을 다문 채 윤 처사의 발걸음만 뒤쫓았다.

그런데 도섭의 그런저런 짐작들은 큰 줄거리가 대충 적중하고 있었다. 윤 처사와 도섭이 광명전 근처를 지날 땐 도량 전체가 오히려 전에 없이 조용했다. 그것은 여느 때의 묵연스런 정적이 아니었다. 태풍 일과 후의 조용한 기다림과도 같은, 그런 정적 속에 어떤 상서롭지 못한 불안의 그림자 같은 것이 가람 전체를 무겁게 휩싸고 있었다. 역시 무슨 일이 있었던 게 분명했다. 하지만 일은 이미 지나간 뒤였다.

"그동안 절에 무슨 일이 있었던갑네요. 전에 없이 사방이 조용한 것 같지 않아요?"

표충사 경내의 정갯간 뒤뜰 화목 더미에 이르러 도섭이 비로소 한마디를 건네자, 윤 처사가 와르르 나뭇짐을 부리고 나서 그제는 서슴없이 마저 털어놓는 것이었다.

"절간 조용한 건 당연한 일이지만…… 오늘 아마 산 아래서 사람이 왔다 갔을 겁니다. 저 산 아래 주재소 사람들…… 남 처사까지 굳이 알 일은 아니지만, 어젯밤 절에 그런 일이 있었거든요……"

나무꾼과 사냥꾼

6

안도[安東弘一] 반장님께.

　그간 반장님 옥체 평안하셨습니까. 입산 8일 만에 우선 잠입 성공
의 보고를 올립니다. 소직(小職)은 그간 반장님의 수하를 떠나 해
남읍과 절골 입구 화정리 주막에서 정보 취합차 도합 5일간을 보내
고 9월 2일 저녁, 절로 올라왔습니다. 지금은 이곳 광명전 아래쪽
표충사 정잿간의 밥 심부름꾼으로 머무르고 있습니다. 예상한 대로
이곳은 외부인에 대한 경계가 은근하여 아직까지 분명한 기식의 허
락을 못 얻고 있습니다만, 아마 이 절에선 이런 식으로 외부인의 은
신을 묵인하는 형식을 취하는 듯싶습니다. 저를 처음 맞아 이곳에
잠자리를 내준 자(윤 처사라는 정잿간 책임잡니다)가 어제는 중들이

입는 먹물옷까지 한 벌 마련해주면서 당분간 자기와 함께 정잿간 일이나 거들어달라 했으니까요. 제 신분은 물론 반장님과 약속한 대로 그 장흥 간척장 사건의 도주자로 철저히 위장하고 있습니다. 제게 먹물옷을 마련해준 것은 바로 그것을 곧이들어 경계심을 풀고 은신을 허락하려는 의사 표시로 보이오니 그 점 반장님께선 안심하시기 바랍니다.

차제에 겸하여 보고 올릴 것은, 지금 미물고 있는 표충사 정잿간은 외부 기식객들이 많은 광명전이 가까워 그자들의 동태를 살피기도(용서하십시오. 이것은 소직이 지레 쓸데없는 대목을 겨누고 있는지도 모르겠습니다) 손쉽고, 게다가 유명한 서산 대사의 영정과 유물들이 보관된 유물관(이곳에 대해선 뒤에 가서 좀더 보고 말씀을 드릴 일이 있습니다)이 경내에 위치해 있어 그쪽 동태와 출입자들을 살피기에도 퍽 좋은 곳이라는 점입니다. 더욱이 이곳과는 지척 간의 거리인 광명전 경내의 집허당이라는 곳에 이 절의 장로 격인 우봉 스님이 기거하고 있는 것도 앞으로의 일에 도움이 클 것으로 사료됩니다. 물론 아직은 반장님의 명령대로 제 신분을 확신시키는 데에만 주력해왔을 뿐 불필요한 감시 활동은 삼가고 있사오니, 그 점 역시 소직을 믿고 안심하시기 바랍니다.

하온데 감히 소직의 생각 한 가지를 더 보고 올리자면, 반장님 예상대로 이곳은 안팎으로 심상찮은 냄새가 많이 나고 있습니다. 신병 요양이나 문관(文官) 시험공부를 위해 절간 객방이나 문밖 외사들에까지 장기 기식을 하고 있는 자들이 생각 밖으로 많아 보입니다. 동숙 윤 처사의 언동이나 여타 정황들로 보아 그자들이 모두 신병을 치료하거나 공부를 하고 있는 자들은 아닌 게 분명합니다. 신분을 위장하여 몸을 숨겨 들어온 불온 분자들이 섞여 있을 가능성이 충분합니다. 더욱이 이 절의 광명전 경내에는 보련각 혹은 소영각이라 불리는 고승들의 영정을 모신 방이 하나 있는바, 그 내력이나 분위기로 보아서 거기서도 모종 심상찮은 냄새가 물씬거리고 있습니다.

이런 점에 대해서도 당분간은 그저 주변의 동태나 신중하게 살피고 있겠습니다. 하오나 이 일과 관련하여 반장님께 특별히 부탁 말씀을 올리고 싶은 것은, 가능하시다면 반장님께서 이곳 해남의 작은집 머슴들을 동원하여 위장 사냥을 내보내주십사는 것입니다. 물론 소직의 잠입 사실은 알리실 필요가 없고, 필요시 정보선의 가동 이외엔 불필요한 접촉을 일절 금하신 채로 말씀입니다. 근자 한 가지 예기치 않은 일(반장님께서도 이미 알고 계실지 모르겠습니다마는, 앞에서 잠깐 말씀드렸듯이 일전 이곳에선 표충사 소장품 도난 사건이 한 건 발생하여 해남 작은집 머슴들의 출입이 부쩍 잦아지고 있습니다. 그에 대해선 차후 필요하다고 사료될 시 다시 보고 올리겠습니다)로 경험한 사실입니다만, 사냥꾼이 나타나면 숨어 있던 표적들이 제물에 놀라 튀어 빼게 마련입니다. 그리 되면 소직은 그냥 앉아서 혐의의 대상을 가려낼 수가 있을 것입니다. 이를테면 진짜 사냥이 아닌 몰이꾼 노릇만을 시켜주시라는 말씀입니다. 그런 별도의 몰이꾼을 자주 내보내주시면 소직의 업무 수행에 도움이 퍽 크겠습니다.

마지막으로 감히 한 가지, 개인적 소망을 부탁 올릴 말씀은, 이젠 잠입에 성공한 단계이오니 하루빨리 소직의 본 임무를 부여해주십사는 것입니다. 소직으로서도 그간 반장님께서 신중에 신중을 기해 오심을 보고 이번 일이 얼마나 중차대한 공작인가를 충분히 명념하고 있는 중입니다. 그리고 소직에게 이런 임무를 맡겨주신 반장님의 신임과 배려에 소직 뼈에 사무치게 감읍하고 있습니다. 하오나 정작에 제가 할 일이 무엇인지도 모른 채 그저 주위의 동정만 살피고 있으려니 싱겁기도 하거니와 좀이 쑤셔 죽을 지경입니다. 가능한 한 조속히 다음 임무를 주시면 절대로 실망을 드리지 않겠습니다. 소직에 대한 반장님의 믿음과 은혜에 보답하기 위해서라도 그것이 무슨 일이든 반드시 한 건을 올리고 말겠습니다. 그동안 이곳에서 며칠을 죽어 지내는 동안에 소직은 그것을 확신하게 되었습니다. 재삼 맹세드리거니와 소직은 이번 공작이 좀도둑 잡기나 비리를 구실삼은 중놈들 등치기 놀음 따위가 아니라는 반장님의 당부의 말씀을 가슴 깊이 새겨 모시고 있습니다. 하오니 기왕 저를 부리시는 김에 소직의 능력도 함께 믿으시어 가능한 한 조속히 본 임무를 하달하여주시기 복망하옵니다.

그럼 오늘은 이만 대강의 보고를 마칩니다. 특별한 상황의 변동이 생기면 일후 다시 보고 올리겠습니다. 우편물을 내려보낼 기회를 기다려야 하므로 반장님께서 이 보고서를 접하시게 되는 데는 시일이 다소 지연될지도 모르겠습니다. 하오나 절 아래 마을(화정리)에 안전한 밀통선을 한 곳 확보해두고 있고(지시대로 여자를 선택했습니다. 소직이 산으로 올라오기 전 3일 동안 묵은 주막집 논다닙니다), 설령 그쪽이 여의치 않더라도 다른 안전한 기회를 이용하겠사오니 본 보고서의 비밀 보안은 절대 안심을 하셔도 좋습니다. 수신자는 물론 게이조[光州]의 매부(金山泰龍 보조)의 이름으로 하오니, 반장님께서는 일후 계속 그를 통하여 소직의 보고를 접수하시게 되옵니다.

그럼 조속한 임무 부여를 앙망하오며, 그간 반장님의 옥체 평안하심을 손 모아 비옵니다.

소화(昭和) 19년 9월 10일

반장님의 영원한 충복

영산정웅(寧山正雄, 도섭의 새 창씨명) 돈수(頓首)

추이(追而): 이번에 꼭 공훈을 세워 정복(正服)을 입어야지 않겠느냐시던 반장님의 뜻깊은 다짐 말씀 잊지 않고 있습니다. 뿐더러 이 일은 소직뿐 아니라 반장님의 고귀하신 명예가 함께 걸려 있는 일이라는 사실도 되풀이 각념하고 있사옵니다. 부디 소직을 곁에서 쫓지 마시고 개처럼 안심하고 편히 부려주시옵소서.

도섭은 서둘러 글을 끝내고 나서 다시 한 번 대충 내용을 훑어보았다. 급히 작성한 사신 형식의 어색한 보고문이었지만, 그런대로 우선 써야 할 말은 거의 다 쓴 것 같았다.

입산 8일째, 윤 처사의 눈을 피하느라 겨우겨우 끝을 맺은 안도 반장에 대한 보고서 제1신이었다. 그러니까 윤 처사가 먹물옷을 구해주고 산행을 데려가준 그날 밤부터 기회를 엿보아오던 보고서였다. 정잿간 일까지 나눠 맡기는 윤 처사의 신임에 이젠 어느 만큼 잠입 성공의 기미가 엿보여 안착 보고부터 띄울 요량이었으나 그럴 틈이 좀처럼 생기질 않았었다. 그날부터 낮 시간은 늘 정잿 간 안팎 일에 은근히 쫓기었고, 게다가 윤 처사와 곽 행자(녀석과 는 밤잠만 함께 자지 않았을 뿐 대부분의 일손을 같이해야 하는 형편 이었다)의 눈길이 늘상 주위를 맴돌고 있는 때문이었다. 밤은 또 밤대로 늦게까지 잠자리를 들지 않는 윤 처사 때문에 섣불리 일을 시작할 수가 없었다. 한데다 중간에 엉뚱한 사찰 내(그것도 하필이 면 바로 표충사의 유물관에서) 도난 사건까지 알려져 찜찜한 기분 속에 하루하루 손길을 미뤄오던 일이었다.

이날은 마침 아침 공양이 끝나고 윤 처사와 곽 행자가 채전 일을 나간 채 긴 시간 주위를 비우고 있는 데다, 그의 기분을 찜찜하게 해오던 유물관 도난 사건의 윤곽이 밝혀진 상황이었다. 사건의 윤 곽이 밝혀진 것은 그간 찜찜하던 도섭의 기분을 말끔히 씻어주었 을 뿐 아니라, 그것으로 윤 처사나 다른 절간 사람들의 그에 대한 신뢰도 더 확실하게 해준 계기였으니까.

도섭의 입장을 난처하게 해온 그 도난 사건이란 다름이 아니었다.

산을 다녀온 바로 그날 저녁이었다. 아침 녘에 무슨 일론가 산 아래 심부름을 내려갔다던 곽 행자가 해 질 녘쯤 다시 절간으로 돌 아와 도섭들과 저녁 마련을 함께하고 있었다. 그 곽 행자가, 윤 처 사가 잠깐 자리를 뜬 사이에 도섭에게 엉뚱한 소리를 했다.

"절간옷 입고 정잿간 나들이까지 하시니, 지도 오늘부턴 손님을 처사님으로 대접해드려야겠네요…… 사실 일이 좀 급하게는 되었 지요. 엉뚱한 일로 이제 한동안 귀찮은 작자들이 오르내릴 테니까 요. 그래, 오늘 산행은 힘들지 않았어요?"

갑작스럽게 중옷을 얻어 입고 산행을 다녀온 거나 그 속사연을 그도 다 알고 있는 투였다. 도섭이 골방에 갇혀 앉아 있을 때부터 어딘지 눈치가 약삭빠르고 입이 가벼워 보이던 녀석이었다. 도섭은 별로 대꾸할 말이 없었다. 그에 대한 녀석의 처사 대접을 굳이 사양할 이유도 없었다. 하지만 녀석의 말투 속에는 도섭이 잘 알아들을 수 없는 대목이 있었다. 무슨 일이 급하게 되었다느니, 귀찮은 작자들이 산을 오르내리게 되었다느니…… 그것은 그날 산을 내려와서 윤 처사도 얼핏 흘리고 돌아선 소리였다. 그러고는 아직 기회가 없었던지 나름대로 무슨 뜸을 들이고 있는 것인지 더 이상 자세한 설명이 없어온 대목이었다.

"일이 어떻게 급하게 되었다고? 무슨 일이 말인가. 귀찮은 사람들이 산을 오르내리게 된다는 건 또 뭔 소리고?"

귀찮은 사람들이 누구를 가리키는지는 도섭도 이미 알고 있는 일이었지만, 그는 짐짓 아무것도 모르는 양 녀석에게 되물었다. 곽 행자는 새삼 뜻밖이라는 듯,

"아니, 그럼 처사님은 그 일을 아직 모르고 기셨단 말씀이에요?"

어이없어하는 얼굴로 그를 쳐다보았다. 그러다간 제물에 다시 웃음을 터뜨리며 자답하듯 도섭에게 거꾸로 물었다.

"그렇담 오늘 산행은 왜 하셨지요? 앞뒤 사정도 알지 못하시면서 멋하러 몸은 피하셨냔 말씀이에요?"

경박스런 말투 속에도 도섭이 미처 알아차리지 못하고 있는, 하면서 그의 일과도 무관할 수 없어 보이는 모종의 암시가 담긴 추궁이었다. 도섭은 그럴수록 궁금증이 더해갈 수밖에 없었다.

"그야 산행은 윤 처사님이 권해서 따라간 것이었제. 헌디 산을 다녀와서 보니 아랫동네서 웬 사람들이 다녀간 모양이더구먼. 그런디 곽 행자는 그 사람들이 누군질 알고 있단 말이여? 그 사람들이 무신 일로 여길 온 건지도? 얼매나 오래 있게 해줄진 모르지만 나도 이제는 한솥밥 식구가 되었으니 알고 있는 것이 있으면 무신 일이 어떻게 돌아가고 있는지나 귀띔을 좀 해주더라고. 그래 절간에 정말로 무신 일이 있었던 게여?"

도섭은 우정 어리숙한 어조로, 그에게 모든 걸 의지하려 드는 신참답게 곽 행자를 은근히 부추기고 들었다. 그런데 이제 열예닐곱 살밖에 나 보이지 않는 녀석의 입이 무겁지 않은 것이 도섭에겐 무엇보다 다행이었다.

"그야 처사님과 지는 이제부터 한 정잿간 아궁이 도반인께, 히히……"

녀석이 금세 의기양양한 얼굴이 되어 거침없이 사연을 털어놓기 시작했다. 그리고 그 녀석의 이야기로 윤 처사는 역시 그날의 산행 중에 중요한 목적 한 가지를 도섭에게 말해주지 않았음이 확인됐다.

"지가 오늘 그토록 새벽같이 산을 내려간 게 무엇 때문인지 아세요?"

곽 행자는 그날 아침 자신이 심부름으로 산을 내려가게 된 사연부터 이야기를 시작했다.

다름 아니라, 그날 밤(도섭이 보련각 주위를 기웃거리다가 우봉 스님으로부터 크게 질책을 당했던) 바로 표충사 경내의 유물관에서 귀중한 소장품 한 가지를 도둑맞은 사건이 발생한 것이었다. 도난품은 놀랍게도 유물관의 보배 격인 금서(金書) 병풍이었다. 표충사는 광명전과 천불전 사이에 자리하고 있는 일종의 기념 사당(祠堂)으로, 저 임진·정유년 간의 조선 국난 때 승군을 조직하여 조선 조정을 위해 싸운 서산 대사(西山大師)와 그의 제자 사명(泗溟)·처영(處英)의 영정을 봉안한 곳이었다. 영정들을 모신 사당과 강론소로 쓰이는 의중당(義重堂)을 중심으로, 윤 처사들이 기거하는 별채의 반대편 서쪽 경내에는 대사의 유지를 따라 그가 생전에 사용하던 옥발(玉鉢, 선조의 하사품)과 금란가사(錦蘭袈裟) 등의 유품이 보관되어 있는 유물 보관소가 자리하고 있었다. 그리고 그 유물관에는 뒷날 조선 왕조의 정조 임금이 서산 대사의 충절을 기려 그의 영정이 봉안된 표충사의 당명(堂銘)으로 써내린 금자어서(金字御書)의 여섯 폭 병풍이 함께 보관되고 있었다. 대원사는 그 표충사로 하여 격이 한층 높아지고, 표충사는 세세로 그금서 병풍을 귀한 보물로 지녀온다는 이야기를 읍내나 화정옥에서 두루 들어온 도섭이었다. 그 금서 병풍이 더욱 귀중한 보물로 알려진 것은 그것이 임금의 하사품이거나 금자어서로 된 때문만이 아니었다. 읍내에서 만난 한 식자급 인사의 이야기에 의하면, 금서 병풍은 그간 수난도 많았고, 그런 중엔 때로 기이한 신통력까지 발휘해온 물건이라는 것이었다. ……금서 병풍은 원래 네 폭의 금자어서 좌우에 다시 두 편의 금화(金畵, 海戰圖)를 첨부한 여섯 폭 작품이랬다. 그런데 대원사에서 병풍을 보관 중, 왕조의 운세가 기울기 시작한 19세기 말년 무렵 한 욕심 많고 무지한 일본인이 이를 훔쳐갔다. 나라(멸망 전의 조선 왕조)에서는 일본 정부에 교섭하여 몇 해 뒤에 다시 물건을 환송 받았으나, 이때는 양쪽 해전도가 망실된 금자어서의 가운데 네 폭뿐이었다. 절에서는 그 후 없어진 두 폭 해전도가 아쉬워 한 솜씨 좋은 스님으로 하여금 없어진 해전도 대신 매죽(梅竹) 두 폭을 양쪽에 그려 붙이게 하여, 모양새나마 원형을 복원하여 보관하게 됐다는 것이다.

그러나 병풍의 수난은 그 한 번만으로 끝나지 않았다. 몇 해 뒤에 병풍은 또다시 자취를 감추게 되었는데, 이번에는 온통 나라의 기초까지 기울어든 어수선한 세태 속에 그 소재조차 알아볼 길이 전혀 없게 되어버렸다. 그래저래 한 40여 년의 세월이 흘러 종내는 차츰 사람들의 머리에서 병풍의 기억조차 사라져가던 참이었다. 그런데 바로 이 몇 해 전(소화 16년이라던가 17년이라던가) 한 내지인이 그 금서 병풍을 짊어지고 제 발로 대원사를 찾아왔다. 그리고 그 위인이, 병풍을 다시 표충사로 바칠 테니 제 집안의 액운을 거둬달라는 것이었다. 연유인즉 금서 병풍은 그새 여러 사람의 손을 거쳐 자기에게 이른 것인데, 그때마다 병풍을 지닌 자는 까닭 없이 가운이 기울고 횡액이 빈발하여 오래잖아 다시 다른 사람에게로 은밀히 팔아 넘겨지곤 해온 거였다. 그러다 종당엔 위인이 멋모르고 그걸 구입해 지니게 된 것인데, 그 역시 그때부터 매사가 불운하고 가세가 까닭 없이 기울기 시작하더랬다. 위인은 생각다 못해 종내는 아는 점쟁이한테까지 찾아가 까닭을 물으니 그 점쟁이의 대답인즉 '절에 있어야 할 귀하고 영험스런 물건을 지니지 못할 사람이 지니고 있는 허물' 탓이라더라는 것이었다. 그래 위인은 병풍의 원 소장자를 이리저리 수소문하여 몇 달 만에 제 발로 대원사를 찾아오게 된 것이었다.

그런저런 곡절 끝에 다시 돌아온 금서 병풍이었다. 물론 모든 것을 곧이곧대로 다 믿을 이야기는 아니었다. 하지만 사람들의 이야기에 의하면, 대원사엔 그 금서 병풍 말고도 비슷한 신통력을 지닌 소장물이 한두 가지가 아니었다. 천불전에 모셔진 천 기(基)의 옥불(玉佛)에도 그 비슷이 영묘한 내력이 전해지고 있었고, 더욱이 지금은 때가 때인지라 읍내 헌병대 뒷마당에 매달려 쇠붙이 공출물로 이송을 기다리고 있는 장흥 천관산(天冠山) 탑산사(塔山寺)의 동종(銅鐘)──그도 원래는 금서 병풍과 비슷한 수난의 경로를 겪고 있는 셈인데──도 똑같은 신통력을 보인다는 소문이었다. 사실이든 아니든 고을 사람들 모두가 그렇게들 믿고 말하고 있었다. 금서 병풍의 사연도 사람들은 전혀 의심쩍어하는 대목이 없었다. 하여 도섭도 주변 일에 웬만큼 자리가 잡히고 나면 한 번쯤 구경을 하고 싶던 물건이었다. 그런데 하필이면 그 병풍이 다시 없어지고 말았다니. 그런 수난에도 신통력을 발휘하여 그때마다 다시 제자리를 찾아 돌아왔다는 그 금서 병풍이. 그것도 그만큼 안팎 단속이 신중했을 유물관에서……

곽 행자는 그러니까 그날 아침 산 아래로 간밤의 도난 신고를 다녀온 것이었다. 유물관 관리인(김 처사라는, 성미가 좀 괴팍스런 사람으로 밤잠까지 유물관 안에서 자면서 밤낮없이 그곳만 지키는 위인인데, 그날도 그곳에서 밤을 지켰지만, 정작에 일이 일어난 것을 안 것은 새벽에 잠을 깨어 일어난 다음이었댔다)은 새벽녘에 병풍이 도려내진 사실을 발견한 즉시 종무소에 알렸고, 종무소 스님들은 산 아래 주재소로 사건을 신고하러 발 빠른 곽 행자를 내려보낸 것이 었다.

주재소 사람들이 산을 올라온 것은 물론 그 때문이었다. 그리고 그것으로 이제는 윤 처사가 그날의 갑작스런 산행을 마련한 것도 진짜 속사정이 밝혀진 셈이었다.

하지만 도섭은 이런저런 사정을 모두 알고 나니, 새삼스레 다시 주위가 거북하고 마음 한구석이 찜찜해왔다. 그것은 물론 병풍이 없어진 걸 애석해해서거나, 더욱이 그것을 구경할 기회를 놓친 때문이 아니었다. 신통력을 지닌 것이 사실이라면, 이번에도 언젠가는 병풍이 원처로 되돌아오게 될 수도 있을 터였다. 하더라도 사건은 어차피 벌어진 일이었고, 게다가 그놈의 때가 영 좋질 않았다. 누가 그를 정면으로 의심해온 건 아니었지만, 공교롭게도 광명전 야행이 있었던 날 바로 그런 일이 일어난 것이 마음에 걸리지 않을 수 없었다. 윤 처사와의 그날의 산행이 당장 주재소 순사들의 눈을 피하기 위함이었음에도 그에겐 확연한 설명이 없었던 것도 도섭의 기분을 새삼 언짢게 했다. 위인들의 눈길에서 그를 비켜 세운 걸로 보아 설마하니 자기를 의심하고 있을 리는 없었지만, 그렇더라도 윤 처사가 간밤의 일에 대해 그 앞에서 내내 입을 다물어온(산을 내려와서 지나가는 소리처럼 절간에 어떤 일이 있노라 한 한마디가 그의 설명의 전부였) 데에는 그 나름의 다른 뜻이 있을 것만 같았다.

──아직도 내게 말을 해줄 수 없는 어떤 속사연을 혼자 숨기고

있는 건가? 그 사연이 대체 무엇이길래? 그런 무모한 도행을 저지른 자가 도대체 어떤 자길래?

도섭은 갈수록 더 기분이 찜찜했다. 범인이 잡혔거나 아직은 붙잡히지 않았다 하더라도, 그것이 누군지가 밝혀진 일이라면 그로선 그리 신경을 쓸 일이 못 되었다. 하지만 주재소 사람들의 잦은 산문 출입이나 윤 처사의 계속된 함구로 보아 범인은 여태 붙잡히지 않고 있음이 분명했다. 보다도 어쩌면 절이나 경찰에선 범인의 윤곽조차 아직 밝혀내지 못하고 있는지도 몰랐다. 하긴 그쯤은 곽 행자에게 물어봐도 어느 정도 윤곽을 알 만한 일이었지만.

하지만 도섭은 거기서도 낭패였다. 곽 행자의 이야기가 거기까지 끝났을 때, 그리고 도섭이 그걸 물으려 했을 때, 하필이면 그간 자리를 비우고 나갔던 윤 처사가 불쑥 다시 정잿간으로 들어선 것이었다. 뿐더러 그는 듣지 않고도 이미 곽 행자가 그새 도섭에게 무슨 말을 지껄이고 있었을지를 훤히 짐작한 모양이었다.

"곽 행잔 나보다도 입산이 앞섰으니 입을 잘못 놀리는 자작자수(自作自受)의 응보가 얼마나 무서운 것인지를 잘 알고 있을 텐데……"

중도에 말을 끊고 지레 머쓱해 있는 곽 행자에게 윤 처사는 전에 없이 표정이 굳어지며 다짜고짜 협박 투의 힐책을 하고 들었다. 그 바람에 녀석은 어물어물 자리를 피해 정잿간을 빠져나가버렸고, 이야기는 중도 차단이 되고 만 것이었다. 민망스러운 건 둘째 치고 도섭으로선 더 더욱 기분이 찜찜할 수밖에 없었다. 민망하고 찜찜스런 일은 그뿐만도 아니었다.

"어젯밤 유물관에서 무신 도난 사건이 있었다면서요?"

곽 행자가 자리를 비켜 나간 뒤 그냥 모른 척하고 넘어가기도 뭣하여 도섭이 한마디 꼭지를 떼고 나섰을 때였다.

"그냥 모른 척해두고 계세요."

윤 처사가 이번엔 그 도섭을 향해 퉁명스런 어조로 입을 막아버렸다. 하고선 뭔가 아직도 미심쩍은 것이 남은 듯 얼굴 근육도 미처 풀리지 않은 채 윗사람으로서의 일방적인 당부를 덧붙였다.

"제가 아까 낮에 산을 내려와서도 말씀드렸지만, 어젯밤 문안에 그런 불상사가 있었던 게 사실이에요. 그래서 실은 오늘 남 처사까지 함께 산으로 데려갔던 거구요. 하지만 절간에선 무슨 일이 생기든 내 일이 아니면 섣불리 상관하고 나서는 법이 아닙니다. 나하고 상관이 되지 않는 남의 일에는 알려고도 참견도 하지 말고 지내는 것이 신상에 이로우니까요. 그게 이곳 사람들의 예의기도 하구요."

"……"

"그야 뭐 특별히 남 처사님이 알아서 안 될 일은 아니지만, 간밤 일은 저도 아직 확실치가 않아서 때가 아니라는 거지요. 그리고 뭣보담도 곽 행자완 말거래를 좀 삼가시라는 뜻입니다. 절밥은 그런대로 꽤 오랜 편이지만, 녀석의 입이 쓸데없이 부지런해서요."

당부의 요지인즉, 때가 되면 자연히 전후사를 알게 될 터인즉 도섭으로선 그저 모른 체 윗사람들의 처결이나 기다리고 있으라는 것이었다. 그리고 될수록 입이 싼 곽 행자와의 객쩍은 말거래는 삼가라는 경계였다.

86

그의 충고에는 실상 도섭이 특별히 기분을 찜찜해할 대목이 없었다. 거기다 알고 보니 범인의 정체도 이미 다 밝혀져 있는 상황이었다.

　"허지만 내 이것 한 가지만 물어보면 안 되겠습니까? 아시다시피 어젯밤엔 지도 야행을 나갔다가 엉뚱한 소동까지 피웠으니 기분이 어딘지 개운칠 못해서 그러는디…… 그게 도대에 누구의 짓이었답니까? 범인이 누군지는 밝혀진 겁니까. 아니면 아직 어떤 자의 짓인지도……"

　도섭이 단도직입 식으로 묻고 들었을 때, 윤 처사는 그제야 입가에 빙긋이 웃음기를 띠며 의외로 간단히 토설해온 것이었다.

　"범인은 첨부터 밝혀진 일이었어요. 용진(勇進) 행자라고…… 곽 행자처럼 본전 공양간에 있던 아이지요. 녀석이 어젯밤 종적을 감췄거든요."

　웃음의 진의인즉, 너를 의심하고 있는 건 아니니 쓸데없이 불편해할 것 없다는 뜻이었다. 그 용진 행자가 어떤 녀석이건, 그리고 녀석이 종적을 감춘 것만으로 어떻게 그를 범인으로 단정해버리는진 알 수가 없었지만, 어쨌거나 범인이 밝혀진 일이라면 아닌 게 아니라 도섭으로선 그 일에 과히 마음을 쓸 바가 없었다.

　한데도 도섭은 마음이 계속 편치를 못했다. 용진 행자의 신상사를 포함하여 그 일에 대해 윤 처사가 일절 더 이상의 말을 삼가버린 때문이었다. 게다가 그는 도섭에게마저도 계속해서 그냥 모른 척 입을 봉하고 지내라는 당부였다. 나를 의심할 바가 없는 마당이라면 그걸 알고 싶어 하는 것이 무어 그리 잘못이란 말인가. 아직도 내게 어떤 석연찮은 의혹이 남아 있는 게 아닐까…… 도섭은 어딘지 자신이 보아서는 안 될 다른 어떤 비밀이 그의 주위를 맴돌고 있는 것만 같았다. 절간에 다른 어떤 심상찮은 일이 진행되고 있는 판에 그 혼자 깜깜한 어둠 속에 그것을 놓치고 있는 듯싶기도 하였다. 때로는 자신도 모르게 그 일과 상관하여 누군가의 은밀스런 감시를 받고 있는 것 같기도 하였다. 기분이 무겁고 꺼림칙할 수밖에 없었다. 그런 기분으로는 기회가 주어진데도 보고서를 쓰고 싶은 생각조차 생겨날 수가 없었다. 안도 반장에 대한 안착 보고는 무엇보다 안전한 잠입을 확신한 연후라야 하였다. 그래 도섭은 윤 처사의 강압적인 경계에도 불구하고 기회를 보아서 곽 행자를 한 번 더 움직여보려 하였다. 윤 처사야 무얼 어떻게 생각하든 도섭으로선 오히려 녀석의 부지런한 입이 더없이 다행스럽고 고마운 것이기 때문이었다.

예상대로 나이 아직 어린 곽 행자는 자기 충동을 억제하기 어려운 어린애에 불과했다. 더욱이 녀석은 비슷한 처지의 용진 행자에 대해서 까닭 모를 질투심까지 지녀온 영악스런 망나니였다.

"용진 행자는 참 어리석은 짓을 했더구만그려. 처분지도 못할 금서 병풍 욕심에 절을 버리고 가다니……"

그날 저녁 마침 또 정잿간에 둘이서만 남게 된 틈을 타서 도섭이 슬쩍 한마딜 퉁겼더니,

"그 새긴 애초부터 중이 될 생각이 없었으니께요."

윤 처사에게 들어 이미 다 알고 있는 줄로 알았던지 제물에 간단히 걸려들어왔다. 그리고는 도섭이 미처 예상치도 않았던 자신의

내심까지 함부로 까발리며 도반 격 행자를 마구 배변(背辨)하기 시작했다.

"속사정은 지하고 많이 다르지만, 중이 될 생각이 아닌 건 첨서부터 나하고 한가지였거든요. 그저 늘상 돈 생각뿐이었어요. 무얼로 해서든 돈만 생기면 그길로 당장 산을 내려가버릴 꼴새였지요. 녀석이 대개 그런 중 알면서도 억지로 중을 만들려고 한 웃스님들 생각이 잘못이었지요. 절간 들어온 지 며칠도 안 돼서 머리를 깎고 이름까지 다시 지어주고…… 하지만 어디 뭐 어림이나 있었게요. 속맘이 워낙 그런 새끼였으니께 차라리 일찌감치 잘된 일이지라."

까닭 모를 비방기 속에 용진 행자가 그렇게 산을 내려간 게 오히려 당연하고 잘된 일이라는 투였다. 게다가 자신도 녀석이 사라진 걸 은근히 속시원해하고 있는 기색이었다.

하지만 곽 행자는 이번에도 또 거기까지뿐이었다. 도섭이 쓸데없이 윤 처사의 경계를 생각나게 한 때문이었다. 도섭이 무심결에 그걸 생각나게 할 소리를 물은 것이었다.

"돈이 생기면 밖에 나가서 무얼 하려고? 도대체 그 용진 행자의 속사정이 무어길래 그런 짓까지 저질러 돈을 벌려고 했을꼬?"

말줄기를 이끌기 위해 도섭이 중간에 한마딜 끼어들자,

"윤 처사님이 그건 말씀해주시지 않았어요?"

녀석은 뒤늦게 제 허물이 지펴오는 듯 도섭에게 대뜸 거꾸로 물었다. 그리고는 도섭이 대꾸를 못하고 어물쩡대는 기색이자, 녀석답지 않게 새삼 정색을 한 목소리로 퉁겨왔다.

"그럼 그거는 윤 처사님헌티 물어보세요. 윤 처사님이 말하지 않은 일은 지도 더 이상 모르는 일이니께요."

그리고는 그만이었다. 어떻게 좀 녀석을 달래어 입을 다시 열게 해보려도 윤 처사의 힐책을 함께 보지 않았느냐는 것이었다. 쓸데 없이 남의 일에 참견하고 나서지 마라. 이를테면 녀석도 그 같은 괴상한 불문율을 숭상하는 이곳 절간밥 티를 톡톡히 내보인 셈이 었다. 도섭이 궁금해해온 진짜 깊은 속까지는 말을 던져보기도 전 에 파장이 나버린 꼴이었다.

도섭으로서도 이젠 더 어쩔 수가 없는 일이었다. 녀석의 변덕을 참고 기다리는 수밖에 다른 도리가 없었다. 알고 싶은 게 있으면 윤 처사에게 물으라는 소리는 윤 처사 먼저는 말을 하지 않겠다는 뜻이었다. 그 윤 처사 자신은 때가 되면 알게 되는 날이 있으리라 했던가. 그건 언젠가 필요할 땐 그것을 말해주겠다는 뜻이었다. 하지만 도섭으로서는 그 윤 처사 쪽은 크게 기대를 할 수가 없었 다. 그 일은 아예 잊어버린 사람처럼 그날 이후론 다시 한마디도 없는 것이, 그때가 언제가 될지 알 수도 없으려니와 그런 따위 약 속을 아직 염두에 두고 있을 위인도 아니었다. 아니 그보다도 도 섭이 당장 궁금해하고 있는 일 자체가, 윤 처사가 그에게 입을 다 물고 기다리게 하고 있는 바로 그 점이었다. 그것을 윤 처사에게 물을 수는 없었다. 기대할 건 역시 꽉 행자뿐이었다. 녀석의 마음 이 돌아설 때를 기다릴 수밖에 없었다. 그간의 행작으로 보아 녀 석의 참을성은 그리 길게 갈 수가 없었다. 오래잖아 제물에 조바 심이 치솟아 제 쪽에서 먼저 토설을 하고 나설 녀석이었다.

도섭은 찜찜한 대로 그때를 참고 기다렸다. 윤 처사는 여전히 다른 말이 없었고, 곽 행자의 변덕도 별 요동의 기미가 안 보였다. 산 아래 사람들이 계속 오르내리는 걸로 보아서 용진 행자가 그새 붙잡혀 들어온 것 같지도 않았다.

그렇듯 도섭이 잠입 보고서까지 미뤄가며 계속 한 이틀을 더 기다리고 나서였다. 일이 뜻밖에 수월하게 풀리기 시작했다. 도섭으로선 거의 기대하지 않았던 윤 처사가 먼저 자초지종을 털어놓은 것이었다.

그러니까 바로 전날 저녁이었다. 이날도 절에는 주재소 사람들이 올라와 새삼스레 현장 조사다 뭐다 해서 종무소와 표충사를 들쑤시고 다니는 기미였다. 도섭은 이날도 그 덕에 하루 종일 산속을 헤매다가 해가 기울 무렵 주위가 다시 조용해진 기미를 쫓아 산을 내려와보니 그때부터 윤 처사의 모습이 보이질 않았다. 혼자 저녁을 짓고 있던 곽 행자의 소리로는 윤 처사가 무슨 일론지 잠시 전에 종무소로 불려 내려갔다는 것이었다. 그 윤 처사가 정잿간 골방으로 돌아온 건 외사 사람들 저녁 시중이 끝나고, 취침 종소리가 울린 다음이었다. 윤 처사는 방으로 돌아오고 나서도 처음엔 평소처럼 윗목 서탁 앞으로 밤공부 자리를 잡아 앉는 듯싶더니, 웬일로 금방 염불책을 덮어두고 도섭(물론 그는 여느 때처럼 이날도 그를 기다리고 있었다)을 향해 전에 없이 야반 말거래를 건네왔다.

"그간 남 처사님도 처지가 썩 안 편하셨을 텐데, 이젠 좀 마음을 놓아도 될 듯싶군요."

도섭은 처음 무슨 소린가 싶어 어리둥절해 있으려니 위인이 다시 홀가분한 어조로 설명을 덧붙였다.

"내일부턴 주위가 좀 조용해지게 됐어요. 그 주재소 사람들 오늘로 일을 대강 끝내고 갔으니까요."

밤늦게 이야길 건네온 것도 처음이었고, 게다가 화제가 도난 사건에 관한 것이었다. 드디어 말을 할 때가 왔다는 것인가. 윤 처사는 둘 사이에 함구로 일관해온 일을 스스로 먼저 발설하고 나선 것이었다.

"그럼 그 도둑 행자님이 붙잡힌 겁니까?"

도섭이 아직도 사정을 알 수 없어 한마디 물으니 윤 처사는 그도 아직 아니라는 대답이었다.

"아니, 아직 붙잡혀서는 아닙니다. 절에서 협조하고 조사를 받을 일이 다 끝났다는 것이지요. 오늘 마지막 조사가 끝났어요. 그래서 이제 범인을 붙잡고 못 붙잡고는 경찰 쪽 책임으로 남은 거지요. 범인을 붙잡으려면 녀석이 달아난 곳을 찾아 쫓을 일이지 절간 조사는 더 필요가 없을 테니까요."

그로서도 그저 조사만 끝났으면 그만, 범인이 붙잡히고 안 붙잡히고에는 그리 관심이 없어하는 어조였다. 그것도 자신이 발설을 막아온 사실을 잊은 듯 말을 조금도 아끼는 기미가 안 보였다. 윤 처사가 그렇게 나온 이상엔 도섭 쪽도 궁금증을 견딜 필요가 없었다.

"물건을 잃은 건 대원사 쪽인디, 절에선 그저 조사가 끝난 걸로 그만 정작에 잃은 물건을 되찾아오는 일엔 관심이 없는 모양이구먼요."

도섭은 우선 윤 처사가 그 앞에 드러내 보인 허점부터 후비고 들었다. 윤 처사는 밤이 늦은 것도 아랑곳을 않은 채, 이번에도 미리다 준비가 되어 있던 사람처럼 대꾸에 조금도 궁색한 곳이 없었다.

"범인이 잡히거나 안 잡히거나 병풍은 때가 되면 어차피 되돌아오게 될 테니까요. 아시는지 모르지만 그 금서 병풍엔 자신을 지키는 신통력이 있거든요……"

그는 여유 있게 단언하고 나서, 도섭이 이미 곽 행자로부터 들은바, 그 병풍의 영험스런 신통력에 관해 이런저런 사연들을 길게 늘어놓았다. 그런 끝에 그는 다시 한 번 태평스런 장담을 덧붙였다.

"그러니 어차피 돌아오게 될 물건 애써 범인을 찾아나설 게 없지요."

신통력에 관한 이야기가 사실이라면, 딴은 그럴 법도 한 일이었다. 하지만 도섭은 그쯤에서 쉽사리 물러설 수가 없었다. 병풍의 신통력을 곧이곧대로 믿을 수도 없으려니와 윤 처사의 그런 태평스런 태도에는 더 더욱 승복하기 어려운 대목이 있었기 때문이다.

"그렇담 애당초 경찰에도 알릴 필요가 없는 일이었게요? 헌디 그렇게 저절로 돌아오게 되어 있는 물건을 두고 새벽같이 사람을 내려보냈더라면서요? 그건 병풍보다 그 행자 녀석을 붙들기 위해서였던가요? 물건은 어차피 돌아오게 되어 있는 마당에 나 같으면 기왕지사 산을 나간 사람이나 제 갈 길을 무사히 가게 해주고 싶었을 듯헌디 말입니다."

도섭은 내친김에 쫓기는 사람의 쫓기는 사람을 위한 동정을 핑계 삼아 윤 처사를 거푸 추궁해들어갔다. 윤 처사도 그런 도섭의 의중을 헤아린 듯, 아니면 이날로 모든 걸 털어놓기로 작정을 하고 나선 듯 이야기를 거침없이 맞받아나갔다.

"꼭 사람을 붙잡으려서가 아니라, 해둬야 할 일은 해두자는 것이었겠지요. 그래야 뒤추궁을 면하게 될 테니까요."

"뒤추궁이라니, 경찰에서 말인가요?"

"그렇지요. 그 사찰재산관리법인지 뭔진가 하는 알량한 법이 생긴 뒤부턴 절간의 재산 관리권이 아예 저들에게 넘어간 꼴이니까요. 절간에선 그저 보관 책임이나 지고 있달까요."

"하지만 경찰에서도 물건이 제절로 돌아올 걸 안다면 굳이 도둑을 찾으라고 할까요. 병풍의 신통력은 그 사람들도 이미 소문을 들었을 텐디 말입니다."

"소문을 알고 있든 알지 못하든 경찰로선 그렇지가 못할 겁니다. 그쪽에도 나름대로 책임이 있으니까 일단 수사는 벌이겠지요. 하지만 그거 다 형식이에요. 요 며칠 산을 오르내린 것처럼 위인들은 범인을 쫓는 일에 보다 책임을 묻는 데 더 열을 올리거든요. 형식이나 갖춰 관할 관서로서의 책임이나 면하자는 거지요. 위인들이 범인을 붙잡은 일도 없었고, 절에서도 거기까진 기대하질 않아요. 이런 일이 어디 한두 번이었어야지요. 속사정은 다르지만, 위인들도 어쨌든 범인이 붙잡히는 건 그리 달가운 일이 아니거든요. 피차 눈 가리고 아웅 하는 식이지요. 알고 보면 그자들도 내밀히 한몫을 끼어든 격일 테니까요."

"경찰이 한몫을 끼어들고 있다뇨?"

"어차피 그자들도 같은 일인 패거린걸요. 도난품이 어디로 어떻게 흐르는지 뻔히들 알고 있으면서 같은 일인들끼리라 짐짓 외면을 하고 넘기는 경우가 허다해요."

"일인들이 그렇게 극성인가요?"

"내다 지닐 만한 절간 물건 목록은 그 사람들이 더 자세하게 알고 있을 정도랍니다. 수백 년씩 전해오는 고승 대덕들의 서화나 서책 같은 귀중 소장품들…… 그런 물건일수록 위인들의 눈독을 벗어난 것이 없을 지경이에요. 심지어 한 번은 천불전 옥불상까지 두 좌가 감쪽같이 사라진 일도 있었어요……"

윤 처사는 거기서 다시 그 천불전 옥불상의 기이한 수난사와 그에서 발휘된 영험스런 신통력의 위력을 소개했다. ……천불전에 봉안된 중앙의 삼존불은 목조불이지만, 그 주위에 모셔진 천 좌의 불상은 모두가 옥석불인바, 이 옥불들은 원래의 불전이 화재로 소실된 뒤(조선 왕조 말 순조 11년), 이곳 스님들이 전각을 중건하면서 새로 조성해 모신 것이었다. 그런데 그때 스님들은 천불전을 짓고 당(堂) 안에 모실 천 좌의 옥불상은 돌이 좋은 경주(慶州)에서 조성케 하였다. 천불은 꼬박 6년간이 걸려 열 사람의 석공이 조성해내었다. 드디어 불상이 완성되어 인근 울산에서 세 척의 배에 싣고 부산 앞바다를 거쳐 대원사로 향하던 도중이었다. 한 척의 배가 예기찮은 폭풍으로 일본의 장기현(長崎縣)까지 표류해가고 말았다. 일인들은 뜻밖에 수많은 옥불을 만나 기쁜 마음으로 서둘러 절을 짓고 불상들을 모시려 하였다. 그런데 그때 한 일승의 꿈에 불상들이 나타났다. ─우리는 지금 조선국 해남 고을 대원사로 가는 길이니 이곳에 그냥 머물러 주저앉을 수가 없노라.

그래 일인들은 다시 옥불들을 거두어 배를 내어 정중히 대원사로 보내었다……

"그런 내력이 있는 불상이니 애초 다른 데선 누구도 함부로 모실 수가 없었지요. 그런 옥불상에까지 손을 뻗친 일인들이었어요. 다행히 그걸 구입한 일인 한 사람이 그런 내력을 알고는 겁이 나 슬그머니 자리를 다시 채워놓았지만 말입니다. 글쎄 그나마 그 일인들이 물건 소중해힐 줄이나 아는 길 다행으로 여겨야 할시……"

윤 처사는 한마디로 그 모든 것이 용진 행자의 도벽과 탐욕스런 일인들의 배후 손길에 의한 협잡극이 분명할 거라는 추단이었다. 옥불 사건은 며칠 만에 불상이 다시 돌아왔고, 용진 행자도 절을 비운 기미가 분명찮았기 때문에 그럭저럭 모른 척 지내 넘겨주었는데, 이번에는 끝내 더 큰일을 저지르고 말았다는 것이다. 도섭도 이젠 대강 일의 전후 사정을 알 수 있을 것 같았다. 뿐더러 이곳 절간 사람들과 경찰관서 사이의 분위기도 웬만큼 짐작이 갔다. 그러자 그는 새삼 이상스럽게 심신이 잔뜩 지쳐오는 기분이었다. 이제는 별반 더 알고 싶은 것도 없고 하고 싶은 말도 다한 느낌이었다. 그는 짐짓 졸음기라도 쫓기고 있는 목소리로 윤 처사의 결론을 앞장서 이끌었다.

"이번에도 녀석은 으레 일인들에게로 병풍을 가져가게 마련일 테고, 그렇게 되면 일인들이 물건의 내력을 알아보고 어김없이 되돌려줄 거라는 말이구먼요."

"아마 대개는 그렇게 되겠지요."

윤 처사도 그런 도섭의 기미를 알았던지, 한마디로 간단히 수긍을 해왔다. 한데도 그의 사족 비슷한 몇 마디가 도섭의 주의를 다시 일깨우고 말았다.

"하지만 그걸 장담하고 믿을 수가 있겠어요. 녀석이 어쩌다 재수가 좋다 보면 내력을 모르는 사람을 만날 수도 있는 거구."

"그런 경우도 생길 수가 있었어요? 헌디 어떻게…… 윤 처사님 말씀은 일이 그리 되길 바라는 것처럼 들리는구먼요."

처음엔 그저 무심스레 되받았으나, 도섭은 그렇게 말을 해놓고 나서야 그가 아직 중요한 대목을 잊고 있었다는 생각이 든 것이었다. 아닌 게 아니라 윤 처사는 어딘지 용진 행자를 자주 두호하고 싶어 하는(적어도 그가 붙잡히는 걸 달가워하지 않는) 기미가 역력했다. 용진 행자가 대체 어떤 아인가, 녀석이 어떤 아이길래 윤 처사는 그의 도적질까지를 그럭저럭 눈감아넘기고 싶어 한단 말인가. 도섭은 결국 그런 뒤늦은 궁금증까지 막바로 윤 처사에게 들이대고 나섰다.

"용진 행자가 이 절에서 그리 특별한 아인가요? 녀석이 대체 어떤 아이관대 그토록 말썽이 많은 녀석을 일찌감치 내몰아버리지 않고 있었냐 말입니다. 전에도 이런 일을 그냥 눈감아 넘겨준 게 몇 차례나 된다면서요. 지 보기엔 윤 처사님도 어딘지 녀석이 붙들리지 않기를 바라시는 것 같고요."

그런데 윤 처사는 그 용진 행자에 대한 절 사람들의 생각도 더 이상 대답을 망설이지 않았다.

"허허, 내가 남 처사님한테 그리 보였던가요? 어디 설마 그렇게 되기를 바라기까지 했을라구요. 내가 만약 그렇게 보였다면 그건 그 아이가 특별해서가 아니라, 이 절간이라는 곳이 원래 허물을 들어 사람을 내어쫓기보다는 그 허물을 씻어 사람을 만드는 곳이어야 한다고 여긴 탓이겠지요. 그 아이라고 나름대로 사정이 없는 건 아니지만, 사람 쳐놓고 제 사연 지니지 않은 중생은 없는 거니까요. 허물이 클수록 도량에 잡아두고 더러운 때를 닦아줘야 하는 것 아니겠소. 그러다 보면 녀석도 언젠가는 손댈 물건 못 댈 물건을 가려보게 될 거고, 게다가 절간 안엔 이미 손댈 물건이 없는 줄을 알게 되면, 종내는 제물에 도심을 주저앉히고 공부 쪽에 마음을 붙이게 될 수도 있을 테니까요. 나같이 제 몸에 죄업이 모가지까지 차올라 그걸 끝내는 토해내고 싶어지는 늦깎이도 있는 판에…… 본전 공양간의 원주 스님이나 절어른들의 법덕이 깊은 탓이겠지만, 이를테면 그런 때를 기다려온 거겠지요.”

도섭의 눈에 자신과 절 사람들의 태도가 그렇게 보여온 사실을 일부 시인하고 나서는, 그러나 녀석에겐 불가에서 그렇게 해줘야 할 그 나름의 이유를 덧붙였다. 그리고는 도섭이 정말로 알고 싶어 하는 것을 그도 미리 다 짐작하고 있었던 듯, 아니 이제는 윤 처사 자신도 그것을 모두 말해줄 생각이었던 듯, 도섭이 참아온 그간의 궁금증들을 앞장서 풀어갔다.

“답답하게 여기고 계셨을 줄 압니다만 이번 일을 그간 쉬쉬해온 것도 실은 그런 뜻에서였지요. 그 아이가 다시 돌아오게 될 경우를 위해서 말입니다. 녀석이 다시 돌아올 때 사람들의 눈길이 달라지면 안 되니까요. 적어도 녀석이 그걸 불편하게 느끼지 않도록은 해주어야 하거든요. 절에서들은 아마 그런 마음으로 녀석을 기다리고 있을 겁니다."

"……"

"언젠가 내가 곽 행자와의 말거래를 삼가시랬던 것도 바로 그
때문이었지요. 녀석은 전부터 그 아일 좋게 말하는 법이 없었거든
요. 절밥 그릇 수는 제 쪽이 더 많은 터에 저는 아직 속명(俗名)
인 채, 정식으로 계를 받은 것은 아니지만 용진이 먼저 새 절이름
을 받았거든요. 그 점을 생각해서 나는 일부러 속성 밑에 행자 호
칭이라도 붙여주지만, 외사 사람들이나 스님들 중엔 아예 병태야,
병태야 속명을 마구 불러댈 때도 있으니까요. 거기다 용진인 본전
공양간 원주 스님 일을 돕는데 저는 별전 정잿간 심부름꾼 노릇이
냐는 거지요. 실은 별것도 아닌 일이지만, 아이들 일이라 곽 행자
의 마음이 좀 꼬여든 것이지요. 그래 아직 섣불리 발설을 할 때가
아니기도 했지만, 곽 행자가 말을 건네게 해서는 안 되겠더군요.
그것이 특히 용진 행자의 일이라 아무래도 입살이 거칠어질 테니
까요."

윤 처사는 이를테면 자신이 의식을 했든 못했든 때가 되면 사연
을 알게 될 거라던 약속을 그걸로 분명히 이행한 셈이었다. 한마
디로 도섭은 그간의 궁금증들이 그만큼 속시원히 풀리게 된 것이
었다. 금서 병풍 도난 사건에 대한 그간의 함구하며, 특히 곽 행자
의 입놀림에 대한 질책과 경계의 뒷사연들이 그걸로 모두 해명된
것이었다. 용진 행자에 대한 곽 행자의 말투 역시 윤 처사의 지적
그대로였다. 아니 아직도 따지고 들자면 미진한 대목이 없는 건
아니었다. 윤 처사는 녀석이 다시 돌아올 때를 위해서 짐짓 발설

을 삼가왔노라 했지만, 그는 일이 일어난 바로 다음 날 녀석을 범인으로 지목한 일이 있었다. 그렇다면 그것은 도섭의 추궁을 감당치 못한 그의 단순한 실수였던가. 윤 처사 자신은 말할 것도 없지만, 그러고도 이날까지 곽 행자의 입을 막아온 것이 오로지 녀석의 험구 버릇 때문이었을까. 미심쩍은 대목은 그뿐만이 아니었다. 용진이란 녀석은 대체 어떤 못된 꿍꿍이를 품고 있던 놈인가. 녀석은 대체 무슨 일로 그처럼 재물만을 한사코 탐내온 것인가. 윤 처사는 녀석이 별로 특별할 것이 없는 아이라고 했지만, 도섭은 애초에 그가 궁금해해오던 녀석의 내력이나 재물욕에 빠지게 된 사연에 대해서는 아직 제대로 설명 들은 것이 아무것도 없었다.

하지만 도섭은 이제 괘념하지 않았다. 심신이 자꾸 더 가라앉아 들어가는 기분인 데다, 보다 더 중요한 사실을 확인한 때문이었다. 그것은 이 절의 중의를 대신하고 있는 것이겠지만, 윤 처사는 이제 용진 행자가 돌아오지 않으리라고 믿고 있었다. 그가 도섭에게 녀석의 이야기를 모두 털어놓은 것이 그것을 확인해준 셈이었다. 이제 절간에선 그런 식으로 그 일에 단락이 지어진 게 분명했다. 윤 처사는 도섭에게 약속대로 그것을 말해줌으로써 그에 대한 자기 믿음을 확인시켜준 것이었다.

그것이 그간 찜찜하던 기분을 씻고 도섭이 이날 비로소 안도 반장에게 보고서 제1신을 쓰게 되기까지의 사연이었다.

보고서를 한 번 더 훑고 난 도섭은 선반 위에 얹어둔 작은 손보퉁이 속에서 준비해온 편지 봉투 한 장을 꺼냈다. 그리고 거기 보고서를 넣어 봉하고 '光州 매부 金山泰龍'의 전교(轉交) 주소를 적었다. 이쪽 주소는 어쩔까 하다가 그냥 적당히 읍내 쪽 동네 이름한 곳을 적어 넣었다. 이제 편지를 부치는 일은 산을 내려갈 기회를 기다렸다 화정옥 소연에게나 부탁할 작정이었다. 편지지와 봉투 등속은 손봇짐 속에 미리 마련해온 터였지만, 면 소재지까지 나가 절수딱지를 사 붙여 우체통에 넣는 일은 어차피 남의 손을 빌려야 할 처지였다.

어쨌거나 도섭은 이제 거기까지 일을 끝내고 나니 가슴이 한껏 부풀어오르기 시작했다. 그만만 해도 자신의 앞날이 제법 훤하게 뚫리는 기분이었다.──언제까지나 내 그림자 속에서 보조 노릇만 하고 지낼 순 없지 않나. 이번 기회에 군(君)도 한번 정복을 장만할 공훈을 세우도록! 그리고 본관도 군의 덕분에 이놈의 보(補) 자(그는 경부보로서 고등계 특수 공작반을 지휘하고 있었다)를 떼게 되기를 기대하겠다──당부와 격려 끝에 환하게 웃어 보이던 안도 반장의 얼굴이 눈앞을 스쳐갔다. 반도인이면서도 누구보다 먼저 창씨개명을 단행하여 이제는 그 일본식 이름이나 가파른 성미까지 내지인과 거의 구별이 안 될 정도의 안도, 조선 출신의 이점을 이용하여 사상범 색출 공작에 뛰어난 솜씨를 발휘하면서도(그래서 그는 반도 출신만으로 이루어진 특수 공작반을 이끌고 있었다) 본색이 아예 내지 출신으로 보이게 하는 능숙한 국어 솜씨와 필요할 때 가끔 힘들여 발음하는 어눌스런 조선 말씨──, 그 안도는 이를테면 조선 출신으로 내지인의 지위와 힘을 얻으려는 도섭에겐 완벽한 선망의 전형인 셈이었다. 그 안도의 특수 공작 조에서 일을 하게 된 것만도 도섭에겐 큰 행운이자 무쌍의 영광이 아닐 수 없는 일이었다. 게다가 이번 공작에 자신을 선발해준 그의 신임이라니! 도섭으로선 새삼 기분이 들떠오르지 않을 수 없었다. 하다 보니 도섭의 화려한 꿈은 한층 구체적인 데까지 날개를 펼쳐갔다. 이번에는 아버지 남 초시 영감의 못난 놈, 못난 놈, 울분을 눌러참는 비웃음소리가 귀청을 때리고 지나갔다. ─꼴좋다. 못난 놈! 집안 체면에 똥물을 끼얹은 놈! 제 색싯감 하나 단도리를 못하고 날불한당 놈헌티 빼앗기고 나선 화상이라니! 그래, 세상은 어차피 힘을 쥐고 누리는 쪽과 그 힘에 쫓기며 눌려 살아가는 쪽으로 나뉘는 법인 게야. 허니 이젠 네놈도 힘을 놓친 자는 제 것조차 아무것도 챙겨 지킬 수 없다는 걸 똑똑히 알아차렸으렷다…… 우리 집안이 누대로 힘을 쥐고 그것을 누려온 사정은 네놈도 익히 알 게다. 헌디 이제는 그 힘이 너로 하여 속절없이 스러져가고 있음이 아니냐. 그 허물을 네놈은 과연 어떻게 감당하랴?

변심한 여자의 혼례식을 다녀와서 기가 죽은 아들에게 남 초시 영감이 내뱉은 힐책이었다. 그 마음이 얼마나 쓰렸던지, 아버지는 그때 그런 소릴 내뱉으면서도 얼굴엔 기묘하게 일그러진 웃음기까지 띠고 있었다. 그 웃음기는 당신의 속에 끓고 있는 뜨거운 분노의 서글픈 위장에 다름 아니었다. 굳이 내키잖는 혼사집엘 가신 것도 그런 노여움이 거꾸로 발동한 것이었다.

아버지는 아직도 그때의 울분을 못 참고 계실 것이었다. 그리고 그것은 오랫동안 도섭 자신의 아픔이자 울분이기도 했다. 하지만 이제 그는 생각이 달랐다. 생각이 다른 만큼 처지도 달라져 있었다. 그도 물론 처음부터 아버지의 심사를 이해했다. 하지만 그는 일찍부터 아버지의 방법이 옳지 않음을 알고 있었다. 그리고 이제는 미구에 그것을 떳떳하게 증명해 보일 자신이 있었다. 바야흐로 그에게 기회가 온 것이었다.

— 별일 없으면 이따 채전으로 나와 고구마대나 추립시다. 우선 먼저 나가 있을 테니.

도섭은 다소 비장스럽기까지 한 기분 속에 윤 처사들이 기다리고 있을 밭일을 나가는 것도 잊은 채 무슨 귀중한 보증서나 되듯이 그 보고서 봉투를 한동안이나 더 만지작거리고 있었다.

하지만 사실 도섭은 처음부터 일을 너무 자신만만 낙관한 셈이었다. 바로 이날만 해도 도섭이 그런 식으로 시간이 늦어지다 보니, 벌써부터 곽 행자와 채전 일을 나가 있던 윤 처사는 그의 숨은 속셈에 심한 궁금증과 경계심이 일고 있었다.

윤 처사로서도 처음부터 그의 정체를 어느 정도는 알고 있었기 때문이었다. 아니 윤 처사가 도섭의 본색을 안 것은 그가 산을 올라오기 전부터였다고 할 수 있는 일이었다.

— 미구에 못된 말썽부스러기가 한 놈 신분을 위장하고 잠입해 올 모양이다. 외사·객방 들을 각별히 주의해서 살피거라.

어느 날 우봉이 윤 처사를 따로 불러 은밀히 당부했다. 윤 처사는 금세 그 우봉의 흉중을 헤아렸다. 전에도 한두 번 정체를 알 수 없는 상대로부터 그와 비슷한 절간의 위험사를 미리 제보해온 일이 있었다. 그리고 그 밀보는 그때마다 어김없는 사실로 입증이 되곤 하였다. 우봉이 그 밀정의 잠입을 예견한 것은 근자에 또 그런 제보가 있었기 때문일 터였다. 그리고 며칠 뒤 그 우봉의 예단은 이번에도 어김없는 사실로 드러났다. 게다가 그 위장 잠입자는 다른 사람이 아닌 윤 처사, 그의 잠입을 미리 기다리고 있던 바로 그 사람을 정확하게 찾아 나타난 격이었다. 그야 윤 처사로서는 그 당장 위인을 우봉 스님이 예견한 밀정으로 단정할 수는 없었다. 그리고 그 점은 우봉 스님 역시도 마찬가지였던 셈이다.

——며칠 곁에 붙잡아두고 본색을 살피거라.

위인의 출현에 상당한 확신을 갖고 사실을 고하러 달려간 윤 처사에게 우봉은 오히려 며칠 신중한 정탐을 당부했다. 하지만 일은 하루도 다 지나지 않아서 판정이 내려졌다. 제 일을 한사코 윗전에게만 고하겠다고 고집을 피우던 위인이 그에 못지않은 윤 처사의 완강한 저지에 밀려 결국엔 그 앞에 입을 열고 만 그 해괴한 세간 사연 덕분이었다. 그가 털어놓은 그 일녀의 능욕 사건과 관련한 불안스런 도피 행각. 도섭에겐 참으로 불운한 우연으로, 윤 처사는 이 절골에 이미 그 비슷한 사연으로 불안하게 쫓겨 들어와 있는 사람을 알고 있었던 때문이다. 하고 보니 윤 처사의 그 같은 귀띔에는 좀체 웃음을 모르던 우봉 스님조차도 그 우연의 조화 앞에 경탄을 금치 못하고 파안대소를 터뜨렸을 정도였다.

하지만 일은 거기서부터 윤 처사도 잘 알 수 없는 수수께끼 놀음이었다. 위인의 본색이 확인되고 나서도 우봉은 며칠 동안 위인에 대한 이쪽의 대응을 미루고 있었다. 하더니 어느 날 밤 윤 처사를 불러올려 예상 밖의 처결을 내리고 말았다. 윤 처사로서는 으레 우봉이 그의 본색을 주위에 드러내어버림으로써 위인 스스로 암약을 단념하고 산을 내려가게끔 만들 것으로 예상했다. 그런데 우봉은 위인을 계속 집허당에 묶어두고 동정을 면밀히 살펴나가라는 당부였다. 위인에게 절간 복색까지 한 벌 마련해다 입혀주고 일녀 능욕 사건의 진짜 당사자에겐 그 일을 당분간 비밀사로 해두라는 것이 나름대로 어떤 숨은 복안이 있는 일 같았다. 이를테면 위인을 모른 척 곁에 묶어두고 거꾸로 그를 이용해보자는 속셈일 터였다. 하지만 윤 처사의 생각으로는 그게 보통 위태로운 노릇이 아니었다. 무엇보다 절골엔 위인과 같은 자들의 눈길에 함부로 기미를 드러내 보여서는 안 될 처지에 있는 사람들 천지였다. 외사나 객방 사람들은 대개가 그런 위인들의 눈길을 피해 들어와 은신해 있는 처지들이었다. 게다가 근자엔 절골 어느 은밀한 곳에 어느 때 누구보다도 그 신분이 중엄하고(윤 처사로서는 그 구체적인 것까지는 알 수가 없었지만) 주위의 단속에도 그만큼 주의를 요하는 인물이 은신해 있었다. 그런 판국에 위인을 역이용하려 절골에 함께 붙잡아둔다는 건 이만저만 위험스런 일이 아니었다. 하지만 우봉은 무슨 속셈에선지 그런 덴 거의 마음을 쓰지 않는 낌새였다.

— 위인이 외려 이 절간을 잘 지켜줄 것이니라.

처결에 대한 윤 처사의 조심스런 소견에 우봉은 그쯤 대수롭잖게 눙쳐 넘겼을 뿐이다. 그렇다고 우봉이 위인의 본색이나 잠입 목적 같은 걸 심중에 확실히 거머쥐고 있는 것 같지도 않았다. 그는 위인에 대한 밀첩(密諜)을 보내온 인물조차 아직 확실한 정체를 알지 못하고 있었다.

— 위인의 일을 미리 알려온 사람은 대체 어떤 인물일까요.

윤 처사가 그 밀첩 사실을 넘겨짚고 궁금해하는 소리에도 우봉은 그저,

──그런 일을 그렇듯 미리 알아냈다면 그쪽에 어떤 줄이 닿아 있는 사람이 아니겠느냐.

자신도 아직 확실한 짐작이 안 가는 듯 여전히 무심하고 애매한 추측뿐이었다. 밀첩의 장본인을 분명하게 알고 있지 못하니 위인의 정체나 잠입 목적에 대해서도 더 이상 분명한 확신을 지녔을 수 없었다. 하면서도 우봉이 그렇듯 위험스런 모험을 서슴지 않고 나선 데에 윤 처사로선 지금도 그 깊은 속을 헤아릴 길이 없었다.

아니 위인의 잠입 목적으로 말하면, 위인은 일단 절간의 고서화나 보물급 귀중품들이 목적인 듯싶어 보였다. 전에도 가끔 그런 사례가 있었듯이 위인은 절간골 정탐을 빙자하여 사찰 내의 귀한 소장품을 노리고 들었을 수 있었다.

──유물관 물건들이나 잘 단속해두거라.

위인의 진짜 잠입 목적이 무엇으로 보이느냐는 윤 처사의 물음에 대한 스님의 동문서답 식 대꾸였다. 우봉도 위인의 잠입 목적을 대충 그쪽으로 짐작하고 있음이었다. 한데다 그 우봉의 처결이 내려진 날 밤에 바로 금서화가 사라진 일이나, 그 일에 도섭이 적지 않이 의뭉스런 관심을 기울여온 낌새들로 보아서도 윤 처사는 위인을 거의 그런 식으로 보고 있었다.

하지만 윤 처사는 물론 그날 밤의 병풍 일을 위인의 소행으로는 생각하지 않았다. 그렇다고 반드시 용진 행자의 소행으로도 믿지 않았다. 용진의 내력이나 처지가 비록 그렇다곤 하지만, 이젠 제

법 이곳 어른들의 신망이 깊은 터에 그렇듯 막된 짓을 저지르고 들 배은망덕한 녀석이 아니었다. 보다는 위인에 대한 우봉의 처결이 있었던 날 밤 서화가 사라진 것이 아무래도 우연처럼 보이지가 않았다. 우봉이 미리 그런 식으로 서화를 어디론가 옮겨놓았을 수도 있었다. 용진은 오히려 그 우봉의 은밀스런 당부를 받고 물건을 다른 데로 옮겨간 심부름꾼에 불과할 수 있었다. 서화의 신통력을 믿는다 하더라도 도난 사건 뒤의 그 우봉의 대범스런 태도 역시 그런 추측을 충분히 가능하게 했다. 그래 윤 처사는 도섭 앞에서 부러 더 시치밀 떼고 말았지만, 서화도 지키고 위인의 밀계도 짓누를 겸, 우봉에게 그럴 만한 이유는 충분했다. 하지만 그 역시 아직 단정할 수는 없는 일이었다. 그 사실 여부와 진상들 또한 윤 처사의 아리송한 수수께끼가 되고 있을 뿐이었다. 그런데 그것이 우봉 스님의 사전 조처였든 아니든, 도섭의 진짜 본색이나 잠입 목적이 무엇이든, 그리고 그를 절간에 묶어두려는 우봉의 의중이 무엇이든, 윤 처사로서는 그런 건 오히려 둘째 문제였다. 절간에는 아직 그 금서 병풍 이외에도 값지고 귀한 소장품들이 수없이 많았다. 그 비밀 처소의 중요 인물을 비롯하여 절골엔 또 곳곳에 위인의 눈길을 피해 지내야 할 위태로운 처지에 있는 사람들도 부지기수였다. 게다가 위인은 이쪽의 대비는 조금도 눈치를 못 챈 듯 그날로 문밖출입이 자유로워진 뒤로는 바로 그 광명전 영정각들을 비롯하여 여기저기 차츰 밀탐의 눈길이 분주해지고 있는 낌새였다. 그날 아침 윤 처사가 김 처사의 사연을 제 것으로 위장하게 된 경위를 짚어보려 한 번 더 이야기를 청하고 들었을 때도 위인은 조금도 의심의 빛이 없이 오히려 신명이 더해가는 꼴이었다. 윤 처사는 이런저런 궁금증에도 불구하고 그 위인의 음험스런 눈길 앞에 절간의 안전부터 도모해나가야 했다. 절간의 귀한 소장품들을 지키기위해, 제 위험한 처지를 눈치조차 못 채고 있는 유물관지기 김 처사를 비롯한 모든 절골 사람들의 신변을 지켜주기 위해, 심지어그 깊은 의중을 알 수 없는 우봉 큰스님이나 용진 행자들을 위해서위인의 눈길을 끊임없이 막아서고 따돌려야 하였다. 위인 앞에선부러 무관심을 과장한 채 그의 주위를 맴돌면서 위인의 동태를 세심하게 지켜야 했다. 때로는 그가 눈앞을 벗어나 있을 때마저도위인의 거취에 늘 신경을 써야 했다.

그래 지금도 윤 처사는 도섭이 아직 모습을 나타내지 않고 있는데에 그렇듯 심사가 편치 못한 것이었다.

7

하지만 도섭에겐 그것이 미처 적당한 방법을 찾지 못하고 있던일 한 가지를 쉽게 해결해준 셈이었다. 편지를 안전하게 부치는 일이었다. 도섭이 그 일로 잠시 더 생각을 망설이며 시간을 지체하고있는데 문득 등 뒤로 방문 열리는 소리가 들렸다. 그가 얼핏 뒤를돌아보니 곽 행자가 그새 얼굴을 들이밀며 가차없이 물어왔다.

"남 처사님, 여태 뭐하고 기세요?"

시간이 너무 늦어지는 걸 보고 윤 처사가 결국 그를 부르러 보낸 것이었다. 도섭에겐 그게 물론 반가울 리가 없었다. 녀석의 입이 부지런한 걸 다행스럽게 여겨온 그로서도 편지질을 들킨 일은 이로울 것이 없었다. 녀석이 도섭의 손에 아직 엉거주춤 들려 있는 종이봉투를 보고서도 얼핏 알은체나 참견이 없는 것도 속이 편칠 못했다.

"응, 그래. 날 부르러 온 건가? 그새 어디다 편지 좀 쓰노라고. 허지만 이제는 다 끝났으니 나가보려던 참이었구면."

녀석의 눈길이 봉투를 계속 따라다니는 걸 의식하며 도섭은 일단 사실대로 말을 해주는 수밖에 없었다. 그게 녀석의 미심쩍은 호기심을 비켜서는 길이 될 수 있기 때문이었다. 녀석은 과연 도섭이 봉투를 다시 옷보퉁이 속에 싸 묶어 선반에 올려놓고 문을 나설 때까지 더 이상 아무것도 알은척해오질 않았다.

하지만 녀석의 그런 참을성이 오래갈 수는 없었다. 눈치를 보느라 윤 처사 앞에서 말을 꺼내지 않은 것이나 고맙다고 해야 할지.

채전 한쪽에서 고구마대를 따고 있던 윤 처사가 두 사람이 나오는 걸 보고 다른 볼일을 두고 그가 나올 때까지 시간을 기다리고 있었던 듯, 그리고 그가 나오는 것을 보고 비로소 안심이 된 듯 서둘러 밭을 나가고 난 다음이었다.

"처사님헌티도 어디 편지 쓰실 데가 있어요?"

도섭과 나란히 두둑을 드터나가던 녀석이 결국은 궁금증을 참지 못하고 넌지시 운을 떼왔다. 편지 쓸 데가 있느냐는 물음이 아니라, 쫓겨 다니는 처지에 편지 같은 걸 쓸 일이 있느냐는 채근이었다. 보다도 그 같은 위태로운 처지에 섣부른 짓이 아니냐는 추궁의 소리였다.

"어째 나는 편지 쓸 데가 있어선 안 되는 사람이여?"

도섭은 그러나 그의 뜻을 외면한 채 우정 태평스런 어조로 되물었다. 그러자 곽 행자는 도섭의 말귀가 정말로 어두워 그러는 줄 알았던지,

"편지 한 장 쓸 데가 없는 사람이 있겠어요. 쓸 데가 있어도 대고 쓸 수가 없는 경우가 많아 그러는 거지요."

경험 많은 선배처럼 목소리가 새삼 은근해지는 것이, 당신도 바로 그런 처지의 인간이 아니냐는 노골적인 암시를 드러냈다. 하더니 그는 그쯤 속사정은 자신도 벌써 다 짐작하고 있다는 듯, 그래 굳이 대답을 들을 필요도 없다는 듯 느닷없는 아량을 베풀었다.

"그 편지 뭣하면 지가 부쳐드려요?"

편지 부칠 기회가 쉽지 않은 사정을 미리 알고 하는 소리였다. 그것도 이미 그런 일을 여러 번 경험해온 사람의 자신 있는 제의였다. 윤 처사의 충고와 경계에도 불구하고 도섭에겐 역시 생각보다 쓸모가 많은 아이였다. 하지만 이번에는 도섭 쪽이 오히려 쉽잖은 형편이었다. 호의는 고맙지만, 바로 녀석의 그 부지런한 입 때문에 편지까지 함부로 맡겨도 좋을지는 쉽게 믿음이 안 간 때문이었다. 그렇다고 은근히 호의를 띠고 다가드는 녀석의 제의 앞에 그를 내놓고 못 미더워하거나 면전에서 거절하고 말 처지도 못 되었다.

"곽 행자가? 곽 행자가 어떻게 남의 편지를?"

그는 어정쩡하게 좀 내키잖아 하는 소리를 하였다. 편지를 부치는 방법보다 그 내용이 남에게 함부로 내맡기고 싶지 않다는 뜻이

었다. 녀석의 속을 한 번 더 짚어보기 위함이었다. 그런데 녀석은 도섭의 기대보다 번번이 한 걸음을 앞서 나갔다.

"그런 심부름 해드린 거 어디 한두 번인가요. 가짜 주소 적은 편지 이 절에선 대개 다 지 담당인걸요. 이런저런 심부름으로 마을을 내려가는 일이 누구보다 많걸랑요."

그렇고 그런 사정을 대강 다 짐작하고 있다는 듯 도섭을 오히려 안심시켰다. 그쯤 되고 보면 그 앞에 더 이상 망설이는 기색을 보일 수가 없었다. 어차피 기회가 쉽지 않을 터에 다소간의 위험을 각오할밖에 없었다. 게다가 아심찮이 제 발로 찾아온 기회인 터에야.

"허긴 편지를 써놓긴 했어도 부칠 일이 혼자 막연하던 참인데……"

도섭은 정말로 도움이 아쉬웠다는 듯 결국은 곽 행자에게 수고를 부탁했다. 그리고 녀석의 궁금증을 앞질러 우정 편지의 사연까지 둘러대어 귀띔했다. 광주에 유일한 혈육인 누님 한 분이 살고 계시다, 편지는 그 누님의 남편인 매형 앞으로 한 거다, 아직 분명한 허락이 내린 건 아니지만, 그럭저럭 여기 머물러 지내고 있으니 죽지 않고 살아 있다는 소식이나 전하려는 것이다, 물론 내게도 그만 조심성쯤은 있으니까 여기가 어디라는 건 밝히지 않았고, 겉봉 주소도 가짜를 쓴 게다……

도움에 대한 치하를 겸하여, 녀석의 호기심과 부지런한 입질에서 편지의 비밀을 단속키 위해서였다. 하고서야 도섭은 아까부터 계속 미끼의 부근을 맴돌던 새로운 궁금증의 표적을 겨누고 들기 시작했다.

"그런디 이 절엔 곽 행자가 이렇게 맡아 내보내주는 편지가 심심찮은 모양이제?"

절간 사람들의 은밀스런 동태가 거기 관련이 있을 것이기 때문이었다. 무심히 흘려댄 곽 행자의 언동에서 도섭은 그것을 놓칠 수 없었던 것이다. 하지만 그런 속내를 알 리 없는 곽 행자는 도섭이 그를 믿고 편지를 맡겨준 데에만 신이 나 있었다.

"한몫에 수가 많은 건 아니라요. 한 장 아니면 두 장…… 하지만 그런 심부름거리가 아주 끊인 적은 없었어요. 광명전 객방이나 외사 사람들뿐 아니라 골짜기 암자들에서도 부탁이 가끔씩 내려오니께요. 어떤 땐 스님들까지도 그런 심부름을 시키는 일이 있는걸요. 그중에 어떤 건 산 밑 동네가 아니라 읍내까지 멀리 나가 부쳐야 하는 것도 있고요."

"이 절엔 그럼 본 절 근처 말고 다른 암자나 토굴에서 기식을 하고 있는 사람들도 많은 모양이제?"

"글쎄요. 스님들 말고…… 여기저기 암자나 토굴에 들어 있는 사람들을 털어내면 스무 명도 넘을걸요."

"그 사람들 다 뭐 하러 온 사람들인데?"

곽 행자가 그를 어지간히 믿는 눈치여서 도섭은 이미 들었거나 짐작해온 일까지도 확인 삼아 하나하나 다시 물었다.

"그야 병도 고치고 공부도 하고……"

"병 고치고 공부하러 온 사람들이 웬일로 비밀 편지들은 내보낼 일이 생길꼬?"

"그런 속사정까지야 지도 알 수가 없지요. 하지만 사람들은 별

112

별 사연이 다 많지 않아요? 그 사람들 정말로 병을 고치는지, 공부를 하는 건지도 알 수 없고…… 그건 남 처사님도 마찬가지 아니세요. 처사님은 뭐 하러 여길 들어오신 거지요? 설마하니 진짜로 중이 되시려는 건 아니겠지요."

고구마 넝쿨을 따라 두둑을 앞서거니 뒤서거니 하면서 한동안 물음을 앞장서 나가던 곽 행자가 거기서 문득 도섭 쪽으로 말꼬리를 휘어붙이고 있었다. 고구마대를 추리던 손길까지 잠시 멈춘 채 그를 은근히 건너다보면서. 그쯤은 당신도 이제 다 알고 있는 일이 아니냐는 뜻이었다. 그리고 그간 절밥 그릇 수가 있다고, 그런 건 굳이 묻거나 입에 올려 말을 하는 게 아니라는 핀잔의 소리였다. 하긴 그래서 녀석의 그 활발한 호기심에도 불구하고 도섭의 속사정이나 지난 일에 대해선 나름대로 한껏 인내심을 발휘해온 셈이었는지도 모른다. 적어도 직접 도섭을 대놓고는 그런 걸 물은 일이 없던 녀석이었다.

도섭은 녀석을 수긍하지 않을 수 없었다. 그는 잠시 시인조의 침묵 속에 멋쩍게 웃고 나선 슬그머니 화제를 다시 본줄기로 옮겨 갔다.

"그래, 이참에는 언제쯤 편지를 부쳐줄 건가? 내 말고도 다른 사람 편지를 받아둔 게 많은가?"

도섭의 물음에 곽 행자도 그쯤에서 다시 일손을 서두르며 예의 말부지런을 되찾아가기 시작했다.

"아니, 아직은 처사님 한 사람 것밖에 없어요. 하지만 산을 내려 갈 기미를 알리면 부탁해올 사람이 있을지 몰라요. 산을 내려갈 때마다 한두 통씩은 일이 생기니께요. 아마 이삼 일 안엔 산을 내려가게 될 거니까 그때 가보면 알게 되겠지요."

"산을 내려가는 건 그럼 그런 편지들을 부쳐주기 위해선가, 아니면 다른 심부름을 나가는 길에……?"

"편지를 부치러 산을 내려간다면 그게 어디 곁심부름인가요. 절간 일 심부름거리가 생겨야지요. 법당에 쓸 양초나 향재들에서부터 이것저것 절살림에 소용되는 물건들을 산 아래서 적잖게 올려와야 하거든요. 이번엔 용진이 도망을 빼고 말았으니 보나 마나 지가 장 등짐꾼으로 따라가게 될 거예요. 모레가 바로 이 고을 장날이라요."

두 사람은 한 두둑 일이 끝나면 방향을 바꿔 새로 다른 두둑을 드텨오는 식으로, 이야기 중에도 계속 일손을 쉬지 않았다. 밭고랑 곳곳에 둘이서 따 모은 고구마대 모듬이 늘어가고 있었다.

"그런 땐 그럼 곽 행자도 가끔씩 자기 편지를 써보내겄구만그래."

다시 한차례 두둑을 옮기느라 잠시 말을 끊고 있던 도섭이 이번에는 곽 행자 본인의 일을 넌지시 들추고 들었다. 다른 사람의 내력이나 신상사는 함부로 입에 담지 말라는 충고가 떠올랐지만, 어쩐지 이제는 녀석의 속사연이 궁금해진 때문이었다. 녀석도 그만큼 도섭을 믿어버린 것인지, 아니면 아예 자신에 대해선 말을 삼갈 것조차 없었던 것인지 모른다.

"지야 뭐 편지 같은 걸 쓸 일이 있어야지라. 그런 거 쓸 일도 쓸 필요도 없는걸요."

남의 일 못지않게 자신에 대해서도 어렵잖이 곧 심증이 열렸다.

"전 바로 읍내로 나가는 길에 지 친가(親家)가 있은께요. 그러니 혹 무슨 그럴 일이 생긴대도 편지보다 직접 제 발로 걸어가는 편이 쉽고 빠르지요."

어딘지 자기 모멸기 같은 것이 어린 어조였으나, 도섭의 물음을 나무라려 들거나 회피하려는 기색은 실리지 않은 응대였다.

"친가가 가깝다면 편지를 쓰기는 뭣하겠지만, 그래도 일단 중이 되자고 절엘 들어왔으면 사가 출입이 그리 쉬울 수는 없을 텐디?"

도섭은 다시 가볍게 추궁해 들어갔다. 사람이면 어느 누구 할 것 없이 나름대로의 사연은 지니고 살게 마련인 것. 곽 행자의 경우 역시 그 경박스럴 정도의 활달성 뒤에 인간사의 모질고 어두운 자국을 숨겨 지니고 있었다. 어쩌면 그토록 어린 나이 때부터 부모 곁을 떨어져 절간에서 자란 아이의 외로움 때문이었을까.

"중이 되다뇨. 전 그저 여기서 절밥이나 얻어먹고 지낼 뿐인걸요. 어렸을 때 이 절의 어떤 돌중이 우리 아버지헌티 저 앤 절밥을 얻어먹고 자라야 어른 나일 먹을 수 있을 거라고 하고 갔대요. 그래 아버지가 절 당장 절로 데리고 와서 사정사정 목구멍을 맡기고 갔다나요. 그러니 전 알고 보면 중이 되기보다 절밥을 얻어먹으며 어른 나일 살려고 절엘 온 격이지라."

녀석이 느닷없이 자신의 입산 경위를 털어놓고 있었다. 이즘 들어 별로 중이 되려는 사람이 없다 보니 생계가 어렵거나 무의무탁한 아이들을 주워다 절공부를 시켜서 후일에는 불문과 법덕을 이어 지키게 하는 일이 많다 했다. 녀석의 경우도 이를테면 그런 사레의 하나일 터였다. 녀석의 자조적인 말투의 버릇도 거기에 내력이 있는 것 같았다. 하지만 도섭은 그런 말투 속에서도 자신에 대한 녀석의 믿음의 기미만은 역력히 느낄 수가 있었다. 윤 처사의 진중성에만 짓눌려온 녀석이라 도섭의 친근스런 세속 냄새에 그토록 쉽사리 취해든 것인지도 몰랐다. 도섭에 대한 믿음의 정도를 넘어 녀석은 이제 아예 제 속마음까지 그에게 기대어오는 식이었다. 하지만 도섭은 거기까지도 아직 녀석의 아픈 데를 잘못 짚은 셈이었다.

"그래도 일단 절엘 들어왔으면 불법 공부를 열심히 해서 덕망 높은 스님이 되도록 해야지. 곽 행자 말투론 그런 생각이 조금도 없는 것 같구만그래……"

나이 먹은 사람의 도리로 제법 위로와 충고의 치레소리를 늘어놓자 곽 행자가 불쑥 그의 말길을 가로막고 나서며 그를 다시 몇 걸음을 앞서갔다.

"그거야 물론 부처님 말씀이라. 지도 한때는 그런 생각으로 제법 열심일 때가 있었은께요. 하지만 난 헐 수가 없는가 봐요. 엉터리로 그냥 머리를 깎고 절옷만 얻어입었지, 5년이 넘도록 정식 계도 못 받고 이렇게 정잿간 부엌때기 노릇밖에 못하고 있는걸요. 저 같은 노랑머린 잘 해봐야 그저 절간 부엌때기 노릇이나 하다 말거라요. 이젠 스님들의 생각도 좀 달라졌겠지만, 전 여태까지 용진 행자만도 훨씬 못 보여왔은께요."

"마을 부모님께서 많이 섭섭해하시겠는걸."

"아버진 지가 산을 내려오지 않은 것만으로도 큰 다행으로 여기

116

고 계실 거예요. 아버지가 저를 절로 보낸 건 중보다 잿밥에 관심
이 있었으니께요. 절밥을 먹어야 어른 나일 산다는 거…… 아마
도 그건 그저 구실이었을 거예요. 그때나 지금이나 변한 게 없지
만, 집에선 전 사실 배를 곯아 죽어야 할 판이었거든요. 절밥이 아
니었으면 전 정말 이 나이까지도 못 살았을 거예요. 그러니……
절에서도 이제는 알고 있어요. 전 중다운 중이 될 수 없다는 거……
애시당초 중이 될 생각은 없었다는 거…… 그 덕분에 절을 들고나
는 것은 썩 자유롭게 된 거지만요. 그래 편지 같은 건 더 더욱 필
요가 없게 됐구요."

　곽 행자는 이제 아예 자포자기 식으로 자신을 함부로 패대기질치
고 있었다. 도섭은 더 이상 그를 모른 척 내버려두고 있을 수가 없
었다. 녀석에 대해선 당장에 더 무엇을 캐보고 싶은 것도 없었다.

　"자, 그럼 어쨌든 편지는 곽 행자의 신세를 지기로 하고…… 오
늘은 이쯤에서 그만 일을 끝낼까. 이젠 은근히 속도 출출해오고."

　도섭은 천천히 허리를 펴고 일어서서 진저리를 치듯 한차례 기
지개를 켜 올렸다. 하고 나선 곽 행자의 그 자조적인 넋두리에 슬
그머니 고삐를 감아쥐고 말았다.

　꿩, 꿩—

　어디선지, 가을 한나절의 정적에 겨운 장끼가 그의 기지개에 화
답을 해오듯 결 고운 목청을 돋워 올리고 있었다.

8

외사 사람들 시중과 공양거리 마련에 한정되긴 하였지만, 도섭은 이제 그런대로 도량 안에서의 거동이 제법 자유로웠다.

"본원 공양간은 아궁이 불 때는 일, 채소 마련하는 일, 밥 지어 나르는 일이 모두 따로따로지요. 하지만 우리 정새소는 스님들 공양식을 짓는 것도 아니니, 남 처사님은 그냥 여기서 우리 일을 도우면서 외사 사람들 시중이나 맡아주십시오. 필요하면 그 사람들 공양식도 날라주고, 날씨가 추워지면 군불도 때드리고…… 그 대신 나무나 채전 일 같은 건 우리 세 사람의 공동 작업이 되는 겁니다."

윤 처사가 분명히 그의 몫의 일을 분담시켜주면서부터였다. 적당히 절식구 행세를 하면서 눈치껏 자신을 보호해가라는 이른바 자율적 처신권의 부여인 셈이었다. 그리고는 기왕지사 먹물옷까지 얻어 입힌 마당에 모든 걸 본인의 요량에 맡기고 볼 심산인 듯 일절 잔간섭을 해오지 않았다. 도섭을 그만큼 믿게 된 증좌였다. 실제로 가끔 윤 처사는 도섭을 선참인 곽 행자보다 더 미더워하는 기색을 숨기려 들지 않았다.

"전에도 몇 번 말씀드렸지만, 곽 행자 앞에선 속사연의 발설에 신중하셔야 합니다. 녀석은 아직 크고 작은 일조차 분별을 못하니까요."

곽 행자가 이미 자신의 손바닥 위에 놓고 있는 걸 생각하면, 두 위인은 서로 쉬쉬하면서도 그에게 다투어 속을 내주고 있는 격이었다.

일이 그만큼 순조로울 수밖에 없었다. 도섭의 발길은 차츰 정잿간 일이나 외사 방들에만 묶이지 않게 되었다. 그에 대한 윤 처사의 믿음을 의지 삼아 절간 안을 슬금슬금 어디나 드나들었다. 안팎 사람들과의 접촉도 늘어갔고, 언동도 처음 입산 때에 비해 더 본색에 가까운 상기를 더해갔다. 이를테면 제법 절식구 노릇을 하게 된 셈이었다. 절 사람들도 이미 뒷공론이 오간 듯 그에게 말 없는 눈인사를 보내오거나 거북스럽지 않게 묵묵히 곁을 스쳐 지나가주곤 하였다. 적어도 도섭을 이방인시하거나 본색을 의심하고 드는 사람은 없는 것 같았다.

하지만 그가 윤 처사를 의지하는 데는 한계가 있었다. 별간 공양주 정도의 신분도 그러려니와 그와의 마음트기에는 이쪽만의 숨은 경계선이 있었기 때문이다. 윤 처사와는 반대로 도섭은 끝끝내 위인을 믿어서는 안 될 처지였고, 그의 언동이나 행신들에는 그만큼 제약이 따를 수밖에 없었다. 보다 은밀스런 절간의 뒷동정은 그 스스로가 캐내어야 하였다. 하여 도섭은 불안하게 쫓겨다니던 한 도피범에서 분에 넘칠 정도의 은신처를 확보, 차츰 그 본색을 드러내기 시작한 무지하고 조심성 없는 무뢰한으로 절 안팎을 속속들이 살피고 돌아다니기 시작한 것이었다.

그 일엔 물론 성미가 진중한 윤 처사보다 언동이나 행신이 가벼운 곽 행자 쪽의 도움이 훨씬 크게 마련이었다. 녀석은 애초 말을 속에 두고 못 참는 성미에다 (용진 행자에 대한 모종의 질투심 때문인지) 허세스런 의협심까지가 제법이었다. 윤 처사의 호된 질책도 아랑곳없이 녀석은 초장부터 도섭의 처지를 동정하여 저도 모르게 충실한 밀정 노릇을 맡아준 셈이었다. 게다가 녀석은 도섭의 신변을 보호하는 마음 편한 방패막 역까지 겸해주고 있는 격이었다. 도섭이 궁금해하는 눈치만 보이면, 녀석은 아는 대로 절간의 속사정들을 하나하나 모조리(그래 봐야 그가 알고 있는 것이라곤 절간의 속사정이나 뒷동정보다도 기껏 객방 사람들의 신상사 정도였지만) 까발겨놓았고, 도섭이 원할 땐 그 사람들과의 말거래나 교의(交誼)의 기회까지도 어렵잖게 주선했다.

그래저래 도섭은 안도 반장으로부터의 본 공작 임무가 하달될 때까지 절간 안팎의 제반 사정을 사전에 철저히 짚어나가고 있었다.

하다 보니 절골은 애초의 예상대로 이만저만 풍성한 사냥터가 아니었다. 광명전 안팎의 객방들은 말할 것도 없고, 두륜산 구곡 골짜기들의 암자·토굴 들엔 이런저런 구실의 갖가지 사람들이 숨어 박혀 있었다. 그렇게 위인들을 숨기고 먹여오는 데에는 절간의 숨은 손길이 안 닿아 있을 리 없었다. 도섭 자신의 관찰이나 확신은 제쳐두고라도 실제로 절간끼리 사람을 바꿔 맡기는 사례까지 있다는 것이었다. 금서 병풍 일로 바깥사람들이 며칠 산을 올라다닐 때만 해도 골짜기 전체가 눈에 띄지 않은 소란기로 들썩거릴 지경이었으니 그건 더 말을 할 나위도 없는 일이었다. 굳이 몰이꾼까지 동원하지 않더라도 한자리에서 몇 두름쯤 꿰미를 줄줄이 꿰어 올릴 만한 곳이었다.

하지만 도섭은 기미를 섣불리 드러내지 않았다. ─군은 좀도둑이나 쫓는 야경꾼이 아니야. 경망스런 공명심으로 일을 그르치지 않도록. 안도 반장의 가파른 다짐을 늘 머릿속에 되새기며 은밀스레 내사만 계속해나갔다. 그중에도 특히 마음이 쓰이는 표적에 대해서는 더한층 신중하고 은밀스런 관찰과 접근이 필요했다.

주변 분위기나 내탐 과정에서 특히 도섭의 흥미를 돋운 사례 중에는 이런 것들이 있었다.

아침저녁 공양 때 발길들이 오가다 보니(집허당 객방이나 담 밖의 외사 사람들은 특별한 경우를 제외하곤 대개 표충사로 내려와 정잿간 마루에서 끼니를 치르고 갔다) 속방 사람들과는 이제 대개 안면들이 익었지만, 그중에서 곽 행자가 맨 먼저 도섭과의 말거래를 열어준 것은 늦은 글공부를 위해 절을 들어왔다는 20대 초반의 지상억이란 청년이었다. 집안 형편은 별로 궁핍하지가 않은 터에 학교 공부를 소학교 6년으로 끝맺음하고 지내다가 뒤늦은 향학열이 발동한 바람에 보통문관시험을 목표로 산을 들어와 지낸다는 친구였다. 하지만 그것은 외형상의 구실일 뿐, 위인의 진짜 정체는 학병 지원 도피자라는 게 곽 행자의 귀띔이었다. 곽 행자의 이런저런 귀띔대로라면 위인은 도피자라기보다 차라리 도피의 수혜자였다. 실은 그 아버지가 고향 고을에서 재산깨나 지닌 유지급으로 알려져 있는 데다, 그 아비가 아들을 내지 유학까지 들여보냈다가 오래잖아 그 학병 지원의 바람이 불어닥치자, 이번에는 그 아들을 소식 두절 상태로 만들어, 현지에서 곧바로 이 절로 끌어다 묻어둔 처지인 게 분명했다. 나중엔 고향 고을 경찰관서에서도 어느 정도 낌새를 눈치챈 모양이지만, 그 아비의 수완과 재력의 조화로 그럭저럭 큰 괴로움은 면해오는 듯싶다고. 위인은 그만큼 든든한 보호벽의 비호를 받고 있는 셈이어서, 곽 행자 녀석에게까지 그런 눈치를 빼앗겼을 만큼 신분의 위장에도 그리 신경을 안 쓰는 편이랬다. 그래 곽 행자도 도섭 앞에 맨 먼저 위인을 골라 세운 것이겠지만, 그는 도대체 절간 공부를 들어온 사람답지 않게 책을 들여다보는 시늉조차 구경하기가 힘들다고. 위인의 그런 점은 도섭 자신도 몇 차례 확인을 한 일이었다.

"그렇다오. 뒤늦게 공부에 발심을 해서 문관시험이라도 한번 치러볼까 작심하고 온 사람이라오. 하하……"

한 번은 저녁 공양을 알리러 외사로 올라갔다가 우연히 그와 함께 길을 내려오게 된 기회를 타서 '공부하는 학생' 어쩌고 말수작을 붙였더니, 위인은 과연 제물에 제 일을 실없어하는 사람마냥 껄껄 한바탕 속이 빈 웃음을 웃어젖히고서는 이런 당찮은 당부까지 덧붙였다.

"저도 처사님의 얘기를 좀 들어 알고 있어 하는 소리오만, 그러니 제 일은 그쯤 알아두고 계시는 게 좋을 겁니다. 아시겠어요? 제 말 무슨 뜻인지?"

다음으로, 그 지상억이 묵고 있는 외사채 맨 끝방에 또 다른 젊은이 한 사람이 있었다. 박춘구(朴春九)라는 신병 요양(결핵)을 들어온 환자였다. 원래는 뒷산 어느 암자 근처의 토굴에서 혼자 요양을 하다가 병세가 웬만큼 차도를 보이자 광명전 울 밖 별채로 내려와 사람들과 섞여 지내게 된 위인이랬다. 그는 아직도 부실한 기력과 제 병을 스스로 삼간다는 핑계로 아침저녁 끼니를 제 방에서 혼자 지우는 일이 많아서 도섭은 자연 죽그릇을 받쳐 들고 그 외사를 오르내리는 발걸음이 잦았다. 그런 때 얼핏얼핏 스쳐 살펴보면, 방 안엔 이런저런 약병들이 즐비하고, 턱수염을 자주 깎지 못해 그런지 위인의 안색도 제법 파리한 병색이 완연했다. 하지만 이자 역시 진짜 환자가 아니었다. 평소엔 거의 기침 소리를 들을 수가 없었다. 기침 소리가 나는 건 꼭 사람의 기척이 근처를 스칠 때뿐이었다. 사람의 기척이 가까이 다가가면 화답하듯 별안간 가슴 밭은 기침 소리가 터져 나오곤 하였다. 결핵이란 도대체 약이 없는 병이었다. 약이나 요양으로 결핵을 나았다는 소리는 아직 이야기조차 들은 일이 없었다. 위인이 효험을 본 건 그래 뱀을 많이 먹은 덕이랬다. 그는 그동안 셀 수도 없이 많은 뱀을 잡아먹었는데, 구렁이고 독사고 살뱀이고 간에 두류산 구곡의 뱀이란 뱀은 사람까지 사 풀어가며 가리잖고 다 포식(捕食)해온 뱀귀신 한가지라고. 그가 토굴에서 외사로 내려온 것은 병세에 차도가 큰 탓도 있었지만, 이제 산중엔 뱀의 씨가 말라버려 더 이상 머물러 있을 필요가 없어서라는 소리까지 있을 정도였다. 그는 지금도 누가 뱀을 잡았거나 보았다는 소리만 들으면 열일을 제치고 단걸음에 쫓아갔고, 사람들도 어디서든 뱀이 눈에 띄면 으레껏 먼저 그에게로 달려가곤 한다고. 곽 행자는 그가 끼니때 정잿간엘 나타나는 것조차 꺼려 할 지경이었다. 더러는 그렇듯 뱀으로 큰 효험을 본 사람이 있는지도 몰랐다. 하지만 도섭은 그걸 좀체 곧이들을 수가 없었다. 그가 실제로 뱀을 먹는 걸 본 일도 없었고(좋은 뱀은 단지에 넣어 고아서 즙을 짜 마시기도 하고, 더러는 생살을 떠내어 밀가루에 굴려 목구멍에 깊이 넣고 삼키거나, 그만 값도 못한 것은 꼬리를 잘라서 맹감나무 잎 빨대로 피만 빨아 삼키고 버린다고 하였다. 하지만 그런 귀띔을 해준 곽 행자마저도 그런저런 소문뿐 위인이 그러는 걸 직접 본 일은 한 번도 없다고 하였다), 위인의 그 억지 기침 소리가 아무래도 마음에 걸렸기 때문이다. 거기다 곽 행자는 위인이 지니고 온 약조차 열심히 먹고 있는 것 같지 않다는 귀띔이었다.

"약 먹는 걸 한 번도 본 일이 없어요. 그게 늘 혼자 이상타 싶었는디, 한 번은 설통에 뭔 알약들이 한 줌이나 버려져 있었어요. 그 사람이 변소엘 다녀나온 뒤였지요. 약을 먹지도 않고 먹은 것처럼 빈 벵들만 그득 늘어놓고 있는 게 분명해요……"

곽 행자가 제물에 눈빛까지 빛내가며 단정했을 정도였다.

하지만 문제는 그의 병세에 있는 것이 아니었다. 약을 먹고 안 먹고는 도섭이 굳이 상관할 바 아니었다. 문제는 그가 그렇게 신병을 위장하고 있는 목적이 무엇이냐에 있었다. 그에 관련해서 도섭이 가장 수상쩍게 여기고 있는 것은 그가 지상억을 매우 가까이 하고 지낸다는 점이었다. 그가 병세의 차도를 구실 삼아 토굴에서 광명전 외사로 내려온 것도 그와 어떤 상관이 있지 않을까 싶었다. 절간의 오랜 법도도 법도지만, 이곳에선 그저 숙식이나 의지하고 지내는 속인들도 주위 사람들을 서로 가까이하거나 말들을 많이 주고받고 지내는 편이 아니었다. 게다가 박춘구는 성한 사람이 함부로 가까이해선 안 되는 천질(天疾)인 데다, 뱀귀신 소문까지 고약한 위인이었다. 상억과 위인 사이도 외견상으로는 별 친숙한 왕래가 있는 것 같아 보이지 않았다. 그런 뜻에서 두 사람 사이는 주변의 다른 사람들과 다를 바가 없었다. 하지만 뒷사정은 그렇지가 않았다. 밤늦은 시각이면 박춘구의 방에서 이따금 지상억의 목소리가 흘러나올 때가 있었다. 어떤 땐 불도 켜지 않은 깜깜한 어둠 속에서 둘 사이에 도란도란 낮은 목소리가 자정을 넘기고 있을 때도 있었다. 목소리가 너무 낮고 조심스러워 확실한 내용을 알아들을 수는 없었지만, 그게 필경은 사소한 신상사나 동병상련의 병걱정은 아닌 게 분명했다. 곽 행자도 진즉 그런 눈치를 알고 있었는데, 한 번은 두 사람이 전에 없이 서로 목소리를 높이다간 어느 순간 느닷없이 박춘구 쪽에서 '너 같은 형편없는 부자지 부스러기 같은 인간들은……' 어쩌고, 상억을 마구 윽박지르는 걸 들은 일까지 있었다는 것이다. 녀석으로선 뜻을 잘 알 수 없었지만, 그때의 말투가 하 희한하고 우스워 부자지 운운만은 아직 생생하게 기억하고 있다는 것이었다. 도섭은 처음 그게 무슨 뜻인지 잘 짐작이 안 가 둘이서 그냥 함께 웃어넘기고 말았지만, 그 지상억이 자신보다 나이가 다섯 살 정도나 연상인 박춘구를 그렇듯 은밀히 가까이 지내고 있는 데는 필시 그럴 만한 곡절이 있을 것만 같았다.

하지만 도섭은 물론 위인에 대해서도 당장 손을 쓰고 나설 처지가 아니었다. 본인들에게 직접 캐물을 일도 못 되었고, 섣불리 정탐을 나설 일도 아니었다. 무엇보다 일을 서둘러야 할 이유가 없었다. 도섭은 다만 이자에 대해서도 나름대로의 확신을 챙겨두고 있을 뿐이었다.

─두고 봐라. 내 오래가진 않을 테니.

그렇게 스스로 다짐을 해두고 있었다. 그리고 그 '부자지'가 무얼 뜻하는지 뒤늦게 제 뜻을 헤아리면서부터는 더한층 확신이 굳어가고 있었다.

사람들과의 접촉이 거의 없으면서도 또 한 사람 속방 사람들 간에 속사연이 알려져 웃음거리가 되고 있는 여자가 있었다. 광명전 경내 집허당의 맨 뒷칸 방에서 혼자 자취를 하고 있는 경성 아가씨—하지만 뒷방에서 혼자 끼니를 끓여 먹는 때보다 스님들을 뒤쫓아 본원 공양간으로 내려가서(같은 속방끼린 어울리기가 싫어선지 그녀는 표충사의 별간 정잿간은 찾는 일이 없었다) 취사를 대신하고 오는 일이 많았다. 그렇다고 그녀가 매양 사람들을 피해 방 안에나 틀어박혀 지내고 있는 건 아니었다. 안팎 출입은 그럭저럭 대범스런 편이면서도, 누구와도 가까이 얼굴을 마주하거나 말응대를 터온 일이 드물 뿐이었다. 옷매무새는 늘 단정한 치마저고리 차림이었고, 얼굴 생김새도 서글한 눈매에 피부색이 해맑은 이른바 미인형이었다. 몸가짐도 제법 단정한 편이었으나, 다만 한 가지 그 서늘한 느낌의 눈매에도 불구하고 그녀는 이상하게 늘 주위 사람들을 무시하는 듯한 몹시 묵연스런 눈빛, 사람을 무시한다기보다 아예 누구도 관심을 하지 않는, 어떻게 보면 혼자 생각에 몰두하여 멍해 있는 듯도 하고 혹은 일부러 새침을 떠는 듯도 싶은 그런 눈빛, 그렇게 사람이 가까이하기가 쉽잖은 오연스런 눈빛의 여자였다. 하고 보니 자연 사람들과의 접촉이 드물 수밖에 없었고, 그녀의 입산 목적이나 신분을 알아내기가 어려울 게 당연했다. 그런데 경위가 어떻게 되어선지 일의 사정은 실상 그렇지가 않았다.

그녀에 대한 신변사나 뒷사연들이 곽 행자를 포함한 속방 사람들에게 상당히 소상하게 알려져 있었다. 윤 처사가 말한 여자의 입산 목적은 대개의 경우처럼 신병 요양이었다. 그것은 물론 사실이 아니었다. 여자 자신도 그런 위장을 위해 가짜 약을 먹거나 얼굴색을 부러 병색으로 꾸미려 들지도 않았다. 그렇다고 그녀가 불도에 남다른 흥미를 느껴서거나 별스런 세상 공부를 위해 출가를 해온 여자는 더더욱 아니었다.

알고 보니 그녀 역시 세간의 눈길을 피해 절간을 찾아 숨어 들어온 도피자의 처지임에는 예외가 아니었다. 그녀의 도피행은 남을 해치거나 괴롭힌 죄과 때문이 아니었다. 어찌 보면 누구를 괴롭히기보다 자신이 괴롭힘을 당한 쪽이었고, 그 피해자로서의 귀찮고 불편스런 수치심 때문이었다. 한 시절 떳떳지 못한 불륜의 사련극(邪戀劇)을 연출해온 업보 때문이었다. 여자는 원래 충청도의 어떤 벽지 시골 출신으로 일찍이 청운의 뜻을 품고 경성까지 올라가 그곳에서 고학으로 고등여학교까지 졸업한 흔치 않은 억척 인텔리 신여성으로, 나중에는 그 억척스런 야심이 열매를 거두게 되어 경성의 어떤 방직회사가 세운 사립학교에서 몇 년간 교편생활을 하게 되었다 했다. 그런데 행운인지 불행인지 어쩌다 보니 그녀는 그 사립학교의 재단 이사장인 방직회사 사장의 눈길에 띈 바 되어 그의 숨은 애정의 표적이 되었는데, 그녀 역시 그것을 자기 인생에 또 한 번의 도약의 기회로 삼고자 거침없이 두 얼굴의 삶을 시작했단다. 하지만 진 데를 낀 비밀이 오래갈 수는 없는 법. 그녀의 밀행은 결국 본마누라 되는 여자의 경계망에 걸려들어 꽃방석 같은 육신을 더럽힌 건 제쳐두고 학교까지 쫓겨나는 세상 망신을 사게 된 거라고. 그런데 다행히 그 이사장 영감이 인정이 많아서(탄탄한 속살맛이 아쉬워서였겠지만) 그쯤으로 여자를 모른 척해버리지 않고, 당분간 어디 세상의 눈길이 닿지 않는 곳에 들어가 기다리고 있으라며, 뒷감당을 모두 마련해주었다는 것. 비난의 눈길들이 시들해지고 나면 정실까진 차마 아니더라도 그에 못지않게 소중하게 곁에 두고 그녀의 한세상을 책임져주겠노라, 후일에 대한 기약이 철석같았다는 것이다. 여자도 기왕지사 엉덩살의 탄력이 덜해가는 처지에다 그간에 몸에 밴 정분도 있고 하여 우선은 고분고분 영감의 권유를 따르기로 이곳까지 산골을 찾아든 것이랬다. 이를테면 그녀는 자신의 지난 반생을 돌아보고 새로운 앞날을 가늠해볼 겸하여 영감의 다음 처결을 기다리고 있는 중이었다……

곽 행자가 들은 대로 도섭에게 일러준 사연이었다. 하고 보니 사실은 속방 사람들 쪽에서도 그녀를 은근히 불결시하는 태도들이었다. 그녀에게 아직 무슨 더러운 것이라도 묻어 남아 있듯이 시선들을 차갑게 외면하고 지내는 식이었다. 그녀와의 대면이나 말거래가 드문 것도 여자 쪽보다는 오히려 주위의 그 같은 허물기 때문일 수 있었다.

하지만 도섭으로선 그런 건 아무려나 상관없는 일이었다. 그는 자신부터 남의 순결성이나 부도덕한 행동을 문제 삼고 나설 처지가 못 되었다. 여자의 속사연이 애당초 그의 관심거리도 아니었다. 그로선 그저 여자의 '경험'에 은밀스런 흥미가 동할 뿐이었다. 그런 면에서 불륜으로 단죄된 그녀의 사내 경험은 도섭을 도발시키

는 진내의 틈바구니였다. 마음에 흉터를 남긴 여자들의 사내 경험
은 그녀들을 대개 더 개방적으로 만들기 일쑤였다. 그리고 그만큼
인생사를 쉽게들 생각하게 만들었다. 그녀의 투철한 현실 지향적
선택도 바로 그런 증거의 하나일 수 있었다. 뿐만이 아니었다. 그
녀는 무슨 요조숙녀처럼 경성의 소식만 기다리고 있는 것도 아니
었다. 오연스럽고 새침한 몸가짐과는 달리 그녀의 주위엔 또 다른
소문 한 가지가 떠돌고 있었다. 얌전한 개 부뚜막에 먼저 오르는
격이랄까. 아니면 누구나 한 번뿐인 인생길, 젊음은 하릴없는 기
다림 속에 더 빨리 시든다는 육신의 지혜를 터득한 것인지도 모른
다. 그녀는 여기서도 남몰래 기다리는 사내가 있다 했다. 뒷산 진
불암 쪽에 30대의 환쟁이 한 친구가 있는데, 그가 가끔 산을 내려
와 그녀를 은밀히 만나고 간다는 소문이었다. 아무도 분명히 확인
을 해준 일은 아니었다. 진불암에서 가끔씩 소문의 주인공(성씨가
방 씨라서 방 화백이라고들 하였다)이 산을 내려왔다 올라가는 일
은 있었지만, 그가 정작에 여자를 숨어 만나는 걸 본 사람은 없었
다. 게다가 위인은 성깔이 썩 호방하여 걸쭉한 농담이나 주고받다
돌아갈 뿐 그런 식의 비밀 따윈 지닐 것 같아 보이지가 않았다. 하
지만 사람의 마음속 일이란, 더욱이 남녀 간의 마음의 흐름이란
누구도 장담을 못하는 법이었다. 주위는 온통 첩첩 숲 속이었고,
게다가 늘상 여자 혼자 지내는 독방 속 동정을 누구라서 밤낮으로
지켜볼 사람도 없었다. 마음만 통한다면 기회는 얼마든지 만들어
낼 수 있었다. 도섭은 오히려 그쪽으로 호기심이 기울고 있었다.
한 번 열린 문은 다음번엔 더 쉽게 열리는 법이었다. 그녀가 끌릴

만한 선택거리만 마련하면 자신에게도 기회는 없지 않을 터였다.

그러나 도섭은 그녀에 대한 생각도 결코 조급하게 서두르고 나서려지 않았다. 임무에 별반 관련도 없는 터에, 쓸데없는 불장난으로 공작을 태만히 하거나 그르쳐서는 안 되었다. 모든 건 공작의 승패에 좌우될 일이었다. 공작 진행의 윤곽이 잡힐 때까진 지나친 호기심을 다독이며 은밀히 추이나 지켜볼 일이었다. 하지만 그런 그녀를 생각할 때마다 도섭은 매번 자신도 모르게 입가에 스멀스멀 떠오르는 웃음기를 어찌할 수가 없었다. 그리고는 자못 느긋한 기분 속에 임무에 대한 각오를 새로이 하곤 하였다.

그런데 그런저런 인물들보다 도섭의 심기를 가장 불편스럽게 하고 있는 또 한 사람의 사내가 있었다. 이번에는 광명전 쪽 사람이 아니라 바로 표충사 경내의 유물관지기 김 처사였다. 그에게도 무슨 드러난 허물이나 용의점 같은 게 엿보여서는 아니었다. 그 역시 절간이면 어디서나 볼 수 있는 잡일꾼의 한 사람에 불과한 위인이었다. 낮에는 대개 유물관 주위를 돌보는 일로 시간을 보냈지만, 그것이 그가 하는 일의 전부는 아니었고, 때로는 암자들 간의 잔심부름도 다니고 때로는 해우소 오물을 치우는 등 시간 나는 대로 일거리 생기는 대로 몸공을 바치고 다니는 위인이었다. 차림새는 먹물옷까지 얻어 걸친 꼴이었지만, 행색이 도대체 발심(發心) 끝에 불문을 찾아든 사람 같진 않았다. 도섭이 위인을 처음 본 것은 그가 돌보는 유물관에서 금서 병풍이 사라지고 그로 하여 한동안 호된 추궁을 겪고 난 뒤끝이라 넋이 반쯤이나 나가 있을 때였다. 하지만 위인의 됨됨이가 그 모양이어선지 종무소나 그 산 아래 사람들까지 그에겐 그쯤에서 혐의를 거두고 넘어가주었을 만큼 형색이나 거동이 하찮아 보이는 위인이었다. 금서 병풍 도난 건을 그와 관련시켜 생각하는 것 자체가 실없을 정도의 인물이었다.

그런데 이자가 도섭의 심사를 이상하게 불편하게 했다. 작자가 유난히 사람의 접촉을 피하고 지내는 기미 때문이었다. 위인이 관리하는 유물관 건물은 도섭들의 정잿간과는 한 표충사 경내에 이웃해 있었다. 거리는 불과 백여 걸음 상관이면서도 중간에 강원(講院)인 의중당을 끼고 있어 이쪽과는 왕래가 그리 잦지 않은 곳이었다. 김 처사는 그 호젓한 유물관과 함께 거의 대부분의 시간을 보냈다. 소장품을 지키면서 방문객을 안내하고, 틈이 나면 건물의 안팎을 깨끗하게 돌보는 것이 그의 주요 임무였다. 다른 당우나 종무소 윗사람들의 심부름거리가 없을 때면 그는 대개 거기서 그렇게 유물관 일에만 매달려 지냈다. 하다 보니 도섭은 위인과 가까이 얼굴을 마주해볼 기회조차 드물었다. 사건 이후에 종무소를 오가는 위인의 옆모습이나 잠깐씩 스쳐보았을 뿐이었다. 한데다 위인은 아침저녁 공양도 도섭들의 정잿간에서 함께하지 않았다. 무슨 특별한 배려가 있어선지, 그의 끼니는 본원 공양간에서 스님들과 함께 치러졌다. 잠자리도 이곳 윤 처사나 곽 행자들과는 달리 일을 벌이고 달아난 용진 행자들과 함께 천불전 별채(절간 아랫사람들의 합숙소) 행자실로 정해져 있었다. 하지만 위인은 거기서도 별로 밤을 지새우는 일이 드문 편이랬다. 그는 밤 잠자리까지도 유물관에 혼자 따로 마련하는 일이 많았고, 더욱이 그 금서 병풍의 도난 사건 이후로는 아예 거기다 둥지를 앉혀버리고 있댔다.

그런저런 연고로 도섭은 위인을 접해볼 기회도 없으려니와 그에 관해 아는 것이 있을 수도 없었다. 위인이 그토록 사람의 접촉을 꺼려 하여 어울리는 기회가 없다 보니, 게다가 거의 벙어리 한가지로 말수가 없다 보니, 소문의 통로 격인 곽 행자조차도 위인에 대한 일은 더 자세한 것을 알지 못했다. 곽 행자가 그에 관해 알고 있는 것은 앞서 말대로 위인이 그렇듯이 혼자 적막스럽게 지내고 있는 사정 외에, 이곳 식객들 중엔 그가 가장 늦게 들어온 사람이라는 것, 흔한 김씨 성을 빌려 위인을 처음부터 김 처사라 불러왔다는 사실 정도였다. 윤 처사는 뭔가 더 속 깊은 뒷사정을 알고 있을 수도 있겠지만, 그는 애초에 그런 기대 자체가 부질없는 위인이었다.

　하고 보면 아무것도 알려진 것이 없는 것, 도섭의 심기를 불편하게 해온 것은 바로 그 미지성 자체라고 할 수도 있었다. 다른 사람들에 대한 도섭의 관심이 그 심상찮은 뒷사연들 때문이라면, 김 처사에 대해선 반대로 그 정보가 태무한 때문이랄 수 있었다.

　아니, 사실은 그렇게 막연한 근거 때문만은 아니었다. 짧지 않은 정탐 생활의 경험을 바탕으로 도섭은 보다 확실한 심증의 근거를 갖고 있었다. 다름 아니라 위인의 이유 모를 두려움기였다. 잠깐잠깐씩 스쳐본 인상이었지만, 숱이 좀 남다르게 짙은 눈썹에다 안공이 깊게 숨어 들어간 편인 그의 멍한 인상 가운데서, 도섭은 그 첫 순간에 벌써 모종의 어두운 불안기를 읽고 있었다. 무언가 자신을 드러내기를 겁내는 것 같은, 그래서 상대를 지레 경계하고 증오하는 듯한 공격성의 두려움, 사람을 꺼리고 말이 없는 것도 다 그것과 상관이 있는 것이겠지만, 위인은 그렇게 자신의 비밀을 무언중에 드러내었다. 두려움과 경계심은 그 자체로서 이미 무엇보다 유력한 혐의점인 것이었다.

거기다 도섭은 전에 어디선지 위인을 한 번쯤 스친 적이 있는 듯한 석연찮은 느낌까지 짙었다. 직무상 대했거나 마음속에 두어온 군상들의 처지가 대개 그래서였던지, 작자의 두려움기나 그 숨은 경계심까지 어딘지 몹시 익숙한 느낌이었다. 실제로 어디서 본 적이 있거나, 아니면 도피범 수배자 명단 같은 데서 인적 사항을 오래 익혀온 화상의 하나인 것 같았다. 어디서 보았을까. 어떤 일로 마음에 새겨둔 화상일까…… 어디서 무얼 하던 위인인지만 밝혀지면 금세 기억을 더듬어낼 수 있을 듯싶었다. 하지만 거기까진 물론 아직 어려운 일이었다. 공연히 이것저것 지나간 일들만 머릿속을 오갔다. '학생소요사건' 이후 끈질기게 잠적해온 몇몇 수배자들의 사진 인상이 떠올랐고, 취조실에서 잠깐 지나쳤거나 자신의 손으로 직접 덜미를 붙들어다 고문틀에 매달았던 악질 사상범의 면면들이 눈앞을 줄줄이 스쳐 지나가기도 했다. 학병 도피자들·군부대 이탈자들·불온 사상 신봉자들·공산주의자들, 그중에도 끝내 반도를 빠져나가 종적을 놓쳐버린 소위 민족주의 노선의 불령선인(不逞鮮人)들, 심지어는 자신의 위장에 신분을 도용하고 있는 그 장흥 간척장의 내지녀 능욕범까지 곰곰이 다시 떠올려보았을 정도였다.

하지만 아직은 아무것도 윤곽이 잡혀오는 것이 없었다. 그렇다고 일을 섣불리 서두르고 나설 것도 없었다. 결국은 정체가 밝혀질 날이 오고 말 터, 위인에 대해서도 도섭은 자신의 집요한 끈기를 담보 삼아 뱃심을 두둑이 가다듬곤 할 뿐이었다. 본 공작의 내용이 하달돼와봐야 알겠지만, 필요하다면 그때 가서 얼마든지 효과적인 방법을 마련할 수가 있었다……

대강만 살펴봐도 절간 일대 사정은 거의 그런 식이었다. 아직은 한묶에 단언하기 이르지만 일대가 순전히 도망자들 소굴 한가지였다. 심지언 늘상 얼굴을 마주하다시피 하고 지내는 윤 처사나 곽 행자들까지도 도섭은 어딘지 석연찮은 생각이 들곤 할 정도였다. 곽 행자는 원래 본원 공양간에서 심부름을 하다가 그 경박스러움과 잦은 말썽으로 출문을 당하다시피 이쪽으로 쫓겨온 아이라니 (잠자리가 그리 일정치 못한 듯싶어 보여 도섭이 지나가는 소리처럼 한마디 나무라자 곽 행자 자신이 자포자기 식으로 그렇게 말했다) 별 달리 수상쩍은 사연이 있을 리 없었지만, 윤 처사의 경우는 아직도 어딘지 마음을 놓을 수 없는 곳이 있었다. 남의 일을 함부로 입에 담지 않듯이 그는 자신의 신상사에 대해선 더 더욱 입이 무거웠다. 절을 들어오게 된 사연이나 경위에 대해선 허튼소리 한마디 흘린 적이 없었다. 사람의 됨됨이나 법속 탓으로 돌리고 이쪽에서도 섣부른 궁금증을 삼가온 터였지만, 도섭으로선 잠자리까지 함께하는 처지에 그의 속내엔 너무도 깜깜해온 것이었다.

그 외에도 범상스레 지나쳐 넘길 수 없기로는 어쩌다 먼발치로 눈스침밖에 할 수 없는 집허당의 우봉 스님이나 그림자처럼 그를 시봉하는 벙어리 상좌도 마찬가지였다. 그리고 그 서양 그림을 그리러 산을 찾아 들어왔다는 진불암의 양환쟁이.

—허허, 그림이란 그저 마음속 상상을 혼자 멋대로 그려내는 게 아니지요. 지금까지 우리 그림은 그래 왔지만, 그건 말짱 거짓 그림이에요. 그림을 그리자면 사람이고 산수고 먼저 실체를 접해 보고 그 본질을 여실하게 이해해야 하는 겁니다. 여자를 그리는 데도 마찬가지지요…… 내 그 여자에게 관심을 안 가지고 있다곤 안 하겠어요. 하지만 그건 무슨 탐심에서가 아니라 내 그림 때문이었을 게우. 어때요. 허허, 환쟁이가 부럽수?

　언젠가 산을 내려와 외사 사람들과 함께 저녁 공양을 왔다가, 상억의 농조에 위인이 서슴없이 응수한 소리였다. 사람들은 그의 싱거운 허풍 정도로 들어넘길 수도 있는 말이었다. 하지만 도섭은 위인의 그런 호방한 농담기 속에서도 이상하게 다른 속내가 느껴졌다. 그것은 물론 그의 오랜 직업 관행에 근거한 일종의 본능적인 대응 반응이었다.

　어쨌거나 도섭의 주위는 면면들이나 정황이 대개 그런 식이었다. 그는 차라리 어이가 없어질 지경이었다. 그것은 그가 그런 불온스런 분위기를 염려하거나 두려워해서가 아니었다. 그는 오히려 주렁주렁 추수를 기다리는 공훈의 텃밭에라도 들어앉은 격이었다. 안도는 이번 일이 좀도둑 따위를 잡기 위한 토끼몰이 공작이 아니랬지만, 기회가 주어진다면 도섭은 이쪽에서도 수월찮은 수확을 거둘 자신이 있었다. 사냥꾼에게 쫓겨 숨을 곳을 청해온 노루가 기실은 정체를 숨긴 사냥꾼이라면 진짜로 쫓겨 숨은 노루들의 운명은 이미 오갈 데가 없었다.

　다만 아직도 본 공작의 임무를 하달받지 못한 처지라서 몸을 함부로 움직일 수 없는 것이 안타까울 뿐이었다. 자기 신분의 보안은 정보 공작원에겐 무엇에도 앞서는 첫번째 철칙이었다. 어느 누구에게도 행동이나 낌새가 수상해 보여서는 안 되었다. 하면서 본 공작의 임무가 하달되면 그것을 실수 없이 수행해나가기 위한 만반의 준비를 갖추고 있어야 했다. 그때까지의 도섭의 활동은 그에 필요한 준비에만 한정되어야 하였다.

도섭은 자신을 더욱 완벽하게 위장해나갔다. 안전한 은신처를 얻은 도망자답게, 그리하여 차츰 본색이 드러나기 시작한 무뢰한답게, 무지하고 조심성 없는 언행을 자주 일삼고 다녔다. 아무 곳에나 발길을 디밀고 아무 소리나 함부로 물어댔다. 그러면서 차츰 속방 사람들에게서부터 절간 쪽으로 주의를 넓혀갔다. 그중에서도 특히 집허당의 우봉 스님과 수수께끼의 소영각(기실은 보련각), 그리고 북쪽 본전과 종무소 근처(조금씩 늘어가는 심부름길 이외에 그쪽까진 그리 기회가 많지 않았지만)들을 눈여겨 살폈다. 외사나 객방의 은신자들 말고 절 안에 다른 큰 음모가 있다면 그런 곳이 필경 본거지를 이루고 있을 것이기 때문이었다. 소영각은 특히 그날 밤 이후로 그의 감찰의 표적이 되고 있었다. 아직 거기 어떤 이렇다 할 수상한 기미가 드러나 보인 것은 없었다. 내실은 여전히 문들이 굳게 닫긴 채 사람의 출입이 거의 없었다. 벙어리 문짝만 남아 있는 소영문 쪽은 언제 바른 것인지조차 알아볼 수 없을 만큼 시커멓게 변색된 창지가 흉하게 찢겨 있을 뿐, 그 뒤론 아무것도 안을 들여다볼 수 없는 어둠의 벽이었다. 소영각은 수많은 고승들의 영정을 모시고 있음에도 당우 전체가 아무렇게나 버려진 폐각의 형상이었다. 낡은 기와지붕엔 군데군데 잡초들이 씨를 맺고 있었고, 어쩌다 도섭이 근방을 지나다 보면 대낮에도 전혀 사람의 출입은 볼 수 없고 이따금 환청 같은 투명한 새 날갯짓 소리가 주변의 정적을 스치곤 할 뿐이었다.

하지만 도섭은 왠지 거기서 쉽사리 눈길을 거둘 수가 없었다. 그의 발길이 미칠 수 있었던 곳 중에서 그를 가장 끌어댄 곳이 바로 그곳이었다. 늘상 어떤 음습한 음모의 기미 같은 것이 당우의 안팎을 맴돌고 있었다. 멀쩡한 사람이 제 육신을 지워 사라져갔다는 선담(禪譚)도 기분이 썩 좋을 순 없는 이야기였지만, 뿐더러 세속사로 치면 영정각이란 바로 망자들의 사당에 해당하는 곳이었지만, 그렇다고 그곳을 그토록 무심스레 버려두고 있을 수가 없었다. 그 무관심한 버려짐, 인적이 드문 적막스런 분위기, 도섭은 그런 것들이 어쩐지 더 부자연스럽고 수상쩍게만 느껴졌다.

도섭은 그 광명전 경내의 집허당과 소영각을 중심으로 하여, 인근 외사와 속인 객방들, 그리고 본전 쪽 선방들과 종무소는 물론 뒷산골에 숨어 박힌 암자들에까지 그의 감시와 밀탐의 눈길을 여기저기 은밀히 찌르고 다녔다.

그러던 중 마침낸 그가 기다리던 두번째 임무가 하달되기에 이르렀다.

9

매미 소리가 차츰 종적을 감추기 시작한 9월 중순의 어느 날 오후, 한 젊은 채약상이 산문을 들어왔다.

"이 절에서 개성 인삼을 구하는 사람 아십니까? 소식을 듣고 삼을 몇 뿌리 구해 왔는데요."

약재 망태기를 어깨에 걸머메고 쭈뼛쭈뼛 표충사 정잿간께로 올라온 사내가 물었다. 정잿간에는 마침 도섭과 곽 행자 두 사람뿐이었다. 곽 행자는 물론 영문을 몰라했다. 그러나 도섭은 금방 낌새를 알아차렸다. 마침내 밀령이 당도한 것이었다. 사내가 곧장 표충사 정재소로 직행해 온 걸로 보아 안도 반장이 그의 보고서를 접수하고 들여보낸 사람임이 분명했다. '개성 인삼'은 안도와 미리 약속한 접선 암호였다. 하지만 아직은 곽 행자의 눈길이 문제였다.

"절간에 무슨 인삼 먹을 사람이 있겠소. 뭘 잘못 알고 온 모양인디…… 아니면 혹은 요 윗동네 사람 중에 누가 그런 걸 구하고 있는지도 모르겠네요. 어디 나하고 같이 올라가봅시다. 거긴 병 요양을 온 사람들도 있으니께."

곽 행자를 따돌리기 위해 도섭은 짐짓 시치미 떼고 나서 사내를 이끌고 정잿간을 나섰다. 그리고 이내 눈치를 알아챈 듯 묵묵히 그의 뒤를 따라오는 사내에게 도섭이 도중에서 나지막하게 말했다.

"하긴 나도 인삼이 한 뿌리쯤 소용되긴 하오마는 내 소용은 개성이 아니라 풍기산이라서. 내 체질이 좀 별나서 말이오."

이번에는 사내의 호출 암호에 대한 그의 응답 암호였다.

"짐작하고 있었소."

사내도 비로소 마음을 놓은 듯 빙그레 웃었다. 하지만 그걸로 양쪽의 신분이 다 확인된 건 아니었다.

"헌데 노형은 어디서 온 거요?"

이번에는 이쪽에서 사내 쪽의 신분을 확인하는 절차였다.

"나 목포 고깃배 선장이 보내온 사람이오."

사내도 이내 정해진 암호로 자기 신분을 확인했다.

"목포가 아니라 무안 고깃배겠지요."

"맞소. 실은 무안 고깃배요. 무안 사람은 흔히 무안을 목포로 말하는 게 예사지요."

도섭의 수정에 사내는 정해진 대사에 실수가 없었다. 신분 확인이 서로 끝난 것이었다. 도섭은 더 묻지 않고 사내를 계속 외사채까지 안내해 올라갔다. 사내의 진짜 신분은 해남 작은집의 머슴쯤 되겠지만, 도섭들의 처지에선 그런 건 서로 깊은 것을 묻는 것이 금기시되고 있었다.

도섭은 짐짓 외사채까지 사내를 데리고 올라가 인삼을 구하는 사람을 찾았다. 동정이나 반응을 살필 겸하여 부러 박춘구의 방까지 찾아가 허장된 인삼을 권해보기도 하였다. 하지만 그 인삼을 주문했거나 소용에 닿아 하는 사람이 아무도 없었음은 당연한 일이었다.

그런 절차를 모두 취해두고서야 도섭은 은밀히 사내가 지니고 온 밀령을 전달받았다. 물론 사내의 입(구두)으로써가 아니라 안도의 인비(印秘)로 봉함된 친전(親展) 봉투의 친필 사연으로였다. 그렇게 하여 도섭은 입산 이후 안도 반장과의 첫 접촉이 이루어지고 두번째 공작 임무를 하달받은 것이었다.

사내가 돌아가고 은밀한 곳(어디서나 변소간은 단 혼자서 일을 보게 되어 있는 곳이었다)을 골라 급히 개봉해본 그 밀령서의 내용은 이러했다.

寧山正雄 군에게.

첫째, 군의 보고서 1신을 접수했다. 신속하고 안전한 잠입 성공을 축하한다. 신분 노출의 위험성에 계속 유의하라.

둘째, 차후로 다음 각항에 해당하는 인물 및 장소의 동태를 예의 주시하라. ① 집허당은 물론 종무소와 주지실 등 사찰 운영부 사람들의 동태 ② 사찰 내부나 암자·객사 등의 외부인 출입 상황. 특히 비(非)상주자의 일시적 출현·기식 사례와 상주자의 장기 부재 사항 ③ 사찰 운영부와 전항 외부인들과의 접촉 사항. 접촉 이후의 사찰 운영부의 동태 ④ 기타 필요하다고 판단되는 내사 사항, 범법자 은닉 가능 시설 등. 단 이 항 활동은 불필요한 과잉 내사로 인한 신분 노출의 위험이 전무한 범위 이내로 한정할 것.

셋째, 위 사항들에 대한 내사 결과는 특별히 중요 사안에 한정하여 필히 서면으로 비밀 보고하라. 보고서 전달선은 필요시에 파견되는 '채약상'을 이용하고(참고로, 채약상의 방문은 당분간 월 1회로 예정, 그의 신분은 당지 작은집의 머슴임을 일러둔다), 긴급 사항은 관내 '친척'이나 기타 군이 개설한 연락망을 이용한다.

넷째, 군의 임무는 당분간 원칙적으로 이상의 밀탐과 보고 업무에 한한다. 본 공작의 최종 목표나 임무 변경 사항은 필요시 별도로 하달될 것이므로 어떤 범증의 확인 시에도 그에 대한 대응 활동을 절대 삼갈 것.

군의 안전과 건투를 빈다……

평소 대해오던 위인의 성품 그대로 지극히 깐깐하고 가파른 문면이었다.

하지만 밀령서는 그것으로 끝막음이 아니었다. 안도 자신도 글발이 너무 딱딱함을 느꼈음인지, 말미에 몇 가지를 더 덧붙이고 있었다. 채약상을 통한 정기 보고 이외에 웬만큼 화급한 사안이 아니면 개인 연락망을 이용한 긴급 보고는 가급적 피할 것, 해남 작은집이나 채약상들도 이번의 공작 내용은 알지 못한다는 것, 도섭이 부탁한 사냥물이는 해남 작은집에서도 나름대로의 공작이 진행되고 있으므로 별도의 주문이 불필요하다는 것 등등…… 하고 나서 반장은, 도섭이 이번에 얼마나 중요한 공작에 임하고 있는지, 그걸 알게 되면 도섭 자신도 스스로 자랑스러울 수밖에 없을 것이라고, 은근한 부추김으로 글을 끝맺고 있었다. 그것은 이를테면 본 공작의 내용을 알려주지 못한 데 대한 미안함과, 그에 불구하고 주어진 임무에 최선을 다하라는 당부와 신임의 표현인 셈이었다.

그런 안도의 배려와 고무에 도섭은 감격하지 않을 수 없었다.

하지만 도섭은 그럼에도 불구하고 한편 서운하고 답답한 느낌을 지울 수가 없었다. 본 공작의 내용을 아직 말해주지 않는 것은 사안의 중대성 탓으로 치더라도 그의 활동에 너무 많은 제약이 가해지고 있었다. 그것은 매사 금한다, 한한다 식으로, 그에 대한 새로운 임무의 부여보다 활동의 제약 쪽에 더 비중이 가 있는 지령이었다. 그는 거기에 고무를 받기보다 오히려 발목만 더 묶이게 된 느낌이었다.

그는 그저 명령에 따라서 주어진 임무를 수행하는 것만으로는 직성에 찰 수가 없었다. 명령은 물론 명령대로 책임을 다해나가야 하였다. 그에게 부과된 2차 임무는 한마디로 절간 사람들에 대한 밀탐이었다. 아직도 일종의 예비 공작 단계에 해당하는 임무였다. 뿐더러 그것은 도섭이 미리 짐작하고 나름대로 활동에 들어가 있는 작업이었다. 그 일을 그냥 계속해나가는 것으로 새 명령의 책임은 수행되는 셈이었다.

하지만 도섭은 그것으로 만족하고 기다릴 수가 없었다. 임무를 좀더 창의적으로 수행해나가야 했다. 안도의 명령보다 늘상 한 단계씩 공작 활동을 앞서 나가야 하였다. 잠입에 성공하자마자 임무 부여가 있기 전에 스스로 밀탐에 착수해 들어갔듯이. 그럼에도 그의 예비 활동이 뒤미처 당도한 임무 내용과 한 치도 어긋남이 없었듯이. 이번에도 미리 다음 단계의 공작을 어느 정도 예견하여 거기 맞도록 일을 처리해나가는 것(이를테면 그 병풍 도난 사건 같은 것은 그의 흥미를 계속 부추기고 있었다). 아 하면 어 하는 식으로 제 할 일을 미리 알아서 해가는 것, 그게 자기 유능성을(어떤 놈들이 그걸 땅개 근성이니 뭐니 질시어린 비아냥거림을 일삼고 있던가)

142

증명하는 길이었다. 기본 임무를 수행해나가는 데도 그것이 더욱 능률적인 방법이었다.

도섭은 이를테면 자신에게 주어진 모처럼의 기회에 자신의 능력을 한껏 발휘해 보이고 싶었다. 그것이 도섭에게 무엇보다 중요했다. 이거야말로 내가 얼마나 참고 기다려온 기회인가.

— 세상은 어차피 힘을 쥐고 누리는 쪽과 그 힘에 쫓기며 짓눌려 살아가는 쪽으로 나뉘는 법이다. 해서 그 힘을 놓친 자는 제 것을 아무것도 지킬 수가 없는 법이다.

아버지 남 초시(그것은 그저 그의 초시 응시의 옛 망령스런 입지를 빌려 마을 사람들이 일쑤 농칭해온 데 불과한 터였지만)의 그 당연한 처세훈을 진정 제 것으로 만들기까지 그는 얼마나 많은 것을 잃어야 했던가. 그리고 그 잃은 것을 되찾기 위해 그는 얼마나 오랜 세월을 기다려야 했던가……

하여 도섭은 이날 종일토록 그 아버지로부터의 부대낌의 기억으로, 아니 이제는 오래잖아 그 싸움에 결판을 낼 수도 있으리라는 희망으로 기분이 한껏 부풀어올랐다.

돌이켜보면 아버지 남 초시 영감은 세상의 흐름과 힘의 이치를 나름대로 깊이 체득한 분이었다. 하지만 그는 그 힘의 위력을 믿었을 뿐 그것을 지킬 방법까지는 모르고 있었다. 따라서 그의 배일(排日) 감정이나 신식 교육에의 편견어린 폄하는 뼈 있는 선비의 충절에서가 아니었다.

영감은 한사코 도섭의 보통학교 취학을 부질없어하였다. 동네 머슴 길복의 둘째아들 상준이 면소 보통학교 3학년이 될 때까지

영감은 내처 도섭을 퀴퀴한 한문 서책들과 함께 사랑채 글선생에
게 묶어두었다. 그는 일본의 조선 합병 이후 대대로 누려오던 재
력과 위세가 많이 줄어가고 있었는데, 그 모든 허물이 제 자신의
근본인 전래의 학문과 윤리 도덕을 소홀히 하고 겉치레 문물과 그
허무한 힘에 기우는 사람들의 무지하고 경박스런 허욕에 있다고
믿었다. 그런 겉치레 문물과 그에 바탕한 힘은 원래 근본이 없는
것이어서 이 땅의 사람들이 언제고 세 근본을 회복하게 되면 허무
하게 무너져 물러서게 될 거라고. 신식 학교는 이를테면, 그 겉치
레 문물과 허무한 힘을 퍼뜨리는 곳이었고, 도섭의 한문 공부방은
그것들을 물리치기 위한 참학문과 도덕 수련의 도장인 셈이었다.
그 학문과 도덕의 수련으로 자기 근본을 회복하고 나면 가짜 학문,
가짜 힘은 제물에 쓸모없는 물거품이 되어 이 땅에서 사라져가고
말 거라는 장담이었다. 설마 당신 자신도 사세가 그리 되리라 믿
은 것은 아니었겠지만, 기개만은 어쨌든 대단한 것이었다. 하지만
그 역시 영감의 말처럼 자기 근본을 소중히 해서가 아니었다. 망
해 없어진 나라를 생각해서는 더더욱 아니었다. 영감은 이미 새
문물 제도와 그 힘을 거머쥘 능력이 없었다. 능력이 없었으므로
거기에 무엇을 도모해볼 의사도 없었다. 의사가 있더라도 끼어들
데가 없었다. 그것은 그의 오랜 재력과 위엄을 짓밟는 오랑캐의
법속일 뿐이었다. 자기가 도모할 수 없는 힘일 바엔 그 힘을 짐짓
외면하고 무시하는 길밖에 없었다. 그러자니 자연 지난 세월과 자
기 근본에 매달리는 수밖에 없었다. 영감은 그러니까 잃어버린 나
라에 대한 충절에서가 아니라 왕조와 함께 잃어버린 가문의 힘을

되찾고 그것을 지키기 위해 불가피 전통과 자기 근본 쪽에 매달린 것이었다. 그리고 당찮은 배일 혐의까지 감수해가며 도섭의 보통학교 취학을 가로막은 것이었다.

도섭이 사랑채 글방을 벗어나 신식 학교 취학의 소망을 이룬 것은 『사기집(史記集)』을 떼고 나서 동갑내기 상준이 3학년을 올라간 열두 살 때의 여름이었다. 영감의 생각이 바뀌어서가 아니라, 보다 못한 어머니 박 씨의 주선에 따라 이웃 마을 외가로 도섭이 가출을 감행한 덕분이었다. 외갓댁에서 입학 절차를 취한 뒤 한 달쯤 학교엘 다니고 나서야 아버지는 마지못해 도섭의 귀가와 계속 수학을 허락했던 것이다.

하지만 도섭의 그 같은 취학열 역시도 신학문에 대한 어떤 이해나 열망 때문이 아니었음은 물론이다. 가출까지 감행해가면서 그해 여름 부쩍 더 취학을 고집한 것은 배나무 집네 막내딸 명순 때문이었다. 배나무 집 명순네는 원래 가세가 형편없던 가난뱅이 집안이었다. 그런데 어떻게 해선지(아마도 가난에 대한 원한의 힘이 그만큼 컸으리라) 그 큰오라비가 마을에선 제일 먼저 보통학교를 나와, 그 영특한 머리 덕분에 나중엔 어느 독지가의 도움을 얻어 북도에 세워진 한 농림학교까지 다니게 되었다. 학교를 졸업한 젊은 수재는 마을 주변의 버려진 야산에 신품종 배나무와 감나무를 심기 시작했고, 드디어는 마을에서 첫째다 둘째다 하는 과수원집의 주인이 되기에 이르렀다.

동네의 철부지 조무래기들은 그래 어릴 적부터 혹시나 하고 바람맞은 낙과를 주우러 그 과수원 근처를 자주 맴돌게 되었다. 도

섭도 한때는 그런 아이들 중의 하나였다. 그런데 도섭이 과수원에
만 나타나면 이 집 식구들의 응대가 다른 아이들에 대한 것과는 판
이하게 친절했다. 때이른 낙과를 미리 주워 모았다가 주머니를 가
득 채워주기도 했고, 때로는 어른들이 부러 나무를 뒤흔들어 벌레
먹은 홍시를 떨어뜨려주기도 하였다. 막내딸 명순이까지도 도섭을
무슨 친척 간이나 되듯이 은근슬쩍 선심을 써주곤 했다. 모아진
낙과가 없는 날이면 생과일 가지를 슬_머니 꺾어준 적도 있었다.
아이들은 명순네가 도섭을 그녀의 장래 신랑감으로 삼으려는 때문
이라고 시샘 섞인 소문까지 퍼뜨리고 다녔을 정도였다(명순의 얼
굴이 알쌍하고 고와서 도섭도 사실은 그런 소리가 그리 싫지만은 않
았지만. 그리고 나중엔 자신도 으레 그렇고 그렇게 되어가지 싶어 은
근히 혼자 얼굴이 붉어지기도 했었지만).

그런데 그 과수원을 함께 맴돌던 조무래기들 가운데서 상준만이
때가 되어 학교를 들어갔고, 도섭은 거꾸로 사랑채 골방으로 발이
묶여 들어앉는 신세가 되고 말았다. 그뿐이었다면 또 문제가 달랐
을 수도 있었다. 거기서 다시 2년쯤이 지나고 나자 이젠 제법 몸
매에 처녀티가 배기 시작한 명순까지 새삼 학교 입학을 해 들어간
것이었다. 마을에선 오직 상준과 명순만이 10리 가까운 학교길을
오가게 되었으며, 짝으로 붙어다니질 않는다 하더라도 학교를 오
가는 산길·들길에서 명순은 자연 상준을 의지로 삼을 수밖에 없
게 된 것이었다.

도섭은 그것을 참을 수가 없었다. 그의 때늦은 보통학교 취학은
그러니까 바로 그 명순에 대한 어렴풋한 불안감 때문이라 할 수 있

었다. 그리고 상준에 대한 부러움과 시샘 때문이었달 수 있었다.

하지만 함께 학교엘 다니면서도 도섭의 상준에 대한 그런 시기와 시샘기는 줄어들 수가 없었다. 무엇보다 상준은 도섭보다 2년이나 상급생이었고, 그 점에서 매사에 도섭을 2년만큼 앞서가고 있었다. 학교에서는 언제나 도섭이나 명순을 이끌고 보호하는 상급생이었고, 게다가 머리까지 몹시 영특하여 선생님들의 특별한 아낌과 신망을 얻고 있는 모범생이었다. 거기 비해 도섭은 그리 머리가 좋은 편이 못 되었고, 상준보다 두 해나 아래 학년이었다. 그런 점에서 도섭의 도전은 시작부터 결과가 뻔했다.

한 가지 다행스러운 것은 상준이 그런 데엔 도대체 관심이 없어 보이는 점이었다. 상준은 그저 한 동네 상급생으로서 명순을 감싸고 보호해줄 뿐 도섭의 시샘 따윈 전혀 아랑곳을 안 했다. 도섭이나 명순 앞엔 그저 의젓하고 대범스런 상급생일 뿐이었다. 그 의젓스런 대범성 앞에 도섭은 때로 속수무책의 무력감 같은 것이 앞설 때마저 없지가 않았다. 그것이 가끔은 도섭의 비위를 심하게 긁어대기도 했지만(동네 머슴 놈의 아들 주제에 학교도 당찮은 판에 되지 못하게 어른 흉내라니!) 명순과의 일에 관한 한 상준의 그런 무관스런 대범성은 일단 고마운 것이 아닐 수 없었다. 한데다 더욱 다행스러운 것은 도섭에 대한 명순의 변함없는 마음씀이었다. 어렸을 적 일들이 아직도 마음 한구석에 자리하고 있는 때문이었던가. 아니면 2년이나 윗학년인 상준보다도(명순은 언제부턴지 그를 이미 '오빠'로 부르고 있었다) 등하굣길이나 공부 시간을 늘 함께하는 도섭 쪽이 허물이 덜해서였는지도 모른다. 명순은 분명 상

준보다 도섭 쪽에 마음이 가까운 행신이었다. 그 마음이 기울고
자시고보다도 처음부터 그것이 정해져 있는 아이 같았다. 같은 동
갑내기인데도 상준은 차라리 상대가 어려운 어른을 대하듯(그의
의젓한 대범성에도 불구하고) 그를 마주하기조차 주저하는 데 반하
여, 도섭과는 늘 허물없는 맞잡이로 공부나 등하굣길을 함께해온
것이었다.

  ──넌 언제고 내 치지가 될 거다. 너도 그것을 알고 있겠세.

  아전인수 식 속셈 때문이었겠지만, 도섭은 일찌감치 혼자 그렇
게 장담했고, 명순 앞에서 은근슬쩍 그런 투의 행동을 해 보이기
도 했다.

  ──너 언제 시집갈래. 엉뎅이가 요렇게 반반해지는디, 인전 학
교 그만두고……

  명순의 엉덩일 토닥이고 달아나거나,

  ──너 남자들은 왜 상투를 트는 줄 알어? 이리 와봐……

  무작정 명순을 끌어대는 척하여 은근히 겁을 먹게 할 때도 있었
다. 어떤 땐 부러 나무 덤불 뒤로 숨어 있다가 그녀가 가까이 다가
올 때를 어림하여 오줌 줄기를 철철 쏟아대기도 하였다. 그때마다
몹시 얼굴을 붉히며 화를 내는 척하면서도 명순 역시 그러는 도섭
을 뒷날까지 오래 허물한 일이 없었다.

  ──다시 한 번 그따위로 놀기만 해봐. 상투 꼭지가 먼지도 모르
는 애송이가 못되게 굴기는……

  화를 냈다가도 하루 이틀이 지나면 짐짓 모든 걸 장난기로 치부
해 넘기며 도섭으로선 미상불 듣기 싫잖은 다짐을 해오곤 하였다.

──또 한 번 그딴 짓 하면 요담에 너네 색시헌티 다 이를 거야.

등하굣길이 너무 먼 데다 다른 길동무가 없어서이기도 했을 것이다. 그렇더라도 명순의 그런 태도는 올데갈데없는 그의 색싯감 행세였다. 명순 자신의 생각이야 어쨌든 도섭의 눈에는 그렇게만 보였었다. 명순이 연지곤지 찍고 족두리를 쓰게 되는 것은 이 도섭으로 해서뿐일 것이리라……

하지만 실상은 그게 아니었다. 마지막 결판은 그녀가 거꾸로 상준의 차지로 돌아가고 만 것이다. 상준의 대범성과 도섭에 대한 명순의 허물없는 태도에 모종의 함정이 숨어 있었던 셈이었다.

상준이 먼저 학교를 졸업하고, 2년 뒤에 다시 도섭과 명순들도 교문을 벗어져 나온 해의 가을이었다. 세 사람은 이제 다 같이 청년기에 접어들고 있었다. 거기다 상준은 졸업 성적이 좋아서 학교와 유지들의 추천에 힘입어 면소 금융조합의 서기가 되어 있었다. 그해 가을 무렵. 뜻하지 않게도 명순네에 대한 상준 가의 청혼설이 나돌기 시작했다. 집안 내력이나 가세는 썩 보잘것이 없었지만, 상준이 워낙 신망 있는 청년인 데다 전도유망한 일자리까지 얻어 다니는 처지여서 명순네도 그 상준 가(家)의 청혼을 쉽사리 마다하지는 못하리라는 뒷공론들이었다.

아버지 남 초시 영감을 대신하여 그 한철 집안일을 돌보고 있던 도섭은 당장 두 눈에 쌍심지가 돋았다. 명순에 대한 도섭의 속마음은 그새도 전혀 달라진 것이 없던 터였다. 달라지기커녕은 점점 더 요지부동으로 굳게 자리를 잡아가고 있었다. 그의 육신이 성장해가고, 학교를 졸업하고부턴 명순이 부쩍 더 숙성해 보이면서,

도섭도 은근히 마음을 쫓겨오던 참이었다. 그저 혼자서 조급해하고 있었던 것만이 아니라, 어머니 쪽엔 이미 귀띔까지 몇 차례 건네놓은 터였다. ……도대체 그리 될 수가 없는 일이었다. 어물어물 바라보고만 앉아 있을 계제가 아니었다. 그에 대한 명순의 마음은 의심할 바가 없었으므로 도섭은 새판잡이로 어머니 박 씨를 다그치고 들었다. 어머니는 진작부터 도섭의 그런 심중을 알고 있던 터여서 남 초시 영감의 철벽같은 반대(말할 것도 없이 그 명순네의 보잘것없는 가통 때문에)를 무릅쓰고 오기탱천 명순네게로 사람을 건네보냈다.

하지만 일은 생각보다 심각했다. 중매꾼은 사또 지나간 뒤의 나팔 격으로 허행만 하고 돌아왔다. 양가 사이엔 청혼의 단계를 넘어 이미 혼약이 이루어진 단계더랬다. 하지만 일은 물론 거기서 끝날 수 없었다. 그쯤으로 허무하게 명순을 단념하고 물러설 도섭이 아니었다. 그간의 사정들이 그리될 수가 없었다.

게다가 이상한 것은 아버지 남 초시 영감의 변화였다. 며칠 뒤에 어머니 박 씨가 다시 명순네게로 사람을 사 보냈다. 지금이야 밥술이나 먹고 산다지만, 보잘것없는 가통의 명순네게서 일언지하 청혼을 거절당한 사실에 그대로 물러설 수가 없는 노릇이어서였는지 모른다. 그것도 하필이면 동네 머슴 격인(상준의 취직에도 불구하고 그 아비는 여전히 동네 궂은일을 도맡아 하고 있었다) 상준네게 가로막힌 혼처였으니 자존심도 많이 상했을 법하였다. 아니면 지난날의 가통의 내력보다 과수원으로 상징되는 명순네의 윤택한 가세를 현실적으로 평가하게 된 결과거나, 아들 가진 동네 사람 누구나가 탐을 내왔듯 영감도 내심으로 명순을 은밀히 며느릿감으로 점지해왔었는지 모른다. 어머니를 시켜 두번째로 사람을 보내게 한 것은 도섭이 아닌 아버지 남 초시 영감이었다. 영감에게 어떤 심경의 움직임이 있었던 게 분명했다. 그게 어떤 이유에서였든 도섭으로선 우선 다행스럽고 고마운 일이 아닐 수 없었다.

하지만 그도 다 헛일이었다. 두번째 사람이 가져온 소식도 양가의 혼인은 이미 요지부동의 기정사실이 되어 있더라는 거였다. 무엇보다 당사자인 명순의 태도부터가 확고부동하더랬다.

그것은 과연 사실이었다. 마지막으로 도섭이 명순을 직접 만나 따지고 들었을 때도 그녀의 태도는 칼날처럼 매섭고 결연스러웠다.

──상투 틀고 밥만 벌면 사내 구실이단가? 세상이 변해도 한참 크게 변한 판국에 사내구실이 하필이면 그뿐일까 말이여. 하긴 거기까지 내가 상관을 해야 할 건덕지도 없는 일이지만.

얼음장처럼 차갑고 단단한 침묵 끝에 마지막으로 명순이 내뱉고 돌아선 소리였다. 집안일에 붙잡혀 무력하게 주저앉은 도섭의 안주를 상준의 유능성에 빗댄 매도였다.

명순은 그걸로 그만이었다. 요컨대 명순은 구정이나 가통보다 시류를 탄 상준의 능력을 택해 간 것이었다.

──꼴좋다. 못난 놈! 제 색싯감 하나 단도리를 못하고 날불한당 놈헌티 빼앗기고 나선 화상이라니!

그해 초겨울, 주재소 주임까지 하객으로 참석한 상준의 성대한 혼례식엘 다녀와서 속이 상해 내뱉은 초시 영감의 힐난도 그와 비슷한 음색이었다.

세상살이엔 한마디로 힘을 누리는 자가 되어야 했다. 힘을 얻지 못하면 제 것을 아무것도 지킬 수 없었다. 아버지의 말은 어김없는 진실이었다. 도섭은 비로소 그것을 실감했다. 이른바 출세를 하고 볼 일이었다.

하지만 도섭이 이 길을 들어선 것은 곧바로 그런 깨달음 때문이 아니었다. 아버지가 그걸 바라서도 아니었다. 도섭이 지금의 길을 들어선 데는 좀더 확연한 곡절이 있었다. 그 현실적인 이해의 가늠 속에 고집이 누그러졌든, 가문의 오기로 다툼에 지기가 싫어서였든, 영감이 명순네에게 청혼을 넣는 따위의 변화는 잠시 동안뿐이었다. 무참스럽게도 일이 그른 것을 알게 되자 영감은 이내 다시 옛날로 돌아갔다. 새 문물이나 법속은 그에겐 애초부터 득이 될 게 없었다. 그가 믿을 것은 지난날의 법속과 세상 질서 쪽이었다. 그 속에서라야 그는 역시 힘을 누리며 사람의 구실을 할 수 있었다. 모름지기 새 문물과 법속을 쓸어내고 옛날의 규범들을 되찾아야 하였다.

——거 보거라, 해보려도 네 방법으로는 안 되질 않았느냐. 이제는 내 길을 따라야 할 것이야.

혼인식에서 돌아온 날의 그 가차없는 힐책도 바로 그런 뜻을 담고 있음에 분명한 소리였다.

한데, 부전자전. 도섭도 피를 속일 수가 없었는지 모른다. 영감님 말마따나 그것은 실제로 실패한 방법이었다. 보다는 그의 자존심과 오기가 거기 매달리는 것을 더 이상 용납할 수 없었는지 모른다. 도섭은 차츰 새로운 세상 풍조에 혐오감이 일기 시작했고, 그에 따라 서서히 아버지의 주장 쪽으로 마음이 기울기 시작했다. 그리고 드디어는 아버지에 앞장서 배일 감정까지 급속히 노골화되어갔다. 동네 아이들을 모아 밤글을 가르치고 왕조 멸망 시의 숨은 비화들과 일인들의 비행을 함부로 입에 담곤 하였다. 때로는 일인 소유 전답의 농작물을 망쳐놓기도 하였고, 내지 상품의 불매를 마을에 은밀히 선동하고 다니기도 하였다. 도섭은 그런 식으로 한동안 마을 사람들의 은밀한 신망을 쌓아가고 있었다.

하니까 거기서 더 다른 변만 없었더라면 도섭의 인생행로는 제법 아버지 남 초시의 초지를 펴나가게 되었을지 모른다.

그러나 일은 그렇게 되어가질 못했다. 이번에도 상준이 그걸 막아섰다. 알고 보니 상준은 그에 앞서서 지하 배일 활동의 거인이 되어 있었다. 도섭은 이번에도 상준의 그 거대하면서도 보이지 않은 그늘 속에 명색 없는 잔수작만 피워온 꼴이었다. 도섭은 이번에도 그 상준 앞에 무참스런 패배(그것은 바로 아버지 남 초시 영감의 패배이기도 했다)를 자인하지 않을 수 없었다. 그리고 뼈를 깎는 아픔 속에 그것을 깨달았을 때, 도섭은 다시 한 번 마음을 바꿔먹지 않을 수 없었고, 드디어는 이 길을 찾아들게끔 된 것이었다.

말하자면 이번에는 아버지 남 초시와도 길을 맞서 나선 격이었다. 그런 건 애초 도섭에겐 별반 문제가 될 게 없었다. 아버지 남 영감은 말할 것도 없거니와, 도섭 자신도 그간의 배일 행위가 어떤 신념에 뿌리를 내린 일이 아닌 때문이었다. 그것은 자신도 어떤 힘을 타야 하되 상준 쪽이 이미 시류의 힘을 택한 걸로 잘못 안 데서 결과된 반대 선택일 뿐이었다. 이번에도 바로 마찬가지 선택이었다. 상준과 맞서려면 그를 앞설 만한 큰 힘을 타야 하되, 그와 한편에 선 힘의 다툼에선 번번이 낭패만 뒤따랐을 뿐이었다. 상준과 한편에서 힘을 다퉈선 안 되었다. 상준과 반대쪽의 힘을 타야 했다. 그것이 아버지의 의절 선언까지 감수한 도섭의 마지막 선택이었다. 뿐더러 그것은 보다 실제적이고 확실한 힘이었다. 그 힘은 도섭이 마음먹기에 따라선(처음 한때는 실제로 그런 상상을 해보기도 했지만) 제 본색과 죄상이 다 드러난 뒤에도 배후에 대해선 끝끝내 철벽같은 함구로 형기를 치르고 나온(고문이 혹독했던 만큼 그것을 견뎌낸 형량은 가벼웠지만) 상준의 입을 다시 열게 할 수도 있을 만한 것이었다. 그리고 그렇게 10여 년을 지내온 도섭이었다…… 그 힘으로 상준을 이겨야 하였다. 나아가 기우는 가세를 다시 일으켜 아버지의 오랜 노여움을 풀어드려야 하였다.

다만 아직까진 보란 듯 힘을 휘둘러댈 지위엘 못 오른 게 유감이었지만, 그것은 자신의 능력 탓이기보다 10여 년 동안이나 금의환향을 별러온 길고 긴 기다림의 세월에도 불구하고 그만한 운이 여태 못 따라준 탓이었다. 그런 중에도 기지와 열성으로 유력한 반도 출신 안도 반장의 눈길에 들게 된 건 그나마 흔찮은 행운을 붙잡은 셈이었다. 그리고 그의 그림자로 지내온 지난 3년간의 민첩한 보조 생활 끝에 이번에 비로소 절체절명의 결정적인 기회가 찾아온 것이었다. ……그런 기회를 허투루 흘려보내서는 안 되었다. 그저 책임을 다한다는 정도보다 안도의 그 꼿꼿한 콧수염이 흥분으로 떨리게 할 정도가 되어야 했다.

그러하자면 물론 어려운 난점이 없는 것은 아니었다. 본 공작의 최종 단계와 목적 같은 것은 그도 어느 정도까지 짐작할 수 있었다. 그간 안도가 취급해온 사건들에 비추어, 그것은 대개 조선 반도의 독립이나 공산주의 운동 같은 불온사상 관련 음모(큰 줄기는 이미 뿌리가 뽑힌 터였지만, 지하로 잠입한 잔당의 준동이 가끔 있었다)가 표적일 것이 분명했다. 몇몇 불온사상 소유자들이 절간 안에 비밀 둥지를 틀고 들었거나, 그걸 거점으로 모종의 활동을 벌이고 있을 가능성이 탐지됐을 수 있었다. 거기까지는 도섭도 대략 심증이 잡혀 있었다. 하지만 더 이상의 추리가 불가능했다. 불온사상 계열이라도 어떤 유의 인물들에 의해 어떤 식의 음모가 진행되고 있는지에 대해선 대강의 윤곽조차 잡을 수가 없었다. 거기서부터는 밀탐 활동의 방향이 애매해질 수밖에 없었다. 그 한 예로(안도 반장이 지시한) 절을 드나드는 사람들의 동태 파악만 하더라도, 가을철 만행으로 절간을 떠돌아다니는 그 잦은 중들의 들고남을 일일이 다 살필 수 없었다. 외사나 객방 사람들은 출입이 비교적 일정한 편이었으나, 그도 광명전 일대에 한해서일 뿐, 본전이나 천불전, 뒷산 골짜기의 암자들에까지는 눈길이 거의 미칠 수 없었다. 하지만 안도는 그런 데 대한 정보는 전혀 한마디도 주지 않고 있었다.

도섭 나름대로의 밀탐 활동의 방향과 범위를 미리 마련할 필요가 있었다. 그의 독자적인 상황 판단을 근거로 잠재 음모의 성질이나 윤곽 따위 공작의 가목표를 설정해두는 것이 필요했다. 그렇게 되면 수상한 면면이나 행동의 용의점들을 가려내기 쉬워지는 등, 밀탐 활동을 한결 능률적으로 수행해나갈 수 있었다.

도섭은 우선 그 가음모의 성질이나 윤곽을 대충 두 방향으로 나누어 그가 앞으로 펴나갈 공작 활동의 방향을 정리했다.

하나는 반도 내 조선인 지하 불온 단체나 그 하부 조직과 연계된 모종의 움직임 '탐지', 혹은 독립운동 자금, 국내 잠입 요인 은닉, 정보 수수 등을 위요한 해외 독립 단체와의 연락 활동망 '탐지 및 차단'. 그리고 두번째는 공산주의(사회주의 포함) 운동 지하 조직 진당들의 잠입 여부와 요인 테러, 군사 시설 파괴 등을 목적으로 한 비밀 연락 활동 '탐지'.

이 두 방향 외에 더 이상의 추정은 현재로선 별반 의미가 없었다. 도섭 자신의 경험에 비추어, 사찰에는 어느 정도 자기 직감이라는 게 유효할 때가 많은데, 거기서 더 이상은 예감이 발동하질 않는 때문이었다. 뿐더러 안도가 맡고 나선 일이라면 그쯤으로 범위가 모두 포괄될 수 있었다. 이를테면 도섭은 그 소영각을 맴도는 음습한 비밀기나 금서 병풍 도난 사건의 심상찮은 미진스러움(절간에선 너무 빨리 회수의 노력을 단념한 채 그 일을 잊어가는 것 같았다)도 그런 맥락 속에 주의를 집중시켜나갈 작정이었다. 그에 대한 그의 내밀스런 관심은 그의 밀탐 활동의 한 실제적인 이행의 과정이기도 하였다. 그 밖에 수상한 낌새나 상황에는 그때그때 요령껏 대응해나가면 될 일이었다.

"요시!"

도섭은 그런 식으로 일단 각오를 새롭게 하였다. 그쯤 활동 방향을 설정해놓은 것만으로도 앞길이 제법 훤히 열려오는 것 같았다. 심사가 꼬인 놈들은 잘 곧이들으려지 않은 모양이었지만, 대본영(大本營)은 아직도 연일 빛나는 승전보를 발표하고 있었다. 전황을 은근히 걱정하는 자들도 있었지만, 전쟁터는 아직도 남태평양 저쪽이었고, 무엇보다 대일본 제국의 황군의 패배란 상상할 수조차도 없는 일이었다. 도섭은 누구보다도 그 물불을 가리지 않는 일인들의 표독스럽고 무모한 용감성과 감상적일 만큼 투철한 애국심을 잘 알고 있었다. 때론 전세가 시원찮을 때도 있다지만 이번 전쟁에서도 최후의 승리는 그 황군의 것이 될 것임도 굳게 믿었다. 그것을 추호라도 의심해야 한다면 조선 청년들을 죽음의 전쟁터로 나가라 할 것인가. 그런데 지금도 조선 반도의 지도급 인사들은 출정 독려 연설로 목이 쉬고 있지 않은가…… 황국은 영원할 것이며, 그는 그 황국의 지혜롭고도 충용스런 신민(臣民)으로 자랑스런 생애를 오래오래 누려갈 것이었다. 뿐이랴. 그동안 잠시 운이 기운 가세도 그로 하여 다시 힘을 얻어 솟아올라 큰소리로 주위를 호령하게 될 것이었다……

공안(公案)의 문(門)

10

뭐니 뭐니 해도 도섭은 윤 처사조차도 흠을 잡을 수 없을 만큼 절간 일에 대해 전심전력을 다했다. 아궁이 불때기와 뒷설거지 따위 정잿간 안의 잔일거리는 물론, 외사 속방 사람들의 뒷바라지 일 일체를 뒷말 듣지 않게(대신 남의 일처럼 도섭의 주위를 얼쩡거리고만 다니는 곽 행자가 자주 뒷소리를 들었다) 잘 단속해나갔다. 더러는 집허당 밖 외사 잔일에도 남는 손을 보탰고, 천불전 종무소나 본전 공양간, 심지어는 집허당 쪽 심부름까지도 윤 처사의 발걸음을 대신할 때가 있었다. 그만큼 윤 처사나 다른 절 사람들의 신실한 미더움을 사게 된 결과였다. 그만큼 주위의 눈길을 비키기가 쉬웠고, 운신이나 행동도 자유로워진 것이었다.

그리하여 도섭은 오래지 않아 광명전과 본원 도량 일대뿐 아니라, 두륜산 구곡 골짜기 골짜기마다에 발길이 미치지 않은 곳이 없게끔 되었다. 정잿간 일에서 틈이 날 때마다 나물 망태기를 메고 숲으로 들어가 여기저기 들어박힌 암자들의 정황을 은밀히 익혀간 것이었다.

윤 처사는 이제 물론 그런 도섭의 방행(放行)을 개의치 않았다. 개의하는 눈치커녕 도량 밖 심부름길까지도 말을 그리 망설이는 빛이 없었다. 하루는 곽 행자 대신 성냥과 향초(여유가 그리 많지 못한 탓인지 절에선 자주 향초를 구해 들이고 있었다)를 사러 읍내까지 심부름을 내보내준 일도 있었다(덕분에 도섭도 제 일용품 몇 가질 장만할 수 있었고, 돌아오는 길에는 화정옥을 들러서 소연과 망외의 재회까지 즐겼었다. 그야 이젠 별로 소용이 될 때가 생길 것 같지 않았지만, 모처럼 손쉬운 기회를 얻은 김에 만약에 대비한 비상 연락 기능만은 점검을 해두는 것도 필요한 일이었으므로).

아쉬운 건 다만 그러저러한 밀탐 활동에도 불구, 아직까진 별로 두드러진 성과를 손아귀에 틀어쥐지 못한 점이랄 수 있었다. 그 뻔질난 산행들에선 거의 곽 행자가 귀띔을 해주었거나 하여 그가 미리 알고 있던 일들을 재차 확인해본 정도뿐이었다. 가람 일대의 산골짜기들에는 남암·북암·진불암들 외에도 숨은 토굴들이 적잖이 산재해 있다는 것, 그 암자나 토굴들마다엔 속 깊은 내력을 캐고 들 수는 없었지만, 밝지 못한 안색이나 조심스런 몸가짐들로 보아 본색이 의심쩍은 위인들이 꽤 숨어 박혀 있다는 것, 그리고 광명전 주변 사람들만이 아니라 다른 암자나 토굴에서들도 예의 도피성 산행이 잦다는 것…… 도섭이 산행에서 확인한 것은 대개 그런 정도의 일들이었다. 그런 중에도 도섭을 적잖이 긴장시킨 것은 별로 이렇다 할 기미가 없는 날도 밝은 낮 시간을 대개 산행으로 보내고 있는 적잖은 밀행꾼들의 동태였다. 윤 처사의 말대로 이젠 금서 병풍 도난 사건이 한 고비를 넘긴 듯 이후 한동안은 아랫동네 '땅개'들의 발길이 뜸해진 채 주위가 제법 조용히 가라앉고 있는데도, 도섭은 그 적막스런 산간에서 얼마나 자주 밀행꾼들과 길을 마주쳤는지 모른다. 그리고 위인들은 그 한결같이 몸에 익은 침묵 속에 그를 전혀 모른 척 길을 비켜 지나가곤 했을 뿐이었다. ……이곳이 숨기고 쫓기는 자들의 소굴임은 분명하되, 위인들이 도대체 무엇을 숨기며 쫓기고 있는지 구체적인 속사연은 알 수가 없었다. 아직은 이자다, 이곳이 분명하다, 점을 찍고 캐볼 만한 확실한 표적을 못 찾고 지내온 셈이었다.

그러던 중 드디어 도섭이 꽤 신경을 곤두세울 일이 한 가지 생겼다. 그것도 바로 집허당을 찾아온 한 객승으로 해서였다.

도섭은 그간 광명전 쪽 집허당이나 소영각들의 동정에도 정탐의 눈길을 게을리하지 않았음이 물론이었다. 뭔가 아무래도 석연찮은 느낌 때문에 기회 있을 때마다 주의를 뻗쳐온 곳이었다. 더욱이 우봉 스님의 거처인 집허당은 이 가람 전체의 윗방 격이었다. 절간을 들고나는 내객들 중에 살펴둘 만한 인물들은 대개 집허당을 찾거나 거쳐가게 되어 있었다. 집허당과 상관없이 들고나는 인물이라면 관심을 둘 일도 없게 마련이었다. 종무소 허락을 얻어 며칠 객방 신세나 지고 가는 돌중 따위들은 아예 눈 밖에 버려두더라도 집허당만 잘 지키면 큰 실수는 없을 양이었다. 그게 도섭이 집허당을 종무소보다 중요시하고, 우봉 스님이 거기 조실로 들어앉아 계신 것을 다행스러워한 이유이기도 하였다. 따라서 그곳은 도섭에게 어떤 작은 기미라도 섣불리 놓치고 지나쳐서는 안 될 곳이었다.

하지만 그마저도 물론 쉬운 일은 아니었다. 발길이 제법 수월해지기는 했어도 그곳은 애초에 도섭 따위로선 무시 출입이 가능한 곳이 아니었다. 특별한 시중거리나 심부름길이 아니면 접근이 여전히 어려운 곳이었다. 어둠 속 밀행이나 심부름 때가 아니고는 가까운 동정을 살피기가 어려웠다. 그 집허당 길이 마침 아래쪽 표충사 정잿간 앞을 지나게 되어 있는 것이나마 다행이랄 수 있을까. 도섭은 그래 대개는 눈길을 멀찌감치 숨긴 채 집허당을 들고나는 위인들의 겉동정만을 조심조심 살펴온 정도였다. 자연히 큰 성과가 나타날 리 없었다. 게다가 우봉은 아침저녁 두 차례의 공양 행보 이외엔 종일토록 거의 두문불출 상태로 선실만 지키고 있어 얼굴 한 번 제대로 볼 기회가 드물었고, 그 노인을 찾아오는 내방객 또한 도섭의 예상보다 발길이 흔찮았다. 그간에 집허당을 다녀간 거라고는 낯익은 종무소 스님들 몇 사람과 절만 하고 되돌아간 객승 서넛이 전부였다. 신경을 써볼 만한 면면들이 아직은 전무한 셈이었다. 집허당이나 소영각 근처는 그런 식으로 그저 그날이 그날처럼 늘상 적막스런 세월만 보내고 있었다.

한데 그러던 어느 날, 그 집허당에 한 가지 썩 예사롭지 않은 일이 스치고 지나갔다. 먼길을 오래 떠돌아다닌 듯 차림새가 남루한 한 중년배의 객승이 집허당의 큰스님을 찾아들었다. 뿐더러 그와 우봉의 입에선 뜻밖에 심상찮은 소리들이 오갔다. 차림이나 거동새로 보아 위인은 분명 대원사의 중이 아니었다. 그리고 속령(俗齡)이나 법랍(法臘)이 많이 뒤져 보이기는 했지만, 우봉과의 방안 대좌가 꽤 길어진 것이나 그가 돌아갈 때 우봉의 흔치 않은 문밖 배웅까지 받은 걸로 보아서 두 사람의 법연만은 많이 깊은 사이임이 분명했다. 게다가 위인은 성미가 꽤 호방한 듯 우봉과의 짧지 않은 대화 가운데에 허물없는 웃음소리가 몇 차례나 흘러나왔다.

도섭은 처음부터 흔치 않은 내방객과 우봉과의 대좌에 꽤 신경이 곤두섰지만, 거기 비해 정작 두 사람의 관계나 면담의 속 내용에까진 소상히 접근해갈 수가 없었다. 두 사람의 목소리가 그리 조심스러운 것이 아니었음에도, 그리고 도섭이 때를 놓치지 않고 외사 쪽 뒷문으로 해서 집허당 앞 접근을 애써 기도했음에도, 어떤 땐 갑자기 이야기의 어조가 가라앉아 들어버린 데다, 애초 종무소에서부터 집허당으로 손을 인도해 온 윤 처사가 그 우봉의 시봉 대신 문 앞을 빈틈없이 지키고 있었기 때문이다. 그 윤 처사의 눈길까지 피하자니 창문조차 없는 선실 벽 뒤에선 뜸뜸이 흘러나오는 말소리의 울림뿐 소상한 내용까진 잘 가려들을 수가 없었다.

그러니까 두 사람 간의 그 심상찮은 발설은 문이 닫힌 선실 안의 대좌에서가 아니라, 이윽고 손 쪽에서 일을 마치고 돌아가려 문을 나왔을 때였다. 그때(때마침 도섭도 윤 처사에게 기척을 들켜 그 결에 아예 빗자루를 비껴들고 집허당 앞뜰로 들어서버리던 참이었다) 배웅차 손을 따라나온 우봉은 얼굴에 웬 은밀스런 성취감 같은 걸 숨기고 있는 표정이었는데, 섬을 내려선 손이 거기서 다시 한 번

하직 인사를 하고 돌아서자, 이번에는 또 웬일로 그 우봉의 얼굴빛
이 새삼 어둡게 흐려지며 한숨기 섞인 한마디를 내뱉는 것이었다.

"그 아이 일로 여러 사람이 번거롭네그려……"

"소승이 번거로울 거야…… 어쨌거나 그 아인 소승이 잘 살펴
단속하겠으니 그 일엔 그만 심려를 놓으십시오. 그럼……"

몸을 돌이켜 세우려던 손의 우봉에 대한 재다짐 투의 응대. 그
러고 나서 묵연스레 발길을 떼어놓기 시작한 손을 향해 우봉의 까
닭 모를 한탄 조가 다시 뒤를 좇고 있었다.

"세상하곤 참…… 제 것도 제대로 지니고 살 수 없는 막된 경우
라니……"

도섭이 두 위인으로부터 제대로 얻어들을 수 있었던 말은 사실
그것이 전부인 셈이었다. 그것도 손이 이야기를 다 끝내고 돌아가
던 참이라 주위의 귀를 그리 개의할 필요가 없는 끝대목 몇 마디 여
담 투 정도였다. 앞뒤가 싹둑 잘려나간 말이고 보니, 듣는 사람에겐
전혀 뜻이 아리송할 수밖에 없는 선문답 식 어절(語節)이었다.

한데도 도섭은 그 한마디 한마디가 뇌수를 사정없이 후벼파고
지나갔다. 우봉은 어떤 아이의 일을 걱정하고 손은 그것을 안심시
키는 소리들인 게 분명했다. 게다가 그게 제가 제 것을 지니고 살
수 없는 막된 경우 때문이라니? 늘상 그의 머릿속에 잠재해온 의
혹증 때문이었을 게다. 도섭은 왠지 거기서 불현듯 전날의 병풍
일이 떠오른 것이었다. 용진 행자와 금서 병풍의 일들이 문답의
빈 곳을 채워온 것이었다. 물론 섣불리 넘겨짚을 일은 아니었다.
그러나 그게 정말로 용진 행자에 관한 일이라면, 녀석은 이미 어

디선가 등을 붙잡혔다는 소리에 다름 아니었다. 뿐더러 그 중년의 떠돌이 돌중이 어디엔가 그를 잡아두고 있다는 소리였다. 그런 식의 해석이 제격일 것이었다. 하지만 도섭은 또 그렇게 믿기엔 납득할 수 없는 점이 한두 가지가 아니었다. 녀석을 붙잡았다면 절간에선 웬일로 녀석에게 치도곤을 안기지 않고 있는 것인가. 커녕은 녀석을 어디엔가 숨겨둔 채 쉬쉬 밀의만을 일삼고 있는 것인가. 그래야 할 이유가 무엇인가. 도섭은 도대체 그럴 만한 이유를 상상해볼 수가 없었다. 녀석의 일로는 전혀 앞뒤 설명이 안 되었다. 그렇다고 그걸 어디에서 다시 확인해볼 데도 없었다. 집허당의 우봉은 말할 것도 없었고, 곽 행자는 이날 일을 아예 구경조차 못한 처지였다. 윤 처사 앞에선 더더욱 섣불리 입을 떼고 나설 일이 못 되었다.

위인은 그때 어쩌면 도섭의 밀탐을 처음부터 빠히 다 알고 있었을 수도 있었다. 알고도 모른 척 기미를 숨긴 채 짐짓 시치밀 떼고 있었을 수 있었다. 종당엔 불쑥 얼굴까지 마주치고서도 오히려 예사인 양 아무 말도 없던 그였다. 이쪽의 느낌이 심상찮은 일일수록 입놀림에 신중을 기해야 할 사람이었다. 위인이 먼저 입을 열기 전에는 섣불리 일을 들추고 나설 수가 없었다.

하고 보면 그건 애초 방향이 잘못 잡힌 허측일 수도 있었다. 하지만 도섭은 그것이 비록 용진 행자의 일이 아니더라도 어떤 밀계에 대한 의혹의 느낌만은 지울 수가 없었다. 아니 그것이 용진이나 금서 병풍과는 무관한 일일수록 위인들이 주고받은 밀계의 뿌리는 의외로 더 깊은 데로 뻗어 있을 수 있었다. 도섭으로선 어느 쪽이라도 그냥 넘길 수 없는 밀탐 활동의 호재(好材)를 만나게 된 셈이었다.

한마디로 도섭은 절간의 속사정이나 윤 처사의 동정에 대해 그런대로 맥을 썩 잘 짚어낸 셈이었다. 특히 그 객승이 우봉을 찾아와 만나고 간 일에 대해서는 윤 처사와 거의 근접한 상상을 하고 있었다. 우봉을 찾아와 모종 밀담을 나누고 간 그 객승은 바로 이웃 장성의 백암사(白岩寺)에 도량을 마련해 지내고 있는 우암의 오랜 수하로, 전에도 한두 차례 이곳까지 은사 스님을 찾아뵈러 오간 일이 있어 윤 처사도 많이 눈에 익은 손님이었다. 그런데 윤 처사는 예의 금서 병풍 일을 두고 전부터 막연히 그 백암사 쪽을 떠올리곤 한 일이 있었는데 그의 돌연스런 발길을 맞고 나자 새삼 어떤 상상이 확연해진 것이었다. 그 '아이'나, 제대로 지닐 수 없는 그 '제 것'에 대한 그의 짐작이 틀림이 없다면, 서화는 도난을 당한 게 아니라 우봉이 용진에게 지녀 그 백암사로 보낸 것이 사실이기가 쉬웠다. 그런데 거기 어떤 말썽거리가 생겨 스님이 직접 이곳까지 먼 걸음을 하게 된 것인가. 윤 처사도 두 사람간의 밀담을 가까이 들을 수 없어 자세한 속사정까진 알 수가 없었지만 손님이 돌아갈 때의 우봉의 배웅 인사에서 그 서화의 행방이나 용진 행자의 소재가 거의 확실해진 느낌이었다. 뿐더러 손님이 돌아간 뒤에는 우봉도 굳이 그걸 부인하려지 않았다.

"제 잘못이 큰 줄은 압니다만 아깐 그 위인이 귀를 잔뜩 곤두세우고 주위를 맴돌고 있는 줄 아시면서 큰스님께선 어쩐지 좀 목소리를 부러 높이고 계신 것 같았습니다요. 그나저나 용진 행자는 별일 없답니까······"

손님이 찾아온 곡절까지는 차마 묻지를 못하고 그 헤픈 목소리를 핑계 삼아 넘겨짚은 소리에 우봉은 시인도 부인도 아닌 아리송한 웃음 속에,

"위인이 그저 비쭉비쭉 귀를 기웃거리고 다니는데, 그쯤 궁금증을 풀어줘야질 않겠더냐. 위인이 한참 어리둥절 헛궁리를 일삼게될 계젠즉슨."

도섭의 주의를 유인하고 싶어 짐짓 목소리를 흘렸노라는 식이었다. 그리고는 무엇에 근거를 둔 소린지,

"이 전쟁도 그리 오래가진 못할레라. 그때까지 주변을 잘 단속해나갈 일이다······"

윤 처사로서는 전혀 상상조차 못 해본 소리를 혼잣소리처럼 흘린 끝에 그의 행동과 마음가짐을 한번 더 단속해왔다. 우봉으로선그 서화 일 이외에 절골 일의 안전을 도모해나가기 위한 또 다른숨은 목적이 있었음을 말함이었다. 윤 처사는 그 일에 대한 주의나 경계 또한 그만큼 신중하고 철저해야만 하였다. 더욱이 이즘들어 도섭의 암약은 이만저만 활발해지고 있는 낌새가 아니었다. 주위 사람들에 대한 까닭 없는 관심이나 남의 외사·객방·선방들엿보기는 고사하고 근자엔 어디론지 비밀 첩신을 내보내는가 하면바깥사람과 직접 밀통을 주고받는 낌새마저 역력했다. 큰스님과손님과의 밀담 시에 위인이 근처를 배회하고 있었던 것도 전혀 우연일 수가 없었다. 우봉도 이미 그런 낌새를 알아차리고 도섭의주의를 오히려 그쪽으로 이끄는 낌새였지만, 위인은 아닌 게 아니

라 그 서화 일 이외에 또 다른 목적이 있는 것 같았다. 그 눈길이 이제는 김 처사나 광명전의 영정각 가까이까지 미쳐가는 중이었다. 게다가 위인은 이제 그 우봉의 발설로 하여 금서 병풍 일에 어떤 위계의 기미를 느끼고 이쪽을 의심하고 들 가능성마저 농후했다. 그가 아직 실제로 어떤 행동을 취하고 나서지 않는 것이 이상스러울 정도였다.

하지만 다행스런 것은 이쪽에서도 미리 위인의 본색을 알고 있다는 점이었다. 그것으로 윤 처사는 위인의 내심이나 흉중을 미리 짚어낼 수 있을 뿐 아니라, 필요할 때는 그것을 차단하고 역이용할 수도 있었다. 우봉이 그 헤픈 소리를 흘려 위인의 주의를 흐트려놓은 것도 바로 그런 대응책의 하나일 터였다. 그리고 그런 뜻에서 위인의 암약상은 아직 더 활발해져야 할 필요도 있었다. 윤 처사는 결국 그런 식으로 계속 위인의 고삐를 놓아둔 채 멀찌감치서 작자의 동태를 살펴나갔다.

하지만 도섭은 아직 거기까지는 절간 사정이나 윤 처사의 속을 다 짚어내지 못하고 있었다. 아니, 그가 그런 걸 어느 정도 감지했더라도 당분간은 그대로 심중에 염량(炎凉)해두지 않으면 안 되었다. 바로 이날 밤 외사채 쪽에서 또 다른 밀의를 목도한 때문이었다.

11

그날 저녁 도섭들이 정잿간 설거지를 거의 끝내가고 있을 즈음이었다.

"오늘 밤엔 좀 시간이 늦더라도 두 사람이 외사 사람들 시중을 들어줘야겠어요. 거기 한 사람 생일 추렴이 있나 본데, 나는 따로 이 좀 가볼 데가 있어서요."

윤 처사가 도섭과 곽 행자를 한데 묶어 불쑥 일러왔다. 하고 나서 그는 전에 없이 일찌감치 자리를 비켜 나가버렸다.

"일부러 자리를 피해주는 거라요. 심부름도 심부름이지만, 생각 있으면 우리도 알아서 한데 끼어 놀라구요."

윤 처사의 발소리가 바깥 어둠 속으로 사라지기 무섭게 곽 행자가 희희낙락 기다려온 일이듯 귀띔해왔다.

"누군가 윤 처사님한티 부탁을 했을 거라요. 생일 추렴 잔치를 좀 보살펴달라구요. 그치만 윤 처사님은 아는 척하실 수가 없는 일이걸랑요. 그건 어디까지나 비공식인 데다가, 명색이 생일 추렴이니 어디서 술되라도 구해 들여왔기 십상일 테니 말예요. 어쩌면 날고기도 한두 근쯤 마련해놨을지 모르구요. 절간 부엌 칸에서 술 안주 만들고 생고기 삶는 거 아는 척할 수는 없는 거 아니에요. 헌다고 아침저녁 공양마저 형편이 없는 판에 그걸 못하게 말리고 나설 수도 없는 일이구요."

실인즉, 지금까지 속방 사람들 가운데선 그런 식으로 서로 간에 생일 추렴을 마련해 먹는 게 상례가 되어오고 있었다. 형편에 따라서 당사자가 한턱을 내는 때도 있었고, 당자의 사정이 여의치 못할 땐 주위에서 미리 알고 푼돈들을 거둬 모아 나름대로 조촐한 축연을 벌이기도 해왔다고. 그리고 그 같은 추렴 음식 자리엔 으레껏 정잿간의 뒷시중이 따르게 마련이라고. 이날 밤도 바로 그런 은밀스런 회식의 기회가 온 것이었다.

얼핏 생각하면 그지없이 당연하고 인정 넘친 행사였다. 격절스런 산중 생활에 너나없이 말 못할 사정들은 있다지만, 그런 때를 기회 삼아 서로 간에 하룻밤쯤 막힌 심회들을 트고 싶을 수도 있었다. 윤 처사가 짐짓 자리를 비켜준 것도 그런 점을 감안한 처사일 터이었다.

하지만 도섭은 그런 모임이 이뤄지고 있는 사실 자체에 우선 신경이 꿈틀댔다. 개인사엔 서로 관심을 갖는 것조차 금기로 되어 있다던가. 겉으론 우정 그러는 척 지내면서(조석 공양 때 정잿간을 함께 들어서서도, 그리고 서로 간에 상을 마주하고 앉아서도 겉으론 제법 그렇게 말수들이 뜸했다) 뒤에서들은 서로 생일잔치까지 나누고 지낸다? 거기까진 미처 짐작을 못한 사실이었다. 도섭은 뭔가 자신이 사정을 잘못 판단해온 것이 아닌가, 속으로 은근히 의구심마저 일었다.

하지만 그로선 되어가는 양을 잠자코 지켜보는 수밖에 없었다. 외사 쪽 뒷사정을 살피기에는 오히려 자연스러운 기회가 될 수도 있기 때문이었다.

그런데 알고 보니, 이날 밤 생일 추렴은 도섭이 상상한 것보다 자리가 훨씬 풍성하고 요란스러웠다. 그것은 소홀찮은 추렴 음식 마련에도 그랬고, 도섭이 처음 대한 속방 사람들의 축하나 뒷자리 어울림의 방식에서도 그랬다.

어쨌거나 이날 밤의 생일 추렴 잔치는 윤 처사가 사라지고부터 곧 뒷준비가 시작됐다. 오래지 않아 만학도 지상억이 어둠 속으로 정쟀간을 찾아 나타났고, 그 일에 미리 귀띔을 건네놓은 사람답게 곽 행자에게 익숙하게 부탁을 해왔다.

"이거 알아서 안줏거리 좀 만들어주시라구…… 오늘이 허 여사 귀빠진 날이라고 한턱을 낸다니까……"

그러고는 그새 어디서 구해왔는지, 털을 뽑고 대강 칼질을 한 닭 한 마리에, 근자에 들어선 돈을 주고도 구경하기조차 힘든 밀국수 몇 다발과 물컹한 두부모들이 한데 뒤섞인 큼지막한 종이 봉지 하나를 안겨주고 돌아갔다. 허 여사라면 물론 그 객방에 한 사람뿐인 전직 여교사를 가리킴이었다. 평소에 그처럼 새촘해 보이던 그녀까지 따르고 있는 일이라면 생일 추렴 모임은 이곳에선 과연 예외가 인정되지 않은 관행임이 분명했다. 게다가 상억이 놓고 간 물건들은 보나 마나 그녀에게서 미리 돈을 털어내어 누군가가 마을까지 산을 내려가 이리저리 힘들여 구해온 것일 거라는 (곽 행자의) 추측이었다. 구해들인 지가 좀 오래였거나, 간수를 그리 잘하지 못했거나 두부 모는 약간 시척지근할 정도로 물이 상해 있었지만, 이런 때 그만한 물목들을 마련해 들일 만한 여유라면 그 후견인의 처지나 실력도 대강은 짐작할 만한 것이었다. 곽 행자의 귀띔으로, 그쯤 귀한 물건들을 마련해 들였다면 본원 공양간에도 스님들을 위해 삼소공양(三笑供養, 두부·국수·떡 세 가지로 중들도 반가워 웃는다는 뜻에서 나온 말)쯤 올렸으리라는 것이었다.

— 얌전한 개가 부뚜막에 먼저 오른다더니, 눈앞의 사람조차 모른 척 새침을 떨어대던 여자까지 이렇듯 생일 턱을 베풀고 지낸다? 저들이 안으론 그렇듯 끼리끼리 어울려온 처지들이었단 말인가. 도섭은 내심 어떤 고까운 배신감마저 치솟아 올랐다.

하지만 우선은 음식 준비가 급선무였다. 도섭이 그런저런 의혹 속에 혼자 기분이 달아 있는 동안 곽 행자는 이미 일손을 익숙하게 움직여나갔다. 닭고기와 두부는 칼질을 넣어 전골을 만들고, 고구마볶음과 도라지무침 등 다른 나물거리도 몇 접시 더 버무렸다. 은밀스럽고 신속한 솜씨였다. 모처럼 신바람이 난 그 곽 행자의 손길 앞에 도섭은 실상 별 할 일이 없었다. 그렇다고 그저 남의 일처럼 바라보고만 앉아 있을 수도 없는 일. 함께 손을 거들고 나서는 척이라도 해야 했다. 그는 곽 행자가 찾아 시키는 대로 아궁이 불을 돌보거나 어둠 속에 어정버정 잔심부름이나 거들면서 그냥저냥 어중간한 시간을 기다렸다(어간에도 그놈의 육물 닮는 냄새는 사람 속을 그리 주책없게 만드는지). 하다 보니 그 정잿간 음식일은 하루를 마감하는 본전 쪽의 범종 소리가 울려 퍼질 때쯤 해서야 대충 다 끝이 났다. 취침을 알리는 그 범종 소리가 울리고 나자 곽 행자는 마지막으로 국수 타래를 삶아내어 한 양푼에 퍼 담았고, 둘이는 이어 그것들을 외사채로 차려 들고 올라갔다.

회식은 이날의 주인공 격인 여자의 방에서가 아니라, 음식 일을 부탁하고 간 외사 쪽 지상억의 외진 방에서였다. 상이 들어갈 때

방 안에는 이미 속방 기식객이 여남은 가까이나 모여 앉아 있었다. 일부는 무슨 잔칫집에라도 찾아온 양 한쪽에서 열나게 화투판을 벌이고 있었고, 일부는 독한 담배 연기 속에 두런두런 잡담들을 나누고 있었다. 뒷골 암자의 양환쟁이까지 두루 다 모여든 마당에 정작 모임의 주인공 격인 여자만이 아직 모습이 안 보였다. 아마도 여자는 그 한턱으로 미리 불참의 양해를 구해둔 모양이었다. 음식상이 들어가는데도 누구 한 사람 그녀를 찾거나 부르러 보낼 기미가 없었다.

"자자, 반가운 배뱅이가 왔어요. 이젠 모두들 딴 짓거리 걷어치우고 자리들을 잡읍시다."

상을 본 지상억이 여자의 불참엔 아랑곳을 않은 채 다른 사람들만 부산하게 재촉하고 나섰다. 화투패들이나 잡담패들이 그 상억의 다그침에 제각기 상 둘레로 자리를 잡아 앉았다. 주인공의 불참은 아예 기정사실로 해둔 채 회식 잔치는 그런 식으로 순전히 손들만의 일방적인 행사로 시작됐다.

곽 행자가 미리 짐작했던 대로 좌중엔 먼저 술병이 나타났다. 자리가 대충 정돈이 되고 나자 상억이 얼른 다시 몸을 일으켜 선반 위의 비루병 두 개를 꺼내 왔다. 그 병에서 흘러나온 것은 맥주가 아닌 밀조 소주였다. 소주에다 겨우 몇 시간 전에서야 더덕 뿌리한 꼭지씩을 담가놓은 것이었다.

"혼자서 두고두고 따라 잡수시려다 뒷돈 내준 허 여사 눈치가 보여서 이대로 그냥 고이 내놓은 겁니다. 더덕 뿌리는 밤일에 좋다길래 제가 아까 따로 구해다 넣어둔 것이니 그런 줄들이나 알아주시구. 우리야 그저 스님들 신세 한가지지만, 이런 데서도 혹시 수를 내는 도사가 계실 수도 있는 것 아닙니까."

곽 행자가 미리 알아 덧얹어온 네댓 개의 사기 접시들을 채워가며 상억이 어딘지 좀 실없어 보이는 너스레를 떨어댔다. 그런 상억의 실없는 너스레로 좌중은 바야흐로 분위기가 서서히 어우러져 가기 시작했다. 마지막에 상억이 이런 데서도 수를 내는 도사 어쩌고 한 것은 양환쟁이 방 씨와 그 여자 사이의 심상찮은 소문을 두고 한 소리가 분명했는데, 다른 사람들도 이내 그 뜻을 알아듣고는 한바탕 허물없는 웃음소리가 터져 나온 것이다. 하지만 정작 웃음의 표적이 되고 있는 싱겁이 환쟁이는 거기서도 오히려 한술 더 뜨고 나왔다.

"자, 그럼 우선 우리부터 먼저! 오늘 이 술은 허 여사가 낸 거라니, 그 여자가 몽매에도 기다릴 한양 소식의 조속한 당도를 위하여!"

준비한 잔들에 술이 채워지고 나자 그가 웃지도 않고 먼저 건배까지 제의하고 나선 것이다. 그러는 덴 그를 더 곯리고 들 수 없다는 듯 잔을 차지한 다른 사람들도 이내,

"늙은 견우와 젊은 직녀의 조속한 상봉을 위하여!"

"그때까지 그녀의 몸공양 발심이 용솟기를 기대하며!"

제각기 한마디씩 실없는 말공양과 함께 순식간에 잔들을 비워냈다. 그리고 나선 다시 그 술잔이 다음 사람들로 건네지는 식으로 회식의 분위기는 차츰 흥이 익어갔다. 나중엔 상억이 그간의 거동새나 나이로 보아서 무방하다 싶었던지, 문밖 심부름으로 아직 마

루 앞을 얼쩡거리고 있는 도섭에게까지 술 한잔을 따라 들고 와서
는,

"자, 우리 남 처사님도 한잔. 누구보다 아직 세상의 술맛을 못
잊고 계실 텐데 오늘 밤 또 이런 수고까지 해주시니……"

망외의 친절을 베풀어오는 것이었다.

도섭에게도 결국은 이날 밤의 회식에 그런 문밖 참례나마 기회
가 주어진 셈이었다.

하지만 그렇게 좌중의 분위기가 무르익어갈수록 도섭은 사실 더
주의가 곤두설 수밖에 없었다. 겉보기와는 딴판으로 은밀스런 모
임인 데다, 술에 육물 안줏거리까지 마련했을 정도라면 보통 우의
와 결속력이 아니었다. 그런 걸 스스로 구해 들였다면 아랫동네에
도 그만한 내왕이 있었음이었다. 뿐만이 아니었다. 술과 안줏거리
가 바닥이 나자 일부는 화투판을 벌이고 앉아 실없는 객담들을 주
고받고 있었는데, 그 수작들이 또한 보통 예사롭지가 않았다.

"지 형은 하러 온 공부는 안 하고 주야로 화투장만 연구하고 있
는 거 아니오? 어떻게 그리 늘 손바닥에서 꽃패만 만들어내는 식
이지?"

"허긴 이것도 공부는 공부지요. 그래 이 공부를 끝내고 나면 내
발로 산을 좀 내려가볼까 궁리 중이에요. 긴 수염 기르고 화투 도사
로 만주든 남양이든 화투판을 한바탕 휩쓸러 말입니다, 하하……"

공부를 하러 들어왔다는 지상억과 그의 상대 간에 상억의 학병
기피 사실을 빗대 하는 농담이었다. 혹은 상억이 모처럼 여러 사
람과 자리를 함께한 박춘구를 향해 이런 공박을 해대기도 하였다.

"박 선생님, 오늘 밤 약값깨나 버시겠는데요. 그런데 이건 머리 놀음하고 손노동이 반반씩이니 무슨 좌지들 생산 활동이라고 할까요, 하하."

도섭의 짐작에 이번엔 박춘구의 위장(僞裝) 병세와 사상적 편향을 꼬집은 소리 같았다.

긴말 제하고 상대방의 위태로운 비밀까지 실없는 농거리로 삼고 있는 위인들은 그 속에 도섭이 짐작조차 못해온 깊은 신뢰감들을 즐기고 있는 식이었다. 위인들끼리는 그만큼 한통속으로 놀고 있는 증거였다. 한통속이면서도 겉거동으로는 남의 눈을 속이고 있다면, 무언가에 마음을 함께하고 있는 공범공생의 무리들임이 분명했다. 도섭의 본색을 아직 눈치채지 못했거나 그의 존재를 그만큼 대수롭잖게 여긴 탓일 터였다. 게다가 작자들은 서로 간의 믿음 외에 신분의 위장에 절대적으로 필요한 재력의 여유까지 갖추고 있는 낌새였다. 여자의 생일을 빙자한 산중 회식은(곤핍한 물자난과 절간 처지에 비추어) 말할 것도 없거니와, 이날 밤의 화투판도 그저 빈손 놀음의 외상 장난질이 아니었다. 위인들은 제법 이력이 난 꾼들답게 각기 무릎 밑에 상당액의 푼돈들을 깔고 앉아 있었다. 산골 절간에선 아무나 쉽지 않은 주머닛돈들이었다. 그쯤 여유가 없는 사람들로선 절간을 찾아들 수도 없었겠지만, 어쨌든 위인들의 신분 위장엔 그것도 좋이 한몫을 하고 있음이 분명했다.

한마디로 이곳이 신분을 숨긴 도망꾼들의 알뜰한 소굴임이 다시 한 번 똑똑히 확인된 셈이었다. 한데다 마침낸 그 싱겁이 양환쟁이까지 변소길을 다녀오다 아직도 그냥 문밖에 어정대고 있는 도섭을 보고는 취중 시비조의 막소리를 건네왔을 때, 도섭은 위인들 간의 그 보이지 않는 유대가 어느 정도인가를 재삼 헤아릴 수 있었다.

"그래, 남 처사 당신은 세상에서 어떤 몹쓸 짓을 저질렀길래 이런 산속까지 쫓겨 들어온 거요?"

등 뒤에서 날아온 갑작스런 시비투에 도섭이 급한 대로 그 공사 판 일을 떠올리며 잠시 대꾸를 망설이던 참이었다. 도섭이 뭐라는 위인은 들을 필요가 없다는 듯 지레 손을 홰홰 내저으며,

"아니, 아니…… 거짓말을 하려고 그렇게 망설이지 말고 진짜 사연 말이오. 당신이 정말로 이곳꺼정 쫓기게 된 진짜 사정…… 허긴 처사님은 아직 함부로 사람을 믿어선 안 되는 신입자 처지니…… 허면 그만둬요. 들으나 마나 내 그래도 다 이핼 하니까……"

멋대로 혼자 넘겨짚고 나서는 도섭을 더 기다리지도 않고 휘적휘적 방 안으로 끼어들어가고 마는 것이었다.

하지만 이곳이 수상한 도피자들의 알뜰한 소굴인 거나 위인들의 사이가 겉행동과는 반대로 한무리 한통속으로 지내고 있는 기미들은 도섭도 이미 대강의 낌새를 알고 있던 일이었다. 그래 그건 그다지 놀라운 사실도 아니었다. 보다 놀랍고 중요한 사실은 이 시국의 추이에 대한 위인들의 불온막급한 추측과 무모하기 짝이 없는 입놀림들이었다.

그것은 그러나 그 술판에 이어 다시 화투판까지 벌어진 상억의 어수선한 방에서가 아니었다.

밤이 좀더 깊어지고 화투판도 거진 끝나갈 즈음이었다. 상 설거

176

지를 위해 도섭이 곽 행자와 외사·정잿간 사이를 번갈아 오르내리다 보니, 언제부턴지 그 화투판에서 상억과 박춘구 두 사람의 모습이 사라지고 없었다. 도섭은 왠지 그 두 사람이 함께 자리를 비우고 없는 것(상억은 바로 자신의 방을 비운 셈이었다)에 마음이 쓰여와 혹시나 하는 생각으로 외사채의 맨 끝 박춘구의 거처 쪽 기미를 살피러 돌아갔다. 둘은 과연 도섭의 예감대로였다. 두 사람은 먼저 자리를 빠져나와 거기서 새판잡이 밀담을 나누고 있었다. 게다가 그 속삭이듯 나지막한 방 안 목소리에 발소리를 죽여가며 가까이 다가가보니, 두 사람의 밀담은 그가 들은 첫 대목부터 도섭을 소스라치게 하고 남을 만한 것이었다.

"……일본군이 우리 예상보다도 더 형편없이 밀리고 있는 모양일세…… 만주의 관동군도 껍데기만 남기고 알맹이는 모두 남양 방면으로 빼돌렸다는군. 그런데도 미구엔 오키나와까지가 위태로울 지경이구……"

"하지만 일본군이 그렇게 쉽사리야 무너지고 말라구요. 설사 오키나와까지 빼앗긴다 치더라도 본토 결전이 남아 있지 않아요. 본토 결전엔 그야말로 결사적일 텐데요……"

"전쟁이란 정신력도 중요하지만 종국엔 경제력과 과학기술의 싸움이니까. 콩깻묵이나 수수떡도 모자라는 판국에 맨손으로 어떻게 미국을 이길 수 있나. 관솔 기름으로 자살 특공 비행기를 몰고 가서? 숟가락 짝이나 솥단지를 녹여 만든 대검을 들고서 도스케키나 다이아다리 옥쇄 전술 따위로? 어림없는 일이지. 더군다나 이제 미국은……"

밀담은 나이가 낮은 지상억이 묻고, 박춘구가 거기 대해 설명을 해나가는 식이었다. 둘은 이전부터 자주 그런 식의 시국 정보를 나눠오고 있었던 듯, 그리고 이날 밤도 거기 이미 상당히 열을 받고 있었던 듯 밀청자의 접근 따윈 전혀 눈치를 못 챈 채, 도섭으로선 감히 상상조차 못해왔고 그래 뭐가 뭔지 잘 알아들을 수도 없는 사실들을 서슴없이 술술 내뱉고 있었다.

"미국은 이제 조만간 구라파 쪽 부담을 덜게 될 테니까 선력을 오직 태평양 쪽에다 기울일 수 있게 될 거거든. 이제 그 미국의 힘이 일본을 본격적으로 밀어붙이기 시작해봐. 벌써 동경에까지 미군 B-29기가 날아들고 있다지 않은가. 애초에 일본이 미국의 저력을 잘못 판단한 거지."

이번엔 아예 단정을 하고 나서는 박춘구의 목소리. 위인들의 그 한마디 한마디가 자신의 심장을 꿰뚫고 지나가는 듯한 심한 충격을 느끼며 도섭은 잠시 오도 가도 못하고 그 자리에 그냥 발이 붙어 선 채 한동안 더 이야기에 귀를 기울이고 있었다.

"그렇다면…… 일본이 정말로 손을 들게 된다면 우리 조선은 어떻게 될까요? 연합국이 정말로 조선의 독립을 실현시켜줄까요?"

"그건 작년에 카이로 선언에서 약속한 일이라니까…… 지나 땅에 아직 우리 임시 정부가 활약 중이라니 거기서도 어떤 대비가 있을 테구. 문제는 이제 일본의 패망보다 우리가 그때를 어떻게 대비해 맞느냐가 문제겠지."

"……그렇게 되면 학병으로 끌려나가 일본군으로 싸운 우리 조선 청년들의 처지는 어떻게 될까요? 학병을 나가라 권고 강연차

돌아다닌 조선의 지도급 인사들은…… 그 사람들은 설마 사태가 이렇게 되어갈 걸 모르고 그랬을까요?"

"강제로 끌려간 학병들이야 우리 역사의 슬픈 희생자들이지. 하지만 민족과 역사를 배반한 자들은 가혹한 심판이 내려져야 하겠지. 그자들의 안목이 어두웠던 건 가엾지만, 동족을 배반한 죄과에는 어김없이 값을 치러야 할 테니까…… 어쨌든 이제 그 심판의 날은 멀지가 않았을걸세. 그런 뜻에서 우리도 그냥 이런 식으로 앉아 기다릴 수만은 없는 일이구…… 아까도 말했지만, 우리도 그날에 대한 나름대로의 대비가 있어야 할 테니까. 글쎄, 우리도 이 땅의 백성이라면 제 나라의 해방을 앉아서 기다릴 수만은 없는 노릇 아닌가……"

박춘구는 거기서 뭔가 혼자 생각에 잠겨든 듯 한동안 묵묵히 말을 끊고 있었다. 술렁술렁 농담이나 흘리고 다니던 평소의 호인형과는 목소리가 전혀 달라진 지상억도 그쯤 박춘구의 침묵 앞에선 더 이상의 물음을 삼가고 있는 기미였다. 한순간 도섭은 자신의 기척을 들킨 것이 아닌가, 혼자 불안스레 의심을 하기도 하였다 (하더라도 이따금 어둠 속을 저 혼자 소스락대고 지나가는 밤바람 소리 이외에 기댈 곳이 전혀 없어진 도섭으로선 그 텅 빈 위인들의 침묵의 함정에 발이 묶여 하릴없이 시간만 기다리고 있어야 했지만). 하지만 침묵의 원인은 역시 그게 아니었다. 혹여 시골의 원두막지기 영감이 밤서리꾼을 쫓기 위해 잠결에 한 파수씩 인기척을 내보이듯 일상적인 경계의 버릇 탓일 수는 있었어도, 적어도 문밖으로 도섭의 기미를 알아차린 때문은 아닌 것 같았다. 보다도 그건 어떤 깊고 무거운 사념이 빚어낸 침묵과 침잠의 시간 쪽에 가까웠다.

"우리가 이렇게만 지낼 수 없는 건 어쨌든 확실한 일 같아. 그런 뜻에서 오늘 밤 같은 일은 퍽 부끄러운 데가 없지 않구…… 오늘 밤 같은 잔치 놀음은 사실……"

침묵 끝에 이윽고 박춘구가 다시 천천히 입을 열기 시작했다. 이번에는 바로 이날 밤 일 자체를 거론하기 시작한 것이다.

하지만 도섭은 그쯤에서 그만 조용히 방문 앞을 물러났다. 화제가 좀 가벼운 쪽으로 옮겨진 탓인지 이번에는 그 어조가 아까보다 훨씬 풀어진 듯싶은 데다, 때마침 반대쪽 잔칫방 쪽에서 왁자지껄 소란이 일고 있었기 때문이다. 생각 같아선 아직 좀더 돌아가는 낌새를 살펴두고 싶기도 했지만, 소란이 가라앉고 주위가 다시 조용해지고 나면 자리를 빠져나가기가 갈수록 힘들 것 같았다. 잔칫방 화투판이 언제 파장이 날지도 몰랐다. 아니 그보다도 더 이상 그러고 귀를 주고 있다가는 자신을 가누기가 아예 어려워질 것 같기도 했다.

도대체 어디서 어떻게 주워들은 개소리들인지 몰랐다. 돌아가는 눈치로 보아 전황이 전날처럼 시원스럽지 못하다는 것은 도섭도 대략 짐작을 해온 일이었다. 하지만 지상억 자신의 말마따나 대일본 제국의 막강한 황군이 그토록 호락호락 무너질 군대던가. 수많은 조선의 지도급 인사들이 정녕 그걸 모르고 학병 출정을 외쳐댔을 것인가. 필경은 간특한 지하 사상 단체나 불령선인들이 은밀히 지어 퍼뜨린 반시대적 유언비어의 횡행상에 다름 아닐 터였다. 그것이 만에 하나 사실이라 하더라도 그의 운명은 이미 대부분의 평균적인 반도인들 한가지로 다른 선택이 불가능한 처지였다. 위인들은 어디에서 그따위 위험한 유언비어를 주워들은 것인가. 지금이 어떤 위중한 시국인데, 그걸 믿고 함부로 입들을 나불대고 있는 것인가. 지금이야말로 바로 전 황국 신민이 총후(銃後)의 진충으로 전선의 사기를 북돋워줘야 할 마당에, 카이론지 가원지가 무슨 놈의 조선의 독립을 약속했노라고? 귀축미영(鬼畜米英)이 대체 언제 어디서 그따위 약속을 했으며, 오래전에 이미 황국 천지가 되어버린 지나 땅 어디에 조선의 임시 정부가 남아 있을 거란 소린가. 게다가 조만간 일본이 패망하고 조선이 해방을 맞게 될 날에 대비해 제놈들도 뭔가를 서둘러야겠다니, 잠꼬대도 이만저만 험한 놈들이 아니었다.

도섭은 처음 놀라움과 충격으로 몸이 얼어붙었다가는 시간이 흐름에 따라 위인들이 차라리 어리석고 무모하다는 생각마저 들었다. 그리고 마침내는 위인들의 불온성에 치가 떨리고 분노가 치밀었다. 그야 어찌 보면 위인들은 아직 그저 제 잘난 체나 얼굴치레의 허장성세뿐, 정작에 어떤 불온 조직에 끼어들어 실제의 행동을 도모해나갈 가능성은 희박했다. 하더라도 그 불온성과 위험한 밀의의 가능성은 그런 언동만으로도 충분히 뒷받침이 되고 있었다. 도섭은 당장에 녀석들의 덜미를 틀어쥐고 산을 내려가고 싶은 충동이 들끓었다.

하지만 그건 역시 아직 때가 아니었다. 뒷일을 위해선 그만 충동쯤은 눌러 참아야 하였다. 그게 설령 본 임무와 상관이 되고 있는 일이더라도 그럴수록 더 신중하게 배후를 캐보아야 했다. 위인들이 그것을 알고 있든 아니든 뒤에 숨은 밀통선의 윤곽이나 움직임에 참을성을 가지고 대처해나가야 하였다.

하지만 그도 역시 한때의 생각일 뿐이었다. 도섭은 일단 자리를 비켜오고 나서도 마음이 좀처럼 가라앉질 않았다. 이야기가 중도에서 가로막힌 격이어서 발길이 자꾸 다시 그쪽으로 이끌렸다. 그걸 참으며 설거지를 끝내는 동안 화투패들도 모두 제 방으로 돌아갔다. 방주인인 상억은 아직도 돌아오지 않은 채였다. 이윽고 곽행자마저 제 잠자리를 찾아가고 나니 아쉬운 생각들이 더 못 견디게 꼬리를 물었다. 위인들은 분명 여태도 밀담을 계속 중이렷다? 그렇다면 지금쯤은 그 밀통선의 윤곽이 떠오르고 있는 게 아닐까. 모처럼의 호기를 내가 뜻없이 흘려보내고 있는 건 아닐까. 보다도 단둘이서 그 같은 정보를 나누고 있는 위인들의 진짜 뒷관계는……? 도섭은 윤 처사가 여태 잠자리를 찾아들지 않고 있는 사실마저도 이날따라 자꾸 우연찮은 호기로만 여겨지고 있었다.

도섭은 결국 뒤늦게나마 다시 살금살금 괭이 걸음으로 정잿간을 나서게끔 되었다. 변소길을 지나 외사채께로 올라가니 짐작대로 숙사 끝 박춘구의 방 창문에 불빛이 아직 희미하게 살아 있었다. 도섭은 이번엔 곧바로 가지 않고 외사길을 한껏 멀찌감치 돌아서 뒤꼍 창문께로 조심스레 다가갔다. 그러자 이윽고 그 조그만 창문 너머로 도란도란 말소리가 들려 나오기 시작했다.

"……숨어 산다는 건 어쨌든 사람을 몹시 저열하고 무기력하게 만들어…… 바로 지금 우리들이 그 표본인 셈이지……"

얼핏 듣기에 두 사람은 이미 화제가 아깟번과는 한참이나 다른 데로 옮겨가 있는 것 같았다. 하지만 좀더 자세히 들어보니 밀담은 여태도 그 조선 해방 대비론의 연장선 위에서 맴돌고 있었다. 이번에는 추상적인 각오들에 앞서서 자기반성과 공박 쪽으로 논의의 초점이 옮겨졌을 뿐이었다. 그만큼 이야기에 몰입한 탓인지 위인들은 목소리가 더 작고 낮아진 대신 어조는 훨씬 더 진지하고 가팔랐다.

"하지만 박 선생님도 아깐 우리와 자리를 함께하고 있지 않았습니까?"

역시 나지막하게 깔린 목소리면서도 만만찮은 데가 느껴지는 지상억의 변명기 어린 뒷추궁. 이번에도 상억은 주로 묻기만 하고 박춘구는 계속 설명을 맡는 쪽이었는데, 그에 대한 박춘구의 다음번 대꾸는 차라리 어떤 자탄에라도 가까운 것이었다.

"내가 거기 낀 건 그걸 원했거나 즐거워서가 아니었지. 거기서 내가 함께 히히덕거린 건 저열하고 무기력하기 짝이 없는 자신의 현실을 스스로 확인하고 싶어서였던 셈이지. 나 자신 여기서 얼마나 비겁하고 부도덕한 순응주의에 물들어 있는가를 보고 싶어 말일세. 숨어 쫓기는 건 역시 더러운 순응주의밖에 익혀주는 것이 없거든."

순응주의 운운에 대해선 그 뜻을 확연히 알아들을 수가 없었지만, 자탄 투가 역연한 그의 변명 속엔 이날의 모임에 대한 노골적인 공박기가 담겨 있었다. 제 잘난 체에서든지 진심에서든지, 그마저 용납이 안 될 정도라면 심지가 여간 표독하고 가파른 위인이 아닌 게 분명했다. 순진하달까 단호하달까, 독사를 뭇으로 잡아먹었다는 소문이더니, 병인으론 도대체 어울리잖은 엄격성이었다.
그러나 이번에는 상억 쪽도 그저 얌전히 수긍만 하려 들질 않았다.

"하지만 지금은 달리 어쩔 수가 없지 않습니까. 우선은 그런 무
기력한 순응주의에 의지해서라도 살아남을 수가 있어야 하고, 그
걸 무엇보다 귀중하게 여기고 있는 사람들도 있으니까요."

오히려 현실적인 지혜가 엿보이는 상억. 이제는 완전히 토론으
로 변한 이야기가 예의 순응주의에 대한 공박과 비호를 한동안 지
루하게 되풀이해갈 양이었다. 도섭으로선 이제 썩 흥미가 덜했다.
화제가 처음부터 기대에 벗어났을뿐더러, 말투마저 지루한 토론조
여서 부질없는 공염불처럼 들려온 때문이었다.

하지만 도섭은 좀더 참고 기다렸다. 기왕지사 방까지 비우고 나
선 걸음이었다. 기대처럼 당장 깊은 데가 드러나진 않더라도 위인
들의 성향(도섭은 은근히 맺고 끊듯 가파른 박춘구의 성품에서 옛날
상준이 연상되고 있었다)만은 그런대로 분명하게 짚어낼 만한 화제
였다. 그는 새삼 차분히 몸을 벽에 기대며 창 너머 밀담을 뒤쫓기
시작했다. 도섭의 참을성은 이내 그만한 대가를 얻어냈다.

"이런 식으로는 살아남는 데에도 의미가 있을 수 없지."

봉창 너머에선 다시 박춘구의 신념에 찬 대꾸가 이어졌다. 연이
어 눈앞이 아찔해질 정도의 어휘들이 거침없이 쏟아져 나왔다.

"여기서 일제가 패망하고 물러간다 해도 이런 식으로 그저 살아
남는 것만으로는 우리 사회의 재편성이 불가능하니까. 무엇보다
앞으로는 우리처럼 이렇게 어둠 속에 숨어 쫓기며 사는 사람들이
없는 세상을 만들어가야 하는데, 그러자면 먼저 억누르고 쫓는 사

람들부터 없애는 게 순서가 아니겠어. 미구에 일제가 패망하고 조선의 해방이 성취된다 하더라도 그것만으론 일이 다 이루어질 수가 없거든. 우리 조선 사회 자체 내에도 부르주아지 억압 계층과 자네 같은 비호 세력이 엄존하고 있으니까. 비록 일제와 결탁을 하고서 그 비호하에 자란 세력이긴 하지만, 이제는 일제라는 상전이 물러간다 하더라도 그간에 힘을 쌓은 자체 내의 억압 계층은 발본척결이 어려울 만큼 뿌리를 깊이 내리고 있거든. 게다가 한번 뿌리를 내려버린 유력 계층은 다시 말할 것도 없이 어떤 변화도 싫어하는 자기 방어의 보수성이 그 숙명적 속성이니까."

"하지만 그건 좀 성급한 생각이 아닐까요. 아직은 일본이 물러간다는 보증이 있는 것도 아닌데, 사회 계층의 재편성을 위한 준비부터 서두르는 건 어딘지 본말이 전도된 것 같은 느낌이 들어서요. 우선은 일본의 패망부터 확실해져야 하는 게 아닙니까?"

"그게 바로 부르주아지 억압 계층에 길이 든 순응주의적 사고방식이지. 우리 조선 사회의 지배 계층들은 일제 치하에서도 지금의 자네처럼 무기력한 순응주의를 끝없이 만연시켜왔지. 싸움의 표적은 언제나 밖에 있는 일제뿐이며, 더욱이 그 힘은 우리로선 당장 어쩔 수 없는 것이라는 식으로…… 그래서 언제나 인민을 노예 상태로 어둠 속에 가둬둔 채 자신들의 지배력만을 영구불변의 것으로 지속시켜나가기를 원해왔어. 그런 순응주의를 용인하는 자들의 삶은 지금 같은 노예 상태에서나 조만간 도래할 해방된 조국에서나 달라질 것이 아무것도 없지. 자넨 무엇보다 그런 자기 기만적인 사고방식부터 청산해야 할걸세. 그건 우리가 조국의 광복을 맞

공안(公案)의 문(門) 185

기 위한 최소한의 도덕적 책임일 테니까. 그리고 이 땅에 만인 평등의 사회 건설을 위한 기초 역량 배양의 전제기도 하는 거고."

"결국은 그 평등한 사회의 문제구먼요…… 하지만 과연 박 선생님 생각처럼 그 위아래가 없는 완전한 평등 사회가 실제로 이룩될 수 있을까요? 세상은 어차피 힘이나 재산이나 지식 같은 것을 더 갖고 덜 갖는 사람들이 생기고 그래서 어차피 위아래가 생기게 마련 아닐까요?"

"그건 평등의 개념을 어떻게 설정하느냐에 달린 문제겠지. 세상이 위아래가 생기는 것도 일단은 어쩔 수 없는 일인지 모르구. 하지만 지금은 그 위아래가 부당한 힘에 의해 일방적으로 결정지어지고 있다는 데에 문제가 있는 거지. 권력이나 부를 일부 소수 계층만이 부당하게 독점하고 있는 게 오늘 이 땅의 식민지 현실이거든. 그에 비해 다수의 무력한 인민들은 일방적으로 착취되고 지배만 당해온 현실…… 평등 사회란, 그러니 이제부턴 이 땅의 진정한 주인이요 역사의 주체자랄 수 있는 다수의 인민이 그 힘이나 부를 바꿔 누리게 하자는 것이지. 그러자면 당연히 지금까지의 그 소수의 유력 계층을 먼저 타멸해야 하는 거구."

"그렇다면 그건 평등한 사회의 건설이 아니라, 지배와 피지배층의 자리를 역전시키는 계층 재편성에 불과한 것 아닐까요? 전 실상 벌써부터 박 선생님 말씀을 그렇게 들어오고 있었지만 말입니다."

두 사람의 이야기는 이제 토론의 차원을 넘어 가열스런 논쟁의 양상을 띠어가고 있었다. 박춘구는 갈수록 신념에 찬 어조였고 지상억도 못지않게 끈질긴 데가 있었다. 하지만 그것이 어떤 형식이 었건 도섭에겐 이제 그 토론의 목적이 뚜렷해 보였다. 말할 것도 없이 그것은 상억에 대한 박춘구의 설득과 세뇌 행사의 일종이었 다. 박춘구란 위인은 의심할 바 없이 사상이 이만저만 붉은 것이 아니었다. 부르주아지니 착취니 인민이니 평등이니, 위험스런 금 기어를 함부로 농하는 투로 보아 위인은 단순한 민족주의를 넘어 선 골수 사회주의 신봉자임이 분명했다. 이를테면 그는 민족 운동 과 관련한 불령성과 함께 사회주의 사상에도 빨갛게 물이 든 이중 혐의의 불순 분자인 셈이었다. 위인은 바로 그 같은 자신의 불온 스런 사상으로 상억을 철두철미 세뇌시켜가고 있는 중이었다.

꿀 냄새를 맡고 좁은 쇠뿔 속을 기어든 늙은 쥐〔老鼠入角〕꼴이 되었다 할까. 시간이 무한정 길어지고 있는데도 두 사람의 치열한 말겨룸에 발이 묶여 도섭은 도대체 자리를 뜰 수가 없었다. 아니 도섭이 자리를 뜰 수 없게 한 것은 위인들의 그 같은 불온성 때문 만이 아니었다. 그 힘과 억누르고 억눌림을 당하며 사는 사람들의 이야기 ―, 그것은 바로 그가 옛날에 아버지 남 초시로부터 들은 바 있는, 그리고 끝내는 그를 이곳까지 이끌어온, 그 힘에 대한 신 앙의 교리와도 비슷한 대목이 있었다. 그래 도섭은 박춘구에게서 갈수록 상준을 자주 떠올리게 되곤 했다. 그야 자신과 위인들 사 이에는 생각의 차원이 꽤 달라 보인 것도 사실이었다. 위인들은 아예 세상의 위아래를 뒤바꾸고 싶어 하는 데 반해 도섭은 위아래 를 그대로 놓아둔 채 자신이 그 위쪽으로 뛰어올라 그 힘을 누리기 를 소망해온 처지였다. 그 힘을 얻기 위해 지금까지 혼신의 노력을 기울여온 것이었다(그런 의미에서 그는 이미 위인들이 말하는 그 부르주아지 억압 계층에 속하고 있는지도 몰랐다). 뿐더러 위인들의 사상적 동기는 이른바 반도인의 민족적 울분과 사회적 정의감에 근거하고 있음에 반하여, 자신의 그것은 그저 개인적 울분과 복수심에 근거해 있는 것도 차원이 달랐다. 그렇다고 도섭이 그것을 새삼스레 부끄럽게 생각한 것은 물론 아니었다. 돌이켜보면 그건 그에게서 어쩔 수 없는 선택이기도 했었으니까.

다름 아니라 그때— 명순을 잃고 난 도섭이 나름대로 마을 사람들의 신망을 쌓아가고 있었을 때, 상준이 다시 그의 앞을 막아서지만 않았더라도 일은 그렇게 되지 않았을 수 있었다. 하지만 인간사란 짓궂고 무정한 것이었다.

그러니까 소화 4, 5년경의, 저 전 조선 반도를 휩쓴 학생 소요의 여파로 팔도 곳곳에 아직 불온스런 기운이 가시지 않고 있던 그 이듬해의 초여름. 면소 뒷산 서석봉(瑞石峯)에 어느 날 밤 수상한 봉홧불이 밝혀진 일이 있었다. 목적이 무엇이며 누구의 짓인지는 당장 알 수 없었지만, 그 역시 저간의 반일 활동의 하나임은 의심의 여지가 없었다. 그것도 이웃 고을들에선 종종 보아온 일이었다지만, 면내에선 처음 본 봉홧불이었다.

그런데 뜻밖인 것은 며칠 뒤에 밝혀진 범인의 정체였다. 어떻게 해선지 주재소에선 며칠 만에 상준을 범인으로 잡아 들여간 것이었다. 그리고 도섭은 그걸로 다시 한 번 무참스런 낭패의 늪으로 떨어졌다.

상준이 그렇게 잡혀 들어가서도 자신의 범행을 부인하지 않은 것이었다. 뿐더러 끝끝내 범행의 목적이나 배후를 함구한 채(어쩌면 실제로 별 목적이 없는 단독 행사에 불과했는지도 모르지만) 의연스레 고문을 감당해간다는 소문이었다. 사람들은 그런 상준에 대해 그저 소리 없는 경탄뿐이었다. 상준에 대한 그 같은 사람들의 경탄과 신망감은 도섭에겐 바로 자신에 대한 모멸감에 다름 아닌 것이었다.

그는 이번에도 결국 상준의 그늘 아래 초라한 잔재주꾼의 신세가 되고 만 것이었다. 더욱이 사후 그의 진정 어린 충고에 대한 명순의 표독스럽도록 자신만만한 응대는 도섭으로선 참으로 견딜 수 없는 모욕이자 절망 그것이었다.

——무모한 헛고생이라고?

(자신이 한 말은 이미 잊었지만, 그녀의 말은 지금까지도 글자 한자 빼놓지 않고 똑똑히 기억하고 있었다.)

——하긴 그게 다 부질없는 헛고생으로 보이는 사람도 있을지 모르겠네요. 세상만사를 오기풀이로만 여기고 사는 사람한텐 말예요. 하지만 그래도 상관없는 일이제 뭐. 상준 씨한텐 적어도 그런 오기풀이 장난질은 아니었을 테니께요.

하고 보면 도섭은 그때까지도 전혀 그녀를 잘못 알아왔었는지 모른다. 시류를 탄 상준의 힘을 택해간 명순, 바뀐 세상의 남자 구실을 해보라고 그를 비웃던 명순. 그런 생각들도 모두가 도섭이 그녀를 잘못 곡해한 결과였는지 모른다. 명순은 뜻밖에도 죄인이 된 상준을 오히려 자랑스러워했다. 그래 지금까지도 그때의 그 말들을 고스란히 머릿속에 담아두고 있었겠지만, 그것은 참으로 도섭에겐 무참스런 패배의 선언이었다.

그래 그 상준에 앞설 다른 힘(역설적이지만 상준은 그럴수록 힘이 커지고 있는 느낌이었다)을 얻기 위해, 그리하여 명순의 배신에 복수를 하기 위해 그는 상준과 반대편으로 불가피 이 길을 택해 온 것이었다. 도섭으로선 달리 어쩔 수가 없었던 선택이었다. 따라서 비록 동기의 차원은 다를망정 굳이 새삼스레 부끄러워할 필요까진 없는 선택이었다. 위인들의 주장에 대한 그의 깊은 흥미가 그런 자신의 복수심 때문이래도 그로선 별로 상관이 없는 일이었다.

박춘구에게도 그런 어떤 남모를 원한이 숨겨져 온 것이었을까. 그렇다면 그건 어쩌면 가난 탓이 아니었을까. 도섭은 왠지 그 박춘구의 가파른 성품과 어조에서도 위인의 사상이나 정의감에 앞서 자꾸 어떤 지독한 개인적 집념 같은 것이 느껴지고 있었다. 그의 판단으로 위인 같은 사회주의나 공산주의 신봉자라면 출신 성분이 가난하지 않을 리 없었고, 게다가 개인적인 집념이라면 뼈아픈 자기 가난에서보다 더할 만한 것이 쉽지 않을 터이기 때문이었다. 뿐더러 위인의 제자의 말마따나 세상의 위아래를 바꾸고 싶어 하는 것은 그 가난한 자들의 끊임없는 꿈인 터에야……

"아니, 그것은 그렇게 단순 논리로 이해해서는 안 되지……"

봉창 너머에서는 박춘구가 다시 고압적인 어조로 상억에 대한 설득을 이어가고 있었다. 도섭은 그의 그런 신념에 찬 어조에서마저 어떤 집요한 집념 같은 것이 느껴져 제물에 설레설레 고개가 내저어지기까지 하였다.

하지만 그도 아직 단정은 일렀다. 박춘구는 무엇보다 절간 요양을 들어온 위인이었다. 위인의 병 요양이 사실이든 위장이든 가세가 어렵고선 쉬운 놀음이 아니었다. 위인에게 가난의 경험을 단정하기는 아직 어려웠다. 그게 어쨌거나 도섭으로선 크게 상관할 일도 아니었다. 보다도 중요한 것은 위인들의 정체와 사상 성향이었다. 이날 밤은 그걸 알아낼 수 있는 둘도 없는 호기였다. 도섭은 갈수록 치열해져가는 창문 너머 논쟁에 새삼 더 바짝 주의를 집중하기 시작했다.

"다수의 지배란 그 다수만큼한 힘의 분배를 뜻하는 것이니까. 그리고 그 다수의 지배의 최종적인 이상은 다수를 넘어선 모든 인민 전체에의 분배, 즉 전체에 의한 지배에 있는 것이구."

다시 박춘구의 단정적 설명에 지상억의 열성적이고 재빠른 추궁.

"그런 세상이 실제로 가능할까요? 이념적으로는 그 같은 힘의 분배가 가능하다고 해도, 실제상으로는 그것을 행사해나갈 소수의 대리자나 조직이 필요하게 되지 않을까요? 사실이 그렇다면 그건 어차피 또 다른 지배 계층의 출현에 다름 아닐 것이구요."

"하지만 새 지배층은 지배력의 도덕적 정당성, 다시 말해 지배 권력의 정통성이라는 걸 지닐 수 있는 게 다르지. 그건 어디까지나 다수 인민에 의한 힘의 자율적 대행 체제일 뿐이거든. 지금의 독점적 지배 계층의 힘은 본질에 있어서 아무런 근거도 없는 일방적 강제와 군림의 형식임에 반해, 이건 어디까지나 인민 개개인의 권리에 근거한 방편상의 위임 체제인 것이니까. 좀 전에 내가 현존의 질서를 부당한 힘의 독점 체제라고 말한 것도 그런 뜻에서였지만, 지금의 권력 체제는 식민지 체제나 일부 소수에 의한 힘의 독점이라는 부도덕성 이외에도 그 힘의 정당한 근거가 전혀 없거든. 말하자면 일제 강점자들에 의해 일방적으로 선택되고 비호되는 소수 이외에는 그 힘의 분배나 신장, 경쟁의 기회가 전혀 주어지지 않았다는 것인데…… 거기 비해 새로운 평등 사회에선 힘의 분배와 그 행사의 기회가 원칙적으로 균등하게 주어진다는 말이지. 이건 내가 생각해온 평등의 주요 개념이기도 하지만, 그래서 인민들은 각자 제 몫의 힘을 행사하고 그것을 스스로 신장시켜나가야 하는 주체로서, 다만 실제로 그것을 행사하는 과정에선 그 대행자나 기구가 필요하게 되는 것뿐인 거지. 그것도 각자의 능력과 자율적 결단에 의한 선택이라는 점에서 그의 도덕적 정당성이 조금도 감소될 수가 없는 거구. 그러니 전 인민적 권리의 대행자로서의 새로운 힘의 질서나 주체는 지금과는 전혀 성격이 다를 수밖에."

"어쨌든 박 선생님도 그 힘의 실질적 관리나 대행자로서의 핵심 계층은 인정을 하신 셈인데, 바로 그런 정당성에도 불구하고 현실에 있어서 우리가 그 대행자들의 도덕성과 정결성을 미리 장담할 수 있을까요? 아까 박 선생님도 말씀하셨듯이 힘이란 어차피 한번 형성되고 나면 언제나 자기 방어의 보수적 속성을 지니게 마련인 마당에요?"

밤이 깊은 줄도 모르고 상억은 계속 끈질기게 늘어붙고 있었다. 그런 상억이 너무 벅찼던지 아니면 끝내는 심신이 먼저 지쳐선지, 그에 비해 이때부터 박춘구의 응대는 눈에 띄게 어조가 어정쩡해진 데다 소리의 열기마저 차츰 식어가고 있었다.

"우리는 그걸 믿어야겠지, 그건 이미 저 소련 혁명 과정에서 모범을 본 바이기도 하지만 그것이 우리의 꿈이자 신념이니까. 그리고 그 힘의 대리 관리자들은 우리들 다수의 일부일 뿐이며, 종국엔 그조차도 필요가 없어지는 완전 평등의 사회가 이룩될 수 있도록 우리 모두 함께 투쟁을 계속해나가야 할 거구……"

그 서슬 퍼런 주장의 내용에 비해 박춘구는 왠지 이젠 그쯤에서 그만 이야길 끝내고 싶은 기미가 역력했다.

하여 이날 밤 도섭의 엿들음도 거기쯤까지로 끝이 날 수밖에 없었다. 방 안의 논쟁은 거기서도 잠시 더 계속되고 있었지만, 도섭은 그쯤에서 기회를 엿보아 자리를 성큼 물러나오고 만 것이다. 이젠 윤 처사도 돌아와 있을 시각이라(돌아와 보니 역시 예상대로였다) 잠자리를 무한정 비워둘 수 없을뿐더러, 위인들의 말겨룸도 더 이상 지켜야 할 필요가 없어 보인 때문이었다. 그 정도만 해도 이젠 위인들의 숨겨진 성향이나 정체, 더군다나 나이 먹은 박춘구 쪽의 그것은 너무나 확연하게 드러나고 있었다. 박춘구는 요컨대 대일본 제국의 패망을 전제로, 해방된 조선 반도에 새 세상을 꾸밀 것을 꿈꾸고 있었다. 그리고 그의 새 세상은 위아래가 없는 만인 평등의 사회가 되어야 하며, 그런 세상을 만들기 위한 준비로 일본이 패망해 물러가기 전이라도, 그 일본인·조선인을 가릴 것 없이 지금 잘살고 힘깨나 쓰는 놈들부터 모조리 쓸어 없애야 한다는 생각이었다. 그래서 우선에 가난뱅이 하층민 떼거리의 세상부터 만들고(그는 정말 가난이 그토록 뼈에 사무친 위인이었을까!) 저들 생각대로 세상을 좌지우지해나가자는(세상을 좌지우지하고 싶다는 데에만은 도섭도 일말의 공감을 보낼 수 있었다) 것이었다. 박춘구보다는 다소 생각이 온건하고(소문대로 출신 성분이 박춘구와 달라서거나 위인에게 은근히 겁을 먹은 탓인지도 모르지만) 미심쩍어하는 대목이 많긴 하였지만, 큰 줄거리에선 상억의 사상도(아마 그간의 세뇌 공작 탓이었을 게다) 거진 마찬가지였다. 기왕부터도 어느 정도 기미를 느껴온 터였지만, 그리고 결국은 그런저런 명분으로 남 위에 올라설 힘(흥! 위아래가 없는 만인 평등의 사회라구?)을 구하고 있다는 점에서 개인적인 공감이 안 가는 바도 아니었지만, 위인들은 이른바 오래전에 씨가 말라버린 사회주의 운동패의 어리석은 잔당(일단의 공감에도 그렇게 말할 수 있는 것은 그의 선택이 위인들과 달랐기 때문이었고, 도섭 자신 그것을 다행으로 여긴 때문이었다)에 다름 아닌 자들이었다. 감히 황군의 패배를 입에 담고 조선 반도의 독립을 꿈꾸다니, 도대체가 하늘 무서운 줄을 모르는 놈들이었다.

도섭은 그 병풍 도난 사건과 함께 그가 독자적으로 수행해나가야 할 공작의 구체적인 표적을 다시 한 번 분명히 확인한 셈이었다. 그리고 그것은 아마 조만간 당도할 안도의 비밀공작 목표와도 큰 오차가 없으리라는 확신이었다. 다만 아직은 안도의 밀령이 미착 상태에 있으므로, 본 공작 임무가 부여될 때까지는 배전의 자제 속에 조심스런 정탐만을 계속하고 있어야 할 뿐.

12

금서 병풍 도난과 불온사상 밀통 건을 핵심 목표로 한 도섭의 내사 활동은 도량과 토굴들 전반에 걸쳐 은밀하고 민첩하게 잘 진행되어나갔다. 거기엔 무엇보다 곽 행자의 물색 모른 도움의 덕이 컸지만, 윤 처사의 그에 대한 관용스런 배려 또한 절대적인 유공 사항이었다. 정탐의 성과 역시 그만큼 유효하고 감이 좋은 것들이었다. 그래저래 밀탐을 계속해나갈수록 그는 자신의 예비 공작 방향에 낙관 어린 전망과 확신을 더해가고 있었다.

우선 금서 병풍 도난 건과 관련하여, 도섭은 종무소나 광명전 안팎에 대해 더욱더 철저한 감시의 눈길을 펼쳐갔다. 그중에도 특히 그의 발길이 쉬운 집허당의 큰스님과 그 주변 동정엔 추호의 방심도 스스로 경계했다. 낯선 객승이 흘리고 간 '그 아이'의 일이 목구멍의 가시처럼 늘 마음에 걸려 있었기 때문이다.

도섭은 실상 그걸 염량하고 윤 처사나(위인에겐 참으로 오랜 참음 끝의 조심스런 물음이었지만) 곽 행자에게 이리저리 몇 차례 슬그머니 속을 짚어본 일까지 있었다.

──그 답답한 묵언 대사(말을 못하는 벙어리가 아니라 우정 말을 하지 않는다는 뜻으로 집허당 큰스님의 시봉 스님을 주위에서들은 그런 별호로 불렀다) 한 분백에 가까이서 모시는 스님이 안 계신 걸 보면, 이 절 안엔 아마 집허당 큰스님의 법손다운 법손이 안 기신 모양이지요? 설법도 할 수 없는 묵언 대사를 설마 당신의 법손으

로 삼으셨을 리는 없겠고…… 일전에 큰스님을 만나고 가신 분하고 혹시 그 비슷한 연고가 있으신 것 아닙니까. 큰스님께선 항상 적막스럽게만 지내시는 디다 그분과는 모처럼 반가운 해후가 되시는 듯싶어 말입니다만.

　—아직 아무런 뒷소식이 없는 걸 보면 용진 행자는 그럭저럭 일이 잘 되어간 심일까요?

　윤 처시는 그러나 도섭의 그런 속내를 아는지 모르는지 한 빈도 신통한 반응이 없었다.

　—법손은 무슨…… 법손이라는 게 어디 속세간의 부자간처럼 곁에 붙어 육신이나 보살펴드리는 거랍디까.

　쓸데없는 일에 아는 척하고 나서지 말라는 듯 핀잔투로 말을 무질러버리거나, 용진 행자의 뒷일에 대해서도,

　—붙잡히지만 않으면 무슨 대수겠소. 녀석의 목적은 그걸 팔아서 금품을 손에 쥐는 건데, 제 녀석 처지에 그 일이 어디 그리……

　이미 관심에서도 사라져간 일이듯 시큰둥하게 말끝을 흐려버리곤 했다.

　거기다 눈치 싼 곽 행자마저도 집허당 쪽이나 용진의 일에 대해서만은 녀석답지 않게 귀가 깜깜절벽이었다. 집허당을 다녀간 객승의 일은 아예 내왕 사실조차도 알지 못했고 큰스님의 적막스런 동정에 대해서는 으레 늘상 그렇게 지내오신 어른으로 그걸 외려 당연하게 여기고 있었다. 뿐더러, 뒷소식이 깜깜한 용진의 일에 대해서는 엉뚱스런 부러움기마저 숨기질 못하는 식이었다.

　—자식, 붙잽혀 들었다는 소식이 없는 걸 보면 지금쯤은 어쩌

면 한밑천 톡톡히 끌어줬었는지도 모르겠네요, 헤헤…… 그 금서 병풍 보통 물건이 아니지 않어요.

위인들에게선 도대체 쓸 만한 정보를 캐어낼 수가 없었다.

한데, 그러던 어느 날. 마침내는 그의 귀가 다시 번쩍 뜨일 이야기 한 가지가 걸려들어왔다.

"백암사 쪽에선 요즘 한동안 내왕하는 사람이 없는 기미지요?"

"집허당 주위가 늘 적막강산이던걸…… 윤 처사도 요즈막엔 별 말이 없었고……"

밤늦은 시각. 그날도 문밖의 도섭의 존재는 상상을 못한 상억과 박춘구 둘이서 다른 이야기 중에 문득 스치고 지나간 말이었다. 귀에 머문 소리는 다만 그뿐이었지만, 도섭은 그 몇 마디만으로도 적잖이 새 사실들을 헤아릴 수가 있었다. 우선 대원사와 장성의 백암사 간엔 그간에도 자주 심상찮은 발길들이 오가고 있었다는 사실이었다. 장성의 백암사라면 도섭이 알기로는 박만영(朴萬永)인가 뭔가 하는 말썽 많은 불온승[전선(全鮮)을 통해서도 첫째 둘째가는 우두머리 격 불온사상 전파범이라 했다]을 배출한 절간으로, 근자에까지도 그 불온 승려들의 암약의 본거지로 지목이 되고 있어 본서(광주 큰집)의 은밀스런 내사의 표적이 되어오던 곳이었다. 그 백암사와의 내왕이 잦고 있다면 그건 보통으로 보아 넘길 일이 아니었다. 게다가 그 같은 내왕의 사실은 윤 처사를 통하여 박춘구들에게도 암암리에 귀띔이 되어왔음이 분명했다. 어찌 보면 박춘구들의 숨은 배후나 정보 통로가 바로 그쪽일 수도 있었다. 그쪽이 위인들의 배후로 작용하고 있다면, 이곳에서 실제로 어떤 음모가 진행되고 있을 가능성도 그만큼 클 터였다.

뿐더러 이번에는 그 위인들조차도 '객승'의 내왕을 모르고 있다는 점이 더욱 수상했다. 위인들 자신 스님이 왔다 간 걸 모르고 있음은 물론 윤 처사도 웬일인지 이번엔 그걸 귀띔해주지 않고 있음이 분명했다. 우연이나 무관심에서가 아닌 일이라면, 그의 방문 목적이 더더욱 심상찮은 것일 수밖에 없었다.

하여 도섭은 다음 날 아침 윤 처사에게 그 일로 다시 넌지시 변죽을 울려보았다.

"언젠가 들으니 이 절하고 백암사하곤 사람이 가끔 왔다 갔다 허는 모양이든디, 요전번 그 스님도 거기 계신 분인가요? 일전에 그 집허당 큰스님을 찾아뵙고 간 낯선 중 말씀이오."

그런 그의 추궁이 너무 갑작스러웠던 탓일까. 아니면 그 말이 도섭으로선 미처 의식조차 하지 못한 윤 처사의 정곡을 찌르고 든 것이었을까. 그 물음은 뜻밖에도 도섭이 기대했던 것 이상의 큰 효과를 발휘했다.

"이 대원사하고 백암사 간에요? ……글쎄, 스님들의 내왕이야 하필이면 이 절하고 백암사 간뿐일라구요?"

윤 처사는 처음 도섭의 속 의도를 읽어내려는 듯 잠시 대답을 망설이는 눈치더니, 이윽고는 별로 괘념할 바가 없는 일처럼 무심스런 어조로 얼버무려 넘겼다.

"누구한테 어떻게 들은 소린진 모르지만…… 스님들이야 천지 절간이 모두 자기 도량 한가지라 마음 내키는 데면 어디라도 찾아 갈 수 있으니까요. 백암사도 가고 화엄사도 가고……"

그가 백암사에서 온 스님인지 어떤지엔 아예 언급을 피해버린 채였다. 하지만 그렇듯 대범스런 응대와는 달리 도섭의 그 한마디는 윤 처사의 심기를 매우 불편스럽게 했음이 분명했다. 이날 오후 윤 처사는 별 할 일도 없이 도섭을 모처럼 혼자 채전으로 끌어냈다. 그리고는 나란히 밭이랑을 따라 나가며 도섭이 그간 궁금해해오던 일 한 가지를 제물에 술술 털어놓기 시작했다. 그게 도섭에겐 더욱 뜻밖일 것이, 윤 처사가 털어놓은 그 이야기의 내용인즉 바로 병풍을 훔쳐 달아난 용진에 관한 것인 데다, 그것도 하필이면 녀석이 절을 들어오게 된 사소하고도 해묵은 사연인 때문이었다.

우선 윤 처사가 털어놓은 그 용진 행자의 입산 내력부터 소개하면 이러했다.

……지금부터 수삼 년 전. 이 절의 별좌 스님 한 분이 어떤 불사로 광주 근처 나들이를 다녀온 일이 있었다. 그 스님이 용무를 끝내고 본사로 돌아오던 길에 광주의 한 여인숙에서 하룻밤을 묵게 되었는데, 야침을 지나고 아침에 일어나 보니 웬일로 그 여인숙 주인 사내와 손님들이 서로 합세, 여남은 살 안팎의 어린아이 놈 하나에게 목불인견으로 심하게 매질을 가하고 있었다. 스님이 끼어들어 우선 매질부터 막아놓고 곡절을 알아보니, 아이는 아무 연고도 없이 혼자 이 고을로 떠돌아 들어와 여인숙에서 방심부름으로 숙식을 빌려온 처지였는데, 이날 밤 한 손님의 돈지갑에 손을 댔다가 아침 녘으로 금방 들통이 난 참이었다. 한데도 일단 매질이 그치고 난 뒤의 녀석의 행작이 보통이 아니었다. 어린 나이

에 그런 판국에도 녀석은 전혀 겁을 먹거나 부끄러워하는 기미가 없었다. 에이 씨팔 재수가 없으려니…… 무슨 잘난 짓이라도 하다가 낭패를 본 것처럼 코를 식식 불어대며 돈지갑 놓친 것만 분해하고 있었다. 스님은 더 보다 못해 주인과 돈지갑 임자에게 그쯤 매질로 아이를 용서해준다면 자기가 아이를 데려가겠노라 아이의 방면을 소청하고 나섰다. 어린 녀석에게 말 못할 사연이 있어 보임 직도 해서였지만, 보다는 심성이 그 지경에 이르렀고 보면 불가에서밖엔 거둘 곳이 없어 보인 때문이었다. 못된 짓을 저지른 데다 피해가 회복되었으므로 여인숙 사람들은 스님의 그 같은 제안에 별 반대가 없었다. 아이놈도 이제는 여인숙에서 당장 쫓겨나야 할 처지였으므로 말없이 스님의 뒤를 따라나섰다.

그런데 쉬엄쉬엄 절까지 오면서 말을 시켜보니 녀석에겐 과연 남달리 사무친 곡절이 있었다. 아이의 고향은 광주에서 멀지 않은 담양(潭陽) 고을 산촌이었다. 농사를 짓던 아비가 폐농을 하고 나서 일찍이 만주로 이민 길을 떠난 바람에 녀석도 어린 나이에 다른 식구들과 함께 만주 땅으로 들어갔다. 일가는 거기서 얼마간의 황무지를 개간하여 농사도 짓고 살림도 꾸려갔다. 인근엔 유달리 조선 사람들이 많이 모여 살아 어디보다 협동과 인화가 잘 되었다. 그러던 어느 해 여름, 원주민 만주인들과 조선인들 사이에 전에 없이 큰 물싸움이 벌어졌다. 그 물싸움이 급기야는 조선 사람과 만주 사람들 간의 무참스럽고 엄청난 살육전[도섭의 기억으론 소화 6, 7년의 그 요란스러웠던 만보산(萬寶山) 사건을 이름인 듯했다]으로까지 번져갔다. 만주 사람은 조선 사람을 죽이고, 조선 사람은 만주 사람을 죽였다. 아이는 그 참극 속에 양친과 누이 둘을 모조리 잃었다. 예닐곱 살 나이에 졸지에 혈혈단신 고아 신세가 된 아이는 네 살붙이의 시신을 한 구덩이에 파묻고 정처 없이 혼자 그곳을 빠져나왔다. 그리고 흘러흘러 반년 만에 겨우 고향 고을을 다시 찾아들었다. 하지만 고향에도 어린 몸을 의탁할 친척이나 가까운 이웃이 하나도 없었다. 인심은 더욱 각박해져 있었고 그를 맞은 것은 오직 가난과 배고픔과 박대뿐이었다.

그는 할 수 없이 며칠 만에 다시 광주 고을로 나왔다. 광주 거리를 헤매다 어찌어찌 운 좋게 정거장 앞 여인숙의 심부름꾼이 되었다. 잠자리도 함께 정처가 정해진 셈이었다. 그러나 아이는 그걸로 모든 일이 해결된 게 아니었다. 그 후부터(그것은 나이를 한두 살씩 더해가면서 줄곧 굳혀온 결심이었지만) 그는 언젠가는 다시 만주로 들어갈 생각이었다. 그래서 거기 낯선 땅에 동댕이치듯 파묻고 떠나온 양친과 누이들의 유골을 고향으로 파 옮겨올 결심이었다. 그러자면 우선 먼저 돈을 모아야 했다. 일이 있으면 일을 해야 했고, 일이 없더라도 돈을 모아야 했다. 간절한 소망과 조급한 마음은 방법 같은 걸 문제 삼지 않게 했다. 그래 생각을 모질게 지어먹고 나선 것이 그 몇 차례의 손님방 뒤지기였다……

"스님은 그래 속이 그만만 해도 기특한 데가 있다 싶어 녀석을 그길로 절까지 데려다가 다른 스님들의 허락을 얻어 공양간 일손으로 들여앉혔더랍니다. 나중엔 손수 머리도 깎아주고 임시로 용진이라는 중 이름도 주었구요(알고 보니 곽 행자의 녀석에 대한 반감은 아마 거기 이유가 있었던 것 같았다. 정식으로 행한 사미수계는 아니더라도 그것은 어쨌거나 입산이 훨씬 앞선 곽 행자보다 먼저였다니까). 어두운 마음이나 원망을 버리고 불법을 닦는 데만 용맹정진하라는 뜻이었겠지요. 지금도 종무소 교무 스님으로 계시는 범행(凡行) 스님이 바로 그분이신데, 그러니까 일테면 용진 행자는 그 범행 스님의 어린 법손이 된 셈이었지요."

윤 처사는 거기까지 대충 사연을 일러주고 나서, 후일담을 겸해 다시 그에 대한 자기 생각 몇 마디를 덧붙였다.

"하긴 그땐 나도 아직 절엘 오기 전이었으니, 사실이 어쨌는진 장담할 수 없지만, 듣기엔 녀석도 절간살이가 편했던지, 처음 얼마간은 언행이 제법 얌전하고 부지런했었나 보더만요. 그래 범행 스님께서도 녀석을 진짜 중으로 만들어보실 양으로 일찌감치 머리부터 깎아주셨을 거구요. 하지만 원체 내력이 그런 녀석이니 진짜 중이 되기는 어려웠던 모양이에요. 내가 이곳을 들어온 뒤로부턴 나하고도 속을 나눠본 때가 있었지만, 녀석은 여기서도 애초의 속마음을 못 버리고 있었어요. 얌전하고 부지런한 건 겉모양새뿐이고, 속으론 늘상 만주 생각이었어요…… 전날의 병풍 일은 결국 녀석의 그런 본색이 드러나고 만 거였지요. 그러니 요행히 일이 잘되었다면, 녀석은 이미 만주행을 성취하여 조선 땅을 떠나고 없을 테구요. 물론 일이 거기까지 되기란 이만저만 행운이 따라줘야겠지만 말입니다. 허허……"

윤 처사는 처음 심심풀이 식으로 이야기를 꺼냈듯이 끝맺음도 그저 언제나처럼(그 용진의 일엔 늘 내심으로 성공을 바라고 있는 듯한 투의) 싱거운 웃음기로 얼버무려 넘기고 있었다.

도섭은 물론 그런 윤 처사의 겉표정과는 달리 그것이 그저 우연히 흘러나온 심심풀이 잡담만으론 여겨질 수가 없었다. 그것은 아깟번 백암사 운운의 도섭의 질문에 대한 윤 처사의 우회적인 응답처럼 들렸다. 그것도 다분히 용진의 일에 대해 부질없는 관심을 삼가라는 충고가 깃들여진 느낌이었다. 그건 윤 처사가 이미 도섭의 속셈을 모두 짐작하고 있는 증좌. 그리고 용진과 서화의 일에 대해 혼자서만 알고 있는 비밀이 있다는 소리에 가까웠다. 그래 그에 대한 도섭의 반갑잖은 눈길을 미리 다른 데로 돌려놓자는 수작이거나(그 자신 뭔가 눈앞이 가로막힌 느낌이 든 것도 사실이었다), 아니면 녀석의 가련한 처지를 내세워 암암리에 호소를 해온 것인지도 몰랐다. 그렇다면 그건 또한 거꾸로 해석하여 그 백암사와 객승과 용진의 일 사이에 어떤 연결이 숨어 있다는 소리가 될 수도 있었다……

도섭은 갈수록 뚜렷한 확신과 자신감에 마음이 부풀어올랐다.

그런데 그 같은 주변 사람들의 수상쩍은 동태와 관련하여 도섭은 큰스님의 집허당 쪽에서도 뜻밖의 밀행(密行) 한 가지를 발견하기에 이르렀다.

어느 날 아침나절 도섭은 매양 해온 허드렛일로 외사 쪽을 올라갔다가 뒷문께로 우연히 광명전 내원을 들여다본 일이 있었다. 그때 마침 우봉과 묵언 대사가 앞뒤로 보련각 돌계단을 내려오고 있는 게 보였다. 앞에 선 우봉은 빈손인 데 비해 뒤따르는 묵언 대사는 웬 반함지 하나를 받쳐 들고 있었다. ─영정각 초상들에도 공양을 올리는가? 때가 마침 그 무렵이라 도섭은 처음 그렇게 무심히 생각하고 넘어갔다. 그런데 알고 보니 보련각에서 반함지가 나온 것은 그때뿐만이 아니었다. 도섭은 며칠 뒤에 같은 일을 다시 한 번 목격하게 되었다. 이번에는 저녁 어스름이 깊어진 밤시간에 예의 묵언 대사 단독의 행사였다. 도섭은 비로소 미심쩍은 생각이 들었다. 그래 이날 밤 뒤늦게 윤 처사에게 지나가는 소리처럼 물었다. 묵언 대사에겐 묻고 싶어도 대답을 들을 수 있는 위인이 아니기 때문이었다. 윤 처사의 대답은 조금도 거리낌이 없었다.

"아, 그거 마지를 올린 게 아니라 재(齋)를 드린 겁니다. 거기 영정을 모신 분들의 입적 날엔 속세에서 조상의 제사를 모시듯 재를 올리니까요. 당신들의 생일에도 마찬가지구요. 아침에 올리는 건 생일재고 저녁에 올리는 건 해탈재일 겁니다."

그렇다면 별반 이상해할 일이 아니었다. 굳이 뜻밖이라거나 밀행이라고 할 것까진 없는 일이었다. 하지만 도섭은 그걸로는 아무래도 의심이 풀리지 않았다. 그는 며칠 사이에 연거푸 같은 일을 두 번이나 본 것이었다. 13대 종사와 강사들이라 했던가? 우연히 겹쳐든 경우인진 모르지만, 생일과 입적날이 그토록 잦을 수 있더란 말인가. 게다가 중들의 생일과 제사가 어떻게 그리 속인들 한 가지로 아침저녁으로까지 나눠 올려진단 말인가. 그런 일은 도섭으로선 여태 보도 듣도 못한 일이었다. 그런데다 도섭은 다시 며칠 뒤에 묵언 대사가 그 보련각에서 예의 반함지를 내가고 있는 것을 만났다. 이번에는 광명전 내원에서가 아니라 표충사 앞 본절로 내려가는 길에서였다. 도섭은 이거 마침 좋은 기회라 싶었다. 그는 굶주린 걸귀 행투로 짓궂게 덤벼들어 안고 가는 반함지의 바리 뚜껑을 열어젖혔다. 하고 본즉 마치 산 사람의 반상처럼 차려진 그릇들엔 짐작대로 음식물이 남아 있질 않았다.

그에 대한 윤 처사의 대답은 이번에도 제법 그럴듯했다.

"그거야, 재를 올린 음식이라고 그대로 버리나요. 더욱이 요즘 같은 궁핍스런 형편에. 재를 올린 음식은 우봉 스님이 드셨을 겁니다. 그런 날은 아예 본전 공양간도 내려가시지 않지요. 그러고 남는 건 날짐승들에게라도 헌식을 하시구요."

절간 법도에 어두운 도섭으로선 그런다면 그런 줄 곧이를 듣는 수밖에 없었다. 하지만 그는 윤 처사의 설명에도 마음 한구석이 계속 찜찜했다. 무엇보다 도섭은 여태까지 그런 행사가 있어온 걸 모르고 있었다는 사실이 마음에 걸렸다. 요즘 와서 그 일이 자주 눈에 띄게 된 것도 우연의 소치만은 아닌 듯한 느낌이었다.

——재를 올린다는 건 누군가의 눈속임을 위한 거짓 꾸밈이 아닐까.

도섭은 그처럼 갑작스럽고 은밀한(적어도 그의 느낌엔) 행사 뒤에 숨겨진 어떤 미지의 그림자 같은 것이 등 뒤로 느껴지고 있었다. 그것이 누구며 어디에 어떻게 은신해 있는지는 당장 알아낼 길이 없었다. 윤 처사에겐 더 이상 꼬치꼬치 깊은 것을 캐고 들 수가 없었다. 곽 행자도 전부터 그런 행사가 이따금 있어왔다는 사실뿐 더 이상 자세한 건 알고 있지 못했다. 그 윤 처사나 곽 행자가 아니더라도 의심이 갈 만한 곳은 오직 한 곳뿐이었다. 그 몰래 누군가 사람이 은신해 있다면 그건 보나 마나 음식이 드나드는 보련각 어디쯤일 것이었다. 그리고 그것이 사실이라면 위인은 누구의 눈에도 띄어서는 안 될 거물급(내탐 표적으로서) 인물임이 분명할 터였다.

도섭은 계속 집허당과 소영각의 동태를 주시했다. 구실만 있으면 광명전을 드나들며 밤낮없이 밀탐의 눈길을 내둘렀다. 겉보기로 해선 늘 집허당이고 보련각이고 전날과 별로 달라 보인 것이 없었다. 벽에 박힌 소영문도 계속 요지부동이었고, 내실의 영정들도 그전 그대로(중들의 화상이란 늘 그게 그것처럼 비슷하게 그려져 있어 누가 누군지 얼굴을 분간해낼 수 없었지만, 적어도 사람이 끼어 숨어들 만한 여지가 안 보인다는 점에서)였다. 한번은 과연 한 늙은 중의 화상 앞에 우봉이 예의 음식상을 차려놓고 염불과 큰절로 재를 올리고 있는 것을 직접 목도한 일도 있었다. 더 이상 수상한 낌새는 아무것도 없었다. 하지만 도섭은 그 정도로 금방 의혹이 풀릴 수가 없었다.

—두고 보면 알겠지. 내겐 얼마든지 시간이 있으니까.

그는 여유만만 기회를 기다리며 밀탐의 눈길을 더욱 날카롭게 별러갔다. 그리고 그의 그런 본능적인 감지력과 끈질긴 인내심은 뒷날 가서 결코 표적을 빗나가지 않았음이 밝혀졌다.

한편, 도섭은 박춘구와 지상억들의 그 불온사상 논쟁에도 끈질기게 밀탐을 계속해나갔다. 위인들의 논쟁이 갈수록 치열해지고 있을 뿐 아니라, 그로 하여 박춘구와 지상억의 관계 및 그 입장이나 성분의 차이까지도 뚜렷한 윤곽을 드러내가고 있었기 때문이다.

제국의 패망이니 조선의 독립이니, 엉뚱한 망상을 꿈꾸고 있는 것은 박춘구나 상억이나 입장이 크게 다를 바가 없었다. 하지만 박춘구의 허황스런 이상과 가파른 신념에 비해, 그것을 늘 어딘지 못 미더워하는 지상억의 느슨한 태도 사이엔 그런대로 뚜렷한 차이가 있었다.

박춘구는 번번이 그 같은 상억의 느슨한 태도를 부르주아지 인텔리의 무기력한 순응주의 성향으로 심하게 나무라며 경계하려 들곤 했다. 하다 보니 위인들의 그 심야 밀담은 자주 노골적인 충돌을 빚거나 박춘구 쪽의 일방적인 힐난으로 끝이 나기 일쑤였다.

도섭은 이후 두 사람의 밤 밀담을 거의 틈 닿는 대로 지켜온 셈이었는데, 한 번은 무슨 조선 반도의 독립을 촉진시키기 위한 반제 운동의 행동 노선(기가 차서!)이라는 것을 두고 박춘구가 상억의 그 순응주의적 태도를 이렇게 호되게 힐난한 일도 있었다.

──민족 진영 사람들의 교육 운동이나 문화 운동 같은 것도 전혀 무의미한 것이라고는 할 수 없겠지. 하지만 그건 어디까지나 우회적이고 비본질적인 행동 방법이지. 보다 본질적이고 일차적인 행동 노선은 제국주의의 파멸을 목표로 해야 해. 제국주의가 제일의 투쟁 목표가 되어야 하고, 그 목표에 대한 직접적인 투쟁만이 조선의 문제를 근본적으로 해결해나가는 길이란 말일세. 그렇지가 못한 우회적인 방법은…… 교육 운동이나 문화 운동 따위, 이를테면 그 민족 역량의 예축 운동 같은 건 오히려 자네처럼 무기력한 순응주의만을 잉태시킬 위험성이 다분하거든, 그 예로 『×일보』의 브 나로드 귀농 운동, 상록수 운동들의 결과를 상기해봐. 그것으로 무슨 반도의 현실이 개선되고, 민족 역량의 제고가 이루어졌

나? 민족 현실의 개선이나 역량의 제고커녕 일제의 음흉스런 수탈 정책의 들러리나 서준 격이지. 게다가 그 자력갱생이다 뭐다, 못 된 민족성부터 개조해라 어째라, 일제라는 명명백백한 투쟁의 목표를 눈앞에 두고도 양반 헛기침 같은 소리나 떠들고 다니는 사람들, 그래서 적 앞에 눈을 멀게 한 사람들, 그자들의 잠꼬대 같은 주장이 결과한 게 대체 뭐냔 말일세. 그자들은 결국 어떻게 되었구. 기껏 자네 같은 거짓 문화주의자, 무기력한 순응주의의 선범(典範)을 보여줬구…… 허니 자네 늦기 전에 눈을 똑바로 뜨라구.

먹물깨나 든 자의 유식한 변설이라 자세한 속뜻까지 다 알아들을 수 없었지만, 도섭이 대충 읽어낼 수 있는 것만 해도, 두 사람의 관계나 태도의 차이는 그쯤 분명한 것이 있었다. 소위 반제 운동이나 민족 독립을 둘러싼 위인들 간의 사상과 지향 노선의 차이는, 요컨대 박춘구가 직접적이고 급진적인 개혁주의를 표방하고 있음에 비하여, 상억은 제법 현실 정황을 감안한 점진적 개량주의의 입장에 서 있는 셈이었다. 따라서 박춘구나 지상억은 둘 다 어차피 세상이 달라져야 한다는 데에는 생각이 같았지만, 그 달라진 세상에 대한 꿈은 서로 간에 상당한 거리가 있었고, 그 명분이나 방법에도 뚜렷한 차이가 엿보였다.

개혁의 진행과 달성 방법에 대해 박춘구는 주장했다.

──만인이 평등한 세상이 되려면 말할 것도 없이 우선 억눌려 사는 사람들이 없어야 하고, 억눌려 사는 사람들이 없으려면 억누르는 사람들이 없어야 하겠지. 그런데 실상 남 위에 군림하여 아랫사람들을 억누르고 사는 사람들은 그 힘을 대대손손 세습적으로

이어받아 그것을 다시 영구히 지켜가고 싶어 하는 자들이지. 그러니 자연 그 힘을 물리치는 건 억눌려 사는 자들 스스로의 의무이자 책임이 될 수밖에. 억눌린 자들 스스로가 힘으로 억누르는 자들을 부숴 없애고 나면 세상은 비로소 누르고 눌리는 자가 따로 없는, 말하자면 이제는 모든 사람들이 그 스스로 자신을 다스리는 만인 평등의 세상이 되는 거 아니겠어…… 전에도 말했겠지만, 거기에도 그 만인을 대신하여 그 힘을 위임받아 효과적으로 행사해나갈 임시 방편상의 권력 질서가 필요하긴 하겠지. 그를 위한 일부 권력 대행 계층이 생기는 것도 불가피해지는 거구. 하지만 그건 어디까지나 위에서 일방적으로 억누르는 지배 체제가 아니지. 그건 근본적으로 자생적인 힘의 질서일뿐더러, 이제는 누구나가 그 다스리는 자리에 나설 수 있는 자율적 질서거든. 세습적·하향적 강제 권력이 아닌 임시 위임의 자율적 힘만이 대행되어가는 세상, 그게 바로 만인 평등의 공평한 세상이 아니고 뭐겠어. 그런 만인 평등의 사회 건설을 위해선 우선 당면의 폭압자들부터 부숴 없애는 것 그것이 우리의 지상 목표이자 역사의 당위인 것이지……

하지만 그간 박춘구의 계속된 교양 덕분이었을까. 거기 대한 상억의 태도나 반론도 여간 만만치가 않았다.

──만인이 만인을 다스리는 새로운 힘의 질서가 형성될 때, 그 만인으로부터 자생적 힘을 위임받아 그것을 대행해갈 임시방편적 권력 집단이 불가피해지는 건 저도 이해를 하겠어요. 그게 요즘 말로 바로 대의 제도라는 걸 테니까요. 하지만 박 선생님의 꿈은 실상 그런 순환성의 대의 제도가 아니라 영구불변한 프롤레타리아

독재에 있는 것 아닙니까. 그리고 그를 위한 혁명에 있는 것 아닙니까. 저는 지금까지 그렇게 알고 있습니다만, 그렇다면 그 새로운 세상이라는 것도 제겐 지금까지와 별반 다를 것이 없을 것 같아 보이는걸요. 한 가지 예를 들면, 그 힘을 위임받은 권력 대행 계층만 하더라도 그들이 끝끝내 임시 대행자로서만 만족하고 있으려 할까요? 우리가 그 권력의 대행자를 교체시킬 수 있는 진정한 힘의 주체자라는 것을 그들이 언제까지나 잊지 않아줄까요? 힘이란 한번 일정한 질서로 조직이 이루어지고 나면 그 권력 자체나 그에 의존하고 있는 사회 구조를 방어하고 영속시켜가려는 보수적 · 배타적 속성을 지니고 있는 마당에요? 그런 마당에 그 임시방편적 권력의 대행이란 아무래도 위험한 이상론이 아닐까요.

출신과 세상 경험의 차이 때문인지, 박춘구의 태도나 성향이 그만큼 가파르고 위험해 보인 데에 반하여 상억 쪽은 제법 인간적인 이해와 여유가 깃들인 자세인 셈이었다.

도섭은 어쨌든 그런 두 사람의 노선 논쟁에서 적잖은 밀탐의 성과를 거두고 있었다. 태도나 방법이 어떻게 달랐든, 둘은 어차피 세상의 변혁을 꿈꾸고 있는 자들이었다. 박춘구에 비해 상억의 생각이 좀 온건해 보인 건 사실이었지만, 그도 똑같이 일제의 패망과 세상의 변혁을 꿈꾸고 있다는 점에서, 더욱이 박춘구보다 세상을 읽는 눈치가 꽤나 실제적이라는 점에서 위험성이 조금도 덜할 바가 없었다. 필경은 무슨 일들을 꾸미고 있거나, 미구에 그리고 나설 위인들임이 분명했다. 도섭조차 금시초문인 여러 가지 정보들을(그것은 물론 믿을 바가 못 되었지만) 타고 있는 걸로 보아서 위인들(그 정보의 통로는 상억보다도 박춘구 쪽에 더 가까울 것이었다)에게 어떤 배후가 움직이고 있을 것도 분명했다.

도섭은 갈수록 확신이 더해갔다. 하지만 그는 이번에도 쓸데없이 일을 서두르려 하지 않았다. 그래 봐야 위인들은 제 손으로 제가 빠질 구덩이를 파고 있는 격이었다. 위인들이 구덩이를 더 깊이 파고 들어갈 때를 기다려야 했다. 갈수록 더해가는 논쟁의 열기로 보아 안도 반장의 본 공작 밀령이 떨어질 때쯤이면 위인들은 제물에 제 구덩이에 빠져 들어가 자승자박의 신세가 되어 있을 수도 있었다.

——두고 기다려보자. 네놈들이 필경엔……

도섭은 혼자 노회한 웃음을 흘리며 끈질긴 참을성으로 밀탐만을 계속해나갔다. 생각 같아서는 위인들의 정보 출처에 대한 단서나 낌새를 살피기 위해 박춘구의 거처를 한번 수색해보고 싶기도 했다. 기회를 찾아보면 불가능한 일도 아니었다. 그런데 사실은 그조차 당분간 기회를 미뤄둬야 할 다른 단서 한 가지가 나타났다.

하루는 도섭이 예의 산행을 나섰다가 노송봉 쪽으로 숲길을 올라갔을 때였다. 산을 오른 다음 그가 정상의 후사면 쪽에서 잠시 용변기를 풀고 앉아 있으려니, 근처 어디선지 산에선 귀에 선 이상한 소리가 들려왔다. 쏴쏴, 쉬쉬…… 어떻게 들으면 높은 나뭇가지 끝을 스치는 바람 소리 같기도 하고, 바닷가에 파도가 밀리는 소리처럼도 들렸다. 때로는 그런 심한 잡음 속에 어슴푸레 사람의 음성이 섞이고 있는 것 같기도 했다. 용변을 끝내고 소리나는 쪽을 천천히 더듬어 가다 보니, 뜻밖에 저만큼 커다란 떡갈나무 아래 오밀조밀 자리를 둘러앉아 있는 사람들의 그림자가 어른거렸다. 조심스레 살펴보니 일행은 모두 셋으로, 그중 한 사람은 뱀잡이 혁명가 박춘구였고, 다른 두 사람은 어느 암자쯤에서 본 듯도 하였지만, 거리가 멀어 윤곽이나 기억이 확실치를 않았다. 물론 세 사람 다 도섭처럼 산행(박춘구는 특히 뱀잡이가 구실이었겠지만)을 나온 참일 것이었다. 하지만 그건 그냥 여느 산행길이 아니었다. 세 사람이 둘러앉은 니무 밑동 한쪽에 작은 밀감 궤짝민한 상자 하나가 놓여 있었는데, 쇄쇄 잡음 소리와 사람의 목소리는 바로 그 상자에서 흘러나오고 있었다. 의심할 것도 없이 그건 나지오(라디오) 통이었다. 위인들이 산행 시 라디오 통을 메고 나와 그것을 몰래 청취하고 있는 중이었다.

——새끼들이 그런 식으로 정보를 얻어왔었군.

도섭은 뜻하지 않게도 거기서 한 가지 수수께끼의 단서를 붙잡은 셈이었다. 그야 그날 한 번의 우연한 목격으로 거기에 모든 혐의를 걸어버릴 일은 아니었다. 그리고 그게 비록 위인들의 정보 청취의 수단이었다 하더라도 상억과의 논쟁이나 시국담의 자료들이 거기서 모두 얻어진 것이라고는 할 수 없었다. 집안이 유복한 누군가가 그걸 귀한 선물로 얻어와서 소리가 잘 들리는 산정으로 높이 메고 올라가다가 도중에서 우연히 박춘구를 비롯한 산행 동료들을 만났을 수도 있었다.

하지만 그건 좀처럼 사실이기가 어려웠다. 이런 시국에 특별한 경로나 용도가 아니고는 그런 물건을 구하기란 쉬운 일이 아니었다. 위인들이 라디오를 설치한 장소도 산 정상을 넘어선 숲 속이었다. 먼 전파를 잡으려는 목적 이외에도 남의 눈을 피하려는 방책일시 분명했다. 뿐만이 아니었다. 알고 보니 위인들의 그 같은 밀행은 그저 어쩌다 그 한 번만이 아니라 상습적 모사였음이 분명해져갔다. 그날은 그냥 모른 척 산을 내려왔다가 뒷날 기회를 잡아 다시 산을 올라가보니, 예의 떡갈나무 둥치 밑에서 라디오 청취용 안테나 철선이 가지 끝으로 높이 뻗어 올라가 있었다. 라디오 통만 가지고 오면 언제든지 선을 이어 전파를 잡도록 설치된 것이었다. 위인들이 거기서 어떤 방송을 들어왔는지, 구체적인 내용까진 아직 분명치가 않았다. 라디오의 소유주나 구입 경로에 대해서도 아직은 소상히 밝혀진 것이 없었다. 도섭이 뒤미처 확인한 것은 다만 만일암 근처의 한 토굴 숙사에도 비슷한 안테나선이 설치되어 있다는 사실뿐이었다. 거기에 곽 행자의 흘림 소리에 따르면, 그 부근에 그런 기계류를 만지기 좋아하는 손재주꾼이 한 놈쯤 들앉아 있는 듯싶기도 하였다.

하지만 그런 건 이제 도섭에겐 별 문제가 아니었다. 도섭에게 중요한 것은 박춘구와 그 주위의 몇몇 위인들이 그런 식으로 남몰래 바깥소식을 끌어들이고 있는 사실이었다. 박춘구들의 정보원이 그뿐만은 아니더라도 예의 라디오가 거기 상당한 역할을 해왔을 것은 더 의심의 여지가 없었다. 뿐더러 그런저런 그간의 정보들은 박춘구와 지상억들 사이에서만이 아니라, 골짜기의 선방과 속방 사람들 모두에게 은밀히 건네지고 있었기 십상이었다. 거기 귀가 멀어 있었던 것은 도섭 한 사람뿐, 위인들끼리는 그렇게 정보를 주고받으며 엉뚱스런 모사를 꿈꾸고 있었기 쉬웠다. 도섭은 이제 그 보이지 않는 정보선의 움직임을 찾아내야 하였다. 말하자면 그의 독자적 밀탐 활동에 한결 더 구체적이고 분명한 표적이 떠오른 셈이었다. 따라서 이번에는 박춘구나 지상억의 외사 거처들을 한 번쯤 몰래 수색해봐야 할 실제적인 필요성이 도래한 셈이었다.

13

별로 큰 기대를 걸 일은 못 되었지만 도섭은 며칠 동안 신중하게 그 밀색(密索)의 기회를 기다렸다. 한데 그러던 중 이번에도 굳이 그런 위태로운 밀탐까지 감행을 할 필요가 없어지고 말았다. 며칠 뒤 별채에서 예기찮은 일이 한 가지 벌어진 때문이었다. 상억이 그 밤에 대퇴부를 칼에 찔린 영문 모를 변고를 당한 것이었다. 그 것도 무슨 정체 모를 괴한의 습격을 받아서가 아니라, 박춘구가 그 상억의 방을 찾아가 자신의 후배 동지 격인 그 방의 주인을 찌른 것이다. 곽 행자가 듣고 와 전한 말에 따르면, 상억과 박춘구는 이날 밤 둘이 함께 상억의 방에서 늦게까지 도란도란 이야기를 나누고 있었는데, 자정이 넘었을 무렵 느닷없이 상억의 비명 소리가 새어 나오고, 소리에 놀라 이웃방 사람들이 달려가보니 상억이 허벅지에 칼침을 맞고 피를 흘리며 쩔쩔매고 있었다는 것이다. 곽 행자는 마치 자신이 직접 목격이라도 한 일처럼 설명이 역연했다.
이상한 건 사건도 사건이지만, 일을 벌이고 난 두 사람의 전혀 상반된 태도였다. 우선 박춘구는 사람들이 몰려들어도 그 앞에 자기 행동을 숨기려 하거나 당황해하는 빛이 전혀 없었다는 것이다.

—이 친구, 이런 식으로밖엔 사람의 길을 가르쳐줄 수가 없었지요. 이제는 제법 정신이 들 거요.

위인은 마치 예정된 일이라도 치르고 난 듯이 자로 재듯 냉랭한 한마디를 남기고는 나 몰라란 듯 꼿꼿이 제 방으로 건너가버렸다고. 위인의 그 같은 오연스런 태도에는 옆사람들이 오히려 기가 질려 한동안 말을 잃을 지경이었다는 것이다.

그에 비해 일을 당한 지상억은 태도가 오히려 정반대였댔다. 상처가 생각보다 깊질 않아서였던지, 상억은 다만 그 한 번의 비명뿐 이내 침착성을 되찾고는 이를 악물며 제 쪽에서 한사코 소란을 제지하려 애를 쓰고 돌아갔다는 것. 그 위에다 상억은,

—조용히, 조용히…… 별일 아니니 괜히 귀찮아지게 떠들지들 마시고…… 자, 자, 여기…… 누구 소독제하고 붕대나 있으면 좀 갖다주어요. 그리고 이 칼……

일이 밖으로 알려지는 것을 극력 경계하며 경황 중에도 자신을 찌른 과도까지 제 입으로 단속을 하고 나섰댔다. 요행히 상처가 그리 깊지 않았던 데다(그건 실상 박춘구의 계산이기가 쉬웠다) 소독제나 붕대도 비교적 손쉽게 구할 수 있어(명색상이나마 어쨌든 요양객들이 많았으니까) 그날 밤은 더 이상 큰 소동 없이 일이 조용히 넘어간 모양이었지만, 두 사람의 그런 기이한 태도의 역전은 누가 보아도 이상했을 터였다.

하지만 도섭은 생각이 달랐다. 그는 하필 이날 밤 일찍부터 잠에 빠져 아침이 되어서야 자초지종을 전해 듣게 되었는데, 그러나

도섭은 그 이야기를 들은 순간 그것을 전해준 곽 행자보다도 전후 곡절이 훨씬 명백해 보였다.

이날 밤도 두 위인 사이에 예의 노선 논쟁이 있었음이 분명했다. 그것이 팽팽한 평행선을 달리다 폭력의 충돌까지 빚게 된 것이었다. 아니 그것은 충돌이라기보다도 박춘구의 일방적인 시범조 훈계였을 터였다. 일견 매우 잔학스런 폭행의 형식을 취했음에도 용케 급소를 피한 칼찌검질이 도섭에겐 그런 심증을 낳게 하고 남았다. 한사코 사건의 누설을 달가워하지 않았던 상억의 태도 또한 그 같은 박춘구의 단호한 훈계를 일단은 조용히 받아들이려는 것임이 분명했다.

그것은 박춘구와 상억 간의 노선 논쟁의 치열상을 단적으로 드러낸 사건이었다. 박춘구 쪽에서 먼저 폭력의 방법을 시범해 보인 것도 그의 성격이나 지론과 일치하는 것이었다.

하지만 도섭은 그 방법의 극단성으로 인해 두 위인 간의 싸움의 승부가 박춘구보다는 오히려 상억 쪽으로 기우는 느낌이 짙었다. 애초 상처가 깊지 않았던 데다 비상약과 절간의 비방을 동원하여 상억은 끝내 산을 내려가지 않고 상처의 치료를 외사채에서 버텨냈다. 주위에서 무슨 위로 말이라도 건넬라치면, 위인은 괜히 실없는 장난질로 불편스런 결과를 빚고 만 것처럼 그 허벙하고 사람 좋은 웃음기 속에 손가락을 입으로 가져가곤 할 뿐이었다. 별일 아닌 일 가지고 이러쿵저러쿵 귀찮게 굴지들 말아달라는 뜻이었다.

"원, 사람하곤 참! 어디 성깔을 부릴 데가 없어서 한솥밥 먹는 사람헌티 그런 막된 짓을. 그런 위인은 당장 주재소에 고발해서

한 몇 년 콩밥을 먹게 해놔야 하는 겐데."

한 번은 도섭이 외사채로 위인의 아침상을 내려 갔다 때마침 혼자서 상처를 풀고 앉아 있는 걸 목격하고 위로 반 비방 반 심중을 짚어보았을 때도 상억은 그저,

"쓸데없이 남의 일에 참견하려 들지 마쇼. 뒷집 과부 가엾다고 오입쟁이가 되실 거요?"

한마디로 무참히 입을 막아버리던 것이었다.

거기 비해 아직도 박춘구라는 위인은 태도나 표정이 늘 당당하고 오불관언 식이었다. 작자는 마치 해야 할 일이라도 치르고 난 사람처럼 어디 좀 민망해하거나 기가 죽어하는 대목이 없었다. 주위 사람들은 물론 피해자인 상억에게마저도 무얼 좀 안돼하거나 민망해하는 빛이 없었다. 자기들끼리는 어떤지 몰라도(소동 이후 그는 대개 제 방에만 꼭꼭 틀어박혀 지내고 있었다) 적어도 겉보기론 상억의 상처를 걱정하거나 치료를 거드는 기미가 전혀 안 보였다. 모든 것이 자신과는 아무 상관도 없는 생판 남의 일이듯 태연스런 태도였다.

도섭은 물론 그것을 곧이곧대로 보아 넘길 수가 없었다. 박춘구의 그런 의연성과 외견상의 무관심은 오히려 속 여유를 못 가진 징표일 수 있었다. 나 어린 사람에게 칼침질까지 하고 난 자신이 위인인들 부끄럽고 혐오스럽지 않을 리 없었다. 그렇다고 그걸 뒤늦게 후회하거나 자기 허약성을 드러내 보이기는 더욱 쑥스러웠을 터였다. 위인의 의연함, 당당함은 그렇듯 자기 여유를 잃은 데서 온 위장이기가 쉬웠다. 거기 비해 상억은 분명 여유가 만만했다.

그가 한사코 상처를 숨기고 나선 것은 박춘구의 폭력에 대한 그 자신의 최종적인 승복의 표시일 수가 없었다. 그것은 자신의 공범자로서의 박춘구와 폭력으로 시범된 그의 주장과 방법에 대한, 다시 말해 그 노선 논쟁의 불가피한 가열성에 대한 일단의 이해와 용인 행위일 뿐이었다. 상억은 어쨌거나 박춘구에 비해 그만큼 여유가 앞선 편이었다. 그 노선 논쟁의 승부의 향방이 그만큼 상억 쪽에 기울고 있는 셈이었다.

도섭으로선 물론 그 위인들 간의 논쟁의 승부 따위엔 그리 관심이 클 수 없었다. 그의 관심은 오히려 두 위인 사이에 칼부림질까지 부르게 된 그 노선 논쟁의 가열스런 대립과 한사코 사건의 누설을 꺼려 하는 그 폭력극에 대한 공범성 침묵(용인)에 있었다. 그 부근 어디쯤에 위인들 간의 모종 음모(그가 아직 모르고 있는)의 뿌리가 숨어 있을 게 분명했다. 이를테면 도섭은 그것으로 이제는 절간 안에 뻗쳐든 비밀 정보선(혹은 모종 지하 조직의 내통선)의 그럴듯한 요처를 붙잡게 된 셈이었다. 아직은 그 줄이 누구와 어떤 일로 이어지고 있는지가 드러나진 않았지만, 그것은 도섭이 일단 마음만 먹고 나면 언제든지 그 끝을 당겨볼 수 있는 것이었다. 도섭이 그 줄의 끝을 잡아당기기만 하면 거기 앉은 새들은 놀라 지체 없이 날아오를 것이고, 그 새들이 날아오른 모양새를 살피면 줄이 어떻게 어디로 뻗어들고 있었는지를 한눈에 읽어낼 수 있을 것이었다. 그야 지금까지도 도섭 앞에 줄이 한 번도 흔들리지 않았던 것은 아니었다. 한 예로 그 금서 병풍 도난 사건만으로 해서도 위인들은 여기저기서 줄을 이어 산행을 일삼아 나서곤 했었다. 그때는 도섭의 눈길이 아직 적절한 요령을 얻지 못하고 있었던 데다, 소동의 성격마저 전혀 엉뚱스러운 것이었다. 새들의 날아오름이 있었던 건 사실이지만, 그것은 그저 아무 질서도 없는 무작정한 비상으로밖에 달리 보였을 수가 없었다. 하지만 이번에는 원하기만 한다면 공작의 표적과 방법이 확실한 완벽한 시나리오를 만들어낼 수 있었다. 뿐더러 그 같은 공작의 개시에는 무엇보다 명백한 계기를 안고 있어 신변의 안전을 염려할 일도 없었다. 때가 되면 절간 안의 불온 무리뿐 아니라 보이지 않는 외부의 내통자들 일당까지 일시에 정체를 벗겨낼 수 있었다. 모르면 몰라도 안도의 본 공작 역시 그에서 그리 멀지 않은 곳에 표적이 있거나, 적어도 그 비슷한 단계의 예비 공작은 필요할 것임이 분명했다.

그것으로 도섭은 이제 그의 본 공작 임무에 대해서도 안도로부터 명령만 떨어지면 즉시로 수행해나갈 수 있는 만반의 준비가 갖춰진 셈이었다. 그는 그만큼 안도의 밀령이 더 급하게 된 것이었다. 하지만 안도에게선 그 잠입 초의 1신뿐 더 이상은 아직까지 소식이 깜깜이었다. 오늘인가 내일인가, 도섭은 하루가 10년 같은 조급한 심사 속에 안도의 명령만을 초조하게 기다렸다.

도섭이 그렇듯 조급하고 초조하게 굴수록 윤 처사에겐 말 못할 불안감과 위험이 가중되어가게 마련이었다.

도섭의 음흉하면서도 매서운 눈길은 윤 처사가 처음 예상했던 것 이상으로 끈질기고 대담했다. 위인의 의심 어린 발길과 눈길은 이제 외사 객방들은 물론 우봉 스님의 주변과 영정각 내실에까지 무시로 넘나들었다. 대원사와 백암사 간에 어떤 숨은 내왕이 있는

지 노골적으로 의심을 하고 드는가 하면, 그 잿밥이 영정각을 드나드는 데에까지 적지 않은 의혹의 눈길을 뻗치고 있었다. 그것도 이젠 어떤 내심의 확신이 선 모양으로 터놓고 그의 심중을 후비고 들기까지 했다. 백암사 쪽과의 내왕이나 잿밥일에 대해선 그럭저럭 대답을 둘러대 넘겼지만 윤 처사로선 아무래도 마음이 놓이지가 않았다. 위인의 눈길이 그리 설치고 돌아가다 보니, 병풍 일은 물론 그 잿밥의 취식자나 질간 은신자들 전체가 안전할 수 없었다. 미구엔 윤 처사 자신의 처지마저 위인 앞에 안전을 장담할 수가 없었다. 그간에 이미 주변 사람들의 불온성과 숨겨진 허물들을 꽤 인지하고 있었을 텐데도 그걸로 단박 올가미를 씌우려 덤벼들지 않고 있는 것도, 그 사찰 소장품이 아닌 다른 큰 표적을 노리고 있는 것 같아 윤 처사의 심사를 더욱 불안하게 하였다. 그래 결국 하루는 위인을 채전으로 불러내어 용진 행자의 딱한 사정을 모두 들려준 일까지 있었다. 한껏 날이 일어선 위인의 심사를 흔들어(겸하여 그 서화의 도난 사실을 확인시켜줌으로써) 백암사와 은신자들의 일에서 사나운 욕심을 좀 주저앉혀보고 싶어서였다. 바로 그 욕심을 무력화시키고 위인의 주의를 다른 데로 돌려놓으려는 계략이자 설득인 셈이었다. 하지만 도섭은 그것도 쉽게 믿기지가 않은 낌새였다. 커녕은 오히려 새삼스레 그에게 그런 얘길 털어놓은 이쪽의 저의를 의심하는 눈치였다. 게다가 근자엔 산정께에 설치된 라디오 선까지 위인의 눈에 띄게 된 데다 몇 차례 주의와 당부에도 불구하고 늘 불안스럽기만 하던 그 박춘구와 지상억 간의 사상적 갈등까지 끝내는 어이없는 칼부림으로 이어져 그의 입장을 더욱 곤혹스럽게 만들고 있었다. 윤 처사 역시도 이제는 위인이 아예 어떤 분명한 행동을 취하고 나서주기를 바라는 심정이 되고 있었다. 그로선 그게 오히려 대응이 쉬워 보인 때문이었다.

밤을 앓는 대지(大地)

14

9월 하순께의 추석절을 전후해서부턴 산색이 빠르게 적황색으로 변해갔다. 절에서는 그 추석절조차도 특별한 불사나 차례 의식이 없이 기억 속의 명절로만 넘어가고 있었다. 기껏해야 추석 당일 산 아래서 몇몇 아낙들이 명부전·칠성각 들을 찾아보러 온 길에 햇과일 몇 알로 불전에 소원을 풀고 내려갔을 뿐이었다. 산골 절간인 데다 총후 국민의 멸사보국의 결의가 어느 때보다 크게 요구되는 시국인 만큼 그것은 어디까지나 당연한 처사였다. 귀축미영에 대한 들끓는 적개심과 필승의 신념으로 굳건히 무장된 총후 국민의 결의는 비단 이 산골의 절간뿐만 아니라 반도 전체의 신민들로 하여금 추호라도 감상적인 복고적 정취에 젖게 해서는 안 되었다. 절간의 그 같은 자제와 자중은 지극히 당연한 것일 수밖에 없었다. 더욱이 막중한 공작 활동에 대비하여 본 임무를 기다리고 있는 도섭으로서는 추석 따위 구습에 마음을 쓸 여유가 조금도 없었다. 그는 가일층 결의를 새로이 하여 나름대로의 방식대로 자신의 임무를 충실히 수행해나가고 있었다. 그러던 중 마침내 안도로부터 고대하던 두번째 밀령이 당도했다.

추석이 지나고 한 주일쯤 되어가던 10월 초순 어느 날 아침 녘이었다. 산문 아래서부터 한 떼의 사람들이 절간 쪽 산 숲을 훑고 올라왔다. 손에 톱이나 도끼 따윌 꼬나들고 어깨엔 제각기 망태기를 하나씩 걸쳐멘 사람들로, 두륜산 일대까지 관솔을 따러 온 물자 동원 인력이었다. 그 관솔 망태기를 짊어진 무리 중의 한 위인이 표충사 곁을 지나다 문득 도섭들의 정쟁간까지 물을 찾아 들어왔다. 목 좀 축이고 갑시다— 소리에 도섭은 얼핏 심상찮은 느낌이 들어 윤 처사나 발 빠른 곽 행자를 앞장서 자신이 먼저 정쟁간 문을 내다보았다. 목을 축이려면 굳이 사람을 찾지 않더라도 출입문을 오르는 돌계단 오른쪽에 행인들을 위한 저수대가 마련되어 있기 때문이었다. 밖에는 과연 허름한 복색의 젊은 사내 하나가 관솔 망태기를 어깨에 걸머멘 채 정쟁간 문 쪽을 기웃거리고 있었다. 조선옷 바지·적삼에 낡은 밀대 모자를 눌러쓰고 있었지만, 도섭은 위인이 전번에 찾아온 '인삼 장수 사내'임을 금방 알아볼 수 있었다.

"목을 축이려면 문밖 계단 아래도 수곽이 있는데, 공연히 예꺼정 올라오셨구먼이러."

도섭은 등 뒤의 주의를 죽이느라 부러 좀 짜증 섞인 소리를 하고

나서 사내의 눈길을 은밀히 주시했다. 사내도 이내 눈치를 알아차린 듯,

"글쎄요. 물은 있었지만 바가지가 없어서요. 절간이란 원래 청정한 곳이라 맨손으로 물을 퍼 마실 순 없는 거 아닙니껴?"

능청을 떨고 나선 도섭을 재촉하듯 이쪽의 처분을 지그시 기다렸다. 도섭은 사내를 잠시 기다리게 한 다음 혼자서 다시 정갯간으로 들어가 물사발 하나를 꺼내 들고 문밖 저수대까지 사내를 안내하고 내려갔다. 그리고 사내가 그 물사발을 받아다 물을 떠 마시고 나서 그것을 다시 돌려주는 사이에 밀령서가 재빨리 도섭에게로 전해졌다.

"이따 산을 내려올 때도 목이 마르면 다시 한 번 신세를 지고 갑시다."

사내는 사발 밑에 밀전(密箋)을 함께 겹쳐 건네주고는 천천히 일행을 따라 산길을 올라가버렸다. 사내의 부탁인즉, 응답 밀전이 있거든 그때를 대비하라는 당부의 신호였다.

하지만 도섭은 이날 사내가 다시 찾아오기를 기다릴 필요가 없었다. 1신 때와 별로 달라진 것이 없는 안도의 밀령은 도섭의 회보를 굳이 필요로 하지도 않았거니와, 도섭으로서도 그간 특별한 보고 거리가 없었기 때문이다.

——사찰 출입 인물 중 대원사와 백암사(장성군 소재) 간의 내왕 상황을 집중 내사할 것. 본건 내사는 차후 별명이 있을 때까지 극히 범연한 밀탐에 한정하고, 특히 공작선의 위장과 보안에 철저를 기할 것.

메모 형식으로 된 안도의 밀령은 그것이 전부였다. 초조한 기다림과 기대에 반하여 너무도 간단하고 알맹이가 없는 내용이었다(하다못해 이미 바닥이 나고 있는 활동 자금에 대해서도 안도는 아무 말이 없었다. 공작 활동비라는 건 여태까지도 늘상 그런 식으로 안도의 눈치만 살피다가 끝내는 제풀에 지쳐 떨어지게 마련이었지만). 이건 아직도 변소간의 생쥐모양 눈깔만 내밀고 계속 숨어 엎드려 있으라는 꼴이 아닌가. 어떻게 보면 그저 1신 밀령의 되풀이 다짐이거나 사소한 말의 보충에 불과한 내용이었다. 도섭에겐 어쨌든 추호의 소홀함도 용납될 수 없는 철의 행동 지침이었지만, 그나저나 당장엔 맥살부터 풀렸다. 그래 도섭은 회보조차 생략한 채 작은집 머슴을 그대로 돌려보내버린 것이었다.

하지만 그 같은 도섭의 실망은 길게 가지 않았다. 도섭은 오래 잖아 그런 처지에서나마 자기 일에 다시 자신감과 활기를 되찾게 되었다. 무엇보다 안도의 두번째 밀령서엔 차후 밀탐 활동의 구체적인 방향이 지시되어 있었다. 대원사와 백암사 간의 내왕 상황을 집중 밀탐할 것…… 안도의 밀령은 도섭에게 그 박춘구들의 백암사 쪽 이야기나, 대원사와 백암사 간의 내통 사실에 대한 윤 처사의 심상찮은 반응들을 새롭게 되새기게 하였다. 따지고 보면 사실 안도의 명령은 그의 밀탐 활동의 구체적인 목표뿐만 아니라, 본 공작의 성질이나 윤곽까지 어느 정도 짐작할 수 있게 해주고 있었다. 도섭은 그간의 오랜 경험과 감각으로 그것을 어느 정도 감지할 수 있었다. 게다가 그것은 그의 밀탐의 구체적인 표적으로 백암사 쪽과의 연계가 지목되고 있었다. 그것은 이미 도섭으로서도 꽤나 신경을 써오던 일이었다. 도섭은 지금까지 늘 독자적 활동으로 안도의 공작 명령을 한 걸음씩 앞서가는 것이 소망이었지만, 여적시 백암사가 공작의 대상으로 떠오른 건 도섭으로서도 여간 신통하고 고무적인 일이 아니었다. 박춘구들의 밀담이나 집허당을 찾아온 그 객승의 일에서처럼, 안도 반장의 공작 방향에서도 역시 예의 백암사의 그림자가 스치고 있는 사실을 도섭은 아무래도 우연의 일치로만 보아 넘길 수가 없었다. 그쯤만 해서도 도섭은 이미 어느 정도 공작의 윤곽을 점쳐낼 수 있을 것 같았다. 공작의 윤곽이나 방향이 떠오르고 나면 밀탐의 방법 또한 한결 쉬워지게 마련이었다.

안도는 물론 아직도 도섭의 내사 활동을 예비 밀탐 단계에 엄격히 제한하고 있었다. 공작의 성격이나 윤곽에 대해서도 아직은 그저 어렴풋한 짐작뿐 단정을 내리기엔 몹시 위험한 단계였다. 섣불리 일을 벌이고 나서기엔 조심스런 대목이 한두 가지가 아니었다. 하지만 도섭은 이제 더 기다릴 수가 없었다. 내사의 방향과 표적이 드러난 이상 안도의 주문에 좀더 창의적으로 적극적인 대응을 해나가야 했다. 그것이 비록 안도의 의향이나 본 공작 목표와는 어긋나는 일이더라도 과히 해가 될 일만은 아니었다. 박춘구들의 논쟁이나 칼부림 때부터 그가 미리 마음속에 상정해온 방법은 안도가 걱정한 것처럼 신분의 노출이나 정황 탐지의 위험이 거의 없었기 때문이다. 뿐만 아니라 숨을 죽이고 엎드려 있기만 해서는 백암사 쪽이고 어디서고 절간을 드나드는 위인들의 발꿈치조차 제대로 살필 수가 없었다. 실제로 어떤 정보선이 절 안에 뻗쳐들고 있다 해도 그것이 어디로 연결되고 있는지, 집허당의 우봉 쪽인지 박춘구들의 외사 쪽인지, 아니면 천불전 쪽 종무소나 어느 암자, 혹은 뜻밖으로 윤 처사의 발길이 은밀히 스치고 있는 제3의 어떤 장손지(사실은 그 모든 곳들이 가능성이 있었으므로) 전혀 방향을 종잡을 수가 없었다.

도섭은 우선 그 정보 통로의 윤곽부터 확인해둬야 하였다. 그는 이미 그 정보선을 따라 숨어 앉아 있을 새 떼들을 날려 올릴 손쉬운 방도까지 마련해두고 있었다. 그는 박춘구와 지상억의 일로 하여 새삼 자신 앞에 의혹의 실마리를 드러낸 그 정보선의 한 끝을 하시라도 끌어당겨볼 수 있는 상황이었다.

도섭은 마침내 그걸 한번 슬쩍 당겨 흔들어보기로 작정했다. 그리고 내친김에 그를 위한 은밀스런 시나리오의 대강을 정리했다.

1. 대원사 동남방, 노송봉 후사면 20미터 지점의 대형 떡갈나무 수하(樹下)에 발신처 미상의 나지오 전파를 밀청하는 자들을 2, 3인 목격함. 수목 하단부에서 전파 수취용 비밀 안테나선을 발견할 수 있을 것임.

2. 광명전 좌방(左方) 부속 외사(별채 건물) 기식 속인들 중 근자 원인 불명의 상해 사건 발생. 사건의 쌍방은 가해자 박춘구, 피해자 지상억이라는 신분 미상의 인물들로 양인 공히 사건의 누설을 극력 기피하고 있음.

3. 필요하다고 판단될 시 위 사항들에 한해 혐의점들을 내사 바람. 당사찰 내의 별도 공작 진행 가능성에 대비하여 제보자의 안전

과 신분 노출 위험에 십분 유의할 것.

두륜산 대원사 표충사 내원의 한 애국 신민.

도섭은 그쯤 정보전을 밀봉하여 내친김에 이튿날 읍내 작은집의 정보과로 내보냈다. 이번에는 '인삼 장수'가 산을 다녀간 직후여서 비상 연락선 격인 화정옥의 소연을 통해서였다. 이튿날 오정쯤 도섭은 뒷산으로 산행을 나선 척 몸을 숨겨 들어갔다가, 불시에 길을 꺾어 화정리 10리 길을 숲 속으로 한달음에 달려갔다 온 것이었다.

병풍 사건 이후 한동안 뜸해진 그 '몰이꾼'의 발길을 그가 짐짓 다시 불러들이려는 것이었다. 정보전에서 그가, 전파 밀청자들과 상해 사건의 당자들이 동일 인물들로 보이는 점과 박춘구나 지상억의 불온 논쟁들에 대해선 아예 입을 다문 채, 내사의 범위를 두 가지 드러난 사안에 국한할 것을 당부한 것은, 더 이상 깊은 정보를 주었다간 방죽물을 모두 헤집어 흐트려 본 공작을 망치게 할 위험이 있기 때문이었다. 뿐더러 그걸 더 확실히 해두자니 도섭은 불가피 이쪽의 사정까지도 어느 정도 암시를 해 보일 수밖에 없었다. 그쯤은 이제 도섭으로서도 어차피 각오를 하고 나선 일이었다. 이즘은 어디서나 그런 유의 공작이 진행되고 있기 예사여서, 작은집에서도 이미 그만 정도의 감은 알아차리고 있기 십상이었다. 게다가 그쪽엔 안도의 다른 공작선까지 가동되고 있는 중이었다. 따라서 보다 효율적이고 전진적인 공작 임무의 수행을 위해서는 도섭으로서도 족히 그만 도박쯤을 감행하고 나서야 하였다.

밀통전(密通箋)이 확실히 작은집까지 들어갔으리란 보장은 없었다. 도섭은 쥐꼬리만 한 비자금과 사흘 밤의 몸공만으로 소연의 믿음을 사고 있을 뿐이었다. 백 프로 믿을 만한 심부름꾼은 못 되었다. 잘못 믿었다간 정보의 누출로 역공작에 되말릴 위험마저 충분했다.

하더라도 도섭은 당장 다른 방도가 없었다. 소연을 믿고 결과를 기다려보는 수밖에 없었다. 다른 뾰족한 선택이 없을 때 공작 활동엔 때로 그런 여유와 정보선에 대한 믿음이 절대로 필요할 때가 있었다.

──알았어요. 이제는 댁이 무얼 하는 사람인지 대충 알았으니 그럴수록 댁은 나를 믿어야지 않아요.

남의 눈에 띄지 않게 은밀히 부쳐달라는 봉투를 건네받고, 그것을 재빨리 치맛말 속에 간수하여 그를 안심시켜오던 소연의 그 물정 튄 진중성을 계속 믿는 수밖에 없었다. 나름대론 꽤나 세심한 주의에도 그간엔 특별히 눈길을 끄는 얼굴이나, 더욱 백암사와 내통을 의심해볼 만한 내왕객이 없다 보니, 도섭은 한동안 그 밀통의 반응을 기다리는 일에만 신경이 집중되고 있었다.

소연에 대한 도섭의 그런 믿음과 기다림은 끝내 헛되지가 않은 것 같았다. 도섭이 기다리던 '몰이꾼'의 그림자가 드디어 절간 안팎에 어른거리기 시작했다. 그리고 그 효과는 도섭으로서도 미처 예상을 못했을 만큼 신속하고 위협적으로 절골의 사람들을 동요시키기 시작했다.

10월도 바야흐로 중순께로 접어든 본 단풍철의 어느 날. 나무꾼 차림을 한 읍내 사내 둘이 노승봉 근처를 서성대고 있었다는 소문이 절골로 전해 내려왔다. 소문을 맨 먼저 도섭에게 전해준 건 이번에도 곽 행자 녀석이었다.

"나무꾼 차림을 하고 있었지만, 그 새끼들 사실은 해남서 땅개들이었다구요. 이 절 사람들 아니면 나무꾼이 거기까지 산을 올라길 일도 없지만, 그보단 작자들 중 한 새끼의 낯짝이 그쪽 땅개들이 분명하더라구요……"

제 딴엔 도섭의 신변을 걱정해주느라 녀석이 허겁지겁 그에게 귀띔해온 사단의 전후였다. 노승봉 근처에서 위인들과 마주친 건 여느 산행을 올라간 한 만일암 사람이었는데, 위인들은 그 사람과 길이 마주치려 하자 일부러 모른 척 눈길을 외면하며 그를 피해 가더라는 것. 그리고 언제 어디론지도 모르게 금방 모습이 사라져버렸다는 것이다.

"뭔가 이 절 주변을 엿보고 다니는 자들일 거라요. 아직은 목적이 무언지 모르지만 기미가 아무래도 심상치가 않아요. 별채나 객방에서들도 다 그런 것 같다더라니께요. 그러니 남 처사님도 조심하시는 게 좋을 거라요."

귀띔 끝에 곽 행자는 아예 터놓고 도섭에게 거듭 몸조심을 당부했다. 도섭은 물론 곽 행자의 그런 걱정을 괘념할 필요가 없었다. 녀석의 부질없는 걱정과는 반대로 그는 속이 한껏 느긋해지고 있었다. 드디어 사냥몰이가 시작된 것이었다. 소연이 제대로 일을 치러준 모양이었다. 게다가 그를 더 흐뭇하게 한 것은 몰이꾼의

230

출현에 대한 절 사람들의 민감하고 정확한 반응이었다. 만일암에서 흘러내린 비밀스런 전문(傳聞)이 그날로 광명전과 외사 사람들을 거쳐서 자신에게까지 즉시 당도한 것을 볼라치면 그 절 사람들의 일사불란한 움직임을 한눈에 환히 들여다보는 듯했다. 몰이에 대응해나갈 앞으로의 행동들도 그만큼 신속하고 정확할 게 분명했다. 하지만 도섭 앞엔 그 모든 것이 자기 함정의 구실밖에 할 수 없게 되어 있었다. 그것이 신속하고 정확하면 할수록 도섭에겐 외려 더 여유 있는 사냥 놀음이 될 뿐이었다. 그는 바야흐로 바둥대는 먹이를 눈앞에 한 교활한 맹수처럼 치솟는 흥분기를 지그시 눌러 참고 있었다. 그리고 미구에 자신이 거두어들일 포획물의 무게를 눈앞에 가늠해보며 다음 단계의 작전과 그 반응의 추이를 면밀히 지켜나갔다.

그러나 위인들도 아직 신중한 데가 있었다. 몰이꾼의 출몰이 그 한 번만으로 당분간 다른 기미를 보이지 않아서였던지, 위인들은 1차 그 사발통문 식 정보 내통이 있고 나선 더 이상 어떤 대응 움직임을 나타내지 않았다. 아무 일도 없었던 듯 평상적인 일과만을 되풀이하고 있었다. 윤 처사는 아예 그런저런 소문조차 듣지 못한 사람처럼 표정이나 거동에 전혀 변화의 기미를 찾아볼 수 없었다. 현장 탐색에서 별반 성과가 없었던 탓인지, 아니면 아직도 잠복 상태의 밀탐만 계속 중인지, 몰이꾼의 출몰도 오직 그 한 번뿐 더 이상 소문을 타지 않고 있었다.

하지만 그것은 양자 간에 신중한 대치와 관망의 완충기에 불과했다. 당장 성과를 거두지 못했다고 발길을 돌이켜서버릴 몰이꾼들도 아니었고, 한번 몰이꾼의 그림자를 본 위인들이 그 그림자가 눈앞에서 사라진 것으로 마음을 아주 놓아버릴 바도 아니었다. 몰이꾼들은 어디선가 숨을 죽이고 기다리고 있기 십상이었고, 표적물들 역시 그걸 알아차리고 짐짓 평온스런 행동거지 속에 몰이꾼들이 제물에 지쳐 돌아가기를 기다리고 있기 쉬웠다.

절골에는 한동안 그런 불안하고 위태로운 평온이 계속되고 있었다. 눈에 보이지 않는 불안감과 긴장 속의 팽팽한 대결이었다. 하지만 애초 겉으로 위장된 평온이 오래갈 수는 없었다.

다시 며칠 후. 드디어 그간의 위태로운 줄다리기에 새로운 파문이 일기 시작했다. 하룻밤은 상억이 해우소로 불리는 그 울 밖 변소간엘 다녀오다 자기 방문 앞 어둠 속에서 길을 마주 걸어 나오는 사람의 그림자와 마주쳤다 했다. 상억은 처음 그것이 절간 사람들 중의 누구겠거니 여기고 무심스레 알은체하는 소리를 건넸더니, 상대는 아, 변소엘 좀…… 어쩌고 어물어물 입속말 응대를 흘리고는 그대로 길을 스쳐 내려가버리더라는 거였다. 상억은 뒤늦게 그 귀에 익지 않은 목소리와 거동새에 수상한 느낌이 들어 발소리가 사라져간 천불전 쪽으로 뒤를 쫓아가보았지만, 그림자는 어느새 귀신처럼 어둠 속으로 종적을 감춰 사라지고 없더라는 것이었다.

그 일을 시발로 절간 안팎엔 다시 수상한 그림자가 자주 출몰하기 시작했다. 어떤 땐 대낮에 뒷산 숲 속에서 절간의 움직임을 유심히 엿보고 간 자가 있었다고도 했고, 심지어는 집허당 큰스님의 거처나 소영각 근처까지 수상한 밤손님의 그림자가 자주 안팎을 스치곤 한다 하였다. 한번은, 저녁 공양 차 사람이 빈 사이에 박춘구의 방 안까지 스며든 자가 있었는데, 그 틈입자가 방을 나가는 뒷모습을 때마침 야침차 산을 내려오던 방 화백이 우연히 목격한 일도 있었댔다. 실제로 사람을 붙들어본 일이 없으니 사실을 확인해볼 도리는 없었지만, 그런 일은 어쨌든 종무소 쪽이나 표충사의 유물관 근처에서도 심심찮게 자주 일어나고 있었다.

그런데 일은 애초 그런 미확인의 소문으로만 끝날 수가 없게 되어 있었다. 드디어는 몰이꾼들이 그 얼굴을 드러내고 막바로 절간으로 덮쳐든 날이 찾아왔다.

그날 저녁은 속방 사람들이 막 저녁 공양을 끝내고 났을 참이었다. 그때 읍내 작은집에서 몰이꾼 두 사람이 산을 올라왔다. 이번에는 구차스런 위장 차림으로가 아니라, 도리우치·당코 바지의 통상적인 사냥개 복색(인삼 장수는 낄 데가 못 되고 보니, 위인들은 필시 그 노승봉 쪽에 나타난 몰이꾼들일 것이었다) 그대로였다. 그것도 처음부터 지목을 하고 온 듯 바로 광명전 밖 속인들의 외사부터 덮쳐든 것이었다. 말하자면 작은집의 불시 검색이었다. 위인들은 방마다 안에 든 사람을 불러내어 각자의 신분과 산에 온 사물들을 낱낱이 확인했다. 그 일이 모두 끝나고 나서야(소문이 그토록 무성했던 만큼 이쪽에도 그만한 대비가 되어 있어 그 일은 그리 오래 걸린 편이 아니었다) 위인들은 집허당과 소영각 일대까지 경내(표충사 쪽은 물론 그것마저 제외됐다)를 대충 훑어본 연후에 마지막으로 가람 관리 부서인 종무소로 내려갔다. 아마도 이날의 검색 사유를 설명하고 혐의 사항에 대한 사찰의 보완을 위해서였을 터였다. 그런데 종무소에서 일이 어떻게 돌아갔던지, 몰이꾼들은 잠시

뒤 다시 광명전으로 올라와 새삼스레 박춘구와 지상억(그는 아직
도 왼쪽 다리를 조금씩 절룩거리고 있었다)을 불러내서는 그길로 바
로 두 사람을 앞세우고 산을 내려가버렸다.

　광명전이나 토굴 일대의 분위기는 굳이 사정을 이를 바가 없었
다. 무거운 침묵과 불안감 속에 누구 하나 곡절을 알아보려는 사
람조차 없었다. 도섭은 위인들의 동요를 듣지 않아도 다 짐작할
수 있었다. 위인들의 내밀스런 움직임을 티끌만 한 기미 하나까지
면밀하게 관찰했다. 몰이꾼의 출현에 위험을 감지하고서도 진짜
사냥꾼이 어디 숨어 있는지 몰라 쩔쩔매고 있는 위인들. 퇴로를
알지 못해 도주를 아예 단념한 채 숨을 죽이고 있는 위인들. 어찌
생각하면 위인들의 처지가 딱하고 가엾기 이를 데 없었다. 자신의
처사가 너무 잔인스러운 것 같기도 했다. 하지만 지상억 자신의
말마따나 그건 어쩔 수 없는 힘의 질서였다. 쓸데없는 감상에라도
잘못 젖어들었다간 자신이 대신 쫓기는 자리로 내몰리기 쉬웠다.
그건 상상도 할 수 없는 노릇이었다. 정의는 언제나 힘을 가지고
쫓는 자의 편이었다. 정의는 쫓는 자의 힘 속에 있었다. 쫓는 자가
그 힘을 숨긴 채 쫓기는 자들의 바로 코앞에서 그런 요령부득의 혼
란상을 지켜보기란 그가 오랜 세월 즐기고 익혀온 도락의 하나이
기도 하였다.

　그런 유희기 어린 느긋한 눈길 속에 도섭은 이번에도 그가 예상
해온 대로 몇 가지 새로운 사실을 확인했다. 몰이꾼들이 첫판부터
박춘구와 지상억을 한몫에 채어간 바람에 도섭은 처음 표적을 놓
친 사냥개처럼 당황해한 것도 사실이었다. 하지만 오래잖아 그의

예민한 정탐력은 사태를 전후한 주위의 움직임과 변화를 정확하게 감지해냈다.

먼저 드러난 것은 윤 처사의 석연찮은 현장 부재 사실이었다. 이날 저녁 윤 처사는 어디론지 슬쩍 소동의 현장을 피했다가 돌아왔다. 그야 평소에도 저녁 공양 이후엔 윤 처사가 정잿간을 비우는 일이 많긴 했다. 종무소로 집허당으로 잔일을 보러 다니느라, 취침 종소리가 울리고 난 다음에야 골방 잠자리를 찾아 돌아오는 일이 많았었다. 이날도 그는 저녁 공양 때를 전후하여 어디론지 슬그머니 모습이 사라지고 없더니, 그런저런 소동이 모두 지나가고 자정께를 전후해서야 슬슬 골방으로 돌아왔다. 돌아와서도 그는 이날 밤 소동엔 별 마음을 쓰지 않는 듯 표정의 변화를 거의 보이지 않았다.

"그런 노릇 어디 한두 번 겪는 일인가요. 요즘 아랫동네 일이 좀 뜸해져서 데리고 놀 사람이 아쉬웠던 게지요."

근심기를 가장한 도섭의 물음에도 그저 그렇듯 대수롭잖아하는 한마디뿐, 이내 자기 서탁 앞으로 다가앉아버리는 것이었다.

하지만 도섭은 이날만은 윤 처사의 그런 태도를 그냥 범상히 보아넘길 수 없었다. 비록 자신은 허물이 없더라도 기분이 괜히 찜찜하고 불안스러울 계제에 위인은 태도가 너무도 태평했다. 도섭에겐 그게 오히려 부자연스럽게만 보였다. 어딘지 부러 불안기를 숨기고 있는 기미가 역력했다. 한마디로 이날 밤 위인이 일의 현장을 비켜 있었던 것도(표충사 정재소는 검색의 대상도 아니었으므로 도섭이나 윤 처사는 굳이 자리를 비켜 있을 필요조차 없었다) 우연히 그리된 것만은 아니었을 게 분명했다. 어찌 보면 위인은 미리 이날의 일의 기미를 눈치채고 슬그머니 자리를 피해 있었을 수 있었다. 그렇다면 그건 도섭이 윤 처사의 주위를 더 세심하게 살펴야 할 새 단서가 아닐 수 없었다.

다음으로 도섭이 거둔 유용한 수확의 하나는 뒷산 라디오에 대한 뒷소문의 탐지였다. 들으니 몰이꾼들은 상여들을 덮칠 때를 전후하여 물증 삼아 그 소리통도 함께 수색해간 모양이었다. 이튿날 아침 암자에서 내려온 방 화백이 그쪽에도 광명전과 비슷한 시각쯤에 만일암 부근의 한 토굴(도섭이 전날 목격한 바 있었던) 골방에서 예의 소리통을 압수해갔다는 것이었다. 그런데 그 소리통은 사후에 알고 보니, 어디서 완제품을 구해 들여온 것이 아니라, 한 가지 두 가지씩 헌 부속품을 구해 들여다 산에서 짜 맞춘 조립품이었다더라는 거였다.

"몇 해 전 그 암자에 공업학교를 다니다 몸을 버리고 올라와 한두 해 병을 다스리고 산을 내려간 친구가 있었다더구먼요. 그 친구, 전공도 전공이지만 손재주나 취미가 썩 별나서 맨손으로 곧잘 그런 걸 만들어내곤 했다나요. 그렇게 만든 소리통 하나를 나중에 위인이 산을 내려가면서 그곳 스님 한 분께 선물한 거라구요……"

다른 사람보다 비교적 입이 헤픈 방 화백이 아침 공양 때 정젯간으로 끼어들어 요기삯 삼아서 흘려댄 소리였다. 문제는 그 소리통의 출처나 입수 경위가 아니었다. 중요한 건 그간에 라디오를 들어온 것이 그것을 선물 받은 스님이 아니라는 점이었다. 스님은 그걸 그냥 토굴에다 그대로 놓아둔 채였는데, 몰이꾼이 덮쳐들었을 땐 젊은 학승 하나가 그 방에서 용맹정진 금식좌선 중에 있었다고. 그러니 그도 물론 그걸 듣고 있었을 리가 없었고, 실제로 소리통을 들어온 것은 산행을 올라다니는 아래쪽 사람들이었을 게 분명했다. 그것이 그 소문난 뱀귀신 박춘구나 주변 사람들이었음은 더 말할 것이 없었다.

사정이 그렇고 보니 그 방 화백의 반갑잖은 토설 앞에 광명전 근처의 속방 사람들까지도 끝내 입을 다물고 있을 수가 없어진 모양이었다.

"나지오 일까지 캐어들고 나섰다면 이번 일은 아무래도 무사치가 못하겠는걸."

방 화백의 토설 끝에 위인들 중의 하나가 문득 그렇게 걱정의 소릴 흘렸다. 위인은 애초 두 사람의 연행을 야반 칼부림에 대한 혐의 탓으로 알았다가, 거기 소리통까지 겹친 사단임을 깨닫고는 새삼 불안기가 더해간 것이었다. 위인의 그런 새삼스런 불안감은 거기 두서넛 자리를 같이하고 있던 다른 사람들의 경우에도 대차 없어 보였다.

"한 공학도가 취미 삼아 손재주로 만들어낸 물건이라잖소. 그까짓 조작품 소리통 따위가 말썽은 무슨 말썽! 기껏해야 경성이나 광주방송의 군가나 들었을 걸 걸 가지고……"

이번에는 뒤따라 다른 한 위인이 훌쩍 자리를 일어서버리며 전자를 짐짓 큰소리로 나무라고 나갔다. 하지만 위인의 태연스런 장담에도 초조한 근심기가 느껴지기는 마찬가지.

이를테면 위인들은 그 박춘구들의 혐의와 관련하여 여차하면 자신들에게 불똥이 튀게 될지 모른다는 절박한 위기감에 제물에 얼굴색들이 변해가고 있었다.

공작의 성과는 그쯤만 해서도 만족스러운 편이었다. 한데다 도섭을 더욱 흐뭇하게 한 것은 박춘구가 계속 라디오를 비밀리에 들어온 사실이었다. 외사 위인들 중엔 자위 삼아 그것을 대단찮은 일처럼 여기려는 자도 있었고, 소리통의 성능도 별 보잘것이 없는 것처럼 낮보려기도 하였다. 사실로 그렇게 믿고 있는지도 알 순 없었다. 하지만 도섭은 그렇게 단순히는 보아 넘길 수가 없었다. 소리통의 제작 경위가 그렇다는 것부터 그는 아직 완전히 믿어버릴 수 없었다. 어쩌면 그것은 모종의 특수 목적에서 누군가가 비밀리에 구입해 들인 물건일 수도 있었고, 설사 그것을 손재주로 만들어낸 실제의 기식객이 있었다 하더라도, 그것을 반드시 그의 취미의 소산만으로 볼 수가 없었다. 그것을 몰래 들어온 사람이 박춘구 일당뿐이라는 사실에도 아직 미심쩍은 데가 많았고, 그 성능을 위인들처럼 간단히 얕잡아볼 수는 더더욱 없었다. 실상은 바로 그처럼 속이 복잡한 물건일수록 조립품 쪽이 훨씬 특별한 기능을 발휘할 수 있었고, 그것을 이용한 전파 수신 행위도 절 사람의 은밀한 양해가 없이는 멋대로 될 수 있는 일이 아니었다. 환쟁이의 토설이나 속방 사람들의 뒤참견을 곧이곧대로 모두 믿어버릴 수가 없었다. 어쩌면 위인들 자신도 모두 그것을 빤히 다 알고 있을 수가 있었다. 하면서도 불안스런 심사를 달래려, 혹은 위인들 나름의 묵계조 화법으로 우정 그렇게들 말하고 있을 수 있었다. 하지만 도섭으로선 그런 건 아직 크게 문제 삼을 바가 아니었다.

거기까지 자세한 사정을 살피는 건 급한 일도 아니었고, 앞으로도 기회가 얼마든지 있었다. 그보다도 그는 차제에 박춘구와 라디오 건이 한데 얽혀 드러난 점이 훨씬 더 중요했다. 그것은 바로 위인의 정보선의 비밀과도 모종 연계가 있을 게 분명하기 때문이었다. 작자가 거기서 정보들을 얻어오고 있었던 게 사실이라면, 박춘구는 그에게 소리통을 맡겨두고 있는 절 사람 누군가와도 절대로 무관할 수 없을 것이기 때문이었다.

그런데 무엇보다 이번 공작으로 도섭이 거두게 된 가장 큰 성과는 거기서도 아직 더 며칠 뒤에 나타났다. 그것은 도섭도 미처 예상을 못한 일로, 본서로 끌려간 두 사람 중에 박춘구가 먼저 몸이 풀려 돌아온 데서부터였다. 상해 사건으로 말하자면 박춘구는 어디까지나 가해자 쪽이었고, 평소에 도섭이 파악해온 성향으로도 그쪽이 혐의가 더 짙은 편이었다. 혐의의 경중을 따져 말한다면 먼저 풀려나올 쪽은 지상억이어야 했고, 박춘구 쪽은 올가미를 벗어나기가 어려웠다. 그런데 일이 어떻게 되어선지 결과는 오히려 반대였다. 뿐만 아니었다. 박춘구는 돌아와 하룻밤을 절에서 지내는가 했더니 그날 밤으로 아예 자취가 사라지고 말았다. 곽 행자가 아침 공양을 알리러 올라가보니 그의 방이 썰렁하게 비어 있더랬다. 위인은 그것으로 절간에서 영영 자취가 사라지고 만 것이었다. 올 때나 갈 때나 주위 사람들에게는 그간의 일에 대해 전혀 아무 말이 없는 채였다. 차차 사정을 알게 되려니 싶어 누가 당장 그를 붙들고 사정을 물은 일이 없고 보니 그건 영락없는 야반도주 한 가지였다. 어떤 경로로 용케 함정을 벗어져 나오기는 했지만, 그만한 혐의를 숨기고 있다는 증거였다. 그 혐의에 대한 불안감 때문에 더 큰 위험이 닥쳐들기 전에 몸을 아예 멀리 피해버린 꼴이었다.

도섭이 거기서 심증을 굳힌 것은 그 박춘구의 혐의에 대해서만이 아니었다. 보다도 그는 그 일로 인하여 절간 사람들이 그간 그를 대해온 눈길과 자신의 처지를 크게 바꿔보게 된 것이었다. 박춘구가 절을 떠나간 것이 확인되고 상억에게선 아무 소식조차 없이 한동안 풀려나올 기미가 안 보이자, 속방 사람들은 그 두 사람의 대조적인 처지에 대해 나름대로 그럴듯한 추측들을 하기 시작했다. 그 추측의 말 중에 두 사람의 신상사나 주위 배경이 도섭이 지금까지 알던 것과는 전혀 딴판으로 드러났다.

——박춘구 씨는 부친이 향리에서 상당한 재력을 행사하는 유지시라지 않아요. 그래 그 영향으로 당국에선 지금까지 박 씨의 학병 도피 사실까지 적당히 눈을 감아온 모양이니, 이번 일에도 그런 점이 많이 작용을 했겠지……

——하지만 그 사람 지금까진 집안 형편이 어려워 고학으로 공부를 하다가 몹쓸 병을 얻어 여기로 들어온 걸로 들은 것 같은데요. 그야 지병은 핑곗거리라 하더라도, 학교에선 고학을 하다 무슨 지하 독서 운동과 관련되어 피신 중에 있다고……

——그건 박 선생이 아니라 지상억의 속사정이에요. 박 선생이 상억의 그런 사정을 알고 뒤가 위태롭다 해서 여기서 함께 지내는 동안만이라도 자기 신분으로 대신 그렇게 위장을 시켜준 거지요. 자긴 어쨌든 그만한 힘이 있으니까. 이건 여기서 알 만한 사람은 다 알고 있는 일인데 그쪽에선 아직 모르고 있었던 게로구만. 하

지만 경찰에서야 사실이 안 밝혀지겠어요? 사냥개들이 거기 속아 넘어갈 리도 없는 거구. 그러니 박 선생은 풀려나올 수가 있었지만, 상억은 한동안 고생을 할 수밖에······

위인들의 추측은 대개 그런 식이었다. 박춘구는 한마디로 신병 요양을 들어온 위인이 아니었다. 뱀을 잡아먹는다는 것도 겉시늉의 소문일 뿐, 진짜 정체는 그 아비의 재력으로 내지 유학의 호사를 누리다 학병까지 피해 다니는 부유층 인텔리였다. 그러면서도 도섭이 그 출신을 깜박 속았을 만큼 사상이 비뚤린 불온 청년이었다. 미천한 집안 출신의 상억이 온건한 개혁주의 신봉자인 데 반해(어렵게 얻은 것일수록 그것을 조심스럽게 지키고 싶어 한다는 점에서 도섭은 그런 상억을 족히 이해할 수 있었다) 그 상억보다 부유 계층 출신의 박춘구가 오히려 급진적 혁명 노선을 주장해온 것은 얼핏 이상해 보이기도 하였다. 하지만 도섭은 그것이 또한 근자의 한 유행임을 알고 있었다. 요즈막엔 우습게도 빈부 차별 문제로 못 가지고 힘없이 눌려 사는 자들보다 무얼 좀 배우고 가졌다는 것들이 더 극성을 피우고 나서는 풍조가 있었다. 배우고 가진 자들의 겉멋 도락이라고나 할지, 도섭으로선 도대체 그렇게밖에는 이해가 안 가는 풍조였다. 뿐더러 박춘구의 그런 점에 대해선 윤 처사조차도 그와 대개 생각을 같이하고 있었다.

─글쎄요. 보통 부자들은 제 가진 것만 누리면 그만이지만, 그걸 더 오래 누리고 싶은 큰 부자들은 그걸 부끄럽지 않게 할 명분이 소용되는 거겠지요. 요즘 배운 사람들 중엔 부족할 것이 거의 없어 보이는데도 굳이 그런 명분들까지 구하는 걸 보면 말이오.

그야 어쨌든 기특한 일이지만 말하자면 다소간 여분의 능력을 그 명분에 할애하는 미래 보증의 양다리 걸치기 예비 투자 같은 거라 할까요.

도대체 이도 저도 상관이 없다는 듯 나 몰라라 입을 다물고 지내 오던 윤 처사도 한 번은 끈질기게 파고드는 도섭의 채근에 얼핏 그렇게 흘리고 지나갔다.

어쨌거나 도섭은 그 박춘구와 지상억들의 신상사를 그렇듯 깜빡 반대로 알아온 것이었다. 도섭은 그 두 위인의 신상사를 바로 알게 된 것보다 그것이 뒤바뀌어 알려져온 사실을 전혀 의심조차 해보지 않은 자신에게 새삼 놀랐다. 그는 위인들에게 그처럼 감쪽같이 잘도 속아온 것이었다. 아니 그를 속인 것은 위인들만이 아니었다. 절간과 토굴 사람들 전체가 그를 속여온 것이다. 위인들 중에서도 도섭처럼 사실을 거꾸로 알아온 사람이 있을 수는 있었다. 곽 행자 같은 녀석이 그런 꼴이었다. 하지만 곽 행자는 그 속임의 도구일 뿐 목표가 아니었다. 그런 몇몇 곁다리들을 제외하곤 알 만한 사람은 이미 다 알고 있는 사실이라지 않던가. 결국은 그만이 일을 거꾸로 알아온 꼴이었고, 그것은 아직도 그가 절간 사람들과 한통속이 되지 못한 채 겉돌이로 경계를 당해오고 있었다는 증거였다.

도섭은 마치 그 고향에서의 상준과의 대결이 무참스런 패배로 끝났을 때와 같은, 일면 비애롭고 일면 허망스런 고립감을 느꼈다. 그만큼 주위가 괘씸스럽기도 하였다. 사실을 알고 난 이상 열 배 백 배로 대가를 치르게 하고 싶은 잔인스런 복수심까지 치솟았다.

하지만(천만에!) 그는 보다 더 노회하고 침착했다. 무엇보다 그는 자신의 실책에 대한 뼈아픈 자성을 깊이 감내하고 있었다. 그건 스스로도 용납이 불가능한 어이없는 실수이자 치명적 허점이었다. 그는 우선 그 점부터 철저히 반성하면서 지혜롭게 자신을 억제해 나갔다. 그리고 보다 더 신중하고 결정적인 다음 단계의 공작 방안을 강구해나갔다.

15

읍내 작은집에서도 그간 어쩌면 도섭의 밀보(密報)와 상관없는 별도의 공작을 진행하고 있었는지 모른다. 아니면 아직 덜미를 틀어쥐고 있는 상억에게 그럴 만한 혐의가 드러난 것이었을까. 박춘구가 풀려나 자취를 감추고 난 뒤로도 작은집 머슴들의 사냥몰이 행사는 간간이 한번씩 계속되고 있었다. 지상억의 뒷일은 감감무소식인 채 위인들만 이따금 산을 찾아 올라와 수런수런 소동을 빚어놓고 내려갔다. 밝은 낮에 바로 절 쪽을 찾아들 때도 있었고, 더러는 어둠 속으로 은밀히 스며 들어와 이 사람 저 사람의 소재를 확인하고 돌아갈 때도 있었다. 어떤 날은 아예 사람을 찾지도 않고 어둠 속 기미만 정탐하고 가는 일도 있었다. 하다 보니 절간에 서들은 어느 하루 한순간도 마음 놓고 편히 지낼 수가 없는 기미들이었다. 낮 시간엔 대개들 산으로 들어가 지냈고, 밤이면 밤대로 제 잠자리를 비우고 어디론지 몸을 피했다 올라오는 사람들마저 있었다. 말로는 어디 아랫동네 나들이라도 다녀온 양들 했지만, 필경은 몰이꾼들의 출몰이 불안하여 산속 토굴이나 스님들의 선방쯤에서 옹색스레 밤을 지새우고 오는 자들이었다.

  도섭 쪽은 그럴수록 더 여유만만했다. 그는 이제 그것을 일종의 도락으로까지 여기게끔 되어갔다. 힘 앞에 숨어 쫓기는 자들의 두려움과 소동은 그 힘을 지닌 자의 입장에서는 이만저만 즐거운 도락이 아닐 수 없었다. 쫓기는 자들은 언제 이디서 위험이 닥쳐올지 몰라 우왕좌왕하는 데다, 이쪽에선 은밀히 눈길을 숨긴 채 그것을 즐기는 격이었다. 원하기만 하면 어느 때 어느 쪽에서든지 위인들의 앞을 가로막고 덮쳐들 수 있는 터에 그 힘을 지그시 아끼면서 즐기는 것— 생각해보면 그건 참으로 절묘하기 그지없는 힘의 비밀이었다. 도대체 그 힘 앞엔 무고한 인간들조차도 제물에 쫓기며 숨어들게 마련이었다. 그래서 힘은 그 힘 자체로서 모든 눌리는 자들을 범죄자시할 수 있었다. 무고한 자들까지도 힘이 없으면 범죄자시하는 것, 그게 힘을 행사하고 그것을 유지해나갈 가장 효과적인 방책이었다. 도섭은 그 같은 힘의 미덕에 스스로 감탄하고 감사했다. 때로는 자신이 지은 소문에다 곽 행자의 입을 날개 삼아 새로운 소동과 파문을 빚게 하여 자기 힘을 즐겁게 시험해보기도 하였다. 작은집 몰이꾼들이 그의 잠복을 끝내 모른 척 스쳐 지나가주고 있었기 때문에 도섭은 거기까지 은밀한 도락이 가능했다.

  도섭은 그처럼 느긋한 여유 속에 다음 단계의 공작의 방책을 짜 나갔다. 그것은 물론 시일이 오래 걸리거나 때를 길게 기다릴 일

244

이 아니었다. 안도의 의중을 한 발이라도 앞서 나가자는 공명심에다 그를 속인 위인들에 대한 수모감과 복수심, 거기다 은밀스런 도락성까지 겸하게 되어, 다음 공작은 이내 그 목표가 정해졌다.

이번에는 바로 코앞의 윤 처사의 동태와 그 주변을 집중적으로 탐색해보자는 것이었다. 거기엔 물론 그럴 만한 혐의점과 심증이 있어서였다.

광명전 일대의 외사 속방 사람들의 형태는 작은 돌멩이질에도 사방에서 새들이 우수수 날아오르는 형색이었다. 도섭은 처음 눈앞이 어수선하여 그것을 어떻게 읽어내야 할지 난감할 지경이었다. 하지만 그는 이내 요령을 터득했다. 그는 그때마다 포르륵포르륵 움직임이 가벼운 쪽에는 관심이 줄어갔다. 알을 품던 까투리 새끼도 아닌 터에 제가 깃들인 자리와 움직임을 함부로 드러내는 위인들에겐 바쁜 눈길을 길게 머물 필요가 없었다. 거기 비해 절간에는 이런저런 소동이나 소문에도 불구하고 끝끝내 동요를 보이지 않고 있는 위인들이 있었다. 그리고 그때그때 소동을 빚는 쪽보다, 몰이꾼도 소문도 아랑곳없이 한사코 제 둥지를 지키고 앉아 있는 쪽에 더 의혹의 냄새가 짙었다. 어찌 보면 그저 먼 산봉우리를 흐르는 구름장이나 바라보며 세월없이 찻물이나 홀짝이고 있는 우봉 노인, 그 집허당의 식객으로 들어앉아 한양 소식에 목을 매고 있는 신판 춘향이가 그런 위인들이랄 수 있었다. 그야 물론 우봉이나 허춘향 씨까지는 아직 더 수상쩍은 의혹을 살 만한 일이 없었다. 우봉은 몰라도 그 신판 춘향이 허 여사로 말하면 이즈막엔 서울 낭군의 소식을 기다리는 일에서마저 정성이 많이 식어갈 만큼 다른 은밀한 용무에 분주하다는 소문이었다. 뒷산 암자 환쟁이 방가와의 소문이 근거 없는 낭설이 아닌 게 밝혀진 것이다. 알고 보니 방가는 세간에서 지낼 때 소릿가락을 썩 좋아하는 기방 한량 이었댔다. 그래 몇 해 동안 소리꾼 여자들을 쫓아다니다 보니, 위 인도 어느 정도 귀동냥 소리를 할 줄 알게 되었는데, 여자가 어느 날 계곡 물놀이를 나갔다가 거기서 우연히 그의 소리를 듣게 됐다 는 깃. 그리고 실은 바로 그 일이 인연이 되어 위인과의 사이가 제 법 은밀해지기 시작했다고. 방가의 그 호방한 기질로 보아서 앞뒤 가 제법 그럴싸해 보이는 얘기였다. 눈치가 빠르면 절엘 가서도 고깃국을 얻어먹는다는 격으로, 방가는 그야말로 그 보잘것없는 잡기로 절간방의 미색을 불러낸 셈이었다. 그래 이즈막엔 그 애절 스럽기까지 한 웬 여자의 소릿가락까지 이따금 뒷산골을 울려 내 려오곤 했던 것일까. 그렇다고 그녀가 그새 소릿가락에 그렇듯 익 어졌을 리는 없겠지만 여자는 한동안 그리 방가의 소리를 졸라대 더니, 나중엔 아예 그 쌀쌀맞은 오만기도 벗어던져버리고 틈만 나 면 뒷산골로 방가의 그림자를 쫓아다니고 있다는 거였다. 하고 보 면 이즈막의 그 사냥몰이 소동에도 여자가(방가는 실상 그렇지도 못해 보였지만) 전혀 어떤 동요의 빛을 보이지 않은 것은 오히려 당연한 노릇이었는지도 모른다.

　그 우봉이나 방가의 제자보다도 더욱 요지부동의 위인이 있었 다. 말할 것도 없이 윤 처사였다. 우봉이나 여자의 무관심한 거동 새에는 나름대로의 사연이나 이해의 길이 있었고, 그런 만큼 굳이 새삼스러워할 바도 아니었다. 거기 비해 윤 처사는 사정이 전혀 달랐다. 그는 우봉처럼 세상일과 등을 지고 사는 진짜 중도 아니었고, 춘향 여사처럼 다른 일에 마음을 빼앗기고 지내는 처지도 아니었다. 소동은 바로 그의 눈앞에서 벌어졌고, 몰이꾼에 이리저리 쫓기는 것은 그가 바로 숙식을 돌보고 있는 자들이었다. 더욱이 두 사람은 경찰서까지 채어가 하나는 돌아와 자취를 감추었고, 하나는 여지껏 뒷소식이 감감이었다. 일이 거기까지 번지게 된 사단을 그가 짐작하지 못했을 리 없었고, 그 자신 켕기는 대목이 없을 수도 없었다. 한데도 그는 전혀 불안해하는 빛이나 속이 흔들리고 있는 기미가 안 보였다. 사람이 원체 진중한 편이긴 했지만, 도대체 남의 일이나 소문 따위엔 아예 담을 쌓다시피 하고 지내고 있었다. 이를테면 어떤 위태로운 기척에도 날개를 펴지 않는 둥지새 한가지였다.

도섭에겐 그 점이 오히려 부자연스럽고 어색하게 보였다. 그는 교묘하게 자신을 위장하고 있는 변색조일 수 있었다.

눈을 뜨고 전후사를 자세히 살펴보면 위인에겐 그 같은 위장의 흔적들이 적지 않게 드러났다. 바로 그 박춘구들이 산을 끌려 내려간 날의 윤 처사의 동태에 대한 도섭의 의혹 어린 예감만 해도 그랬다. 그날 밤 이후의 윤 처사의 동태가 도섭에게 결국 그 일을 우연으로만 보아 넘길 수가 없게 하였다. 그 무렵서부터 윤 처사는 도대체 소동의 현장엔 거의 있어본 적이 없었다. 그때마다 다른 곳에 볼일이 있었거나 아랫마을 나들이를 다녀오곤 하는 식이었다. 어느 땐 아예 뒷산골 암자에서 밤까지 지새우고 돌아오는 날도 있었다. 어디선지 미리 낌새를 알아낸 교활한 도피 행각의 위장일시 분명했다. 그런 의뭉스런 위장술은 박춘구에게서도 이미 한번 당해본 일이어서 (그래 그는 다시는 같은 실수를 되풀이해서는 안 되었다) 그에게도 얼마든지 가능한 일로 여겨졌다.

그야 윤 처사는 이곳에서 도섭에게 누구보다 도움을 많이 준 숨은 은인이었다. 그를 의심하고 내사하려 드는 것은 그의 자비심에 대한 잔인한 배신이었다. 하지만 그 같은 배은과 배신은 밀정원의 운명이자 없지 못할 필요악이었다. 윤 처사에 대한 도섭의 그린 배신의 씨앗은 실상 도섭이 처음 그를 만났을 때부터 이미 싹이 자라고 있었던 것이기도 했다. 한마디로 도섭은 그 윤 처사를 표적으로 이번에는 위인의 위장을 벗겨내기로 하였다. 그리하여 이젠 그 박춘구들의 일로 실추된 자존심과 안도 반장에 대한 자신의 유능성, 거기다 본 공작의 성패와도 무관하지 않을 공명심까지를 한데 걸고서 윤 처사와의 한판 만만찮은(바라는 바이지만 필경은!) 대결을 각오하고 나선 것이었다.

물론 그렇다고 도섭은 전략상 윤 처사를 직접 걸고 나설 수는 없었다. 위인에게서 어떤 소리가 나게 하자면 주변부터 먼저 울려보는 것이 순서였다. 그편이 훨씬 안전하고 효과적인 방법이었다. 도섭은 그 주변 인물로 표충사 유물관지기 김 처사를 지목했다. 몰이꾼의 출몰이 계속되면서 누구보다 눈에 띄게 불안해하고 있는 것이 그 김 처사였다. 금서 병풍을 도난당한 직접 책임자로서의 죄책감 때문에 위인은 아직도 늘 겁을 잔뜩 집어먹고 있는 탓이었는지 모른다. 작자는 평소에도 유물관 밖으로 모습을 드러내거나 누구와 함부로 말거래를 나누는 일이 매우 드물었지만, 이즈막도 주위에 그 몰이꾼의 그림자만 스쳤다 하면 위인의 눈빛은 금세 겁에 질려 한동안씩 안절부절을 못하는 꼴이었다. 같은 절 안 사람이 그를 찾는 기척에도 제물에 괜히 깜짝깜짝 놀라고 심한 경계의 빛을 드러내곤 하였다. 몰이꾼의 눈길을 피해내는 방법도 누구보다 날쌔고 은근스러웠다. 막상 위험이 절간을 덮치고 보면, 위인은 마치 솔개의 그림자를 본 병아리 새끼처럼 어디론지 꼭꼭 종적이 틀어박혀 기척을 알아볼 수 없었다.

이래저래 김 처사는 도섭의 눈길을 간단히 벗어날 수가 없었다. 애초에 이곳으로 피신을 들어오게 된 경위에서든 금서 병풍을 잃게 된 도난 사건에서든, 그는 모종의 심상찮은 비밀을 숨기고 있음이 분명한 위인이었다. 그의 사정이 의외로 위급스러운 지경에 몰리고 있을 수 있었다.

윤 처사라면 아마 그런저런 뒷사연들을 알고 있기가 쉬웠다. 그간에 지내온 절간의 관행으로 보아, 일대 잡인들의 숙식 일에 관한 한은 집허당의 우봉이라도 윤 처사를 제쳐두곤 독자적 처결이 어려운 상황이기 때문이었다.

도섭은 그래 그 윤 처사를 움직이기 위해 김 처사의 목에 먼저 올가미를 던졌다. 그가 거기서 다시 한차례 작은집으로 내보낼 밀전을 마련한 것이다.

── 표충사 유물관지기 김 처사를 연행하여 금서 병풍의 도난 경위를 재조사해볼 것. 이를 계기삼아 그의 전력 및 출가 입산의 사유를 밝혀볼 것. 이자는 일전의 지상억 상해 사건과 여타 사내(寺內)의 불온 움직임들에 대하여 모종 중대 정보를 은닉하고 있을

가능성이 농후함……

밀전의 내용은 대개 그런 것이었다. 전번처럼 이번에도 절 안에 숨어 있는 한 익명 신민의 밀고 형식을 취해서였다.

도섭은 미리 그런 밀전을 마련해놓고 읍내 몰이꾼들이 다시 나타나기를 기다렸다. 화정리를 자주 내려가는 것은 기회가 그리 쉽지 않을뿐더러, 이번 일은 그렇게 서둘러야 할 이유도 없었기 때문이다. 더욱이 이즘은 날씨까지 쌀쌀해져 요사와 외사들을 하나하나 돌아가며 구들장들을 데워대느라 손발이 전같이 한가할 때가 드물었다. 자연히 며칠 기회를 참고 기다려볼밖에 없었다. 몰이꾼이 나타난다 해도 서로 간에 속을 익힌 '인삼 장수'가 아니면 뒷일을 안심할 수 없었다. 기회가 늦어지면 인삼 장수가 아니더라도 적어도 표충사나 광명전 근처까진 손이 쉬 닿을 만큼 접근해오는 자가 있어야 했다.

그런 기회는 기대처럼 쉽게 찾아들지 않았다. 하지만 그렇듯 때를 기다리는 동안도 도섭은 전혀 할 일이 없는 게 아니었다. 김 처사보다 가까운 그의 진짜 표적은 바로 자신의 곁에서 맴돌고 있었다. 그는 그 작은집 몰이꾼을 기다리는 동안, 한편으론 막바로 그 김 처사를 내세워 윤 처사의 심중을 자주 두들겨대었다.

"유물관을 지키는 김 처사 그 사람 지 보기엔 금서 병풍을 잃어먹은 일 말고도 속세의 허물이 적잖이 깊은 위인 같던데요? 이 절에 의지를 얻고 있는 사람들 대개 다 비슷한 눈치들이긴 허지만, 이즘 들어 그 친군 유난히 더 몸단속이 심한 것 같지 않어 봬요? 눈구멍은 잔뜩 겁에 질려 있는 디다가…… 윤 처사님은 무어 좀 작자에 대해 아시는 게 없으시우?"

윤 처사를 상대로 한번은 그렇게 슬쩍 변죽을 울려본 일이 있었
다. 물론 되는대로 지껄여댄 소리가 아니었다. 언젠가 곽 행자에
게 들은 소리가 있어서였다. 위인에 대해선 예외적이랄 만큼 거의
아는 것이 없어 보이던(그야 무언가 아는 것이 있었다면 도섭의 물
음을 기다리지도 않았을 녀석이었다) 녀석이 언젠가 도섭의 물음을
받고 나선 자신 없는 몇 마딜 흘린 일이 있었다.

——글씨요…… 옛날 고향에서 가까운 친척집에 불을 지르고 도
망쳐 다니는 사람이라고 한 것 같던디요…… 확실한 얘기는 지도
잘 몰라요. 작자가 워낙 사람을 가까이하질 않으려니께요……

사실 여부는 확인할 수가 없었지만 그나마 용케 아직 기억을 하
고 있어, 그걸 염두에 두고 꺼낸 소리였다. 하지만 윤 처사는 그조
차도 아예 시치밀 떼고 들었다.

"그 사람이 무슨 속세 허물이 깊기는…… 겁을 먹은 눈빛이야,
그 위인 평소에도 늘 그런 얼굴 아니던가요……"

얼굴색이 완연히 변하는 기미인데도 입으론 그저 먼산바라기 식
헛대꾸로 눙쳐 넘어가고 말았다. 윤 처사의 그런 딴전은 잠시 뒤
에 도섭이 짐짓 태도를 바꾸어 가벼운 헛눈질을 흘려 보였을 때도
역시 마찬가지였다.

"하긴 그 사람도 지난번 병풍 일이 머리에서 쉽게 잊혀지진 않
겠지요. 그땐 워낙에 겁을 집어먹었을 테니까. 절간 어른들 질책
을 감당하랴, 주재소 순사들 독사 눈에 쫓기랴…… 헌디 이번에
도 또 그 위인들이 자주 산을 오르내리다 보니 작자가 혼자 지레

겁을 먹고 그럴 만도 하겠어요……"

위인을 너무 한꺼번에 몰아대는 것도 이롭지 못할 듯싶어 어느 정도 퇴로를 열어줄 겸 도섭이 슬그머니 다시 병풍 일로 물러서며 김 처사의 처지에 몇 마디 동정을 곁들였을 때였다. 윤 처사는 마치 그걸 기다리고 있었던 듯,

"글쎄, 사람이 워낙 고지식해놔서 그 일로 아직까지 겁을 먹고 있는지도 모르지요. 사람까지 붙들어다 알아볼 것 다 알아보고서도 그 사람들 요즘까지 뭣 땜에 저러는지 알 수가 없지만, 제 책임의 물건을 제대로 못 지켜낸 김 처사한테는 순사라면 어쨌든 겁부터 날 테니까……"

여전히 시치미 떼고 있는 듯한 말투에도, 도섭의 어쭙잖은 이해와 동정투엔 금방 반가운 동의를 보내왔다. 그때의 그 한숨을 돌린 듯한 위인의 표정이라니.

도섭은 그런저런 윤 처사의 반응에서 더한층 확실한 자신감을 굳혀갔다. 그 윤 처사의 어색한 태연기, 그러면서도 퇴로를 열어주었을 때의 그 완연스런 안도의 빛— 도섭은 그 숨은 뜻을 이미 분명하게 짚어내고 있었다. 그것은 윤 처사가 도섭의 접근에 어떤 위험을 감지한 본능적인 경계심의 곡예에 다름 아니었다. 아직은 큰소리를 칠 수가 없었지만, 도섭은 바야흐로 자신이 어떤 비밀의 핵심 가까이로 다가들고 있다는 느낌이 확연했다. 윤 처사는 역시 그 비밀의 어김없는 열쇠임이 분명했고, 그 열쇠를 움직일 유인의 미끼 또한 김 처사가 가장 적합한 인물임에 분명했다. 도섭은 그 김 처사에게 마지막 결정적인 올가미를 씌우게 될 기회를 기다리

며, 한편으론 계속 윤 처사를 야금야금 육박해 들어갔다.

한데 도섭은 거기까지도 아직 일의 맥을 잘못 짚어온 것인지 모른다. 도섭의 그런 육박과 밀탐에 대한 윤 처사 쪽의 반응은 며칠 뒤에 보다 더 분명하게 드러났다. 그런데 그 반응의 방향이 도섭이 여태 예상해온 것과는 전혀 엉뚱한 쪽이었다. 하긴 도섭으로선 그렇게 보일 수밖에 없는 일이기도 하였다.

도섭이 윤 처사를 읽은 만큼은 윤 처사 쪽에서도 도섭을 읽고 있었고 그에 대한 대비도 마련하고 있었기 때문이다. 무엇보다 도섭이 이젠 제 본색을 드러내어 움직임을 시작한 것이 윤 처사 쪽의 대응을 서두르게 한 것이었다.

윤 처사 쪽은 사실 이즈음 도섭의 암약에 그만큼 심각한 위협을 느끼고 있었다. 산간에 갑자기 몰이꾼의 출몰이 심해지고, 이런저런 소동 끝에 끝내는 지상억과 박춘구를 연행해간 일들을 도섭과 무관하게 생각하지 않은 때문이었다. 소리통까지 함께 압수를 해간 마당이니 일이 아무래도 쉽게 끝날 것 같지가 않았다. 다행인지 불행인지 이 무렵 한 산 아랫동네 여자의 제보도 그것을 뒷받침해주었다. 하루는 산 아랫동네에 산다는 한 정체불명의 여자가 우봉 스님 앞으로 은밀스런 밀보를 보내 올려왔다. 다행히 심부름꾼이 발길이 닿기 쉬운 표충사 별관을 먼저 찾아 들어와 '광명전 우봉 스님'을 묻는 바람에, 거기 마침 혼자 있던 윤 처사가 그를 우봉에게로 안내해주고 들어 알게 된 일인데, 그 밀첩의 내용인즉 남도섭이란 사람의 신분이 절간 일을 정탐하러 들어온 경찰의 밀정이며, 위인이 그 정탐 내용을 비밀리에 상부로 보고하고 있으니 알아 선처하라는 요지였다. 여자가 그의 심부름으로 비밀 보고서를 읍내 우편소까지 나가 부쳐주었노라는 사실 외에, 보고의 내용이나 수신인에 대해서까지 자세히 알아 보내주지 않은 점이 아쉽기는 하였지만, 어쨌거나 그것으로 이제는 위인의 본색이나 암약상이 다시 한 번 분명히 확인된 셈이었다. 하고 보면 위인들은 도섭이 이미 알고 있는 칼부림 사건을 구실로, 역시 도섭이 주문해두었을 그 불온성의 근거를 캐려 들 터였다.

윤 처사는 이제 사라진 금서 병풍 일보다 박춘구나 상억 같은 은신자들의 '불온성'과 절간의 안전이 더욱 큰 걱정이었다.

그는 전에 없이 심한 불안감 속에 아랫동네 움직임에 수상한 기미가 보이면 자신도 이런저런 구실을 만들어 현장을 미리 피했다 오곤 하였다. 그러면서 우봉에게 그 위험한 사항을 고하여 이쪽의 대비책을 마련해주기를 소청하곤 하였다.

그런 중에 박춘구가 어떤 수를 써선지(그는 역시 부친의 힘이 컸다 했지만 필시 그 단단한 의지 덕에 난경을 더 쉽게 이겨냈기 쉬웠다) 예상 외로 일찍 마굴을 벗어져 나온 것은 무척 다행스런 일이었다. 그것도 단순히 칼부림 사건에 대한 추궁 외에 금서 병풍 일이나 사상 문제까진 문제를 삼지 않고 넘어간 것이 더욱 큰 다행이었다. 그렇다고 그걸로 위험이 사라진 건 물론 아니었다. 도섭은 이제 박춘구들의 본색을 제대로 알게 되어 그간 자신이 주위 사람들로부터 늘 속임과 경계를 당해온 사실을 확인한 터였다. 게다가 이제는 절 사람들과 윤 처사의 불안한 행적을 뻔히 다 눈치채고 그걸로 윤 처사까지 은근히 몰아세우던 위인이었다. 금서 병풍 일을 직접 거론하고 나서지 않은 것만도 그중 다행이랄 수 있었지만, 위인의 눈길이 아직 그리 시퍼렇게 주위를 노리고 있는 한 한시도 위인을 안심할 수가 없었다. 몸들은 어찌 무사히 풀려났다고 하지만 그길로 다시 종적이 사라지고 만 박춘구들의 일에서 위인의 눈길이 떠났을 리도 없었고, 그래저래 계속 주위를 맴돌다 보면 언제 또 어려운 일이 닥치게 될지 몰랐다. 윤 처사는 그래 그 금서 병풍 일보다 위인의 눈길이 언제 우봉이나 절간의 중대사에까지 이르게 될지 그것이 더욱 불안하고 걱정스러웠다.

하지만 우봉은 그런 어려운 절간의 사정에는 여전히 별다른 조처가 없었다. 아니 스님도 이제는 전보다 많이 마음을 써준 대목이 있기는 하였다. 박춘구가 몸이 풀려 다시 산을 올라왔을 때, 스님 역시 뭔가 뒷일이 걱정스러운 듯, 윤 처사에게 그의 종적을 안전하게 숨겨주게 하였다. 그리고 어느 날 밤 지상억이 다시 몸이 풀려 절을 찾아들었을 때 우봉은 그에게도 박춘구에게와 같은 은신처를 허락해주었다. 그곳이 바로 이 절골의 마지막 은신처로 예의 그 비밀 인사가 여태 몸을 보전해오고 있는 곳이었다. 박춘구나 지상억을 그곳으로 들여보낸 것은 그런 비밀 처소와, 절간이나 우봉이 그간 은밀히 보호해온 그 중요 인물의 존재를 두 외부인에게 드러내 보인 위태로운 처사였다. 그런 위험을 각오하면서까지 그 일을 허락한 것은 우봉으로서는 그 두 사람과 절간의 형편에 적지 않은 위협을 느끼고 있는 증거였다. 한데도 우봉은 그 일에조차도 전혀 마음이 동요하고 있는 기미를 안 보였다.

"그 병태란 놈…… 이 일은 특히 그놈 눈길에 닿지 않게 처결해야 할 것이야……"

일의 봉행을 윤 처사에게 이르고 나선 마치 녀석의 눈길 정도나 조심하면 될 일이라는 듯 엉뚱한 아이를 들어 하찮은 당부를 남겼을 뿐이었다. 다른 일은 그저 윤 처사가 알아서 단속해나가라는 뜻이었다.

그런데 일은 점점 더 난국이었다. 그리고 이번에는 그 우봉으로 시도 결국 어떤 분명한 조처의 시기가 당도했다. 도섭이 웬일로 이번에는 유물관 김 처사에게 그 감시의 눈초리를 겨누고 든 때문이었다. 그것도 어찌 보면 김 처사를 내세워 윤 처사 자신까지 동요시켜보려는 듯 그를 향해 노골적이고 도전적인 방법을 동원해가면서였다. 때문에 윤 처사는 자신도 그런 도섭의 육박에 위협을 느끼고 있었다. 하지만 자신은 문제가 아니었다. 위인의 그 집요한 의심과 감시의 표적이 되고 있는 김 처사의 두려움은 더욱 말이 아니었다. 위인 앞에 그걸 어떻게 좀 가로막아 서보려 해도 도섭은 이미 그런 이쪽의 속내를 알아차린 듯 공세가 더욱 짓궂고 가학적이 되어갔다.

문제는 그 위인의 끈질긴 공세 앞에 김 처사의 숨은 전력이 드러나게 될 가능성이었다. 김 처사의 사연이 사실대로 드러나는 날이면 그 김 처사의 신상은 물론 윤 처사를 비롯한 절간 사람들의 처지나 우봉 스님의 의중사 모든 것이 끝장이었다. 일이 거기 이르고 보니 우봉 스님도 이번에는 윤 처사의 소청을 외면만 하고 있을 수가 없게 된 모양이었다.

"그럼 금명간에 백암사로 차 심부름길을 놓거라. 그 길에 내 그

쪽에 당부할 일이 있으니 차 봇짐은 반드시 병태 놈에게 져 가게
하고…… 그리고 사정이 그에 이르렀다만 그 김 처사란 위인에게
도 사정을 좀 일러주어 제 일을 알아서 단속해나가게 하고……
어쨌거나 이런 어려움이 길게 갈 일은 아니니……"

마침내 우봉이 처결을 내린 것이었다. 그러나 윤 처사는 처음
그것이 그 김 처사나 절간을 지키기 위한 우봉의 한 방책이라는 걸
알아차릴 수가 없었다. 그것은 얼핏 보아 김 처사도 절간 일도 보
호할 만한 방책이 못 되었다. 우봉은 정작 마음을 써줘야 할 김 처
사에 대해선 도섭의 기미나 알려줘서 제 일을 알아서 단속케 하라
는 정도로 더 다른 조처의 말이 없었다. 언젠가 이 난국이 오래갈
수 없다고 했던 것 비슷한 소리로 막연한 희망을 덧붙인 게 고작이
었다. 한데다 노인은 김 처사 일 대신 엉뚱한 백암사 차 심부름을
하명했다. 그것도 하필이면 언행이 신중치 못한 곽 행자를 택해서
였다. 아마도 그 곽 행자의 심부름 봇짐 속에 그쪽에 있는 서화 일
을 단속하는 서찰이라도 끼워넣을 심산일 터였다. 그런데 하필 이
런 때 그쪽에 얌전히 잘 보관되고 있는 서화의 걱정이라니. 그렇
다면 노인은 도섭의 표적을 오직 그 서화로만 여기고 있다는 것인
가. 그리고 그 서화의 안위에 그렇듯 불안을 느껴왔단 말인가. 하
지만 그건 오히려 위인에게 새로운 낌새를 드러내 보여주는 격이
아닌가. 더욱이 곽 행자는 위인에게 늘 속내를 주고 싶어 하는 아
이였다. 그것은 노인도 이미 수차례 이야기를 들어 알고 있는 일
이었다. 윤 처사는 그 노인의 속내를 쉬 짚어낼 수가 없었다. 그렇
다고 그 의중을 다시 캐고 들거나 거역할 수도 없는 일—

하지만 윤 처사는 차츰 그 우봉의 숨은 방략을 깨닫기 시작했다. 바로 그 서화의 비장지로 지목되고 있는 백암사 쪽으로 심부름길을 내게 하고, 그 일에 하필 언행이 신중치 못한 곽 행자를 지목해 보내려는 데에 우봉의 평범하면서도 엉뚱한 방책이 숨겨져 있었다. ……생각이 거기 이르자 윤 처사는 그 스님의 의연한 도량 앞에 뒤늦게 안도의 큰 숨을 내쉬었다. 그리고 지레 혼자 고소한 심사 속에 자신이 해야 할 일을 하나하나 실수 없이 조처해나갔다.

하고 보니 도섭에겐 이후의 일들이 예상을 늘 빗나가거나 앞서 나갈 게 당연했다. 바로 그 곽 행자의 백암사 차 심부름길부터가 그랬다.

"저 오늘 백암사로 큰스님 차 심부름 떠나요."

오늘인지 내일인지 몰이꾼이 접근해오기를 고대하고 있던 어느날, 곽 행자가 아침 일찍 심부름길 행장을 하고 나타나선 도섭에게 은근히 자랑조로 말했다. 백암사는 물론 당일간 내왕이 어려운 곳이니, 차 심부름을 핑계로 이삼 일 맘 편히 세상 구경이나 하고 오겠다는 귀띔이었다.

도섭은 이때만 해도 일이 너무 뜻밖이었다. 하지만 때가 때인지라 이내 어떤 심상찮은 느낌이 머리를 스쳐갔다. 행선지가 하필 백암사 쪽인 때문이었다. 차 심부름이라면 그야 별로 이상할 것이 없었다. 곽 행자 자신의 설명만 하더라도 절간에선 원래 차가 많이 소용되었고, 좋은 차가 생기면 가까운 도반들 간에 서로 나눠 쓰는 게 승가의 관례렸다. 더욱이 대원사는 주변 숲 속에서 야생 차를 따고 있어, 인근 사찰에 차 공양을 자주 해온 것도 그간의 관례랬다.

하지만 도섭은 한두 번 세간에서 그 같은 차 선물이 오가는 걸 본 일이 있었지만, 그건 대개들 새 차(작설)를 따내는 오뉴월 한 때를 전후해서였다. 지금은 차 맛이 다 바랬을 늦가을철이었다. 뿐더러 백암사 쪽에 굳이 차 공양을 하렸다면 근간에 그쪽에서 먼저 사람(확실한 건 아니지만, 그 객승에 대한 상억들의 밀담이 사실이라면)이 다녀간 일도 있었다. 때나 행선지가 다 석연칠 않았다. 확실히 근거는 찾아낼 수 없었지만, 도섭은 왠지 그게 대원사와 백암사 간의 어떤 비밀 연락 행로일 듯만 싶었다.

하지만 도섭은 그런 막연한 추측이나 예감뿐, 속사정은 아무것도 알 수가 없었다. 그런 식으로 일을 의심하고 나서기엔 앞뒤가 안 맞는 곳이 한두 가지가 아니었다. 그게 대원사와 백암사 간의 비밀 전갈길이라면 거기 하필 입이 가벼운 곽 행자를 택해 보낼 리가 없었다. 보다는 몰이꾼의 눈길도 비켜 세울 겸 제물에 겁을 먹고 심사가 잔뜩 쫓기고 있는 김 처사 같은 위인을 택해 보내야 옳았다. 뿐더러 그 일에 어떤 숨은 계략이 있다면, 그리고 그 곽 행자를 길꾼으로 골라 보내는 일에 직접이나 간접으로 윤 처사의 간여가 없지 않았다면(그걸 결정한 것이 누구든 그간의 관행으로 보아 곽 행자의 일에 윤 처사와의 의논은 없을 수가 없었다) 그는 언젠가 그 객승의 일로 하여 도섭이 백암사를 들먹였던 사실도 기억을 하고 있어야 하였다. 그걸 알고도 그쪽으로 어떤 밀통을 보낸다면 그처럼 위태롭고 미욱한 노릇이 있을 수 없었다. 윤 처사가 그 일을 잊어먹었을 리도 없었고, 그걸 범상히 여겨 넘길 만큼 미욱한 위인도 아니었다. 위인이 굳이 거기까지 괘념을 할 필요가 없었다면, 그런 심부름길 자체가 그리 대수롭지 않은 때문일 터였다. 하긴 차 심부름은 그저 차 심부름길일 뿐, 도섭의 의혹이 괜히 지나치고 있을 수도 있었다.

도섭은 이도 저도 당장엔 사실을 확인해볼 길이 없었다. 녀석은 다만 위에서 꾸려준 괴나리봇짐을 들쳐 메고 나섰을 뿐, 차밖에 그 속에 무엇이 더 들어 있는 줄도 몰랐고, 말로 된 다른 전갈을 지닌 바도 없었다. 녀석에겐 더 이상 캐어볼 것이 없었다. 그렇다고 섣불리 윤 처사를 헛 건드리고 나설 일도 못 되었다. 녀석이 길을 다녀올 때나 두고 기다려보는 수밖에 없었다.

곽 행자는 그렇게 무심히 길을 떠나갔고, 도섭은 이삼 일 녀석의 귀사를 묵묵히 기다렸다. 그리고 그 3일째 되던 날 어스름 녘 곽 행자는 팔짝팔짝 심부름길에서 돌아왔다.

그런데 이번에는 더더욱 예상치 못한 일이 잇따랐다. 곽 행자는 실상 길을 다녀와서도 차 심부름 외엔 아무것도 다른 일은 알지 못했다. 그곳 조실 앞에 문안을 여쭈고는 보통이째 길짐을 넘겨드린 것 외에 아무것도 더 한 일이 없이 하룻밤을 지내고 곧 길을 돌아온 녀석으로선 그럴 수밖에 없었다. 어쨌거나 도섭으로선 이제 그런 건 별 상관이 없는 일이었다. 알고 보니 녀석은 그보다 훨씬 더 값지고 중요한 소식을 지니고 온 때문이었다.

"저 백암사에서 용진일 봤어요."

이튿날 아침 녘 정잿간 설거지를 하면서 녀석이 뒤늦게 목소리를 낮추어 귀띔을 해왔다. 도섭은 처음 그것이 무슨 소린지조차 알아듣지 못했다. 워낙에 예상도 기대도 못한 일이라 말뜻을 제대로 알아차리고 나서도 쉽사리 곤이를 들을 수가 없었다. 곽 행자는 그런 도섭의 기미에 좀더 자세한 자초지종을 털어놓았다.

"……백암사 객방에서 하룻밤을 묵고 어제 아침 다시 길을 떠나려고 절을 나설 때였어요……"

곽 행자가 그곳 절문 근처 수곽께를 걸어 나오다 보니, 그 우물가에 웬 용진 행자의 모습을 한 사미승 하나가 채소를 다듬고 앉아 있더랬다. 곽 행자는 처음 그럴 리가 없다고 그냥 스쳐 지나려다 때마침 발기척에 얼굴을 돌아보는 그와 눈이 마주치게 되었는데, 뜻밖에도 그게 정말로 용진 행자더라는 것이다. 그러나 곽 행자가 용진을 바로 본 것은 아쉽게도 그 짧은 한순간뿐이었댔다. 양쪽은 서로 상대편을 알아보고 말을 주고받아 보지도 못했고, 그럴 기회조차 가질 수 없었다는 거였다.

"나는 당장 반가움에 못 이겨 이름까지 부름서 녀석에게로 가려 했지요. 헌디 이상한 게 녀석 쪽에선 나를 보고도 아무 표정이 없는 거라요. 무슨 반가운 표시커녕은 나를 제대로 알아보지도 못하는 것 같았어요. 하더니 그냥 말 한마디도 없이 주섬주섬 바삐 나물 소쿠리를 챙겨 들고 뒤켠 공양간 쪽으로 사라져버리는 거예요……"

용진이 웬일인지 곽 행자를 보고도 부러 모른 척 외면을 해버린 것이었다. 곽 행자는 길을 떠나오던 참인 데다 때마침 뒤에서 늙은 스님 한 분이 그런 혼자 놀음에, 허허 그 녀석 갈 길은 가지 않고 누굴 헛보고 빈 수작을 떨고 있누, 꾸중으로 등덜밀 밀어대는 바람에 녀석을 더 이상 뒤쫓아가보거나 지체할 엄두를 못 냈다고. 하지만 곽 행자는 용진이 저를 모른 척 돌아선 이유는 알 수 없었지만, 어쨌거나 그가 용진이었던 것만은 분명했다고 몇 번씩 장담을 되풀이하고 있었다.

"그게 정말로 용진이가 아니었다면 지금 내 눈에다 부젓가락을 지져도 좋다니께요……"

도섭은 처음 그럴 리가 싶었지만, 곽 행자의 장담이 너무도 시퍼랬다. 뿐더러 언젠가 집허당을 찾아온 그 객승의 몇 마디— 그 아인 제가 맡아 단속을 하겠으니…… 어쩌고 하던, 그 소리가 새삼 다시 아프게 머리를 때리고 지나갔다. 종당엔 도섭도 녀석의 귀띔을 믿지 않을 수 없었다. 그리고 녀석의 뜻밖의 선물에 내심 쾌재를 올리지 않을 수 없었다. 곽 행자는 사실 윤 처사에게도 먼저 같은 귀띔을 주었노라는 뒷고백을 덧붙였다. 하지만 윤 처사는 그저 듣는 둥 마는 둥 하고 있다가 녀석의 말이 채 끝나기도 전에 무슨 헛잠꼬대냐는 듯 딴말로 헛소리를 잘라버리더라는 거였다. 그래 녀석은 아직 입이 근질거려 도섭 앞에 또 한차례 제 속내를 토설해온 것이었다.

도섭은 녀석의 귀띔에 크게 고무될 수밖에 없었다. 그것도 윤 처사가 없는 데서 따로 일러온 일이라 더욱 고맙고 다행스러웠다. 그렇다면 그때 그 객승이 돌보고 있다던 아이가 정말로 용진이 그 녀석이었단 말인가. 사태가 전혀 예상치도 못한 곳으로 흐르고 있었다. 곽 행자가 본 것이 용진이 틀림없다면 우선 그 금서 병풍의 도난 사건부터가 새로운 의혹거리였다. 대원사에선 누구나 녀석의 범행을 의심치 않고 있는 터에 만주쯤 멀리 도망쳐 갔으리라던 녀석이 백암사에 멀쩡하게 은신해 있다니. 그렇다면 백암사에서 녀석을 시켜 서화를 훔쳐내기라도 했단 말인가. 설마하니 그럴 수는 없는 일이었다. 금서 병풍은 녀석이 훔친 게 아니었거나, 어쩌면 애초 사건 자체가 주위의 눈속임(물건을 지키자면 그런 계교가 필요할 수도 있었다)을 위한 조작극일 가능성도 있었다. 그렇다면 그 병풍은 지금 도난을 가장하여 백암사로 옮겨져 보관돼오고 있는 게 아닐까…… 도섭은 금방 거기까지 머리가 쉽게 움직였다. 그리 보니 이쪽에서 군이 용진을 뒤쫓아 물건을 찾으려 들지 않았던 일이나, 녀석의 종적을 알고 있으면서도(모르고 있었을 리가 없었다. 그 돌중이 소식을 전한 바도 있었으려니와 그것이 눈속임의 계략이었다면 더더욱) 쉬쉬 모른 척 말을 숨겨온 일들도 그런대로 제법 잘 앞뒤가 맞아 돌아갔다. 용진이 곽 행자를 모른 척한 것도 그 같은 연유에선 이해가 가능했다.

사단은 결국 상억이나 김 처사들의 일에 앞서서 엉뚱한 병풍 사건이 새로 앞을 서고 나선 격이었다. 도섭은 자연 다시 마음이 그쪽으로 선회했다. 이 뜻밖의 정보를 이용하여 병풍 일의 비밀부터 먼저 뿌리를 뽑고 싶었다. 그 일은 물론 자신의 소관사도 아니었고, 얼마간의 위험까지 감수해야 했지만, 도섭으로선 실상 횡재의 행운 못지않게 또 한차례 자존심을 상하고 만 때문이었다. 재수가 좋으려면 그 병풍 게임 뒤에는 뜻밖에 다른 큰 밀계가 도사리고 있을 수도 있었다. ―내가 그토록 까맣게 속아올 수가 있었다니.

돌이켜 생각하면 도섭의 처지에선 그런 수모와 수치가 있을 수 없었다. 김 처사도 만약 사정을 알고 있었다면, 그는 여태 그 김 처사에게서까지도 내내 같은 농락을 당해온 꼴이었다.

도섭은 그렇듯 구겨진 자존심도 회복할 겸 이번에는 그쪽으로
몰이꾼을 풀어 보내 윤 처사를 포함한 절간의 움직임을 막바로 모
두 들춰내기로 결심했다. 이번에는 작은집 인삼 장수나 몰이꾼의
접근을 기다리고만 있을 수가 없었다. 내친김에 일을 신속하게 서
둘러야 하였다. 도섭으로서도 아직 풀리지 않은 수수께끼가 꽤 많
은 때문이었다. 김 처사가 일의 내막을 알았건 몰랐건(그건 실상
이제 와서 별 상관이 없는 일이었다) 도섭은 뭐니 뭐니 해도 그 곽
행자의 백암사 길이 거기 숨긴 물건(병풍이 거기 숨겨졌으리라는
것은 거의 도섭의 확신에 가까웠다)을 한번 더 단속해두려는 데에
목적이 있었을 듯싶었다. 도섭은 근자 윤 처사 앞에 그 병풍 일을
빗대어 김 처사의 신변을 자주 거론한 바 있는 데다, 병풍 일을 안
전하게 단속하는 일은 그 김 처사를 거꾸로 보호하는(그도 만약 그
런 사실을 알고 있었다면) 일도 되는 때문이었다. 하지만 우봉이나
윤 처사들이 그것으로 금서 병풍과 김 처사를 보호할 요량이었다
면 그 방책이 너무 허술하고 경솔했다. 도섭은 무엇보다 그 점에
아직 잘 납득이 가지 않고 있었다. 용진이 백암사에 있는 줄을 알
면서 하필이면 곽 행자를 그곳으로 보낸 이유가 무엇인가. 눈과
입이 다 위태로운 곽 행자를 보냈을 때의 뒷일을 우봉이나 윤 처사
가 미리 짐작하지 못했단 말인가. 그 차 봇짐에 어떤 밀보를 따로
묻어 보낸 건지는 알 수 없으되, 그 같은 위험이 예견될 수 있었음
에도 웬 심부름길을 그리 서둘러 보내야 했는지, 우봉이나 윤 처
사가 그토록 생각이 짧은 위인들일 수 없고 보면 그 조급성은 더욱

이해할 수가 없었다.

하여 도섭은 이날 밤으로 바로, 이번에는 그 자신이 다시 한차례 화정옥까지 어둠을 타고 산길을 내려갔다.

──9월 초순의 표충사 유물관 소장 금서 병풍의 도난 사건에 관하여. 그 병풍의 절취범으로 수배중인 용진이란 동승이 장성군 소재의 백암사에 은신 중임. 당방 탐문 결과 금서 병풍도 그곳에 은닉 중일 것으로 추측됨. 연이나 이는 단순 절도가 아니라 양측 사찰 간에 모종의 음계(陰計)가 개재되었을 수도 있는 사안으로 사료됨. 도난품의 회수 및 범인 체포를 위한 신속한 조처 바람. 도난품 회수 및 범인 체포의 일 이외에 여타 밀계의 개재 유무에 각별 유의할 것……

기왕부터 준비해두고 사람을 기다려오던 김 처사 건의 밀고전을 몰이꾼을 움직이기 위한 새 밀첩으로 대신해 지니고서였다.

16

밀보를 띄우고 나서 도섭은 다시 며칠째 목줄기가 빠지게 결과를 기다렸다. 그런데 또 일이 영 맹랑하게 돌아갔다. 밀보의 결과가 되돌아온 것은 도섭이 마을을 다녀온 지 닷새째가 되어가던 10월 중하순께의 어느 날 오후였다. 읍내 작은집 머슴 한 녀석이 정쟁간으로 은밀히 그를 찾아 들어와 밀전 한 통을 전하고 돌아갔다. 그 밀전의 내용이란 것이 이랬다.

1. 백암사 내사 결과 당사찰에서는 근자 용진이라는 이름의 사미 승이 수행 혹은 은거한 사실이 없는 것으로 확인됨.

2. 차후 필요시 쌍방 간의 정보 수수를 위한 밀전 은닉 지점은 사찰 입구 일주문 서방 20미터 소재의 櫻樹(일명 왕사쿠라) 남향 지단 하(枝端下) 청석(靑石) 밑을 이용할 것(우천 시 제외. 당방 연락 사항 수시 확인 요망)……

거두절미 간략한 통보 투에다 사뭇 퉁명스런 힐책기가 역력한 일방적 명령조 문면이었다. 사람이 직접 정잿간까지 스며들었을 만큼 작은집에선 이미 이쪽의 정체를 짐작하고 있는 터에 일이 그처럼 낭패로 끝났다면 그만한 불만기쯤 당연한 일이었다.

도섭은 우선 어이가 없었다. 그런 일엔 으레 경찰도 한몫을 끼어 있게 마련이랬던가? 그래 위인들이 달갑잖은 제보에 일을 겉시늉으로만 거칠게(일테면 은밀스런 내사나 정탐보다 그쪽 사람들에게 드러내고 사정을 묻고 드는 따위로) 처리한 탓인지도 몰랐다. 아니면 곽 행자가 사람을 잘못 보았거나 무모한 장난기가 동한 탓일 수도 있었다. 어쨌든 일은 낭패였고 그는 허보(虛報)로 엉뚱한 사람들에게 헛고생만 시키고 만 꼴이었다. 공연한 일로 체면이 말이 아니었다. 그 일로 이쪽의 신분과 잠복 사실들까지 알려지게 됐다면 체면뿐 아니라 상당한 책임 문제까지 뒤따를 수 있었다.

긁어 부스럼이랄까. 도섭으로선 이제 그쯤 일을 모른 척하고 넘어갈 수가 없게 된 처지였다. 오기도 오기려니와 그는 아무래도 기분이 찜찜하여 거기서 발을 빼고 물러설 수가 없었다. 게다가 거기서 더 그를 주저앉지 못하게 한 것은 뒷날 곽 행자의 철석같은 다짐이었다. 당연한 일이었지만, 도섭은 이후 몇 차례나 더 곽 행자의 속내를 되짚어보았다. 녀석의 반응은 그때마다 한결같이 서슬이 시퍼렇기만 하였다.

"내 참, 윤 처사님이나 남 처사님이나 나이 묵은 사람들하곤 복통이 터져서. 사람의 말을 어쩌 그토록 못 믿는대요, 이? 내 이 두 눈깔을 빼기 내길 하더라도 새긴 분명한 용진이었다고요……"

같은 소릴 몇 번씩 다시 묻는 도섭이 답답해죽겠다는 듯 녀석은 발칵발칵 화를 내기까지 했다. 그렇듯 시퍼런 장담으로 보아 녀석이 사람을 잘못 보았을 것 같지는 않았다. 녀석이 그런 일에 함부로 실없는 거짓말을 꾸며댔을 리도 없었다. 아무래도 작은집 머슴들이 소홀히 한 탓이기가 쉬웠다.

도섭은 다시 한 번 그 작은집 몰이꾼들을 움직여보기로 결심했다. 이번엔 보다 과감한 사냥몰이의 방법을 동원할 작정이었다. 과감한 방법은 자칫 그의 신분이 노출될 위험이 뒤따랐다. 그러잖아도 작은집 쪽에선 그의 정체를 상당 정도 알고 있는 터였다. 그의 신분과 활동을 보호해줄 목적으로(필경은!) 정보전 통로까지 새로 마련해 보낸 터였다(그것은 어쩌면 작은집에서도 사실은 그 금서 병풍 일이나 그에게서 아직 손을 떼지 않고 있음을 뜻하기도 했다). 그런 점에서 작은집 쪽엔 새삼 그리 신분상의 위험이 문제될 게 없었다. 그게 더 문제가 되는 것은 절간 사람들에 대해서였다. 하지만 도섭은 이제 그만 위험쯤은 각오를 하고 나서는 수밖에 없었다. 결과는 어차피 둘 중의 하나였다. 그것이 만에 하나 절간 사람들의 모종 역공작(도섭은 이제 그런 상서롭지 못한 상상으로 제물에 자주 기분이 언짢아지곤 했다)의 일단이라면 도섭으로선 이미 그쪽에 꼬리가 붙잡혀 있는 셈이므로 다른 선택의 여지가 없었다. 그때는 가장 강력한 몰이법으로 상대를 일시에 제압·타진해야 하였다. 반대로 그것이 곽 행자의 오해나 머슴들의 나태한 실수의 결과라면, 도섭은 별반 의혹을 삼이 없이 일이 세 경위(혹은 그 결과)를 드러내게 될 터였다.

작정이 서고 나자 도섭은 그 즉시 작은집으로 재차 밀첩을 마련했다. 작은집 식구들의 경각심을 환기시키기 겸해 이번에는 아예 혐의의 대상자들이나 수사 방법, 거기 필요한 유의 사항들까지 소상하게 적어 담은 밀보였다.

백암사에서 용진 행자를 목격한 것은 금시월 중순(15~17일) 그 절로 차 심부름을 갔다 온 당대원사의 곽 행자(표충사 내 별간 정재소 수행 행자)라는 아이임. 상기 사실을 근거하여 다음 각항의 사찰 활동 및 공작 진행을 권고함.

1. 곽 행자를 일단 참고인으로 연행하여 백암사에서의 용진 행자의 목격 사실 여부를 다시 확인할 것. 연행 사유는 당방의 잠복 사실에 대한 보안에 유의하여, 서(署) 외부인의 정보 투입에 의한 것이 아니라 금서 병풍의 도난 사건에 대한 계속 수사와 감찰·미행의 결과로 설명할 것.

2. 목격 사실의 확인 후에는 곽 행자를 백암사로 대동 이송하여

사찰 내외인 전원과 직접 대면, 전일 목격한 안면을 지목 색출케 하고, 피지목인의 용진 행자 당인 여부를 확인할 것. 이 과정에서 특히 백암사 측에서 사전에 귀측의 동정을 탐지하고 피의자의 소재를 다른 말사나 암자로 옮겼을 가능성에 대비, 면대 누락자가 발생치 않도록 각별 유의할 것.

3. ①, ②항의 사찰 과정에서 본 사안이 참고인의 허보나 오인의 결과로 판명되었을 시는 그 참고인의 고의성 여부를 철저히 추궁, 배후의 은폐 가능성에 세심 대처할 것.

4. 참고인 연행 시 표충사의 유물관지기 김 처사라는 인물도 동시 연행, 금서 병풍 도난 사건의 공모 사실 인지 여부를 내사할 것. 연이나 병풍 도난 건에 모종 은폐된 조작 요인이 드러날 시는(일종의 역공작적 혐의에 대한 당방의 심증을 참고할 사) 김 처사도 일조의 관련이 유하거나 사실의 일단을 감득하고 있을 가능성이 농후함……

김 처사까지 참고인으로 연행, 내사케 한 것은 마침 기회가 좋기 때문이었다. 이 일은 어디까지나 병풍 도난 사건이 수사 개시의 근거가 되어 있어, 유물관지기인 김 처사를 참고인으로 연행하는 것은 오히려 당연하고(위인은 그 일로 여태 내사조차 제대로 받아본 일이 없었다) 자연스런 조처로 보일 수가 있었다.

하지만 물론 위인을 연행케 한 것은 병풍의 행방을 알아내거나 조작극 여부를 캐내려는 목적에서만이 아니었다. 거기 대한 내사도 내사지만, 위인은 어차피 속을 한번쯤 짚어볼 필요가 있는 인물이었다. 일테면 차제에 위인을 이용하여 윤 처사까지 크게 한번 변죽을 울려보자는 계략이었다.

하지만 이번에도 결과는 마찬가지였다. 작은집 지시대로 야음을 이용하여 일주문 근처 왕벚나무(그 나무는 조선 사쿠라의 시조목이라 하여 장소가 잘 알려져 있었다) 남단 아래 밀전을 묻고 온 지 이틀 뒤였다. 그새 안전하게 밀전을 회수해갔던지, 이날 아침 일찍이 형사 둘이 올라와 다짜고짜 곽 행자와 김 처사를 채어갔다. 그리고 이틀 만에 김 처사 혼자서 흐물흐물 다시 산을 기어 올라왔다. 당연한 일이었지만, 취조 과정이 무척이나 호되었던지 그렇게 돌아온 위인의 몰골은 넋이 다 빠져나간 허깨비 형국 한가지였다. 손발을 제대로 움직이지도 못하는 데다 얼굴까지 여기저기 고문의 흔적이 역력했다. 피의자고 참고인이고를 가릴 것 없이 덜미를 한번 끌려 들어갔다 하면 누구나 으레 당하게 마련인 곤욕이었다. 위인은 그런 몰골로 산을 올라와 아예 심신이 내려앉아 눕고 만 것이었다.

하지만 위인은 그런 곤욕 속에서도 별반 신통한 토설이 없었던 모양이었다. 원래도 거의 말이 없는 위인이었지만, 작자가 읍내를 다녀온 뒤로는 아예 말을 잃고 벙어리가 되어버렸다. 읍내에서 그가 겪고 당한 일은 물론 무슨 일로 거기까지 끌려갔다 왔는지도 이렇다 저렇다 일절 말이 없다는 것이었다.

"위인이 워낙 겁을 먹은 탓이겠지요. 그도 그럴 것이 위인한텐 그런 일이 한밤중 홍두깨 식의 날벼락이었을 테니까요. 내 짐작엔 이번 일도 그 금서 병풍 일 같은데, 위인을 아무리 추궁하고 들어봐야 한밤중에 감쪽같이 사라진 물건을 누가 어떻게 훔쳐갔는지

뭘 알고 있는 게 있었겠어요. 공연한 일로 사람 골병만 안긴 거지……"

윤 처사의 짐작엔 그가 그토록 말까지 잃게 된 것은 알지도 못한 일에 매질과 추궁이 너무 심했기 때문이라는 것이었다. 그 땅개들의 혹독한 추궁 앞에 겁을 먹고 아예 할 말을 잃고 말았을 거라는 짐작이었다. 위인의 정상이 그런 꼴이고 보니 도섭으로서도 확실한 건 알 수가 없었다. 하지만 윤 처사의 그런 추측이 아니더라도 그가 서에서 별말을 하지 않았던 것은 거의 분명해 보였다. 무엇보다 그에게 어떤 혐의점이 있었다면 위인만을 그리 쉽게 내보내주었을 리가 없었다.

이번에도 기대만큼의 성과가 없었던 게 분명했다. 적어도 김 처사 쪽에 걸었던 기대는 이번에도 말짱 허사가 된 느낌이었다. 그도 그저 단순한 공염불이 아니었다. 그것은 바로 그 김 처사를 이용한 윤 처사에의 정탐의 실패를 뜻했다. 하지만 도섭은 그걸로는 아직 희망을 잃지 않았다. 곽 행자는 아직도 풀려나오지 못하고 있었다. 김 처사하곤 달리 녀석은 따로 백암사까지 다녀와야 할(작은집에서 그 일에 관심을 가지고 성의를 보인다면) 일이 남아 있었으므로 애초부터 김 처사완 한시에 풀려나올 처지가 아니었다. 뿐더러 녀석은 용진 행자를 지목해줄 단순 참고인 역뿐이므로 애초 별다른 기대를 걸지 않았던 배역이었다. 한데 곽 행자는 김 처사가 풀려나고 나서도 하루이틀 새엔 금방 돌아올 기미가 없었다. 녀석의 역할이 어느 정도였는진 미지수였지만 도섭은 이제 거기서나마 희망을 걸어보는 수밖에 없었다. 녀석이 정말로 백암사에서 용진을 찾아내주기만 한다면 그걸로도 제보의 성과는 충분했다. 병풍 사건은 그걸로 도난을 위장한 조작극임이 쉽게 밝혀질 수 있었고, 나아가 병풍의 회수는 물론 그 같은 조작극의 연출자들이나 뜻밖에 심각한 배후의 의도까지도 줄줄이 드러날 수 있었다.

도섭은 계속 곽 행자를 묶어두고 있는 작은집 쪽 일의 향배를 기다렸다.

그런데 이때부터 광명전을 비롯한 대원사 인에서는 도섭의 기대나 예상을 뒤엎는 일들이 갈수록 빈발했다. 그 시초는 유물관의 김 처사가 어느 날 밤 갑자기 모습을 감추고 사라진 데서부터였다. 그것도 자신이 용진 행자에게 금서 병풍을 훔쳐 내보낸 공범의 허물을 고백하고서랬다.

"와 놀랐네요. 어젯밤 김 처사가 줄행랑을 놓았다면서요. 것도 자기가 금서 병풍을 함께 훔쳐낸 사실을 자백하고 말예요……"

10월도 어언 그믐께에 가까워진 어느 날 저녁. 끼니때를 맞춰 산을 내려온 방 화백이 느닷없이 좌중 앞에 그런 소릴 늘어놨다. 도섭으로선 전혀 금시초문의 소식이었다. 도섭은 아직 듣지도 못한 소문이 그새 골짜기까지 번져 올라갔던지, 방 화백은 이미 위인의 도범을 조금도 의심하지 않고 있는 어조였다.

"그 사람 사실은 전부터 기분이 좀 찜찜해 뵈는 위인이긴 했지요. 하지만 설마 그런 꿍꿍이까지 숨기고 있는 줄은 몰랐네요."

"이번에 서엘 한번 들어가보니 아무래도 꼬리가 잡힐 것 같았던 게지요?"

방 화백의 발설에 자리를 함께한 외사 사람들도 은근히 맞장구

를 치고 나서는 게 절간에서 여태 일을 모르고 있었던 것은 이번에
는 오직 한 사람, 도섭 자신뿐이었던 것 같았다. 알고 보니 이날
종무소 쪽에선 위인의 공범 사실과 잠적을 놓고 일대 소동이 벌어
졌다는 거였다. 그것은 얼마 뒤, 정잿간 일을 내내 도섭 한 사람에
게 맡겨놓고 낮부터 계속 종무소 쪽 일에만 매달려 지내던 윤 처사
가 돌아왔을 때도 뒤늦게 한번 더 확인을 해준 사실이었다.

"유물관 김 처사가 녀석과 함께 금서 병풍을 빼냈노라는 자백을
하고서요……?"

위인이 정잿간으로 들어서는 길로 도섭이 직방으로 들이대자,
윤 처사는 말없이 고개를 끄덕이고 나서는,

"하지만 김 처사가 종적을 감추었으니 그게 사실인지는 아직 단
정할 수 없겠지요. 병풍의 행방이 밝혀지지를 않고 있는 이 마당
엔…… 그래 종무소 윗분들도 그 일로 긴가 민가 퍽이나 애들을
먹고 있는 모양입니다."

간단히 사실을 시인해온 것이었다. 다만 그로서도 그 일을 어디
까지 믿어야 할지, 자세한 건 잘 알 수가 없노라, 어딘지 좀 시큰
둥한 소리를 덧붙였을 뿐이었다.

하지만 김 처사가 사라진 건 어쨌든 분명한 사실이었고, 그것은
도섭에게 일종의 이변이 아닐 수 없었다. 도섭이 여태까지 병풍
건에 방향을 잘못 짚어온 것이 드러난 셈인 데다, 위인에 대해서
또 다른 목적과 혐의가 걸려 있던 때문이었다. 그로선 불의의 일
격을 당한 격이었다. 곽 행자도 곁에 없는 판에 윤 처사까지 종일
토록 종무소에만 가 있었으니 누가 그를 일부러 따돌린 건 아니었

겠지만, 그 혼자 내내 일을 모르고 있었던 것도 미상불 기분이 개운치가 못했다.

그러나 기분이 안 좋은 건 전혀 사사로운 감정이었고, 일은 일대로 바로 처리해나가야 하였다. 끈질긴 인내심과 집요한 복수심은 밀정으로서의 도섭의 크나큰 장점이었다. 그런 점에서 병풍 사건의 윤곽이 뒤늦게나마 제대로 드러나게 된 것은 도섭에겐 적지 않은 수확이랄 수도 있었다. 그는 이번의 새로운 정보를 어느 때보다 값지게 활용해야 하였다. 이번 일로 적어도 병풍에 관한 수수께끼만은 확연한 결말이 가능해질 수도 있었다.

그런 자신감 속에 도섭은 또 한차례 서둘러 읍내 작은집으로 밀첩을 내보냈다. 물론 병풍 일과 김 처사의 증발 사실과 관련해서였다. 그리고 이번에야말로 어느 때보다 조급하고 자신만만한 심사 속에 작은집 쪽 머슴들의 뒤처결을 기다렸다.

그런데 일은 거기서부터 정작 더 이상하게 돌아갔다. 병풍은 이미 단념을 해버린 듯 절 사람들은 이후에도 김 처사의 행방엔 별관심을 두지 않는 느낌이었다. 그쯤은 도섭으로서도 이미 주의가 마비되다시피 익숙해진 일이었다. 작은집 쪽의 반응이 늦어지고 있는 것도 그럭저럭 사정을 이해할 수 있었다. 그쪽에선 이제 더 도섭의 제보엔 관심이 없어진 듯 며칠씩 밀전이 나무 밑 은닉 지점에 그대로 남아 있었다. 기분이야 어떻든 그간에 자신이 저지른 실수들을 감안하면 그도 사정을 이해할 법한 일이었다.

그런 건 이제 별로 문젯거리도 아니었다. 진짜 문제는, 김 처사의 증발에 관한 도섭의 발 빠른 제보와는 상관없이 병풍 일이 일방적으로 결판이 나버린 일이었다. 다름 아니라, 그때까지 작은집에서 계속 곽 행자를 붙잡아둔 건 나름대로 아직 그에 대한 수사가 진행 중에 있었기 때문이던 모양이었다.

하루는 다시 읍내 작은집에서 사복 형사 두 사람이 산을 올라왔다. 그리고 이번에는 예상치도 못하게 다짜고짜 윤 처사의 덜미를 끌어 쥐고 내려갔다. 도섭은 처음 이제서야 그의 밀첩이 회수되어 효과가 나타나기 시작한 것이거니 생각했다. 하지만 알고 보니 그건 김 처사의 일과는 전혀 상관없는 작은집 독자적인 수사의 결과였다.

우선, 도섭이 확인을 해보니 왕벚나무 밑 밀첩 쪽지는 아직 고스란히 그대로 있었다. 뿐더러 한번 산을 내려간 윤 처사는 이삼일이 지나도 소식이 감감이었다. 김 처사의 증발에 대한 참고인으로서라면 위인을 그토록 오래 붙잡아둘 이유가 없었다. 윤 처사마저 어떤 혐의에 연루되어 적잖은 곤욕을 치르고 있음이었다. 도섭은 도대체 그 작은집의 일들이 어떻게 돌아가고 있는지 궁금하고 조급하기 이를 데 없었다.

그처럼 궁금한 일들이 풀리기 시작한 것은 종무소 스님 한 사람이 읍내를 다녀오고서부터였다. 그간 우봉이나 종무소 스님들도 윤 처사들의 신상엔 그리 걱정이 많았었는지 모른다. 어느 날 종무소의 스님 한 사람이 집허당의 분부로 읍내 심부름을 다녀왔다. 그것이 집허당의 작은집 심부름길이었음을 안 것은 스님이 산을 올라오는 길로 종무소도 들르지 않고 곧바로 집허당으로 직행해 간 데서였다. 그것도 스님 혼자서가 아니라 작은집 형사 한 사람을 대동하고서였다. 도섭은 그때까지도 우봉이 직접 아랫사람들의 무고를 주장하고 나섰거나, 아니면 선처를 부탁하려는 것쯤으로 생각하고 있었다. 사실은 전혀 그게 아니었다. 우봉은 그 작은집을 상대로 뜻밖의 흥정을 벌이고 있었다.

작은집 머슴은 집허당으로 들어가 얼마쯤 머물다가 그대로 산을 내려갔다. 그리고 다시 다음 날 아침 일찍 위인이 재차 산을 올라왔다. 이번에는 도섭이 전혀 예상조차 못했던 뜻밖의 인물들을 대동하고서였다. 그새 몰골들이 형편없이 찌그러든 윤 처사나 곽 행자는 오히려 뒷전이었고, 일행 중엔 오랫동안 도섭의 수수께끼였던 용진 행자(면대는 없었으나 그가 누구라는 건 금세 직감할 수 있었고 그것을 주위에서 확인할 수도 있었다)까지 함께 끼어온 것이었다.

도섭은 그 같은 사실 앞에 어리둥절 놀라거나 궁금해하고 있을 틈조차 없었다. 거기서도 더욱 놀라야 할 일들이 잇따랐기 때문이다.

형사는 세 사람을 곧 집허당으로 데려 올라갔다. 그리고 세 사람이 집허당 우봉 앞에 귀환을 고하고 나자, 이번에는 우봉이 몸소 방을 나와 형사를 데리고 본전 쪽으로 내려갔다. 하더니 거기 본전 옆 칠성각으로 들어가 그 손수 오래 낡은 산신도 뒤에서 금자어서 병풍폭의 두루마리를 꺼내놓은 것이었다.

그래 결국 그 금서 병풍 도난 소동은 모든 것이 절 쪽의 조작극으로 드러난 셈인데, 그것은 도섭에겐 사람을 놀래켜 어리둥절하게 한 정도를 넘어서 아예 바보나 놀림감으로 만들어버린 것 같은 충격적인 사실이었다. 하긴 이 대목은 처음 일을 도모해온 윤 처사조차도 한동안 곡절을 알아차릴 수 없었을 정도였으니, 도섭의 처지에선 더 말할 나위도 없는 일이었다. 알고 보면 사실 이때까진 윤 처사도 그 우봉의 깊은 의중을 제대로 다 헤아리지 못하고 있었던 셈이니까.

윤 처사는 우봉이 그 곽 행자를 백암사로 보낸 일에 대해선 어느 정도 분명한 짐작을 갖고 있었다. 그것은 일부러 그 물건의 기미를 드러내고 도섭의 눈길을 김 처사나 절간 일로부터 백암사 쪽으로 이끌려는 계책임이 분명했다. 그리고 그 같은 우봉의 계략은 제대로 예상을 적중한 셈이었다. 곽 행자는 기대했던 대로 백암사에서 용진과 조우하고 돌아왔고, 그것을 도섭에게 토설했음이 분명했다. 그것은 도섭이 이후부터 밀첩을 연이어 내보내고 있는 기미나 해남서에서 그 서화 일에 직·간접으로 관련이 있어 보이는 김 처사와 곽 행자를 연행해간 일들로 해서도 충분히 짐작이 가능했다.

하지만 비록 일의 숨은 목적이 그렇더라도 윤 처사는 우봉이 그 서화를 미끼로 내던져버리리라곤 생각할 수가 없었다. 서화는 서화대로 잘 간수해나갈 방책을 백암사 쪽에 당부했으리라 생각했다. 곽 행자 모르게 녀석의 짐 속에 그런 어떤 밀첩을 단속해 넣었거니 짐작했다. 윤 처사는 그쯤 서화의 소재지를 그 백암사로 확신해온 것이었다. 그래 경찰에서 김 처사들을 연행해갔을 때도 위인들의 신상이나 서화의 안전엔 그리 큰 걱정을 안 했던 그였다. 서화의 실종 경위나 행방에 대해선 위인들이 알고 있는 것이 아무 것도 없었기 때문이었다. 경찰이 아무리 위인들을 족쳐봐야 그 병풍 일로 해서는 자신들의 신상이나 서화에 대해 해로운 토설이 있을 수 없었다. 그리고 그런 윤 처사의 예측대로 김 처사는 그럭저럭 큰 위험에 빠지지 않고 몸이 풀려나왔고, 그의 경우에 비추어 뒤에 남은 곽 행자도 별 어려움이나 변고 없이 그를 뒤따라 나올 전망이었다. 모든 일이 이쪽의 의중대로 움직여준 셈이었다.

그렇다고 아직 마음을 놓을 형편은 물론 못 되었다. 무엇보다 김 처사의 지나친 공포감이 문제였다. 그는 이제 도섭이 이떤 인물인가를 알고 있었다. 그걸 일러준 것이 잘못이었을까. 그는 그 병풍 일로 한바탕 위인들에게 못 당할 곤욕을 치르고 나오더니, 자신의 전력으로 악연이 맺어지기까지 한 그 도섭의 존재를 더욱 두려워하고 경계하는 기미가 역력했다. 보다도 그 앞에 결국 자신의 정체를 드러내고 말 사람처럼 공포와 자포자기의 기미마저 더해갔다. 그게 언제 다시 도섭의 영민한 눈길을 불러들이게 될지 몰랐다. 그간의 낌새로 보아 위인도 이제는 그 서화의 도난 사건에 자기가 시종 속아온 것을 알아차렸음이 분명했다. 그러면서도 그것을 윤 처사 앞에 거의 내색하지 않는 것은 그의 눈초리가 그만큼 더 음흉하고 매워진 탓일 수 있었다.

그래 윤 처사는 결국 우봉과 의논 끝에 김 처사를 먼젓번 박춘구들과 함께 절간의 마지막 비밀 처소로 옮겨 숨기기에 이르렀다. 물론 도섭의 의혹의 눈초리를 예견하여 그가 사라진 적당한 사연을 꾸며 흘리고서였다. 그렇더라도 도섭이 그것을 모두 곧이곧대로 믿어주길 바랄 수는 없었지만, 어쨌거나 김 처사의 일은 그걸로 일단 매듭이 지어진 셈이었다.

하지만 윤 처사가 아직 도섭을 안심할 수 없는 것은 그 김 처사의 일로 해서만이 아니었다. 그는 김 처사가 서엘 다녀오고, 아예 모습까지 사라지고 난 뒤에도 그 수상한 밀첩을 계속 내려보내고 있는 눈치였다. 서화의 행방을 쫓고 있음일 것이었다. 한데다 이제는 서화의 행방뿐만 아니라, 그런 밀계를 꾸민 배후나 그 배후의 저의에도 당연히 의혹이 일게 마련이었다. ……곽 행자의 석방이 하루하루 늦어지고 있는 것도 사연을 알 수 없었다. 그리고 그런저런 윤 처사의 불안감은 결국 그 자신이 불시 연행을 당해가는 사태로까지 이어졌다.

그러나 다행인 것은, 해남서 쪽에선 자기들 독자적인 사찰 업무도 벅찬 터에, 도섭의 밀첩이나 그 밀계의 배후에 대해선 그리 신뢰를 안 했거나 대수롭잖게 여겨 넘기고 말았던지 윤 처사의 연행에선 그 서화의 행방과 위계 사실 여부를 캐는 일에만 주력하고 든 점이었다.

소관 지역 내 사찰 도난 사건에 대한 제보는 그저 소홀히 할 수가 없어서였을까. 알고 보니 그간 서에서는 그 백암사 쪽 내사에 1차 낭패를 본 이후에도, 뒤에 연행해 들인 곽 행자와 김 처사를 앞세워 그쪽을 계속 정탐해온 모양이었다(그래 곽 행자는 김 처사가 풀려나오고도 그리 방면이 늦어지고 있었던 듯). 그리고 끝내는 그 곽 행자를 통해 백암사에 피해 있던 용진마저 덜미가 붙들리게 된 것이었다.

하고 보니 거기서 윤 처사가 용진을 만나게 된 것은 그리 놀라거나 이상해할 일이 아니었다. 더욱이 윤 처사가 그 용진으로부터 자신까지 끌려 들어오게 된 그간의 사정을 귀띔받게 된 것은 심히 다행스런 일이었달 수 있었다. 용진이 그런 결과까지 계산한 일은 아니었겠지만, 윤 처사를 그곳으로 연행해 오게 만든 것은 바로 그 용진의 불가피하면서도 적절한 자백으로 인해서였던 때문이다.

용진은 실상 그렇게 덜미를 붙잡혀 들어오고 나서도 위인들의 닦달 앞에 별로 털어놓을 만한 일이 없었댔다. 용진 자신은 사실 그 병풍 일에 대해선 아무것도 아는 일이 없었기 때문이었다. 그는 그저 어느 날 새벽 일찍 우봉 스님의 부름을 받고 당신이 꾸려 준 차 심부름 봇짐을 지고 은밀히 백암사 심부름길을 떠났었고, 백암사에선 또 그곳 조실 스님의 엄한 처분께 따라 한동안 거동을 삼가며 그 대원사를 떠날 때의 우봉의 당부대로 그곳에 계속 머물러왔을 뿐이었다. 녀석으로선 그뿐 그의 차 보퉁이 속에 병풍 폭이든 무어든 다른 무슨 물건이 들어 있는 줄도 몰랐고, 그가 백암사에서 그토록 거동을 조심해가며 계속 머물러 지내야 하는 까닭도 알지 못했다. 뿐더러 전날의 대원사 쪽 곽 행자를 보거나 마주치게 되더라도 절대로 모른 척 외면을 하고 몸을 비켜 돌아서버리라는 단속에 대해서는 더욱더 아는 바가 있을 수 없었다. 그는 그 서화의 행방을 대라는 서 사람들의 다그침에 그가 아는 것만을 사실대로 말했다. 그리고 그를 백암사로 보낸 것이 누구냐는 추궁에는 얼마간의 버팀 끝에 그도 사실대로 털어놓을 수밖에 없었다. 다만 곽 행자를 그렇듯이 부러 모른 척한 이유가 무엇이었느냐는 닦달에는 어딘지 마음에 짚이는 대목이 있어, 그것이 수행자의 한 마음가짐이어야 한다는 우봉 스님의 당부 때문이었노라, 얼마간 어거지로 둘러댔을 뿐이었다. 위인들은 갖은 위압과 회유에도 불구하고 녀석에겐 더 이상의 사실을 캐어낼 수가 없게 된 것이었다. 그렇다고 섣불리 우봉을 불러들여 족쳐댈 수도 없었을 터였다. 우봉의 법랍이나 승직 위상이 워낙 만만치가 않았기 때문이었다.

위인들이 결국 윤 처사를 붙들어간 것은 그 우봉 스님 대신이었다. 우봉을 대신하여 속사(俗事)를 대신해온 그를 족치기 위해서였다.

용진이 알고 있는, 윤 처사가 끌려 들어오게 된 저간의 경위였다. 그러니 그 불가피한 용진의 실토인즉 윤 처사에겐 허물거리보다 시의적절한 대응의 기회를 제공해준 셈이었다. 윤 처사도 사실 우봉의 당부를 받고 나중에 곽 행자를 백암사로 떠나보낸 사실밖에 병풍 일과 관련해서는 직접 상관을 했거나 들은 바가 없거니와, 사후의 추측을 간단히 털어놓아서도 안 될 처지였다. 서 사람들 역시 우봉 대신 불러들인 그에게서 어떤 결정적인 비밀을 캐낼 목적에서보다는 그를 통해 우봉을 움직이게 할 압력의 수단으로 형식적인 위협을 가해오는 것 같았다. 그런 속내를 눈치챈 데다 별달리 관여를 한 사실도 없고 보니 윤 처사로선 곽 행자의 심부름길에 관한 사실 이외에 다른 일엔 그저 부인과 함구로 일관했다. 그리고 그런 식으로라면 위인들의 위협을 얼마 동안이라도 이겨나갈 수가 있었다.

그런데 뜻하지 않게 우봉이 먼저 위인들과 뒷흥정을 벌이고 나선 것이었다. 게다가 그 서화가 여직껏 백암사가 아닌 대원사 안에 그대로 자리만 옮겨져 있었다는 사실엔 놀라움보다 어이가 없어지고 말았다. 어찌 보면 우봉이 그 도섭이나 서 사람들의 계략에 고스란히 걸려들고 만 격이었다. 그리고 그것은 우봉도 어느 정도 시인을 해온 일이었다.

　—나도 위인들이 산문 안을 설치고 다니면서 사람들까지 옭아가는 속은 다 짐작이 있었느니라. 하지만 명색이 절간의 윗사람으로 그 일을 언제까지 모른 척 시일을 끌고 앉아 무고한 생령들을 다치게 할 수 있겠더냐. 그래 내 그 속을 뻔히 다 알면서도 그쪽으로 뒷심부름길을 놓게 한 것이어늘……

　금서 병풍 일로 해선 끝내 윤 처사에게까지 사실을 숨겨온 일과 그로 인한 수차의 생고생이 민망했던지, 일이 끝나고 난 뒤 우봉이 그 전말을 뒤늦게 귀띔해온 말이었다. ……그 일은 애초 외부인의 손길에서 병풍과 서화를 지키기 위해 내가 꾸민 일이다. 그러니 일의 전말을 제대로 알고 있는 사람은 나 하나뿐이다. 지금 서에서 고생하고 있는 사람들은 일의 앞뒤를 모른 채 내가 시킨 바를 따라 행한 것뿐이니, 이제 그 무고한 사람들을 방면해 보내도록 하라. 그 위에 이 일이 애초 절간의 귀한 재산을 지키려는 동기에서였음을 감안하여 차후 절이나 절 사람들에게 어떤 책임도 묻지 않을 것을 약속하라. 그리하면 이쪽에서 서화의 소재를 밝히고 그것을 더욱 온전하게 지켜갈 방도를 마련케 할 것이다—

　그것이 그 우봉이 서 쪽에 내놓은 제언이었고, 서 쪽에서도 그쯤 호응을 해온 것이 그간의 우봉과 경찰서 간의 흥정의 사연이었다. 불연이면 우봉 역시 입을 열 리 없었고, 가람의 윗사람인 우봉의 충정도 어느 정도 이해한 결과일 터였다. 그야 서에서들은 그동안 절간 놈들에게 어이없이 속아 넘어간 사실에 이만저만 울화가 치밀어 오르지 않았겠지만, 그런 망신에 대한 화풀이는 뒷날로 미뤄두고, 우선은 그 말썽거리 서화의 일부터 조용히 마무리를 지어놓고 싶었을 터이기 때문이었다.

어쨌거나 이제 그런 식으로 절 사람들은 무사히 돌아왔고, 그동안 그 금서화 병풍을 둘러싸고 진행되어온 오랜 숨바꼭질 놀음은 마침내 막을 내리게 된 셈이었다. 그리고 그간의 사정이 그런 식이었고 보면 윤 처사에게까지 끝내 그 서화의 소재를 숨겨온 일이나 그 수하들을 위한 고육책으로 사실을 드러내버린 처사를 윤 처사로서는 그리 서운해하거나, 어이없이 성급한 처결로만 여길 수가 없었다. 보다도 그는 그 우봉의 수하를 위한 발 빠른 조처가 고맙고 송구스러울 뿐이었다. 윤 처사로서는 아직도 우봉이 병풍 일을 그리 꾸민 데엔 다른 어떤 숨은 목적이 있었을 게 분명해 보였지만, 그 서화를 무사히 지켜나가려는 것 또한 그에 앞선 목전의 중요 목적으로 알아온 때문이었다. 그러고 보면 그런 우봉의 처결은 수하들을 지키기 위해 그 서화뿐만 아니라 그런 밀계의 뒤에 숨은 어떤 보이지 않는 의도(그 비밀 처소나 은신자들의 일과만 관련해서도)까지도 그 안전과 실현을 어렵게 만든 것이었다.

그러나 우봉은 그런 윤 처사의 송구스러움이나 새로운 걱정에 대해서도 생각이 많이 달랐다.

—그 금서 병풍으로 해서는 이제 할 바를 다 했느니라. 앞으로는 물건만 잘 단속해나가면 되는 일이니 민망해할 것 없다.

윤 처사가 그게 마치 자신의 허물인 양 송구해하는 것을 당찮은 일이라는 듯 다독여주고 난 우봉은, 그 서화의 일로 계속 자신이 속아온 것을 알게 된 도섭이 울화가 끓어올라 차후론 그런 일을 꾸민 저의와 배후에 대한 의혹이 더 깊어지지 않겠느냐, 하다 보면 앞으로 절간의 안전이 더욱 위태롭게 될 수도 있지 않겠느냐는 윤처사의 걱정에도, 생각이 더없이 범연하고 자명했다.

——그야, 오직 병풍을 지키려는 충정에서 그리된 일 아니더냐. 병풍을 지키려 자리를 속여 옮겼고, 차 심부름을 겸해 뒷일을 단속하러 병태 녀석을 보냈을 때 거기 머물러 있게 한 용진의 거동을 미리 삼가게 한 것도 모두 그 병풍을 온전히 지키려는 방책이었을 뿐이니라. 하지만 사람이 지어 만든 물건으로 하여 거꾸로 사람을 다치게 할 수는 없는 노릇이라 나중엔 그 소재를 밝힐 수밖에 없었던 일이고…… 서 사람들도 그 속을 다 헤아렸던 까닭에 내 뜻을 선뜻 받아들였던 게 아니더냐……

자신은 정말로 그런 식으로만 행해온 양 짐짓 더 거리낄 것이 없어하는 어조엔 윤 처사도 일단 먼 길을 돌아가려다 지름길을 일러주는 사람의 범연한 손짓을 만난 기분이었다.

하지만 그런 반가운 생각도 오래갈 수는 없었다. 도섭의 잠입 목적이 원래 어디에 있었느냐는 둘째치고, 위인이 그 경위를 곧이곧대로 다 믿어주는지는 아직도 미지수였다. 무엇보다 이번 일로 해선 그 김 처사의 돌연스런 잠적을 설명할 수가 없었다. 그 김 처사의 잠적 사실과 관련된 소문이나 그에 대한 윤 처사의 설명들은 이제 모두 명백한 거짓임이 드러나게 된 마당이었다. 위인의 생각이 그것을 놓치고 넘어갈 리 없었다. 그렇다고 한번 몸을 숨기게 한 김 처사를 다시 밖으로 불러낼 수도 없었다. 그 은밀스런 처소와 은신자들의 비밀을 함께하게 된 김 처사를 다시 불러내는 것은 그를 더욱 불안하고 두렵게 할 게 뻔했다. 병풍의 결말과 함께 다시 모습을 드러내줄 수만 있다면 별문제겠지만, 그 잠적의 구실로 서화의 일을 내세운 것이 이제 와선 오히려 이러지도 저러지도 못할 자승자박 격이 된 셈이었다. 그러니 그건 윤 처사가 그 불편스럽고 위험한 도섭의 눈길을 그냥 견뎌나감도 못한 결과였다. 하고 보면 도섭에겐 그 서화의 일로 하여 그간의 의혹이 풀렸다기보다 오히려 골이 더 깊어졌을 수 있었다. 윤 처사로서는 여전히 그 도섭에 대한 경계심을 늦출 수가 없었다. 그 중에도 위인에게 그 금서 병풍을 둘러싼 그간의 수수께끼 놀음의 시말이라도 허심탄회하게 일러주어 작자의 낭패감과 위태로운 심기부터 좀 부드럽게 달래두는 것이 우선 시급한 뒷수습책의 하나일 듯싶었다.

그런데 도섭은 과연 그 윤 처사의 예상대로였다. 그는 처음 그 금서 병풍 일이 그런 식으로 결말나자 한동안 어리둥절 어이가 없어지고 있었다. 더욱이 윤 처사로부터 그 자세한 곡절을 듣고 나서는 견딜 수 없는 낭패감 끝에 아예 맥이 풀리고 말았다.

그러나 어쨌든 병풍 일은 이제 그쯤에서 일단 가닥이 난 셈이었다.

　서에선 약속대로 병풍을 찾아낸 걸로 더 이상 위계의 책임을 물어오지 않았고, 따라서 이후부턴 몰이꾼들의 산 출입도 한동안 뜸해졌다. 몸조리를 위해 며칠 일을 쉬고 누웠다 일어난 윤 처사는 전보다 많이 말수가 줄었지만 그런대로 이것저것 도섭의 궁금증 앞에 그간의 속사연들을 대충 다 털어놓았을 정도로 곧 평상으로 돌아왔고(일이 다 드러난 마당이어서 그런지, 위인은 이제 모든 일에 그렇듯 대범해진 기미였다), 곽 행자도 한동안은 고문의 공포감을 못 벗어나 불안해하는 기미였으나 하루 이틀 시일이 지나감에 따라 서서히 본색을 되찾아가고 있었다. 집허당의 우봉이나 본전 쪽으로 되돌아온 용진 행자는 도섭의 처지에 그리 면대가 쉽지 않으나, 위인들도 어차피 멀건 차 나부랭이나 끓이고 앉았거나 몸에 익은 부엌일에 조용히 손이 묶여 지내는 낌새였다. 요컨대 절에서는 더 이상 아무도 곤욕을 치른 바가 없었고, 모든 일이 서서히 전날의 일상으로 되돌아가고 있었다. 신중한 표구를 위해 손괴된 병풍의 복원을 뒷날로 미룬 채 두루마리를 계속 보관해가는 탓으로, 유물관의 진열석은 여전히 빈 자리로 남아 있는 상태였지만, 그것도 도섭에겐 외려 자연스러워 보일 정도였다.

　그렇다면 이제 그것으로 병풍 일은 모든 문제가 끝난 것이었을까. 그리하여 도섭은 거기서 눈을 돌려 그의 애초 임무에만 전념할 수 있게 된 것인가. 한마디로 도섭에겐 그게 아니었다. 일이 끝난 것은 작은집 식구들과 우봉과 윤 처사 같은 절 사람들뿐이었다. 그리고 그 금서 병풍의 행방이나 소재에 한해서뿐이었다.

그 수수께끼 놀음의 뒤에 숨은 동기나 목적이 도섭에겐 아직도 석연치가 못했다. 윤 처사는 그것을 오직 병풍을 지키기 위한 일이었다고 해명했다. 그의 말을 모두 곧이들을 수는 없었지만, 도섭은 일단 그 보물을 지키려는 절간 사람들의 동기나 노력엔 제법 수긍이 갔다.

하지만 시간이 흐름에 따라 다시 생각이 바뀌어가기 시작했다.

그는 우선 자신의 감정부터가 시원하게 풀리질 않았다. 모든 것이 밝혀진 사실 그대로래도 그것을 그대로 수긍하고 넘어가기가 어려웠다. 누구에겐가 크게 속임을 당한 듯한 배신감이 새록새록 다시 살아나기 시작했다. 명색이 밀정질 10년 경력에 그토록 깜깜일을 모르고 있었다니! 그 배신감은 누구보다도 바로 동숙의 윤 처사 쪽을 겨누고 들 수밖에 없었다. 윤 처사는 물론 자신의 말대로 그 역시 사실을 다 알지 못하고 있었을뿐더러, 그가 알고 있는 비밀은 도섭에게뿐 아니라 다른 누구에게도 함부로 말해줄 수 없는 처지였던 게 사실일 터였다. 하지만 사정이 그랬다 치더라도 그 배신의 느낌은 역시 씻을 수가 없었다. 위인이 그토록 그를 속이고 따돌려온 이유가 그 서화를 위한 술책이라고만 여기고 넘어갈 수가 없었다. 하다못해 그 자신의 본색에만 관련해서도 필경은 그럴 만한 다른 이유나 목적이 있을 것 같았다.

그런데 바로 그 어렴풋한 의혹의 근거가 나타났다. 비로소 그 김 처사의 수상쩍은 잠적이 새로운 의문점으로 떠올라온 것이었

다. 김 처사의 증발 이유가 이제 와선 전혀 앞뒤가 안 맞아 들어갔
다. 김 처사의 증발은 그동안 위인이 용진과 공모하여 병풍을 빼
돌린 허물 탓으로 되어 있었다. 그런데 병풍은 엉뚱한 곳에서 소
재를 드러냈다. 그렇다면 위인이 제 발이 저려와 범행을 자백하고
사라졌다는 소리는 누군가가 일부러 꾸며낸 거짓임이 분명했다.
위인은 이제 병풍 일과 아무런 관련도 없음이 드러난 마당이었다.
그가 일부러 거짓 허물을 뒤집어쓸 일이 없고 보면, 그의 증발 또
한 금서 병풍 소동과는 아무런 상관이 없을 일이었다. 무엇보다
이제는 일이 다 해결된 마당이었고 그에 대한 허물도 불문에 부쳐
진 이상엔 위인이 그만 몸을 드러내고 나타나야 하였다. 하지만
그는 아직 행방이 묘연한 채였고, 절에서도 그 일엔 전혀 아랑곳
이 없었다.

  절간 사람들은(적어도 우봉이나 윤 처사만은) 물론 처음부터 그
의 무고함을 알고 있었을 터였다. 한데도 윤 처사나 절간 사람들
은 위인의 증발을 그 병풍 탓으로 돌리려 해온 것이다. 그건 절 사
람들의 고의적인 위계였음이 분명했다. 도섭은 그 위계의 저의가
새삼 의심쩍지 않을 수 없었다. 아니 이제는 그 병풍 사건의 전말
을 털어놓은 윤 처사의 해명 자체를 믿을 수가 없었다.

  김 처사의 증발이나 범행의 자백설도 다른 목적의 고의적인 위
계일 가능성이 농후했고, 나아가 김 처사는 병풍의 경우에서처럼
산을 내려갔기보다 다른 어떤 이유로 절간 어디쯤에 아직 몸을 숨
기고 있을 공산이 훨씬 컸다.

  사실이 드러난 건 외관뿐이었고, 끝난 일은 오직 병풍 자체에

대한 것뿐이었다. 외관적 사실 뒤에 숨어 있는 수수께끼는 아무래도 석연스런 해답이 어려웠다. 뒤늦게 거기까지 생각이 미치고 보니 도섭의 눈짓은 날이 갈수록 더 표독스러워져갔다. 병풍 도난 소동에서부터 김 처사의 증발까지 그를 계속 따돌리고 속여온 목적, 그 위계와 조작극의 숨은 동기, 그리고 김 처사의 증발의 참실상, 그 모든 것이 여전히 수수께끼의 베일 속에 가려져 있었다. 도섭은 이제 위인들에 대한 새로운 오기와 공명심마저 한껏 더 부풀어 오르고 있었다.

하여 도섭은 그새 그럭저럭 다시 평상으로 되돌아온 윤 처사를 상대로 그의 끈질긴 밀탐의 촉수를 재가동하기 시작했다. 이번에는 물론 그 김 처사의 증발을 꼬투리 삼아서였다. 수수께끼의 첫 열쇠는 그 김 처사에게 간직되어 있음이 분명했고, 김 처사의 일은 윤 처사에게도 도섭을 회피하기 어려운 곳이기 때문이었다. 이제 와선 그게 가장 확실한 윤 처사의 허점이자 아픈 곳인 만큼 도섭의 의도가 그에겐 무엇보다 효과적으로 잘 먹혀들 수 있을 것이기 때문이었다.

그러나 모든 일이 도섭의 생각대로만 되어갈 수는 없었다. 김 처사의 일에 구린 데가 있다면 윤 처사가 그걸 소홀히 방심하고 있을 리 없었다. 도섭의 기미를 미리 눈치채고 나름대로 대비책을 마련하고 있기 십상이었다.

윤 처사는 과연 그 도섭의 육박에 쉽게 허점을 드러내지 않았다.

"유물관을 지키던 그 김 처사라는 사람, 이제 생각해보니 병풍을 잘못 훔친 거 같더만요. 진짜 병풍은 절 안에 있었는디 작잔 무얼 어디로 훔쳐냈다는 거였을까요. 유물관에 병풍이 두 개씩 있었을 리는 없었을 텐데요."

도섭이 어느 날 그 일에 대한 조작극의 가능성을 후비고 들자, 윤 처사는 자신도 그게 잘 납득이 안 간다는 듯,

"글쎄요. 그 사람, 아마 용진 행자하고 실제로 그런 모의를 하고 있던 참이었는지 모르지요. 그런 판에 마침 병풍과 용진 행자가 함께 없어지니까 죄책감에서 그길 제 허물로 착각하게 된 거 아닐까요? 아니면 위인이 사라지면서 범행을 실토했다는 게 무얼 잘못 안 헛소문이었든지……"

겁을 먹은 김 처사의 착각이 빚은 혼란이거나 아예 처음부터 위인의 관련을 부인하는 식으로 어물어물 대수롭잖게 넘어가려 하였다.

"헌다면 이젠 사실이 밝혀졌으니 다시 돌아와도 상관없는 일 아니겠어요? 병풍도 이젠 찾아냈고 말입니다."

도섭이 다시 짓궂게 파고드는 소리에도 그는 여전히 진 반 농 반 어조로,

"그야 그 사람은 일이 이렇게 된 걸 알 수가 있겠어요. 우리도 위인이 어디로 숨었는지 알 길이 없구요. 헌데…… 남 처산 웬일로 또 지나간 일에 그리 관심이 많으실까. 김 처사의 신상사까지 그리 걱정을 해주시고. 거 혹시 김 처사가 돌아오면 이번엔 남 처사가 그 사람하고 또 한판 일을 꾸며볼 염사 아니시오? 허허."

지난 일에 대한 도섭의 관심을 짐짓 부질없어하는 식으로 얼버무리고 넘어갔다.

하지만 윤 처사의 여유는 거기까지 뿐이었다.

"윤 처사님, 그 김 처사라는 위인 혹시 이 절골 어디에 그냥 숨어 지내고 있는 건 아닐까요? 세간으로 내려갔다던 병풍이 사실은 이 절 안에 버젓이 숨어 있었듯이 말입니다. 웃어른들 몇 분만 사실을 알고 윤 처사나 나 같은 하인배들에겐 위인이 절을 내려간 것처럼…… 전 요즘 왠지 자꾸 그런 느낌이 들어오데요."

방법을 좀 달리 해봐야겠다 싶어 도섭이 다시 노골적으로 육박하고 들었을 때였다. 윤 처사는 그제서야 얼굴색이 변하며 위인 특유의 그 진중하고 위압적인 어조로 도섭에게 되물어왔다.

"남 처사가 왜 그런 생각을 하게 됐지요? 게다가 하필이면 그런 속임수 상상까지? 김 처사한테 무슨 일로 그런 속임수가 필요했길래요?"

도섭을 심하게 나무랄 때의 그 위협조 질책기가 역력한 다그침이었다. 도섭의 도발이 그만큼 효과를 나타내고 있음이었다. 윤 처사가 그만큼 여유를 잃고 있는 증거였다.

"무신 특별한 이유나 필요에서 한 생각이 아니라요……"

도섭은 기왕지사 내친걸음이었다. 얼마간의 위험을 각오하고서라도 위인을 더욱 다그쳐볼 좋은 기회였다. 도섭은 좀더 일의 정곡을 향해 떼밀고 들어갔다.

"아까도 말씀디렸지만, 그놈의 병풍이 절간 안에서 나타나는 바람에…… 그리고 근자엔 이 사람 저 사람 모습이 사라져간 사람이 꽤 여럿이었지 않어요. 그 박춘구라는 폐병쟁이에다 지상억이란 청년, 거기다 이참엔 김 처사 일까지…… 알고 있는 사람들은 알고들 계시는지 모르지만, 난 도대체 이유를 모르겠거든요. 절에서 들은 그게 모두 당연지사란 듯 뒷일을 알아보는 기미들도 통 없고요…… 한 예로 그 지상억이란 청년만 해도 산을 한 번 끌려 내려가곤 통 소식이 없잖아요. 헌디도 절에선 어느 누구 한 사람 뒷일을 궁금해허는 이가 없더구먼요……"

"그야 절에서도 그냥 모른 척하고 있는 게 아니라 알아볼 만큼은 다 알아본 담이니까 그런 거겠지요. 알아본 결과가 절로선 더 이상 어떻게 해볼 방도가 없었던 탓일 수도 있는 거구. 그 지상억이라는 사람 일도 내가 듣기론, 그 청년 얼마 전에도 검사국까지 넘어가 감호 선도 처분인가 뭔가를 받고 풀려났다는 소문이더군요. 그동안에 그일 공부시키고 돌봐온 분의 실력이 제법 탄탄해서 그 후견인의 보증으루다가요. 그리된 일을 절에선들 더 어떻게 해볼 일이 없었겠죠. 그런 사정은 박춘구라는 청년도 마찬가지구요. 그 사람도 이젠 병 요양이 아니라 학병 도피자의 신분이 밝혀진 터이니 여기선 더 이상 은신이 불가능해진 거 아니겠어요. 그래 제물에 산을 내려간 사람을 두고 절에서 더 무슨 뒷걱정이 필요하겠어요."

윤 처사는 차근차근 지상억의 후문(그건 도섭으로선 금시초문이었다)과 박춘구가 절을 등지고 간 사유들을 제법 자상하게 늘어놓았다. 하지만 도섭은 그런 윤 처사의 친절한 태도까지도 그저 예사롭게 느껴지지 않았다. 위인의 추측과 설명의 내용 중엔 도섭이 새로이 수긍할 대목도 없지 않았으나, 윤 처사의 그런 흔치 않은 친절성엔 어떤 위기 앞에 제 등 뒤의 비밀을 가리고 나선 사람의 위장된 침착성이 느껴졌다. 뿐더러 윤 처사는 그 같은 친절한 설명에도 불구하고 정작 뒤가 구린 김 처사에 대해선 전혀 한마디도 언급이 없었다. 도섭이 그걸 지나칠 리가 없었다.

"지상억 씨나 박춘구 씬 그렇다 치드래도 김 처사란 사람은 어떻게 된 걸까요. 그 사람이 병풍을 건드리지 않았다는 건 분명해진 사실인디, 작자가 없어진 건 그 병풍 때문이라니 말씀다."

도섭은 끝끝내 그 김 처사의 일을 물고 늘어졌다. 윤 처사도 이젠 더 뒤로 물러설 데가 없게 된 셈이었다.

"그야 내가 어찌 그 속까지 알겠소. 하지만 그걸 알 수 없으니까 그가 산을 내려가지 않았다고 할 수는 없는 일 아닌가요?"

윤 처사는 마침내 김 처사를 위한 그 힘들고 달갑잖은 방어의 말벽이 허물어지는 기미였다. 그리고 이번에는 도섭의 근거 없는 억측과 상상을 거꾸로 가파르게 닦달하고 들었다.

"하긴 어쩌다 남 처사님 상상대로 김 처사가 사실은 산을 내려가지 않고 이 절간 어디쯤에 숨어 있을 경우도 있을 수는 있겠지요. 하지만 만에 하나 그게 사실이라면 그걸로 김 처사에겐 어떤 이득이 생길까요. 뿐더러 그가 이곳 어디쯤에 그토록 감쪽같이 몸을 숨기고 지낼 수가 있을까요. 남 처산 그게 대체 어디쯤이라고 생각이 짚이는 데가 있습니까?"

방어의 어법보다 공격의 어법으로 한판의 역습을 가해온 것이었다. 하지만 도섭도 그쯤은 미리 다 예상을 하고 있던 바였다. 아니 오히려 기회를 은근히 별러오던 참이었다.

"이득은 김 처사 자신에게보담 그를 숨겨준 사람에게 있었지요.

이를테면 집허당의 큰스님 같은 분은 마음만 먹으면 이 넓은 도량 안에 사람 하나쯤 얼매든지 숨겨줄 도리가 있으실 거 아니겠어요? 병풍을 숨겨오신 칠성각의 예처럼 하다못해 어디 부처님 자리 밑 같은 데라도요……?"

도섭은 마치 확신이라고 하고 있듯 단정적인 어조로 밀어붙였다. 윤 처사도 이제는 그 저돌적인 육박을 정면에서 막아서기가 위태로운 듯, 그러나 그의 그런 막무가내 식 돌진엔 차라리 어이가 없다는 듯 슬그머니 예봉을 비켜섰다.

"그래 그 집허당 큰스님이 남 처사의 추측처럼 위인을 숨겼다면, 그 어른한텐 어떤 이득이 돌아가게 되지요? 이번에 스님께서 내놓으신 병풍이 가짜기나 하다면, 김 처사가 훔쳐낸 진짜를 계속 지키기 위해설까요? 그게 아니라면 그 밖에 스님이 위인을 숨겨서 이득을 보실 만한 일이 무얼까요?"

도섭의 예봉을 피해 선 대신 역습으로 나선 추궁기가 한층 가팔라진 어조였다. 그러고 보니 이번에는 도섭 쪽도 자신이 너무 지나치고 있지 않나 싶은 생각이 들었다. 그래 그쯤에서 자신도 슬그머니 한 발을 물러섰다.

"큰스님이 어떤 이득을 보실지는 지도 알 수가 없는 일이지요. 허지만 언제고 사정이 밝혀지면 그 이득이 뭔지도 알게 되겠지요. 김처살 숨겨준 게 꼭이 집허당 큰스님일 거라는 건 아니지만, 어쨌거나 위인을 어디다 숨겨준 사람이 있다면요……"

어차피 당장 뿌리가 뽑힐 일도 아닌 터에 윤 처사를 막판까지 몰아붙이려다간 제 편의 위험만 더 커질 우려가 있었다. 이를테면

도섭은 그쯤에서 일단 윤 처사와의 대결에 휴식이 필요해진 것이
었다. 도섭으로선 어쨌거나 그 같은 자신의 의구심의 정체를 윤
처사가 눈치채게 해서는 안 되기 때문이었다. 윤 처사도 재빨리
그런 도섭의 틈을 간파한 듯 그 힐난 투의 어조에 다시 어색한 농
기를 띠어갔다.

"숨겨준 사람이 없다면 이득을 본 사람도 없겠지요. 헌데 이
거…… 남 처사가 혹시 우리 정잿간 일에 싫증이 나서 이러시는
거 아니에요? 이득 이득 하다 보니 생각이 나 하는 소리지만, 김
처사가 산을 내려가고 안 내려가고에 거기 혹 남 처사의 이득이
걸린 거 아니오? 김 처사가 산을 내려간 게 분명해지면 남 처사가
그 사람의 유물관지기 자릴 대신 옮겨 앉고 싶어 말이오. 남 처사
님 심중이 그렇거들랑 말을 빙빙 돌리지 말고 바로 본심을 털어놔
보시구려. 내 큰스님이나 종무소 스님들께 의향을 여쭤 올릴 용의
가 있으니까요. 자, 어때요? 남 처사님 속셈이? 그래 내가 정녕
못할 억측을 했나요, 허허……"

말이 거북하거나 처지가 난처해질 때면 자주 써오던 그의 어물
쩡 화법이었다. 윤 처사도 그만 그쯤에서 거북스런 처지를 벗어나
고 싶어진 증거였다.

드러내고 말할 수는 없는 일이었지만, 도섭은 그런 점에서 윤
처사가 제법 게임의 소질이 있어 보이기까지 했다. 그래 도섭도
슬그머니 위인에게 이끌리듯 싱거운 눙치기로 설전을 마감했다.

"글쎄요. 작자가 정말 산을 내려간 게 확실하다면, 유물관지기
도 그리 싫지는 않겠지요. 허허. 어디 그렇담 윤 처사님이 한번 나

서주시겠어요?"

하지만 그걸로 도섭과 윤 처사 간의 그 눈에 보이지 않는 싸움이
끝날 수는 물론 없었다.

김 처사의 일은 이후로도 계속 오리무중 상태였고, 그에 따라
도섭도 위인에 대한 끈질긴 밀탐의 눈길을 쉬지 않았다. 경내의
법당이나 전각 신실 요사들은 물론 인근의 임자나 도굴들까지 절
골을 온통 헤집고 다니면서 색다른 기미를 찾아내려 갖은 애를 다
썼다. 어느 곳보다도 그 광명전 쪽 큰스님의 거처나 윤 처사 주변
의 동정에 대해서는 더더욱 각별한 주의를 기울였다.

윤 처사도 도섭의 그런 밀탐의 기미를 예사롭게 보아넘길 리가
없었다. 그는 이제 더욱 알게 모르게 도섭의 눈길을 자주 방해하
고 들었다.

"남 처사도 어지간히 심심해진 게로군요. 공연한 일에 그리 관
심이 많은 걸 보니."

김 처사에 대한 도섭의 계속된 관심에 그는 아직도 한동안은 그
만 정도로 도섭을 대범스레 나무랐을 뿐이었다. 하더니 도섭의 태
도에 별 변화가 안 보이자 그는 차츰 생각이 달라진 듯 그 언동에
다시 노골적인 협박기를 띠어갔다.

"남 처사는 아무래도 여기가 아직 임시 은신처라는 걸 잊고 있
는 것 같아요. 쓸데없는 일에 자꾸 참견을 하려 들단 웃스님들 눈
에까지 띄게 되리다. 그 결과가 어찌될 걸 모르겠소? 유물관지기
커녕은 산을 아예 쫓겨 내려가게 될 수도 있어요. 잘 해야 은신처

를 다른 절간으로 옮겨주기나 하실까. 스님들은 도대체 쓸데없는 말썽은 질색인 분들이니까. ……어때요. 공연한 호기심으로 모처럼 안전한 은신처까지 잃어도 괜찮겠소?"

뭔가 일이 그만큼 다급해진 낌새였다. 도섭의 밀탐 활동에 대한 윤 처사의 방해 술책(!)은 그뿐만이 아니었다.

"김 처사 그 양반, 알고 보면 처지가 이만저만 딱한 사람이 아닙니다. 가엾은 사람, 그렇지 않아도 언제 어떤 변을 저지를지 몰라요. 그런 사람 뒷일을 걱정해주진 못할망정 쓸데없는 돌팔매질이나 말아야지요. 심심풀이 장난삼아 던진 돌멩이가 연못 속의 개구리한텐 세상을 끝장내는 횡액이 될 수도 있으니까요."

아예 사정조로 도섭을 정면으로 가로막고 나설 때도 있었다. 그것은 윤 처사가 김 처사의 일에 대해 도섭이 모르고 있는 뭔가를 (적어도 위인의 숨겨진 신상사만은) 알고 있다는 실토이기도 한 셈인데, 윤 처사는 이를테면 그쯤 위태로운 기미를 드러내면서까지 그를 노골적으로 만류하고 나선 것이었다.

하다 보니 도섭은 생각처럼 일이 잘 풀려나갈 수가 없었다. 윤 처사가 그만큼 노골적으로 나온 데는 그쪽에서도 그쯤은 도섭의 속셈을 알아차리고 있다는 뜻이 될 수 있었고, 그런 점에서 윤 처사는 자신뿐만 아니라 집허당을 비롯한 절간의 다른 사람들에게도 그만한 단속을 해두었기 십상이었다. 한데다 도섭은 광주 큰집의 안도에까지도 늘 신경을 써야 했다.

그동안 안도에게선 다시 한차례 계속 대기 밀령이 당도한 바가 있었다. 일주문 근처의 밀첩 교환 지점은 그럭저럭 폐장을 시켜버린 듯 작은집에선 이번에도 안도의 밀령을 머슴 편에 직접 표충사로 보내왔다. 내용인즉 역시 금명간 개시 예정인 본 공작 임무의 하달에 대비하여 신분 노출의 위험에 배전 유의 대기하라는, 전례와 변함없이 간단한 것이었다. 도섭에겐 이를테면 본 공작까진 아직도 꽤 지루한 시간이 남아돌게 된 셈이었다. 그 답답하고 지루한 시간(도대체 본 공작의 내용이 어떤 것이길래 안도는 여태도 신중에 신중을 거듭하며 그를 그토록 지루하게 잠복시키고 있는 건지)을 메울 겸 아직도 한동안은 독자적인 공작 활동이 가능한 상황이었다. 하더라도 그의 책임은 역시 본 공작 쪽에 있었다. 더욱이 안도는 본 공작이 금명간 개시될 것이라며 그의 철저한 신분 보안을 재차 당부하고 있었다. 도섭으로선 거기 아무래도 신경이 쓰이지 않을 수 없었다. 어느 정도 움직임을 자제하고 기다려볼 필요도 있었다. 윤 처사가 만약 이쪽의 정체를 눈치채고 있더라도 그것을 역으로 이용할지언정 그가 여기 계속 잠복하기 위해서는 그것을 막바로 드러내버리게 해서는 안 되기 때문이었다.

하니까 거기서 다른 일만 없었다면 도섭은 당분간 밀탐 활동을 중지하고 일의 추이를 조용히 지켜보고 있었을지도 모른다. 그랬더라면 김 처사나 그에게나 끝내 마지막 파국까지는 맞닥뜨리게 되지 않았을지도 모른다.

하지만 일은 그렇게 되어가지 않았다. 화근의 발단은 역시 윤 처사에게서부터였다. 겉으로는 대범스레, 혹은 김 처사의 처지를 위하는 척 도섭의 겨냥을 용케 잘 피해 넘기면서도 윤 처사는 역시 속으로 켕기는 것이 퍽은 많았던 모양이었다. 아니면, 도섭과의 잦은 말겨룸이 귀찮아 맞붙어 지내기가 꺼려져서였거나, 다른 무슨 밀의가 있어서였는지도 모른다. 다름 아니라 윤 처사는 이 무렵부터 왠지 그 정잿간 잠자리를 비우는 일이 부쩍 더 잦아지고 있었다. 잠자리뿐 아니라 낮시간까지도 정잿간 일은 아예 도섭들에게 내맡겨둔 채 종일토록 밖으로만(대개 종무소나 광명전 쪽) 나돌 때가 허다했다. 어쩌다 한번씩 생각난 듯 발길이 스칠 때가 아니면 얼굴을 보기조차 힘이 들 정도였다. 자연 그와의 말거래도 그만큼 뜸해질 수밖에 없었다. 한데다 이때부턴 절간의 스님들이나 외사 사람들까지도 도섭에 대한 태도가 눈에 띄게 달라져가고 있었다. 스님들은 아예 그를 알아보는 눈길조차 아니었고, 그에게 숙식을 신세지고 있는 광명전 객방이나 외사채 위인들도 도섭과의 면대를 꺼려 하는 기미가 역력했다. 뒷산골 환쟁이 소리 선생 방씨가 표충사 정잿간 발길을 끊은 것도 이 무렵부터였다. 읍내 작은집엘 다녀온 다음부터 반벙어리가 되다시피 한 곽 행자 녀석은 더 말할 것이 없었다. 녀석은 도섭과 같은 정잿간 일에 미우나 고우나 서로 손을 맞잡고 돌아가야 하는 처지에도 마지못해 응대가 필요할 때가 아니면 그 앞에선 그저 절벽 한가지였다. 그러다간 이제 잠자리를 함께해도 무방하지 않으냐는 도섭의 권유 따윈 아랑곳을 않은 채 설거지만 끝나면 종무소 쪽 행자실로 바람처럼 자취를 거둬가버리곤 하였다. 아무래도 기미들이 심상치가 않았다. 그가 모를 어떤 은밀한 대비가 주위에 두껍게 단속되고 있음이 분명했다. 그는 멀쩡한 사람들 사이에서 천리 밖 적막강산에라도 들어앉은 기분이었다.

하다 보니 도섭도 이즈막엔 그만큼 심사가 더 조급해진 탓도 있었으리라. 그러니까 바로 그 즈음의 어느 날이었다. 도섭은 드디어 벼르고 별러오던 자신의 막패를 던지고 나선 것이었다.

"요즈막엔 별로 귀찮은 작자들의 발길도 뜸한가 보든디, 여직도 잠자리를 자주 피하시는 걸 보면 윤 처사님도 속세의 허물이 꽤 만만찮았던가 베요?"

그날 아침도 어디선지 다른 데서 밤을 지새우고 돌아오는 윤 처사를 보고 도섭은 불쑥 그렇게 들이대고 나섰다. 당시로선 도섭으로서도 별로 새삼스런 도발 의식을 지니고 한 소리가 아니었다. 처음엔 그저 전부터 늘상 해오던 둘 사이의 농투를 즐기는 기분에서였다. 했던 것이 윤 처사는 도섭의 그 한마디에 의외로 깊은 의표를 찔리게 된 모양이었고, 도섭은 도섭대로 부지불식간에 막패를 내던진 결과가 되고 만 것이었다.

"허허, 믿는 도끼에 발길 찍힌다더니 내 이러다간 남 처사한테 꼬리를 붙잡히고 말겠는걸요. 그래요, 난 사실 경찰서 사람 눈길에 본색을 걸려들기만 했다 하면 그걸로 끝장 다 보는 목숨예요. 그래 한사코 잠자릴 이리저리 옮겨 다녀야 하는 신센데, 이젠 남 처사한테 기미를 들켰으니 남 처사 처분만 살펴야 할 처지가 된 것 같아요. 그러니 어쩌겠소, 남 처사가 잘 좀 눈감아 넘겨주시구려, 허허."

윤 처사도 당장엔 아리송한 농조 속에 난처한 처지를 모면해 넘겼으나, 위인의 내심은 사실 그게 아니던 모양이었다. 바로 이날 낮 윤 처사는 한동안 함께할 기회가 없어온 산행길에 모처럼 도섭의 동행을 청했다. 그리고 그날의 호젓한 산행길에서 윤 처사는 별안간에 김 처사의 일에 대해 전에 없이 긴 이야기를 털어놓은 것이었다.

그럼 우선 그 윤 처사의 친절의 저의를 짚어보기 위해 거두절미 그가 이날 제 일이라도 되듯이 차근차근 털어놓은 이야기부터 소개하면, 그 김 처사의 숨은 사정이란 대략 이러했다.

십수 년 전. 서해안 함평 고을의 어느 벽촌 마을에 한 가난한 노인네가 살고 있었다. 그 노인네는 원래 아들 다섯에 딸 셋의 여덟 남매를 줄줄이 낳아댄 건강한 다산녀였다.

그런데 그녀는 40대 중반에 벌써 남편을 잃은 것을 시발로, 이후론 그 8남매의 자식들까지 대부분 차례차례 잃어가는 비운을 맞게 됐다. 더러는 어렸을 적에 일찌감치, 더러는 장성하여 성가까지 했다가도 이런저런 역질 끝에 허무하게 세상을 먼저 등져가곤 하였다. 그녀가 나이 예순을 넘어섰을 무렵엔 8남매 가운데에서 여섯 자식이 세상을 앞서가고 살아남은 자식은 겨우 일찍 서둘러 출가를 시켜놓은 셋째딸 하나와 끝물걷이로 얻은 나이 아직 열여섯의 아들아이 하나뿐이었다. 그녀는 15년 동안에 남편과 그녀 자신이 낳은 자식들의 죽음을 모두 일곱 번이나 지켜보고, 그 시신들을 일곱 번씩이나 감당해낸 것이다.

그리고 나서도 그녀에게는 아직 한 가지 큰 근심거리가 남아 있었다. 액운을 피하자고 열여덟 어린 나이에 10리 밖 산골 마을로 내쫓듯 출가를 시켜 보낸 셋째 딸 아이에게서 언제부턴가 자꾸 불길한 소식이 꼬리를 물고 있었다.

셋째 딸은 용케 천은을 입었던지, 출가를 해 가자마자 금세 아들아이 하나와 딸아이 하나를 낳았다. 그러나 그녀에게도 좋은 운세는 그뿐이었다. 이때부터 괜히 사내의 성정이 변해가기 시작했다. 술을 마시고 노름을 시작하고, 심지어는 장터거리에 시앗까지 보면서 제 여편네를 개 패듯 두들겨 패곤 한다 했다. 집 안에선 좀처럼 사람이 서로 오간 일이 없었지만, 마을 이웃들이 발길 스치는 길에 종종 그런 상서롭지 못한 소식들을 묻혀오곤 하던 막막한 세월이 몇 해를 흘러갔다.

그러다 그해 겨울철 어느 날, 끝내는 마지막 통분스런 소식이 전해왔다. 미치광이처럼 술에 취해 들어온 사내가 제 계집을 눈이 얼어붙은 마당 밖으로 끌어내다 결 굵고 무딘 곡괭이 자루로 죽도록 매질을 해댔다는 흉보였다. 딸아이년은 그 무지한 맷독에 몸이 헐어 하릴없이 죽을 날만 기다리고 있다는 것이었다. 운신이 전혀 어려운 지경에 음식조차 제대로 목구멍을 넘길 수가 없어, 기력이 쇠잔할 대로 쇠잔해진 데다가 의원 한번 불러볼 처지가 못 되다 보니, 본인부터가 우선 소생의 희망을 버린 형편이라고. 그런데도 사내놈은 무얼 좀 안돼하거나 겁을 먹기는커녕 주야장천 그저 술에만 취해서 미친 개지랄을 일삼고 있다는 것이었다.

——눈감기 전에 친정 엄니 얼굴이나 한번 보았으면.

딸아이에게 남은 소망은 이제 오로지 그 한 가지뿐이더라 하였다.

하지만 노인은 그런 딸아이의 애처로운 소식을 듣고서도 좀처럼 마음을 움직이려 하지 않았다. 백여 리 밖 개항지를 떠돌며 제 힘으로 혼자 웃학교 공부를 한다던 아들아이가 때마침 집으로 돌아와 있던 때였다.

　—나는 모른다. 그년까정 그 길이 그리 바쁘다먼야 저 혼자 고이 서둘러 가래거라.

　—팔자가 아무리 엷고 험하단들 제 배 앓아 낳은 자식 세상 앞서가는 꼴을 여섯 번 일곱 번씩 지켜보고, 제 손으로 시신까지 감당해내는 년이 나 말고 천지에 누가 또 있을 거나, 이참에는 나도 정녕 더 못 볼 일이다……

　아침저녁으로 이따금 아들에겐 듯 누구에겐 듯 자신의 신세를 저주하는 소리뿐, 노인은 전혀 딸에게 발길을 놓으려 하지 않았다.

　하지만 나이를 먹고 세파에 씻겼어도 모정은 역시 갈 데 없는 모정이었다. 외면을 하련다고 끊어질 수 있는 것이 모녀 사이의 인륜이 아니었다.

　—하마 년이 벌써 숨을 거뒀다믄 이 눈발 속에 제 무덤이나 하나 지니고 누웠는지……

　어느 날 아침 노인은 창밖에 희끗희끗 눈발이 날리는 것을 망연스레 내다보고 앉았다가 무심결인 듯 혼자 중얼거렸다. 그리고 노인은 거기서 마침내 딸아이에게로 길을 나설 구실을 찾아내고 있었다.

　—에미가 가고 없으믄 새끼들은 어쩐다냐…… 에미까지 보내고도 그 금수 같은 애비 놈이 아직도 그 꼴로 술에 미쳐서 날뛰고만 있으믄…… 애비 놈 핏줄을 생각하믄 새끼들도 밉기가 한가지련만…… 그래도 할미 윤기로 한번 건너가서 지내는 꼴들이나 보고 와야 않겠냐……

필경엔 눈발 속으로 발길을 잡아 나서면서 이날 아침 노인이 그 아들아이 앞에 변명처럼 혼자 늘어놓은 푸념이었다.

그런데 이날 저녁, 해가 떨어지고 어스름이 내릴 무렵, 그렇게 길을 나선 노인은 그 눈발 속 10리 길을 이내 되돌아오고 말았다.

—모진 팔자라 명줄까지 질기더라.

노인이 돌아와서 저주처럼 혼자 내뱉은 소리였다. 병든 딸년이 뜻밖에도 아직 숨을 거두지 않고 살아 있있던 것이다. 하지만 노인이 그날로 선걸음에 길을 되돌아온 것은 딸아이의 병세를 안심해서가 아니었다. 그녀의 병세는 하루 한나절도 안심할 수 없을 정도로 죽음의 문턱까지 바짝 다가가 있었다. 그나마 이젠 그 무도한 주정뱅이 사내에게 안방까지 빼앗기고 얼음장 같은 문간방 한구석으로 아이들과 함께 걸레짝처럼 내던져져서, 오늘일지 내일일지 마지막 고비만을 기다리는 처지였다. 노인이 다시 길을 되짚어 돌아온 것은 오히려 그 딸년의 간곡한 당부 때문이었다.

—엄니, 앞서간 자식들 몹쓸 꼴만 많이 보았는디, 나 숨 거두는 꼴은 다시 보지 마소.

찬 방바닥을 데워줄 겸 문간방 아궁이에 섶불을 지펴다 쌀미음을 몇 숟갈 기진한 입술에 흘려넣어주었더니, 그것으로 간신히 기력이 살아난 딸아이가 그렇게 간곡히 소망해온 것이었다.

—살아서 이렇게 엄니 얼굴을 보았으니, 엄니한테 또 자식 죽은 꼴이나 보이지 않고 간다면 나는 이제 더 아무것도 원할 것이 없는 것 같소. 그러니 어서 날이 저물기 전에 이 길로 그냥 되짚어 돌아가소.

퀭한 눈 속으로 맑은 물기가 소리 없이 괴어 오르면서도, 노인 떠나는 것을 보아야 눈을 편히 감겠다고 딸아인 한사코 그 노친네를 재촉해댄 것이었다.

노인도 딸아이의 그 같은 간절한 당부에는 달리 어찌해볼 도리가 없었다. 가엾고 철없는 아이들 때문에도 차마 발길이 떨어지질 않았지만, 해가 차츰 설핏해질 무렵 해선 그녀도 길을 되짚어 나서지 않을 수가 없게 됐다. 그래 노인은 다시 아궁이로 나가 군불한 부삽을 더 밀어넣어주고 나선 온다 간다 말없이 그대로 발길을 돌려세워버린 것이었다. 그 딸아이의 서러운 당부처럼, 자기는 정말로 그 딸아이의 죽음을 지켜보아서는 안 되는 사람처럼. 마음 같아선 한번 더 문이라도 열어보고 손목이라도 쥐어주고 돌아서고 싶었지만, 그럴수록 소리 없이 눈물만 차오르던 그 딸아이년의 눈길을 어미로선 차마 뿌리치고 돌아설 수가 없을 듯싶었기 때문이었다.

하지만 그것이 노인의 본심이었을 수는 물론 없었다. 노인은 그렇게 매정스레 길을 돌아와버리고 나서도 아픈 마음을 차마 달랠 수가 없어했다. 노인은 그날부터 밤잠을 자지 않았다. 아니, 잠을 자는지 못 자는지, 그녀는 늘 앉은 채로 온밤을 지새웠다. 그러면서 이젠 숫제 딸년의 죽음을 애타게 기다렸다.

──이 꼴 저 꼴 보지 말고 차라리 일찍 눈이라도 감았으면 제 하나 혼백이라도 편해지련마는.

──그런 팔자에도 무슨 아쉬움이 남아 아직 눈을 못 감고 있는지……

그런데 그 무렵, 그렇게 앉아서 밤을 지새운 것은 다만 그 노인 한 사람만이 아니었다. 그런저런 눈치에 이야기에 뜸뜸이 전해 들은 노인의 열여섯 살 난 아들아이도 그때부턴 그녀모양 자리에 누워 편한 잠을 이룰 수가 없었다. 그 무렵부터는 그도 한 방에서(방이 하나뿐이라 따로 잠자리를 마련해 갈 데도 없었다) 노인과 함께 어둠을 타고 앉아 밤을 지새웠다. 그리고 무서운 악몽 속을 헤매듯 누이와 늙은 어머니의 아픔을 짓씹었다.

　—어디서 이토록 매운 바람이 불어오는가. 누가 이 같은 비극을 짓고 있는가. 무엇이 저 남루한 노인에게 마지막 가는 딸의 손목 한 번 쥐어주지 못하고 저주 어린 발길을 돌아서게 만들었는가……

　—누님은 정말로 노인이 돌아가시기를 그토록 바랐던가. 마지막 가는 길을 혼자 남아 기다리는, 그 절벽 같은 외로움과 애달픔이 어땠을까. 그 매정스러움과 두려움이 어쨌을까. 노인은 그 딸을 버리고 눈 속을 혼자 헤쳐 돌아오며 그 가슴속이 얼마나 쓰리고 아팠을까. 무엇을 보고 무엇을 들었을까. 무엇을 기원하고 무엇을 슬퍼해보기나 하였을까. 아니, 노인은 정말로 그토록 누님의 죽음을 소망하고 있는 것일까. 누님은 하마 그날로 저승의 사람이 되어간 게 아닐까. 사람의 삶이 왜 이다지 아프고 막막한가……

　어쩌다 설핏 잠기가 스칠 때도 악몽 같은 생각들은 그렇게 앉은 채로 무한정 계속됐다. 끼니조차 제대로 치르지 못한 날들이 열흘 가까이 계속됐다. 그러자 마침내 그 아들은 깨닫기 시작했다. 노인이 그토록 기다리고 있는 것은 딸의 죽음이 아니었다. 노인은

306

그 딸의 죽음에 앞서 자신의 죽음을 기다리고 있었다!

아들은 새삼 분노 속에 정신이 말짱해왔다. 그리고 이제 그가 해야 할 일이 무엇인지가 분명해졌다.

그는 더 이상 기다리고 있을 수가 없었다. 그는 오랫동안 자신이 할 일에 겁을 먹고 있었던 것 같았다. 끓어오르는 분노와 자책감에 쫓기며 그는 자신이 해야 할 일을 서두르기 시작했다.

──때가 너무 늦기 전에 보여드려야 하리라. 단 한 번만이라도…… 저 남루하고 가엾은 노인의 생애에 한 번만이라도 속 시원한 노릇을. 참고 참아온 당신의 생애에 내 손을 대신 빌려서라도 그 참음을 한 번쯤 후련하게 넘어서게 해드릴……

작심을 하고 나자 더 이상 미적거리고 있을 수가 없었다. 길은 이미 정해져 있었다. 그는 이날 밤 날이 어둡기를 기다려 밤마실이라도 나가듯 집을 나섰다. 그리고 될수록 걸음을 천천히 하여 밤중이 넘어설 녘쯤 해서 누이네 동네로 들어섰다.

그는 내처 누이네를 겨냥하여 어두운 고샅길을 올라갔다. 집을 찾아내는 데도 그리 어려움이 없었다. 그는 마침내, 언젠가 꼭 한번 누이네를 다녀간 오랜 기억 속의 집 문간 앞에 발길을 멈춰섰다. 겹친 난탕질로 단속할 손이 없었던지 문짝까지 그냥 열려 있는 채였다. 그는 잠시 어둠 속에서 차분히 숨결을 가라앉히고 나서 집 안으로 성큼 문간을 넘어섰다. 식구들이 한창 깊은 잠 속으로 빠져들 시각이라 집 안엔 괴괴한 정적만 감돌았다. 어둠 속이라 그는 남의 집 안 분별이 쉽지 않았지만, 그래도 안방과 문간방의 구분쯤은 어려울 것이 없었다. 그는 그 짐승 같은 사내가 몸을 상한 여편네와 제 새끼들을 내쫓고 술기 속에 혼자 나뒹굴고 지낸다는 안방 문 앞으로 곧바로 다가갔다. 그리고 가만가만 마루 위로 올라가 문고리를 밖으로 걸어 잠가버린 다음, 준비해온 섶다발에 성냥불을 그어붙여 문 창살과 처마에다 차례차례 옮겨댔다.

그다음은 물론 일의 성사 여부를 가려보고 있을 여유가 없었다. 문 창살과 처마 섶에 불길이 옮겨붙자, 그는 재빨리 고샅길을 빠져나와 한달음에 마을 건너 둔덕까지 올라섰다. 그제서야 그는 잠시 발길을 멈추고서 등뒷일의 성사 여부를 살펴봤다. 일은 계획대로 성공한 듯싶었다. 불길이 이미 집채를 온통 휩싸고 있었다. 그 화광이 멀찌감치 몸을 피해 선 자신의 모습까지 붉게 비춰왔다. 문고리를 밖으로 걸어 잠가놓았겠다, 술기 속에 아예 넋을 담그고 사는 자가 잠결에 그 불길 속을 빠져나오기는 어려웠다. 그는 비로소 숨을 한 번 크게 내뱉었다. 그리고는 그 화광을 뒤로하고 후련스레 발길을 집으로 향하려 하였다.

하지만 바로 그 순간이었다. 그는 갑자기 제 발길을 내디뎌 향해 갈 곳이 없었다. 노인 때문에 일을 너무 서두르고 나선 탓이었다. 분노 때문에 앞뒤 생각 없이 방법을 너무 쉽게 정하고 나선 탓이었다. 그는 미처 일이 끝나고 난 뒷대책에 대해선 생각을 해둔 것이 없었다. 일이 거기 이르고 보니 그는 다시 늙은 어머니에게론 되돌아갈 수가 없게 되어 있었다. 계획을 성공으로 끝내고 바야흐로 손을 씻고 막 돌아서려는 마당에야 비로소 그것을 깨달은 것이었다. 하지만 이미 때는 늦고 있었다. 그는 이제 다시 노인네 동네로는 돌아갈 수가 없었다. 돌아갈 수도 없었거니와 한동안은 감히 세상에 얼굴을 드러내고 살아갈 수도 없게 된 신세였다……

하여 그는 이때부터 10여 년의 세월 동안 이곳저곳으로 자주 몸을 피해 다니면서 온갖 위험과 어려움을 겪은 끝에, 몇 해 전엔 마침내 이 절까지 찾아들어 그런대로 은신처를 얻어 지내고 있었다. ─그가 바로 문제의 김 처사 그 위인이었음은 두말할 것이 없었다.

그런데 위인이 그렇듯 긴 세월 세상을 등지고 숨어 살아온 것은 그 밤의 죄과가 거기에 그치지 않았기 때문이었다. 아니 알고 보니 위인은 실제로 그 밤의 일에도 성공을 거둔 것이 아니었다. 몇 년 동안 힘든 밀행의 삶 끝에 위인이 한 번은 굳은 결심을 하고 고향 동네를 몰래 찾아 들어간 일이 있었댔다. 위인에겐 어쨌든 노후를 살펴드려야 할 노친네가 있었고, 딴에는 제가 지은 죗값을 치르는 한이 있더라도 그 노모를 무한정 버려둘 수가 없었기 때문이었다. 하지만 일은 거기서 더 낭패였다. 그가 그렇게 다시 고향 마을을 찾아들었을 땐 노인넨 이미 이 세상 사람이 아니었다. 말할 것도 없이 그 아들의 일로 얻은 마음의 심화로 노인네는 아들이 사라지고 난 얼마 뒤 한 많은 생애를 끝막음해버린 것이었다.

하지만 참혹하고 엄청난 사실은 그 노인네의 죽음만이 아니었다. 보다 더 놀랍고 기가 찰 노릇은 그날 밤 불길 속에 목숨을 잃은 것이 사내 아닌 누이와 어린 조카아이들이었다는 사실이었다. 그가 그날 밤 죗값을 치르게 한 것이 사내 아닌 누이와 가엾은 조카들 쪽이었음이 밝혀진 것이었다. 무슨 짓궂은 운명의 조화였던지, 불길 속에 저승길을 떠나보내려던 사내는 아래채 문간방에서 횡액을 면한 대신, 그날 밤 하필 안방 쪽에는 누이와 아이들이 잠

자리를 옮겨와 있었더라고— 고향 이웃 한 사람이 뒤늦게 은밀히
귀띔해준 뒷소식이었다……

18

윤 처사가 갑자기 청하지도 않은 김 처사의 숨은 신상사를 길게
털어놓은 의도를 도섭은 금세 짐작할 수 있었다. 그것은 한마디로
김 처사의 무고하고 억울한 쫓김의 사연을 밝혀서 도섭으로 하여금
김 처사를 괴롭힐 더 이상의 사단을 삼가게 하려는 간원과 경계의
뜻이 담긴 처사였다. 호소와 위협을 겸한 충고이자 설득이었다.

그것은 실상 윤 처사가 그간에 뜸하던 산행에의 동행을 청해왔
을 때부터 도섭도 어느 정도 예상하고 있던 일이었다. 위인이 산
행에 도섭을 동반할 때는 나무나 산과(山果) 따위가 목적이 아니
라 주요한 내심의 이야기가 목적이었던 게 전부터의 관례였다. 뿐
더러 언젠가 용진의 일에서처럼 위인이 누군가의 신상사를 길게
털어 보여줄 때는 그에 대한 도섭의 관심을 돌리거나 경계하기 위
한 저의가 있어왔던 터였다.

하지만 이번의 위인의 경계는 김 처사 한 사람의 일에 대해서만
이 아닌 것 같았다. 윤 처사는 그 김 처사의 일로 하여 광명전 외
사나 객방들은 물론, 절골 전체의 암자들에 은신해 있는 다른 사
람들의 처지도 함께 단속을 해둘 요량임이 분명했다.

"이미 짐작을 하고 계시겠지만, 이 산에 몸의지를 얻어 지내고

있는 사람들은 크거나 작거나 김 처사와 엇비슷한 마음의 허물을 지닌 사람들이 많지요. 그 허물 때문에 세상에서 쫓기거나 혹은 제물에 세상을 등지고 숨어 들어온 사람들이란 말이외다……"

가련봉을 향해 산길을 오르다가 만일암 근처를 지나고 있을 때, 윤 처사는 그 라디오 밀청 사건의 발단지가 되었던 토굴 쪽을 가리키며 도섭에게 막바로 말한 일이 있었다.

"일테면 저런 초막들에도 또 다른 제2, 제3의 김 처사가 괴롭고 참담한 은신 생활을 부지해가고 있을 수 있다는 얘기지요. 그런 뜻에서 이 절골엔 여기저기 수많은 김 처사들이 숨어 사는 격이구요. 그래 어떤 자가 참으로 김 처사를 찾기를 원한다면 그중에서 진짜 김 처사를 만날는지도 알 수 없는 판이니까요……"

하여 그때 도섭은, 절에선 무엇 때문에 그런 자들을 숨겨주는 위험을 떠안고 지내느냐고 부러 시치밀 떼고 들어보기까지 하였다. 죄를 지은 자들은 세상으로 내려보내 제 죗값을 치르게 해야 옳지 않으냐고. 죄를 숨겨주려는 건 경우도 아니려니와 안팎으로 위험을 자초하는 일이 아니겠느냐고. 하지만 윤 처사는 거기까지도 나름대로 각오를 하고 있었던 듯 목소리가 더욱 엄숙해지고 있었다.

"그 사람들이 지닌 허물이라는 건 진짜 죄가 아닌 때문이지요. 그 사람들이 죄를 지은 건 진세(塵世)의 인간들이 일부의 편의대로 지어 만든 법이라는 덫에 대해서일 뿐이에요. 우주 만물의 불변의 섭리인 불법 안에선 사람은 누구나 평등한 존재인 겁니다. 더욱이 불가란 쫓는 자보다 쫓기는 자를 거둬 살피는 자비의 도량 아니던가요…… 이건 남 처사 자신으로 처지를 바꿔 생각해도 곧 알 수 있는 일이지요. 전에 들은 대로라면 남 처사님도 어디 죄를 지었다고 자인하시겠어요. 왜인들에게 그저 억울한 쫓김을 당하고 있는 것뿐이지요. 그런데 우리가 남 처사님 죄를 물어 세상으로 내려보내 값을 치르게 한다면 어찌 되는 겁니까. 그건 무고한 남 처사님의 삶과 그 전정을 무참히 짓밟고 빼앗는 일이 되지요. 뿐 더러 절간은 일시적 세속의 법속으로 한 가엾은 생령을 무단히 심판하는 업을 짓는 것이 되구요. 그래, 남 처사님과 김 처사의 일이 무어 다를 게 있나요. 김 처사의 일인즉 바로 남 처사의 일이지 요…… 그리고 바로 남 처사의 일인즉 이 산골 모든 은신자들의 일이구요."

얼마간 오해가 깃들이고는 있었지만, 막바로 도섭의 처지까지 빌려댄 그 윤 처사의 경계엔 끝내 노골적인 통사정기마저 떠어갔 다. 거기다 위인이 불가의 도리를 들어 김 처사와 다른 은신자들 에 대한 관심을 새삼 경계한 것은(장난으로 던진 돌멩이질이 연못 의 개구리들에겐 그 세계가 깨어지는 횡액이 될 수 있다는 것이 그 경 계의 핵심일 터였다), 그걸 막바로 도섭의 처지에까지 연결시켜온 데서 분명한 뜻을 담고 있었다.

——김 처사나 누구 일에 불상사가 생기면 너도 무사하지 못할 줄 알아라.

윤 처사는 이를테면 이날의 산행에서 그쯤 노골적인 막판의 통 첩을 보내온 셈이었다. 그로선 그만큼 속내를 드러내고 위험한 모 험을 걸어온 격이었다. 뒤집으면 그건 또한 도섭 쪽에 대해서도

위인이 그쯤 속내를 간파하고 있는 증거이기도 하였다. 도섭을 그
처럼 위태로운 게임의 상대로 지목하고 나선 것은 서로 간에 어떤
묵계의 수락을 전제하고 있는 데서나 가능할 일이기 때문이었다.
쉬운 말로 그것은 피차간 상대방의 기미를 알고 있는 두 사람 사이
에서 일을 막바로 결판 짓고 말자는 제안인 셈이었다. 그리고 그
렇듯 내심의 기미를 드러내버림으로써 윤 처사는 도섭 앞에 더 이
상 물러설 수 없는 배수의 진을 쳐버린 격이었다. 그것이 끝내는
피차간에 돌이킬 수 없는 파국을 부르고 만 것이었다.

그리고 보면 화근은 윤 처사를 거기까지 지나치게 몰아붙인 도
섭의 다그침에도 허물의 일단이 있달 수 있었다. 하지만 그 역시
결정적인 파국의 원인은 못 되었다. 윤 처사나 남도섭 혹은 그 자
신을 위해서 마지막 파국을 연출한 것은 뜻밖에도 바로 김 처사 자
신이었다. 어떤 이유와 경로로 해선진 알 수 없었지만, 어느 날 아
침 뒷산의 한 암자로부터 김 처사의 자살 소식이 전해 내려온 것이
었다.

그러니까 도섭이 윤 처사를 따라 모처럼 산행을 다녀오고 나서
다시 이틀쯤 지내고 난 어느 날(11월 초순의) 아침 녘이었다. 종
무소 쪽 스님들이 웬일로 전에 없이 수런수런 몇 사람씩 산길을 쫓
아 올라갔다. 뿐더러 광명전 근처의 외사채 사람들도 아침 끼니때
부터 서로들 수군거림이 심했다. 알고 보니 얼마 전에 산을 내려
간 걸로 알려졌던 김 처사(도섭은 사실 그에 대한 의구심을 끝내 지
우지 못하고 있었지만)가 웬일로 만일암 근처의 한 떡갈나무 가지
에 목을 매고 죽어 늘어져 있었다는 거였다.

"귀신이 참 곡을 할 노릇이제. 산을 등지고 숨어 달아났다던 사람이 언제 다시 거기까지 죽을 자리를 찾아 들어갔을께라요. 사람이 죽고 싶으면 어디선들 못 죽는다고……"

모처럼 지난날의 입심이 되살아난 듯, 그러나 녀석도 전혀 눈치를 못 챘던 듯 곽 행자가 한참 뒤에 고개를 갸웃거리며 내뱉고 간 소리였다. 도섭은 비로소 그걸로 사정을 대강 읽을 수 있었다. 하지만 거기시 더 자세한 경위는 그로시도 좀처럼 알아낼 수가 없었다. 위인이 워낙 산을 내려간 걸로 되어 있던 탓이리라. 스님들은 쉬쉬 한사코 기미들을 숨기려는 눈치였고, 외사와 객방의 기숙객들 역시도 끼리끼리 수군거림을 일삼고 돌아갈 뿐 도섭에겐 한마디도 사실을 일러주는 자가 없었다. 게다가 모처럼 소식을 일러준 곽 행자 녀석마저 아직은 매사에 의욕을 잃고 있는 사람모양 거기에 더 이상 관심을 두지 않았다. 하지만 무엇보다 도섭을 궁금하고 답답하게 만든 것은 윤 처사마저 종일토록 모습을 볼 수 없는 것이었다. 이날사말고 위인은 아침부터 통 모습이 띄지 않은 데다 그 종적조차 일러주는 사람이 없었다. 본원 공양간 원주 스님의 부름을 받고 이날 아침 곽 행자가 그쪽을 다녀온 일이 있었지만, 거기서도 이날치의 공양거릴 받아왔을 뿐 윤 처사의 일은 아직 들은 바가 없노랬다. 그런데 윤 처사는 아침 설거지가 끝나고 해가 한낮을 기울 때까지도 영 소식이 감감이었다. 하고 보니 도섭은 그 김 처사의 일을 어디서도 제대로 알아볼 길이 없었다.

하지만 김 처사가 뒷산에서 자살로 목숨을 끊은 것은 어쨌든 분명한 사실이었다. 해가 차츰 저녁녘으로 기울 무렵엔 읍내 작은집의 형사 두 사람이 건들건들 산을 올라갔고, 그 형사들이 암자를 다녀간 다음부턴 더 많은 스님들이 산으로 올라갔다.

어딘지 당혹감을 감추지 못한 채 쉬쉬 서둘러댄 빠른 장례 절차였다. 도섭으로선 물론 그 모든 일들이 놀랍고 아리송했다. 무엇보다도 그 금서 병풍 일에 대한 죄책감과 두려움 때문에 제풀에 종적을 숨겨갔다던 김 처사가 돌연 절골에서 제 목숨을 끊은 일 자체에 도섭은 다시 한 번 뒤통수를 크에 얻어맞은 듯 심한 충격을 느꼈다. 김 처사가 어쩌면 산을 내려가지 않았을지 모른다는 어렴풋한 예감이 뜻밖에 정곡을 꿰뚫고 있었던 데다 위인의 행방에 대한 윤 처사의 그간의 말들이 이제는 말짱 위장임이 드러난 때문이었다. 그렇다면 그 거짓 수작 뒤에 숨은 비밀은 무엇인가. 김 처사는 그간 어디에 숨어 있었으며, 그는 또 왜 갑자기 제 손으로 제 목숨을 끊고 만 것인가. 거기 어떤 동기와 곡절이 없을 수 없었다. 그리고 그 해답은 김 처사 자신보다 그의 일을 꾸미고 이끌어온 자들 쪽이 열쇠를 쥐고 있게 마련이었다. 그는 우선 누구보다 윤 처사 쪽을 만나야 하였다. 그래서 다시 한 번 일의 시말을 캐어봐야 하였다. 이제는 더 우물쭈물 일을 망설이거나 우회해나갈 여유가 없었다……

하지만 윤 처사는 그 김 처사의 화장(절에선 그걸 다비라고 하던가)이 끝나고 날이 저물어서도 여전히 모습을 나타내지 않았다. 뿐더러 다시 아침이 밝고 해가 한번 더 기울 때까지도 끝끝내 종적을 알 수가 없었다. 그야 도섭으로서도 그 윤 처사가 이젠 그 앞에 쉬 얼굴을 드러내고 나타나기가 어렵게 된 처지를 짐작하고 있었다. 명시적으로 확인을 해준 건 아니었지만, 윤 처사는 그 전날 산행에서도 끝내 김 처사가 산을 내려간 것처럼 말하고 있었다. 그건 필시 위인의 마지막 배수의 진이었음이 분명했다. 그런데 이제는 만일암 뒷산에서 그 김 처사의 시신이 발견되고 장례까지도 다 치러진 마당이었다. 그로선 더 이상 무엇을 숨기고 변명할 여지가 없어져버린 셈이었다. 자신의 내심과 술수가 다 백일하에 드러난 마당에 객쩍은 변명이나 태연스런 위장술 따윈 모두 부질없게 되고만 처지였다. 그것은 이제 어쭙잖은 둘 사이의 체면이나 신의의 문제가 아니었다. 마지막 대결과 승부의 문제였다. 거기 어떤 선택이 이루어지기까지는 섣불리 얼굴을 나타낼 처지가 못 되었다.

그런데 사실 도섭의 그런 추측은 별로 크게 빗나간 데가 없었다. 그 김 처사의 돌연스런 자살은 실제로 윤 처사에게 큰 낭패가 아닐 수 없었다. 윤 처사가 집허당 큰스님과 의논하여 그 김 처사를 예의 비밀 처소로 옮겨 숨겨준 것은 다시 말할 것도 없이 경찰서를 다녀온 이후로 더욱 심하게 겁을 먹고 있는 그를 도섭의 눈길로부터 보호해주기 위해서였다. 그리고 그 금서 병풍이 뜻밖의 곳에서 소재를 드러낸 이후부터는 그가 미리 예상했던바 위인의 그 집요한 의심과 추궁을 피하느라 갖은 수단과 방법을 다 동원해온 터였다. 그래도 의혹이 풀리기커녕 종당엔 박춘구나 지상억들의 행방까지도 의심을 하고 나선 도섭의 노골적인 도발 앞에 윤 처사도 마침낸 그 김 처사와 거리가 먼 자신의 전력(前歷)을 마지막 방패막이로 위인에 대한 위협과 통사정식 호소까지 겸하고 나섰던 터였다. 그 모든 건 다만 김 처사 한 사람의 안전뿐 아니라, 윤 처사 자신을 포함해 절골 사람들 모두를 위한 일이기도 하였다. 하지만 김 처사로서는 그 비밀 처소의 막다른 분위기에 더욱 큰 공포감과 절망감을 느꼈었는지 모른다. 그래 끝내 그걸 더 이겨내지 못하고 스스로 그곳을 나와 죽음의 길을 택해 가고 말았는지 모른다. 그를 지켜주려던 노릇이 오히려 죽음을 부르게 한 실수가 되고 만 격이었다. 어쨌거나 그 판국에 느닷없이 터져 나온 그 김 처사의 변고는 그간 윤 처사의 모든 노력을 일거에 물거품으로 만들어버린 격이었다. 그리고 그를 막다른 궁지로 몰아넣고 만 꼴이었다. 김 처사의 행적이 그런 식으로 드러난 마당에 도섭이 그걸 어떻게 걸고 나올지는 불을 보듯 뻔한 노릇이었다. 그리고 그건 이제는 그 김 처사나 윤 처사들만의 낭패사도 아니었다. 그 동기나 목적이 달랐을 뿐 윤 처사나 도섭은 이제 서로 자신들의 의중을 거의 다 드러내 보이다시피 한 묘한 공모 관계의 처지였다. 그에 따라 윤 처사의 낭패나 파탄은 곧바로 도섭의 그것으로 이어지게 마련이었다. 나아가 종당엔 그 광명전 외사 사람들과 절골 전체의 파국으로까지 번져가게 마련이었다.

윤 처사는 그래 그 김 처사의 시신을 태우고 나서 자신도 일단 김 처사가 그동안 몸을 은신해온 비밀 처소로 종적을 감춰 들어갔다. 이젠 윤 처사 단독으로는 일이 거의 감당 불급의 지경에 이른 데다, 우봉은 여전히 그 외사 사람들에 관한 일은 윤 처사가 알아서 처리하라는 식이어서, 그동안 이심전심 마음을 통해오던 박춘구나 지상억들과 앞으로의 방책을 함께 찾아보기 위해서였다. 그리고 이날 밤 세 사람은(세 사람 이외에 전부터 있어온 그 비밀 신분의 인물은 물론 초면 격으로 서로 상관을 하려지 않았다) 전에 없이 길고 신중한 밀의를 계속했다.

—전에도 대충 귀띔을 건넸다시피, 이제 이 절골에서 남도섭이란 인물의 본색을 모르는 사람은 아무도 없습니다. 서엘 다녀온 다음에 제가 좀 단속을 해둔 탓도 있겠지만, 그간 위인에게 마음을 의지하고 싶어해오던 곽 행자까지도 요즘은 생각이 달라진 기미니까요. 그런데 이제는 일이 막다른 골목에 이른 것 같습니다. 짐작하고 계실지 모르겠습니다만, 이번 김 처사의 불상사도 실은 그 사단이……

밀의는 처음 그 김 처사와 도섭과의 기묘한 악연, 그리고 그것을 시발로 김 처사가 끝내 죽음에 이르게 되기까지의 심적인 고통과 절망의 과정을 윤 처사가 대충 정리해주는 것으로부터 이야기를 시작했다. 윤 처사는 그 도섭이 하필 김 처사의 전력으로 제 신분을 위장하고 온 사실로 본색이 드러나게 된 사연을 말하고, 이후 금서 병풍의 실종 사건과 관련된 김 처사의 무고한 혐의와 수난의 진상들, 겁에 질려 떨고 있는 그의 신변을 지켜주기 위해 자신과 도섭 간에 역전을 거듭해온 위계와 낭패의 과정을 차례로 설명했다. 그리고 마지막으로 김 처사의 죽음으로 인한 윤 처사와 절골의 난감스런 입장과 위태로운 처지를 재상기시킨 뒤 대비책에 대한 두 사람의 적절한 의견을 주문했다.

—위인의 책모가 더욱 위험한 건 작자가 이곳 일로 해남서와도 빈번히 밀첩을 내통하고 있다는 것입니다. 그런 사실은 얼마 전 한 아랫마을 여인의 제보도 있었지만, 일전엔 위인이 몰래 밀첩을

내보내는 비밀 장소까지 확인이 된 터이니까요…… 한마디로 위인은 그 김 처사나 병풍 일만이 아니라 이 절골 일 모든 것을 환히 다 꿰뚫어보고 있는 격입니다. 그러니 전번 그 병풍의 건으로 김 처사님이나 이쪽 사람들이 여럿 곤욕을 치르게 된 것도 그 위인의 고약한 밀첩질 탓이 아니었겠어요. 지금이라도 다시 거길 가보면 어떤 밀첩이 또 바깥 무리의 손길을 기다리고 있을지 모릅니다. 더욱이 이번엔 그 김 처사님의 변고까지 더해진 판이니…… 어쨌든 이젠 너나없이 위인 앞에 무사히 견뎌내기가 어려운 지경입니다. 그러니 모쪼록 이 난제를 풀어나갈 좋은 의견을 말씀해주십시오.

행여라도 일을 쉽게 여기려 들 가능성에 대비하여 윤 처사는 도섭의 해남서와의 밀통 사실과 근자에 은밀히 뒤를 밟아 찾아낸 비밀 연락 지점들로 되도록 그 위기감을 고조시켜나갔다.

사실을 전해 들은 두 사람도 윤 처사와 생각이 다를 수 없었다. 그동안도 대개 기미를 눈치채온 일이었지만, 박춘구나 지상억은 윤 처사의 설명에 새삼 분노와 걱정을 금치 못해 하였다. 그리고 두 사람의 지혜를 청한 윤 처사보다도 훨씬 더 대담하고 과격한 (위인의 위해에 대한 대비책이라기보다는 아예 어떤 복수책에 가까운) 대응책들을 내놓았다. 그리고 거기에 신중하고 치밀한 숙의를 더하여 세 사람은 이날 밤 마지막으로 하나의 계책을 마련했다. 한마디로 그것은 위인을 아예 절골에서 내쫓아버리자는 결정 아래, 그가 다시 산으로 올라오려 하거나 보복을 하러 나설 엄두가 나지 않도록 철저하고도 결정적인 방법을 구사하려는 것이었다.

그야 윤 처사로선 거기에 아직 몇 가지 마음에 켕기는 대목이 없지도 않았다. 일을 아무리 치밀하게 꾸민대도 결과는 함부로 장담할 수 없는 사정이었다. 일의 성패는 대개 반반으로 보는 것이 옳았다. 일이 잘 풀려 위인을 정말로 쫓아 내려보낸다 해도 그걸로 위인이나 해남서 쪽의 감시가 아주 사라진다고 할 수도 없었다. 자칫하면 오히려 위인이나 해남서로부터 더 큰 보복의 재앙만 부르게 될 수 있었다. 하지만 이제 윤 처사로서도 더 다른 선택의 길이 없었다. 그리고 어차피 그만 도박이라도 각오하고 나서야 할 사정이라면, 사람은 대개 극도로 절박스런 공포감 앞엔 복수심마저도 눈을 감게 된다는 박춘구의 충고나, 밀정이란 한번 본색이 드러나버리면 더 이상 쓸모가 없어져 힘을 쓰지 못하게 될 거라는 지상억의 예견을 믿어두는 수밖에 없었다.

그래 윤 처사는 이날 밤으로 당장 일을 치러버리자는 지상억을 달래어, 김 처사 죽음 이후의 위인의 동태도 좀 살필 겸 하루쯤 기회를 기다려보자는 정도로 우선 밀의를 매듭지었다. 그로선 실상 셋으론 어딘지 일이 힘에 겨워 보여 그동안 은근히 뜻이 잘 통해온 뒷산골 방 화백과도 손을 맞잡고 싶은 데다, 일을 치른 후엔 또 관련자 몇 사람의 밀실 잠적이 불가피해질 처지라 그동안 서로 간에 그만한 여유가 필요했기 때문이었다.

윤 처사의 사정은 그래 애초부터 도섭이 얼굴을 마주할 수 없게 되어 있었다. 아무리 눈치가 싼 도섭이라도 거기까지는 미리 기미를 알아차릴 수 없을 게 당연했기 때문이다. 하지만 그 도섭도 결국엔 그런 윤 처사를 쉽게 만날 수가 없음을 알게 됐다.

윤 처사가 이틀째나 자리를 비우고 있어 별간 일은 계속 곽 행자와 도섭이 그를 대신해나가는 수밖에 없었다. 그런데 둘이서 그 저녁 공양을 지을 때 곽 행자가 이날따라 눈에 띄게 도섭을 무시하는 태도였다. 이건 이래라, 저건 저래라…… 윤 처사가 없다 보니 녀석은 마치 자신이 이곳의 어른이라도 되는 양 그를 함부로 부리려 들었다. 그러면서 도섭의 일손이 새삼 못마땅하다는 듯 사사건건 간섭이요 핀잔이었다.

"호랑이 없는 골에 여우가 어쩐다더니 윤 처사가 안 계시니 네기가 살아나냐? 네까짓 게 뭔디 어른더러 함부로 이래라 저래라여!"

심사가 다소 불편해진 도섭이 심통스레 한마디 을러메고 나섰을 때도 녀석은,

"그래요. 내가 이젠 이곳 공양주지러. 오늘 아침 본원에서 원주 스님이 이제부턴 나더러 이곳 일을 맡으라고 하셨단 말예요."

모가지가 빳빳해져서 맞받고 나섰다.

그래 도섭은 문득 머리를 스치고 가는 생각이 있어 그 사연을 다 그치고 듣자 녀석이 의기양양 다시 내뱉어왔다.

"윤 처사님은 어디 좀 다녀오실 데가 있다고 별간 일을 당분간 날더러 책임지고 처리해나가랬다니께요."

윤 처사가 절을 비우고 나갔는지 어쨌는지는 확실치가 않았지만, 어쨌거나 당분간 그를 보기가 어렵게 된 것은 그쯤 분명해진 것이었다.

하지만 도섭은 아직도 윤 처사가 그 김 처사의 일로 마음이 많이 켕겨 어디선가 그것을 자연스럽게 풀어나갈 계획에 골몰하고 있으

리라는 정도로 작자의 잠적 사실을 그리 대수롭잖게 넘어갔다.

그랬던 것이 저녁 공양 때부터는 일이 점점 더 심상찮게 돌아갔다. 곽 행자와 그럭저럭 저녁 준비를 끝내놓고 있었으나 이날은 유달리 끼니때를 찾아드는 사람이 아무도 없었다. 지상억과 박춘구들이 산을 나간 뒤부턴 그렇지 않아도 끼니 자리가 부쩍 줄어든 느낌이었다. 거기다 근자엔 뒷산골 환쟁이까지 발길이 뜸해진 데다 이날은 윤 처사마저 자리를 비우고 없어 징갯간 공기가 더 한층 썰렁했다. 절골 일대가 아예 쑥밭이 되어가고 있는 꼴이었다. 그런 터에 이날따라 다른 외사 사람들까지 때를 잊고 넘기려는지 늦도록 얼굴들을 내밀지 않고 있었다. 도섭은 기다리다 못해 끝내는 자신이 소리를 건네려 외사채로 올라갔다. 한데 갈수록 기미가 수상했다. 외사에도 사람의 그림자가 보이지 않았다. 외사뿐 아니라 울안 쪽 집허당에도 불이 켜진 건 우봉의 거처 한 곳뿐이었다. 집허당의 끝쪽 방 춘향 여사는 원래 본원 공양간으로 취식을 다녔지만 이때쯤은 이미 우봉과 제 방으로 돌아와 있을 참인데도, 그쪽 역시 방문에 껌껌한 정적이 가득할 뿐이었다.

도섭은 비로소 뭔가 심상찮은 기미가 등줄기를 덮쳐왔다. 무언가 분명 그가 모른 일이 꾸며지고 있는 느낌이었다. 그는 당장 그것이 무엇인지를 짚어낼 수가 없었다. 그렇다고 누구에게 물을 사람도 없었다. 그는 갈수록 찜찜해진 기분으로 다시 정갯간으로 내려왔다. 어쨌든 좀더 시간을 기다리며 추이를 조용히 지켜볼 요량이었다. 하지만 정갯간으로 돌아와보니 이번엔 또 곽 행자마저 모습이 안 보였다. 마루청에 끼니상을 그대로 놔둔 채 온다 간다 말이 없이 녀석까지 어디론지 사라지고 없었다. 할 수 없는 일이었다. 이제는 종무소에라도 곡절을 알아볼 수밖에 없었다. 도섭은 잠시 더 시간을 기다렸다가 끝내는 종무소로 어둠을 딛고 내려갔다. 하지만 종무소에서도 곡절이 밝혀지질 않았다. 종무소는 여느 때와 조금도 다른 기미가 안 보였다. 별다른 기미가 엿보이지 않은 만큼 외사 사람들이나 곽 행자의 일에 대해서도 이렇다 할 관심을 보이지 않았다.

"그 양반들 아마 산 아랫동네로 회식을 나간 게지요. 어제오늘은 김 처사 일로 기분들도 적잖이 울적해 있을 테니. 전에도 종종 그러지들 않았어요. 곽 행잔 어디 심부름이라도 갔을 게고……"

종무소 스님들의 시봉 행자 하나가 시큰둥한 어조로 그렇게 응대해올 뿐이었다. 행여 곽 행자가 본원 쪽 심부름이라도 받아 내려갔나 싶어 거기까지 발길을 뒤쫓아 가보았으나 그곳 원주승도 거의 같은 소리였다.

"산을 아예 내려간 사람들이 아니라면 때가 되면 어련히 돌아들 오실려구요. 헌데 남 처산 그 양반들 일에 웬 걱정이 그리 많으시지요? 공양 시중들 일이 없어졌으면 일찌감치 잠자리에라도 찾아드실 일이지 예까지 사람들을 찾아다니시구."

도섭의 수선을 오히려 주제넘은 참견으로 나무라는 어조였다. 이런저런 의혹이 여전히 꼬리를 물었지만, 위인들의 시큰둥한 핀잔조의 응대 앞엔 더 이상 캐고 들어볼 여지들이 없었다.

도섭은 할 수 없이 다시 정잿간으로 돌아왔다. 돌아오는 길에 문득 생각하는 일이 있어 그 일주문 근처의 비밀 연락소를 들러서였다. 하지만 그곳엔 읍내 작은집에서 그 때가 지난 밀첩만 뒤늦게 거둬가고 말았는지, 밀첩 은닉 장소는 벌레들만 바글바글, 혹시나 싶었던 새 밀첩은 당도해 있는 것이 없었다. 하여 그나마 좀 홀가분해진 기분 속에 다시 어정어정 별간으로 올라온 도섭은 그새 누가 건드리지조차 않고 있는 저녁상 설거지부터 끝냈다. 그리곤 이내 골방 어둠 속으로 기어 들어가 하릴없이 무작정 시간을 기다렸다. 위인들이 뒤늦게 찾아들 리는 없었지만, 그래도 어딘지 아직 마음이 개운치가 못했기 때문이었다. 될수록 이날 밤은 잠을 멀리하면서 주변의 동정을 지켜볼 참인 것이었다.

하지만 도섭은 아직 그런 찜찜한 기분 속에서도 별다른 위험의 기미 같은 건 느끼지 못하고 있었다. 아니면 그 같은 마음의 대비만으로 자신을 너무 쉽게 믿어버린 건지도 몰랐다. 자정을 한참 지나고 난 다음까지도 도섭은 역시 아무런 기미를 느낄 수가 없었다. 적어도 정잿간 골방 안팎으론 그의 졸음기를 건드릴 만한 어떤 조짐도 없었다. 도섭은 그쯤에서 그만 마음을 풀어버리고 어느 순간 깜박 불안스런 잠 속으로 빠져들고 말았다.

그리고 얼마쯤이나 시간이 흐른 뒤였을까. 도섭은 잠결에 누군가가 얼핏 방문을 들어서는 듯한 수상한 기척을 느꼈다. 그리고 번쩍 정신을 되차리고 어둠 속 기미를 살피려는 찰나였다. 그는 느닷없이 덜미께에 세찬 일격을 느끼며 그 자리에 그만 정신을 잃고 말았다.

19

　도섭이 다시 어슴푸레 의식을 되찾기 시작한 것은 그로부터 얼마 뒤 거칠게 요동치는 들것 위에서였다.

　하지만 도섭은 자신이 지금 어디로 어떻게 떠메져가고 있는지 사정을 조금도 알아차릴 수가 없었다. 어둠 속 내리막길의 흔들림 때문에 의식이 차츰 되돌아오곤 있었으나, 사지가 꽁꽁 묶여 부대 자루까지 움푹 뒤집어쓴 데다 그게 다시 들것으로 옮겨지고 있는 때문이었다. 들것을 메고 가는 앞뒤 두 사람 외에도 또 다른 발소리들이 뒤따르고 있는 것이나 진행 방향이 산 아래를 향해 가는 내리막길이라는 것까지는 대강 짐작할 수 있었지만, 놈들이 누구며 그를 어디로 끌고 가 어떻게 하려는지는 아무래도 분명한 판단이 안 갔다. 하지만 자신이 극도의 위험 지경에 처해 있는 것만은 의심의 여지가 없었다. 필경은 어디 깊은 숲으로 끌려가 쥐도 새도 모르게 죽어 암매장을 당하거나, 아니면 잘 해야 어떤 악질적인 지하 조직에 인계되어 잔인한 보복을 당하거나 할 게 뻔했다. 아니 위인들은 그가 이미 죽은 걸로 치부하고 있을 수도 있었다. 죽은 자를 어디론가 버리러 가는 길인지도 알 수 없었다.

　어쨌거나 도섭은 의식이 깨어난 기미를 계속 숨기고 있어야 했다. 의식이 깨어난 기미를 들켰다간 다시 무슨 위해를 가해올지 몰랐다. 그는 계속 답답한 자루 속에 시체처럼 가만히 숨을 죽이고 있었다. 온 신경을 귀 쪽으로 모으고 녀석들의 움직임과 동정을 읽으려 안간힘을 다했다. 녀석들의 실수인지 아니면 단자리에서 숨통을 끊을 생각은 아니었던지, 목덜미 근처가 뻐근하게 저려 올 뿐 다른 데 큰 상처가 느껴져 오지 않은 것만이라도 우선은 다행이었다.

그렇게 얼마쯤 더 산길을 내려간 다음이었다. 답답한 자루 속을 끈질기게 견뎌온 기다림에 마침내 뜻밖의 효과가 나타나기 시작했다. 기다림의 효과가 뜻밖이라고 한 것은 그때 모처럼 들려온 말소리가 도섭을 너무 놀라게 한 때문이었다.

"이제 우리하고 교대를 좀 해 갈까요?"

어두운 숲길이라 힘이 더 들어선지 들것의 요동이 더욱 심해지는 기미더니, 말없이 길을 뒤따라오던 발소리가 처음으로 입을 열어 교대를 청했다. 그러자 앞을 선 두 사람의 들것꾼도 그럴 만한 시기가 되었다 싶었던지 도섭과 들것을 곧 땅바닥으로 내려놓았다. 그리고는 잠시 가쁜 숨을 고른 다음 그중의 한 사람이 내뱉듯 중얼댔다.

"젠장, 사람의 몸뚱이가 이렇게 무거운 줄 알았더면 허 여사라도 사람을 몇 더 데려올걸 그랬구만, 박 형까지 저리 힘이 들어 하는데 말이오."

"난 요즘 함부로 뱀을 먹으러 다닐 처지가 못 돼서 그렇지요."

도섭이 아직 실신 중인 걸로 믿어 그런지 들것을 뒤에서 메고 오던 자가 한마디 더 말을 받았다. 위인들이 주고받은 이야기는 그것이 전부였다.

말할 것도 없이, 도섭을 그토록 소스라쳐 놀라게 한 것은 그 목소리의 음색과 주인공들이었다. 교대를 먼저 제의한 것은 윤 처사 바로 그자의 목소리가 분명했다. 하지만 그도 그리 놀랄 일은 아니었다. 도섭은 의식이 되살아날 때부터 그걸 어느 정도 짐작할 수 있었고, 그래 그의 기미를 계속 찾고 있던 참이었다. 위인이 거기 끼어들어(끼어들었다기보다 주역에 가까운 역할을 하고 있을 수도 있었다) 있는 건 차라리 당연한 일처럼도 보였다. 그런 점에선 그 건달뱅이 환쟁이 녀석이 끼인 것도 새삼 크게 놀라워할 일이 아니었다. 중간에 불쑥 볼멘소리를 털어놓고 나선 것은 그 양환쟁이 방가의 목소리가 분명했는데, 위인의 행적이나 처신에 대해서도 도섭은 일찍부터 미심쩍은 대목을 자주 느껴오던 터인 때문이었다. 도섭을 정말로 놀라게 한 것은 그 둘 이외의 다른 공모자들이었다. 주고받은 말투나 발소리들로 미루어 들것을 메고 가는 것은 당장 네 사람 정도인 것 같았다. 그 네 사람 가운데에 박춘구의 목소리가 분명한 음색이 끼어 있었다. 다른 한 사람은 아직 입을 다물고 있는 데다 대화 중에 호칭이 드러난 일도 없어 정체를 당장 짚어내기가 어려웠지만, '요즘은 함부로 뱀을 먹으러 다닐 처지가 못 된다'는 위인은 그 카랑카랑한 음색이나 어의에서 박춘구 그자임이 분명했다. 뿐만이 아니었다. 양환쟁이 방가의 말투로 보아선 일을 꾸민 것은 네 사람 외에도 은신자 몇 사람이 더 합세하고 있는 듯싶었다. 그래 도섭은 넷 중에 아직도 정체가 드러나지 않고 있는 녀석이 지상억 바로 그놈일지 모른다는, 적어도 녀석 역시 그간에 절골 어디쯤으로 되돌아와 같은 일을 꾸미며 숨어 있었을지 모른다는 상상마저 들어왔다.

도섭으로선 참으로 무참스럽고 어이없는 봉변이었다. 어이가 없기보다 기가 차고 이가 갈릴 통분스런 치욕이었다.

——이미 어느 정도 짐작은 있었지만 이들이 그동안 여기까지 일을 꾸며왔다니. 그걸 내가 여태 놓아 먹이고만 있었다니. 게다가 산을 내려간 척 방을 비우고 사라진 박춘구 네놈까지 내 눈을 이렇듯 감쪽같이 속여 넘겨? 그리고 간교하고 의뭉스런 윤 처사 네놈은……!

도섭은 답답한 부대 자루 속에서 혼자 통분스런 울분을 짓씹으며 제물에 몸을 부르르 떨었다.

하지만 사태가 명백해진 만큼 도섭에겐 위험도 더 크게 느껴졌다. 당장은 어떤 방책도 없을뿐더러, 섣부른 기미를 눈치채인 날이면 그걸로 끝장이 나고 말 형세였다. 그는 그럴수록 더 신중하게 기다려야 했다. 그리고 마지막 결정적인 기회를 노렸다가 생사 결단의 일전을 벌여야 하였다. 그때까진 계속 혼절을 가장하며 녀석들의 주의를 피해내야 하였다. 그러자니 도섭은 불안하고 답답한 속에도 이를 악문 채 계속 숨을 죽이고 기다렸다. 이를테면 자신의 결정적인 위험 앞에 그쯤 노회한 지혜를 발휘한 셈이었다.

하지만 도섭의 그런 임기응변술도 결국엔 한낱 물거품으로 변해갔다. 뿐더러 도섭은 거기까지도 아직 사태의 흐름을 잘못 안 셈이었다.

잠시 휴식을 취하고 난 위인들이 차례를 바꿔 다시 들것을 떠메려 들었을 때였다. 누군가 아직 손이 서툴렀던지 한쪽 멜대를 놓쳐버린 바람에 도섭은 부대 속에 사지가 꺾인 채로 거친 땅바닥으로 몸이 굴러떨어졌다. 그리고 그 바람에 자신도 모르게 비명 소리 같은 걸 내지른 모양이었다.

위인들이 그 소리를 흘려들었을 리 없었다. 멜대를 놓쳐 부대를 떨어뜨리고 나서도 위인들은 한동안 다시 짐을 메려 드는 기척이 없었다. 하더니 뭔가 침묵의 밀의가 끝난 듯한 녀석이 말없이 그에게로 다가들었다. 그리고 침착하고 정확한 손길로 그의 목덜미를 더듬어댔다. 도섭은 오줌이라도 지리고 말 순간이었다. 하지만 그는 거기서 더 다음 일이 어떻게 되었는지 알 수가 없었다. 도섭은 아깟번 골방에서처럼 목덜미께에 한번 더 무거운 타박감을 느꼈을 뿐이었다. 그리고 그 순간 그의 의식은 다시 한 번 깜깜한 어둠 속으로 깊이 가라앉아버렸다.

그 도섭이 두번째로 다시 의식이 되돌아온 것은 여전히 답답한 부대 자루 속에서였다. 하지만 이번엔 거칠게 요동치는 들것 위에서가 아니라 허공에 둥둥 매달려 떠 있는 듯한 느슨한 느낌 속에서였다. 몸뚱이가 아래로 무겁게 처져 내리는 느낌이 필시 자루째 나무에라도 대롱대롱 매달린 게 분명했다. 아침 날이 이미 밝은 것인지 환한 햇살이 자루 속까지 스며들고 있었다. 머리 위로 가까이 나뭇가지를 지나가는 바람 소리도 들렸고, 근처에서 해맑은 새울음 소리가 귀청을 간간이 스쳐가기도 하였다. 하지만 주위에 사람의 기척을 느낄 수는 없었다. 위인들은 도섭을 거기 그렇게 매달아놓고 자리들을 깨끗이 피해버린 모양이었다. 도섭은 이제 그걸로 일단 죽음의 고비만은 넘기게 된 것 같았다. 위인들이 자리를 피해 가고 없으니 더 이상의 위험이 없을 것도 분명했다. 그래 그는 비로소 자루 속에서 크게 한번 안도의 한숨을 내쉬었다. 그리고 비좁은 자루 속에서 사지까지 묶여 옹색스런 몸짓으로 신체 이상 유무부터 시험해보았다. 목 뒤가 아무래도 뻐근하고 무거운 증세 외에 늦가을 밤 한기로 몸이 좀 굳었을 뿐(그것은 팔이 묶여 좁은 자루 속에 갇혀 몇 시간씩 옴지락을 못한 탓도 있을 게다) 특별히 심하게 다친 데는 없는 것 같았다. 그 또한 도섭으로선 천행이 아닐 수 없었다.

하지만 일은 그걸로 아직 끝이 난 게 아니었다. 일은 오히려 이제부터가 문제였다. 사지가 꽁꽁 묶여, 그것도 자루째로 허공에 매달린 처지로는 애초에 제 손으로 몸을 풀고 나가기는 그른 일이었다. 무엇보다 도섭은 자신이 얼마나 높은 곳에 매달린 것인지를 가늠할 수가 없었다. 자루를 지탱하고 있는 것이 과연 무엇인지, 그것이 짐작처럼 나뭇가지라면 굵기가 얼마나 튼튼한 것인지, 그리고 발아래선 다른 어떤 위험이 기다리고 있는 것은 아닌지, 주위의 사정을 아무것도 알 수가 없었다. 천상 누군가 다른 사람의 도움을 받는 길밖에 없었다. 그때까진 그대로 얌전히 자루째 매달린 채 지나가는 인적을 기다리는 수밖에 없었다.

그 또한 한심스럽기가 그지없는 일이었다. 그런 기괴한 꼴을 남 앞에 드러내야 하는 치욕은 둘째치고, 도섭은 도대체 그곳이 어디쯤인지조차 짐작할 수가 없었다. 절골을 내려선 어느 숲 속쯤일 것은 분명한데, 부근에 과연 길이 지나가고 있는지, 길이 있더라도 언제쯤 사람이 지나가게 될 것인지, 거기다 그 길을 맨 처음 지나갈 사람이 어떤 위인일지, 그로선 그런 걸 전혀 알 수가 없으려니와, 게다가 그것들을 제 마음대로 정할 수는 더욱 없는 일이었다. 도섭으로선 그저 어떤 어려움이나 치욕이라도 모두 감수해나갈 각오로 앞일을 하늘의 결정에 맡겨둔 채 조용히 시간을 기다리는 수밖에 없었다. 하자니 그것이 이만저만 곤욕스럽고 울화가 치미는 노릇이 아닐 수 없었다.

하지만 일은 도섭이 상상한 만큼 그리 절망적으로까지는 되어가지 않았다. 그는 여지껏 모르고 있었지만, 그가 매달려 있는 소나무 아래론 소망대로 숲 끝을 지나가는 산길이 나 있었고, 더욱이 이젠 이미 날이 밝은 뒤이기 때문이었다.

도섭이 그토록 상심을 한 속에서도 속수무책으로 인적을 기다린 지 얼마쯤 뒤였다. 근처 화정리로부터 아침나절 산나무꾼 둘이 그 숲길을 천천히 올라왔다. 그리고 그 허름한 나무꾼 중의 하나가 길가 나뭇가지에 대롱대롱 매달린 부대 자루에 놀라 먼저 말했다.

"저게 뭔가? 나무에 웬 자루가 매달려 있는 거 아녀?"

"그거 꼭 무슨 무 자루 같구만그려. 헌디 웬 무 부대를 나뭇가지에? 어디 한번 가보세."

둘 중의 다른 나무꾼도 영문을 모르겠다는 듯 맞장구를 치고 나선, 조심조심 둘이 함께 자루 가까이로 다가갔다. 하다간 다시 그가 놀라워하면서 동행에게 소리쳤다.

"아니, 이거 무 자루가 아니라 사람이 들어 있는 거 아녀? 금방 무신 사람 소리 같은 거 자네도 들었제?"

"그려, 사람 소리뿐 아니라 꾸물꾸물 자루가 용을 쓰는 기색 아녀?"

먼젓번 사내의 응답이 채 끝나기도 전에 이번에는 바로 그 자루 속에서 느닷없는 호통 소리가 터져 나왔다.

"너희들…… 사람을 빨리 끌어내려주지 않고 뭣들 하고 있는 게야!"

자루 속에 담겨져 허공에 매달린 처지치곤 뜻밖에 위압적인 명령조였다. 그러자 사내들은 그 느닷없는 자루 속의 호통에 정신이 얼떨떨해져서 잠시 동안 서로 휘둥그레진 눈길로 상대방의 얼굴만 쳐다보고 있었다. 하더니 나중엔 좀 어이가 없어진 듯한 먼젓번 사내가 천천히 자루를 향해 물었다.

"어따, 사람이 그런 꼴로 요상하게 매달려 있으니께 내려주긴 하겠소만 그거 참 알 수가 없는 일이구만요. 대관절 곡절이 어떻게 된 거요. 설마 제물에 취미로 매달려 밤을 새운 건 아닐 티고……"

하지만 그는 더 이상 여유를 부릴 수가 없었다.

"뭐야! 지금 너희들 일은 서두르지 않고 날 놀리는 게야! 내려주기만 해, 어서. 내려가면 당장 곡절이 어떤 건지, 내가 누군지 똑똑히 알게 해줄 테니까. 괜히 어물대다 후회하지들 말고 말이닷!"

갈수록 표독스런 자루 속의 호통이 아무래도 심상치가 않았다. 그래 사내들은 까닭도 모른 채 어물어물 두려움과 경계 속에서 자루 아래께로 더 바싹 다가갔다.

하지만 독이 오른 자루 속의 위인은 그 첫번째 발견자들에게선 끝내 풀려나질 못했다. 자루 밑에 매달린 이상한 문구의 꼬리표들 때문이었다. 미적미적 별로 내키잖은 발길로 자루로 다가선 사내들은 거기 자루 밑에 공출 가마 꼬리표처럼 좁게 접어 매달아둔 두 장의 종이쪽지를 뒤늦게 발견한 것이었다. 사내들은 그걸 어떻게 해야 좋을지 몰라 잠시 망설망설 두려운 눈길들만 주고받다가는 드디어 한쪽 사내가 먼저 용기를 내어 쪽지를 따들었다. 쪽지들을 펴보니 먼젓것 한 장은 왜글자로 적힌 무슨 서찰 같은 것이었고, 다른 한 장은 10여 년 전쯤에 동네 야학에서 배우다 만 언문 글자의 고지문 쪽지였다. 일본 글자로 적힌 먼젓것은 실은 도섭이 얼마 전 일주문 근처 왕벚나무 밑 비밀 통로를 이용하여 읍내 작은 집으로 내보낸 밀첩이었으나, 왜문자를 모르는 사내들로선 그 내용을 해독할 수가 없었다. 다만 두번째 언문자의 서면만은 오래전에 배우다 만 서툰 실력으로나마 둘이서 힘을 합해 그럭저럭 뜻을 읽어낼 수 있었는데, 그 내용이 대강 이런 것이었다. —왜놈 글을 아는 이는 다른 한 장의 쪽지에서 바로 이자의 정체를 알 수 있으려니와, 거기서 정체를 알았거나 몰랐거나 이자를 나무에서 풀어 구해주고자 하는 이는 그 일의 행사 전에 이자로 하여금 반드시 제 입으로 제 본색을 실토하게 만들 사. 그에 응하여 놈이 순순히 제 정체와 근자의 행적을 토설, 본색을 드러내면 연후에 이자를 풀어주고 말고는 마음대로 정하여도 무방할 것임……

　하고 보니, 겨우 귓속말을 주고받아가며 문면을 해독하고 난 두 사람은 사정이 갈수록 심상찮게 돌아가고 있음을 깨닫지 않을 수 없었다. 게다가 머리 위에선 그 괴상한 부대 자루가 올가미에 목이 걸린 삼복 녘 개새끼처럼 몸부림과 성화를 계속하고 있었다.

　"아니, 너희들 거기서 아직도 뭣들 하고 있는 거야. 뭣들 하고

쑤군쑤군 지랄들만 하고 있는 거냔 말이다. 사람부터 빨리 내려주지 않고서!"

자루 속에 담겨 매달린 처지에도 그토록 서슬이 시퍼런 걸로 보아서 사내들은 아무래도 호랑이 꼬리를 잘못 붙든 것이 아닌가, 부쩍 두려움이 더해왔다. 하지만 위인들은 아직도 제법 마지막 여유까진 잃지 않고 있었다. 그 서슬로 대강 짐작이 떠오를 뿐, 위인이 정말로 어떤 작잔지는 아직 정체가 밝혀지지 않았기 때문이었다. 게다가 거기 쪽지에 씌어진 대로 위인을 나무에서 끌어내려주고 말고의 마지막 결정은 여전히 자신들의 선택에 달린 일이었다. 그것이 사내들을 아직도 그 자리에 머물러 있게 한 셈이었다. 그리고 쪽지의 주인공의 주문대로 위험한 수작을 좀더 계속하게 한 것이었다.

"그런디, 대체 당신은 누구요? 그걸 좀 먼저 말해주면 좋겠소만."

엉뚱한 사태 앞에 거의 울상을 짓고 서서 잠시 동안 서로 낭패스런 눈길들만 주고받던 위인들은 그 무언의 눈길 속에 뭔가 상대방의 마음을 읽은 듯, 한 사내가 먼저 태연스런 목소리로 허공의 자루에게 물었다. 한즉 그 자루 속의 목소리도 뭔가 좀 심상찮은 기미를 알아차린 듯, 그러나 이젠 더 참을 수가 없어진 듯, 위협과 회유를 번갈아가면서 다급하게 외쳐댔다.

"뭐야? 내가 누구냐고? 너희가 그걸 꼭 알아야겠단 말인가? 그러다간 괜히 후회를 할 텐데? 하지만 좋다. 그걸 정 너희가 알고 싶다면…… 난 도에서 나온 본서 형사다! 이건 내려가서 바로 확

334

인을 해줄 수 있다. 자, 그럼 됐나?"

"그런디 형사 나리가 뭔 일로 이런 디 깊은 절골까지 들어와서 힘들게 나무엔 매달려 계신 게라?"

자루 속의 대꾸에 사내들은 다시 한 번 오금이 찔끔해오는 표정으로 무언중에 눈길을 주고받고 나서는, 그러나 이제는 내친김이란 듯 이번에는 먼젓번과 다른 쪽 사내가 목소리를 가라앉혀 다시 물었다. 그리고 사내 쪽이 여유가 더할수록 자루 속의 목소리는 더한층 신경질과 위협기를 더해갔다.

"아니 이것들이! 지금 나하고 장난을 하자는 게야 뭐야? 내가 여기서 무얼 하고 있었든 너희들이 그건 알아 무얼 하겠다는 게야. 너희들 정말 한번 뜨거운 맛을 보고 싶은 거야? 눈에서 뜨거운 불똥이 튀어봐야 내가 정말로 누군 줄을 알 수 있겠느냔 말이다. 형사라도 너희 같은 못된 조선 놈들 버르장머릴 다스리는 고등계 솜씨로다가……?"

하지만 자루는 거기서 더 이상 위협이나 신경질을 계속할 수가 없었다. 그걸로 충분히 자루의 본색이나 사연을 짐작한 사내들은 이판사판 그쯤에서 마지막 결단을 내려야 했기 때문이다. 하여 자루 속의 호통이 계속되고 있는 동안 사내들은 다시 한 번 서로 무언의 눈길을 주고받았다. 그리고는 애초부터 성깔이 좀더 해 보이던 앞쪽의 사내가 두 사람의 결정을 대신하고 나서듯 다른 쪽에 천천히 고갯짓을 보내고는 혼잣소리마냥 뱃심 좋게 중얼댔다.

"허, 이 인간이 어떤 위인이든 우리가 꼭이 알아야 할 일도 없지만, 그것을 설사 알게 된디도 이자를 풀어줄 생각은 아예 말아야

겄구만. 알고 보니 이 속엔 사람커녕 사나운 살쾡이 새끼가 들어
있는 모양 아니어? 이런 못돼먹은 금수 나부랭인 풀어줘봐야 뒤가
알조거든. 풀어줬다간 정말로 화만 부른 격일걸!"

　마음을 정하고 난 불복의 이죽거림이 분명한 소리였지만, 위인
은 다만 그뿐만이 아니었다. 그는 한편으로 중얼중얼하면서 다른
한편으론 발 앞에 짚고 있던 작대기를 들어올려 자루 밑구멍을 멀
리 찍어 밀어붙였다. 그리고 그 자루가 저만큼 허공을 밀려갔다
오는 것을 기다렸다 작대기로 떡 치듯 사정없이 내갈겨버린 것이
었다.

　퍽! 소리와 함께, 갑작스런 흔들림에 잠시 영문을 알 수 없는 듯
침묵에 싸여 있던 자루 속에선 금세 고약한 비명 소리에 이어 마지
막 단말마의 발악 소리가 터져 나왔다.

　"아우쿠, 이거! 이 새끼들 지금 날 어쩔려구 이러는 거야. 이 새
끼들이 정말로 죽고 싶어 환장들을 한 거야? 이 멍청이 엽전 조
각 새끼들아, 살고 싶으면 지금 내 말 똑똑히 들어라. 네놈들이 지
금 날 이러는 것은……"

　하지만 이젠 그런 자루 속의 위협과 협박도 아무 소용이 없었다.
사내들은 다만 그 한 번으로 더 이상은 매질조차 생각이 없는 듯
그쯤에서 서둘러(쪽지문을 다시 자루 끝에 매달고는) 자리를 떠버
린 때문이었다. 자루에서 뭐라고 발악을 해대든 발소리를 죽여가
며 슬그머니 자리를 비켜난 위인들은 마지막으로 저만큼서 자루
쪽을 한번 더 돌아보고(거기서 탁탁 침을 한차례씩 뱉어주고) 나서
는 바람처럼 숲 속으로 모습들이 사라져 들어가버린 것이었다.

하니까 도섭은 거기서도 다시 한참 더 자루째로 그냥 허공에 매달려 있어야 했는데, 그러다가 그가 자루에서 풀려난 것은 그로부터 한 식경이나 더 시간이 지난 뒤 두번째로 길을 지나가던 한 마음 좋은 구경꾼의 손에 의해서였다. 두번째로 자루를 발견한 그 행운의 구경꾼은 때마침 그 길로 소를 끌고 지나가던 이웃 마을 노인이었는데, 그가 다행히 언문자엔 눈이 멀어(왜글은 더더욱 해독할 리가 없었다) 자루 끝에 되매달린 그 쪽지의 속뜻을 전혀 알아볼 수가 없었던 덕이었다. 거기다 이번엔 자루 속의 도섭도 사나운 협박과 으르렁거림 대신 절박한 호소와 애걸 쪽을 택해 나선 노회한 지혜를 발휘한 결과였다.

유전(流轉)

20

　—쯧쯧쯧, 어리석은 중생…… 필경 언젠가는 제 놈이 이리 다
시 돌아오게 되어 있던 것을. 제가 제 발로 찾아 돌아와 거기 대신
으로 숨어 들어앉게 될 것을…… 제 한껏 꾀를 내어 바둥대고 놀
아봐야 결국엔 잔나비 부처님 손바닥 안인 것을, 미련한 중생이
그걸 끝내 못 깨달아…… 자, 이번엔 네 차례렷다! 허니 게서 한
세상을 다시 살아봐!

　덜컹!

　머리 위에서 마룻장 닫히는 소리가 생시처럼 역력했다. 도섭은
그 바람에 제물에 소스라쳐 눈이 번쩍 뜨였다. 역시 악몽이었다.
온몸이 땀으로 후줄근해진 것이 그새 또 설핏 잠이 든 모양이었다.
사방은 여전히 칠흑 같은 어둠뿐, 낮인지 밤인지 때조차 제대로

가늠할 수 없었다. 제주 사람 집 칙간 돝 한가지로 마룻장 구멍으로 떨어져 내려오는 범벅 밥덩이가 간절해지고 있는 게 밤이 한참이나 깊은 듯싶었다. 더위와 시장기가 몰고 온 수마(睡魔)였다. 하지만 도섭이 견딜 수 없는 것은 더위나 시장기나 수마보다도 눈만 감으면 덮쳐드는 그 끔찍스러운 가위눌림이었다. 아니 그것은 가위눌림 속의 악몽이기보다 어김없는 현실의 자기 처지 그대로였다. 악몽을 깨고 난 현실의 처지도 꿈속과 하나도 다를 것이 없었다. 그 안타까운 가위눌림 속의 악몽들은 도섭이 사흘 전 이 대원사를 다시 찾아들었을 때부터 겪은 일 그대로였다.

그러니까 도섭이 자신의 피신처로 이 대원사를 점찍고 나선 것은 그로선 어떻게든 하나뿐인 목숨이라도 부지해보려는 마지막 선택이자 불가피한 도박이었다. 거기 어떤 위험이 기다리고 있더라도 도섭으로선 이미 다른 선택이 불가능할 만큼 처지가 나날이 위급해지고 있었다. 재수가 없는 놈은 뒤로 넘어져도 코가 깨진다는 격으로, 돌이켜보면 참으로 일마다 운이 비꼬이기만 해온 꼴이었다. 상상조차 못했던 일본의 패전은 도섭에겐 그야말로 하루아침에 10년 공든 탑이 무너져 내린 격이었다. 하지만 그땐 그리 절박스런 생명의 위협까지 느끼며 숨어 쫓겨 다녀야 할 일은 없었다. 알짜 동기야 어디에 있었든 그간에 알려져온 아버지 남 초시의 그 허장성세 식 반일 성향 덕이었다. ―칠칠치 못한 녀석. 그거 다 말짱 쓸 데 없는 노릇이여. 그놈은 인제 내 자식새끼도 아닌께…… 남 초시 영감은 그간 도섭과의 의절 상태 속에서도 그토록 갈수록 아들놈의 처신을 못마땅해했다(필시 아들의 출세 소식이 늦어진 데도 일부의 허물이 있었을 게다). 하면서도 속으로는 그런 아들놈을 제법 힘 의지로 여겼던지, 마을에선 누구보다 시국담에 말조심이 적었었다 하였다. 가끔씩 마을 앞 팽나무 그늘 아래서 세상이 다시 옛날로 돌아가야 한다고, 그래서 사람 도리 따라 분수 따라 사는 때가 와야 한다고, 물색없이 호기를 부리고 나서기가 예사였댔다. ── 암튼지 이놈의 세상부터 제 길로 돌아서야제. 우리 조선 사람에게 이건 일찍이 듣도 보도 못한 난장판 말세라. 한 시절의 운세가 다하고 말세가 다가오면 그 끝엔 필경 새 천지가 열리는 법…… 하여 과연 그 일제가 패망하여 힘을 거둬 물러가자, 그의 아버지 남 초시 영감은 마치 자신의 절절한 예언이 이루어져 이제는 오직 그 조상들이 받들어온 옛 나라의 법도를 다시 펴나갈 때라는 듯 큰소리가 더욱 심해져왔다는 것이다.

그 아버지는 해방 한 달 만에 집으로 숨어 들어온 도섭을 맞고서는 이 말 저 말이 없이 그저 시종 묵언으로 아들을 응대했다. 그간의 허물을 따지려지도 않았고, 그렇다고 특별히 그의 신변을 걱정해주는 눈치도 없었다. 도섭은 그저 제 어미 박 씨의 처분에다 맡겨둔 채 자신은 늘 모른 척 바깥으로만 나돌았다.

하지만 도섭이 그 위험스런 혼란기를 무사히 넘긴 데는 아무래도 그 아버지의 눈에 보이지 않은 신망의 덕이 컸던 게 사실이었다. 게다가 일이 더 순탄스러웠던 것은 그간에 상준이 마을을 떠나가고 없었던 데에도 일단의 까닭이 있었다. 상준은 그새 형기를 마치고 나와 가대를 정리하여 오래전에 읍내로 이사를 나가고 없었다. 도섭의 죄과를 알아 따질 만한 사람은 마을에선 오직 상준 뿐이었던 터에, 그 상준 일가가 이사를 가고 없으니 고향에선 더 마음을 쓸 사람이 없게 된 것이었다.

어찌 보면 그 시절은 세상이 그만큼 너그럽고 어리숙하기조차 했달 수 있었다. 35개 마을 넓은 면내에서도 일제에의 협조로 변을 당한 것은 전직 면 산림계 서기 한 사람이, 그것도 전날에 도벌을 심하게 단속한 사감으로 같은 마을 사람들의 뒷돌팔매질에 쫓기다 죽은 것 이외엔 손가락 하나라도 더 다친 사람이 없었다. 그 유일한 불상사에마저도 사람이 죽고 나서 치를 떨고 놀란 것은 돌을 던진 마을 사람 자신들이었던 데다가, 사후에 면 지서를 들락거리게 된 것도 겁 많은 그 동네 사람들뿐이었다. 그래 도섭은 그 한동안의 칩거 끝에 그럭저럭 다시 면소 거리 나들이가 시작됐고, 나중 민단(민족청년단)이니 향방단(향토방위단)이니 하는 데에선 그의 궂은 전력이 외려 더 기를 펴기에까지 이르게 된 것이었다.

하지만 인생만사 새옹지마랬던가. 전날 안도와의 대원사 공작 시에도 그랬듯이, 도섭에겐 뭔가 일이 잘 되어나갈수록 끝에 가면 그게 외려 늘 감당 불급의 큰 액마를 불러들이곤 하였다. 그런 점에서 도섭에게 이 같은 마지막 액운을 불러들인 행운은 그가 옛날 안도의 소식을 다시 전해 듣게 된 일이었다. 안도는 어쩌면 진짜 내지인일지도 모른다는 뒷소문까지 있었던 터였지만, 역시 교묘하게 창씨개명을 하고 살던 반도인이었음이 사실이었다. 지나다 보니 어떻게 해선지, 그 안도가 해방 이후에도 계속 광주서에 눌러앉아 있다는 소문을 듣게 됐다. 소문을 듣자마자 도섭이 곧 광주로 그 안도를 찾아갔음은 물론이었다. 안도는 과연 그새 새 제복을 갈아입고 이름도 김홍일(金弘一, 그것이 원래 안동이 본관인 그의 본 성명이었댔다)이라는 본명으로 되돌아와 본서의 정보 과장이란 중책을 맡고 있었다. 게다가 그는 도섭을 다시 만나게 된 것을 진심으로 반겨 하며 당장 새 일자리까지 마련해주었다. 그를 바로 일급 수사 요원으로 발탁하여 목포 쪽 일선 서로 내려 보내준 것이었다. 안도(그의 엄중한 입단속에도 불구하고 도섭에겐 이후로도 그 안도 쪽이 김홍일보다 훨씬 더 친숙했다)가 계속 그를 곁에 두고 부려주지 않은 데엔 얼마간의 아쉬움도 따랐지만(안도는 당분간 두 사람이 멀찍이 떨어져 지내는 편이 좋으리라는 설명이었다), 어쨌거나 그것으로 도섭은 이제 다시 해방된 조국의 건국 인력으로 더없이 떳떳한 신분을 얻게 된 것이었다.

하지만 도섭은 이번에도 그것이 또 한 번 결정적인 파국에의 길목이 되리라는 걸 전혀 짐작조차 못했다. 도섭이 목포 쪽으로 내려온 지 어언 3년여, 이후로 한창 그의 수사 솜씨가 진가를 발휘하던 이해 초여름 녘이었다. 도섭으로선 참으로 청천벽력 격으로 하루아침에 세상이 다시 홀딱 뒤집어지고 말았다. 그가 여태까지 이를 악물고 쫓아다니던 그 빨갱이 도배들의 놀음판이 되고 만(무적 황군의 패망에다가 그 박춘구의 어이없는 망상이 거기까지 정말이 되고 말다니!) 것이었다.

이번에도 너무 사태를 쉽게만 판단한 결과였다. 설마 설마 하다가(그가 그놈의 설마통에 당한 것은 그 일제 패망 시에도 마찬가지였지만) 세상이 정말로 뒤바뀌게 된 것을 알았을 땐 경상도로 밀려

내려간 우군을 뒤쫓아갈 퇴로조차도 모두 끊어진 뒤였다. 하지만 도섭은 아직도 계속 사태를 오판하고 있었다. 그는 연전의 피신 경험도 있고 하여 설마하면 어디선들 제 한목숨 다시 살아날 길이 없을까 보냐, 낙관 섞인 체념 속에 어물어물 귀한 시간만 허송하고 있었다. 그간에 그가 한 일이라곤 사태를 좀더 두고 살필 겸 하여 자신은 시(市) 변두리의 한 촌가로 몸을 피해 숨으면서 늦장가를 들어 얻은 아내와 간난이를 여천 쪽 고향집으로 떠나보내놓은 것 정도였다. 그가 그 아내나마 미리 고향집으로 들여보낸 것은 다른 이유에서가 아니었다. 아버지 남 초시는 도섭이 결혼을 한 바로 이듬해에 세상을 떠나고 없었지만, 어머니 박 씨가 아직 집을 지키고 있는 고향 쪽은 낯선 도회와는 다소 인심이 다를 듯싶어 보였다. 그래 처자식의 안전은 물론, 웬만하면 자신도 그쪽으로 피신처를 찾아 들어가볼 요량으로 미리 낌새를 살피게 할 심산에 서였다.

그렇게 아내를 떠나보내고 난 뒤부터는 상황이 급전직하로 더 악화되기 시작했다. 전날 관공서에서 일을 한 관리들이나 그 협력자들은 물론, 돈푼이나 지녔거나 먹물깨나 먹은 사람들은 하나같이 끔찍스런 앙화를 맞게 됐다. 붉은 완장의 젊은 패들에게 끌려가 초주검이 되어 돌아오는 건 외려 다행인 편이었다. 더러는 한밤중에 소리 없이 불려나가 종적이 영영 사라지는 사람도 있었고, 더러는 인민의 심판이라는 이름 아래 백주에 대로에서 대창이나 몽둥이질에 죽어나가는 사람들도 있었다. 일제 패망 때와는 형세가 전혀 달랐다. '일제'와 '괴뢰 정권'의 '주구 노릇'을 일삼아온 도섭의 운명 따윈 누군가의 밀고 한마디면 그걸로 끝장이었다. 아무래도 거기선 더 길게 버티고 있을 형편이 못 되었다. 이제는 여천의 그 고향 마을 쪽에나 마지막 희망을 걸어보는 수밖에 없었다. 죽든 살든 이제는 고향집으로 돌아가 앞일을 하늘에다 내맡기는 수밖에 없었다.

그런데 결국은 그도 다 헛꿈이었다. 마음을 굳히고 길을 나서기 전날 밤이었다. 고향으로 떠나갔던 아내가 뜻밖에 다시 길을 되돌아왔다. 시골 마을은 이곳 도회지보다도 형편이 훨씬 더 험악하다는 거였다. 얼굴 아는 이웃이 더 무서운 세상이 되어 있었다 하였다. 더욱이 도섭이 기절초풍을 할 일은 8·15 당시엔 소식 한마디 없던 상준이 이번엔 기세등등 그곳 면위원회의 책임자로 들어와 앉아 있다는 아내의 전언이었다. 한데다 위인은 도섭의 행적을 모두 조사해놓고 그를 기다리고 있었기라도 했던 듯, 아내가 마을로 들어온 걸 알고는 즉시로 사람까지 보내왔더라는 것이었다.

"당신을 데려가려는 사람들이었어요. 아마 당신도 나와 함께 돌아와 집 근처 어디쯤에 숨어 있는 줄 알았던가 봐요. 하지만 목포에서 혼자 바다 쪽으로 나갔다고, 그 뒤론 생사 간에 소식조차 모른다니까, 뒤에라도 혹시 당신이 돌아오면 반드시 자기들한테 신고를 하라구요. 만약 돌아오고 신고를 안 했다간 가족들까지 무사치가 못할 거라구요……"

아내가 다시 길을 되돌아오게 된 진짜 곡절이었다. 그러니 고향 쪽은 아예 단념하고 다른 데 어디로 피신처를 구해 떠나라고, 겁을 먹은 아내는 치를 떨며 호소했다.

도섭은 이제 그 아내의 출현으로 고향 쪽에 대한 기대마저 완전히 사라지고 만 셈이었다. 그건 반드시 아내의 걱정처럼 상준의 손길이 두려워서만이 아니었다. 고향 친구로서의 그에 대한 믿음이나 어떤 기대 때문이었을까, 도섭은 왠지 그런 상준의 처사가 아내처럼 비정스럽게만은 생각되지가 않았다. 그는 더 은밀히 아내의 주변 동정을 살필 수도 있었고 마음먹기에 따라선 곧바로 아내와 어머니를 데려다 족쳐낼 수도 있었다. 한데도 그는 곧바로 아내에게 사람을 뒤쫓아 보냈고, 그것도 별로 실효성이 없는 경고로 겁만 주고 돌아갔다. 그것은 도섭을 붙들어가려기보다 거꾸로 피신을 부추기는 짓이었다. 도섭이 돌아오지 않은 것을 알았다면 그의 잠입을 미리 막아서는 짓이었다. 도섭은 왠지 자꾸 그런 생각이 들었다. 그런 상준이 은근히 고마운 생각마저 들었다.

　하지만 도섭은 이제 역시 고향 마을 쪽으로는 돌아갈 수가 없었다. 상준의 속생각이 그리 우호적인 게 사실이래도 도섭이 정작 덜미를 잡혀 들어가고 보면 그로서도 다른 선택의 길이 있을 수 없었다. 보다도 그 상준을 포함한 고향 사람들 전체가 더 이상 그를 용서할 수 없는 세상이 되어 있었다.

　그렇다고 이제는 그 교외의 촌가에서도 더는 머물러 있을 수가 없었다. 일제 때부터 대한민국 정부 때까지 이를 갈며 찾고 있는 악성 죄과들을 골고루 지어 지닌 처진 데다, 그간에 이웃 간엔 그의 수상한 기미까지 새어나가 날로 더 심상찮은 소리들이 오가는 중이랬다. 주위의 사정이 이쯤에 이르자 그동안 그를 돌봐온 주인 영감마저도 은근히 겁에 질려 떨고 있는 눈치였다. 이제 어디로든 다른 데로 숨을 곳을 찾아 나서야 할 상황이었다. 그대로 그냥 위험 속에 앉아 기다릴 수도, 그렇다고 고향집 쪽으로도 갈 수가 없다면, 이젠 뜬구름을 붙잡는 재주라도 짜내보아야 하였다.

궁하면 통한다 했던가. 도섭은 그때 불현듯 대원사가 떠올랐다. 그리고 일단 생각이 나고 보니 광명전 일대와 뒷산골의 암자·토굴 들이 더 이상 바랄 수 없는 적지로 여겨졌다. 일제 말기 거기서 사신이 지은 행적(行績)이 일마간 마음에 걸리기는 하였다. 더욱이 막판에 본색이 드러나 뜻밖의 봉변을 치르게 된 일은 두고두고 심사를 불편하게 해온 대목이었다. 하지만 이제 와선 그로 하여 주위에서 더 이상의 희생자를 내지 않게 된 것이 외려 열백 번 다행스런 일이었다. 생각해보면 그 역시 자신이 알지 못한 어떤 운명의 조화였는지 모른다. 쥐도 새도 모르게 절골에서 당한 일이 본서의 안도에게까지 즉시 알려진 것부터가 그랬다. 그날 아침 도섭은 자루에서 풀려나와서도 그길로 다시 절로는 올라갈 수가 없었다. 생각 같아서는 당장 절로 쫓아 올라가 몇 놈쯤 요절을 내주고도 싶었지만, 아직은 섣불리 정체를 드러내고 분탕질을 쳐댈 처지가 아니었다. 이미 막패를 던지고 나선 자들 앞에 함부로 나서기도 뒤가 위태로웠고, 더욱이 위인들이 조심성 없게시리 그 앞에 자취를 드러낼 리도 없었다. 그래 도섭은 후사를 도모키 위해 우선 몸을 비켜 읍내의 '작은집'부터 찾아 들어갔다. 물론 절골에서의 망신사는 숨긴 채 은밀스런 공작 협의를 구실로 해서였다. 그런데 일이 어떻게 되었던지, 소식이 먼저 그를 앞질러 작은집에 닿아 있었다. 뿐만이 아니었다. 작은집에선 물색없이 민첩성을 발휘하여 광주의 안도에게까지 보고를 띄운 뒤였고, 도섭이 기신기신 작은집엘 도착했을 땐 그의 달갑잖은 철수 명령까지 받아놓고 있었다. 도섭은 그길로 곧 본서로 불려 올라갔고, 그것으로 바로 그 대원사 일에선 손을 떼게 되고 만 것이었다.

그러니까 도섭은 지금까지도 그때의 본 공작에 대해서는 아는 바가 전혀 없었고(후일 도섭이 안도를 다시 만났을 때도 그 일에 대해선 끝내 함구일관이었었다), 그 일이 그 후 어떻게 결말이 나게 됐는지도 그로서는 전혀 들은 바가 없어온 터였다. 하지만 그 시절 도섭이 그쯤에서 대원사 골짜기에서 몸을 빼게 된 것은 이제 와선 더없이 다행스런 끝막음이 된 셈이었다. 뭐니 뭐니 해도 도섭은 그때까진 그래도 눈에 드러날 큰 허물은 남기지 않았기 때문이었다.

도섭은 이제 그 대원사 골짜기를 찾아가는 수밖에 다른 길이 없었다. 그간에 그가 겪어온 수많은 우여곡절도 결국엔 그가 그 절을 다시 찾아가지 아니치 못할 어떤 운명의 조화였던 것만 같았다. 그래 도섭은 다시 아내를 여천 쪽 고향 마을로 돌려보내고, 혼자서 걸어걸어 야음을 탄 밀행으로 바로 이 사흘 전에 이곳을 찾아든 것이었다. 한밤중에 별안간 부대 자루에 몸이 묶여 산을 끌려 내려간 지 어언 6년 만의 일이었다.

그렇게 일단 산을 찾아들고 보니, 이곳은 역시 당장의 큰 위험이 없어 보였다. 절간 주위는 사람의 그림자 하나 찾아보기 힘들 만큼 조용했고, 옛 광명전이나 집허당 근처에도 귀신처럼 늙어버린 우봉 스님을 제외하고는 그를 제대로 알아볼 만한 사람이 없었

다. 윤 처사나 곽 행자나 군식구들도(우봉 스님 곁에 있던 그 '묵언
대사'조차도 그새 어디론지 자리를 옮겨가고 말았는지 눈에 띄지 않았
다) 대개들 산을 내려가고 만 모양으로, 도섭은 왠지 좀 서운한
느낌마저 들었지만, 보다는 그 '아는 눈길'이 주위에 남아 있지 않
다는 데에 마음이 한결 편해진 것이었다. 아니, 도섭이 일단 그리
마음을 놓은 것은 그 앞에 당장 어떤 위험의 기미가 띄지 않아서만
이 아니었다. 보다는 일단 우봉 스님을 대하고 보니 선일에도 잠
시 그런 생각이 들었듯이, 그가 끝내는 와야 할 곳을 찾아든 듯한
기이한 귀소감(歸巢感) 같은 것이 느껴진 탓도 있었다. 일종의 체
념기마저 깃들인 그런 귀소감은 그를 맞는 우봉 스님에게서도 매
우 강한 암시를 받고 있었다.

도섭이 산을 올라와 광명전을 찾았을 때 우봉은 혼자 집허당 뜰
에 나와 다관의 화덕에다 부채질을 하고 있었다.

"큰스님, 그동안 평안하셨습니까. 저를 혹시 아직 기억하고 계
신지 모르겠습니다만……"

도섭이 뒤에서 문안 인사를 여쭈어도 우봉은 귀가 어두워 소리
를 못 들은 듯 그대로 그냥 부채질만 계속하고 있었다.

하지만 그는 귀가 먹은 것도, 도섭의 기척을 못 알아본 것도 아
니었다. 이러지도 저러지도 못하여 도섭이 거기 그냥 엉거주춤 한
참이나 기다리고 서 있은 다음이었다. 다관의 물이 천천히 흰 김
을 내뿜기 시작했을 때야 그는 비로소 부채질을 멈추고 뒤에 선 도
섭을 한번 흘끗 돌아다보았다. 그리고는 이내 다시 그 연기에 짓
무른 눈길을 멀리 산 아래로 내던지며 혼잣소리처럼 길게 탄식하

고 있었다.

"쯧쯧…… 어리석은 중생 같으니라고…… 끝내는 제가 다시 돌아와야 할 길인 것을. 어차피 그게 그리 정해진 길일지면 손길에 죗국이나 덜 하고 와야 하는 것을……"

마치 그 우봉은 도섭이 찾아올 것을 미리 알고라도 있었던 듯한 투였다. 언젠가는 도섭이 다시 이 절을 찾아 들어오도록 점지된 운명인데, 그것을 좇음이 너무 늦은 것을 깊이 탄식하고 있는 투였다. 더욱이 우봉은 거기서 더 이상 도섭의 지난 일을 캐려 들지도 않았다. 이번에야말로 도섭은 모든 사정을 털어놓고 스님에게 은신을 애원할 결심이었지만 우봉은 듣지 않아도 이미 모든 사정을 짐작한 듯 그 몇 마디 혼잣말 투 한탄밖에 도섭에겐 아무것도 더 물으려 하지 않았다. 면대 한 번 제대로 없었던 도섭을 문안 인사 한마디로 당장에 알아본 것처럼, 그가 지나온 일이나 뒤늦게 다시 절을 찾아든 목적을 묻지 않아도 환히 다 짐작하고 있는 품이었다. 그것은 이날 저녁 도섭이 은신처로 표충사 쪽 골방 잠자리를 원했을 때도 마찬가지였다.

"네가 머물 곳은 그곳이 아니다. 지금은 그때와 네 형편이 다르지 않으냐."

우봉은 다만 그 한마디뿐으로 도섭을 지금 이곳으로 이끌어온 것이었다. 그리고 도섭이 의외의 사실에 놀라 머뭇머뭇 발길을 멈칫거리는 기미를 보고는,

"왜, 이제는 너도 겁이 나느냐. 허지만 이번엔 네 차례가 분명하니라. 그래 내 언젠가 네놈에게 미리 이르질 않았더냐. 이 안을 들

여다보면 언젠가 제가 거길 들어가게 되느니라고…… 허허, 허니 이제부턴 네가 게서 좀 지내보도록 하거라."

태연스레 몇 마디 단속의 말을 남기고는 그대로 발길을 돌이켜 세워버린 것이었다. 모든 것이 이미 예정되어 있던 바를 따르고 있을 뿐이듯(도섭은 무엇보다 우봉이 아직 그 저주어린 옛날의 힐책 소릴 똑똑히 기억하고 있는 데에 그게 마치 무슨 불길스런 예언의 징 표라도 되듯이 제물에 진저리가 쳐졌다) 비정스럴 정도로 간단 정연하게. 그리고 나머지는 도섭이 모든 것을 알아 처결하라는 듯 짧고 매정하게. 덜컹! 머리 위에서 마룻장 닫히는 소리가 들린 것은 도섭이 그 후 그 구멍 아래 어둠 속으로 몸을 부벼 내려가고 나서 다시 한참이나 시간이 흐른 다음이었다.

도섭은 그래 한마디로 그런저런 우봉의 언행의 정조에서 자신의 어쩔 수 없는 운명의 흐름 같은 것을 읽게 된 것이었다. 그리고 그 이상스레 편안한 귀소감에 자신을 내맡기면서도 다른 한편으론 그 운명의 기이한 조홧속에 새삼 두려움이 치솟아 오르는 것이었다.

하긴 지금의 도섭으로선 그게 그리 무리한 노릇도 아니었다. 그 모든 일들이 그에겐 너무도 뜻밖인 데다 놀라움도 그만큼 컸던 때문이었다. 그럴 수밖에 없는 것이 지금 이곳은 저 사라진 선담 속의 비밀 선실 바로 그 보련각의 지하 밀실인 때문이었다.

우봉이 앞장서 도섭을 이끌어온 것이 다름 아닌 이쪽 보련각 영정실이었다. 우봉은 거기서 재단(齋壇) 옆 촛대에 성냥불을 켜붙인 다음 서쪽 벽면의 한 영정 앞으로 다가갔다. 그리고 마치 여닫이문이라도 밀치듯 그 영정을 틀째로 뒤쪽으로 밀면서 벽 너머 어둠 속으로 몸을 접어 넘어갔다. 기미를 알아차리고 도섭이 뒤를 따라 들어가니 거기 외벽과 내실 벽 사이에 두어 자 정도의 마룻장 공간이 끼여 있었다. 얼핏 보기엔 하나의 벽처럼 되어 있었던 곳이 그 실은 외벽과 내실 벽으로 갈라져 그 사이에 협실이 하나 숨겨진 것이었다. 외벽은 바로 소영문으로 바깥과 통하게 되어 있었지만, 그 문이 굳게 닫겨 껌껌한 내벽의 어둠을 머금고 있는 한은 밖에서나 안에서나 누구도 쉽사리 짐작해낼 수 없는 곳이었다. 하지만 그도 아직 그 선담 속의 소영각 밀선실이 아니었다. 우봉은 거기서 다시 사방 한 자가웃 정도의 마룻장 밑을 들어냈다. 그리고는 다시 성냥불로 구멍 아래 지하실의 어둠 속을 비추면서 도섭에게 그곳으로 내려가기를 재촉했다. 왜 이제는 겁이 나느냐…… 이번엔 네 차례가 분명하니라……

　그것이 바로 지금 도섭이 들어앉아 있는 보련각(그러니까 그 사라진 소영각의) 지하 밀실이었다. 말하자면 지표에서 섬을 몇 계단 위로 올라서 있는 영정실 마룻장과 지하 바닥 사이의 비밀호인 셈이었다.

　도섭으로선 혀를 차고 놀라지 않을 수 없었다. 소영각의 선실은 사라진 것이 아니라 거기 그렇게 간단히 숨겨져온 것이었다. 도섭이 놀란 것은 그러나 그 선실의 실재 사실에 대해서만이 아니었다. 등잔 밑이 어둡다더니, 도섭의 그 놀라움은 그것을 그토록 쉬운 곳에 놔두고도 끝끝내 눈이 멀어 지낸 자신의 어리석음을 뒤늦게 깨달은 아쉬움에서이기도 하였다. 그야 알고 보면 그게 그리 간단하고 싱거운 계교만은 아니었다. 쉽고 간단한 데에 오히려 교묘한 계책이 숨어 있었다. 폐장된 소영문이 그 계교의 방법이었다. 소영문은 바로 영정실로 통하는 단겹 벽의 폐문처럼 내부 암간(暗間)의 존재에 대한 상상을 가로막는 구실을 하고 있었다. 도섭은 바로 그 소영문의 요술에 속아 넘어간 것이었다. 소영문을 거기 폐장시켜 남겨둔 건 절 사람들의 정진의 표상물로서만이 아니었다. 도섭은 그 절 사람들의 허허실실 식 계교에 새삼 놀랍고 애석한 탄식을 금할 수가 없었다. 한데다 이번에는 우봉의 예인대로 자신이 그곳으로 들어앉는 신세가 되고 말다니! ……그렇다면 우봉은 정말로 그토록 내게 대한 모든 걸 알고 있단 말인가. 그리고 이제부턴 그 정해진 운명에 모든 걸 맡겨두고 거기에 얌전히 따라야 할 뿐이란 말인가……

도섭은 그래 그 운명이란 것 앞에 새삼 말할 수 없는 두려움이 솟아오르기 시작한 것이다. 그에겐 자신의 그 운명이라는 것이 앞으로 어떻게 전개되어나갈지가 초미의 관심사임에 반하여, 그리고 이젠 그게 어느 한 길로 확정지어져 있음이 확실해 보인 데 반하여, 지금 당장엔 아무것도 앞일을 내다볼 수가 없기 때문이었다. 앞일을 알 수 없음에서 온 두려움이요 절망감이었다. 하여 도섭은 그 알지도 못하는 운명이라는 것에 무작정 자신의 모든 걸 맡겨두고 기다리고만 있을 수가 없었다. 가능한 데까진 앞일을 계량도 해보고, 거기서 후사를 도모해보기도 해야 했다. 그것은 무엇보다 지금의 자기 처지에 대한 확실한 이해에서부터 첫걸음이 내디뎌져야 하였다. 그야 지금의 그의 처지로 말하면 한마디로 절망의 암흑 속 바로 그것이었다. 지하 밀실은 실제로도 낮과 밤이 없는 어둠의 연속이었다. 빛줄기 하나 어디로 새어드는 틈새가 없었다. 그 어둠 속에 끝없는 사념과 잠으로 지겨운 시간을 보내다 보면 하루 두 차례씩 머리 위의 두꺼운 마룻장이 열리고, 거기서 한 움큼의 음식 버무림 덩어리가 아래로 떨어졌다. 그러면 그는 모처럼 성냥불을 밝히고 음식 덩이를 주워다(그가 그 귀한 성냥불을 켜는 건 대개 그 음식 덩이를 찾을 때뿐이었다) 허기를 끄고 나선(그것이 두번째의 저녁참일 때는) 서둘러 하루에 한차례씩 허용되어 있는 밤 나들이를 나섰다. 두번째 음식이 들어오는 때는 늘상 바깥날이 깜깜 어두워진 밤중 녘 사람의 눈길이 모두 끊긴 뒤이기 때문이었다. 그때 그는 마룻장과 영정실 벽을 밀고 나가 한 시간쯤 경내를 숨어 돌아다니면서 배설물도 처리하고 기갈증도 씻었다. 그리고는 다시 밀실로 돌아와 어둠 속에 그 끝없는 기다림을 계속했다.

그런 가운데서도 그간에 몇 가지 도섭에게 분명해진 사실들이 있었다. '소영각 밀선실'이 실재해온 사실이나 그가 옛날 절 사람들에게 속아온 일들은 물론 이제 더 의심의 여지가 없었다. 한데다 거기 늘 옛날부터 사람이 숨겨져왔던 게 분명해진 이상엔 몇 가지 다른 묵은 수수께끼들의 해답이 가능했다. 일테면 한때 이 광명전 일대에서 사람들이 서서히 자취를 감춰간 일이나, 어느 날밤 도섭을 자루 속에 넣어 납치해간 인도깨비들의 수수께끼도 이제는 뒷짐작이 가능했다. 그 영정실의 빈번한 잿밥 차림도 필경은 그런 사정과 무관하지 않을 터였다. 어쩌면 그 옛날 용맹정진 중의 학승이 문고리가 걸린 채 사라졌다는 선담도, 실은 그가 해탈로 환생을 해온 것이 아니라, 이 지하 밀실에 그의 육신이 죽어 묻

혔던 게 아닌가도 생각됐다. 게다가 간간이 불을 켤 때 둘러보면
(지하 밀실의 크기는 보련각 내실 바닥과 거의 넓이가 맞먹는 정도였
다) 주위엔 근자에도 다른 사람들이 숨어 있다 간 뒷흔적들이 여
기저기 그대로 남아 있었다.

　하지만 도섭이 사정을 헤아릴 수 있는 것은 대개 그 정도뿐이었
다. 더 이상 깊고 소상한 데까지는 그의 생각이 미칠 수가 없었다.
무엇보다 우봉이 이곳에다 늘 사람을 숨겨온 속사연을 알 수 없었
다. 언젠가 윤 처사가 말했던 것처럼 불가의 법으로 보면 누구도
진짜 죄인일 수가 없어서였거나, 죄과가 있더라도 쫓기는 자의 편
에 서서 그 죄를 씻어주고 거둬 살펴야 하는 숭엄한 자비행에서였
는지 모른다. 하지만 그건 너무 큰 위험이 뒤따르는 일이었다. 그
런 위험까지 무릅쓰고 나선 데엔 다른 어떤 동기나 목적이 있을 법
하였다. 일제 말엽의 그 자루 납치극을 벌였던 위인들의 일만 해
도 그랬다. 도섭은 그때 바로 안도에게 불려 올라간 바람에 이것
저것 뒤를 따지고 들 기회조차 없었지만, 위인들이 어떻게 아직
거기에 숨어 남아 있었는지는 두고두고 궁금한 수수께끼로 남아
있었다. 뿐만 아니라 그런 막판식 도박까지 벌이면서 위인들이 노
린 목적이 무엇이었는지도 끝끝내 제 해답을 못 짚고 말았었다.
위인들을 너무 절박하게 몰아붙인 데 대한 막판식 역습이 아니었
을까― 혼자 그런 식의 지레짐작 속에서 위인들이 그렇듯 저희끼
리 한통속으로 놀아온 사실에나 두고두고 제 분에 치를 떨었을 뿐
이었다. 이제 와서 보면 위인들을 숨겨준 건 윤 처사를 앞세운 우
봉이었음이 분명했고, 그렇다면 위인들이 노리고 든 일은 우봉이

이루고자 한 일에 다름 아닐 터였다. 하지만 위인들이 노린 바를 알 수 없으니 우봉의 의중 역시도 알 수가 없었다.

그것은 물론 지금도 마찬가지였다. 도섭은 아직도 위인들이 거기서 도모하고 있었던 일과 우봉이 그들로 하여 이루고자 한 목적은 짐작이 힘들었다. 하물며 그 우봉의 자신에 대한 생각을 도섭은 더더욱 헤아리기가 어려웠다. 이번에는 내 차례니, 여기서 다시 한세상을 살아보라? 우봉이 이른 말은 다만 그뿐이었다. 우봉에겐 모든게 확연해 있는 듯싶은데도 도섭은 전혀 그 속뜻을 헤아릴 수가 없는 것이다. 그것을 제대로 알아들을 길이 없으니 자신의 앞일도 깜깜절벽으로, 하루하루가 그저 두려움과 절망뿐이었다. 당장 무슨 큰 위험은 없다지만, 언제 어떤 식으로 끝장이 나게 될지 예정도 전망도 없는 무한정의 기다림이었다. 날씨는 무더운 한여름철인 데다 바깥세상이 어떻게 돌아가고 있는지도 알 길이 없고 보니 그게 바로 지옥의 천벌지경이었다.

눈만 감으면 덮쳐드는 악몽은 바로 그런 도섭의 처지 그대로였다. 괴로운 처지와 눈먼 운명에 쫓기고 있는 그의 절망적인 심정 그대로의 반영이었다.

덜컹!

어느 틈에 다시 졸음기에 젖어들었던지 머리 위에서 육중한 마룻장 떨어지는 소리가 울려왔다. 물론 악몽이 부른 환청이었다. 하지만 그건 마치 교수대의 발판이 내려앉는 소리처럼 도섭의 기분을 계속 무겁게 짓눌러왔다. 그는 이제 과연 밧줄로 허공에 목이 매달렸다가 지하실로 곤두박질친 시체 덩이 한가지였다. 그는 화들짝 잠을 깨고 나서도 육신은 어둠 속에 시체로 남겨둔 채 정신만 겨우 되살아난 느낌이었다.

휘유—!

그는 그 깨어난 정신만이라도 온전하게 건사해갈 방도가 없을까, 긴 한숨 속에 마룻장 쪽을 올려다보았다. 하지만 그 껌껌한 마룻장 밑 허공은 어떤 생명의 부화나 환생도 꿈꿀 수 없는 허허한 침묵과 어둠뿐이었다.

21

다시 이틀이 지나고서였다. 그러니까 그게 하루 한 번씩의 밤나들이로 세어온 날수대로 한다면, 도섭이 밀실을 들어온 지 닷새째로 접어들던 7월 20일쯤의 한밤중 녘이었다. 심한 시장기와 갈증을 참아가며 도섭이 그 두번째 음식 덩이와 용변 나들이를 애타게 기다리고 있던 참이었다. 도섭에겐 뜻밖에 반가운 사람 하나가 그의 지하실로 합류해 들어왔다. 도섭의 짐작에 이날 밤은 여느때보다 한 시간쯤이 늦게 마룻장이 열리더니 이번에는 음식 덩이 대신 사람이 직접 구멍을 빠져 내려왔다. 그가 손수 성냥불을 켜들고 다가서는 걸 살펴보니 놀랍게도 그게 옛날의 윤 처사였다. 짧은 중머리에 남루한 승복하며 침착한 눈매나 거동새들이 모두 영락없는 옛날 그대로의 윤 처사였다. 도섭은 처음 너무도 뜻밖이라 그게 정말 생시인지 꿈속의 일인지조차 분간이 안 갔다. 성냥

한 개비가 다 타들어갈 때까지 멍청스레 그냥 얼굴만 쳐다보고 있었다.

하지만 윤 처사는 이미 모든 걸 알고 온 탓인지, 조금도 놀라거나 속이 흔들리는 기미가 없었다. 얼굴 표정이나 거동새 하나하나가 옛날의 윤 처사 그대로 침착하기 그지없었다.

"오늘은 때가 좀 늦어서 많이 시장했겠어요. 자, 여기 밤 요깃거리……"

성냥불이 죽어버린 어둠 속에서 그가 방금 전에 나들이라도 다녀온 사람처럼 범연스레 말했다. 그리고 더듬더듬 음식 덩이를 넘겨주며 이쪽의 심사까지 미리 헤아려본 소리를 덧붙였다.

"사연이야 어찌 됐든 이렇게 오랜만에 다시 만나게 됐으니 피차간에 나누고 싶은 이야기가 퍽 많을 것 같구먼요. 우리한텐 피차간 남은 빚도 좀 있는 것 같구요. 하지만 이제 저도 한동안 이곳 신세를 져야 할 모양이니, 이야기는 차츰 뒤에 나누기로 하고 우선 요기부터 끝내도록 하시지요……"

이번에도 영락없이 두 사람 사이가 수삼 년 전 그때 그대로이듯 도무지 이쪽의 기분 같은 건 한마디도 건네볼 필요가 없는 식이었다.

그 옛날 일이야 어찌 되었든 그 예기찮은 윤 처사의 출현은 도섭에게 크나큰 위안거리가 아닐 수 없었다. 위안뿐 아니라, 그의 처지나 앞일들에 대한 의구심들도 상당량 해소가 가능하게 된 상황이었다. 그중에도 무엇보다 속 시원하게 된 일은 윤 처사가 비로소 그 옛날 수수께끼들의 해답을 도섭 앞에 하나하나 털어놓은 것

이었다. 그건 물론 도섭의 마음을 후련하고 가볍게만 해준 것은
아니었다. 그것은 도섭으로선 여태 상상치도 못했던 엄청난 사태
의 역전을 불러왔다. 그리고 그 불가사의한 사태의 역전 앞에 그
는 인간의 지혜에 대한 참담스런 자괴감과 앞날의 운명에 대한 절
망어린 예감으로 새삼 무섭게 치를 떨어야 했다.

　윤 처사는 물론 이날 밤 안으로 그 모든 걸 다 말해준 건 아니었
다. 윤 처사가 이날 밤 도섭에게 말해준 건 그가 다시 질을 찾아오
게 된 사연 정도였다. 그것도 물론 도섭이 맨 처음 그것부터 묻고
든 응답으로서였다.

　"이때나 저때나 쫓기는 사람은 늘상 이렇듯이 쫓기고만 살게 마
련인 세상 때문이겠지요. 남 처산 이번이 처음인지 모르지만, 전
이렇게 늘 쫓기는 신세였어요. 이번에도 별반 큰 허물을 질 일은
없었지만, 어떤 사람들에겐 죄를 짓지 않으려는 것도 죄가 되어
보이는 세상이니까……"

　위인의 주문대로 도섭이 요기와 밤용무를 모두 끝내고 돌아오자
윤 처사는 비로소 어둠 속에서 천천히 그의 재입산의 곡절을 털어
놓기 시작했다. 그런데 그는 한마디로 그 옛날 박춘구의 손길을
피하려는 어이없는 밀행길을 헤매고 있는 중이었다. 그의 그런 도
피행의 사연 속엔 무엇보다 도섭이 미처 상상치도 못한 인간사의
무명(無明)과 참담스런 배리(背理)가 드러나고 있었다.

　"……그때 8·15해방이 되고 보니, 그 박춘구란 사람 진짜 붉은
사상에 깊이 물이 든 인물이더구만요. 그동안엔 저도 어슴푸레 짐
작뿐 확실한 내막은 모르고 있었는데, 알고 보니 한때는 이름이

꽤 알려진 거물급 가까이서 지낸 일도 있었다구요. 한데 그 사람 해방이 되자마자 저더러도 함께 자기 고향골로 내려가자는 거예요. 일테면 자기와 고향골에서 함께 공산당 운동을 하자는 거였지요……"

그런 식으로 바로 본론으로 들어선 윤 처사의 어둠 속 이야기는 줄거리만 요약하면 대개 이런 것이었다.

결과부터 말하면 윤 처사는 결국 그 박춘구의 권에 따라 그의 향촌인 남원 고을로 내려갔다. 그로선 애초 중이 될 생각도 그리 깊지 못했던 터에, 새 시대를 맞아 산중에서 염불이나 외고 앉아 있기보다는 새 나라의 건설에 젊은 힘을 바치자는 박춘구의 비장한 열정에 이끌려서였다. 사실상 그땐 너나없이 대개들(특히 외사나 객방·토굴 들에 들어 있던 사람들은 예외가 없었다. 심지어는 곽 행자까지도 중옷을 벗어던지고 고향 마을로 내려갔으니) 고향으로 다투어 산을 내려간 상황에서 윤 처사는 별로 기릴 만한 고향집도 없었던 처진 데다, 박춘구가 전서부터 그의 그런 처지를 알고 있던 때문이었다.

그래 어쨌든 윤 처사는 박춘구와 손을 맞잡고 그의 향군 일원에서 나름대로 새 나라 건국 사업에 종사하게 되었는데, 그 일은 그에게도 처음 한동안은 전에 없던 활기와 보람을 느끼게 했다. 그러나 그것은 그 첫 1년 남짓뿐, 그가 관련해온 건준활동과 농민조합운동이 차츰 어렵게 되어가고, 종내는 박춘구마저 지하로 잠입하여 이른바 혁명적 파괴 활동을 개시하면서부터는 새삼스레 회의와 거부감이 머리를 쳐들기 시작했다. 그래, 박춘구가 끝내는 고향에서의 '투쟁'을 단념하고 혼자서 슬그머니 북으로 '혁명 기지'를 찾아가버린 1947년 늦여름께에는 그간의 동지들의 강한 응징의 경고에도 다시 한 번 마음을 바꿔 먹기에 이르렀다. 그리고 그길로 곧 이 절을 다시 찾아 들어와 이날까지 별 말썽 없이 숨어 지내온 것이었다.

그런데 이 여름 다시 예기치 않았던 전란이 밀어닥쳐 세상이 뒤바뀐 지도 어언 달포에 달해가던 10여 일쯤 전이있다. 하루는 느닷없이 읍내 서(이제는 그 명칭을 보안서라 하였다)에서 어깨에 붉은 완장띠를 두른 사내 하나가 찾아와 옛날에 '윤 처사'로 불리던 사람을 찾았다. 하지만 이제는 정식 계(戒)를 받아 노암(路岩)이란 승명으로 불리어온 윤 처사는 이미 그 옛날의 '윤 처사'라는 칭호로는 쉽게 찾아질 사람이 아니었다. 그것은 군이 절간의 법속에서만이 아니라, 위험한 세간인에게라 더 그리될 수밖에 없었다.

하지만 윤 처사(이제는 노암 스님이 옳은 호칭이겠지만, 역시 도섭에겐 윤 처사가 더 익숙했다)는 사내가 그렇듯 허탕을 치고 돌아가고 나서도 마음이 계속 꺼림칙하고 무거웠다. 그 사람들로 해서는 그는 분명한 배신자요 변절자였다. 그게 드러났다면 그는 어쩔 수 없이 가혹한 응징을 각오해야 하였다. 하지만 누가 여태까지 그것을 마음속에 옭아두고 기다려왔단 말인가. 그리고 어떻게 대원사를 그의 은신처로 지목하여 여기까지 사람을 보내왔단 말인가. 아무래도 세간에선 그럴 만한 사람이 떠오르지 않았다. 그는 결국 절간의 어른들과 의논하여 당분간 산세 깊은 북암 근처의 한 토굴로 처소를 옮겨가 있기로 정하고, 한 열흘 그곳에서 형편 돌아가는 낌새를 살피고 있던 중이었다.

그런데 바로 전날 밤 일이었다. 읍내에서 그 사내가 다시 절을 찾아 올라왔다. 이번에는 무슨 확신이라도 지니고 온 듯 다른 사람 아닌 바로 우봉 스님을 찾아가 윤 처사의 하산을 간곡하게 당부했다. 그가 윤 처사나 절 사람들을 놀라게 한 것은 그의 그런 집요한 추적 때문만이 아니었다. 거기까지 다시 사람을 보낸 것은 다름아닌 바로 박춘구 그 사람인 때문이었다. 사내는 그의 일이 박춘구의 지시라며, 그가 이미 달포 전부터 광주까지 내려와 있다더라는 거였다. 게다가 그는 지금 윤 처사가 대원사에 있으리라는 것도 전혀 의심을 않고 있다더라는 것이었다.

놀라운 것은 그뿐만이 아니었다. 박춘구가 대원사로 그를 부르러 보낸 것은 윤 처사 자신이나 절 사람들의 예상과는 목적이 전혀 다른 데에 있었다.

──고향 마을로 돌아가시오. 내가 북으로 들어간 뒤의 당신의 반동적 과오는 모두 알고 있는 바요. 하지만 우리 당과 공화국은 관대하오. 당신의 지난날의 투쟁 업적을 평가하여 한번 더 그 과오를 씻을 기회를 주는 것이니, 고향으로 돌아가 새 통일 조국 건설에 전력 헌신하여 공화국의 은혜에 보답하도록 하시오. 당신은 전일 고향에서 괴로운 일들을 많이 당한 줄 알지만, 그런 사소한 개인적 원망은 새 조국 건설의 대의 앞에 절대로 장애가 될 수 없는 것이오⋯⋯ 내 미리 다 조처를 해놓았으니, 고향으로 돌아가면 인민들의 환영과 보람스런 사업들이 기다리고 있을 것이오. 당신도 이제는 계를 받은 승려가 되었을 것이나, 무위도식과 공리공

론을 일삼는 종교 집단은 미구에 공화국 건설의 반동적 장애 도당으로 척결되고 말 것인즉 부질없는 미련을 남기지 않도록 하시구요. 당신의 처신과 행적을 계속 지켜보고 확인해나갈 터이니 이점 각별히 명념하기 바라오……

박춘구가 우봉에게 사람을 보내어 윤 처사에게 전하고 싶어 한 말들이 바로 그런 것이었다. 이를테면 윤 처사는 북암에도 더 이상 마음 놓고 머물 수 없는 위급한 상황에 처한 것이었다. 그래 그는 이날 밤 마지막 은신처로 영정각 지하 밀실을 찾아 들어온 것이었다……

"……그러니 이건 무슨 지난날의 작죄로 인해서가 아니라, 다만 그 일을 마다함이 과가 되어 쫓기고 있는 격이지요. 하지만 저 사람들 하는 양으로 해서는 손을 맞잡지 않고 앉아 있기만 하는 것도 반동적 과오라니 그 허물이 어디 보통이어야지요……"

윤 처사는 불안하고 난감스런 목소리로 그쯤에서 일단 자신의 사연을 마감했다. 듣고 보니 과연 그의 쫓김에 어이없는 대목들이 태반이었다. 그 어이가 없는 데에 비해선 위험하고 딱한 데도 수월치가 않아 보였다.

하지만 도섭이 이날 윤 처사에게 다시 한 번 놀란 것은 위인의 그런 위태로운 처지 때문이 아니었다. 얼마간 파란만장한 데가 있어 보이는 그의 지난 5년여의 우여곡절 때문도 아니었다. 보다는 그 이야기 이후의 여담 투 속에 드러난 기묘한 인간사의 조홧속 때문이었다.

곡절을 좀더 자세히 밝히자면, 도섭은 이날 밤 이야기를 다 들고 나서도 윤 처사의 처지에 한 가지 중요한 오해를 하고 있었다. 윤 처사가 박춘구의 권유를 받아들이지 못한 것을 그가 이미 정식으로 중이 된 때문일 거라 생각한 것이었다. 그래 그를 답답하고 물정 없는 위인으로만 여기려 든 점이었다. 세상이 다시 바뀔 가망은 아득했고, 그리 되면 필경엔 박춘구의 말마따나 중질도 썩 어려워질 것이 틀림없는 사실이었다. 위인은 도섭처럼 위태롭게 몰려대는 막판 목숨도 아닌 터에 주어진 기회부터 우선 붙들어놓고 봐야 했다. 중질을 다시 계속하고 안 하고는 그 뒤에 형편 따라 정해가면 될 일이었다. 자신이 윤 처사라면 의당 산부터 내려가고 볼 일이었다. 천우신조의 기회를 마다하고 공연한 헛고생을 사서 하려는 윤 처사가 답답하고 딱해 보이지 않을 수 없었다. 그래 그는 위인에게 부러움 티를 겸하여 지나치는 소리처럼 한마디를 건넸다.

"까짓것, 이젠 정말로 중질도 얼마나 더 길게 계속하게 될지 알수 없게 된 마당에 그냥 한번 옷 벗고 기회부터 따라가놓고 보지 그러셨어요."

뒤늦은 입문에 중질에는 무슨 도가 트였다고 이 판국에 그걸 마다하고 이런 헛고생까지 사서 하느냐는 나무람의 뜻에서였다. 윤 처사도 이내 도섭의 심중을 헤아린 듯,

"전에도 한 번 옷을 벗고 내려간 늦깎이 주제에 산을 안 내려가는 것이 꼭 이 절옷 때문이겠소. 더욱이 저는 세상에 갚아야 할 업보도 누구보다 많은 위인이구요……"

자못 더 체념적으로 사려 깊은 변명투로 대답을 해왔다. 절을

내려가지 않는 것은 그 법연의 부담 때문이 아니라는 소리였다. 내려가재도 내려갈 수 없는 다른 이유가 있다는 소리였다. 그런데 과연 위인이 그 끝에 한숨기까지 섞어 보탠 나중 번의 참이유가 정말로 뜻밖이었다.

"전 그 사람들 일하는 방법이 어떤 것인질 알아요…… 그런데 난 병든 누님과 어린 조카아이들의 더운 피로 제 손을 더럽혔던 놈이 아니오. 그래 그 죗값을 치러 피 묻은 손을 씻고사 세상으로 내려갔다가 또 다른 죄감만 얹어 지고 돌아온 위인 말이오. 그 손을 씻을 물을 얻게 되거나 못 되거나 이제는 여기서 끝을 낼 수밖에 다시 세상으론 내려갈 수가 없어요. 더구나 그 육친들의 원혼이 깃들여 떠돌고 있을 그 고향 고을로는……"

도섭은 처음 워낙 엉뚱한 이야기라 위인이 무슨 말을 하고 있는지 뜻을 얼른 알아들을 수 없었다. 그의 이야기가 엉뚱스러울 수밖에 없는 것은 병든 누님과 어린 조카들을 실수로 불태워 죽이게 된 일은 옛 유물관지기 김 처사의 숨은 죄업으로 기억되고 있는 때문이었다. 그것도 바로 그 막판 시절에 윤 처사 자신이 도섭에게 털어놓은 사연이었다.

하지만 도섭은 거기 차츰 짐작이 가기 시작했다. 상억과 박춘구가 사정 따라 서로 간에 이력을 바꿔 지니고 지낸 것처럼 윤 처사도 도섭 앞에 어떤 불가피한 사정으로 제 인생사로 김 처사를 대신 설명했을 수 있었다. 그리고 그것은 윤 처사도 바로 도섭 앞에 사실을 시인했다.

한마디로 도섭은 여태까지도 그 윤 처사의 세간 전력을 김 처사의 그것으로 바꿔 알아온 것이었다. 도섭이 그 시절 절간 일들을 그만큼 헛보고 지냈다는 단적인 사례였다.

하지만 그도 아직은 그리 크게 놀랄 일이 못 되었다. 직접 입으로 들은 일은 없었지만, 도섭은 늘 윤 처사에게도 그 비슷한 음습한 기분을 느껴왔고, 절간 사람들이 말짱 한통속이 되어서 그를 속여온 일 또한 전날부터 여러 차례 짐작이 있어온 터였다. 보다도 윤 처사가 정말로 도섭을 놀라게 한 것은 그 김 처사의 진짜 내력이었다.

"하지만 그때 제가 제 얘기를 김 처사 쪽으로 둘러댄 것은 김 처사의 처지를 동정적으로 설명하려는 것 이외에 다른 뜻은 없었습니다. 김 처사에 대한 동정심을 유발하여 그를 쫓는 일을 단념시키고자 말입니다. 김 처사는 실상 그 이상으로 억울한 혐의로 쫓기고 있었거든요. 하지만 그땐 그걸 남 처사님한테 바로 말해드릴 수가 있었어야지요. 형편이 절대로 그럴 수가 없었지요……"

도섭을 속인 데 대한 윤 처사의 해명 투에, 그렇다면 그 김 처사의 진짜 사연은 어떤 것이었느냐고, 그의 처지가 대체 어떤 것이었길래 그것을 곧바로 말할 수 없었느냐고 도섭이 한번 더 캐고 들자, 윤 처사는 마치 이미 진기가 새어나간 약탕기를 열듯이 싱거운 목소리로 대답해온 것이었다.

"그야 그건 남 처사가 더 잘 알고 계실 일일 텐데요. 언젠가 남 처사가 내게 일러준 그 장흥 고을의 공사판 이야기…… 그 야마구치라는 십장의 여편네를 범하고 삼십육계를 놓은 건 김 처사 바로 그 위인이었거든요, 허허……"

각설하고 간단히 한마디로 줄이자면 인연으로 얽혀진 사람의 운명이란 참으로 엄청나고 무서운 것이었다. 더욱이 그 운명이 악연으로 얽혔을 땐 그 값을 제대로 치르지 않고는 그것을 벗어날 길이 없는 것 같았다.

——그 하고많은 범죄 사례 가운데서 하필이면 그놈의 공사판 일을 골라 빌려 위장을 하고 나섰다니. 뿐더러 하고많은 산과 절간 중에 하필이면 그 장본인이 그곳에 먼저 들어앉아 있었다니. 그래 그 위인이 자꾸만 어디선가 본 듯한 느낌이 들고 있었던 것인가. 위인도 늘 내 앞에서 그처럼 두려움에 오금을 못 폈던가. 그게 바로 그자와의 악연의 감응이었던가······

도섭은 그 무서운 악연의 조홧속에 새삼 치가 떨리지 않을 수 없었다. 그리고 이젠 그 윤 처사가 두려워 감히 더 질문을 계속할 수가 없었다. 더 이상 윤 처사의 입을 빌리지 않더라도 이제는 뒷사정이 너무 확연해 보인 때문이었다. 사건의 진짜 장본인이 김 처사였다는 사실이나 위인의 일을 훔쳐 꾸며댄 게 드러난 것 자체는 도섭에게 이제 별 중요한 문제가 아니었다. 그가 보다 놀라고 두려워했어야 할 일은 그로 하여 그의 정체가 초장부터 훤히 다 드러나게 된 사실이었다. 도섭이 처음 위인에게 그 공사판 일을 말했을 때, 윤 처사는 이미 그것이 거짓임을 알았고, 그래 부러 어느 날은 호기심을 앞세워 그것을 다시 차근차근 확인해온 것이었다. 윤 처사나 절에선 처음부터 도섭의 정체를 빤히 다 들여다보고 그를 손바닥 위에 올려놓고 놀아온 꼴이었다. 김 처사의 사연을 곧이곧대로 일러줄 수 없었다는 윤 처사의 고백대로 사정이 백 번이나 그리되어 있었던 셈이었다. 도섭이 만약 그런 사실을 알게 되면, 김 처사의 처지는 더 말할 것도 없으려니와 그 도섭 자신의 정체가 이미 다 드러나버렸음도 알게 됐을 터이기 때문이었다. 하지만 윤 처사나 절 사람들은 그걸 얼마나 고소하고 유용하게들 이용했을 것인가. 그리고 그의 생각을 유리 속 들여다보듯 하면서 얼마나 마음대로 골려댔을 것인가…… 이후부터 그가 꾸민 일들의 결과나 윤 처사 쪽의 대응이 그처럼 은밀하고 민첩했던 것도 이제 보니 모두가 그런 연유에서였을 터였다. 그를 한밤중에 부대 자루에 담아다 버린 그 마지막 납치극이야말로 바로 그런 사례의 절정이었달 수 있었다. 숨어 쫓는 즐거움을 만끽한 것은 도섭 쪽이 아니라 그의 정체를 미리 안 절 사람들 쪽이었다.

한데도 윤 처사는 이미 다 지나간 일이라는 듯 그런 사실을 너무 싱겁게 털어놓고 있었다. 도섭은 물론 그럴 수가 없었다. 그의 지난날이 너무도 눈이 먼 어둠 속의 헤맴으로 되살아나고 있었다. 자기 삶의 바닥이 통째로 무너져내린 듯한 무서운 허망감이 그의 심신 전체로 몰려들고 있었다. 그 악연의 조화가 너무도 엄청났다. 우봉 스님의 그 매정스런 질책처럼, 그가 다시 이 대원사로 쫓겨 들어온 것도, 여기 어두운 지하 밀실에 유폐되게 된 것도 바로 그런 운명의 조화에서임이 아닌가. 그렇다면 나의 그 운명의 흐름은 앞으론 어떤 쪽을 향해 나가게 될 것인가……

도섭은 이제 그 보이지 않는 인연과 운명의 두려운 조화 앞에 그만 제물에 입을 다물고 말았다. 그리고 그 깜깜한 무명의 어둠 속에 잠을 잃고 밤새 회한으로 몸을 떨었다.

하지만 윤 처사와 둘이 함께 지내면서부터 도섭은 예의 그 어둠 속 시간 보내기가 한결 더 나아졌다. 윤 처사와 서로 불안기나마 나누면서 마음의 의지를 삼을 수 있었기 때문이다. 더구나 윤 처사는 밤 나들이가 도섭보단 수월스런 편인 데다 이따금 절 사람들과의 접촉도 가능하여 바깥세상 형편을 꽤 짚어나갈 수가 있었다. 승방 사람들 처지에 바깥일에 귀가 그리 밝을 수는 없었지만, 질 골엔 그런대로 윤 처사를 다시 찾아오거나 더 이상의 위급한 기미가 없어 보인 탓이기도 했다. 그 기갈과 허기를 다스리는 일도 아침 녘엔 여전히 마룻장이 열리기만 기다려야 했지만, 밤으론 윤 처사가 직접 나가 손을 봐왔기 때문에 그럭저럭 때를 이어 견딜 만하게 되었다.

하지만 그도 처음 며칠 동안뿐이었다. 하루 이틀 시일이 지나갈수록 그 윤 처사마저 도섭을 점점 더 무거운 불안감으로 몰아대는 존재로 변해갔다. 뭐니 뭐니 해도 그 찜통 속 같은 더위와 어둠의 지옥경에 대한 위인의 그 알뜰한 믿음부터가 그랬다.

윤 처사가 오고 나서 사흘째 되던 날이었다.

"덥고 답답해 지내기가 힘들겠지만, 살아남자면 견뎌내야지요. 이 절에선 여기가 그래도 제일 안전한 곳이니까요."

불안과 고통에 못 견뎌 하는 도섭을 보다 못해 윤 처사가 새삼 그런 위로와 충고의 말을 건네왔다. 그 윤 처사의 격려조 설명인즉, 이 산중엔 다른 암자·토굴에도 피신처들이 많지만 절에서 가장 힘을 써 보호해야 할 사람은 맨 나중 이곳에서 위급을 면하게 하는 것이 관례가 되다시피 해왔단다. 그 일제 말기 신변의 위험이 극에 달했을 때는 박춘구나 지상억들도 실은 한때 이곳에 몸을 숨겼다 나간 일이 있었다고. 영정각의 지하 밀실은 일테면 그만큼 대원사 제일의 비밀 도피소라는 것이었다. 그래 그간엔 윤 처사자신도 다른 곳에 몸을 피해 있다가 요즈막에야 막판 피신처로 이곳을 찾아든 게 아니냐며, 큰스님이 도섭을 어찌 보아 그랬는진 모르지만, 당신이 일단 이곳을 그의 은신처로 정해주었다면 그보다 더 다행스러운 일이 없으니 이만한 어려움쯤 참고 기다렸다가 모쪼록 무사히 몸을 보존해나가자는 것이었다.

그런데 도섭은 그 윤 처사의 밀실에 대한 안전도의 확신에 아무래도 마음이 쉬 놓이지 않았다. 마음이 놓이긴커녕 오히려 불안기가 점점 더해갔다. 옛날 박춘구가 이곳에서 몸을 숨긴 일이 있었다는 사실 때문이었다. 윤 처사의 말대로라면 그는 이를테면 그 박춘구도 이미 알고 있는 곳으로 몸을 피해 든 격이었다. 윤 처사를 잊지 않고 절간까지 사람을 들여보낸 박춘구가 이 밀실인들 잊어버렸을 리가 없었다. 어쩌면 그는 이미 윤 처사가 이곳에 숨어 앉아 있는 사실도 다 알고 있을 수 있었다. 굳이 윤 처사를 찾아 데려가자면 그쯤은 언제라도 가능하게 되어 있는 꼴이었다. 그땐 그가 원하는 윤 처사뿐 아니라, 도섭 자신도 한 꿰미감 신세였다. 한데도 윤 처사는 기이할 정도로 확신을 가지고 있었다. 뿐더러 그 기이한 확신의 근거가 도섭에겐 더욱 불가사의하고 불안스럽게 느껴졌다.

"박춘구 그 사람도 숨은 적이 있으니까 이런 곳이 있다는 걸 모른달 수는 없지요."

위인이 밀실을 알고 있는 이상은 언제라도 덮쳐들 위험이 있지 않으냐고, 그렇다면 함정을 피신처로 잘못 들어앉아 있는 꼴이 아니냐고 도섭이 불안하게 채근하고 들었을 때 윤 처사는 역시 확신에 차서 말했다.

"사람이란 비록 처지가 바뀌더라도 제가 한때 숨어 위험을 피해 간 곳에서 다른 은신자를 찾는 법이 아니지요. 세나가 이곳은 서소영문 안 밀실입니다. 사람이 한번 들어서면 그 육신이 지워지고 방도 사라져 없어져버리는…… 그래서 이곳에 몸을 보존했다 나간 사람이라도 밖에서는 그 기억이 방과 함께 모두 사라져 없어지게 마련이지요. 이곳엘 들어와 지내본 사람은 모두들 그것을 배우게 되니까요. 그것을 배우지 못한 사람이나 쓸데없이 여길 엿보고 싶어 한 사람들은 지금 남 처사처럼 그로 하여 필경엔 자신이 다시 이곳을 찾아들 신세가 되게 마련이거든요. 그러니 그쯤 안심을 해둡시다. 박춘구 그 사람이 그때 그걸 제대로 배우고 나갔다면, 그래서 언젠가 자신이 다시 이곳을 찾아들 신세가 되고 싶지 않았다면, 그에겐 지금 이곳이 실재하는 곳이 아닐 테니까요. 저는 그걸 분명히 믿어요. 사실은 믿어야 할 수밖에도 없구요. 허허……"

그 자신 있는 장담 투에도 불구하고 끝내는 그 근거가 지극히 모호한 일종의 궤변에 가까운 소리였다. 도섭에겐 아무래도 그런 식으로밖에는 들리지 않았다. 그처럼 근거가 모호한 만큼 도섭은 그것을 믿을 수가 없었고, 불안과 두려움도 더해갈밖에 없었다.

하지만 도섭은 그저 불안하고 답답할 뿐, 자신의 앞일을 예측해

보거나, 그것을 제 힘으로 이끌어나갈 생각은 엄두조차 내볼 수 없었다. 자신의 운명이 이미 자신의 손을 떠나 그 보이지도 않는 남의 손에 일방적으로 좌우되어가는 판에 그가 할 일이라곤 그저 끝없는 무력감과 불안감에 자신을 내맡겨두는 것뿐이었다.

도섭의 그런 무력감과 불안감은 이튿날 그 윤 처사와의 이야기가 다시 계속되어나가면서 더욱 감당할 수 없게 되어갔다. 알고 보니 윤 처사는 이때까지도 정작에 도섭을 놀래게 할 일은 토설을 참아오고 있었다. 그러니까 두 사람은 이후로도 그 답답하고 지루한 시간을 죽이기 위해 그 옛날 일에 대한 이야기가 많았을 게 당연한데, 그중엔 물론 도섭이 당시부터 짐작을 하고 있었거나, 이제 와선 별반 놀라워할 바가 없는 일들도 많았다. 윤 처사가 도섭을 처음엔 금서 병풍이나 다른 사찰 소장품을 노리고 든 염탐꾼쯤으로 여기고 그로 하여 두 사람 간에 그 금서 병풍을 둘러싸고 갖가지 수수께끼 놀음을 벌였던 일이나, 김 처사의 도섭에 대한 그 까닭 없는 경계심과 공포심, 나아가 그의 돌연스런 잠적이나 죽음의 수수께끼들은 당시부터도 어느 정도 짐작이 가능했거나 진상이 밝혀진 일들이었다. 더욱이 처음엔 윤 처사 역시도 우봉 스님의 참 의중을 몰랐다가 서화의 소재가 뜻밖에 대원사 안에서 드러난 뒤에서야 자신이 한낱 그 우봉의 보이지 않은 조종에 따라 움직인 눈먼 수족에 불과했음을 깨닫게 된 것이나, 그로부턴 더욱 그 우봉의 뜻을 좇아 밀실의 인물에 쏠린 도섭을 혼란시키려 갖가지 밀계를 꾸며댔던 일들에 대해서도 이제는 놀라움보다 어떤 뜨거운 공감과 쓰디쓴 동정의 감정이 앞을 섰다. 뿐더러 이젠 그 화정옥

의 소연이 자신을 밀고한 소행이나, 그로 하여 자신과 읍내 서간
의 밀첩 사실을 알게 되고, 나중엔 예의 밀통 지점까지 찾아내어
그가 오인하고 내보낸 마지막 밀첩을 그쪽에서(그를 끌어다가 산송
장 꼴로 만들어 나뭇가지에 매달아놓았을 때의 밀전이 바로 그것이었
다) 가로채간 사실들에도 내심 후회스러움이나 노여움보다 오히려
깊은 수긍의 정이 일었다. 그중에도 옛날 외사·토굴 사람들의 어
렴풋한 후일담은 도섭을 새삼 애틋하고 그리운 감회에 젖게 하기
도 하였다.

　우봉에게 사람까지 보내온 박춘구의 위협과 관련하여 철두철미
밀실의 안전을 믿어온 윤 처사의 이상한 확신들 가운데는 전날에
이 절에 있었던 사람들 중에도 몇 사람쯤은 미구에 다시 산을 찾아
올라오게 되리라는 잔인한 예단도 있었다. 그것은 세상이 뒤바뀐
다 하여도 쫓기는 사람은 늘 되쫓기는 처지로 남아 있기 쉽다는 전
날부터의 그의 시류관 때문이었다. 그것도 물론 도섭에게는 그리
믿음이 갈 수 없는 예측이었다. 그러나 그로 하여 두 사람 사이에
는 전날에 이 절에서 함께 지냈던 사람들의 이야기들이 가끔씩 오
가게 되었다. 박춘구는 이미 사정이 밝혀진 대로였고, 지상억은
해방과 함께 그 광주의 후견인을 찾아 산을 내려간 뒤로 윤 처사도
전혀 소식을 모르고 있었다. 진불암 쪽 방 화백은 도섭에게 욕을
보인 일로 겁을 먹고 한동안 윤 처사나 박춘구 같은 다른 공모자들
과 함께 이곳 밀실에 몸을 피해 은신해 있다가 며칠 뒤에 바로 산
을 내려갔는데 해방 후엔 어디선가 중학교 미술 선생을 지낸다는
소문이 있었다 하였고, 그와 '소리'로 염문이 오갔던 허 여사는 서

울 쪽에서 끝끝내 좋은 소식을 못 받고(좋은 소식커녕은 절연장과 함께 상당액의 송금 수표를 우편으로 부쳐온 것이 그 서울로부터의 마지막 소식이었댔다) 필경엔 우봉의 특별한 배려를 얻어 충청도의 어느 여승방을 찾아 떠나간 신세가 되고 말았다고. 그 밖에 용진 행자는 이제 정식 계를 받고 그간 탁발수행 중에 있다가 전란을 만나 돌아와 선방수행에 들어 있으며, 곽 행자는 그간에도 몇 차례 절 문턱을 오르내리다가 이번에도 전란과 함께 다시 산을 내려가고 말았다는 것 등등, 지면들의 후일담은 대개 그런 식으로 특별한 것이 없었지만, 도섭으로선 그도 왠지 반갑고 부럽기만 하였다.

그런데 그런저런 이야기들 끝에 도섭이 여담 삼아 그날 밤 자신에게 가해진 추방극의 자세한 전말을 다시 물었을 때였다. 도섭으로선 해남서에서 사건을 그리 일찍 알고 있던 것이나, 그때 자신에 대한 안도의 철수 명령이 그렇듯이 신속했던 점들이 아직도 석연치가 못하여, 그냥 혹시나 하고 물어본 소리였는데, 그에 대한 윤 처사의 이야기가 전혀 상상 밖이었다.

윤 처사는 먼저 그가 일을 꾸미게 된 사연에서부터 그날 밤 일을 치러나간 경위 등을 대충 다시 설명하고 나서 바야흐로 그 뒤처리 과정을 더듬어나가기 시작했다.

"……그러니까 우리는 일을 그리 끝내고 나서 곧바로 우봉 스님께로 올라가 자초지종을 고했지요. 일을 꾸미고 진행해나간 것은 우리끼리서인 터이라 스님껜 사후 통기라도 드려야 할 처진데다 일의 뒷수습은 아무래도 스님과의 의논이 불가피했던 때문이지요. 그런데 스님은 일의 사정을 들으시고 나서 의외로 손쉬운 뒷

수습책을 일러주시더군요…… 그잔 어차피 우리헌테 별 소용이
없게 된 위인이었지만 쫓아보낸 방법이 좀 점잖지 못했구나. 허지
만 이미 일을 저질러놓았다니 어쩌겠느냐. 그잘 아예 제 소지(巢
地)로 데려가게 할 수밖에…… 제 패거리들이 찾아 데려가도록
읍내 경찰서로 바로 소식을 띄우거라. 위인의 신병 소재는 아직
모른 척해두고, 작자에게 밤새 여사한 변고가 생겨 생사의 안위를
걱정 중이라고. 그리하면 작자의 뒤엣녀석들이 알아서들 할 게
다…… 사람을 그렇게 거칠게 쫓아보낸 처사는 그리 탐탁스러워
하시질 않았지만, 스님은 어쨌든 그쯤 꾸중만으로 몸소 뒷수습책
을 일러주셨어요. 그리고 그 같은 스님의 처결은 남 처사도 이미
알고 계실 일이지만 과녁을 정확하게 뚫어 맞춘 셈이었지요……"
  윤 처사는 그 일의 뒷수습을 우봉 스님의 주선으로 설명했다.
그런데 거기 도섭이 쉽게 알아들을 수 없는 이상한 대목이 있었다.
윤 처사는 마치 그 우봉 스님이 해남서 사람들과 내통을 하고 있었
던 듯이 말하고 있었다. 위인들이 그것을 자신들과 무관한 사고로
위장하여 제 발로 작은집에다 신고를 하고 나섰던 것도 놀라운 일
이었지만(그 점 해남서나 안도 반장들이 입을 다물어준 것은 그날 아
침 도섭이 기신기신 서를 찾아 들어가 한사코 모종의 비밀공작을 내
세우고 나선 바람에 그런 그를 굳이 간섭하려 들고 싶지 않았거나 가
당찮게 여기고 넘어간 때문이었으리라. 나중에 알고 보니 안도 쪽의
사정은 그런 것도 아니었지만, 적어도 이때까진 그게 도섭의 후회 어
린 추측이었다), 그 우봉이 작은집과 어떤 밀통이 있었던 듯한 기
미에는(그의 그런 수습책이 앞일을 환히 다 꿰뚫어보고 있었던 듯 아

무런 후환을 남기지 않았던 적확성만 하여도 그것은 거의 분명한 사실 같았다) 더욱 큰 충격과 의구심을 억누를 길이 없었다. 하여 도섭은 다시 윤 처사에게 그 스님이 해남서 사람들을 그리 간단히 믿고 나서게 된 곡절을 캐고 들었다. 그런데 그에 대한 윤 처사의 대답은 더욱더 놀라웠다.

"그 무렵…… 그러니까 남 처사님이 처음 이 절을 찾아오셨을 때 본색이 탄로난 것은 실은 그 김 처사의 전력을 빌려 꾸며오신 때문이 아니었었지요…… 그것으로 해서는 다만 사람이 확인된 것뿐, 이쪽에선 그전에 남 처사 같은 인물이 잠입해 들어오리라는 걸 알고 있었거든요……"

윤 처사는 으레 그런 물음이 뒤따르리라는 걸 예상하고 있었던 듯 그때까지 입을 다물고 있던 새로운 사실을 아무렇지 않게 털어놓았다. 요점만 말하면 그때 우봉은 어떤 정체 모를 인물로부터 그런 사실을 미리 제보 받고 있었다는 것이다. 그러니까 그때 일은 도섭이 몰래 절간으로 잠입해 들어간 것이 아니라, 절 쪽에서 그의 잠입을 기다리고 있었던 격이었다. 그리고 다시 그 김 처사의 위장 전력으로 제풀에 제 정체를 확인시켜준 셈이었다.

거기까지만 하여도 도섭은 다시 한 번 뒤통수를 호되게 얻어맞은 듯한 충격과 눈앞이 크게 흔들리는 현기증을 느꼈다. 한데다 그 윤 처사의 회고담은 갈수록 점입가경이었다.

"그때 저는 물론 그 밀서의 주인공이 누군지를 알 수가 없었지요. 그건 스님께서도 대개 마찬가진 듯싶었는데, 허지만 스님께선 대략 짐작이 계셨던 모양이에요……"

윤 처사는 지레 도섭의 반응이 걱정스러운 듯 거기서 잠시 말을 끊고 시간을 기다렸다 이윽고 다시 천천히 핵심을 털어놓기 시작했다.

"……그 밀첩을 들여보낸 사람이 바로 남 처사를 이곳으로 보낸 장본인이 아닐까. 그리고 그게 사실이라면 그는 필경 읍내 서쪽에 몸을 담고 있는 어떤 뜻 있는 조선인이 아닐까…… 나중에 알고 보니 스님의 그런 추정은 기의 다 사실을 적중하고 있었지만, 그러니까 그때 남 처사의 봉변이 있고 나서 스님께서 급히 읍내로 소식을 들여보내게 하신 것은, 거기 누구 믿을 데가 있어서가 아니라 막연한 대로 그 밀첩의 주인공을 염두에 두신 처결인 셈이었지요. 이쪽의 위급한 처지도 알릴 겸 이제는 몹시 다루기가 어렵게 된 남 처사를 소환해가게 할 목적으로 말입니다. 그리고 그 결과는 역시 스님의 예측대로였구요."

윤 처사가 그간 도섭의 충격을 염려해 여태껏 그 사실만은 토설을 참아온 것이라면 그것은 아닌 게 아니라 사려 깊은 배려였달 수 있었다. ……도섭은 이제 차마 그 윤 처사의 말을 믿을 수가 없었다. 믿을 수도 없었고 믿고 싶지도 않았다. 그 어림없는 사실의 역전 앞에 지푸라기라도 붙들고 싶은 헛소망에서였을 테지만, 도섭은 애초 그의 잠입 사실을 알려준 사람이 있었다는 사실만 하여도 그대로 그것을 믿고 싶지가 않았었다. 그런 일이 실제로 있을 수 있었을까. 윤 처사의 공연한 추측에서가 아닐까. 만약에 그것이 사실이라면 그게 도대체 어떤 자였단 말인가…… 혼란스런 의구심을 지울 수가 없었다. 그런데 이제는 일의 실제 사실의 여부는 그만두고, 그 밀서의 장본인이 그를 다시 불러 데려간 데로까지 비약하고 있었다. 그를 절에서 불러 데려간 자라면 그건 말할 것도 없이 안도(지금의 김홍일) 반장을 지칭함이었다. 일이 터지자마자 그를 불러간 건 안도였던 게 사실이고, 그 안도밖엔 그를 지휘한 사람도 없었다. 그리고 그런 점에서 윤 처사의 말은 거의 어긋난 데가 없었다. 그가 도섭에게 일깨워주려 하고 있는 바는 이제 너무도 분명했다. 다만 아직은 그 이름을 바로 들어 말하지 않았을 뿐, 그리고 그의 근무지를 광주서가 아닌 해남서로 착오를 빚고 있는 것뿐(곽 행자를 통한 그의 보고서를 못 본 탓이었을까), 윤 처사가 지목한 그 제보자와 소환자가 안도라는 한 인물로 귀결하고 있는 데는 더 의심을 둘 여지가 없는 일로 보였다.

하지만 도섭은 아직도 차마 그 같은 사실을 믿을 수가 없었다. 안도가 어떻게 그럴 수가 있었단 말인가. 도대체 그가 무슨 목적으로? 그의 참 정체가 무엇이었길래……? 아니 그보다도 그것을 믿기엔 자신의 반생이 너무도 참담스럽고 희극적이었다. 비록 크게 값진 것은 못 되더라도 그간에 그가 믿고 얻어온 것들이, 그 어려운 기다림의 세월들이 일시에 허망한 물거품으로 변하며 삶의 바탕 자체가 통째로 무너져 내리는 판이었다. 아무리 무명 속을 헤매온 삶이라도 거기까지는 차마 받아들이기가 어려웠다.

도섭은 바야흐로 그 바닥이 무너져 내리기 시작한 자기 삶의 지주 앞에 마지막 안간힘이라도 다해보고 싶은 심정으로 윤 처사를 뒤늦게 다시 다그치고 들었다.

"그 일로 내가 상부의 상사에게 철수 명령을 받았던 건 사실이지요. 하지만 그때 저를 보내고 불러들인 사람은 해남서가 아닌 광주 본서에 있었어요. 그런데 그게 좀 전에 말씀하신 것처럼 해남서 사람이었다면, 밀서를 보낸 건 아마 제 직속 상사는 아니었던 것 같은데요. 저도 그때 제 상사가 그런 짓을 했으리라곤 믿기가 어렵고요."

그를 소환해가려 한 것(그가 광주서 쪽 사람이라는 것은 제보자를 통해 처음부터 알고 있었을 일이니까)을 해남서 쪽 일로 추측하고 있는 그 윤 처사의 작은 오인의 틈새에 실낱같은 기대를 걸고서였다. 비록 여사한 사전 제보자가 있었던 게 사실이더라도 그가 바로 안도와 한 인물이라는 사실만은 시인하고 싶지가 않았기 때문이었다.

하지만 그도 다 부질없는 헛수고였다. 윤 처사는 이미 판결문을 끝내놓은 심판관 한가지였다. 그는 으레 도섭이 그렇게 나올 줄 알았다는 듯, 느릿느릿 다시 도섭을 일깨워왔다.

"아니 그건 남 처사가 아직 뒷얘기를 미처 다 듣지 않은 탓입니다. 남 처사님이 그만큼 상사를 믿고 따랐던 탓이기도 하고요. 사실은 아까 제가 한 말, 남 처사님을 광주까지 불러들여가게 한 걸 처음에 해남서 쪽 작용으로 추측했던 것은 나중에 오해로 밝혀진 일이었어요. 그때 우리가 알기로 남 처사를 만나고 간 사람들이 해남서 사람들이었으니까 나중에 남 처사를 데려가게 한 것도 그쪽 사람의 작용인 줄로만 알았거든요. 그 남 처사의 잠입을 제보해준 사람도 물론 그렇게 짐작했고요……"

윤 처사는 마치 도섭이 묻고 싶은 것을 미리 다 알고 있는 사람처럼 그의 궁금증을 한 걸음씩 앞질러나가면서 사연을 계속했다.

"그런데 나중에 해방이 되고 나서 그게 오해였던 게 밝혀졌지요. 그 남 처사의 상사라는 사람이 어느 날 직접 광주에서 예까지 절을 찾아왔어요. 그 사람이 나타나 하는 말인즉, 자기는 전에 이 절에 숨어 있다 내려간 영산정웅이란 이름의—그도 여기선 남도섭이란 본이름으로 행세했으리라 했지요—밀정을 들여보냈다가 다시 데려간 사람이라구요. 그러면서 처음의 밀서를 들여보낸 것도 바로 자기였다는 거예요. 일테면 그 시절에 가끔 보았듯이, 저들 속에서 일을 하면서도 시국 돌아가는 형편 따라 양다리 걸치기 식으로 이쪽에도 더러더러 정보를 내보내준 그런 약삭빠른 처신을 해온 인물이었지요. 그러면서 제 일은 제 일대로 다 실속을 챙겨가면서 말이에요. 그런데 그 사람 어디엔지 그게 크게 소용이 되었던지, 그런 사실을 확인해달라는 거였어요. 물론 본인으로선 그 같은 일들이 우리 조국과 민족의 미래를 위한 위험천만한 모험이었음을 내세우면서였지요. 그 사람은 바로 그걸 확인받으러 절을 찾아온 거였지요. 앞뒤를 따져보니 동기가 무엇이었든 위인이 한 일만큼은 거의 사실이었어요. 무엇보다도 그가 그 우봉 스님의 예견대로 자기 수하를 서둘러 소환해간 이유가 공작의 실패나 노출 때문에서보다도 자신의 밀보 사실이 드러날 위험 때문이었다는 데에는 수긍과 믿음이 안 갈 수 없었어요. 그래 절에서도 그런 사실을 순순히 확인해주어 보냈는데. 하고 보니 큰스님의 전날의 예측들은 모두가 사실로 판명이 난 셈이었지요. 그가 해남 쪽 사람이 아니라 광주서 쪽 사람이었다는 것 이외에는 말입니다…… 하지만 그

거야 어차피 마찬가지 아니겠어요. 남 처사를 보낸 사람과 그 사실을 미리 밀통해준 사람이, 거기다 뒷날 다시 남 처사를 불러들여간 사람이 모두가 동일인이었다는 건 분명한 사실이었으니까요."

"그 사람 이름이 안도였습니까? 안도 고이치……!"

절망의 늪 속을 허위적대고 있는 듯한 도섭의 신음기 섞인 물음소리가 거기서 다시 한 번 어둠 속을 울려댔다. 그것은 이미 사실을 비켜서기 위해 요행수를 구하는 목소리가 아니었다. 그가 안도인 것은 이제 더 의심의 여지가 없는 일이었다. 다만 윤 처사가 아직 그 이름을 대어 말하지 않은 것뿐이었다. 줄을 당기면 곧 장막이 걷히고 사실이 얼굴을 드러내게 되어 있었다. 도섭은 이를테면 그 윤 처사를 제치고 자신이 그 개막의 줄을 당겨버린 셈이었다. 그러자 바로 그 기정의 사실이 도섭 앞에 가려져온 제 얼굴을 드러냈다.

"안도, 안도 고이치…… 아마 그런 식의 이름이었을 겁니다."

윤 처사도 이젠 그 도섭의 심중을 충분히 헤아린 듯 그의 물음에 더 망설이지 않고 분명하게 대답했다.

"그러나 그건 옛 일정 때의 이름이고…… 당시엔 그냥 김홍일이라던가 하는 그 비슷한 한문자의 우리식 이름으로 불린다고 했었지요……"

"…… 그렇다면 그 안도는 과연 무엇 때문에 저를 이곳으로 보냈을까요? ……그도 그럼 이곳의 큰스님처럼 이 보련각의 은신자를 알고 있었던가요? 그래서 그를 보호해주려고 자기 부하인 저를 방패막이로 골라 보낸 것이었을까요? ……그 밀실의 은신자가 대체 어떤 인물이었기에요. 안도는 그때 대체 뭐라고 했습니까?"

윤 처사의 확인에 잠시 동안 막막한 침묵이 계속되다가 이제는 오히려 차분한 평정을 되찾은 듯 조용조용 다시 입을 열어 물었다. 하지만 이번에도 사실을 알려 하기보다는 안도에 대한 원망기를 차마 못 이겨 하는 그런 식 어조였다. 윤 처사도 이젠 그 도섭을 달래듯이 남은 뒷사연들을 차근차근 마저 밝혀나갔다.

"……아니 아마도 거기까진 아니었을 겁니다. 저도 나중에 그분이 절을 내려가고 나서야 신분을 처음 알게 되었지만, 그 사람은 멀리 북만주 쪽에서 들어온 독립 운동 단체의 비밀 연락원이었어요. 중국 쪽 광복 활동의 형편을 국내에 전할 겸 군자금을 구해 가려는 길이었다더군요. 그런데 일단 국내로 들어와보니 군자금 모금이 여의칠 못한 데다 왜경들의 감시망에 기미가 새어나가 돌아갈 길마저 막히고 말았었다구요. 그래 이 절과도 법연이 있어온 어떤 독립지사 한 분이 그의 퇴로와 정반대 쪽으로 이 절에다 신병을 부탁해온 거랍니다. 그 무렵 큰스님께서 제게 가끔 흘려준 바깥세상 소식들도 알고 보니 상당 부분 그 사람한테서 흘러나온 것들이었구요. 하지만 그때 안도라는 사람이 남 처사를 이곳으로 들여보낸 건 그 사람 때문이 아니었어요……"

"……"

"실은 그 무렵 조선의 불교계에선 소위 '전조선 불교인 자결 선언대회'라는 걸 준비 중에 있었다더군요. 사정이 변하여 나중엔 그 실현을 뒷날로 연기했다 해방까지 맞고 말았지만, 당시에 한창 오염이 심화된 일본 조동종(曹洞宗)의 종지 침략에 대항하여 우리 민족 불교의 독자성을 회복하려는 임제종(臨濟宗) 운동의 일환으로였지요. 차제에 그 사찰법의 극심한 간섭에서 우리 사찰 운영권도 되찾아내기 위해 그 일에 기왕부터 앞장서왔던 인근 백암사를 중심한 밀의였다고요. 그런데 어떻게 그런 기미를 왜경의 관서에서도 알아챘던 모양이에요. 그래 그 밀계의 진행을 살피기 위해 그 사람이 앞장서 일을 맡고 나서서 남 처사를 이곳으로 들여보냈던 모양이에요. 백암사엔 이전부터 들여놓은 사람이 있던 터라 다음에 이곳 우사(友寺)의 움직임을 살펴야 했기 때문이었겠지요. 하긴 그 일로 대원사와 백암사 간엔 그 무렵 내왕이 꽤 있었던 편이니까요. 하지만 그 사람 생각이 좀 달랐던 터라 그 일엔 애초 별 기대를 걸지 않았었다던가요. 세상이 바뀌고 나니 더 그렇게 말할 수도 있었겠지만, 그 사전 제보의 일에서 본 것으로 그가 남 처사를 여기로 들여보낸 것은 그걸로 큰 공적을 쌓으려서가 아니라 오히려 이쪽에 그 남 처사를 경계시키기 위해서였다니까요. 그래 남 처사에겐 그저 백암사와 대원사 간에 오가는 사람들이나 살피라는 정도로 본 공작의 내용마저 하달을 미룬 채 그럭저럭 시일만 끌어대고 있었노라구요. 저도 나중에야 알게 된 일이지만 그때의 사정은 대개 그런 식이었어요……"

"……"

"그러니 이제와 돌이켜 생각해보면 제 코앞의 일에도 눈이 멀어 돌아간 건 남 처사님이나 저나 다 한가지였던 셈이지요…… 그 금서 병풍 일에서부터 우봉 스님의 의중이나 안도라는 사람의 밀계에 이르기까지…… 남 처사님이 그 안도의 제보나 도망꾼 행세로 오히려 일찌감치 본색을 들켰듯이, 저도 그런 속물정을 제법 아노라고 나댄 것이 뒤에 보니 영락없는 눈먼 장님 노릇이었거든요. 그리고 그런 점에선 남 처사나 저뿐만 아니라, 안도라는 사람의 동기와 소재를 잘못 짚어온 우봉 스님이나, 불교인 대회 일로 남 처사님을 들여보내놓고 자신이 진정 이곳에서 남 처사로 하여금 무엇을 지키게 했는지를 몰랐던 그 안도라는 사람까지도 어쩌면 비슷한 대목이 있었던 셈이구요. 하지만 그게 다 누구의 눈길이 짧았거나 잘못 때문에서보다 우리 인생사가 원래 다 그런 무명 속의 허위적거림 같은 것인 까닭 아니겠어요. 그러니 이젠 그만 실상쯤을 알았다고 새삼 놀라거나 낭패스러워할 일도 아니지요. 더욱이 그걸로 다른 큰 무명을 불러들이게 되어서도 안 되구요. 나무관세음……"

윤 처사는 이제 그쯤 이야기를 마무리 짓고 싶은 듯 도섭에 대한 위로 투의 조언을 남기고 나무아미타불을 외었다.

도섭 역시 이제는(사실은 벌써부터 침묵의 물음만을 계속해온 터였지만) 넋을 잃은 듯 말없이 어두운 허공만 지키고 앉아 있었다. 더 이상 할 말도, 알고 싶은 것도 없었다. 새삼스레 놀라 절망을 하거나, 원망이나 하소연을 하고 싶은 것도 없었다.

윤 처사 말마따나 눈앞의 일을 몰랐거나 거꾸로 알아온 것은 자신만이 아니었다. 그러나 그의 어릿광대 노릇은 윤 처사나 다른 누구의 경우에도 비길 바가 아니었다. 그는 우봉에게서뿐만 아니라 윤 처사와 외사·객방 사람들, 그를 밀정으로 절간으로 들여보낸 안도에게까지 속속들이 속아넘어간 청맹과니 광대였다. 그 위에 그가 찾고 있던 바(당시로선 막연한 추측뿐이었더라도) 그 밀실과 은신자들의 더없는 방패역까지 수행해준 셈이었다. 혐의를 찾아 쫓고 감시를 해온 것은 그가 아니라 윤 처사들 쪽이었다. 그는 쫓아대고 감시한 것이 아니라, 거꾸로 쫓기고 감시를 당하는 미로상자 속의 생쥐였음이 역연했다. 그것은 다름 아닌 자신으로부터의 속음이요, 제 덫을 제가 짊어진 어리석고 답답한 무명 속의 헤맴이었다. 도섭은 그 아찔한 인간사의 조화나 현묘한 섭리에 새삼 진저리가 쳐질 뿐이었다. 하지만 그건 이미 다 지나가버린 일이 아니었다. 지금도 사정이 거의 마찬가지 꼴이었다. 아니 지금은 그의 쫓김이 역공작 식의 것도 아닌 당장의 현실이었다. 뿐더러 이젠 그 깜깜한 무명 속에 제 운명까지 완전히 남의 손의 것이 되어 있었다. 스스로를 주재하거나 계측을 해나갈 수 없는 자기 처지를 깨달음은 지금까지의 그 끝없는 무명 속의 헤맴보다도 더한층 무섭고 절망적인 형벌이었다. 일경의 밀정 시절에서부터 이때까지는 그래도 모르고 속아왔을망정 그런 두려움은 덜했었다. 비록 방향이 잘못 잡혔더라도 나름대로의 믿음은 있었기 때문이었다. 지금은 자신에 대해서조차도 그런 믿음이 없었다. 오직 암흑 속의 두려움뿐이었다. 그리고 바로 눈앞에 들이닥친 쫓김과 죽음의 공포뿐이었다. 한데도 자신은 남의 일을 바라보듯 어둠 속에 그저 손을 개고 앉아 기다리는 것뿐 그 밖엔 아무런 도리가 없는 신세였다. 굳이 입을 열어 이르고 싶은 말이 있을 수가 없었다……

하고 보니 이제 그 여름 한낮의 지하 밀실은 밤낮조차 없는 어둠과 불안스런 적막 속에 지옥의 악몽만을 지어 빚고 있을 뿐이었다.

딱딱딱딱 딱따그르르…… 딱딱딱딱 딱따그르르……

집허당에선지 법당 쪽에선지 아까부터 이따금 희미한 목탁 소리가 벽을 뚫고 어둠 속으로 스며들어오곤 하였지만, 그 소리도 이젠 전혀 다른 세상의 일이듯 도섭에겐 아무 감흥도 주지 못했다.

22

덜컹!

머리 위의 마룻장 내려앉는 소리에 도섭은 겨우 지긋지긋한 가위눌림에서 정신이 되살아났다. 어둠 속으로 조그만 마룻장 구멍이 열리고 거기서 기다란 밧줄이 내려와 목을 감고 끌어 올라가는 악몽이었다. 그 구멍을 끌려나가지 않으려 올가미를 쓴 똥개 꼴로 발버둥질을 쳐대는데, 그 마룻장이 갑자기 무너져 내리면서 몸뚱이가 바닥으로 곤두박질을 친 것이었다. 영락없이 또 한 번의 교수형이었다. 눈앞은 여전히 깜깜한 어둠뿐이었고, 지하실의 더위와 가위눌림 용쓰기로 등줄기가 온통 땀으로 흥건했다.

이제는 거의 날짜 셈을 잊고 지냈지만, 지하 밀실을 들어온 지가 족히 열흘은 넘었음 직했다. 더위는 갈수록 더 못 견디게 심해졌고, 악몽도 나날이 빈도가 잦아갔다. 그만큼 심사가 더 불안하게 쫓기고 있음이었다. 하지만 우선은 신변의 안전이나 마음의 안정보다 시원스런 바람기 한 줄기가 더 그립고 아쉬웠다.

어디선지 희미한 매미 소리가 들려왔다. 환청인가 했으나 진짜 매미 울음소리였다. 도섭에게 있어서 매미 소리의 기억은 대체로 지겹게 무더운 것이었다. 그러나 지금은 그 매미 울음소리조차도 더없이 시원하고 화창한 천지를 눈앞에 펼쳐왔다. 윤 처사는 어쩌면 지금 어느 시원스런 계곡이나 뒷산정쯤에서 실제로 그 소리를 즐기고 있을지도 몰랐다. 언젠가 그와 함께(도섭이 이 절을 밀탐하러 들어온 지 며칠 뒤였을 게다) 구름다리께를 올라가 남해의 그 활원한 경관에 취해들던 일을 생각하니, 그때의 자신이나 윤 처사의 처지가 새삼 그립고 멀게만 느껴졌다.

도섭은 이내 제풀에 고개를 가로젓고 말았다. 자신에겐 이제 전혀 어림도 없는 꿈이었다. 아니 이제 그것이 불가능한 것은 도섭 자신에게만 한한 일도 아니었다. 지금은 윤 처사도 그렇게 한가하기만 할 처지가 아니었다. 한가하기커녕은 오히려 그보다도 더한 위험에 쫓기고 있거나 이미 그 운명이 무참스레 결딴나고 말았을 수도 있었다. 그렇지 않고서야 이토록 며칠씩 뒷소식 한마디도 없을 수가 없었다.

도섭이 평상적인 밤 나들이가 아닌 일로 이 지하 밀실을 나가볼 만한 일이 생긴 것은 며칠 전 읍내 보안서 쪽에서 절 수색이 있으리라는 귀띔이 올라온 날 저녁이었다. 그간 절이나 불사에 대해선 제법 모른 척을 해오던 사람들이 드디어는 이쪽에도 본격 사업 개시차 불시 수색을 올라오리라는 것이었다. 필경 언젠가는 치르고 말 곤욕이었다. 이젠가 저젠가 마음을 좁여오던 위험이 드디어 눈앞까지 닥쳐든 것이었다. 그날 저녁 절 사람들은 우선에 이러저런 불사 기구와 소장물들을 뒷산 암자들로 옮겨 숨긴다 하였다. 그와 함께 신원이 불확실한 사람들도 그 밤을 산에서 지새울 거라 하였다. 윤 처사는 물론 도섭과 함께 지하 밀실에 있었으니 몸까지 피해 올라갈 필요가 없었다. 그가 이곳 영정각 밀실을 나간 것은 절간 소장물 운반을 거들기 위해서였다. 그리고 그는 도섭을 밀실에 남겨둔 채(도섭도 물론 일을 원하고 나섰지만 윤 처사는 그의 남달리 위험한 처지를 들어 극구 만류했다) 혼자서 무사히 일을 끝내고 돌아왔다. 한데 그날 밤 일을 끝내고 새벽녘에야 겨우 밀실로 돌아온 윤 처사는 뜻밖에 반가운 소식 한 가지를 가져왔다. 지상억이 그간 대원사로 몸을 피해 들어와 만일암 쪽의 한 토굴에 은신해 있다더라는 거였다. 앞에서도 잠시 말했듯, 윤 처사는 그간에도 몇몇 사람에 대해서는 이상스러울 정도로 늘 재입산을 기다리고 있었다. 이미 절을 들어온 도섭은 더 말할 것이 없었고, 그 지상억이나 방 화백 같은 위인들까지도 언젠가는 다시 몸을 피해 들어오게 되리라고, 이 절이 아니면 다른 어떤 곳이라도 피신처를 찾아서 쫓겨 숨어야 할 만큼 위인들의 처지가 여전히 안 좋으리라는 것이었다. 그가 당장 그런 식으로 거명을 하지 않은 것은 박춘구나 곽행자 정도가 고작이었다.

"쫓고 쫓기는 것, 나서 살고 숨어 사는 것, 우리 인생살이란 그런 처지의 윤회의 수레바퀴에 실려 흐르는 거 아닙니까. 이 사람이 쫓으면 저 사람이 쫓기고, 저 사람이 찾으면 이 사람이 숨어 살고……"

그러니까 지상억이나 방 화백들은 다시 쫓기고 숨어 살아야 할 차례가 되었음에 반하여, 박춘구들은 바야흐로 제 시류를 만난 탓에 나서 살 처지들이 되었으리라는 뜻이었다. 하지만 그 박춘구나 곽 행자들마저도 언젠가는 시세를 잃고 차례를 빼앗기게 되면 다시 쫓기며 숨어 살아야 할 처지가 될 수도 있다는 것이 윤 처사의 변함없는 지론이자 믿음이었다.

"제 시류를 맞아 차례를 얻은 사람들은 앞으로 나서 살고, 그렇지 못한 사람들은 쫓기고 숨어 살면서 제 차례가 오기를 기다리는 게 우리 인생이지요. 헌데도 어떤 사람들은 그런 흐름이나 윤회를 믿지 않고 자기만 늘상 쫓고 나서 사는 쪽에만 머무르려 하다 보니 자신과 세상일에 어이없는 파국들을 빚고 있는 게 아닙니까. 하긴 그 전날의 안도라는 사람처럼 양다리 걸치기나 예비 투자 덕분으로 항상 나서 사는 자리에 머무는 사람이 있는가 하면, 어떤 사람들은…… 지상억 같은 이가 아마 그래 뵙니다만, 숨어 산 끝에도 밤낮 제 차례를 못 얻고 다시 숨을 곳만 찾아 헤매고 있기도 합디다만……"

시류의 흐름과 처지의 변천에 대한 윤 처사의 믿음에는 그런 유의 회의가 뒤따르고 있었던 게 사실이었다. 그러나 그것은 위인이 언젠가 그 박춘구의 비할 바 없이 유복한 처지와 가파른 처지를 두고 모종의 의구심을 드러내 보였듯이, 끊임없이 쫓기고 있는 자신의 처지를 지상억들에게 빗대본 소리였기 쉬웠다. 그리고 그래 더욱 그는 그렇듯이 쫓기는 사람들을 기다리고 있었는지도 모른다. 어쨌거나 윤 처사는 그렇듯 끊임없이 누군가를 기다리고 있었고, 그래 그날 밤 상억의 소문(윤 처사는 다만 그런 소문뿐 자신이 직접 상억을 만나볼 수는 없었는데, 그 일에 대해선 우봉 스님조차도 전혀 알은척을 않더라는 것이었다)은 윤 처사의 그런 예측을 어김없는 사실로 적중한 셈이었다.

하지만 그건 도섭에게는 또 다른 신고(辛苦)를 불러들인 계기가 되었다. 윤 처사는 그날 밤 늦게서야 도섭의 밀실로 돌아와선 전에 없이 사태를 낙관했다. 우선은 그날 밤에 있으리라던 수색이 공연한 헛소문으로 끝난 탓일 수도 있었다. 절에는 그날 밤 날이 밝을 때까지도 개미 새끼 하나 찾아온 사람이 없었다(그리고 그런 심상찮은 평온은 그 며칠 뒤까지도 한동안 더 계속됐다). 그러자 윤 처사는 이튿날 아침부터 상억을 직접 찾아볼 궁리를 시작했다. 이젠 당분간 큰 위험이 없을 듯하니 상억을 직접 한번 만나보고 그의 불안한 마음을 가라앉혀줘야겠다는 것이었다. 겸하여 자신도 사정이 웬만하면 이 어둡고 답답한 밀실보다 그쪽에서 한 며칠 지내보고 싶다 하였다. 도섭은 그러는 위인을 한사코 만류하고 들었지만(그건 윤 처사를 위해서보다도 자신을 위한 애원이었다), 윤 처사는 결국 그런 도섭을 남겨두고 기어이 혼자 뒷산으로 올라가고 만 것이었다.

그게 도섭에겐 윤 처사와의 마지막이었다. 그날 이후로 윤 처사는 여태까지 돌아올 기미커녕 뒷소식 한마디 들을 길이 없었다. 우봉 스님으로부터도 그 첫날 이후로는 아무 알은척이 없어온 때문이었다.

별일이 없다면 위인은 지금쯤 뒷산 어느 암자나 토굴의 은신처에서 상억과 제법 유유하게 지내고 있을 수도 있었다. 하지만 안

뿐으로 모두 막막하기만 한 정황 때문인지, 도섭은 아무래도 예감이 불길했다. 지금이라고 옛날의 도섭처럼 숨은 염탐꾼이 없으란 법이 없었다. 더욱이 윤 처사는 그의 행선지를 제 손금 들여다보듯 하고 있는 박춘구가 등 뒤를 쫓고 있는 형편이었다. 언제 어디서 덜미를 채이게 될지 한시도 마음을 놓고 지낼 수 없는 처지였다. 그렇듯 불길스런 예감이란 대개가 사실을 적중하고 있기 예사였다……

한데도 도섭은 이도 저도 전혀 어디서 형편을 알아볼 길이 없었다. 이즘도 하루에 아침 저녁 두 차례씩 머리 위의 마룻장 구멍이 열리고는 있었다. 그리고 거기서 똥덩이 떨어지듯 거친 음식 덩어리가 내려뜨려지곤 했으나, 밖에선 그 이상 어둠 속의 도섭에겐 알은척을 해온 일이 한 번도 없었다. 언제 영정실 벽을 넘어 들어오는지 머리 위에서 문득 마룻장이 열리는가 싶으면 밖에선 이내 음식 덩이를 떨궈 넣곤 바람처럼 기척이 사라져가버리곤 하였다. 도섭은 그래 그 축생의 여물이나 진배없는 조악한 섭생이나마 꼬박꼬박 이어주고 있는 사람이 우봉인지 누군지조차 알지 못했다. 하물며 윤 처사의 뒷일을 알아본다는 건 아예 엄두조차 못 내볼 일이었다.

이젠 완전히 그 혼자가 되고 만 셈이었다. 그 혼자 모든 걸 참고 견뎌나가야 하였다. 그만큼 불안감과 두려움도 더해갔다. 윤 처사의 일이 잘못되고 말았다면 자신의 위험도 그만큼 가까워졌을 것이기 때문이었다. 밤늦게 나가 돌아본 바깥쪽 공기도 그만큼 더 무겁게 가라앉아 있는 것 같았다.

다시 불안하고 답답한 며칠이 지나갔다. 윤 처사의 일은 여전히 꿩 궈 먹은 소식이었고, 절 사람들의 동정 역시 별다른 변화의 조짐을 안 보였다. 그 윤 처사의 자신 있는 예견처럼 누구 더 다른 사람이 밀실을 찾아 들어온 일도 없었다. 아내는 이제 얼굴을 아는 사람들이 더 무서운 세상이 되었다고 했었다. 하더라도 도섭은 윤 처사의 예견대로 그런 사람이나 한둘쯤 더 들어와줬으면 싶었다. 그게 비록 제 아비를 때려죽인 원수놈 간이더라도 사람의 숨결이나 좀 곁에 해보고 싶었다. 하지만 이제는 그만한 소망조차도 이루어지질 않았다. 할 수만 있다면 그 뒷산 골짜기로 상억이라도 직접 한번 찾아 나서보고 싶었지만, 이제 와선 그가 다시 산을 찾아 들어왔다는 사실마저 믿을 수가 없었다. 섣불리 길을 나섰다간 이나마의 은신처마저 잃고 말게 되거나, 인생 만사 아예 끝장이 나게 될 수도 있었다. 답답하고 불안스런 대로 이대로 혼자서 견뎌나가는 수밖엔 다른 도리가 없었다.

그 끝없는 불안과 궁금증들을 무작정 혼자서 어둠 속에 견뎌간다는 것, 그것이야말로 바로 어김없는 지옥경의 형벌이었다. 그건 참으로 생각할수록 기박하고 허망한 운명의 인생 역정이었다. 어렸을 때는 그 명순을 차지하려 갖가지 정성을 다했지만, 결과는 상준에게 그녀를 빼앗기고 자신은 우스개 어릿광대 짓만 잔뜩 논 꼴이 되고 말았었다. 그에 대한 분풀이로 남 위에 설 힘을 구해 눈앞의 시세(時勢)에다 젊음을 던지고 나섰던 저 일제 시의 허무한 10년 적공, 아버지의 신망과 옛 상사의 재기로 요행히 반역자의 책벌을 면하고 새로운 활로까지 도모케 되었으나, 그게 또 묘하게 운세가 엇갈려 끝내는 이 모양 이 신세까지 되고 만 그의 서글픈 인생 역정이었다. 무엇인질 좀 붙잡으려 나대면 나댈수록 그의 삶은 자꾸 더 깊은 수렁 속으로 가라앉아 들어온 꼴이었다. 부질없이 힘겹게 용만 써댔지 결과는 늘 허무한 처지의 역전으로 죽음의 공포를 진 쫓김질뿐이었다. 게다가 이번엔 그 김 처사의 죽음에 대한 자책의(본의는 아니었으나, 그리고 거기 윤 처사들의 책임도 없지 않았지만 자신은 어쨌든 김 처사에 대한 간접 살인의 책임이 있었다) 짐까지 지고 앉은 신세였다.

윤 처사는 그게 바로 돌고 도는 세간법의 실상이라 하였다. 그래 한때 시류를 얻어 산을 내려간 사람들도 언젠가는 다시 차례를 바꾸어 새 은신처를 구해들게 마련이라 하였다. 물론 윤 처사도 거기 예외가 따르는 건 인정했지만, 그건 말하자면 불가에서 말하는 현상 세계의 윤회를 이름이었다. 그리고 그 같은 현상계의 윤회는 짧은 인생사를 살고 가는 사람들에겐 시류의 선택 문제와도 무관하지가 않은 것이었다. 요컨대 지금까지의 일들을 놓고 보면 도섭의 선택은 전혀 운이 안 따라준 것이었다. 언젠가 다시 세상이 바뀌고 나면 도섭의 선택도 혹 빛을 보게 될 차례를 맞게 될진 몰랐다. 하지만 사람의 한평생이란 자신이 지금 살고 있는 세상이 뒤바뀌고 그로 하여 각기 선택의 값이 달라지게 될 때까지 무한정 기다릴 만큼 길지가 못했다. 도섭에게는 이제 더욱 그런 여유가 없었다. 그 윤 처사나 상억의 경우를 제외하고 나면(윤 처사는 스스로 이 길을 택해 온 사람이었고, 상억도 실제로 재입산의 사실이 확인되지 않은 만큼, 두 사람의 경우는 별 의미가 없었다) 이 산으로 다시 숨을 곳을 찾아든 건 오직 자신 한 사람뿐이었다. 게다가 그의 선택이라는 게 늘 이런 지경이 됐고 보면, 그건 차라리 선택의 잘못이기보다 그만이 미리 그렇게 점지당한 불가사의하고 필연적인 운명 같은 것이었다⋯⋯

도섭은 그게 더 억울하고 불안했다. 운명이 이미 다 점지되어 있다는 것, 그러나 거기 대해 자신은 아무것도 알 수가 없다는 것, 자신이 자신의 앞일을 알 수 없고, 그걸 어떻게 해볼 수도 없다는 것, 자신의 모든 일이 벌써부터 자기 손을 떠나고 말았다는 것— 그런 참담스런 사실의 자각이 도섭을 더 견딜 수 없게 만든 것이었다. 그리고 철저한 무력감과 절망 속에 제물에 새삼 몸을 떨게 한 것이었다.

그런 도섭의 참담스런 자각은 한편으론 어떤 무모한 용기마저 불러왔다. 자신을 위해 자신이 아무것도 할 수 없음, 자신의 앞일을 아무것도 알 수 없음⋯⋯ 무서운 불안감과 절망 끝에 드디어는 거기 어떤 자포자기 식 결단이 솟아오른 것이었다. 자신의 선택이 옳았든 글렀든 이제는 차라리 그 자기 운명의 막장이라도 보고 싶어진 것이었다. 그리하여 마침내 자신도 알 수 없는 그 막패의 비밀을 자신의 손으로 뒤집어버리고 싶어진 것이었다.

도섭은 이날 저녁 머리 위의 그 두꺼운 마룻장 구멍이 열리기를 전에 없이 더욱 초조하게 기다렸다. 그러다 이윽고 그 마룻장이 열렸을 때 그는 재빨리 몸을 일으켜 구멍가로 다가든 옷자락을 붙잡고 늘어졌다.

"스님, 이제는 더 못 견디겠습니다. 저도 이곳을 나가겠습니다."

누구의 것인지도 모르는 바지 자락을 붙든 채 그는 호소하듯 다급하게 외쳐댔다. 밖으로 기미가 번지는 것이나 신변의 위험 같은 건 더 염두에 둘 여유가 없었다. 너무도 기습적인 행동인 데다가 절박하고 결연한 그 목소리에 당황한 탓인지, 위에서는 한동안 아무런 반응이 없었다. 어둠 속으로 옷자락을 끌어잡힌 채 조용히 그냥 침묵만 지키고 있었다. 흡사 도섭이 제풀에 힘이 잦아들어 옷자락을 놓아주기를 기다리고 있는 격이었다. 하지만 도섭은 이제 마지막 사생결단을 각오하고 나선 사람이었다. 그는 더욱 세차게 옷자락을 틀어쥐며 절규를 계속했다.

"스님, 이제 여길 나가도록 해주십시오…… 죽든지 살든지 이제는 나가서 결판을 보겠습니다. 여기선 더 이상 혼자서 견디고 있을 수가 없습니다……"

"쯧쯧…… 나가고 안 나가고는 제 맘에 달린 일인 것을, 제 일을 누구에게 묻고 있는지 모를레라……"

다시 한동안 깜깜한 침묵 끝에 이윽고 위로부터 소리가 들려왔다. 여전히 옷자락을 도섭에겐 내맡겨두고 있는 그 목소리의 주인은 다름 아닌 바로 우봉 스님이었다. 그 우봉의 오불관언 식 응답에 도섭은 더욱더 조급하게 매달리고 들었다.

"아닙니다, 스님. 나가고 안 나가고는 저의 마음이라지만, 저를 여기 숨긴 건 큰스님이 아니십니까. 그리고 여태까지 저를 이렇듯이 돌봐주신 것도 큰스님이셨고요. 그러니 제가 이곳을 나가는 것도 스님의 처결이 있어야지 않습니까. 지금 나가는 것이 때가 아니라면 그럼 언제쯤이 그때가 되겠습니까. 그리고 이곳을 나간 다음에는 저의 앞일들은 어떻게 되는 것입니까……"

"허허, 그 참 답답하고 맹랑한 노릇이구나. 네가 모르는 일을 그래 난들 어떻게 아느냐. 나는 그저 덫에 걸려 상해 들어온 중생을 잠시 쉬게 하고 돌봐준 것뿐인 것을. 이제는 외려 그것을 허물 삼아 대들고 있는 격 아니냐……"

"아닙니다, 스님. 저는 알 수가 없습니다. 알려고 해도 언제나 헛것만 보고 거꾸로만 알았습니다. 그래 늘 허망하게 속아 놀기만 하였습니다. 스님께선 제게 대한 일까지도 늘 미리 알고 계셨습니다. 전일에도 그러셨고 이번 일도 그러셨습니다. 스님께선 이번에도 정녕 저를 이곳에 숨겨놓은 뜻이 있으십니다. 그 뜻이 대체 무엇입니까?"

"그 뜻이야 뭐 다른 게 있겠느냐. 제가 제 덫을 지고 다니는 중생이 저를 옭아맨 그 덫이 무엇이며, 거기 걸려 신음하는 자신은 무엇인지, 어떻게 해서 제가 거기 걸려들었는지, 그런 건 아무것도 알지를 못한 채 그저 겁을 먹고 발버둥만 쳐대니 답답하고 딱한 일이 아니더냐. 그래 오늘로 제 삶이 다하더라도 그런 거나 좀 알고 나서 끝장을 보게 해주고 싶었을 뿐이니라."

"하지만 전 아직도 알 수가 없습니다. 그러니 스님께서 저를 일깨워주시는 길밖에 없습니다. 도대체 저를 이토록 옭아매오는 덫이란 무엇입니까. 아니 제게도 아직 내일이라는 것이 있는 것입니까. 아니면 여기서 모든 것이 끝나고 마는 것입니까."

"쯧쯧, 아직도 제 일을 남에게만 묻고 있는 저 어리석은 아집이라니. 하긴 그 어리석음이 바로 제 놈이 짊어진 무명의 덫이었으니…… 그래 대체 네 본심은 어디다 벗어두었더냐. 안으로 제 본성을 들여다보려진 않고 항상 바깥세상만 쳐다보고 살려고 하느냔 말이다. 세상만사, 시방 중생의 일은 하나같이 헛모양으로 흐르고 있을 뿐인 것을, 제 본성만 안으로 살펴 깨달으면 바깥일은 저절로 다 실상이 드러날 것을, 어찌 먼저 제 속을 살피려 하지 않고 거꾸로 세상일로 제 일값을 구하려 버둥내더란 말이냐. 그러니 내 사를 거꾸로 보고 제 삶까지 거꾸로 살아온 것이 아니냐."

"……"

"마땅히 제 속부터 깊이 살펴나갈 일이다. 제 일은 제가 제 속에서 스스로 응답을 구하라는 소리니라. 그래 내 일찍이 이른 바도 있을 게다만, 게서 그리 다시 한세상을 살아 배우고 보면 경우 따라 새 삶의 길이 열릴 수도 있을 게고……"

우봉은 비로소 도섭이 듣고 싶은 말을 모두 해주고 있는 것 같았다. 도섭은 물론 그 뜻을 전부는 알아들을 수 없었지만 그로서도 몹시 가슴을 아프게 울리고 드는 것이 있었다. 우봉은 한마디로 자신의 일엔 자신의 깨달음밖에 다른 해결의 길이 없다는 이야기였다. 그리고 도섭에겐 밀실을 나가는 일보다 그 일에 먼저 힘을 써야 함을 깨우쳐주려 하고 있음이 분명했다.

도섭은 이제 그쯤에서 그만 스님의 바지 자락을 맥없이 놓고 말았다. 그리고 무너지듯 어두운 밀실 바닥으로 사지의 힘을 풀고 주저앉아버렸다. 그 모처럼 만의 자상하고 확연한 우봉의 설법조에 더 이상의 응답은 바라기 어려웠기 때문이었다. 뿐더러 당장은 그 우봉으로 해서도 밀실을 나갈 길이 더 아득해진 때문이었다.

하지만 우봉의 그 숨은 심중엔 그의 앞일이 보다 확연했던 모양이었다. 도섭의 절망감 따윈 아예 알은척을 않은 채 그는 그냥 구멍 위의 마룻장을 타고 앉아서 더한층 무서운 올가미를 던져왔다.

"네가 대체 누구의 죄인이더냐. 죄를 지은 건 누구고, 그 죄를 쫓는 건 또 누구더냐…… 네 진정 밖에서 너를 쫓는 자만을 두렵다 하겠느냐…… 그곳을 들고 나는 건 네가 언제고 알아 정할 일이다. 허지만 덫을 진 짐승은 몸부림을 칠수록 제 몸만 더욱 깊이 옭아 묶을 뿐이니라. 헌데도 제가 덫을 지고 있는 것조차 모르는 중생은 그저 제 몸 하나 갑갑한 것만 생각하고 사지를 쉴 새 없이 나대고 덤비는 법, 거기 비해 제법 지혜가 있는 중생은 미련스럽게 제 몸을 나대기보다 제가 진 덫이 어떤 것인가부터 알아내려 애를 쓴다. 그래 그 덫이 어떤 것인지를 알게 되면, 그것을 벗게 될 지혜도 저절로 깨닫게 되게 마련이다. 헌데 제가 진 덫을 안다는 것이 무엇이냐. 그게 바로 제 본 마음을 아는 것이 아니더냐……"

소리는 거기서 잠시 틈을 두고 쉬었다가 마지막 고를 끌어당기듯 몇 마디를 더 덧붙였다.

"다른 사람들을 기다리는 것도 당분간은 다 헛일일 게다. 노암(윤 처사)도 이제 이곳으로는 그리 쉽게 돌아올 수 없게 된 사람이다. 너도 아직 기억이 있을 게다만, 그 병태란 놈…… 여기서 헛염불로 행자 노릇을 지내던 녀석 말이다…… 녀석이 며칠 전에 산을 올라와 용케도 노암을 잘 찾아 데리고 갔느니라…… 허니 너도 곧 여길 나갈 요량이 아니라면, 이런 일엔 제 혼자가 더 나은 법이

니라. 제 마음의 본 모양을 찾으려는 일 앞에 다른 사람은 오직 훼
방꾼밖에 더 되겠느냐……"

말을 마치고 나서 우봉은 비로소 저녁밥 덩이를 털썩 아래로 떨
어뜨렸다. 그 어둠 구멍 아래의 도섭의 놀라움 따위는 전혀 알은
척도 않은 채였다. 그리고는 천천히 굳은 몸을 일으키는가 싶더니
그대로 스적스적 기척이 밖으로 사라져가고 말았다.

　딱딱딱딱 딱따그르르……

밤인지 낮인지 전혀 때를 알 수 없었다. 그런데도 도섭은 아까
부터 어디선지 끊임없이 이어지는 목탁 소리를 듣고 있었다. 그는
이미 숨이 끊어져 어둠의 나락 바닥에서 그 소리를 듣고 있었다.
소리는 그의 넋을 천도하는 우봉 스님의 발원 염불이랬다. 하지만
도섭은 또한 알고 있었다. 그 소리는 실제가 아니라 가위눌림 속
의 허성이었다. 자신이 정말로 죽은 것도 아니었다. 도섭은 자신
이 가위에 눌려서 헛소리를 듣고 있음을 알고 있었다. 그래 아까
부터 그 가위눌림을 벗어나려 어둠 속에 안간힘을 다하고 있었다.
제정신을 차리고 일어나지 않으면 정말로 그대로 죽고 말 것 같았
다. 그 목탁 소리가 끊임없이 그의 죽음을 부르고 있었기 때문이
다. 하지만 아무리 용을 쓰고 나대봐도 몸뚱이가 전혀 말을 들어
주지 않았다. 이미 죽어 굳은 시체 덩이처럼 손가락 하나 뜻대로
움직일 수가 없었다. 그 육신 속에 한 줄기 혼백의 씨알만 살아남
아 목탁 소리에 쫓기며 시달리고 있었다.

괴로운 시달림은 그뿐만이 아니었다. 계속된 안간힘 끝에 도섭

이 마침내는 기력이 탈진하여 한동안 의식을 놓았다가, 그 의식이 다시 어렴풋한 가수 단계로 떠올라왔을 때였다. 그 반의식이 되살 아남에 따라서 다시 그 지겨운 목탁 소리가 귀청을 울려오기 시작 했다. 그것은 이제 다른 데서가 아닌 바로 도섭 자신의 손으로 해 서였다. 자신이 어디선지 목탁을 얻어 들고 그걸 투닥투닥 두드려 대고 있었다. 출구가 없는 무공방 속이랬다. 거기에 자신이 선승 이 되어 앉아 면벽참선에 들어 있는 거라 했다.

도섭은 이번에도 그것이 실제의 일이 아님을 알고 있었다. 그 역시 잠이 설 깬 가위눌림 속에서의 답답하고 안타까운 헛들음 소 리였다. 그는 이번에도 그 가위눌림을 벗어나려 자신에게 필사적 으로 각성을 재촉했다. 그 끔찍스런 무공방의 처지에서 출구를 찾 아내려 안간힘을 다했다. ……나는 분명히 중이 아니다. 나는 지 금 다만 가위에 눌려 있을 뿐이다. 일어나자, 일어나 당장 이곳을 빠져나가야 한다. 그러지 않았다간 이곳에다 영영 육신과 혼백을 묻게 되고 마는 거다……

도섭은 그때 그 옛날 학승의 기이한 선담까지도 역력히 떠올렸 다. 그럴수록 마음은 더 조급하고 불안했다.

하지만 이번 역시 아무리 기를 쓰고 소리를 쫓으려 해도 아무 소 용이 없었다. 그의 손이 전혀 말을 듣지 않았다. 그래 아무리 소리 를 멈추려도 제 손이 무엇에 들리기라도 한 것처럼 혼자서 멋대로 목탁질을 계속했다. 혹은 그의 혼백이 손으로만 타고 내려 제 뜻 대로 그것을 움직이고 있는 식이었다. 그것을 멈추려고 애를 쓰면 쓸수록 그의 다른 육신의 기력만 더 진해갔다.

……그는 끝내 그 반의식 속에서 마지막 한 방울까지 기력을 다 빼앗겼다. 그리고 드디어는 그 헛몸짓 헛소리에 서서히 자신을 내맡겨가고 있었다. 출구가 숨어버린 그 죽음의 어둠 속에 다시 한 번 간신히 온 잠이 스며 내린 것이었다.

역사와 반복, 그 사이의 거대한 심연

서희원
(문학평론가)

1. 역사를 사는 사람과 쓰는 사람의 '사이'

이청준의 『인간인』은 그가 출간한 소설 중 가장 긴 분량을 가진 장편(원고지 3천여 매에 가까운 분량이다)이며, 작가의 사유와 창작열이 완숙한 단계에 올라선 사십대 중반에 거의 10년에 가까운 시간을 들여 쓴 작품──잘 알려진 것처럼 이청준은 1939년생이며, 그는 『인간인』의 1부를 '아리아리 강강'이란 제목으로 1988년 『현대문학』에 발표할 때 이 소설을 처음 쓰기 시작한 것이 "84년 가을녘"[1]이라고 명확히 밝히고 있다. 『인간인』의 2부는 '강강술래'란 부제를 달고 1991년 탈고되어 단행본으로 출간되었다──이다. 이런 양적인 노고에 더해 이청준은 『인간인』을 연재하고 출간하는

---

1) 이청준, 「작가의 말/결구를 위한 고축」, 『현대문학』 1988년 5월호, p. 123.

과정에 게재한 「작가의 말」에서 수차례 이 작품을 수정하고 퇴고하였다는 사실을 밝히고 있다.

말년의 이청준은 어떤 글에서 자신이 평생 쓴 소설들을 "하늘의 자비와 사랑이 이 지상과 사람살이 가운데로 어떻게 흘러내리며 어떤 모습으로 구체화되는지"에 대한 작가적 관심의 서사적 재현이라고 설명하며, 『인간인』은 "산중의 높은 불덕은 넓은 자비의 강물로 세간을 멀리 적셔 내려야 한다는 기원을 담은 징편"[2]이라고 말한 적이 있다. 하지만 『인간인』에 대한 해석의 대부분을 불교적 통념에 의존하는 것은 이 작품을 읽은 독자들이 갖게 될 의문에 대한 하나의 답변은 될 수 있겠지만, 이 장편이 독자의 머리와 가슴에 안겨주는 울림에 공명할 수 있는 해답이 되지는 못할 것이다. 『인간인』에서 주요한 배경과 소재로 등장하는 불교는 그것이 지니고 있는 강렬한(동시에 상투적인) 이야기성과 철학적 깊이로 인해 마치 그것 자체가 주제인 것처럼 읽을 수 있는 여지를 주고 있다. 게다가 하나의 서사로 이어지지 않는 『인간인』의 1부와 2부는 독서를 끝낸 독자들이 갖게 되는 나름의 해석에 확신을 부여하지 못하는 주된 이유로 남는다.

말하자면 『인간인』은 작가 자신이 설명하는 것처럼 불교에 대한 이해만으로는 해석될 수 없는 너무 많은 잉여들을 담고 있다. 불교는 절반의 주제에 불과하다. 그렇기에 그것은 작품을 해석되지 않은 두려움에서 온전히 견인하지 못하며, 안온하지만 불완전한

---

2) 이청준, 「소설 노트: 사랑과 화해의 예술, 혹은 새와 나무의 합창」, 『머물고 간 자리, 우리 뒷모습』, 문이당, 2005, p. 217.

이해의 지평에 머물게 한다. 흥미롭게도 『인간인』의 1부와 2부를 개별적인 작품으로 분리하고 각각에 대한 이해를 찾을 때 불교는 이야기의 소재와 등장인물, 에피소드 등에 어떤 법칙을 부여하는 질서의 중심이라고 말할 수 있지만, 그것은 단속적인 서사가 작가에 의해 폭력적으로 결합된 『인간인』에 대한 어떤 통일된 총체가 될 수는 없다. 그 기이한 단속의 지점에 이청준의 경청할 만한 언급이 있다.

1985년 초고를 쓴 1권은 몇 차례 손질 끝에 1988년 가을 상재의 고를 치렀으나, 다시 읽어보니 화자의 과도한 정보 독점으로 하여 이야기에 불필요한 혼란과 짜증을 야기시키고 있음을 알게 되었다. 이번에 2권을 상재하는 김에 1권 내용에도 새로 적절한 정보 배분의 통로를 마련하였던바, 당초에 시도한 '비극적인 깨달음과 구원의 구조'에 대해서뿐만 아니라 글의 '쉬운 읽힘'에도 상당한 도움과 편의를 더하게 되었기를 소망해본다.

2권은 1989년에 초고를 쓰고, 1990년과 금년에 몇 차례 추고를 되풀이하다 보니, 내 가당찮은 욕심으로는 손질을 거듭할수록 이야기가 자꾸 더 '개악' 쪽으로 기우는 느낌이 들어, 이쯤에서 그만 부끄러움을 덮어두기로 작정하고 마무리를 지어버린 졸편이다. 우선 이 7년간의 마음의 빚에서라도 벗어나기 위해서다.

역사를 사는 사람과 쓰는 사람 사이엔 서로 본래 생각이 같은 수도 있고, 얼마쯤 다를 수도 있겠으나, 이 이야기에선 그 어느 쪽을 내세우기보다 양자의 진실을 깊이 연결지어보고 싶었던 것도 한 가지 숨은 욕심이었음을 덧붙여두고 싶다. 역사는 이루어져나가는 면과 만들어져가는 면이 함께해가고 있다는 생각 때문이다.[3]

이청준은 『인간인』의 주제에 대해 두 가지 언급을 하고 있다. 하나는 이것이 "비극적인 깨달음과 구원의 구조"에 대한 작가적 의도를 담고 있다는 사실이다. 다른 하나는 1부와 2부로 구성된 소설의 구조가 '역사'라고 부르는 거대한 시간의 흐름을 진행시키는 각기 다른 입장과 관념의 "연결"이라는 점이다. 역사는 단순하게 몇 가지로 구분할 수 없는 다양한 역학들의 난장(亂場)이기에 이것에 대해서라면 이청준의 사유에서 실마리를 찾는 편이 수월할 것이다.

이청준은 『인간인』에서 "역사를 사는 사람과 쓰는 사람"의 "사이"에 존재하는 동질적이거나 이질적인 진실에 대한 연결을 시도했다고 말하며, 그것은 "역사는 이루어져나가는 면과 만들어져가는 면"이 "함께해가고 있다"는 생각에 의거했다고 쓰고 있다. 이러한 작가의 언급은 소설의 제목에서도 분명하게 읽을 수 있다. '사람과 사람의 사이'라는 뜻으로 해석할 수 있는 '인간인(人間人)'이란 제목은 그가 말했던 것처럼 시간의 거대한 흐름을 구성하는 유사하면서도 상이한 인자들의 공존과 인간이란 존재가 위치하고 의미를 갖는 지점을 말하고 있기 때문이다.

이청준의 말처럼 『인간인』은 1부와 2부의 이야기가 신화나 설화

---

3) 이청준, 「작가 노트―역사를 사는 사람과 쓰는 사람의 자리」, 『인간인 2』, 열림원, 2001, pp. 341~42.

에 종종 등장하는 둘로 나뉜 보검이나 펜던트처럼 하나로 합쳐져 진실을 말해주는 구조를 가지고 있지 않다. 그것은 연결되어 있는, 그렇기 때문에 하나로 보고자 하는 은밀한 욕망이 담긴, 별개의 것들이다. 이청준이 『인간인』이라는 소설을 통해 궁극적으로 재현하고자 했던 것은 역사라고밖에 말할 수 없는 시간의 묶음이다. 누군가는 역사를 쓰는 몫은 역사가에게 주어져 있다고 단순하게 말할지도 모른다. 하지만 헤이든 화이트Hayden White가 언급했던 것처럼 "역사가의 목적은 연대기 속에 매장되어 있는 '이야기'를 '발견'하고 '확인'하며, '드러내 보임'으로써 과거를 설명하는 데 있다고 흔히 말해지고 있다. 즉 '역사'와 '소설'의 차이는, 역사가가 이야기를 '발견find'하려는 데 반하여, 소설가는 그것을 '발명invent'해낸다"⁴⁾는 것에 불과하다. 헤이든 화이트가 그의 기념비적인 저작에서 덧붙이고 있는 것처럼 역사가의 발견이라고 하는 것도 사실은 연대기 속에서 찾아낸 사건들을 이야기의 요소를 지닌 사건으로 전환시키고자 그것에 이해 가능한 형식적 결합력을 부여하는 것에 불과하다. 헤이든 화이트가 보기에 역사는 문학에서 사용되고 있는 수사나 플롯 구성을 동일하게 활용하고 있는 특수한 형태의 이야기에 불과하다. 역사를 일종의 이야기로 보고 있는 헤이든 화이트의 견해를 신뢰한다면 이청준의 소설을 일종의 역사로 보지 못할 이유는 없어 보인다.

---

4) 헤이든 화이트, 『19세기 유럽의 역사적 상상력—메타 역사』, 천형균 옮김, 문학과지성사, 1991, p. 17. 옮긴이는 소설가의 작가적 역할을 강조하면서 'invent'를 '창작'이라고 옮겼지만 문맥을 고려할 때 '발명'이라고 하는 편이 좀더 적절하다고 생각된다.

2. 오이디푸스의 밀실―『인간인』 1부(아리아리 강강)

『인간인』은 각기 다른 플롯을 가진 두 개의 부분인 동시에 그것의 연결이다. 이 소설의 1부와 2부는 해남골 대원사라는 절을 공간적 배경으로 하고 있다는 점과 1부에서 윤 처사로 등장했던 인물이 2부에서는 노암 스님으로 서사에 잔존하고 있다는 사실을 제외하고는 별다른 이야기적 공통점을 찾을 수 없다. 일제 말기 일본 경찰의 밀정인 남도섭이 수배 중인 범죄자로 신분을 가장하고 대원사에 잠입하여 서사를 진행시키는『인간인』의 1부와 유신 말기 형사를 가장하고 대원사를 찾아가 몸을 기탁하는 떠돌이 잡범 안장손의 이야기를 담고 있는 2부의 유사점은 서사의 이어짐에 있는 것이 아니라 반복되고 있는 그 구조에 있다. 이러한 점을 고려할 때 이청준이 "연결"이라고 부른『인간인』의 구조는 사실 '반복'이라고 지칭하는 편이 좀더 정확할 것이다. 그렇다면 반복되고 있는 개별적인 것에 대해, 그 반복이 형성하는 의미에 대해 답하는 것이 중요하다. 먼저 개별적인 1부와 2부를 보자.

『인간인』의 1부는 1944년 9월부터 한국전쟁이 발발한 1950년의 여름까지 대원사에서 진행되는 서사를 담고 있다. 일본인 이름 '寧山正雄'으로 창씨개명한 밀정 남도섭(南度涉)은 고등계 특수 공작반을 지휘하고 있는 경부보 안도 고이치(安東弘一, 김홍일)의 명령을 받고 대원사에 잠입한다. 남도섭은 스스로를 중요한 임무를 위해 신분을 철저히 숨기고 암약하는 "정보 공작원"이라고 자임하지만 그에게 하달된 명령은 대원사에 내지녀를 능욕한 죄로 수배된 "장흥 간척장 사건의 도주자"로 위장하고 들어가 그곳에 머물러 있으라는 것뿐이다. 도섭은 이를 능청스런 언변을 통해 어렵지 않게 해내며 절의 객식구가 된다. 그는 정잿간의 일을 돕는 한편 하달될 명령을 기다리며 정보 공작원이라는 신분에 걸맞게 대원사에서 머물고 있는 식객들을 감시하고 그들의 신분과 사상을 염탐하기 시작한다. 남도섭은 안도 반장에게 보낸 은밀한 보고서에서 대원사를 "안팎으로 심상찮은 냄새가 많이 나"(p. 74)는 곳이라고 표현하며, 신병 요양이나 시험 준비를 위해 머물고 있는 기식자들과 경내, 특히 "멀쩡한 사람이 제 육신을 지워 사라져갔다는 선담(禪譚)"(p. 137)을 가지고 있는 보련각(寶蓮閣)——이곳은 이 선담 때문에 소영각(消影閣)이라고 불린다——에서 비밀의 냄새를 감지한다. 남도섭은 대원사에서 머물고 있는 식객들의 인상과 내력을 통해 그들이 신분을 위장한 "학병 도피자들·군부대 이탈자들·불온 사상 신봉자들·공산주의자들, 그중에서도 끝내 반도를 빠져나가 종적을 놓쳐버린 소위 민족주의 노선의 불령선인(不逞鮮人)들, 심지어는 자신의 위장에 신분을 도용하고 있는 그 장흥 간척장의 내지녀 능욕범"(p. 133)이 아닌지를 탐색하는 한편 "늘상 어떤 음습한 음모의 기미 같은 것이 당우의 안팎을 맴돌고 있"(p. 137)지만 "아무것도 안을 들여다볼 수 없는 어둠의 벽"(p. 136) 같은 소영각에 대한 감시와 밀탐을 진행한다.

"임무를 좀더 창의적으로 수행해나가"(p. 142)려는 도섭의 의욕과는 달리 그에게 다시 전달된 임무는 소극적인 염탐이다. 안도 반장이 보낸 "밀령서"에는 행동과 임무에 대한 구체적인 지시사항 없이 계속 신분을 숨기고 경내의 "동태를 예의 주시하라"(p. 140)는 말과 "본 공작의 최종 목표나 임무 변경 사항은 필요시 별도로 하달될 것이므로 어떤 범증의 확인 시에도 그에 대한 대응 활동을 절대 삼갈 것"(p. 141)이라는 엄격한 명령만이 적혀 있을 뿐이다. 남도섭은 진짜 정보 공작원처럼 소설의 대부분에서 모든 사물과 인물들을 의심의 시선으로 바라보며 그것의 내력과 언변 사이에 어떠한 진실이 감추어져 있는지 탐색한다.

그러나 이 소설의 흥미는 남도섭의 위장과 은밀한 시선을 따라가는 것에만 있지는 않다. 남도섭과 같은 방을 쓰면서 그와 많은 대화를 나누고 있는 윤 처사는 대원사를 관장하는 우봉 스님에게 일본 경찰의 밀정이 한 명 들어올 것이라는 언질을 이미 들은 상태이고, 남도섭이 가장한 "장흥 간척장의 내지녀 능욕범"이 이미 절에 들어와 있었던 우연을 통해 그의 정체를 대번에 알게 된다. "도섭은 자신을 더욱 완벽하게 위장해나갔다. 안전한 은신처를 얻은 도망자답게, 그리하여 차츰 본색이 드러나기 시작한 무뢰한답게, 무지하고 조심성 없는 언행을 자주 일삼고 다녔다"(p. 136). 남도섭은 자신이 다른 사람을 완벽하게 가장하고 있다고 생각하지만 오히려 그의 그런 행동은 윤 처사에게 그리고 나중에는 경내의 모든 사람에게 마치 연극 분장을 하고 길거리를 걷는 배우의 모습처럼 분명하게 구분되는 어설픈 연기로 보일 뿐이다. 『인간인』의 흥미는 이렇듯 서로 다른 인물을 가장하거나 진실을 감추기 위해 사용되는 거짓과 위장의 수사가 중첩되며 만들어진다. 『인간인』은 종교의 세계로 혹은 안전한 은신처가 되어주는 피안의 주변으로 도피한 인간들과 그들을 추적하는 인간들이 펼쳐내는 거짓과 어리석음의 향연이며, 이러한 장삼이사들의 인생극장이다.

이청준은 이렇게 서로 다른 진실의 층위에서 발화되는 거짓과 위장의 수사들을 중첩시키며 자기표현이나 사실 전달의 수단으로 사용되는 언어를 폭력적으로 뒤틀어놓는다. 이청준 소설 작법의 특징이라고 부를 수 있는 이러한 기법에 대해서는 이미 많은 논자들의 지적이 있어왔다. 김병익의 다음과 같은 언급은 이에 대한 적절한 요약이 될 것이다. "이청준의 방법론은 자신이 말하고자 하는 바에 맞추어 사건들을 조작하고 견강부회시키며 요철화시킨다는 데에 있다. 이 수법은 사건 자체에 대한 실감을 부여시키려는 데에 작가의 창작 목표를 두는 것이 아니라 뒤틀린 사건을 통해 작가가 뜻하는 바의 주제를 강조하려는 데 그것이 있음을 시사한다."[5]

『인간인』에서 이청준 특유의 서사 작법을 가장 흥미롭게 보여주는 에피소드는 바로 경내 유물관에 보관 중인 "금서 병풍"의 도난 사건일 것이다. "정조 임금이 서산 대사의 충절을 기려"(p. 81) 하사했다는 "금서 병풍"은 도난을 당하거나 사라져도 "제 발로 대원사를 찾아오게 된"(p. 83)다는 신묘한 내력을 가진 보물이다. 이 유래를 신뢰하자면 이 "금서 병풍"은 훔쳐갈 수 없는 보물이다. 이것이 남도섭이 대원사에 잠입한 지 얼마 지나지 않아 사라지는

5) 김병익, 「말의 탐구, 화해에의 변증」, 권오룡 엮음, 『이청준 깊이 읽기』, 문학과지성사, 1999, pp. 239~40.

사건이 발생한다. 경내 사람들은 이를 보물과 함께 종적을 감춘 본전 공양간의 용진 행자의 소행으로 짐작한다. 남도섭도 이 보물의 분실에 촉각을 곤두세우고 온갖 정보를 수집하여 용진 행자의 행방을 수소문한다. 뜻밖에 백암사에 심부름을 간 곽 행자에게 그곳에서 용진 행자를 봤다는 이야기를 듣고 남도섭은 이를 상부에 보고해 관련된 인물들을 모두 연행하게 하지만 이 도난과 관련된 일련의 소동은 우봉 스님이 계획한 일종의 "조작극"(p. 276)으로 밝혀진다. 우봉 스님은 형사들이 보는 앞에서 "본전 옆 칠성각으로 들어가 그 손수 오래 낡은 산신도 뒤에서 금자서된 병풍폭의 두루마리를 꺼내놓은 것이었다"(p. 276). 이청준이 우봉 스님의 계략을 통해 펼쳐놓는 이 조작극은 성공적인 추리소설에서 흔히 찾을 수 있는 트릭이다. 독자에게 또는 작중인물에게 어떠한 진실을 보고 있으면서도 보지 못하게 하는 '심리적 맹목(盲目)'이야말로 추리소설이 추구하는 미학의 본령이며, 인간이란 자기 삶의 한치 앞도 보지 못하는 "청맹과니 광대"에 불과할 뿐이라는 『인간인』 1부의 주제를 미적으로 형상화하기 위해 이청준이 사용하고 있는 장치이다.

피에르 바야르Pierre Bayard는 애거사 크리스티Agatha Christie의 소설을 분석한 글에서 그녀가 즐겨 사용하는 은폐의 법칙을 크게 '위장' '전환' '전시'로 구분하여 설명한다. '위장'은 말 그대로 진실 자체를 알아볼 수 없도록 꾸미는 것이다. "금서 병풍" 도난 사건에서는 분실되지 않은 물품을 도둑맞았다고 말하는 것에 해당한다. 보물은 거짓과 위증에 의해 사라졌다고 말해지기에 그것은 그곳에 존재하고 있지만 없는 물건으로 취급된다. 수사관들이 찾아 헤매는 것은 물건이지만 사실 그들은 사라졌다는 말을 따라가고 있을 뿐이다. '전환'은 독자나 수사관의 관심을 범인이 아닌 다른 등장인물 쪽으로 돌리는 것이다. 독자의 관심이 가짜 범인이나 단서에 쏠리게 되면 서사에 흩뿌려진 모든 단서들은 마치 자석에 이끌리는 쇳가루처럼 무의미한 방향을 가리키며 나열된다. 『인간인』에서는 용진 행자의 등장과 그와 관련된 에피소드들이 그 역할을 하는 것이다. '전시'는 "진실을 낱낱이 기록하면서도 보이지 않게 만들어버리는 데 있다. 말하자면 살인범이 살인범 뒤에 감춰져 있는 것이다."[6] 이 에피소드에서는 우봉 스님이 그 역할을 하고 있다. 즉, 물건을 숨긴 일종의 범인이 피해자의 등 뒤에 숨어 있는 것이다. 그리고 『인간인』 1부 전체를 놓고 볼 때는 안도 고이치 경부보가 그 역할을 하고 있다. 소설의 말미에 한국전쟁의 발발로 도망자 신세가 된 남도섭은 다시 대원사로 몸을 숨긴다. 그리고 그곳에서 남도섭은 소영각 안에 도피자들을 위한 밀실이 있음을, 사라졌다는 병풍이 사실은 절 안에 버젓이 보관되고 있었던 것처럼, 사라진 사람들이 그곳에서 은신하고 있었음을 알게 된다. 그리고 자신을 대원사로 보낸 안도 고이치가 우봉 스님에게 밀정의 정체를 은밀하게 알려준 장본인이었음을 윤 처사에게 듣는다. 범인이 형사의 뒤에 숨어 있는 것이다.

---

6) 피에르 바야르, 『누가 로저 애크로이드를 죽였는가?』, 김병욱 옮김, 여름언덕, 2009, p. 59. 추리소설에서 흔히 사용되는 은폐의 법칙에 대해서는 「제3장 밴 다인 법칙」에 상세히 설명되어 있다.

그는 우봉에게서뿐만 아니라 윤 처사와 외사·객방 사람들, 그를
밀정으로 절간으로 들여보낸 안도에게까지 속속들이 속아넘어간 청
맹과니 광대였다. 그 위에 그가 찾고 있던 바(당시로선 막연한 추측
뿐이었더라도) 그 밀실과 은신자들의 더없는 방패역까지 수행해준
셈이었다. 혐의를 찾아 쫓고 감시를 해온 것은 그가 아니라 윤 처사
들 쪽이었다. 그는 쫓아대고 감시한 것이 아니라, 거꾸로 쫓기고 감
시를 당하는 미로 상자 속의 생쥐였음이 역연했다. 그것은 다름 아
닌 자신으로부터의 속음이요, 제 덫을 제가 짊어진 어리석고 답답
한 무명 속의 헤맴이었다.(pp. 383~84)

도섭은 이 모든 이야기를 듣고 "자신의 반생이 너무도 참담스럽
고 희극적"(p. 377)이라는 사실에, 자신이 "쫓아대고 감시한 것
이 아니라, 거꾸로 쫓기고 감시를 당하는 미로 상자 속의 생쥐"
(p. 384)와 다름없다는 사실에, 그리고 이것이 "아찔한 인간사의
조화나 현묘한 섭리"(p. 384)라는 차가운 깨달음 앞에 끔찍한 두
려움을 느낀다. 남도섭은 자신이 머물고 있는 "지하 밀실"이 사실
은 "어둠과 불안스런 적막 속에 지옥의 악몽만을 지어 빚고"(pp.
384~85) 있는 인생살이와 그리 다르지 않은 "무명 속의 헤맴"
(p. 384)임을 알게 된다. 그리고 그는 그곳에서 벗어나려 온갖 힘
을 쓰지만 모든 기력을 소진한 채 잠이 들어버린다. 이렇게 『인간
인』의 1부는 끝이 난다.
　누군가를 쫓고 있었다고 생각했던 자신이 사실은 쫓기고 감시를

당하는 신세에 불과하다는 남도섭의 깨달음, 도난이 사실은 안전한 보관의 방법이며, 보관이 지속될수록 도난의 가능성은 높아진다고 말할 수 있는 "금서 병풍" 자작극의 전말, 대원사에서 은신하던 공산주의자 박춘구가 주장하는 "만인 평등의 사회 건설"을 위한 필연적 폭력 등은 『인간인』 1부의 서사를 이루는 플롯의 전개의 방식, 즉 전형적인 '아이러니'의 구조이다. 아이러니는 여러 가지 개념들의 상호 연관 속에서 이러한 모든 개념을 포괄하고자 하는 방식이다. 어떤 부분적인 것도 전적으로 부정되거나 긍정되지 않는다. 마치 『인간인』에 등장하는 모든 인물들의 역할과 그들에 대한 평가가 모호한 것처럼. 그들이 모두 "미로 상자 속의 생쥐"에 불과하다면 그들 중 누구를 선인이라고 혹은 악인이라고 부를 수 있단 말인가.

앞에서 지적한 것처럼 『인간인』의 1부는 한국의 1944년부터 1950년까지를 배경으로 하고 있다. 민족에 대한 수탈이 극에 달한 일제 말에서 동족상잔의 비극이라고 지칭되는 한국전쟁까지를 다루는 이 소설에는 역사를 살아가고 이를 의미 있게 만들려는 다양한 인간들의 방식이 등장한다. 그들은 권력숭배자 · 기회주의자 · 반민족행위자 · 공산주의자 · 민족주의자 · 종교인 등이며, 그들은 각자의 방식으로 그 시간들을 살아나간다. 이들은 모두, 그것이 윤리적인 것이든 비윤리적이든 간에, 자신의 시대와 삶의 경험을 통해 얻어진 나름의 성찰을 가지고 있다. 하지만 이청준에게 이들은 모두 한 치 앞도 알 수 없는 무명의 삶을 헤매는 생쥐에 불과한 것으로 서술된다. 『인간인』의 1부는 마치 살인범이 수사관을 자임

하며 자신의 범죄를 추적해가는 오이디푸스의 이야기와 같다. 그
것은 인간의 어리석음을 드러낸 기록이며, 삶에 대한 모든 확신과
발버둥이 운명이라는 예정된 어둠으로 이끌리는 비극적 아이러니
의 형식을 가지고 있다. 문학의 장르와 서사에 대한 우주론적인
사유를 통해 플롯의 구성을 '희극' '로맨스' '비극' '아이러니와
풍자'로 구분한 노스럽 프라이는 '비극적 아이러니'에 대해 이렇게
설명한다.

> 여기에서는 자연의 순환, 즉 숙명이나 운명의 수레바퀴의 끊임없
> 는 착실한 회전이 주로 강조된다. 이 양상은 우리의 말로 말하면,
> 현현의 지점에 거의 가까운 곳에서 경험을 바라보는 방법이다. 그
> 리고 이 양상의 모토는 브라우닝이 "천국은 있을는지 모르지만, 지
> 옥이 있다는 것은 확실하다"는 것이다. 이것에 대응하는 비극의 양
> 상처럼, 이 양상은 그 관심에 있어서 도덕적인 것보다는 일반적인
> 것, 또 형이상학적인 것이며, 개선주의적인 것보다는 극기주의적인
> 것, 또 체념적인 것이다.[7]

힘을 얻기 위한, 이를 통해 잃어버린 청춘의 이상을 찾기 위한
남도섭의 인생 역정과 모험은 인간에 대한 혐오와 어리석음에 대
한 탄식으로 충만한 어둠의 공간에서 멈추고, 연민과 희망이 바닥
난 이 밀실에서 차가운 풍자가 다시 시작된다. "하루에 아침저녁

---

7) 노드롭 프라이, 『비평의 해부』, 임철규 옮김, 한길사, 1982, p. 333.

두 차례씩 머리 위의 마룻장 구멍"이 열리며 "똥덩이 떨어지듯 거친 음식 덩어리"(p. 390)를 던지던 우봉 스님은 더 이상 견디기 힘들다며 벗어나고 싶다는 열망을 외치는 도섭에게 "나가고 안 나가고는 제 맘에 달린 일"(p. 394)이며, "제 속부터 깊이 살펴나갈 일"(p. 396)이라는 말을 전한다. 우봉 스님은 거창하게 말하고 있지만 사실 '일체유심조'나, '공즉시색, 색즉시공'과 같은 불교의 기초적인 원리에 해당하는 이런 가르침은 인간이 삶을 더 나은 것으로 만들려는 모든 사유와 노력을 한 치 앞도 보지 못하는 바보들이 펼쳐놓는 우화의 향연으로 만드는 차가운 풍자처럼 들린다. 이는 프라이가 지적하고 있는 것처럼 역사에 대한 형이상학적이며, 극기주의적이며, 체념적인 재현이다. 『인간인』 1부의 대미를 장식하고 있는 소영각 지하의 밀실은 삶에 대한 극도의 회의론적 시선이 찾아낸 역사의 어둠이며, 비극적 아이러니의 서사가 안내해주는 원환(圓環)의 지옥이다.

3. 자비와 가락의 강물──『인간인』 2부(강강술래)

『인간인』의 2부는 1부의 배경에서 30여 년이 지난 1979년의 이야기이다. 먼저 『인간인』 2부의 서사를 통해 이청준이 전달하려는 의식을 살펴보자. 우연히 습득한 수갑을 밑천 삼아 형사를 가장하며 권력에 대한 두려움에 항상 노출된 최하층 민중을 착취하던 안장손(安章孫)은 자신을 옥죄어오는 수사망에서 벗어나기 위해 해남골의 대원사로 도피한다. 그는 그곳에서 누워서 잠을 자지 않고 고통스런 수행을 통해 불교의 자비를 세상에 전파하려는 무불(無佛)이라는 늙은 스님을 만나게 되고 그의 모습에서 큰 충격과 감동을 받는다. "그 가엾고 처량한 석고불과 괴로운 수마(睡魔)의 유혹을 뿌리치며 밤을 지키고 앉아 있을 스님의 모습이 떠오를라치면, 그는 느닷없이 속이 뜨거워져 오르며, 아아 이 노인에게라면, 이 노인 곁에서라면……, 자신의 황량스럽고 기약 없는 인생 행로를 그만 노인 곁에 주저앉혀 의지해보고 싶은, 어쩌면 한 번 그래 봐도 좋을 듯싶은 엉뚱한 생각까지 스며들곤 하는 것이었다"(p. 50). 이러한 무불의 모습은 장손이 살면서 경험한 인간에 대한 차가운 깨달음, 즉 "세상에서 진심으로 남의 고통을 함께 해주는 사람이 있을 수"(p. 86) 없다는 인생 체험에 비추어 도저히 수긍할 수 없는 태도였다. 장손은 무불의 고행이 단순한 종교인들의 "밥벌이 구실"(p. 86)이거나 아니면 거기에는 감출 수밖에 없는 "자기 마음속의 아픔"(p. 89)이 있다고 생각하며 이를 폭로하고 훼손시키고 싶은 열망에 사로잡힌다.

자신이 경험한 인간 진실의 범위를 초월하는 무불의 모습은 일종의 숭고로 장손에게 경험된다. 장손은 자아의 뿌리부터 흔들어대는 무불의 고행을 마음속 깊이 받아들이기 전에 먼저 강렬한 불쾌감을 표출한다. 즉, 장손의 반발은 무불의 비밀을 폭로함으로써 자신이 신뢰하고 있는 삶의 방식을 공고히 하고 이를 통해 잃어버린 자기 삶의 주체적 권력을 되찾고자 하는 욕망의 발현으로 읽을 수 있다. 장손은 대원사에 들어오기 전 대원여관에서 인연을 맺은 난정을 통해 그녀가 전수받은 소리에 속세와 절연하고 절로 들어간 아버지를 둔 소리꾼 '송화'와의 기이한 사연이 있음을 알게 된다. 장손은 그의 육체를 마치 거부해서는 안 되는 운명처럼 포용하는 난정의 태도와 그의 정한을 마구 흔들어놓는 난정의 소리에 주체할 수 없는 감정의 격동을 느끼며 뜨거운 눈물을 흘리지만 자신을 상실할 것 같은 두려움에 그녀에게서 달아난다. 장손은 소리꾼 송화의 정한이 무불과 이어져 있다고 단정하며 "인연이라면 그 인연의 줄을 끊어야 했고, 윤회라면 그 바퀴살을 부숴 주저앉혀버려야"(p. 143) 한다고 모질게 마음먹고 무불과 격렬하게 길항하게 된다. 하지만 장손에게 이 모든 에피소드들은 불교에서 말하는 자비와 인연이 세계를 지탱하는 근원적 질서임을 깨닫게 되는 계기로 작용한다. 결국 장손은 조금씩 불교적 공덕을 실천하는 사람으로 변모한다. 그는 권력 말기의 끔찍한 폭력을 피해 도피한 자들의 "소중한 둥지나 가위 천국이 된"(p. 310) 대원사에서 그들의 "보호인 겸 감시역"(p. 341)을 자처하며 한 시대가 허망하게 종언을 고하는 것을 멀리서 바라보게 된다.

무뢰한 장손이 보여주는 변화와 그것의 동력이 된 깨달음은 무불을 통해 경험한 종교적 숭고와 난정의 소리를 통해 공감한 미적 체험에서 기인한 것이다. 장손은 난정의 소리를 통해 별개의 것으로 여겨왔던 인간의 삶이 인생이란 강물로 이어져 시간 속에 거대한 물줄기로 흐르고 있다는 알 수 없는 느낌을 격렬하게 감각한다. 이것은 "애달픈 삶의 정회가 깃들인"(p. 95) "소릿가락의 조화"이며, 서로 다른 삶의 고통을 하나로 이어주는 "소리의 불가사의 한 마력"(p. 121)이 주는 놀라운 미적 체험의 산물이다.

한 줄기 큰 강물이 언제부턴가 그녀의 속 깊숙이에서 가득 넘쳐흐
르고 있었다. 난정은 그 강물로 모든 것을 받아들여 함께 흐르고 있
었다. 소리꾼 어미의 황량스런 한 생애도, 그것을 이어받은 송화의
깊은 정한도, 그리고 그 이름 모를 스님의 비밀과 장손 자신의 고달
픈 인생사도, 심지어는 저 저주스런 누이년 장덕의 애달픈 소망들
까지도 거기에 함께 얼려 흘러가고 있었다. 거기선 이제 그 소리꾼
모녀의 한 깊은 사연들도 더 이상 그 어미나 딸의 것이 아니었다.
이름 모를 스님이나 장손의 그것들도 이미 제 것으로 남아 있지 않
았다. 난정은 그 모든 것을 자신의 드넓은 소리의 강물로 함께 받아
들여 흘러가고 있었다. (p. 142)

사실 판소리, 즉 예술이 궁극적으로 전달하고자 하는 정한과 공
감, 미적 체험이 감각하게 하는 삶에 대한 총체적인 깨달음은 이
청준의 '남도 사람' 연작을 읽은 독자라면 그리 낯설지 않을 것이
다. 이청준은 무불의 고행이 지닌 참의미를 묻는 장손에게 답하는
노암 스님의 입을 통해 이러한 예술의 근본 원리가 불교가 기반하
고 있는 개념과 그리 다르지 않음을 알려준다. 장손은 노암 스님
에게 "자는 또 무엇이고 비는 무업니꺼"(p. 156)라고 묻는다. 노
암은 장손에게 이렇게 대답한다. "자는 이웃에 마음이 열리는 기
쁨과 즐거움을 주는 길이요, 비는 남의 아픔과 슬픔을 함께하면서
그것을 쓰다듬고 위로해주는 길이다. 그런즉 자는 지혜에 가깝고

비는 무실(務實)하는 자세에 가까울 것이니라. 허나 그것도 이름〔謂〕이 다를 뿐, 그 값이 서로 다른 자리에 있음이 아니다. 남은 아픔이나 괴로움을 함께하는 무실의 태도는 옳은 지혜에서부터 얻어져야 하고, 지혜는 마침내 세상 가운데로 흘러들어 제값을 밝히는 까닭이다. 고로 자와 비는 서로를 짝하여 자비로 한몸을 짓게 되는 것이다. 이는 산과 물이 서로를 짝하여 비로소 온전한 강산을 이룸과 같음이다"(pp. 156~57). 장손은 노암이 쏟아낸 불교적 가르침을 미적 체험 속에서 어렴풋하게나마 이해하고 이를 조금씩 삶에서 실천하게 된다. 자비의 실천이라고 지칭할 수 있는 장손의 깨달음은 소설의 대단원이 되는 광주민주화항쟁에서 세상을 향해 폭발하듯이 쏟아져나간다. 장손은 난정이 임신한 아이가 자신의 아이라고 믿으며 그녀를 찾아 읍내로 내려가고 우연히 출산이 임박한 그녀를 태운 화물차에 타게 된다. 그리고 조산 기미를 보이며 하혈을 시작한 그녀를 병원으로 데려가기 위해 광주로 향한다.

차 위에서는 다시 구호와 합창 소리가 가득 차올랐다. 장손에겐 여전히 그 모든 소리들이 난정의 안전과 태아의 무사 출산을 기원하고 성원하는 소리들로 들렸다. 난정과 새로 태어날 아이를 위해 차의 속력을 함께 다그쳐대는 소리들로만 들렸다. 한 어린 생명의 탄생을 위한 그 간절하고 장엄한 소망의 합창과 행렬! 장손은 이제 난정이 그 혼자만의 여자가 아니라, 그와 같은 소망으로 행렬에 함께 하고 있는 모든 사람들의 여자이며, 그녀가 낳게 될 배 속의 아이 또한 자신이나 다른 어떤 한 사람이 아니라 차 위의 모든 사람들의 아이라는 생각이 뜨겁게 솟구쳐 오르고 있었다. 〔……〕 이제 그 아이는 누가 뭐래도 자신만이 아니라 그 모든 사람들의 공동의 핏줄이어야 한다는 뜨겁고 절박한 소망과 확신이 그를 알 수 없는 흥분으로 떨리게 했다. 그들의 소망과 꿈, 나의 꿈과 소망, 그 모든 사람들의 기나긴 염원과 사랑의 핏줄.(p. 384)

결국 장손은 새 생명의 탄생을 위해 도로를 질주하는 화물차 위에서 계엄군의 총탄을 맞고 목숨을 잃는다. 마지막 순간 장손은 "순정한 어둠의 장막을 헤치며 일출처럼 눈부신 한 아이"가 "그를 향해 환하게 걸어오고 있"(p. 389)는 모습을 바라보며 "차분하고 아늑한 기분"(p. 388)을 느끼며 눈을 감는다. 『인간인』 2부는 이렇게 끝이 난다.

부도덕하며 뒤틀린 사회가 제공하는 혼돈 속에서 동물적인 생명력으로 삶을 연명하던 건달 안장손이 불교의 자비와 인연이 알려주는 인간에 대한 선의와 미덕을 깨닫고 회개하며 마침내는 그 타락한 세계에 맞서 싸우며 경험하게 되는 모험과 파국의 이야기. 『인간인』 2부에 대한 간략한 정리는 이 서사가 전형적인 피카레스크picaresque 소설이며, 비극으로 끝나는 로맨스의 구조를 가지고 있다는 사실을 분명하게 말해준다. 『인간인』 2부의 서사가 그 무수한 에피소드에도 불구하고 전체적인 감상의 지점에서 익숙하고 상투적으로 느껴지는 것은 이 마지막 결말과도 어느 정도는 연관되어 있다. 『인간인』의 2부가 로맨스의 구조를 가지고 있다고 말하면, 로맨스란 단어가 주는 부정적인 어감에 누군가는 고개를 가로저을 것이다. 분명 로맨스는 소설보다 더 오래된 형식이지만 이 사실이 로맨스는 소설에 비해 유치한 형식, 즉 성숙하지 못하고 발전이 없는 예술적 형식이라는 사실을 알려주는 것은 아니다. 노스럽 프라이는 로맨스에 대해 이렇게 말한 바 있다.

로맨스는 모든 문학의 형식 중에서 욕구충족의 꿈에 가장 가까운 것이며, 그렇기 때문에 그것은 사회적으로 기묘하게 역설적인 역할을 갖고 있다. 어느 시대이든 간에 사회적으로나 지적으로나 지배 계급에 속한 자들은 그들의 이상을 어떤 로맨스의 형식으로 투영시키려는 경향을 갖는다. 이 로맨스의 세계에서는, 덕 있는 주인공들과 아름다운 여주인공들은 그 이상을 표상하고 악인들은 이 주인공들과 여주인공들의 세력을 방해하는 위협을 표상하고 있다. 〔……〕 로맨스에는 그 여러 가지 구체적인 모습에도 결코 만족하지 않는 순전히 '프롤레타리아'적인 요소가 있으며, 사실 여러 가지 구체적인 모습을 띠고 로맨스가 나타나는 그 자체야말로, 사회에 어떤 큰 변화가 일어난다 할지라도, 그것은 변함없이 굶주림에 차 있는 모습으로 새로운 희망과 새로운 희망에 살찌고 있는 욕망을 찾는 모습으로 나타날 것이라는 것을 보여준다.[8]

프라이는 로맨스야말로 인간의 욕망이 분출되는 형식이며, 지배

---

8) 노드롭 프라이, 같은 책, p. 260.

계급의 이상이 담긴 문학 형식인 동시에 피지배계급의 분출하는 혁명적 욕망이 나타나는 형식이라고 설명한다. 『인간인』2부에 대해서 언급할 때 보다 유익한 것은 이청준이 사용한 로맨스 구조에 담긴 작가의 이상 혹은 소설을 통해 성취하려고 했던 "욕구충족의 꿈"을 읽어내는 것이다. 일제 파시즘이 극으로 치닫던 1944년을 배경으로 하고 있는 『인간인』1부와는 달리 2부는 박정희 정권의 군부 파시즘이 그 종말을 고하기 직전인 1979년 봄을 시작으로 하고 있다. "권력의 도덕성을 결여한 한 정권의 고약한 말기 증상의 하나로, 이 나라가 온통 맹목적이고 압살적인 힘으로 쫓는 부류와 자유롭고 평등한 민주 낙토를 신봉타가 무고하게 쫓기는 부류의 술래잡기 마당으로 변해버린 저 어수선하고 암울스러웠던 1970년대를 마감하기 한 해 전"(p. 7). 『인간인』2부의 시작을 알리는 서술자의 목소리는 쫓는 자와 쫓기는 자의 처지라는 것이 한낱 운명의 수레바퀴 속에서 자신의 운명을 알지 못하는 인간의 근원적 어리석음에 기인하고 있음을 말하던 1부와는 사뭇 다르다. 여기에는 뚜렷한 가치 평가가 있고 그것에 근거한 선과 악이라고 불러도 될 만큼의 분명한 대립이 있다. "민주 낙토를 신봉타가 무고하게 쫓기는 부류"라고 말해지는 민주화 세력과 부도덕한 권력을 "맹목적이고 압살적인 힘"으로 유지하려는 유신정권은 그 수식어에서 드러나는 대비만큼 명백하게 가치가 구분된다. 이러한 서술자의 가치평가는 소설이 1979년 10월 26일 맞이한 유신정권의 종말과 1980년 민주화에 대한 열망이 전국적으로 표출된 일명 '서울의 봄'이라는 역사적 사건과 함께 고조된다. 서술자의 목소리는 소설의 대단원에 해당하는 광주민중항쟁에서 자유와 민주 그리고 박애를 노래하는 열광적인 합창으로, 그리고 주인공의 희생과 장손이 흘린 피에서 탄생하는 아이의 모습이 중첩되며 마무리될 때 그 절정에 다다른다.

이러한 서술자의 목소리는 이 시대가 어떠한 가치도 의미 있다고 말하기 어려운 혼돈의 상태에 놓여 있는 것이 아니라 칭송되어야 할 가치가 탄압받고, 배척되어야 할 더러운 욕망과 권력이 질서를 자임하고 있는 전도의 상황에 놓여 있음을 알려준다. 그곳은 선의를 간직한 정의로운 인물과 그들이 내세우는 질서를 통해 바로잡아야 할 곳이다. 이 선의와 그것의 공감에 핵심이 되는 것은 물론 불교의 자비와 예술이다. 『인간인』 2부의 마지막 장면에서 총격을 받고 잘려나가는 장손의 육체와 화물칸 위에 고이는 피는 마치 대속을 위해 갈가리 찢겨나간 그리스도의 육체와 그 의미에서 다르지 않다. 죽음에서 그리스도가 부활하듯, 어둠 속에서 태양이 떠오르듯, 어미의 찢어진 자궁에서 아이가 피를 뒤집어쓴 채 태어나고, 끔찍한 파국에서 역사는 다시 시작되는 것이다. 프라이의 "인간 성격 가운데 어떤 요소가 로맨스에 방출되므로, 로맨스는 본래 소설보다도 더 혁명적인 형식"[9]이라는 설명은, 『인간인』을 독해하기 위한 필요 때문이 아니더라도 기억해둘 만한 문구이다.

---

9) 노드롭 프라이, 같은 책, p. 432.

4. 역사와 반복 그리고 人間人……

인간을 시간에서 분리할 수 있을까. 인간에 대한 이해와 시간에 대한 이해가 마치 개별적인 것처럼 다루어질 수 있을까 하는 질문이다. 아마도 이러한 질문은 무대 위에 선 무용수의 육체에서 춤이라는 예술적 표현을 따로 떼어내려는 무의미한 시도와 다르지 않을 것이다. 그 어떠한 형이상학적 분리에도 불구하고 인간이라는 단어 속에는 시간이, 시간이라는 단어 속에는 인간이, 함께 존재하고 있다. 자연의 상태에서 인간이 처음으로 시간을 인지하게 된 것은 그것이 가진 반복의 구조 때문이다. 시간을 표상하는 시계, 달력, 계절 등은 모두 반복의 구조를 가지고 있다. 인간은 각자 개별적인 시간을 살고 있다고 생각하지만 먼발치에서 바라보면 모든 것은 반복되고 있을 뿐이다. 하지만 이것은 같은 인간이 태어나고, 같은 사건이 되풀이된다는 것을 의미하지 않는다. 반복은 그 사건(내용)에서가 아니라 그 형식(구조)에서 가능하다. 문학에서 비평이 규명하려고 하는 미학과 언어의 문제, 그 중심에 자리잡고 있는 표상representation은 말하자면 '재현으로서의 반복representation'이라는 형식에 대한 탐색이기도 하다.

『인간인』의 1부와 2부는 유사한 구조를 가진 이야기의 반복이다. 이를 통해 이청준은 이렇게 말하고 있는 듯하다. 역사는 반복된다. 일제 파시즘 대신에 박정희의 군부 파시즘이, 한국전쟁 대신에 광주민중항쟁이, 친미 마피아 대신에 친미 대머리가. 그리고 이렇게 덧붙인다. 한 번은 비극적 아이러니로, 다른 한 번은 비극적 로맨스로. 아마도 이러한 재현은 끔찍한 과거와 어떻게 해서든지 결별하고 싶은 의지의 발로였을 것이다. 이 아이러니와 로맨스의 연결은 반복되고 있는 『인간인』의 구조에 대한 이해가 비로소 진행되는 시작점이다. 이청준은 이 해설의 서론에 인용한 글에서 "역사를 쓰는 사람"과 "역사를 사는 사람"의 '사이'를 강조하며, 이것은 "역사는 이루어져나가는 면과 만들어져가는 면이 함께해가고 있다는 생각"에서 기인했음을 말한 바 있다. 이루어져나가는 역사에서 인간은 타자이며 그는 사후적(事後的)이며 수동적으로 존재한다. 어떤 중심에서 밀려난, 피안에서 바라본 역사에는 어떠한 변혁도, 희망도 존재하지 않는 것처럼 느껴진다. 마치 역사는 그것의 가장 나쁜 쪽을 쫓아가는 어리석은 행동처럼 보인다. 이것은 냉철한 이성이 자기 시대에 대한 반성을 통해 형성된 회의적 결론이다. 이를 역사적 성찰의 원리로 사용할 때 시간과 사건은 아이러니의 형식으로 결합된다. 하지만 만들어져가는 역사에서 인간은 주체이며 그는 사전적(事前的)이며 능동적으로 존재한다. 인간은 역사 내에서 욕망하고 그들의 이상을 공동체에 투영한다. 만들어져가는 역사를 이청준이 쓴 『인간인』 2부에 근거해 로맨스의 형식으로 볼 때 인간의 이야기는 갈등하고 투쟁하며 마침내는 승리하는 세 가지 단계의 연속되는 형식을 취한다. 비록 주인공이 필사의 쟁투에서 목숨을 잃는다고 해도 그의 흩뿌려진 육체와 피에 물든 대지에서 변화의 꽃은 피어난다.

1944년에서 1950년의 시간을 재현하고 있는 『인간인』의 1부에서 서술자는 "역사를 쓰는 사람"의 자리에 있다. 그는 이 서사에서 감정적인 가치 판단과 섣부른 인물의 평가를 끝까지 유보하며, 독자를 니힐리즘으로 가득한 암흑의 밀실로 안내한다. 하지만 1965년 「퇴원」으로 작품 활동을 시작한 이청준에게 『인간인』 2부의 배경이 되는 1979년에서 1980년은 '그의 시대'라고 불러도 될 만큼의 밀접한 시간이었을 것이다. 그리고 그는 광주의 비극에 대해 한마디도 할 수 없는 1980년대에 『인간인』의 1부를 썼고, 1988년 11월 '광주민주화운동의 발포명령자 및 진상파악을 위한 광주민주화운동 청문회'가 어떠한 실체도 처벌하지 못하고 끔찍한 사실의 무기력한 확인만으로 끝난 직후 『인간인』의 2부를 쓰기 시작했다. 그는 자신이 역사를 쓰는 사람(소설가)이라는 분명한 인식은 가지고 있었지만 자신이 살고 있는 시간의 뜨거움에서 역사를 관조하는 사람이 반드시 가져야 할 냉정을 유지하지는 못했던 것 같다. 이청준은 『인간인』 2부를 탈고하며 쓴 글에서 이 소설을 "이쯤에서 그만 부끄러움을 덮어두기" 위해, "마음의 빚에서라도 벗어나기" 위해, 작가적 욕심에 차진 않지만 서둘러 마무리를 지었다고 쓰고 있다. 언제나 그랬지만 인간이 예술이라고 부르는 것은 작가가 가진 두려움과 부끄러움, 욕망의 복합적인 변증법 속에서 출현한다. 그리고 그것의 뒤엉킴과 충동에서 예술의 걸작은 태어난다.

〔2015〕

426

텍스트의 변모와 상호 관계

이윤옥
(문학평론가)

『인간인 1』

| 발표 | 『현대문학』 1988년 5월호~1988년 9월호.

| 최초의 단행본 수록 | 『아리아리 강강』, 우석, 1988.

---

1. 실증적 정보

1) **초고:** 대학노트 여러 권에 쓰인 육필 초고가 남아 있다. 초고에는 장의 제목이 없다.

2) **발표와 개제:** 『인간인』은 발표 당시 2부로 된 작품이 아니었다. 『인간인』은 1988년 잡지에 '아리아리 강강'이란 제목으로 1부만 연재되었고, 같은 해 같은 표제의 단행본으로 역시 1부만 출간됐다. 하지만 1988년 발표작에 붙은 작가의 말을 보면 이청준이 처음부터 2부를 구상하고 있었음을 알 수 있다. 『아리아리 강강』은 1991년 1, 2부로 출간될 때, 『인간인』으로 개제되었다. 이때 『인간인 1』에는 부제 '아리아리랑'과 '아리아리강강 제1부(改稿)'라는 설명이, 『인간인 2』에는 부제 '강강술래'와 '아리아

---

* 텍스트의 변모를 밝힘에 있어 원전의 띄어쓰기 및 맞춤법을 그대로 살렸음을 밝혀둔다.

리강강 제2부(完成篇)'라는 설명이 더해진다. 『인간인』은 이청준이 오래 고심하고, 여러 번 다시 쓰는 과정을 겪으며 완성한 작품이다.

　－ 잡지 연재본 작가의 말(結句를 위한 告祝) : 숨어 사는 이, 혹은 쫓기며 사는 이들의 삶의 참의미는 근 십 년 동안 나의 소설의 중심과제가 되어왔다. 그리고 그에 대한 간구의 과정 속에 나는 늘 한 편의 소설을 그려왔다./「아리아리 강강」을 처음 쓰기 시작한 것은 84년 가을녘. 그러나 몇달 뒤 나는 생각이 바뀌어 쓰기를 중단했다가 이듬해 가을에야 이야기를 다시 처음부터 고쳐 썼다. 그러기를 세 번. 하지만 세번째도 전혀 마음에 들질 않았다. 그래 또 한번 다시 써야 할 일로되, 이번에는 방법을 달리하기로 하였다. 다름아니라 앞부분부터 먼저 내보내고 보자는 것이다. 몇번을 고쳐 써도 이야기가 그만큼 나아지지는 않는다는 것, 오히려 구지레한 때만 더 앉는다는 것, 그 위에 원고는 오래 묵힐수록 시효성(時效性) 활력만 잃게 된다는 것, 그런 것들을 그간에 깨달은 때문이다./「아리아리 강강」은 그러니까 그 세번째 원고를 다시 고쳐 쓴 네번째 이야기가 되는 셈이다. 이젠 어떤 식으로든 결판을 내야 할 처지가 되었으니, 그 쫓기고 숨어 사는 사람들의 삶의 값을 위해서도, 마음이 다시 바뀌게 될 변모나 없기를 빌 뿐이다.

　3) 1988년 단행본과 1991년 단행본의 차이: 『아리아리 강강』이 1991년 개제되면서 이야기도 큰 변화를 겪는다. 『아리아리 강강』의 독자들은 우봉이 도섭의 정체를 처음부터 알고 있었다는 사실을, 도섭처럼 결말 부분에서야 알게 된다. 하지만 『인간인 1』에서는 그 사실이 소설의 앞에 배치되고, 김처사의 잠자리도 유물관이 아니라 우봉의 처소로 변해, 일일이 지적하기 어려울 만큼 이야기가 많이 수정되었다. 이청준은 작품의 수정 이유를 이렇게 밝힌다.

　－ 1991년 단행본 작가의 말: 1985년에 초고를 쓴 1부는 몇 차례 손질 끝에 1988년 가을 상재(上梓)의 고(苦)를 치렀으나, 뒤에 다시 읽어보니 화자(話者)의 과도한 정보(情報) 독점으로 하여 이야기에 불필요한 혼란과 짜

증을 야기시키고 있음을 알게 되었다. 이번에 2부를 상재하는 김에 1부 내용에도 새로 적절한 정보 배분의 통로를 마련하였는바, 당초에 시도한 '비극적인 깨달음과 구원의 구조'에 대해서 뿐만 아니라 글의 '쉬운 읽힘'에도 상당한 도움과 편의를 더하게 되었기를 소망해본다./2부는 1989년에 초고를 쓰고, 1990년과 금년에 몇 차례 추고를 되풀이하다보니, 내 가당찮은 욕심으로는 손질을 거듭할수록 이야기가 자꾸 더 '개악(改惡)' 쪽으로 기우는 느낌이 들어, 이쯤에서 그만 부끄러움을 덮어두기로 작정하고 마무리를 지어버린 졸편이다. 우선 이 7년간의 마음의 빚에서라도 벗어나기 위해서다.

4) 「잃어버린 절」: 『인간인 1』에 나오는 금서병풍과 동종(銅鐘)에 대한 일화가 들어있다.

– 「잃어버린 절」: 이런 노략질엔 대흥사의 유물관도 예외가 될 수 없어 몇 차례나 같은 화를 당했다 하였다. 그 중 한번은 유물관에 보관된 금자어서병풍(金字御書屛風, 임진란 때의 서산대사의 충절에 뒷날 정조 임금이 금자어서로 유덕을 칭송하는 글을 써 내린 하사품)과 탑산사의 구리종을 함께 도둑맞은 일도 있었댔다. 하지만 원래 대흥사 도난 유물들은 그 자체의 신통력을 발휘하여 큰 화를 입기 전에 되돌아오게 마련이었는데, 이때의 기이한 사연인즉 이러했다.

5) 전기와 연관성: 남도섭이 내세운 전력, 즉 김 처사의 사건이 일어난 곳인 장흥 해변 쪽 대덕마을은 이청준의 고향 고을이다.

2. 텍스트의 변모

1) 『**현대문학**』(1988년 5월호~1988년 9월호)에서 『**아리아리 강강**』(우석, 1988)으로

* 본원 → 본전
* 금병풍 → 금서병풍
  – 20쪽 5행: 서쪽 → 동쪽

- 77쪽 6행: 1944년 → 19년

- 81쪽 13행: 4폭 → 6폭

- 129쪽 10행, 13행: 만일암(晩日庵) → 진불암(眞佛庵)

- 154쪽 16행: 안도 반장(진위를 확인해볼 길이 없었지만, 그는 실상 반도 태생의 조선인 출신으로, 〈安東晉〉이라는 본래의 조선명을 〈安東 晉〉이라는 일본식 표기법으로 창씨개명을 대신해 쓰고 있다는 소문이 있었다. 그의 숨은 출신성분이 그래선지 그는 유독 주위에 반도 출신의 보조들을 즐겨 거느렸다) → 유력한 반도 출신 안도 반장

- 158쪽 2행: 오이디푸스의 공안(公案) → 公案의 門

- 210쪽 11행: 아니 여기엔 그런 데 대한 지배력의 도덕성보다 훨씬 더 실제적인 문제들도 있어요. 제가 보기론 그 새로운 힘이라는 것도 정말로 만인이 만인 자신을 다스리는 자생·자율의 질서는 되기가 어렵다는 겁니다. 한마디로 그 당면의 세습적 억압세력의 파멸은 무엇을 뜻합니까. 부숴 없앤다는 말은 가능하지만, 그 세력이 실제로 세상에서 사라지는 것은 아니질 않습니까? 그것은 어디 허공 가운데로 사라져 없어지는 것이 아니라, 다스리는 자리에서 다스림을 받는 자리로 밀려내려가는 것뿐이지요. 그래서 세상은 다스릴 수 있는 자만이 존재하는 완전평등의 질서가 아니라, 자리를 바꾸어 다스리고 다스려지는 일이 다시 이어지는 마당이 될 뿐인 거구요. 다시 말해 그 자율적 지배권력의 탄생이라는 건 자신이 자신을 다스리기 위한 임시위임의 방편적인 대행체제의 성취가 아니라, 그것은 다만 그럴듯한 명분일 뿐 그 힘의 행사자가 서로 자리를 바꿔앉은 고정적 지배력의 교체현상에 불과한 것이라는 거지요. 그것도 좋게 말해 그 새로운 지배세력이 조직되기 시작한 초기단계에선 말입니다. 왜냐하면 어떤 지배권력도 그 힘을 발휘할 대상을 요구하게 마련인 데다, 그 적대적 힘의 행사대상이 완전히 무력해져버리고나면 지배력은 다시 새로운 지배의 대상을 찾아 구하고 그것을 끊임없이 넓혀나가게 마련이거든요. 그

래서, 종국엔 그 힘의 대행자가 그것의 위임자까지도 불가피 적대적 다스림의 대상으로 만들어가게 될 거라는 말씀입니다. 그래 한마디로 그 프롤레타리아혁명이나 독재라는 것 역시 권력의 일반적 속성과 법칙에 의해 배타적인 세습이 불가피해질 뿐 아니라, 세상은 한차례 자리바꿈만 거칠 뿐, 한쪽은 다스리고 한쪽은 다스림을 받는 지배·피지배의 질서는 여전하리라는 겁니다. 적어도 박선생님이 믿고 계신 그런 공리적 이상세계를 전제로 한 혁명적 방법에 따른다면 말입니다…… / 그간 박춘구의 교양 덕분이었을까. 상억은 한마디로 박춘구의 노선을 혁명적 방법론으로 거침없이 규정짓고나서 그 위험스런 폐해에 대항하여 자신의 노선을 이렇게 천명했다./— 전 솔직이 그런 혁명적 방법은 믿을 수가 없습니다. 혁명은 대개 그 명분이 완벽한 반면 그 완벽한 집단주의의 명분 속에는 개인의 꿈이 거의 용인되지 않고 있는 듯싶거든요. 그리고 다양한 개인의 꿈들을 용인하지 않은 명분은 사람들에게 자주 거짓몸짓을 낳게 하기 쉽구요. 그래서 저는 세상이 달라지더라도 누구 다른 사람들을 위해서보다도 바로 저 자신을 위해 그걸 바라고 있지요. 제가 이렇게 숨어 다니지 않고 밝은 세상에서 떳떳하게 살 수 있는 그런 처지가 되고자 말입니다. 더 심하게 말해서, 세상은 어차피 다스리는 자와 다스려지는 자의 위아래 계층으로 나뉘어 살아가게 마련이라면, 더우기 그것이 일방적 강제가 아닌 개방과 자율의 선택에서라면 저는 아무래도 눌려 다스림을 받고 살기보단 다스리는 자들 쪽에 끼어 밝고 힘있게 살아가고 싶다는 겁니다. 누군가는 그걸 권력본능이나 의지라고 부르기도 한다고 들었읍니다만, 어쨌거나 그것이 사람들 누구나의 일반적인 소망이라면, 그런 소망을 지니고 사는 것을 비난받아야할 이유는 없을 테니까요. 더욱이 저는 세상의 변화란 그같은 정직한 개인의 소망과 꿈에서부터 비롯되어야 한다고 생각하고 있으니까요. 하다보면 자연히 그 눌려 사는 처지에서 누리고 사는 처지로 올라서려는 신분상승의 욕망과 그를 위한 노력, 그리고 그 힘에 대항하여 현상을 지키려는 기성세력의 자기방어 노력, 그 두 힘 사이에선 쉴 새 없이 치열한 갈등이 빚어지고, 거기 따른 계층간의 순환적 신분상승과 하강현상들이 뒤따르게 되겠지요. 이를테면 그 힘들의 도덕적 정당성 여부에 따라서 말이지요. 그리고 그런 식으로 세상의 위쪽과 아래쪽은 점진적 상승과 하강을 반복하는 개방적이고 순환적인 변화의 궤적을 그려가게 될 거구요. 사실은 그와 같은 점진적 순환의 통로가 넓게 개방되어 있을 때라야 박선생님이 말씀하신 그 자기지배나 임시위탁의 대행권력이라는 것도 본뜻이 살아날 수 있을뿐더러, 그 힘의 행사가 지배 아닌 만인에의 신성한 봉사가 될 수 있는 것 아니겠습니까. 한데 그런 개인과 부분의 점진적 순환을 인정하지 않고 세상 전체를 선악간의 대립상으로 양단해놓고보면 박선생님처럼 그저 선한 쪽 전체가 악한 쪽 전체를 때려부숴야 한다는 급진적 혁명노선밖엔 취할 길이 없게 되는 거겠지요. 하지만, 한 사회의 변화를 이상적 공리론에서가 아니라 개인과 부분의 순환적 변화과정으로 이끌어가는 데선 오히려 그 지배질서의 근본적인 변화가 가능해질 수 있지 않겠어요. 왜냐하면 그것은 위아래 계층간의 진정한 도덕적 정당성의 대결이자 그에 의한 지배질서의 신선한 신진대사가 가능해질 수 있을 테니까요. 거기서도 물론 혁명적 방법이 전혀 무용한 것은 아니겠지만, 여기서 그것이 필요할 때란 사실 그런 상승과 하강의 순환통로가 전면적으로, 혹은 일방적 폭력으로 틀어막혀 있을 때뿐이겠지요. 이를테면 일제에 억눌려온 우리 식민지 조선인의 막막한 상황처럼 말입니다. 하지만 지금 박선생님의 혁명론은 일제에 대항하는 조선인의 투쟁논리가 아니라, 조선인 자체 내의 상황에 대한 것이었지요. 그리고 박선생님의 정보나 희망대로라면 일제는 이미 패망의 길목에 들어서 있는 거구요.」/다시 말하거니와, 박춘구는 그저 멧돼지처럼 모든 걸 한꺼번에 뒤엎고 싶어하는 몽상적 혁명주의의 입장임에 반하여, 상억은 제법 확실한 현실이해에 바탕을 둔 온건한 개량주의의 입장을 고집하고 있었다. → 〔삭제〕

432

- 222쪽 2행: 밤을 건너는 대지(大地) → 밤을 앓는 대지
- 249쪽 7행: 그런데 그쯤 접어넘기고 그냥 지나치려다보니 도섭은 새삼 작자가 그토록 이른 시각(우봉의 그 벙어리 행자승마저도 아직 출입이 어려울)에 스님의 방에서 나오게 된 곡절이나 그 거동새가 아무래도 이상했다. 다름아니라 그때 도섭의 기미를 전혀 알아차리지 못한 위인은 우봉의 방을 나와서도 이상하게 자주 주위를 경계하는 눈치더니, 이번엔 또 밤새 열려 있는 광명전의 앞문을 놔두고 일부러 외사 쪽 통로를 빠져나가 그의 유물관 길을 멀찌감치 돌아 내려가고 있었던 것. 도섭은 그게 아무래도 범상스런 심부름받이길로는 보이지가 않았다. → 그런데 그쯤 접어 넘기고 그냥 지나치려다 보니 도섭은 그게 새삼 범상스런 심부름받이길로는 보이지가 않았다.

2) 『아리아리 강강』(우석, 1988)에서 『인간인 1』(우석, 1991)로

* 『아리아리 강강』의 17, 18장이 하나로 묶여 전체 23장이 22장으로 줄어든다.

* 두 단행본의 차이가 매우 커서 달라진 부분을 모두 표시하기는 어렵다. 여기서는 큰 변화를 보인 부분만 언급하겠다.

- 103쪽 10행: 하지만 사실 도섭은 처음부터 일을 너무 자신만만 낙관한 셈이었다. 바로 이날만 해도 도섭이 그런 식으로 시간이 늦어지다보니, 벌써부터 곽행자와 채전 일을 나와 있던 윤처사는 그의 숨은 속셈에 심한 궁금증과 경계심이 일고 있었다. 윤처사로서도 처음부터 그의 정체를 어느 정도는 알고 있었기 때문이었다. 아니 윤처사가 도섭의 본색을 안 것은 그가 산을 올라오기 전부터였다고 할 수 있는 일이었다./—미구에 못된 말썽부스러기가 한 놈 신분을 위장하고 잠입해올 모양이다. 외사, 객방들을 각별히 주의해서 살피거라./어느날 우봉이 윤처사를 따로 불러 은밀히 당부했다. 윤처사는 금세 그 우봉의 흉중을 헤아렸다. 전에도 한두

번 정체를 알 수 없는 상대로부터 그와 비슷한 절간의 위험사를 미리 제보해온 일이 있었다. 그리고 그 밀보는 그때마다 어김없는 사실로 입증이 되곤 하였다. 우봉이 그 밀정의 잠입을 예견한 것은 근자에 또 그런 제보가 있었기 때문일 터였다. 그리고 며칠 뒤 그 우봉의 예단은 이번에도 어김없는 사실로 드러났다. 게다가 그 위장 잠입자는 다른 사람이 아닌 윤처사, 그의 잠입을 미리 기다리고 있던 바로 그 사람을 정확하게 찾아 나타난 격이었다. 그야 윤처사로서는 그 당장 위인을 우봉 스님이 예견한 밀정으로 단정할 수는 없었다. 그리고 그 점은 우봉 스님 역시도 마찬가지인 셈이었다./—며칠 곁에 붙잡아두고 본색을 살펴거라./위인의 출현에 상당한 확신을 갖고 사실을 고하러 달려간 윤처사에게 우봉은 오히려 며칠 신중한 정탐을 당부했다. 하지만 일은 하루도 다 지나지 않아서 판정이 내려졌다. 제 일을 한사코 윗전에게만 고하겠다고 고집을 피우던 위인이 그에 못지않은 윤처사의 완강한 저지에 밀려 결국엔 그 앞에 입을 열고만 그 해괴한 세간 사연 덕분이었다. 그가 털어놓은 그 일녀의 능욕사건과 관련한 불안스런 도피행각./도섭에겐 참으로 불운한 우연으로, 윤처사는 이 절골에 이미 그 비슷한 사연으로 불안하게 쫓겨 들어와 있는 사람을 알고 있었던 때문이었다./하고보니 윤처사의 그같은 귀띔에는 좀체 웃음을 모르던 우봉 스님조차도 그 우연의 조화 앞에 경탄을 금치 못하고 파안대소를 터뜨렸을 정도였다./하지만 일은 거기서부터가 윤처사로서도 잘 알 수 없는 수수께끼 놀음이었다. 위인의 본색이 확인되고나서도 우봉은 며칠동안 위인에 대한 이쪽의 대응을 미루고 있었다. 하더니 어느날 밤 윤처사를 불러올려 예상 밖의 처결을 내리고말았다. 윤처사로서는 으레 우봉이 그의 본색을 주위에 드러내어버림으로써 위인 스스로 암약을 단념하고 산을 내려가게끔 만들 것으로 예상했다. 그런데 우봉은 위인을 계속 집허당에 묶어두고 동정을 면밀히 살펴나가라는 것이었다. 위인에게 절간 복색까지 한 벌 마련해다 입혀주고 일녀 능욕사건의 진짜 당사자에겐 그 일을 당분간 비밀사로 해두라는 것이 나름대로 어떤 숨은 복안이 있는 있는 일 같았다. 이를테면 위인을 모른 척 곁에 묶어두고 거꾸로 그를 이용해보자는 속셈일 터였다. 하지만 윤처사의 생각으로는 그게 보통 위태로운 노릇이 아니었다. 무엇보다 절골엔 위인과 같은 자들의 눈길에 함부로 기미를 드러내 보여서는 안 될 처지에 있는 사람들 천지였다. 외사나 객방 사람들은 대개가 그런 위인들의 눈길을 피해 들어와 은신해 있는 처지들이었다. 게다가 근자엔 절골 어느 은밀한 곳에 어느 때 누구보다도 그 신분이 중엄하고(윤처사로서는 그 구체적인 것까지는 알 수가 없었지만) 주위의 단속에도 그만큼 주의를 요해야 할 인물이 은신해 있었다. 그런 판국에 위인을 역이용하려 절골에 함께 붙잡아둔다는 건 이만저만 위험스런 일이 아니었다. 하지만 우봉은 무슨 속셈에선지 그런 덴 거의 마음을 쓰지 않는 낌새였다./—위인이 외려 이 절간을 잘 지켜줄 것이니라./처결에 대한 윤처사의 조심스런 소견에 우봉은 그쯤 대수롭잖게 눙쳐 넘겼을 뿐이었다. 그렇다고 우봉이 그 위인의 본색이나 잠입 목적 같은 걸 심중에 확실히 거머쥐고 있는 것 같지도 않았다. 그는 위인에 대한 밀첩(密諜)을 보내온 인물조차 아직 확실한 정체를 알지 못하고 있었다./—위인의 일을 미리 알려온 사람은 대체 어떤 인물일까요./윤처사가 그 밀첩사실을 넘겨짚고 궁금해하는 소리에도 우봉은 그저,/—그런 일을 그렇듯 미리 알아냈다면 그쪽에 어떤 줄이 닿아 있는 사람이 아니겠느냐./자신도 아직 확실한 짐작이 안 가는 듯 여전히 무심하고 애매한 추측 뿐이었다. 밀첩의 장본인을 분명하게 알고 있지 못하니 위인의 정체나 잠입 목적에 대해서도 더 이상 분명한 확신을 지녔을 수 없었다. 하면서도 우봉이 그렇듯 위험스런 모험을 서슴지 않고 나선 데에 윤처사로선 지금도 그 깊은 속을 헤아릴 길이 없었다./아니 위인의 잠입 목적으로 말하면, 위인은 일단 절간의 고서화나 보물급 귀중품들이 목적인 듯싶어 보였다. 전에도 가끔 그런 사례가 있었듯이 위인은 절간골 정탐을 빙자하여 사찰

내의 귀한 소장품을 노리고 들었을 수 있었다./— 유물관 물건들이나 잘 단속해두거라./위인의 진짜 잠입 목적이 무엇으로 보이느냐는 윤처사의 물음에 대한 스님의 동문서답식 대꾸였다. 우봉도 위인의 잠입 목적을 대충 그쪽으로 짐작하고 있음이었다. 한데다 그 우봉의 처결이 내려진 날 밤에 바로 금서화가 사라진 일이나, 그 일에 도섭이 적지아니 의뭉스런 관심을 기울여온 낌새들로 보아서도 윤처사는 위인을 거의 그런 식으로 보고 있었다./하지만 윤처사는 물론 그날 밤의 병풍 일을 위인의 소행으로는 생각하고 있시 않았다. 그렇다고 반드시 용진 행자의 소행으로도 믿고 있지 않았다. 용진의 내력이나 처지가 비록 그렇다곤 하지만, 이젠 제법 이곳 어른들의 신망이 깊은 터에 그렇듯 막된 짓을 저지르고들 배은망덕한 녀석이 아니었다. 보다도 그 위인에 대한 우봉의 처결이 있던 날 밤 서화가 사라진 것이 아무래도 우연처럼 보이지가 않았다. 우봉이 미리 그런 식으로 서화를 어디론가 옮겨놓았을 수도 있었다. 용진은 오히려 그 우봉의 은밀스런 당부를 받고 물건을 다른 데로 옮겨간 심부름꾼에 불과할 수 있었다. 서화의 신통력을 믿는다 하더라도 도난사건 뒤의 그 우봉의 대범스런 태도 역시 그런 추측을 충분히 가능하게 하였다. 그래 윤처사는 도섭 앞에서 부러 더 시치밀 떼고말았지만, 서화도 지키고 위인의 밀계도 짓누를 겸. 우봉에게 그럴만한 이유는 충분했다. 하지만 그 역시 아직 단정할 수는 없는 일이었다. 그 사실 여부와 진상들 또한 윤처사의 아리숭한 수수께끼가 되고 있을 뿐이었다. 그런데 그것이 우봉 스님의 사전조처였든 아니든, 도섭의 진짜 본색이나 잠입 목적이 무엇이든, 그리고 그를 절간에 묶어두려는 우봉의 의중이 무엇이든, 윤처사로서는 그런 건 오히려 둘째 문제였다. 절간에는 아직 그 금서병풍 이외에도 값지고 귀한 소장품들이 수없이 많았다. 그 비밀 처소의 중요 인물을 비롯하여 절골엔 또 곳곳에 위인의 눈길을 피해 지내야 할 위태로운 처지에 있는 사람들도 부지기수였다. 게다가 위인은 이쪽의 대비는 조금도 눈치를 못 챈 듯 그날로 문밖 출입이 자유로워진 뒤로는 바로 그 광명전 영정각들을 비롯하여 여기저기 차츰 밀탐의 눈길이 분주해지고 있는 낌새였다. 그날 아침 윤처사가 김처사의 사연을 제 것으로 위장하게 된 경위를 짚어보려 한 번 더 이야기를 청하고 들었을 때도 위인은 조금도 의심의 빛이 없이 오히려 신명이 더해가는 꼴이었다. 윤처사는 이런저런 궁금증에도 불구하고 그 위인의 음험스런 눈길 앞에 절간의 안전부터 도모해나가야 하였다. 절간의 귀한 소장품들을 지키기 위해 제 위험한 처지를 눈치조차 못 채고 있는 유물관지기 김처사를 비롯한 모든 절골 사람들의 신변을 지켜주기 위해, 심지어 그 의중이나 일의 진상도 알지 못하고 있는 우봉 큰스님이나 용진 행자들을 위해서 위인의 눈길을 끊임없이 막아서고 따돌려야 하였다. 위인 앞에선 부러 무관심을 과장한 채 그의 주위를 맴돌면서 위인의 동태를 세심하게 지키고 있어야 하였다. 때로는 그가 눈앞을 벗어져 나 있을 때마저도 위인의 거취에 늘 신경을 쓰고 있어야 하였다./그래 지금도 윤처사는 도섭이 아직 모습을 나타내지 않고 있는 데에 그렇듯 심사가 편치 않아진 것이었다. → 〔삽입〕

- 165쪽 3행: 한 마디로 도섭은 절간의 속사정이나 윤처사의 동정에 대해 그런대로 맥을 썩 잘 짚어낸 셈이었다. 특히 그 객승이 우봉을 찾아와 만나고 간 일에 대해서는 윤처사와 거의 근접한 상상을 하고 있었다. 우봉을 찾아와 모종 밀담을 나누고 간 그 객승은 바로 이웃 장성의 백암사(白岩寺)에 도량을 마련해 지내고 있는 우암의 오랜 수하로, 전에도 한두 차례 이곳까지 그 은사 스님을 찾아뵈러 오간 일이 있어 윤처사도 많이 눈에 익은 손님이었다. 그런데 윤처사는 예의 금서병풍 일을 두고 전부터 막연히 그 백암사 쪽을 떠올리곤 한 일이 있었는데 그의 돌연스런 발길을 맞고나자 새삼 어떤 상상이 확연해진 것이었다. 그 '아이'나, 제멋대로 지닐 수 없는 그 '제 것'에 대한 그의 짐작이 틀림이 없다면, 서화는 도난을 당한 게 아니라 우봉이 용진에게 지녀 그 백암사로 보낸 것이 사실이란

말인가. 그런데 거기 어떤 말썽거리가 생겨 스님이 직접 이곳까지 먼 걸음을 하게 됐단 말인가. 윤처사도 두 사람간의 밀담을 가까이 들을 수 없어 자세한 속사정까진 알 수가 없었지만 손님이 돌아갈 때의 우봉의 배웅 인사에서 그 서화의 행방이나 용진 행자의 소재는 거의 확신을 할 수가 있었다. 뿐더러 손님이 돌아간 뒤엔 우봉도 그것을 굳이 부인하려질 않았다./"제 잘못이 큰 줄은 압니다만 아깐 그 위인이 귀를 잔뜩 곤두세우고 주위를 맴돌고 있는 줄 아시면서 큰스님께선 어쩐지 좀 목소리를 부러 높이고 계신 것 같았습니다요. 그나저나 용진 행자는 별일 없답니까……"/손님이 찾아온 곡절까지는 차마 묻지를 못하고 그 헤픈 목소리를 핑계삼아 넘겨짚는 소리에 우봉은 시인도 부인도 아닌 아리송한 웃음 속에,/"위인이 그저 비쭉비쭉 귀를 기웃거리고 다니는데, 그쯤 궁금증을 풀어줘야질 않겠더냐. 위인이 한참 어리둥절 헛궁리를 일삼게 될 것이니라."/도섭의 주의를 유인하고 싶어 짐짓 목소리를 흘렸노라는 식이었다. 그리고는 무엇에 근거를 둔 소린지/"이 전쟁도 그리 오래 가진 못할레라. 그때까지 주변을 잘 단속해나갈 일이다……"/윤처사로서는 전혀 상상조차 못해본 소리를 혼잣소리처럼 흘린 끝에 그의 행동과 마음가짐을 한 번 더 단속해 오고 있었다. 우봉으로선 그 서화 일 이외에 절골 일의 안전을 도모해나가기 위한 또다른 숨은 목적이 있었음을 말함이었다. 윤처사는 그 일에 대한 주의나 경계 또한 그만큼 신중하고 철저해야만 하였다. 더욱이 이즘 들어 도섭의 암약은 이만저만 활발해지고 있는 낌새가 아니었다. 주위 사람들에 대한 까닭없는 관심이나 남의 외사·객방·선방들 엿보기는 고사하고 근자엔 어디론지 비밀첩신을 내보내는가 하면 바깥 사람과 직접 밀통을 주고받는 낌새마저 역력했다. 큰스님과 손님과의 밀담시에 위인이 근처를 배회하고 있었던 것도 전혀 우연일 수가 없었다. 우봉도 이미 그런 낌새를 알아차리고 도섭의 주의를 오히려 그쪽으로 이끄는 낌새였지만 위인은 아닌게아니라 그 서화일 이외에 또다른 목적이 있는 것 같기도 하였다. 그 눈길이 이제는 김처사나 광명전의 영정각 가까이까지 미쳐가고 있는 중이었다. 게다가 위인은 이제 그 우봉의 발설로 하여 그 금서병풍 일에 어떤 위계의 기미를 느끼고 이쪽을 의심하고 들 가능성마저 농후했다. 그가 아직 실제로 어떤 행동을 취하고 나서지 않는 것이 이상스럴 정도였다./하지만 다행스런 것은 이쪽에서도 미리 위인의 본색을 알고 있다는 점이었다. 그것으로 윤처사는 위인의 내심이나 흉중을 미리 짚어낼 수 있을 뿐 아니라, 필요한 때는 그것을 차단하고 역이용할 수도 있었다. 우봉이 그 헤픈 소리를 흘려 위인의 주의를 흐트려놓은 것도 바로 그런 대응책의 하나일 터였다. 그리고 그런 뜻에서 위인의 암약상은 아직 더 활발해져야 할 필요도 있었다. 윤처사는 결국 그런 식으로 계속 위인의 고삐를 놓아둔 채 작자의 동태를 살펴나가기로 하고 있었다. → 〔삽입〕

- 219쪽 18행: 도섭이 그렇듯 조급하고 초조하게 굴수록 윤처사에겐 말 못할 불안감과 위험이 가중되어가게 마련이었다./도섭의 음흉하면서도 매서운 눈길은 윤처사가 처음 예상했던 것 이상으로 끈질기고 대담했다. 위인의 의심 어린 발길과 눈길은 이제 외사 객방들은 물론 우봉 스님의 주변과 영정각 내실까지를 무시로 넘나들고 있었다. 대원사와 백암사간에 어떤 숨은 내왕이 있는지 노골적으로 의심을 하고 드는가 하면, 그 잿밥이 영정각을 드나드는 데에까지 적지않은 의혹의 눈길을 뻗치고 있었다. 그것도 이젠 어떤 내심의 확신이 선 모양으로 터놓고 그의 심중을 후비고 들기까지 하였다. 백암사 쪽과의 내왕이나 잿밥일에 대해선 그럭저럭 대답을 어물거려 넘겼지만 윤처사로선 아무래도 마음이 놓이지가 않았다. 위인의 눈길이 그리 설치고 돌아가다보니, 병풍 일은 물론 그 잿밥의 취식자나 절간 은신자들 전체가 안전할 수가 없었다. 미구엔 윤처사 자신의 처지마저 위인 앞에 안전을 장담할 수가 없었다. 그간에 이미 주변 사람들의 불온성과 숨겨진 허물들을 꽤 인지하고 있었을 텐데도 그걸로 담박 올가미를 씌우려 덤벼들지 않고 있는 것도, 그 사찰 소장품이 아니면 다

른 큰 표적을 노리고 있는 것 같아 윤처사의 심사를 더욱 불안하게 하였다. 그래 결국 하루는 위인을 채전으로 불러내어 용진 행자의 그 딱한 사정을 모두 들려준 일까지 있었다. 한껏 일어선 위인의 심사를 흔들어(겸하여 그 서화의 도난 사실을 확인시켜줌으로써) 그 백암사와 은신자들의 일에서 사나운 욕망을 좀 주저앉혀보고 싶어서였다. 바로 그 욕망을 무력화시키고 위인의 주의를 다른 데로 돌려놓으려는 계략이자 설득이었던 셈이었다. 하지만 도섭은 그것도 쉽게 믿기지가 않은 낌새였다. 커녕은 오히려 새삼스레 그에게 그런 얘길 털어놓은 이쪽의 저의를 의심하는 눈치였다. 게다가 근자엔 그 산정께에 설치된 라디오 선까지 위인의 눈에 띄게 된데다 몇 차례 주의와 당부에도 불구하고 늘 불안스럽기만 하던 그 박춘구와 지상억간의 사상적 갈등까지 끝내는 어이없는 칼부림으로 이어져 그의 입장을 더욱 곤혹스럽게 만들고 있었다. 윤처사 역시도 이제는 위인이 아예 어떤 분명한 행동을 취하고 나서주기를 바라는 심정이 되고 있었다. 그로선 그게 오히려 대응이 쉬워 보인 때문이었다. → 〔삽입〕

- 249쪽 7행: 위인이 도섭을 더욱 자극하게 된 수상쩍은 사단은 집허당의 우봉이 그를 가끔 자기 방에서 재워 보낸다는 사실이었다. 어느 날 새벽녘 변소길에 도섭은 그가 뜻밖에 집허당의 큰스님 방을 나오는 것을 보았던 것이다. 도섭은 처음 그것이 큰스님의 특별한 심부름받이길이겠거니, 그가 거기서 잠을 자고 나온다는 것은 생각조차도 못 했었다./그런데 그쯤 접어 넘기고 그냥 지나치려다 보니 도섭은 그게 새삼 범상스런 심부름받이길로는 보이지가 않았다. 그래 그는 이후 며칠간의 추적 끝에, 어느 날 밤늦게 위인이 다시 조심조심 어둠을 타고 가 우봉의 침소로 사라져 들어간 것을 목도한 것이었다. 우봉이 때로 자기 방에서 김 처사를 재워 보내고 있는 것이 확실해진 것이었다. 그리고 그것은 그날 밤늦게 도섭이 유물관을 몰래 혼자 찾아가본 일이나 곽 행자의 방심스런 몇 마디로 해서도 다시 한 번 분명히 확인이 된 사실이었다. 곽 행자(위인이 유물관

을 비우고 온 날 밤은 곽 행자도 위인과 그 천불전 별채에서 잠자리를 함께 해 오고 있던 터이므로)도 근자 김 처사가 이따금 행자실 잠자리를 비우는 날이 늘고 있다고, 그러니 그건 위인이 다시 유물관에서 밤을 지내는 때문이 아니겠느냐고 위인의 외숙을 간접 확인해 준 것이었다. → [삭제]

- 251쪽 15행: 도섭의 말뜻을 분명히 헤아렸을 텐데도 짐짓 그런 동문서답식 대꾸뿐이었다. 하고 보니 도섭도 거기서 그냥은 물러서기가 어려웠다./ "아니, 이건 괜시런 짐작이 아니라요. 곽 행자한테도 들은 소리가 있었지만, 내 눈으로도 직접 본 일이 있는걸요. 어느 새벽 우연히 큰스님의 방에서 분명히 작자가 눈을 비비고 나오는 걸 말이오. 나도 첨엔 설마 그런 일이 있을까부냐 어림없어했었는데, 알고 보니 실상은 그게 아니었던 것 같더만요…… 필경 큰스님이 그자의 신변을 돌봐주고 계신 거였어요. 그러니 그거 참 큰스님과 작자간에 아무래도 예사일이 아니질 않겠어요? 둘 사이엔 무신 남모를 일이 있거나, 아니면 작자에게 어떤 위태로운 일이 생겼든지……"/내친 김에 애꿎은 곽 행자까지 끌어들여 더한층 노골적으로 그를 다그치고 들었다. 한데도 윤 처사는 여전히 딴전이었다./ "큰스님까지 거기 무슨…… 아마 남 처사님이 무얼 잘못 보았던 게지요. 김 처사가 멀쩡한 제 잠자리를 놔두고 뭣 땜에 거기서 밤을 자고 나옵니까. 거기가 우리 같은 잡인들에겐 얼마나 조심스런 곳인데요. 새벽녘에 그 사람이 그곳을 올라간 건 심부름길에 우연히 그럴 수도 있는 거구……" → [삭제]

- 251쪽 17행: 하지만 도섭은 윤 처사의 그런 완강한 부인 속에 오히려 더 수상한 냄새를 감지하고 있었다. 위인은 그리 대단치도 않은 소리를, 듣기에 따라선 어물어물 스치고 지나칠 수도 있을 일을 그답지 않게 한사코 부인하려 들고 있었다. 거기 어떤 사단이 감춰져 있음이었다. 그리고 그것을 도섭이 눈치채고 있는 듯한 기미에 내심 모종의 위험을 감지한 본능적인 경계심의 발로일 터였다. 그건 바로 자신도 그 일과 무관하지가 못한 처지거나, 적어도 사정의 내막에 통해 있는 확실한 반증이 아닐 수 없

었다. → 〔삭제〕

- 253쪽 7행: 도섭이 윤처사를 읽은 만큼은 윤처사 쪽에서도 도섭을 읽고 있었고 그에 대한 대비도 마련하고 있었기 때문이었다. 무엇보다 도섭이 이젠 제 본색을 드러내어 움직임을 시작한 것이 윤처사 쪽의 대응을 서두르게 한 것이었다./윤처사 쪽은 사실 이즈음 도섭의 암약에 그만큼 심각한 위협을 느끼고 있었다. 산간에 갑자기 몰이꾼의 출몰이 심해지고, 이런저런 소동 끝에 끝내는 지상억과 박춘구를 연행해간 일들을 도섭과 무관하게 생각하지 않은 때문이었다. 소리봉까지 함께 압수를 해간 마당이니 일이 아무래도 쉽게 끝날 것 같지가 않았다. 다행인지 불행인지 이 무렵 한 산아랫동네 여자의 제보도 그것을 뒷받침해주고 있었다. 하루는 산아랫동네에 산다는 한 정체불명의 여자가 우봉 스님 앞으로 은밀스런 밀보를 보내 올려왔다. 다행히 심부름꾼이 발길이 닿기 쉬운 표충사 별관을 먼저 찾아 들어와 '광명전 우봉 스님'을 묻는 바람에, 거기 마침 혼자 있던 윤처사가 그를 우봉에게로 안내해주고 들어 알게 된 일인데, 그 밀첩의 내용인즉 남도섭이란 사람의 신분이 절간 일을 정탐하려 들어온 경찰의 밀정이며, 위인이 그 정탐 내용을 비밀리에 상부로 보고하고 있으니 알아서 선처하라는 요지였다. 여자가 그의 심부름으로 그 비밀보고서를 읍내 우편소까지 나가 부쳐주었노라는 사실 외에, 보고의 내용이나 수신인에 대해서까지 자세히 알아 보내주지 않은 점이 아쉽기는 하였지만, 어쨌거나 그것으로 이제는 위인의 본색이나 암약상이 다시 한 번 분명히 확인된 셈이었다. 하고보면 위인들은 도섭이 이미 알고있는 칼부림사건을 구실로, 역시 도섭이 주문해두었을 그 불온성의 근거를 캐려 들 터였다./윤처사는 이제 사라진 금서병풍 일보다 박춘구나 상억 같은 은신자들의 '불온성'과 절간의 안전이 더욱 큰 걱정이었다./그는 전에 없이 심한 불안감 속에 아랫동네 움직임에 수상한 기미가 보이면 자신도 이런저런 구실을 만들어 현장을 미리 피했다 오곤 하였다. 그러면서 우봉에게 그 위

험한 사항을 고하여 이쪽의 대비책을 마련해주기를 소청하곤 하였다./그런 중에 박춘구가 어떤 수를 써선지(그는 역시 부친의 힘이 컸다했지만 필시 그 단단한 의지가 난경을 더 쉽게 이겨냈기가 쉬웠다) 예상 외로 일찍 마굴을 벗어져 나온 것은 무척 다행스런 일이었다. 그것도 단순히 칼부림사건에 대한 추궁 외에 금서병풍 일이나 사상문제까지는 문제를 삼지 않고 넘어간 것이 더욱 큰 다행이었다. 그렇다고 그걸로 위험이 사라진 건 물론 아니었다. 도섭은 이제 박춘구들의 본색을 제대로 알게 되어 그간 자신이 주위 사람들로부터 늘 속임과 경계를 당해오고 있었던 사실을 확인한 터였다. 게다가 이제는 절사람들과 윤처사의 불안한 행적을 뻔히 다 눈치채고 그걸로 윤처사까지 은근히 몰아세우던 위인이었다. 금서병풍 일을 직접 거론하고 나서지 않은 것만도 그중 다행이랄 수 있었지만, 위인의 눈길이 아직 그리 시퍼렇게 주위를 노리고 있는 한 한시도 위인을 안심할 수가 없었다. 몸들은 어찌 무사히 풀려났다고 하지만 그 길로 다시 종적이 사라지고만 박춘구들의 일에서 위인의 눈길이 떠났을 리도 없었고, 그래저래 계속 주위를 맴돌다보면 언제 또 어려운 일이 터지게 될지 몰랐다. 윤처사는 그래 그 금서병풍 일보다 위인의 그 눈길이 언제 우봉이나 절간의 중대사에까지 이르게 될지 그것이 더욱 불안하고 걱정스러웠다./하지만 우봉은 그런 어려운 절간의 사정에는 여전히 별다른 조처가 없었다. 아니 그 스님도 이제는 전보다 많이 마음을 써준 대목이 있기는 하였다. 박춘구가 몸이 풀려 다시 산을 올라왔을 때, 스님 역시 뭔가 뒷일이 걱정스러운 듯, 윤처사에게 그의 종적을 안전하게 숨겨주게 하였다. 그리고 어느날 밤 지상억이 다시 몸이 풀려 절을 찾아들었을 때 우봉은 그에게도 그 박춘구에게와 같은 은신처를 허락해주었다. 그곳이 바로 이 절골의 마지막 은신처로 예의 그 비밀 인사가 여태도 몸을 보전해오고 있는 곳이었다. 박춘구나 지상억을 그곳으로 들여보낸 것은 그런 비밀 처소와 절간이나 우봉이 그간 은밀히 보호해온 그 중요 인물의 존재를 두 외

부인에게 함께 드러내 보인 위태로운 처사였다. 그런 위험을 각오하면서
까지 그 일을 허락한 것은 우봉으로서는 그 두 사람과 절간의 형편에 적
지않은 위협을 느끼고 있는 증거였다. 한데도 우봉은 그 일에조차도 전혀
마음이 동요하고 있는 기미를 안 보였다./"그 병태란 놈……이 일은 특
히 그놈 눈길에 닿지 않게 처결해야 할 것이야……"/일의 봉행을 윤처사
에게 이르고나선 마치 그 곽행자의 눈길 정도나 조심하면 될 만한 일이라
는 듯 그 엉뚱한 아이를 들어 하찮은 당부를 남겼을 뿐이었다. 다른 일은
그저 윤처사가 알아서 단속해나가라라는 뜻이었다./그런데 일은 점점 더 난
국이었다. 그리고 이번에는 그 우봉으로서도 결국 어떤 분명한 조처의 시
기가 당도했다. 도섭이 웬일로 이번에는 유물관 김처사에게 그 감시의 눈
초리를 겨누고 든 때문이었다. 그것도 어찌보면 그 김처사를 내세워 윤처
사 자신까지 동요시켜보려는 듯 그를 향해 노골적이고 도전적인 방법을
동원해가면서였다. 때문에 윤처사는 자신도 그런 도섭의 육박에 위협을
느끼고 있었다. 하지만 자신은 문제가 아니었다. 위인의 그 집요한 의심
과 감시의 표적이 되고 있는 김처사의 두려움은 더욱 말이 아니었다. 위
인 앞에 그걸 어떻게 좀 가로막아서보려 해도 도섭은 이미 그런 이쪽의
속내를 알아차린 듯 공세가 더욱 짓궂고 가학적인 것이 되어갔다./문제는
그 위인의 끈질긴 공세 앞에 김처사의 숨은 전력이 드러나게 될 가능성이
었다. 김처사의 사연이 사실대로 드러나는 날이면 그 김처사의 신상은 물
론 윤처사를 비롯한 절간 사람들의 처지나 우봉 스님의 의중사 모든 것이
끝장이었다. 일이 거기 이르고보니 우봉 스님도 이번에는 윤처사의 소청
을 외면만 하고 있을 수가 없었던 모양이었다./"그럼 금명간에 백암사로
찻심부름길을 놓거라. 그 길에 내 그쪽에 당부할 일이 있으니 차 봇짐은
반드시 병태놈에게 져 가게 하고……그리고 사정이 이에 이르렀다만 그
김처사란 위인에게도 사정을 좀 일러주어 제 일을 알아서 단속해나가게
하고……어쨌거나 이런 어려움이 길게 갈 일은 아니니……"/마침내 우

봉이 처결을 내린 것이었다. 그러나 윤처사는 처음 그것이 그 김처사나 절간을 지키기 위한 우봉의 한 방책이라는 걸 알아차릴 수가 없었다. 그것은 얼핏보아 김처사도 절간 일도 보호할 만한 방책이 못 되었다. 우봉은 정작 마음을 써줘야 할 김처사에 대해선 도섭의 기미나 알려줘서 제 일을 알아서 단속해나가라는 정도로 별다른 조처의 말이 없었다. 언젠가 이 난국이 오래 갈 수 없다고 했던 것 비슷한 소리로 막연한 희망 같은 걸 덧붙인 게 고작이었다. 한데다 노인은 김처사 일 대신 엉뚱한 백암사 찻심부름을 하명했다. 그것도 하필이면 언행이 신중치 못한 곽행자를 택해서였다. 아마도 그 곽행자의 심부름 봇짐속에 그쪽에 있는 서화 일을 단속하는 서찰이라도 끼워 넣을 심산으로 보였다. 그런데 하필 이런 때 그쪽에 얌전히 잘 보관되고 있는 서화의 걱정이라니. 그렇다면 노인은 도섭의 표적을 오직 그 서화로만 여기고 있다는 말인가. 그리고 그 서화의 안위에 그렇듯 불안을 느껴왔단 말인가. 하지만 그건 오히려 위인에게 새로운 낌새를 드러내 보여주는 격이 아닌가. 더욱이 곽행자는 위인에게 늘 속내를 주고 싶어하는 아이였다. 그것도 노인은 이미 수차례 이야기를 들어 알고 있는 일이었다. 윤처사는 그 노인의 의중을 쉬 짚어낼 수가 없었다. 그렇다고 그 의중을 다시 캐고 들거나 거역할 수도 없는 일—./하지만 윤처사는 차츰 그 우봉의 의중을 깨닫기 시작했다. 바로 그 서화의 비장지로 지목되고 있는 백암사 쪽으로 심부름길을 내게 하고, 그 일에 하필 언행이 신중치 못한 곽행자를 지목해 보내려는 데에 우봉의 평범하면서도 엉뚱한 방책이 숨겨져 있었다. …… 생각이 거기 이르자 윤처사는 그 스님의 의연한 도량 앞에 뒤늦게 안도의 큰 숨을 내쉬었다. 그리고 지레 혼자 고소한 심사 속에 자신이 해야 할 일을 하나하나 실수없이 조처해나갔다./하고보니 도섭에겐 이후의 일들이 예상을 늘 빗나가거나 앞서 나갈게 당연했다. 바로 그 곽행자의 백암사 찻심부름길부터가 그랬다. →
〔삽입〕

- 276쪽 20행: 그래 결국 그 금서병풍 도난 소동은 모든 것이 절 쪽의 조작
극으로 드러난 셈인데, 뒤에 알려진 그 전말은 이러했다./절에선 수년래
로 그 금서병풍의 무사보존이 늘 걱정이었다. 눈독만 들였다 하면 수단
방법을 가리지 않는 그 일인들의 극악스런 약탈질 때문이었다. 금서병풍
은 전에도 몇 차례나 그 같은 수난을 당해 온 터에다 근년에도 거기 일인
들의 눈독이 자주 스치고 있는 위험지경에 있었다. 생각다 못 해 우봉이
어느 날 밤(그러니까 그게 도섭이 산을 들어온 지 채 며칠도 안 되어 소영문
근처에서 우봉에게 심한 질타를 당했던 바로 그날밤이었나) 아무도 모르게
혼자 유물관엘 들어가 병풍폭을 도려내다 칠성각에다 숨겼다. 그리고 윤
처사에게 은밀히 당부하여 용진 행자를 그 밤으로 바로 백암사 쪽으로 떠
나 보내게 하였다(하니까 실상 그 용진으로선 백암사로 옮겨가 숨겨 지내야
한다는 것뿐, 그로 하여 자신에게 어떤 혐의가 걸리게 될지에 대해선 전혀 아
는 바가 없었고, 윤 처사도 이튿날 아침 병풍폭이 사라진 사실을 알고서야 우
봉이 용진 행자를 백암사로 숨겨보낸 속뜻을 짐작했을 뿐, 물건이 어디에 어
떻게 숨겨졌는지는 끝내 알지를 못하고 있었던 것)./한데 일이 잘못되기 시
작한 것은 그럭저럭 소동이 가라앉게 된 줄로 안 우봉이 백암사로 가볍게
차심부름길을 놓은 데서 부터였다. 읍내 사냥개들이 어떻게 그런 냄새를
맡았던지(도섭은 진짜 경위를 알고 있었지만 절에선 다만 그 경솔한 차심부
름과 그에 대한 땅개들의 밀탐의 결과로 알고 있었다) 그때부터 은밀히 사람
의 내왕을 뒤쫓아, 먼저는 올가미격인 곽 행자를 채어갔고 끝내는 그를
통해 백암사에 숨어 있는 용진마저 덜미를 붙들게 된 것이었다(작은집에
선 실상 일차 내사에 낭패를 본 이후로도 곽 행자를 채어다 녀석을 앞세워 백
암사를 계속 정탐해 온 것이었다)./하지만 막상 용진을 붙잡고 나서도 작은
집의 수사엔 당장 큰 진전이 없었다. 용진은 애초 병풍 일에 대해선 아무
것도 아는 바가 없었기 때문이었다. 용진을 통해 알아낸 사실은 다만 그
를 백암사로 보내 숨어 지내게 한 것이 이곳 대원사의 별간지기 윤 처사

라는 위인이라는 것 정도였다. 작은집에선 다시 윤 처사를 끌어들였다. 하지만 그 윤 처사도 물론 입을 쉽게 열지 않았다. 그 역시 병풍의 행방은 알고 있지를 못할 뿐 아니라, 알고 있대도 호락호락 기가 꺾일 위인이 아닌 때문이었다. /하지만 작은집에선 이제 어쨌든 심증이 확실했다. 이런저런 정황들로만 미루어 보아도 병풍을 훔쳐낸 건 외부인의 소행이 아닌 절간 내부의 조작극임이 거의 분명해진 것이었다. 절간 내부에서 꾸며낸 일이라면 스님들 가운데에 주모자가 있을 것도 분명한 사실이었다. 하지만 아직은 스님들까지 끌어들이고 절간을 뒤져낼 단계가 아니었다. 우선은 윤 처사나 조무래기 하수인들을 더 족쳐낼 필요가 있었다. 사실을 알고 있다면 위인들이 견디다 못 해 입을 열게 되거나 불연이면 절 쪽에서 어떤 반응을 보여올 수도 있었다. 수사진은 무한정 시일을 끌어대며 녀석들을 족쳐댔다. 한데 그 같은 작은집의 예상이나 압력작전은 과연 어김없이 적중했다. /아닌게아니라 집허당의 우봉은 그런 사정을 훤히 짐작하고 있었다. 이제는 일의 앞뒤가 다 드러난 마당에 더 이상 버티는 것도 부질없는 일인 게 뻔해 보인다. 시일을 끌다 보면 무고한 중생들만 더 다치게 할 뿐이다. 절간의 어른으로서, 더욱이 그 일을 주모한 사람으로서 언제까지 모른 척하고 앉아 있을 수가 없게 된다. 그는 마침내 본서로 사람을 놓아 책임있는 사람 하나를 데려오게 한다. 그리고 그를 상대로 흥정을 벌인다. —이 일은 애초 외부인의 손길에서 병풍을 지키기 위해 내가 꾸민 일이다. 그러니 일의 내막이나 전말을 모두 알고 있는 것은 나 한 사람뿐이다. 지금 서에서 고생하고 있는 사람들은 일의 앞뒤를 전혀 모른 채 내가 시킨 바를 따른 것뿐이다. 그것도 병풍 일과는 전혀 상관이 없는 단순한 경계들을 지켜온 것뿐이다. 무고한 그 사람들을 방면해 보내도록 조처하라. 그들을 방면해 돌려 보내줄 뿐 아니라, 이 일이 애초 절간의 보물을 지키려는 동기에서였음을 감안하여, 차후 절이나 절 사람들에게 어떤 책임도 묻지 않을 것을 약속하라. 그리하면 내 병풍을 내놓으리라. 그리하여 다시 유물관에서 그것을 지키게 하리라./형사는 그 같은 우봉의 제안을 흔연히 응낙하지 않을 수가 없어진 것이었다. 불연이면 우봉은 입을 열 리가 없었고, 사건은 그쯤 마무리가 지어져야 했기 때문이었다. 뿐더러 그로서도 가람의 어른인 우봉의 충정(衷情)을 어느 정도는 이해할 수가 있었기 때문이었다./하여 형사는 절간 중놈들에게 어이없이 속아 넘어간 망신의 화풀이는 뒷날로 미루고, 우선은 그쯤 흥정을 끝내고 돌아가 이튿날 바로 하수인들을 데려와 약조대로 병풍을 확인하기에 이른 것. ─ 그게 그간에 병풍을 둘러싸고 진행되어 온 오랜 숨바꼭질놀음의 시말이었다. 도섭으로서도 어딘지 늘 앞뒤가 찜찜스런 의혹이 앞서온 일이지만, 그래서 끝내는 본공작에 지장을 줄 신분 노출의 위험까지 무릅써 가면서 이런저런 관여도 불사해 온 터였지만, 알고 보니 참으로 엉뚱하고 맹랑한 결과가 아닐 수 없었다. → 그래 결국 그 금서병풍 도난 소동은 모든 것이 절 쪽의 조작극으로 드러난 셈인데, 그것은 도섭에겐 사람을 놀래켜 어리둥절하게 한 정도를 넘어서 아예 바보나 놀림감으로 만들어버린 것 같은 충격적인 사실이었다. 하긴 이 대목은 처음 일을 도모해온 윤처사조차도 한동안 곡절을 알아차릴 수가 없었을 정도였으니, 도섭의 처지에선 더 말할 나위도 없었을 일이었다. 아니, 이때까진 윤처사도 그 우봉의 깊은 의중을 제대로 다 헤아리지 못하고 있었던 셈이었다./윤처사는 우봉이 그 곽행자를 백암사로 보낸 일에 대해선 어느 정도 분명한 짐작을 갖고 있었다. 그것은 일부러 그 물건의 기미를 드러내고 도섭의 눈길을 김처사나 절간 일로부터 백암사 쪽으로 이끌려는 계책임이 분명했다. 그리고 그 같은 우봉의 계략은 제대로 예상을 적중한 셈이었다. 곽행자는 기대했던 대로 백암사에서 용진과 조우하고 돌아왔고, 그것을 도섭에게 토설했음이 분명했다. 그것은 도섭이 이후부터 밀첩을 연이어 내보내고 있는 기미나 해남서에서 그 서화 일에 직간접으로 관련이 있어 보이는 김처사와 곽행자를 연행해간 일들로 해서도 충분히 짐작이 가능한 일이었다./하지만 비록 일의 숨은 목적이 그렇더라도 윤처사는 우봉이 그 서화를 미끼로 내던 저버리리라곤 생각할 수가 없었다. 서화는 서화대로 잘 간수해나갈 방책을 백암사 쪽에 당부했으리라 생각했다. 곽행자 모르게 녀석의 짐 속에 그런 어떤 밀첩을 단속해 넣었거니 짐작했다. 윤처사는 그쯤 서화의 소재지를 그 백암사로 확신해온 것이었다. 그래 경찰에서 김처사들을 연행해 갔을 때도 위인들의 신상이나 서화의 안전엔 그리 큰 걱정을 안 했던 그였다. 서화의 실종 경위나 행방에 대해선 위인들이 알고 있는 것이 아무것도 없었기 때문이었다. 경찰이 아무리 위인들을 족쳐봐야 그 병풍 일로 해서는 자신들의 신상이나 서화에 대해 해로운 토설이 있을 수 없었다. 그리고 그런 윤처사의 예측대로 김처사는 그럭저럭 큰 위험에 빠지지 않고 몸이 풀려 나왔고, 그의 경우에 비추어 뒤에 남은 곽행자도 별 어려움이나 변고없이 그를 뒤따라 나올 전망이었다. 모든 일이 이쪽의 의중대로 움직여준 셈이었다./그렇다고 아직 마음을 놓을 형편은 못 되었다. 무엇보다 김처사의 지나친 공포감이 문제였다. 그는 이제 도섭이 어떤 인물인가를 알고 있었다. 그걸 일러준 것이 잘못이었을까. 그는 그 병풍 일로 한바탕 위인들에게 못 당할 곤욕을 치르고 나오더니, 자신의 전력으로 악연이 맺어지기까지 한 그 도섭의 존재를 더욱 두려워하고 경계하는 기미가 역력했다. 보다도 그 앞에 결국 자신의 정체를 드러내고말 사람처럼 공포와 자포자기의 기미마저 더해갔다. 그게 언제 다시 도섭의 영민한 눈길을 불러들이게 될지 몰랐다. 그간의 낌새로 보아 위인도 이제는 그 서화의 도난사건에 자기가 시종 속아온 것을 알아차렸음이 분명했다. 그러면서도 그것을 윤처사 앞에 거의 내색하지 않는 것은 그의 눈초리가 그만큼 더 음흉하고 매워진 탓일 수 있었다./그래 윤처사는 결국 우봉과 의논 끝에 김처사를 먼젓번 박춘구들과 함께 절간의 마지막 비밀 처소로 옮겨 숨기기에 이르렀다. 물론 도섭의 의혹의 눈초리를 예견하여 그가 사라진 적당한 사연을 꾸며 흘리고서였다. 그렇더라도 도섭이 그것을 모두 곧이곧대로 믿어주길 바랄 수는 없었지만, 어쨌거나 김처사의 일은 그걸로 일단 매듭이 지어진 셈이었다./하지만 윤처사가 아직 도섭을 안심할 수 없는 것은 그 김처사의 일로 해서만이 아니었다. 그는 그 김처사가 서를 다녀오고, 아예 모습까지 사라지고난 뒤에도 그 수상한 밀첩을 계속 내려보내고 있는 눈치였다. 서화의 행방을 쫓고 있음일 것이었다. 한데다 이제는 서화의 행방뿐만 아니라, 그런 밀계를 꾸민 배후나 그 배후의 저의에도 당연히 의혹이 일게 마련이었다. …… 곽행자의 석방이 하루하루 늦어지고 있는 것도 시연을 알 수 없었다. 그리고 그런저런 윤치사의 불안감은 결국 그 자신이 불시 연행을 당해가는 사태로까지 이어졌다./그러나 다행인 것은, 해남서 쪽에선 자기들 독자적인 사찰업무도 벅찬 터에, 도섭의 밀첩이나 밀계의 배후에 대해선 그리 신뢰를 안했거나 대수롭잖게 여겨넘기고말았던지 윤처사의 연행에선 그 서화의 행방과 위계 사실 여부를 캐는 일에만 주력하고 든 점이었다./소관 지역내 사찰 도난사건에 대한 제보는 그저 소홀히 할 수가 없어서였을까. 알고보니 그간 서에서는 그 백암사 쪽 내사에 일차 낭패를 본 이후에도, 뒤에 연행해 들인 곽행자와 김처사를 앞세워 그쪽을 계속 정탐해오고 있었던 모양이었다(그래 곽행자는 김처사가 풀려 나오고도 그리 방면이 늦어지고 있었던 듯). 그리고 끝내는 그 곽행자를 통해 백암사에 피해 있던 용진마저 덜미가 붙들리게 된 것이었다./하고보니 거기서 윤처사가 용진을 만나게 된것은 그리 놀라거나 이상해할 일이 아니었다. 더욱이 윤처사가 그 용진으로부터 자기가 끌려들어오게 되기까지의 그간의 사정을 귀띔받게 된 것은 심히 다행스런 일이었달 수 있었다. 용진이 그런 결과까질 계산한 일은 아니었겠지만, 그 윤처사를 그곳으로 연행해오게 만든 것은 바로 그 용진의 불가피하면서도 적절한 자백으로 인해서였던 때문이었다./용진은 실상 그렇게 덜미를 붙잡혀 들어오고나서도 위인들의 닦달 앞에 별로 털어놓을 만한 일이 없었었댔다. 용진 자신은 사실 그 병풍 일에 대해선 아무 것도 아는 일이 없었기 때문이었다. 그는 그저 어느날 새벽 일찍 우봉 스님의 부름을 받고 당신이 꾸려준 찻심부름 봇짐을 지고 은밀히 백암사 심부름길을 떠났었고, 백암사에선 또 그곳 조실 스님의 엄한 처분에 따라 한동안 제 거동을 삼가고 그 대원사를 떠날 때의 우봉의 당부대로 그곳에 계속 머물러왔을 뿐이었다. 녀석으로선 그뿐 그의 차보퉁이 속에 병풍폭이든 무어든 다른 무슨 물건이 들어 있는 줄도 몰랐고, 그가 백암사에서 그토록 거동을 조심해가며 계속 머물러 지내야 하는 까닭도 알지를 못했다. 뿐더러 전날의 대원사 쪽 곽행자를 보거나 마주치게 되더라도 절대로 모른 척 외면을 하고 몸을 비켜 돌아서버리라는 단속에 대해서는 더욱더 아는 바가 있을 수 없었다. 그는 그 서화의 행방을 대라는 서 사람들의 다그침에 그가 아는 것만을 사실대로 말했다. 그리고 그를 백암사로 보낸 것이 누구냐는 추궁에는 얼마간의 버팀 끝에 그도 사실대로 털어놓을 수밖에 없었다. 다만 곽행자를 그렇듯이 부러 모른 척한 이유가 무엇이었느냐는 닦달에는 어딘지 마음에 지피는 대목이 있어, 그것이 수행자의 한 마음가짐이어야 한다는 우봉 스님의 당부 때문이었노라, 얼마간 어거지로 둘러댔을 뿐이었다. 위인들은 갖은 위압과 회유에도 불구하고 녀석에겐 더 이상의 사실을 캐어낼 수가 없게 된 것이었다. 그렇다고 섣불리 우봉을 불러들여 족쳐낼 수도 없었을 터였다. 우봉의 법랍이나 승직 위상이 워낙 만만치가 않았기 때문이었다./위인들이 결국 윤처사를 붙들어 간 것은 그 우봉 스님 대신이었다. 우봉을 대신하여 속사(俗事)를 대신해온 그를 족치기 위해서였다./용진이 알고 있는, 윤처사가 끌려들어오게 된 저간의 경위였다. 그러니 그 불가피한 용진의 실토인즉 윤처사에겐 허물거리보다 시의적절한 대응의 기회를 제공해준 셈이었다. 윤처사도 사실 우봉의 당부를 받고 나중에 곽행자를 백암사로 떠나보낸 사실밖에 병풍 일과 관련해서는 직접 상관을 했거나 들은 바가 없거니와, 사후의 추측을 간단히 털어놓아서도 안 될 처지였다. 서 사람들 역시 우봉 대신 불러들인 그에게서 어떤 결정적인 비밀을 캐낼 목적에서보다는 그를 통해 우봉을 움직이게 할 압력의 수단으로 형식적인 위협을 가해오고 있는 것 같았다. 그런 속내를 눈치채고 있는 데다 별달리 관여를 한 사실도 없고보니 윤처사로선 곽행자의 심부름길에 관한 사실 이외에 다른 일엔 그저 부인과 함구로 일관해나갔다. 그리고 그런 식으로라면 위인들의 위협을 얼마동안이라도 이겨나갈 수가 있었다./그런데 뜻하지 않게 우봉이 먼저 위인들과 뒷흥정을 벌이고 나선 것이었다. 게다가 그 서화가 여지껏 백암사가 아닌 대원사 안에 그대로 자리만 옮겨져 있었다는 사실엔 놀라움보다는 어이가 없어지고 말았다. 어찌보면 우봉이 그 도섭이나 서 사람들의 계략에 고스란히 걸려들고 만 셈이었다. 그리고 그것은 우봉도 어느 정도 시인을 해온 일이었다./—나도 위인들이 산문 안을 설치고 다니면서 사람들까지 옭아가는 속은 다 짐작이 있었느니라. 하지만 명색이 절간의 윗사람으로 그 일을 언제까지 모른 척 시일을 끌고 앉아 무고한 생령들을 다치게 할 수 있겠더냐. 그래 내 그 속을 뻔히 다 알면서도 그쪽으로 뒷심부름길을 놓게 한 것이니라⋯⋯/금서병풍 일로 해선 끝내 그 윤처사에게까지 사실을 숨겨온 일과 그로 인한 수차의 생고생이 민망했던지, 일이 끝나고난 뒤 우봉이 그 전말을 뒤늦게 귀띔해온 소리였다. ⋯⋯그 일은 애초 외부인의 손길에서 병풍과 서화를 지키기 위해 내가 꾸민 일이다. 그러니 일의 전말을 제대로 알고 있는 사람은 나 하나뿐이다. 지금 서에서 고생하고 있는 사람들은 일의 앞뒤를 모른 채 내가 시킨 바를 따라 행한 것뿐이니, 이제 그 무고한 사람들을 방면해 보내도록 하라. 그 위에 이 일이 애초 절간의 귀한 재산을 지키려는 동기에서였음을 감안하여 차후 절이나 절사람들에게 어떤 책임도 묻지 않을 것을 약속하라, 그리하면 이쪽에서 서화의 소재를 밝히고 그것을 더욱 온전하게 지켜갈 방도를 마련케 할 것이다—./그것이 그 우봉이 서 쪽에 내놓은 제언이었고, 서 쪽에서 그쯤에서 이내 호응을 해온 것이 그간의 우봉과 경찰서간의 흥정의 사연이었다. 불연이면 우봉 역시 입을

열 리가 없었고, 가람의 윗사람인 우봉의 충정도 어느 정도 이해한 결과
일 터였다. 그야 서에서들은 그동안 절간놈들에게 어이없이 속아 넘어간
사실에 이만저만 울화가 치밀어오르지 않았겠지만, 그런 망신에 대한 화
풀이는 뒷날로 미뤄두고, 우선은 그 말썽거리 서화의 일부터 조용히 마무
리를 지어놓고 싶었을 터이기 때문이었다./어쨌거나 이제 그런 식으로 절
사람들은 무사히 돌아왔고, 그동안 그 금서화병풍을 둘러싸고 진행되어온
오랜 숨바꼭질놀음은 마침내 막을 내리게 된 셈이었다. 그리고 그간의 사
정이 그런 식이었고 보면 윤처사에게까지 끝내 그 서화의 소재를 숨겨온
일이나 그 수하들을 위한 고육책으로 사실을 드러내버린 처사를 윤처사로
서는 그리 서운해하거나, 어이없이 성급한 처결로만 여길 수가 없었다.
보다도 그는 그 우봉의 수하를 위한 발빠른 조처가 고맙고 송구스럽기까
지 하였다. 윤처사로서는 아직도 우봉이 병풍 일을 그리 꾸민 데에 다른
어떤 숨은 목적이 있었음이 분명해 보였지만, 그 서화를 무사히 지켜나가
려는 것 또한 그에 앞선 목전의 중요 목적으로 알아온 때문이었다. 우봉
의 처결은 수하들을 지키기 위해 서화뿐만 아니라 뒤에 숨은 의도까지도
그 안전과 실현을 어렵게 만든 것이었다./그러나 우봉은 그런 윤처사의
송구스러움이나 새로운 걱정에 대해서도 생각이 많이 달랐다./— 그 금서
병풍으로 해서는 이제 할 바를 다 했느니라. 앞으로는 물건만 잘 단속해
나가면 되는 일이니 민망해할 것 없다./윤처사가 그게 마치 자신의 허물
인 양 송구해하는 것을 당찮은 일이라는 듯 다독여주고난 우봉은, 그 서
화의 일로 계속 자신이 속아온 것을 알게 된 도섭이 울화가 끓어올라 차
후론 그런 일을 꾸민 저의와 배후에 대한 의혹이 더 깊어지지 않겠느냐,
하다보면 앞으로 절간의 안전이 더욱 위태롭게 될 수도 있지 않겠느냐는
윤처사의 걱정에도, 생각이 더없이 범연하고 자명했다./— 그야, 오직 병
풍을 지키려는 충정에서 그리 된 일 아니더냐. 병풍을 지키려 자리를 속
여 옮겼고, 찻심부름을 겸해 뒷일을 단속하러 병태 녀석을 보냈을 때 거

기 온전히 지키려는 방책이었을 뿐이니라. 하지만 사람이 지어 만든 물건으로 하여 거꾸로 사람을 다치게 할 수는 없는 노릇이라 나중엔 그 소재를 밝힐 수밖에 없었던 일이고……서 사람들도 그 속을 다 헤아렸던 까닭에 내 뜻을 선뜻 받아들였던 게 아니더냐……/자신은 정말로 그런 식으로만 행해온 양 짐짓 더 거리낄 것이 없어하는 어조에는 윤처사도 일단 먼 길을 돌아가려다 지름길을 일러주는 사람의 범연한 손짓을 만난 기분이었다./하지만 그런 반가운 생각도 오래 갈 수는 없었다. 도섭의 잠입 목적이 원래 어디에 있었느냐는 둘째치고, 위인이 그 경위를 곧이곧대로 다 믿어줄는지는 아직도 미지수였다. 무엇보다 이번 일로 해선 그 김처사의 돌연스런 잠적을 설명할 수가 없었다. 그 김처사의 잠적 사실과 관련된 소문이나 그에 대한 윤처사의 설명들은 이제 모두 명백한 거짓임이 드러나게 된 마당이었다. 위인의 생각이 그것을 놓치고 넘어갈 리 없었다. 그렇다고 한 번 몸을 숨기게 한 김처사를 다시 밖으로 불러낼 수도 없었다. 그 은밀스런 처소와 은신자들의 비밀을 함께하게 된 김처사를 다시 불러내는 것은 그를 더욱 불안하고 두렵게 할 게 뻔했다. 병풍의 결말과 함께 다시 모습을 드러내줄 수라도 있다면 별문제겠지만, 그 잠적의 구실로 서화의 일을 내세운 것이 이제 와선 오히려 이러지도 저러지도 못할 자승자박 격이 된 셈이었다. 그러니 그건 윤처사가 그 불편스럽고 위험한 도섭의 눈길을 그냥 견뎌나감도 못할 일이었다. 하고보면 도섭도 그 서화의 일로 하여 그간의 의혹이 풀렸다기보다는 오히려 골이 더 깊어졌을 수 있었다. 윤처사로서는 여전히 그 도섭에 대한 경계심을 늦출 수가 없었다. 그중에도 위인에게 그 금서병풍을 둘러싼 그간의 수수께끼놀음의 시말이라도 허심탄회하게 일러주어 작자의 낭패감과 위태로운 심기를 부드럽게 달래두는 것이 윤처사로선 무엇보다 시급한 뒷수습책의 하나일 듯싶었다. 도섭은 과연 윤처사의 예상대로였다. 그는 처음 그 금서병풍 일이 그런 식으로 결말나자 한동안 어리둥절 어이가 없어지고 있었다. 더욱이 윤처사로부터 그 자세한 곡절을 듣고나서는 견딜 수 없는 낭패감 끝에 아예 맥이 풀리고 말았다./그러나 어쨌든 병풍 일은 이제 그쯤에서 일단 가닥이 난 셈이었다.

- 315쪽 3행: 뿐더러 그때부턴 김 처사의 자살에 대한 그럴듯한 뒷얘기까지 흘러 내려오기 시작했다./—병풍 일은 그 사람과 아무 상관도 없는 일이었는데, 위인은 끝끝내 그걸 자기 허물인 것처럼 겁을 먹고 있었다는구면요. 그래 절에선 자백서를 남기고(그가 사라질 이유를 만들바엔 병풍 일이라도 그리 매듭을 지어 둘 양으로) 산을 내려간 것처럼 꾸며서 위인을 만일암 쪽에 숨어 지내게 했는데, 공교롭게도 바로 병풍의 소재가 드러나 버린 바람에 위인의 행적이 진짜로 의심을 받게(물론 읍내의 본서 사람들로부터) 된 처지였다나요./—그래 암자로 몸을 숨긴 뒤부턴 극도의 공포감에 뒷간 출입도 못 다니고 지낼 지경이었다구요. 게다가 근자엔 절간 안에 땅개가 숨어 들어왔다는 소문까지 있고 보니…… 기왕에도 한 번 곤욕을 치러봤겠다, 김 처사는 결국 언제고 다시 산을 끌려 내려가고 말리라는 두려움에 스스로 먼저 목숨을 끊어버린 거 아닌지 모르겠어요./현장을 가보고 온 한 외사 사람의 추측이었다. 하여, 도섭은 속으로 기미가 벌써 거기까지 번졌는가 뜨끔해지면서도, 게다가 위인의 눈치빠른 추리에 자신의 아둔한 머리를 탓하면서도, 김 처사의 자살만은 이제 분명한 사실로 믿지 않을 수 없게 된 것이었다. 그리고 그렇듯 엉뚱하게 죽어간 김 처사의 시신은 이날 저녁 무렵 암자 근처 숲에서 길게 피어오른 암회색 연기 속에 그 마지막 형상을 지워갔다. 한데 이날로 절을 떠나간 것은 그 김 처사 한 사람만이 아니었다. 윤 처사도 결국은 이날로 영영 절에서 그 모습이 사라져 버린 것이었다./그러니까 윤 처사는 그 김처사의 화장(절에선 그걸 다비라고 하던가)이 끝나고 날이 저물어서도 여전히 모습을 나타내지 않고 있었다. 뿐더러 다시 아침이 밝고 해가 한 번 더 기울 때까지도 끝끝내 종적을 알 수가 없었다. 하더니 저녁 무렵 본원 공양간으로 다시

원주 스님의 부름을 받아 갔다 돌아온 곽 행자가 앞도 뒤도 없이 불쑥 한 마디를 건네왔다./ "오늘부터 이 별간 부엌일은 우리끼리 해나가야 할 모양이던데요. 윤 처사님은 어디 다녀올 디가 있는지 당분간 절을 비울 거라구요."/도섭은 그래 뒤늦게 윤 처사도 절을 비우고 떠난 것을 알게 된 것이었다. 그리고 동시에 위인이 그러지 않을 수 없게 된 어려운 처지를 깨달은 것이었다. 다름아니라 그것은 바로 김 처사의 자살이 원인이었음이 분명했다. 명시적으로 확인한 것은 아니지만, 전날 산행에서도 윤 처사는 끝내 김 처사가 산을 내려간 것처럼 말하고 있었다. 그런데 김 처사가 뒷산 암자에서 죽음으로 나서고 보니, 그로선 더 이상 무엇을 숨기고 비호할 여지가 없어져 버린 것이었다. 뿐더러 그걸로 자신의 내심과 술수가 다 백일하에 드러난 꼴이어서 객쩍은 변명이나 태연스런 위장술이 모두 부질없게 되고 만 것이었다. 그래 윤 처사는 더이상의 변명이나 위험스런 위장 대신 적시에 모습을 감춰 가버림으로써 그에 대한 도섭의 끈질긴 추적 앞에 제 혐의를 정면으로 시인해 준 것이었다. 전날의 산행에서 배수의 진을 치고 나선 위인의 처지로선 더 이상 다른 선택이 불가능해진 결과였다./그건 윤 처사에겐 안타까운 파국이 아닐 수 없을 터였다. 하지만 그 파국이 윤 처사에 한정되고 마는 것이라면 도섭으로선 별반 문제가 될 게 없었다. 그러나 문제는 그리 간단치가 않았다. 윤 처사의 파국은 그 혼자만의 것이 아니었다. 목적은 달랐어도 윤 처사는 이미 도섭 앞에 자신의 정체를 드러내 버린 일종의 공범의 처지였다. 그에 따라서 그의 파국은 곧바로 도섭의 파국으로 이어졌다. 그리고 끝내는 광명전 외사 사람들과 이 절 전체의 파국으로 이어졌다./하지만 도섭은 아직 한동안 그런 기미를 깨닫지 못하고 있었다. → 어딘지 당황감을 감추지 못한 채 쉬쉬 서둘러댄 빠른 장례절차였다. 도섭으로선 물론 그 모든 일들이 놀랍고 아리송했다. 무엇보다도 그 금서병풍 일에 대한 죄책감과 두려움 때문에 제 풀에 종적을 숨겨 갔다던 김처사가 돌연 절골에서 제 목숨을 끊은 일 자체에 도섭은 다시 한 번 뒤통수를 크게 얻어맞은 듯 심한 충격을 느꼈다. 김처사가 어쩌면 산을 내려가지 않았을지 모른다는 어렴풋한 예감이 뜻밖에 정곡을 꿰뚫고 있었던 데다 위인의 행방에 대한 윤처사의 그간의 말들이 이제는 그것으로 말짱 위장임이 드러난 때문이었다. 그렇다면 그 거짓수작 뒤에 숨은 비밀은 무엇인가. 김처사는 그간 어디에 숨어 있었으며, 그는 또 왜 갑자기 제 손으로 제 목숨을 끊고만 것인가. 거기 어떤 동기와 곡절이 없을 수 없었다. 그리고 그 해답은 김처사 자신보다 그의 일을 꾸미고 이끌어온 자들 쪽이 그 열쇠를 쥐고 있게 마련이었다. 그는 우선 누구보다 윤처사 쪽을 만나야 하였다. 그래서 다시 한 번 일의 시말을 캐어봐야 하였다. 이제는 더 우물쭈물 일을 망설이거나 우회해나갈 여유가 없었다……/하지만 윤처사는 그 김처사의 화장(절에선 그걸 다비라고 하던가)이 끝나고 날이 저물어서도 여전히 모습을 나타내지 않고 있었다. 뿐더러 다시 아침이 밝고 해가 한 번 더 기울 때까지도 끝끝내 종적을 알 수가 없었다. 그야 도섭으로서도 그 윤처사가 이젠 그 앞에 쉬 얼굴을 드러내고 나타나기가 어렵게 된 처지는 짐작을 하고 있었다. 명시적으로 확인을 해준 건 아니었지만, 윤처사는 그 전날 산행에서도 끝내 김처사가 산을 내려간 것처럼 말하고 있었다. 그건 필시 위인의 마지막 배수의 진이었음이 분명했다. 그런데 이제는 만일암 뒷산에서 그 김처사의 시신이 발견되고 장례까지도 다 치러진 마당이었다. 그로선 더 이상 무엇을 숨기고 변명할 여지가 없어져버린 셈이었다. 자신의 내심과 술수가 다 백일하에 드러난 마당에 객쩍은 변명이나 태연스런 위장술 따윈 모두 부질없게 되고만 처지였다./그것은 이제 어줍잖은 둘 사이의 체면이나 신의의 문제가 아니었다. 마지막 대결과 승부의 문제였다. 거기 어떤 선택이 이루어지기까지는 섣불리 얼굴을 나타낼 처지가 못 되었다. 그런데 사실 도섭의 그런 추측은 별로 크게 빗나간 데가 없었다. 그 김처사의 돌연스런 자살은 실제로 윤처사에게 큰 낭패가 아닐 수 없었다. 윤처사가 집허당 큰스님과

의논하여 그 김처사를 예의 비밀 처소로 옮겨 숨겨준 것은 다시 말할 것
도 없이 경찰서를 다녀온 이후로 더욱 심하게 겁을 먹고 있는 그를 도섭
의 눈길로부터 보호해주기 위해서였다. 그리고 그 금서병풍이 뜻밖의 곳
에서 소재를 드러낸 이후부터는 그가 미리 예상했던바 위인의 그 집요한
의심과 추궁을 피하느라 갖은 수단과 방법을 다 동원해온 터였다. 그래도
의혹이 풀리기커녕 종당엔 박춘구나 지상억들의 행방까지도 의심을 하고
나선 도섭의 노골적인 도발 앞에 윤처사도 마침낸 그 김처사와 거리가 먼
자신의 전력(前歷)을 마지막 방패막이로 위인에 대한 위협과 통사정식 호
소까질 겸하고 나섰던 터였다. 그 모든 건 다만 김처사 한 사람의 안전뿐
아니라, 윤처사 자신을 포함하여 절골 사람들 모두를 위한 일이기도 하였
다. 하지만 김처사로서는 그 비밀처소의 막다른 분위기에 더욱 큰 공포감
과 절망감을 느꼈었는지 모른다. 그래 끝내 그걸 더 이겨내지 못하고 스
스로 그곳을 나와 죽음의 길을 택해 가고말았는지 모른다. 그를 지켜주려
던 노릇이 오히려 죽음을 부르게 한 실수가 되고만 격이었다. 어쨌거나
그 판국에 느닷없이 터져나온 그 김처사의 변고는 그간 윤처사의 모든 노
력을 일거에 물거품으로 만들어버린 것이었다. 그리고 그를 막다른 궁지
로 몰아넣고만 것이었다. 김처사의 행적이 그런 식으로 드러난 마당에 도
섭이 그걸 어떻게 걸고 나올지는 불을 보듯 뻔한 노릇이었다. 그리고 그
건 이제는 그 김처사나 윤처사들만의 낭패사도 아니었다. 그 동기나 목적
이 달랐을 뿐 윤처사나 도섭은 이제 서로 자신들의 의중을 거의 다 드러
내 보이고 있다시피한 묘한 공모관계의 처지였다. 그에 따라 윤처사의 낭
패나 파탄은 곧바로 도섭의 그것으로 이어지게 마련이었다. 나아가 종당
엔 그 광명전 외사 사람들과 절골 전체의 파국으로까지 번져가게 마련이
었다./윤처사는 그래 그 김처사의 시신을 태우고나서 자신도 일단 그 김
처사가 그동안 몸을 은신해온 비밀 처소로 종적을 감춰 들어갔다. 이젠
윤처사 단독으로는 일이 거의 감당불급의 지경에 이른 데다, 우봉은 여전

히 그 외사 사람들에 관한 일은 윤처사가 알아서 처리하라는 식이어서, 그동안 이심전심 마음을 통해오던 박춘구나 지상억들과 앞으로의 방책을 함께 찾아보기 위해서였다. 그리고 이날 밤 세 사람은(세 사람 이외에 전부터 있어온 그 비밀 신분의 인물은 물론 초면격으로 서로 상관을 하려지 않았다) 전에 없이 길고 신중한 밀의를 계속했다./— 전에도 대충 귀띔을 건넸다시피, 이제 이 절골에서 남도섭이란 인물의 본색을 모르는 사람은 아무도 없습니다. 서엘 다녀온 다음에 제가 좀 단속을 해둔 탓도 있겠지만, 그간 위인에게 마음을 의지하고 싶어해오던 곽행자까지도 요즘은 생각이 달라진 기미니까요. 그런데 이제는 일이 막다른 골목에 이른 것 같습니다. 짐작하고 계실지 모르겠습니다만, 이번 김처사의 불상사도 실은 그 사단이……/밀의는 처음 그 김처사와 도섭과의 기묘한 악연, 그리고 그것을 시발로 김처사가 끝내 그 죽음에 이르게 되기까지의 심적인 고통과 절망의 과정을 윤처사가 대충 정리해주는 것으로부터 이야기를 시작했다. 윤처사는 그 도섭이 하필 김처사의 전력으로 제 신분을 위장하고 온 사실로 본색이 드러나게 된 사연을 말하고, 이후 그 금서병풍의 실종사건과 관련된 김처사의 무고한 혐의와 수난의 진상들, 겁에 질려 떨고 있는 그의 신변을 지켜주기 위해 자신과 도섭간에 역전을 거듭해온 위계와 낭패의 과정을 차례로 설명했다. 그리고 마지막으로 그 김처사의 죽음으로 인한 윤처사와 절골의 난감스런 입장과 위태로운 처지를 재상기시킨 뒤 대비책에 대한 두 사람의 적절한 의견을 주문했다./— 위인의 책모가 더욱 위험한 건 작자가 이곳 일로 해남서와도 빈번히 밀첩을 내통하고 있다는 것입니다. 그런 사실은 얼마전 한 아랫마을 여자의 제보도 있었지만, 일전엔 위인이 몰래 밀첩을 내보내는 비밀장소까지도 확인이 된 터이니까요……한 마디로 위인은 그 김처사나 병풍 일만이 아니라 이 절골 일 모든 것을 환히 다 꿰뚫어보고 있는 격입니다. 그러니 전번 그 병풍의 건으로 김처사님이나 이쪽 사람들이 여럿 곤욕을 치르게 된 것도 그 위인의 고약한 밀첩질 탓이 아니었겠어요. 지금이라도 다시 거길 가보면 어떤 밀첩이 또 바깥 무리의 손길을 기다리고 있을지 모릅니다. 더욱이 이번엔 그 김처사님의 변고까지 더해진 판이니……어쨌든 이젠 너나없이 그 위인 앞에 무사히 견뎌내기가 어려운 지경입니다. 그러니 모쪼록 이 난제를 풀어나갈 좋은 의견을 말씀해 주십시오./행여라도 일을 쉽게 여기려 들 가능성에 대비하여 윤처사는 도섭의 해남서와의 밀통 사실과 근자에 은밀히 뒤를 밟아 찾아낸 비밀연락지점들로 되도록 그 위기감을 고조시켜나갔다./사실을 전해 들은 두 사람도 윤처사와 생각이 다를 수 없었다. 그동안도 대개 기미를 눈치채온 일이었지만, 박춘구나 지상억은 그 윤처사의 설명에 새삼 분노와 걱정을 금치 못해하였다. 그리고 두 사람의 지혜를 청한 윤처사보다도 훨씬 더 대담하고 과격한(위인의 위해에 대한 대비책이라기보다는 아예 어떤 복수책에 가까운) 대응책들을 내놓았다. 그리고 거기에 신중하고 치밀한 숙의를 더하여 세 사람은 이날 밤 마지막으로 하나의 계책을 마련했다. 한 마디로 그것은 위인을 아예 절골에서 내쫓아버리자는 결정 아래, 그가 다시 산으로 올라오려 하거나 보복을 하러 나설 엄두가 나지 않도록 철저하고도 결정적인 방법을 구사하려는 것이었다./그야 윤처사로선 거기에 아직 몇 가지 마음에 켕기는 대목이 없지도 않았다. 일을 아무리 치밀하게 꾸민대도 결과는 함부로 장담할 수가 없는 사정이었다. 일의 성패는 대개 반반으로 보는 것이 옳았다. 일이 잘 풀려 위인을 정말로 쫓아 내려보낸다 하더라도 그걸로 위인이나 해남서 쪽의 감시가 아주 사라진다고 할 수도 없었다. 자칫하면 오히려 위인이나 해남서로부터 더 큰 보복의 재앙만 부르게 될 수 있었다. 하지만 이젠 윤처사로서도 더 다른 선택의 길이 없었다. 그리고 어차피 그만 도박이라도 각오하고 나서야 할 사정이라면, 사람은 대개 극도로 절박스런 공포감 앞엔 복수심마저도 눈을 감게 된다는 박춘구의 충고나, 밀정이란 한 번 본색이 드러나버리면 더이상 쓸모가 없어져 힘을 쓰지 못하게 될 거라는 지상억의 예견을 믿어두는 수밖에 없었다./그래 윤처사는 이날 밤으로 당장 일을 치러버리자는 지상억을 달래어, 김처사 죽음 이후의 위인의 동태도 좀 살필 겸 하루쯤 기회를 기다려보자는 정도로 이날의 밀의를 매듭지었다. 그로선 실상 셋으론 어딘지 일이 힘에 겨워 보여 그동안 은근히 뜻이 잘 통해온 뒷산골 방화백과도 손을 맞잡고 싶은 데다, 일을 치른 후엔 또 관련자 몇 사람의 밀실 잠적이 불가피해질 처지라 그동안 서로간에 그만한 여유가 필요했기 때문이었다./윤처사의 사정은 그래 애초부터 도섭이 얼굴을 마주할 수가 없게 되어 있었다. 아무리 눈치가 싼 도섭이라도 거기까지는 미리 기미를 알아차릴 수가 없을 게 당연했기 때문이었다. 하지만 그 도섭도 결국엔 그를 쉽게 만날 수가 없음을 알게 됐다./윤처사가 이틀째나 자리를 비우고 있어 별간 일은 계속 곽행자와 도섭이 그를 대신해나가는 수밖에 없었다.

- 371쪽 8행: 그러니까 두 사람은 이후로도 그 답답하고 지루한 시간을 죽이기 위해 그 옛날 일에 대한 이야기들이 많았을 게 당연한데, 그중엔 물론 도섭이 당시부터 짐작을 하고 있었거나, 이제 와선 별반 놀라워할 바가 없는 일들도 많았다. 윤처사가 도섭을 처음엔 금서병풍이나 다른 사찰 소장품을 노리고 든 염탐꾼쯤으로 여기고 그로 하여 두 사람간에 그 금서병풍을 둘러싸고 갖가지 수수께끼놀음을 벌였던 일이나, 김처사의 도섭에 대한 그 까닭없는 경계심과 공포심, 나아가 그의 돌연스런 잠적이나 죽음의 수수께끼들은 당시부터도 어느 정도 짐작이 가능했거나 진상이 밝혀진 일들이었다. 더욱이 처음엔 윤처사 역시도 우봉 스님의 참 의중을 몰랐다가 서화의 소재가 뜻밖에 대원사 안에서 드러난 뒤에서야 자신이 한낱 그 우봉의 보이지 않은 조종에 따라 움직인 눈먼 수족에 불과했음을 깨닫게 된 것이나, 그로부턴 더욱 그 우봉의 뜻을 좇아 밀실의 인물에 쏠린 도섭을 혼란시키려 갖가지 밀계를 꾸며댔던 일들에 대해서도 이제는 놀라움보다 어떤 뜨거운 공감과 쓴 동정의 감정이 앞을 섰다. 뿐더러 이젠 그 화정

옥의 소연이 자신을 밀고한 소행이나, 그로 하여 알게 되고, 나중엔 예의 밀통지점까지 찾아내어 그가 오인하고 온 마지막 밀첩을 그쪽에서(그를 끌어내다 산송장꼴로 만들어 나뭇가지에 매달아 놓았을 때의 밀전이 바로 그 것이었다) 가로채간 사실들에도 도섭은 어떤 후회스러움이나 노여움보다 오히려 깊은 수긍의 념이 일고 있었다. 그중에도 옛날 외사 · 토굴 사람들의 희미한 후일담은 도섭을 새삼 애틋하고 그리운 감회에 젖게 하기도 하였다. → 〔삽입〕

- 373쪽 10행: 그런데 그런 중에 김 처사의 이야기가 나왔을 때 였다. 김 처사는 이미 이 세상 사람이 아니었지만, 당시에 풀지 못한 궁금증도 있고 하여 도섭이 뒤늦게 그 금서병풍 일과 김 처사의 구실을 들추고 나섰던 것. 그런데 그때 그 윤 처사의 대꾸가 천만뜻밖이었다. 한 마디로 김 처사는 그 금서병풍 일과는 그리 상관이 없었으며, 병풍폭을 둘러싼 그 갖가지 소동 또한 병풍 자체를 지키려는 게 아니었다는 것이었다. 김 처사는 그저 그 〈몰이꾼〉들의 눈길과 도섭의 주의를 다른 데로 이끌려는 유인의 미끼로 본의 아닌 희생을 당하게 된 것이었다고./"그때 일을 돌이켜 보면, 지금도 제 생각이나 눈길이 짧았다기보단 우리 인생살이의 실상이나 세상의 섭리가 참 무섭다는 생각부터 들곤 해요. 남 처사가 그 거짓 내력으로 제게 일찌감치 정체를 들켰듯이, 저도 그땐 제법 속물정을 아노라 자신만만해 했던 것이 뒤에 보니 영락없는 눈먼 장님 꼭두각시놀음 한가지였거든요."/윤 처사는 그 무렵 자신이 겪은 일을 차근차근 숨김없이 이렇게 털어놓았다./"그러니까 알고 보면, 남 처사가 그때 이 절로 오신 것도 남 처사가 우리를 찾아오신 것이 아니라, 이쪽에서 남 처사를 불러들인 격이었지요. 그때 여기선 남 처사가 오실 것을 미리 알고서 그걸 기다리고 있었던 셈이니까요. 허허……"/1944년 8월 하순경―그러니까 도섭이 입산 준비를 위해 읍내에서 며칠을 서성대고 있던 바로 그 무렵의 어느 날이었다. 대원사의 조실 우봉 스님 앞으로 발신인 불명의 편지 한

통이 전해져 왔다. 내용인즉, 며칠 안에 이 절골 어디론가 신분을 위장한 반도인 밀정 하나가 절간 일을 밀탐하러 잠입해오리라는 것이었다. 발송지나 발신인은 제대로 밝히질 않았으나, 겉봉에 광주의 우편국 소인이 찍힌 짧은 사연의 밀서였다. 절에선 전에도 가끔 그런 밀정들이 스며들어 뜻하지 않은 낭패와 곤욕을 치른 적이 많았지만, 그 밀정의 잠입을 미리 귀띔해 준 밀고 편지는 그것이 처음이었다. 절에선 물론 사실 여부를 확인할 길이 없어 웃스님 몇 사람만의 비밀로 덮어둔 채 긴가민가 사정 돌아가는 추이를 기다렸다./한데 그러고 며칠이 지나자 하루 저녁엔 정말로 기다리던 사내가 나타났다. 윤 처사가 도섭의 입산 사실을 집허당에 은밀히 고해 올린 것이었다./하지만 윤 처사는 이때까진(아니 이후에 그가 외사 사람들과 도섭을 자루쌈하여 내몰았을 때까지도 계속) 물론 그가 윗분들이 기다리고 있던 밀정임을 까맣게 모르고 있었다. 그에게는 위로부터 밀서의 비밀에 대해 귀띔을 받은 바가 없었기 때문이었다. 하여 그는 그날 저녁 우봉 스님에게서 은거허락 여부가 결정날 때까지 위인의 신변사나 살펴 오라는 당부를 받고서도 도섭의 정체나 우봉의 심중은 전혀 눈치를 못 채고 있었다. 뿐더러 다행히도 바로 도섭의 정체가 드러나 그것을 큰스님에게 고해 올렸을 때도 그 우봉의 예기찮은 처결의 속뜻을 그로선 전혀 납득할 수가 없었다. 본색을 알고 난 우봉의 당부인즉 위인을 계속 곁에 두고 지내라는 것이었는데, 그게 비록 위인의 동정을 가까이서 살피라는 의중이었다 하더라도 그로선 전혀 가당치가 못한 위험스런 처결로만 보였기 때문이었다./그러니까 윤 처사가 그 우봉의 심중을 헤아리게 된 것은 용진을 비밀리에 백암사로 떠나 보내고, 그날 밤 금서병풍이 사라진 사실을 알고 난 다음부터였다. 우봉이 용진을 백암사로 보내게 한 것은 그의 봇짐 속에 병풍폭을 도려 보내 유품의 안전을 도모하려는 것으로 짐작한 것이었다. 그리고 도섭에겐 도난을 가장하여 계략을 포기케 하려는 방책으로 안 것이었다./하지만 사실이 이미 밝혀진 대로 그 역시 윤 처사의 빗나간 지레짐작이었다. 한데도 윤 처사는 여전히 사실을 몰랐기 때문에 이후부턴 일심전력 그 병풍의 안전에만 전 신경을 쓰게 됐고, 그를 위해 도섭 앞에 그 눈길이 흔들리게 할 갖가지 속임수를 꾸며댄 것이었다. 게다가 도섭은 병풍의 도난 사실과 윤 처사의 갖가지 방해술책에도 불구하고 좀처럼 초지를 단념하고 내려갈 기미가 없고 보니, 윤 처사의 그 같은 병풍 보호 활약상은 더욱더 신중하고 교묘해져 갈 수밖에 없었던 것./
그러니까 윤 처사는 애초 도섭을 그 병풍의 교활한 염탐꾼 쯤으로 오해한 것이었고, 그만큼 자신도 우봉으로부터는 진실을 까맣게 속아온 것이었다. 적어도 그 병풍폭이 엉뚱스레 칠성각에서 두루마리로 모습을 드러냈을 때까지는 매사가 거의 그랬던 셈이었다./하지만 윤 처사가 그 우봉의 의중을 넘겨짚어 한 일은 물론 부질없는 허사가 된 것이 아니었다. 우봉이나 종무소 웃사람들의 목적은 애초부터 그쪽에 있었고, 그것이 윤 처사가 감당해 내야 할 몫이었던 때문이었다. 그리고 그런 점에서 윤 처사의 역할은 정확하고 성실하게 감당을 해낸 셈이었다./그 우봉등의 진짜 의도란 다름이 아니었다. 윤 처사도 전부터 알고 있었던 일이지만, 그 무렵 실상 영정각의 지하밀실엔 우봉이 그 신변을 지극히 염려한 정체불명의 사내 하나가 숨어있었다. 신분이 무엇이며 어디서 어떤 일로 찾아든 사람인진 들은 바가 없었지만, 우봉이 그를 밀실에 숨겨두고 기미를 그토록 단속하는 걸로 보아서 보통 중요한 인물이 아닌 것은 분명했다. 결론부터 말하면 우봉들은 그 사내를 보호하기 위하여 부러 윤 처사까지 속여 가면서 금서병풍 소동을 일으킨 것이었다. 일테면 사내와 사내가 숨어 있는 밀실 쪽으로부터 도섭의 주의를 유인해 돌리기 위함이었다./윤 처사도 물론 그 도섭의 눈길로부터 밀실의 비밀을 지켜나가야 한다는 사실은 익히 알고 있었다. 뿐더러 도섭이 병풍일 이외의 다른 일에까지 관심이 많은 것도 알고 있었다. 그러나 윤 처사는 그건 어디까지나 이차적 호기심의 버릇쯤으로 여겨 넘기며, 도섭이 노리고 든 진짜 표적은 금서병풍 쪽이라고 굳게 믿었다. 그의 그런 확신은 나중에 화정옥 소연의 뒷전갈로도 다시 한 번 분명히 뒷받침이 되고 있었다. 산으로 오는 사람들의 길목을 지키고 앉아 있던 그 소연이 베껴 보낸(그녀와 윤 처사간에 그런 내통이 있을 줄은 도섭으로선 물론 꿈에도 상상을 못 한 일이었다. 그래 그에 대한 도섭의 놀라움은 더한층 새로왔다) 도섭의 보고서에도 위인은 그 영정각 지하 밀실에 대해선 그저 막연한 곁호기심의 낌새뿐 더 이상의 깊은 관심은 없어 보였던 것이다./그런데 그 윤 처사의 빗나간 활약이 결과적으로 우봉들의 의중을 적중시킨 것은 그가 곽 행자를 백암사로 보낸 일에서 그 가장 확실한 예증을 볼 수 있었다. 이때도 그는 곽 행자를 백암사로 차심부름길을 놓으라는 우봉의 당부를 그 나름대로 혼자 병풍 일을 단속하기 위한 숨은 방책쯤으로 알아듣고 있었다. 그래 곽 행자가 용진을 목격하고 와서 입을 함부로 열었을 때, 그는 그 일에 미리 대비를 못 한 것을 속으로 얼마나 후회했었는지 모른다. 하지만 일은 오히려 그것으로 성공이었다. 우봉들은 애초 그 입이 가벼운 곽 행자로 하여금 용진을 보고 오게 하고 그것을 경솔히 발설케 함으로써 도섭을 포함한 사냥꾼들의 관심을 그 쪽으로 깨끗이 돌려놓은 것이었다. 그리고 윤 처사는 그걸 몰랐기 때문에 작은집 머슴들에게 온갖 곤욕을 치르면서도 한사코 말을 참고 견뎌 버팀으로써 끝내는 우봉이 마지못해 하는 처지에서 병풍을 내놓을 구실을 마련해 준 것이었다. 결국 금서병풍은 애초부터 위인들의 주의를 혼란시키기 위한 유인물에 불과했고, 그로 하여 윤 처사는 그 사냥꾼들의 눈길을 엉뚱한 쪽으로 이끌어 버림으로써 진짜 밀실 속 보호인물의 신변엔 한 고비의 위험을 넘기게 해준 것이었다./윤 처사가 그렇듯 자신도 모르고 우봉의 의도를 잘 수행해 나간 것은 도섭이 그 병풍 일로 용진 행자의 행방을 궁금해 하였을 때, 녀석의 그 애처롭고 어려운 과거사로 노골적인 동정심을 드러내 보인 일 역시 대개 마찬가지였다. 그때 윤 처사는 차라리 용진의 성공을 비는 듯한 태도를 보임으로써(그로선 도섭의 관심을 막아내려는 일종의 호소였지만 도섭에겐 결과적으로) 절간의 다른 일들에 자꾸 위험한 호기심이 더해 가던 도섭의 눈길을 병풍 쪽으로 다시 돌려놓게 된 때문이었다./윤 처사의 역할이 늘 그런 식이었으니 이런저런 다른 일들은 더 말할 것이 없었다. 그런데 그 같은 윤 처사의 일들 중에 그가 어이없는 낭패를 본 것은 유독 김 처사 한 사람의 경우였다. 하지만 윤 처사로서도 그때는 그 밖에 달리는 어떻게도 해볼 수가 없을 만큼 사정이 급박하고 위중했던 탓이었다. 김 처사가 도섭의 정체를 알게 된 것은 윤 처사가 그의 위장을 확인하고 나서 바로 며칠 뒤였다. 세간에서 지고 온 업과만으로도 거의 말을 잃고 지내야 할 만큼 괴로움과 불안기가 심한 김 처사였지만, 그런 위험지경을 본인이 모르고 지내게 할 수는 없었다. 그래 윤 처사는 우봉 스님과 의논하여 다른 사람들에겐 당분간 더 비밀로 해둔 채 김 처사 한 사람에게만은 이 사실을 알렸다. 하고 보니 과연 김 처사는 그때부터 눈에 어떤 광기마저 느껴질 정도로 불안기가 더욱 심해져 갔다. 한데다 나중엔 도섭마저도 그 불안스런 위인의 행작들에 심상찮은 눈길을 던져오기 시작했다. 윤 처사는 위인이 도섭의 감시망 속에 들어앉게 되고보면 일이 아무래도 어렵게 될 것 같았다. 김 처사는 애초 병풍 일에 대해선 별로 아는 것이 없었으므로 도섭이 그에게서 어떤 단서를 얻으려 애를 쓴다 해도 그 점은 대개 안심할 수가 있었다. 하지만 병풍 일이 꼬투리가 되어서(그에겐 적어도 관리자로서의 자기 책임은 부인할 수가 없었으므로) 도섭 앞에 위인의 내력이 드러나게 될 가능성은 충분했다. 말할 것도 없이 일이 그리 되어서는 절대로 안 되었다. 그것은 김 처사 본래의 죄과를 드러내는 것만이 아니라, 도섭의 정체까지 드러내 버리는 일이었다. 그리고 도섭을 계속 절에다 잡아두어야 한다는 우봉의 의도(윤 처사는 물론 이때까지도 아직 그 이유를 모르고 있었다)마저도 낭패시키는 일이었다./한데다 이 무렵부터는 도섭이 그 심상찮은 밀탐의 눈길을 여기저기로 마구 내두르고 있었다. 그것은 위인과 작은집 사이에 오가는 밀첩(그 일주문 근처

왕벛나무 아래의) 내용에서도 확인이 된 일이었다. 원래의 주표적은 아니라 하더라도 자칫하면 그 김 처사의 일로 하여 도섭의 눈길이 밀실에까지 미치게 될 염려가 있었다./윤 처사는 그래 하루는 그 일로 우봉 스님을 찾아가 의논을 드렸다. 스님은 윤 처사의 이야기를 듣고 난 뒤 금서병풍 일이 새삼 걱정스러운 듯(나중에 알고 보니 우봉의 의도는 도섭의 관심을 그쪽으로 유인하려는 것이었으나, 당시의 윤 처사에겐 그렇게만 보였다) 곽 행자의 백암사 차심부름길을 당부했다. 하지만 그건 물론 김 처사나 병풍을 위한 일이 아니었다. 우봉의 목적은 다른 데에 있었으므로 병풍이나 김 처사에겐 일이 더 불리하게만 돌아갔다. 도섭의 눈길은 갈수록 음험스러워져 갔고 종당엔 그를 아예 서까지 끌어가게 만들었다. 사실을 제대로 알지 못한 덕분에 위인은 그나마 곧 몸이 풀려 돌아왔지만, 이후부턴 그 무서운 곤욕의 기억을 지우지 못한 데다 도섭으로부터의 위험도 더 견디기 힘들어했다. 도섭의 눈길이 이후로도 계속 그의 주위를 맴돌고 있었기 때문이었다./윤 처사는 보다 못해 다시 우봉과 의논하여 그를 뒷산골 토굴로 올려 보냈다. 그리고 예의 헛소문을 꾸며 흘려 도섭의 귀에까지 들어가게 만들었다. 김 처사를 병풍탈취의 공범으로 만들어, 그걸 고백하고 도망간 것으로 함으로써 그 금서병풍과 은신처의 일로부터 도섭의 관심을 빼앗기 위해서였다. 한데 그도 별 효과를 못 보고(그게 외려 더 당연한 일이었지만) 종당엔 그 자신까지 산을 끌려 내려가는 바가 되었고, 끝내는 그것을 마지막 사단으로 병풍 일의 전말이 밝혀지게 된 것이었다./하지만 김 처사의 일은 물론 그게 끝이 아니었다. 그 병풍 일의 진실이 밝혀짐으로써 김 처사의 공범과 잠적 사실은 당연히 도섭에게 새로운 의혹을 사게 됐고, 그것은 마침내 김 처사뿐 아니라 도섭 자신의 파국으로까지 이어지고 만 것이었다. 다름아니라 일이 그렇게 되고 보니 윤 처사 자신도 이제 더이상은 도섭의 눈길 밖으로 벗어져 나 있을 수가 없었다. 자신의 운신이나 방책의 여유도 이제는 막판지경에 몰리고 있었다. 하여 그는 한편으로 도섭의 신분을 다 알고 있노라는 은근한 암시와 함께, 다른 한편으론 동족으로서의 도섭의 숨은 동정심을 유발코자 자신의 세간 허물을 김 처사의 그것으로 대신하여 위협과 호소를 겸한 그 마지막 도박까질 감행하고 나서기에 이른 것이었다. 하지만 공교롭게도 바로 그 이튿날 더이상 두려움을 이기지 못한 김 처사가 스스로 목숨을 끊어버린 것이었다. 그리고 그것으로 일은 급전직하, 마지막 파국을 불러들여 버린 것이었다……/김 처사에 대한 윤 처사의 여러 가지 배려에는 그렇듯 목적과 방책들이 많았지만, 결과는 그쯤 쌍방의 낭패로 끝이 나고만 것이다. 윤 처사의 일들 중에 우봉의 의도에도 별로 도움이 되지 못한 예외적인 경우였다./하지만 그도 굳이 허물을 따지자면 마지막 파국의 소동까지 부른 건 윤 처사 자신의 뜻에서는 아니었다. 그리고 그건 우봉의 웅숭 깊은 대처로 전화위복의 성과를 거둔 점도 있었다. 윤 처사의 처지가 어쩔 수 없었듯이 그때는 그런 막판의 방법밖엔 이미 다른 길이 없었기도 했거니와 그로 하여 도섭은 아예 그 치욕적인 하산이 불가피해진 때문이었다./그러니까 그때 읍내 작은집에서 몸이 풀려나와 우봉이 칠성각에서 금서병풍폭을 꺼내놓은 사실을 안 윤 처사는, 그것이 분명 자신들을 꺼내주기 위한 우봉의 희생적인 고육지책으로 알았다. 윤 처사는 그것이 너무 뜻밖의 사실이기도 했거니와, 자기의 곤욕을 덜어주기 위해 금서병풍까지 내놓고 만 그 우봉의 배려가 너무도 고맙고 송구스러웠다. 하지만 이미 그 병풍을 빌어 벌인 소동은 목적을 충분히 달성한 마당이었다. 우봉은 이제 그 윤 처사를 더이상 모른 체하기가 민망스러운 듯 비로소 자신의 진심을 열어 보였다./"너무 그렇게 애석해 할 건 없다. 병풍 일로 해서는 애초 목적이 다른 데에 있었고 이루고자 한 바도 다 이루어졌느니라. 민망하고 미안한 건 여태 너를 속여온 이 늙은이니라……"/이어 우봉은 그 병풍으로 빚어진 모든 사단들이 애초 그 영정각 지하밀실의 비밀을 지키기 위한 것이었음을 실토했다. 그걸 위해 우봉은 그를 찾아온 〈객승〉의 입을 빌어서까지 용진의 일을 부러 도섭에게 흘려가며 주위를 신중히 단속해 온 것이었다. 영정각 밀실에 숨긴 자의 비밀이나 그 소임이 그만큼 막중했던 때문이렸다./윤 처사는 이제 그래 병풍 일보다도 영정각 밀실 일에 더 마음을 쓰게 되었는데, 하던 참에 마침 뒷산에서 김 처사가 자살을 하고 만 것이었다. 일이 그리 되고 보니 윤 처사로서는 이제 더 도섭을 상대해 나갈 방법이 없었다. 그러지 않아도 윤 처사는 바로 전날 도섭의 그 위태로운 눈길을 쫓기 위해 위협과 호소를 다 해놓은 터였는데, 이제는 그게 모두 거짓이 되고 만 것이었다. 도섭의 의심은 이제 그 김 처사나 윤 처사의 정도를 넘어서 보다 더 깊은 데까지 파고들 판이었다. 한데다 그 김 처사의 자살까지 보고 나선 이리저리 미리 몸들을 피해 지내고 있던 외사 사람들이 한결같이 모두 흥분을 참지 못했다. 외사 사람들도 그간 도섭에 대해서는 어느 정도 정체를 짐작하고 있던 터였으나 윤 처사의 그 신중하고 의도적인 비호 앞에 그럭저럭 말들을 삼가온 처지였다. 한데 윤 처사 자신이 위험을 느낄 즈음에서는 그 사람들을 그저 모른 척해 둘 수가 없었다. 그래 그는 자신이 산을 끌려 내려갈 무렵엔 이들에게도 대충 사실을 귀띔하여 자신들의 안전을 단속케 했던 터였다(물론 이때도 그 밀실에 숨어 있는 인물의 일에 대해서만은 끝끝내 비밀을 지켜둔 채였다. 일주문 근처의 그 왕벚나무 밑 밀통선도 이들에겐 전혀 기미를 숨겨온 터였으니까). 그래 위인들은, 김 처사를 비롯하여 윤 처사까지 차례차례 산을 끌려내려 갔다가 반송장 꼴들이 되어 돌아오게 된 화근이 바로 그 도섭의 밀고와 공작 때문임을 알고는 적지않이 흥분들을 하고 있던 참이었다. 하면서도 자신들의 면전 위험을 피하여 전날의 박춘구나 지상억들처럼 하나하나 뒷산골로 몸을 피해 숨어 지내던 처지였는데(그러니까 이들이 그 영정각 지하밀실로 은신처를 옮겨와 그 밀실의 비밀을 알게 된 것은 거기서도 한참이나 더 시일이 지나가고 난 뒤의 일이었다. 그것은 도섭이 산을 내려가고 밀실의 인물도 새 소임을 부여받아 거기서 몸을 빼나간 다음, 그 처지들이 훨씬 더 위중해진 종

전 무렵이었다), 이번에는 그 김 처사가 아예 목숨을 끊어버린 것을 보고
는 이들의 도섭에 대한 분노와 흥분이 극에까지 달해 오르고 만 것이었
다./외사 사람들은 드디어 그 자신도 몸을 피해 올라온 윤 처사를 찾아와
도섭의 응징과 추방을 제의했다. 거사 계획까지 미리 다 마련해 놓고서였
다./— 이제는 정말 작자를 이대로 놔둘 수가 없습니다. 그랬다간 앞으로
또 무슨 일이 생길지도 모르겠구요……/— 방법은 아예 직접적인 폭력으
로 짓이기는 겁니다. 새끼가 다시 산으로 돌아오거나 보복을 하고 나설
엄두가 안 나도록, 잘못했다간 목숨까지 잃을지 모른다는 절박스런 공포
감이 들도록 말입니다. 하고 보면 아마 녀석도 끝장이 나겠지요. 밀정이
란 원래 제 정체가 드러나 버리면 쓸모가 없어지는 법이니까요. 결과를
확실히 장담할 순 없지만, 이젠 그 밖의 방법이 없지 않습니까……/거사
에 대한 주장은 대개 그런 식이었다. 윤 처사로서도 별다른 선택이 있을
수 없었다. 처지나 심사가 비슷한 데다 위인들의 말마따나 일이 잘만 되
면 도섭을 정말로 절에서 쫓아내게 될 수도 있었다. 그야 도섭을 몰아내
려 보낸다고 그걸로 감시의 눈길이 아주 사라진다곤 할 수 없었다. 자칫
하면 오히려 더 큰 재앙을 불러들이는 결과가 될 수도 있었다. 하지만 대
개 위험은 반반이었고, 이제는 윤 처사도 그만 도박쯤은 각오를 하고 나
설 수밖에 없는 입장이었다./그래 그도 결국 거사에 동의하고 그날 밤 도
섭을 산송장 꼴로 만들어 산 아래 숲가에다 매달아 버렸다. 될수록 심한
두려움과 망신을 겪게 하여 길을 되돌아오지 못하게 하기 위해서였다. 그
리고 윤 처사는 산으로 올라와 우봉에게 비로소 자초지종을 고했다. 일의
결과가 어떻게 되든지 우봉에겐 귀띔이 불가피했기 때문이었다./한데 그
윤 처사로부터 일을 전해들은 우봉은 의외로 간단히 뒷수습책부터 마련했
다. → 그런데 그런저런 이야기들 끝에 도섭이 여담 삼아 그날 밤 자신에
게 가해진 추방극의 자세한 전말을 다시 물었을 때였다. 도섭으로선 해남
서에서 사건을 그리 일찍 알고 있던 것이나, 그때 자신에 대한 안도의 철

수명령이 그렇듯이 신속했던 점들이 아직도 석연치가 못하여, 그냥 혹시나 하고 물어본 소리였는데, 그에 대한 윤처사의 이야기가 전혀 상상 밖이었다./윤처사는 먼저 그가 일을 꾸미게 된 사연에서부터 그날 밤 일을 치러나간 경위 등을 대충 다시 설명하고나서 바야흐로 그 뒤처리 과정을 더듬어나가기 시작했다./"……그러니까 우리는 일을 그리 끝내고나서 곧바로 우봉 스님께로 올라가 자초지종을 고했지요. 일을 꾸미고 진행해나간 것은 우리끼리서인 터이라 스님껜 사후 귀띔이라도 드려야 할 처진 데다 일의 뒷수습은 아무래도 스님과의 의논이 불가피했던 때문이었지요. 그런데 스님은 일의 사정을 들으시고나서 의외로 손쉬운 뒷수습책을 일러 주시더군요……

3) 『인간인 1』(우석, 1991)에서 『인간인 1』(열림원, 2001)로

- 67쪽 15행: 그의 말 밖의 경계나 주문들을 모두 따를 수도 없었다. →〔삭제〕

- 229쪽 3행: 안도에게 띄운 제 일신의 회보가 무사히 손에 들어간 걸 보면 소연은 적어도 밀통전을 중간에서 잘라먹어버리는 벙어리 연락선은 아닌 것 같았다. → 〔삭제〕

- 283쪽 16행: 뒤에 숨은 의도까지도 → 그런 밀계의 뒤에 숨은 어떤 보이지 않는 의도(그 비밀 처소나 은신자들의 일과만 관련해서도) 까지도

3. 인물형

1) 도섭: 「벌레 이야기」에서 죄를 짓고 감옥에 갇힌 뒤 종교에 귀의하는 인물이 도섭이다.

2) 명순: 『이제 우리들의 잔을』, 「세월의 덫」에도 명순이 나온다.

4. 소재 및 주제

1) 이야기 지키기: 소영각은 그 안을 보면 안 된다는 금기를 갖고 있다.

금기를 어기는 사람은 색신(色身)이 지워지는 벌을 받게 된다. 소영각의 금기는 어떤 비밀이나 실제 존재하는 방을 위한 것이 아니라, 전해 내려오는 이야기 속의 방을 지키기 위함이다. 그것은 「이상한 선물」에 나오는, 이야기 속의 벼루 지키기와 같다(66쪽 6행).

　―「이상한 선물」: 그는 마을 사람들과 동네를 위하여, 무엇보다 앞으로 나고 자랄 마을 후생들을 위해 그 벼루의 신통한 이야기만은 그대로 고스란히 전해 남기고 싶었다.

　2) 소리: 방 화백과 허 여사의 관계처럼 소리를 매개로 한 두 남녀의 이야기는 「빛과 사슬」 등 다른 작품에서도 반복된다.

　3) 누나의 불행: 이청준의 소설에는 남편을 포함해 시가(媤家) 때문에 모진 풍파를 겪는 누나와, 누나의 불행을 못 견뎌 하는 남동생이 종종 등장한다. 윤 처사의 내력은 「해변 아리랑」의 변주라 할 수 있다.

　4) 지하실: 소영각 지하밀실은 쫓기는 사람들이 몸을 숨길 수 있는 최후의 장소다. 쫓는 자와 쫓기는 자의 처지는 처음부터 정해진 것이 아니라 상황에 따라 언제든 변할 수 있다. 이청준이 분명히 밝혔듯이, 『인간인』은 '숨어 사는 이 혹은 쫓기며 사는 이들의 삶'에 대한 소설이다. 그런 사람들은 지하밀실에 숨어서야 언젠가 새 삶을 열어가리라는 희망을 놓지 않을 수 있다. 「지하실」은 목숨이 위태로울 만큼 절체절명의 위기에 빠진 사람을, 네 편 내 편을 가르지 않고 품는 또 다른 지하실에 관한 소설이다.

　―「지하실」: i) 하지만 내가 정작 그 밀실에서 되살려내고 간직해가고 싶은 것은 보다 위태롭고 은밀한 내력이었다. 다름 아니라 그 지하밀실은 사람의 생사 갈림길을 숨겨 안기도 했던 곳이었다. ii) ― 우린 그렇게 살아왔어! 한동네 이웃간에 서로 그렇게 지내왔길래 한집 지하실로 서로 다른 위험을 피하러 찾아가는 일도 생기지 않았겠어!